GREGOR SPÖRRI

THE LOST GOD
TAG DER VERDAMMNIS

GREGOR SPÖRRI

THE LOST GOD

TAG DER VERDAMMNIS

Thriller

Münster Verlag Basel
www.münsterverlag.ch

Webseite zum Buch: www.thelostgod.com

Deutschsprachige Erstausgabe März 2012
Copyright © 2012 by Gregor Spörri
Alle Rechte vorbehalten.
Das Werk darf – auch auszugsweise – nur mit der ausdrücklichen
Genehmigung des Autors wiedergegeben werden.
Gesamtgestaltung, Satz und Produktion: Z-Productions.com
Umschlaggestaltung und Layout: Pascal Brun, Flyart.com
Druck und Bindung: CPI – Ebner & Spiegel, Ulm
Printed in Germany
ISBN 978-3-905896-33-6

Wichtige Informationen zum vorliegenden Buch

Aus Gründen der Authentizität werden im vorliegenden Buch verschiedene Fachbegriffe verwendet. Manchmal findet sich die Erklärung innerhalb des Textes. In anderen Fällen kann Ihnen das Glossar ab Seite 481 weiterhelfen. Auf der Webseite zum Buch finden Sie weitergehende Informationen.

Die aus dem Reisetagebuch des Autors entnommene Ägyptengeschichte von 1988 entspricht der Wahrheit. Sie wurde für den Roman inhaltlich unverändert übernommen, jedoch stilistisch überarbeitet. Die auf der Innenseite des Schutzumschlags abgedruckten Fotos des Relikts von Bir Hooker sind echt.

Die übrigen Handlungsstränge entstammen einer Vision des Autors und sind damit Fantasie. Dies trifft insbesondere auf alle Ereignisse, Handlungen und Aussagen zu, die mit lebenden, in diesem Buch vorkommenden Personen in einem Zusammenhang stehen oder in einen solchen gebracht werden könnten.
In Fällen, in denen es sich anders verhält, finden Sie auf der Webseite zum Buch die entsprechenden Informationen.

Trotz jahrelanger Recherchen – das vorliegende Buch ist ein Roman und erfüllt nicht den Anspruch, ein Sachbuch und frei von Fehlern zu sein.
Was bestimmte anthropologische, ökologische, ökonomische, politische oder religiöse Inhalte und Aussagen betrifft, halte ich Sie als Leser ausdrücklich dazu an, sich Ihre persönliche Meinung zu bilden. Auf der Webseite zum Buch finden Sie ein Quellenverzeichnis mit nützlichen Verlinkungen.

Gregor Spörri, Autor

Für meine Barbara
Du hast über all die Jahre an mich und mein Projekt geglaubt

VORGESCHICHTEN
VOR ÜBER ZWANZIG JAHREN

Aus dem Reisetagebuch des Autors

Gizeh, Ägypten, 12. April 1988, 18.10 Uhr: Ein tiefes Brummen durchströmt meinen Kopf und meine Brust. Die Steinwanne um mich herum scheint zu vibrieren. Ich versuche den Ton so lange wie möglich zu halten, dann hole ich Luft und probiere es erneut. Ich benötige jeweils einige Sekunden, bis sich meine Stimmbänder auf die Resonanzfrequenz der Sargwanne eingeschwungen haben.

22.20 Uhr: Der Rücken tut mir weh und ich bin heiser. Enttäuscht klettere ich aus der Sargwanne und ertaste im Dunkeln meine Taucherlampe. Mit steifem Rückgrat verlasse ich die Königskammer und schreite im Schein der Lampe die große Galerie hinab. Unten angekommen, mache ich mich gebückt auf den Weg zur Königinnenkammer, in der ich mich auf den Boden setze, die Lampe lösche und wiederum darauf warte, dass mit mir etwas geschehen möge.

Gizeh, 13. April 1988, 01.40 Uhr: Mein Hintern schmerzt nun ebenfalls, doch passiert ist nichts. Ich stakse zurück in Richtung Ausgang, wo mich zwei Aufpasser erwarten. Der eine schließt das Gittertor zur Königinnenkammer hinter mir zu und öffnet ein anderes. Ich kraxle den engen, hundertzwanzig Meter langen Schacht hinunter in die sogenannte unvollendete Felsenkammer. Geradeaus gibt es eine tiefe Grube und dahinter einen weiteren engen Schacht. Rechts von mir türmen sich zwei mächtige Felsblöcke mit seltsamen Gesteinskämmen auf.

Ich gehe ein wenig in der Kammer umher, setze mich auf einen treppenartigen Ausschnitt zwischen den beiden Felsblöcken und lösche erneut meine Lampe.

In ›Pyramid Power‹ von Patrick Flanagan und thematisch ähnlichen Büchern habe ich von einer biokosmischen Energie gelesen, die sich in der Cheops-Pyramide sammeln soll. Diese Energie – seit Jahrtausenden im Bewusstsein der Menschen verankert – nennt man in der Yoga-Lehre Prana, bei den Chinesen Ch'i und in esoterischen Kreisen N-Strahlung, Odische Kraft, bioplasmische Energie und so weiter. Ich bin nach Gizeh gekommen, um diese Energie aufzuspüren, von der ich mir erhoffe, dass sie meine körperliche Energiestruktur verändern und dabei eine sowohl vitalisierende als auch harmonisierende Wirkung entfachen wird. Zudem erwarte ich, dass die von der Pyramide auf geheimnisvolle Weise eingefangenen und gebündelt in die Kammern weitergeleiteten kosmischen Energien Visionen in mir hervorrufen.

03.45 Uhr: Die Luft ist heiß, stickig und feucht. Ich spüre keine Energie – nichts! Nur ein Kribbeln in den überbeanspruchten Gesäßbacken. Verärgert mache ich mich auf den beschwerlichen Weg zurück an die Oberfläche.

05.00 Uhr: Die Temperatur beträgt keine fünfzehn Grad und trotzdem drückt mir der Schweiß aus den Poren. In einer halben Stunde geht die Sonne auf und bis dahin muss mein Experiment beendet sein. Einige Meter über mir klettert ein junger Araber, dem ich in diesem Labyrinth aus Steinen möglichst auf den Fersen bleibe. Eine Dreiviertelstunde, nachdem wir an der südwestlichen Ecke mit dem Aufstieg begonnen haben, kauere ich neben dem Jungen auf einem Felsblock und bin einigermaßen überrascht, nicht der erste moderne Mensch hier oben zu sein. Allein zu meinen Füßen kann ich ein gutes Dutzend im

Sandstein eingekerbte Namen erkennen, mit denen sich andere Kletterer verewigt hatten.

Ich nehme den Rucksack ab und hole daraus zwei Taucherbrillen, zwei Neoprenhauben, zwei Paar Gärtnerhandschuhe und eine Minolta 8000i hervor. Nachdem ich meinen Kopf unter Neoprenhaube und Taucherbrille gezwängt habe, ziehe ich auch noch die Handschuhe über und verlange von meinem Führer, dasselbe zu tun. »If you hear a bang or if you see a flash, then make a photo!«, sage ich – jeden Begriff mit deutlichen Gesten unterstützend – und drücke dem Jungen meine Minolta in die Hand. Da er außer Arabisch kaum etwas anderes versteht und es mir umgekehrt nicht besser ergeht, gestaltet sich die Kommunikation als überaus kompliziert. Erschwerend kommt hinzu, dass der Einheimische nicht die leiseste Ahnung hat, was ich im Schilde führe.

Mit klopfendem Herzen erklimme ich die letzten beiden Steinblöcke, dann stehe ich oben auf einem der letzten Weltwunder dieser Erde – der Cheops-Pyramide. Trotz der noch vorherrschenden Dunkelheit ist der Blick in die Umgebung überwältigend. Im Osten duckt sich der von Tausenden glimmenden Lichtern durchzogene Schatten Kairos, während im Südwesten die Chephren-Pyramide bis auf Augenhöhe reicht. Beeindruckend ist auch der Blick nach unten, wobei mich das erste Mal in meinem Leben Höhenangst überkommt. Vom einhundertvierzig Meter hohen Pyramidenstumpf aus verzerrt sich die Perspektive dermaßen stark, dass ich glaube, die Seitenwände des Bauwerks würden senkrecht nach unten abfallen. Ein einziger Fehltritt, und ich bin tot. Schwindelgefühle lassen mich auf die Knie sinken, doch zwei Meter unter mir ruft mein Guide: »Jalla! Jalla!«

Auf allen vieren krieche ich in die Mitte des Pyramidenstumpfs, wo ein Gerüst aufgebaut ist, das die ursprüngliche Bauwerkshöhe markiert.

Dort angekommen, krame ich aus meinem Rucksack einen Bund Zeltstangen sowie eine Colaflasche, die ich am Abend zuvor mit Wasser befüllt hatte. Mit klammen Fingern stecke ich die Zeltstangen zusammen und befestige an einem Ende die Flasche, indem ich sie und die Stangen mit mehreren Lagen Klebeband umwickle.

Kurz vor halb sechs, als die Sonne ihre ersten Strahlen durch die Dunstglocke Kairos schickt, richte ich mich auf dem Pyramidenstumpf auf und schiebe das zusammengesteckte Rohr mit der Flasche an der Spitze am Gerüst entlang in die Höhe. Erwartungsvoll schaue ich durch die Gläser meiner Taucherbrille nach oben. Nichts geschieht. Ich strecke die Arme noch weiter aus, bringe die Flasche genau dorthin, wo das Gerüst endet – nichts!

Plötzlich schreit mein Führer etwas und zeigt in die Tiefe. Ich lege die Stange ab und trete an den Rand der Pyramide. Unten auf dem Plateau fuchteln zwei weiß gekleidete Gestalten mit den Armen. Der Araberjunge macht sich bereits auf den Rückweg, doch ich klettere ihm nach, nehme ihm meine Kamera ab, steige wieder nach oben, schieße ein paar Fotos und folge ihm dann Tritt auf Tritt nach unten ...

Wie ich es geschafft habe, das Plateau zu erreichen ohne abzustürzen, weiß ich nicht mehr. Deutlich in Erinnerung bleibt mir hingegen, wie mein Kletterführer, kaum dass er unten angelangt ist, Fersengeld gibt, während ich von den wartenden Männern in die Zange genommen werde. Die beiden Araber geben sich als Pyramidenwächter aus, schütteln mich und stoßen, ihren schrillen Stimmen nach zu urteilen, allerlei wüste Drohungen gegen mich aus. Die Einschüchterungstaktik der beiden rabiaten Kerle funktioniert. Nach wenigen Minuten haben sie mich so weit, dass ich ihnen für meine Freilassung ein großzügig bemessenes Bakschisch überlasse.

Zerknirscht marschiere ich die gewundene Zufahrtsstraße des Gizeh-Plateaus hinunter, setze mich in der Nähe der Sphinx vor ein Touristencafé und warte, bis es öffnet, bestelle Tee und Süßgebäck und lasse mich nach der Einnahme des verdienten Frühstücks von einem Taxi zurück zum Hotel bringen. Während der Fahrt dorthin denke ich über mein frühmorgendliches Abenteuer nach und komme zum Schluss, dass das frühe Auftauchen der Pyramidenwächter so ganz zufällig nicht gewesen sein wird.

Kairo, 13. April 1988, 20.00 Uhr: Ich treffe an der schummrigen Hotelbar Jochen, einen deutschen Techniker auf Urlaub, den ich während des Inlandflugs von Hurghada nach Kairo kennengelernt und bereits über meine geplanten Pyramidenversuche informiert hatte. Jochen ist begierig zu erfahren, wie diese ausgegangen sind.

»Totaler Schwachsinn, was über die Kosmo-Energien in der Cheops-Pyramide geschrieben wird!«, schimpfe ich. »Während du auf Nilfahrt warst, habe ich den halben Tag damit zugebracht, die beiden Aufpasser am Eingang zu bestechen, damit diese mich nach Abfahrt der Touristenbusse nochmals in die Pyramide lassen. Mir den Zutritt zu erkaufen, war eine Sache – aber sie dazu zu bringen, mich die halbe Nacht in der Pyramide allein zu lassen und darüber hinaus auch noch das Licht zu löschen ...«

»Was hat es dich gekostet?«, unterbricht mich Jochen.

»Einhundert Dollar.«

»Geschäftstüchtige Leutchen«, meint er.

»Für jeden der beiden«, gestehe ich ein.

»Wirklich geschäftstüchtige Leutchen!«, betont Jochen. »Ich hätte diese Summe niemals akzeptiert!«

»Dann würdest du jetzt noch dort stehen und mit ihnen verhandeln.«

»Geduld zahlt sich aus.«

»Ich bin nicht zum Feilschen geboren!«
»Das ist doch ganz normal hier. Aber bei den vielen Fränkli, die ihr Schweizer verdient ... «
»Ich hätte meine *Fränkli* ebenso gut zum Fenster rauswerfen können!«
»Du wolltest unbedingt in diesen Bunker«, bemerkt der Deutsche schnippisch, »also hab dich nicht so und erzähl.«
Ich berichte Jochen wahrheitsgetreu, doch der meint nur: »Du bist wohl nicht der richtige Typ für sowas.«
»Du meinst, es fehlt mir am feingeistigen Rüstzeug?«, frage ich.
Jochen grinst: »So wie ich dich bis jetzt kennengelernt habe, wäre das nicht auszuschließen.« Er nimmt einen langen Schluck von seinem Bier und fragt dann: »Und, wie war's oben?«
»Ich habe alles genauso gemacht, wie es in einem meiner Bücher nachzulesen war: ›Wird auf dem Pyramidenstumpf eine mit Wasser gefüllte Flasche an die Stelle gebracht, wo sich einst das Pyramidion befand, so werden die sich dort sammelnden kosmischen Energien die Flasche bersten lassen.‹ Geborsten ist überhaupt nichts!«
»Für dieses rein physikalische Experiment war keine besondere Antenne vonnöten«, stellt der Rheinländer völlig korrekt fest und sinniert dann: »Es gibt so viele Thesen, welchem Zweck die Große Pyramide ursprünglich gedient haben soll, dass man schnell einmal den Überblick verliert. So soll sie ein Observatorium gewesen sein, eine Sonnenuhr, ein Tresor für göttliches mathematisches Wissen, ein Bunker für Relikte von Überlebenden des sagenumwobenen Atlantis, ein Wasserwerk ...«
»Wird wohl alles der gleiche Mist sein wie das mit den kosmischen Kräften!«, falle ich dem Deutschen ins Wort.
»Ist unser Schwyzer heute ein wenig stinkig, weil sein Esoterik-Schnickschnack nicht funktioniert hat?«, stichelt Jochen.
»Du bisch e blöde Siech!«, sage ich zu ihm.
»Was?«, fragt er.

»Nichts!«, antworte ich.
Der Deutsche nippt an seinem Bier und ich an meiner Cola, dabei stopfen wir Pistazien in uns hinein. Jochen will noch nicht ins Bett, also bestellen wir noch eine Runde und plaudern über Bagdad-Batterien und altägyptische Glühlampen.

Kairo, 14. April 1988, 10.15 Uhr: Jochen hat sich gerade verabschiedet, um das Tal der Könige zu erkunden, da werde ich vom Barkeeper des Hotels angesprochen. Der Einheimische gesteht ein, am Abend zuvor dem Gespräch seiner Gäste gelauscht zu haben, was bei den maximal zwanzig Quadratmetern Barraum wohl nicht als vorsätzliche Indiskretion angesehen werden kann. In einem Durcheinander aus Deutsch, Englisch und Arabisch erklärt mir der Barkeeper, dass er jemanden kenne, der so seltene wie kostbare ägyptische Schätze anzubieten habe, und er, Ahmed, würde mich gerne mit dieser Person zusammenbringen.
Morgen werde ich in die Schweiz zurückfliegen. Sowohl in Kairo als auch in der Umgebung habe ich alles gesehen, was sich meiner Meinung nach anzusehen lohnt: Die Pyramiden, die Tempel- und Grabanlagen, das Ägyptische Museum, die Sakralbauten der islamischen und koptischen Kultur, die Altstadt, den Markt. Ich überlege eine Weile, doch mir kommt nichts Gescheites in den Sinn, das ich heute noch unternehmen könnte. Auch verfügt das an der lärmgeplagten Ramses Street gelegene Caprice Palace weder über einen Pool noch über eine Grünanlage, in der ich es mir für den Rest des Tages hätte gemütlich machen können. Jochen hat mich zwar eingeladen, ihn auf seiner Tal-der-Könige-Tour zu begleiten, doch dort bin ich schon gewesen und vor allem verspüre ich keine Lust, mich am letzten Tag von Souvenirverkäufern bequatschen zu lassen. Obwohl ich hinter dem Angebot des Barkeepers auch nichts anderes vermute als den Versuch, meine bereits kofferfüllende Sammlung an

Alabasterfiguren und hieroglyphenverzierten Papyri weiter zu vergrößern, sage ich zu. Ahmed macht auf geheimnisvoll und das imponiert mir irgendwie.

11.30 Uhr: Der Taxifahrer steuert seinen betagten Peugeot fast ununterbrochen hupend durch den dichten Stadtverkehr hinaus auf die Cairo-Alexandria Desert Road. Ich schiele auf den Tacho, um herauszufinden, wie viele Millionen Kilometer der ›504‹ schon auf dem Buckel hat, doch der funktioniert genauso wenig wie die Klimaanlage.
Schon bald wird die Umgebung ländlicher. Vor den Fenstern ziehen Lehmhütten, Sanddünen, Felder und Palmenhaine vorbei. Ab und an liegen am Straßenrand tote Esel mit von Verwesungsgasen prall gefüllten Bäuchen und weit gespreizten Gliedmaßen.

Bir Hooker, 14. April 1988, 14.15 Uhr: Endlich nähern wir uns dem Zielort. Den Angaben des Fahrers zufolge sind wir in der Nähe von Bir Hooker. Nach Rückfragen bei Einheimischen biegt das Taxi auf einen Feldweg ein, der zu einem von Dattelpalmen und einer Mauer umsäumten kleinen Haus führt. Am Mauertor spielen Kinder, die sofort angerannt kommen und ihre lachenden Gesichter ins Wageninnere strecken.
Nachdem der Fahrer mehrere Male hupt, tritt ein groß gewachsener Araber aus dem Haus, der gute siebzig, wenn nicht noch mehr Jahre zählt. Sein faltiges Antlitz ist geprägt von Stolz, wobei seine leuchtenden dunklen Augen und die große Nase diesen Eindruck noch verstärken. Der Taxifahrer drückt dem Alten einen Zettel des Barkeepers in die Hand, stellt den Peugeot unter den Bäumen ab und macht es sich bei rundum geöffneten Türen auf der Rückbank bequem.
Der Araber führt mich hinters Haus. Dort, im Schatten der Palmen, stehen eine schmale Sitzbank und ein niedriger Tisch. Der Alte bittet mich Platz zu nehmen, dann besorgt er einen Krug

heißen Tee sowie eine Schale voll frischer Datteln. Während der Tee in den Tassen dampft, kramt er unter der Bank eine Wasserpfeife hervor und lässt sich neben mir nieder.

Nagib, so nennt er sich, spricht ein zwar einfaches, aber gut verständliches Englisch und will nun mehr über mich erfahren. Ich berichte ihm bereitwillig und in ebenso einfachen Worten von meinen misslungenen Experimenten in und auf der Cheops-Pyramide. Wenn der Araber meine Ausführungen nicht gerade mit einer Zwischenfrage unterbricht, hört er aufmerksam zu oder nuckelt am Mundstück seiner Wasserpfeife.

Als ich mit meiner Geschichte am Ende bin, stellt Nagib seinen Rauchapparat beiseite und sagt zu mir: »Ich danke dir, dass du hergekommen bist. Leider bist du nicht der, auf den ich gewartet habe. Meine Ware ist weder von Interesse für dich noch wirst du sie dir leisten können. Ich werde eine Nachricht verfassen für meinen Neffen im Hotel, danach soll dich das Taxi nach Kairo zurückbringen.«

Ich komme mir vor wie der größte Idiot in ganz Ägypten. In brütender Hitze habe ich fast drei Stunden lang in einem rollenden Backofen still vor mich hin gelitten und werde dasselbe nochmals erdulden müssen, um zurück ins Hotel zu gelangen. Und das alles nur, um einem alten Mann meine peinliche Geschichte erzählt, eine Tasse Tee getrunken, an ein paar Datteln gelutscht und ihm beim Rauchen der Shisha zugesehen zu haben. Dieser Barkeeper wird auf jeden Fall etwas von mir zu hören bekommen.

Nagib steht auf und will ins Haus gehen, als ihm eine junge Frau entgegentritt. Ich schätze sie auf knappe achtzehn Jahre. Sie wirft mir einen kurzen Blick zu. Der Alte sagt etwas zu ihr, worauf sie auf ihn einzureden beginnt. Die ersten Sekunden geht das noch leise vonstatten, doch schon bald erheben sich die Stimmen der beiden zu einem lauten Palaver. Eine geschätzte

Minute später scheint der Alte genug davon zu haben, denn er beendet das Gespräch abrupt. Die junge Frau blickt sich nochmals nach mir um, dann verschwindet sie genauso schnell, wie sie aufgetaucht ist. Nagib aber macht auf seinen Sandalen kehrt und lässt sich wieder neben mir auf die Sitzbank fallen.
Als der Araber dieses Mal zu mir spricht, schaut er zu Boden. Wie weggewischt ist der ganze Stolz, den er zuvor unverhohlen zur Schau gestellt hatte. »Ich bin ihr Großvater und ich bin auch der Großvater der Kinder, die mit ihren Freunden vor dem Haus spielen. Ihre Eltern, also mein Sohn und seine Frau, sind bei einem Autounfall umgekommen. Das hier ist zwar mein Haus und Boden, trotzdem geht es uns schlecht. Das Haus meines Sohnes musste ich schon verkaufen und von meinem Besitz ist nur wenig übrig. Ich bin alt und kann nicht mehr auf dem Feld arbeiten. Die Knaben hingegen sind noch zu jung dafür und das Mädchen braucht schon bald eine Mitgift für ihre Heirat.« Nagib hebt den Kopf und sieht mich an. »Wie viel Geld trägst du bei dir?«
Ich ringe um meine Fassung.
Nagib wiederholt seine Frage: »Wie viel könntest du mir geben?«
Ich springe wie von einem Skorpion gestochen auf und rufe: »Seit ich in Kairo aus dem Flugzeug gestiegen bin, will jeder nur mein Geld. Doch jetzt ist es genug!«
»Du kommst aus einem reichen Land«, sagt der Araber völlig unbeeindruckt.
»Und deswegen muss ich sogar dafür bezahlen, dass mir einer auf der Toilette den Wasserhahn auf- und zudreht?«
Ich wende mich zum Gehen, doch der Alte packt meinen Arm und zieht mich zurück auf die Bank. »Hör zu, was ich dir zu sagen habe, junger Mann, dann fahr, wenn du willst.«
Ich fülle die Lunge mit Luft und pruste meinen Ärger heraus.
»Meine Vorfahren waren Grabräuber«, beginnt Nagib. »Sie haben über mehrere Generationen hinweg Begräbnisstätten aus

der Zeit des altägyptischen Reichs geplündert. Von meinem jung verstorbenen Vater erbte ich zwei Truhen mit wertvollen Grabbeigaben. Während meines langen Lebens verkaufte ich Stück um Stück davon an wohlhabende Ausländer. Mit dem Erlös erwarb ich dieses Land, baute dieses Haus und gründete eine Familie. Meinen Sohn schickte ich zur Schule, damit etwas aus ihm werde, und baute auch ihm ein Haus, aber ein viel besseres als dieses hier. Den Acker ließ ich von Tagelöhnern bestellen und verdiente ein anständiges Zubrot mit der Ware, die ich auf den Märkten feilbot.

Dann aber ließ Gott ein Unheil über uns hereinbrechen. Am Autounfall, bei dem neben meinem Sohn und seiner Frau auch ein Beamter ums Leben kam, trug allein mein Sohn die Schuld. In der Folge stellte die Familie des Beamten Forderungen, die mich beinahe ruinierten. Nun ist noch eine letzte Grabbeigabe übrig, die mich und die Kinder, wenn ich sie denn verkaufen kann, über das Gröbste hinwegbringen wird. Doch bei einem solchen Geschäft ist Vorsicht geboten, und meine ehemaligen Kontakte haben auch nicht mehr den Wert von früher. Weil mein Neffe Ahmed eine Anstellung im Hilton Kairo hatte, in dem oft auch Kunsthändler wohnten, setzte ich ihn als Vermittler ein. Einer Unregelmäßigkeit wegen wurde er jedoch entlassen und ist seither in diesem Caprice Palace tätig, in dem leider nicht die Kundschaft verkehrt, wie ich sie brauchen würde. Seiner Nachricht zufolge hat er angenommen, du wärst ein an Kunstschätzen interessierter Geschäftsmann.«

»Wie man sich doch irren kann«, murmle ich, ohne eine Ahnung zu haben, worauf der Alte hinauswill.

»In den Truhen meines Vaters fand sich außer den Grabbeigaben aber noch etwas anderes.«

Ich drehe fragend den Kopf.

»Ein Relikt. Gefunden von meinen Ahnen vor langer Zeit.«

Ich kratze mich am Kinn.

»Ich werde dir das Relikt zeigen, wenn du bereit bist, dafür zu bezahlen«, sagt Nagib. »Es ist etwas, von dem in alten Geschichten berichtet wird. Nur wenige Leute wissen davon, und die meisten von ihnen sind längst gestorben. Glaube mir, wäre ich nicht in Geldnot, würde ich dir dieses Angebot niemals unterbreiten.«
Ich verscheuche ein Insekt und sehe Nagib misstrauisch an.
»Du hast mir von dieser unterirdischen Felsenkammer in der Großen Pyramide erzählt, in der du warst.«
Ich nicke. »Dieser unfertige Raum mit den beiden mächtigen Felsblöcken ...«
»Wenn du gesehen hast, was ich dir zu zeigen bereit bin, wirst du über vieles anders denken.«
Mein Misstrauen wandelt sich in Neugierde.
»Du darfst das Relikt anfassen und Fotos davon machen. Allerdings wirst du mir versprechen müssen, niemandem zu erzählen, wo du heute warst.«
»Ich kenne mich sowieso nicht aus hier«, sage ich.
Der Alte scheint zufrieden und schwatzt nun so lange auf mich ein, bis ich ihm verrate, dreihundert Dollar bei mir zu tragen. Wenn auch innerlich bereit, dieses Geld für etwas wirklich Außergewöhnliches herzugeben, halte ich mich doch nicht damit zurück, ihm kundzutun, dass ich eine Betrügerei vermute.
Nagib versichert mir daraufhin, meine Dollars nicht zu nehmen, wenn das, was er mir zeige, diese nicht wert sei. Nach wie vor verunsichert, erkläre ich ihm, erst nach der ›Show‹ bezahlen zu wollen, und bin erstaunt, als er sich darauf einlässt. Der Araber scheint mir zu vertrauen, was umgekehrt nicht der Fall ist, geht es doch um mein letztes Bargeld. Das Wenige, das ich im Hotelsafe zurückgelassen habe, muss morgen für die Fahrt zum Flughafen reichen, fürs Essen und was sonst noch so anfällt. Die Hotelrechnung werde ich mit Traveller Checks bezahlen, doch was mache ich, wenn etwas Unvorhergesehenes dazwischenkommt?

Eine Tasse Tee und fünf Datteln später willige ich unter dem Vorbehalt, dass Nagib für die Taxifahrt aufkommt, dennoch in den Handel ein.

Das kleine Haus ist sehr einfach eingerichtet. Seine Wände sind nur grob verputzt und abwechselnd mit gelber und blauer Farbe getüncht. Türen zu den einzelnen Räumen hat es keine, stattdessen sind die Durchgänge mit bunten Vorhängen abgetrennt. In den Fensteröffnungen befinden sich anstelle von Scheiben geschmiedete Vergitterungen mit hölzernen Läden davor.
Nagib bewohnt eine Kammer im hinteren Bereich des Hauses. In dieser gibt es rechts vom Fenster ein von einer schmuddligen roten Decke überzogenes Sofa, das vermutlich auch als Bettstatt dient. Dem Sofa gegenüber stehen ein Schrank und links und rechts davon jeweils eine alte Holztruhe. Links vom Eingang hat es noch eine Kommode mit einem fleckigen Spiegel darüber. Irgendwie passen die Sachen weder in dieses Zimmer noch zu diesem Gebäude. Vor allem der riesige Schrank hat es in sich, lässt er mich doch glauben, man habe das Haus um ihn herum gebaut. Ich bin zwar bei weitem kein Fachmann, aber als Sohn eines Stilmöbelschreiners ordne ich die Möblierung spontan dem englischen Kolonialstil zu.
Der Alte gebietet mir, auf dem Sofa Platz zu nehmen, holt einen Schlüsselbund unter dem Kaftan hervor, beugt sich schwerfällig zur rechten Truhe hinunter und öffnet sie. Im selben Moment, als er den schweren Deckel anhebt, durchströmt ein muffiger Geruch den Raum, wie er sich üblicherweise auf alten Dachböden und in Kellern einnistet.
Ich recke den Hals so weit ich kann, doch Nagibs Rücken verdeckt den Blick auf die Schatzkiste. Als sich der Araber schließlich zu mir umdreht, hält er ein längliches Bündel in den Händen, das mit einer aus Stücken zusammengenähten braunen Lederhaut umwickelt ist.

Vorsichtig legt er es neben mir ab, löst umständlich die Schnüre, die das Paket zusammenhalten, dann faltet er die Haut auseinander. Was unter dem Leder zum Vorschein kommt, ist ein fleckiger, ehemals weißer Stofffetzen. Langsam dreht und wendet er nun das Bündel, bis auch die letzte Lage entfernt ist.

Gebannt starre ich auf dieses Etwas, das neben mir auf dem Sofa liegt. Es ist dreißig bis fünfunddreißig Zentimeter lang, sechs bis acht Zentimeter dick, von runder Form und zweimal geknickt. Farblich lässt sich der Gegenstand am besten mit dunklem Eichenholz vergleichen. Die Oberfläche scheint teilweise von Schimmelpilz befallen zu sein, ist flachgedrückt und an mehreren Stellen verletzt. Innerhalb dieser Verletzungen ist eine fasrige Struktur zu erkennen, die aussieht, als wäre daran herumgenagt worden. An einem der beiden Enden ist recht unzimperlich geschnitten und gehackt worden.
Ratlos nehme ich das Ding in meine Hände, um es zu wiegen. Es ist erstaunlich leicht, ein paar hundert Gramm vielleicht.
Ich drehe es um und schrecke im selben Moment zusammen. Mir wird abwechselnd heiß und kalt und mein Herz pocht mir bis zum Hals. Was ich da Ungeheuerliches in meinen Händen halte, kann es nach menschlichem Ermessen gar nicht geben, darf es nicht geben ...

VOR ACHT MONATEN

Charles Frank Bolden jr. saß vornübergebeugt am Küchentisch und sortierte seine Briefmarkensammlung, besser gesagt seine Ersttagsbriefe. Ein Hobby, das er seit Jahren pflegte. Gerade betrachtete er eine wunderschön gestaltete Karte mit den Marken der ersten Mondlandung, als ihm sein Herz einen wehmütigen Stich versetzte. Nachdenklich legte er seine Brille beiseite und lehnte sich zurück. *Der erste Mensch auf dem Mond, mein Gott, wie lange ist das her?* Über vierzig Jahre! Zu dieser Zeit war er beim Marine Corps, um sich zum Kampfpiloten ausbilden zu lassen. Nach dem Vietnamkrieg wurde er Testpilot und meldete sich bei der NASA. Als er am zwölften Januar 1986 als Pilot der Mission STS-61-C mit der Raumfähre Columbia ins All startete, ging für ihn ein lang gehegter Traum in Erfüllung. Drei weitere Flüge folgten. Bei STS-31 war er für das Aussetzen des Weltraumteleskops Hubble verantwortlich gewesen, danach wurde er befördert und startete als Kommandant mit STS-45. Bei seiner letzten Mission, STS-60, flog zum ersten Mal ein russischer Kosmonaut mit einem amerikanischen Raumschiff ins All. Das war 1994 gewesen. Mittlerweile achtundvierzigjährig, kehrte er zur Marine zurück, wo er sich bis zum Generalmajor hochdiente. Im Sommer 2002 verließ er die Streitkräfte und wechselte in die Privatwirtschaft, wo er blieb, bis er im Mai 2009 von Präsident Barack Obama als Administrator für die Raumfahrtbehörde nominiert wurde. Auf diesen Augenblick in seinem Leben war er besonders stolz. So wie Obama als erster schwarzer US-Präsident in die Annalen einging, war er der erste Schwarze, der es in der über fünfzigjährigen Geschichte der National Aeronautics and Space Administration geschafft hatte, deren Führung zu übernehmen. Ähnlich seinem obersten Boss, dem Präsidenten, hatte er sich ambitionierte Ziele gesetzt, wozu

das von seinem Amtsvorgänger Michael Griffin ins Leben gerufene Constellation-Programm nicht besser hätte geeignet sein können. ›Constellation‹ sollte Amerika zurück zum Mond bringen. Eine gewollte Herausforderung für ihn. Schließlich war er nicht Kampfpilot, Testpilot, Astronaut und Generalmajor geworden, um als Direktor eines Cargo-Unternehmens alle paar Monate Wissenschaftler mit ihren Versorgungsgütern zu einem um die Erde kreisenden Hundert-Milliarden-Dollar-Labor zu befördern. Nein, *er* wollte Raumfahrtgeschichte schreiben!
Doch es kam anders: Durch Vorgaben von Obamas Vorgänger, George W. Bush, war das Constellation-Programm von Anfang an stark unterfinanziert, woraufhin Barack Obama kurz nach seinem Amtsantritt beschloss, das United States Human Space Flight Plans Committee – nach dem Chairman der Kommission, Norman Augustine, auch Augustine-Kommission genannt – ins Leben zu rufen. Nachdem das Komitee die bestehenden Pläne und Finanzierungen eingehend geprüft hatte, riet es von der Weiterführung des Programms ab und unterbreitete dem Präsidenten stattdessen einige Alternativen. Diese enthielten eine bemannte Marsmission, einen Flug zum Mond mit dem Ziel, Grundlagen für einen späteren Marsflug zu erarbeiten, einen Mond-Orbit-Flug, eine Reise zu einem Asteroiden sowie einen Flug zu den beiden Mars-Monden Phobos und Deimos. Obama, der nicht an die Empfehlungen des Komitees gebunden war, hatte daraufhin seine eigenen Raumfahrtpläne entwickelt, die sich vor allem am Kostenfaktor orientierten.
Charles Bolden seufzte. Es war keine einfache Zeit gewesen damals im Februar 2010, als der Präsident die Beendigung des Constellation-Programms verkündete. Seinem Willen gemäß sollten nach der Stilllegung der überalterten Space Shuttle-Flotte nur noch kommerzielle Unternehmen wie die Sierra Nevada Corporation, die Boeing Company oder SpaceX darum besorgt sein, den bemannten Zugang zur ISS sicherzustellen, wobei die

nationale Raumfahrtbehörde diesen privaten Firmen sowohl finanzielle als auch technologische Unterstützung anbieten sollte. Für die NASA selbst hatte der Präsident anderes vorgesehen: Sie sollte sich auf Grundlagenforschung beschränken und neue Antriebstechnologien entwickeln, mit denen man in Zukunft das Sonnensystem bemannt erkunden konnte.
Die präsidialen Pläne wurden allerdings sowohl von der Industrie als auch vom Repräsentantenhaus torpediert. An erster Stelle gingen natürlich die Volksvertreter jener Bundesstaaten auf die Barrikaden, die von der Streichung des Constellation-Programms finanziell betroffen waren. Nach einem längeren, hinter den Kulissen geführten Gezänk konnten sich der Präsident und das Parlament dann doch noch zu einer Einigung durchringen. Die hauptsächlichen Änderungen gegenüber Obamas ursprünglichen Plänen lauteten: Die NASA entwickelt eine Schwerlastrakete, deren Zweck noch zu bestimmen sein wird, und das Raumschiff Orion – eigentliches Kernstück des ehemaligen Constellation-Programms – wird trotzdem gebaut, um als Rettungskapsel für die ISS zum Einsatz zu kommen. Irgendwie wollte man sich mit diesem Kunstgriff dagegen absichern, allein auf die Russen angewiesen zu sein, sollte der kommerzielle Zugang zum Orbit aus irgendeinem Grund scheitern. Eine Gruppe prominenter Persönlichkeiten und ehemaliger Astronauten wie Neil Armstrong oder James Lovell hatten sich noch im Sommer 2011 in einem Protestschreiben vehement gegen die Außerdienststellung der Shuttles gewehrt, weil sie dadurch einen Kontrollverlust über die Internationale Raumstation befürchteten. Allerdings hatten sich die Adressaten des Briefs – der Präsident, der Vizepräsident, Senator Bill Nelson und das Repräsentantenhaus – davon nicht beeindrucken lassen.
Timothy Blow, ein Fliegerkamerad und Versehrter aus den Zeiten des Vietnamkriegs, hatte sich anlässlich des letzten Veteranentreffens dann auch ziemlich verbittert geäußert.

»Einst sind wir zum Mond geflogen und besaßen Weltraumflugzeuge. Und heute?« Timothy hatte ihm, Bolden, bedauernd auf die Schulter geklopft und gesagt: »Heute müsst ihr armen Schlucker bei den Jungs von Roskosmos für fünfzig Millionen Dollar einen Stuhl kaufen, damit sie euch in ihren Konservendosen überhaupt noch mitnehmen zur ISS.«
Er hatte Timothy daraufhin erklärt, dass die NASA die beiden Direktorate Exploration und Operation zu Human Exploration and Operation verknüpft hätte, damit Amerika endlich wieder ein neues Kapitel in der bemannten Weltraumfahrt aufschlagen und Raumschiffe zu Asteroiden und zum Mars schicken könne, doch Blow hatte ihn nur ausgelacht: »Womit wollt ihr denn zum Mars fliegen? Mit Hosenknöpfen? Amerika ist mit fünfzehn Billionen Dollar verschuldet. Offiziell. Insider reden von weit über fünfzig Billionen! Hinzu kommt der Verfall unserer Währung. Fünfzehn Millionen Arbeiter finden keinen Job und vierzig Millionen leben inzwischen von Lebensmittelgutscheinen. Hätten wir nicht so viele karitative Einrichtungen im Land, wäre ein Teil der Bevölkerung bereits verhungert, Charlie. Das sind doch Zustände wie im hintersten Winkel Afrikas! Und während wir Lehrern, Polizisten, Feuerwehrleuten, Straßenbauarbeitern und Müllmännern den Job kündigen, öffentliche Klos, Parks und Campingplätze schließen, spielen wir weiter Cowboy und Indianer mit den Taliban!«
Timothy Blow hatte sich aus seinem Rollstuhl gehievt, an der Tischkante festgeklammert und gerufen: »Wir werden diese beschissenen Mullah-Kriege genauso wenig gewinnen wie damals Vietnam! Auch wenn Osama bin Laden und Anwar al-Awlaki erledigt sind, was scheißegal ist, weil bereits der nächste Terroristenführer auf dem Thron von Al Qaida hockt – Obama macht den gleichen Fehler wie vor ihm schon Bush und die Russen. Er unterschätzt die bärtigen Teufel, läuft ihnen blindlings in die Falle! Dabei ist ihre Strategie so einfach wie genial.

Im Wissen, dass wir sie auch mit der teuersten Militärmaschinerie niemals alle werden erwischen können, fordern sie uns stetig heraus, zwingen uns zu immer neuen und aufwändigeren Maßnahmen. Die Mullahs führen gegen uns längst nicht mehr nur den Glaubens-, sondern auch einen ausgewachsenen Wirtschaftskrieg. Dabei lachen die sich in ihren Höhlen und Lehmhütten halb tot, dass sich die Soldaten der mächtigsten und modernsten Armee der Welt aus Geldmangel davonschleichen wie geschlagene Hunde. Damit es nicht ganz so lausig aussieht, verkündet unsere Regierung, die afghanische Armee sei inzwischen gut genug ausgebildet, um die Sache auch ohne uns im Griff zu haben. Einen Scheiß haben die! Wartet mal ab, was die Mullahs vom Hindukusch aus alles anzetteln, wenn ihnen dort niemand mehr auf die Finger haut.«

Timothy war zurück in seinen Rollstuhl gesunken. »Dasselbe geschieht im Irak. Stellt sich dort keiner mehr zwischen schiitische und sunnitische Stammesfürsten oder gegen die im Untergrund operierenden Revolutionsgardisten des benachbarten Iran, brechen Chaos und Anarchie über das Land herein. Schon jetzt geht fast täglich eine Bombe hoch, doch das ist gar nichts gegen das, was dem Land noch bevorsteht. Fuck! Habt ihr Hohlköpfe euch schon mal gefragt, wer am Schluss für alles blutet? Der Präsident sprach von einer Billion, die der Irakkrieg gekostet haben soll, aber das ist eine ausgekochte Lüge! In Wirklichkeit kostet uns Amerikaner die Genugtuung, Saddam Hussein an den Galgen gebracht zu haben, mindestens drei Billionen. Und wofür? Weil Hussein sich Bushs Diktat widersetzte? Weil er ihm persönlich androhte, sein Erdöl auch gegen andere Währungen zu verkaufen als nur gegen Dollars, und damit einen unverzeihlichen Fehler beging? Okay, Saddam war ein böser Junge, aber rechtfertigt das die teuerste Hinrichtung aller Zeiten?«

Seinen Rollstuhl im Kreis drehend, hatte Timothy Blow daraufhin gekräht: »Und wer kommt für die Folgekosten aus diesem

Gaddafi-Scheiß auf, dessen riesiges Waffenarsenal sich nun zwar nicht mehr in seinen, dafür aber zum Teil in Händen von al-Qaida-Terroristen befindet? Woher sollen die Billionen kommen, die wir für das Funktionieren unserer siebenhundert Militärstützpunkte und zahllosen Sicherheitsbehörden benötigen, damit wir weiterhin einigermaßen ruhig schlafen können?«
Wieder waren Häupter geschüttelt und Einwände erhoben worden, worüber sich Blow maßlos aufgeregt und dann ein zweites Mal in die Höhe gestemmt hatte. »Wir können nicht endlos Geld drucken und alle paar Monate in jeweils letzter Sekunde eine Staatspleite verhindern, verdammt! Was glaubt ihr Erbsenhirne, was uns und der übrigen Welt widerfährt, wenn wir pleitegehen und der Dollar als Leitwährung von der Bildfläche verschwindet?«
Der Dollar befand sich momentan zwar genauso am Boden wie die Wirtschaft. Dass er aber von einer anderen Währung abgelöst werden könnte, stand für seine Kameraden außer Frage. Blow hatte sie deswegen böse angesehen und gezischt: »Neunhundert Dollar schulden wir allein jedem der 1,3 Milliarden Chinesen. Und die machen höllisch Druck, ersticken alles im Keim, was unsere Wirtschaftskraft stärken könnte. Im festen Kalkül, schon bald zur uneingeschränkten Weltmacht aufzusteigen, bieten sie nun auch den Europäern in ihrer finanziellen Not Unterstützung an. Natürlich nur gegen entsprechende Handelsabkommen. Ganz nebenbei rüsten sie auf wie die Verrückten, um sich vorsichtshalber schon mal gegen den Unmut ihrer zukünftigen Sklaven zu wappnen.«
Er und seine Kameraden hatten lauthals opponiert, doch Timothy formte die Hände zu einem Trichter und brüllte: »Wenn das System nicht vorher kollabiert, ist der Tag nicht mehr fern, an dem die Schlitzaugen bestimmen, mit welcher Währung wir welche Sorte Papier kaufen, um uns den Arsch abzuwischen. Darauf verwette ich meine verschrumpelten Eier!«

Charles Bolden ließ seufzend von seinen Erinnerungen ab, verstaute die Ersttagsbriefe in einer länglichen Pappschachtel und legte zuoberst die Apollokarte hinein. Für einen Moment hielt er den Deckel in der Luft, dann stülpte er ihn feierlich – als habe er einen kleinen Sarg vor sich – über die Box. Danach erhob er sich, um die Schachtel mit den Schätzen zurück zum Safe zu bringen, wobei er auf dem Weg dorthin vor der ›Heldenwand‹ stehen blieb, wie seine beiden Kinder sie nannten. Bolden vor seiner Phantom II, Bolden in voller Testpilotenmontur, Bolden in der Uniform eines Generalmajors, Bolden im orangefarbenen Raumanzug vor der Raumfähre Columbia, Bolden als stolzer Chef der NASA und ganz zuletzt Bolden als glücklicher Familienvater ...

Nachdem er den Safe geschlossen hatte, ging er hinunter in die Küche, wo eine Keksdose mit selbstgebackenen Brownies seiner Frau auf ihn wartete. Während er da stand und Kekse kaute, kam ihm eine Geschichte aus seiner Jugendzeit in den Sinn.
Sein Vater hatte ihm an einem Sonntagnachmittag auf der Veranda seines Häuschens ein Gurkenglas in die Hand gedrückt, das bis oben hin mit großen Steinen angefüllt war, und fragte ihn, ob er glaube, das Glas wäre voll? Er bejahte das. Daraufhin pickte Vater eine Handvoll Kieselsteine aus dem Blumenbeet und schüttete sie ebenfalls ins Glas. Natürlich gab es zwischen den großen Steinen noch genügend Platz für die kleineren. Erneut fragte er ihn, ob das Glas nun voll sei? Und wieder antwortete er mit einem Ja. Da lächelte sein Vater weise, kratzte vom Boden Sand zusammen, ließ ihn ins Glas rieseln, wo er sich in den vielen Zwischenräumen verteilte, dann sagte er: »Jetzt erst ist das Glas voll, Charles, und glaube mir, dein Leben funktioniert genauso. Die großen Steine repräsentieren die wirklich wichtigen Dinge – deine Träume und den Ehrgeiz, möglichst viele dieser Träume wahr werden zu lassen, deinen Großmut und

deine Liebe zu allen, die dir nahe stehen, aber auch deine Gesundheit. Die Kieselsteine hingegen stehen für die weniger wichtigen Dinge in deinem Leben – das Haus, das du einmal besitzen, und das Auto, das du fahren wirst, oder die Höhe deines Bankkontos. Nun bleibt noch der Sand übrig, mein Junge. Dieser stellt die vielen unwichtigen Dinge dar, denen du im Laufe deines Lebens begegnest. Bedenke, Charles: Füllst du dein Glas zuerst mit Sand, bleibt kein Platz mehr für die großen Steine und am Ende deines Lebens wirst du fragen, wieso du dich die ganze Zeit über nur mit Unwichtigem herumgeschlagen hast.«

Das Telefon klingelte. Bolden, die Keksdose unterm Arm und ein Brownie im Mund, ging hinüber ins Wohnzimmer, schleckte sich die Finger sauber und hob ab ... »Hello?«
Als der Anrufer seinen Namen nannte, rutschte Charles Bolden vor Schreck die Dose unter dem Arm hervor, fiel scheppernd zu Boden, sprang auf und verteilte ihren Inhalt über den Boden. Gleichzeitig würgte er das Keksstück – das er bis jetzt wie ein Hamster in seiner Backentasche versteckt gehalten hatte – mit hastigem Schlucken hinunter.
»Nein, nein, da war nichts!«, beschwichtigte er die Stimme am anderen Ende der Leitung, die sich nach dem Lärm erkundigte. »Alles in Ordnung! Jaaa, mir und meiner Frau geht es bestens.« Bolden hörte dem Anrufer eine Weile aufmerksam zu, dann schlich sich eine leichte Errötung in sein Gesicht. »Was soll ich?« Die freundlichen dunklen Augen des NASA-Chefs irrten über den Teppichboden, blieben an den verstreut liegenden Brownies haften ... »Wie bitte? Das kann ich nicht!« Boldens dunkle Gesichtshaut gewann weiter an Farbe hinzu. »Mit Verlaub, das funktioniert nicht! Und wer, um Himmels willen, soll für so ein Wahnsinnsprojekt überhaupt die Verantwortung übernehmen wollen?« Bolden schnappte nach Luft. »Wer ...?«

Als dem NASA-Administrator klar wurde, vom Mann am anderen Ende der Leitung weder Wahl noch Spielraum zu bekommen, stöhnte er auf und fasste sich dorthin, wo sein Herz gerade Purzelbäume schlug ...

Alexis Bolden kam mit schwungvollen Schritten – beide Arme um zwei große Einkaufstüten geschlungen – durch den Flur gelaufen, trat ins Wohnzimmer und stockte. Ihr Mann stand beim Telefonapparat, den Hörer noch in der Hand. Sein Kopf war purpurrot angelaufen und am Boden lagen die offene, verbeulte Keksdose und in einem weiten Umkreis darum herum ihre Brownies.
»Charlie?«
»Alex ... ich ...«, setzte Bolden stammelnd an.
»Ja, Charlie?«
»Ich muss! ...«
Irgendetwas stimmte nicht mit ihrem Mann.
»Alex ... hör zu!«
»Ja?«
»Soeben hat mich der Präsident angerufen und mir mitgeteilt, dass ich ...«
Seine Frau stellte die beiden Einkaufstüten auf den Boden und eilte zu ihm hin.
»Barack verlangt von mir ohne Wenn und Aber, dass ich dieses Ding vom Himmel hole!«
Alexis bekam große Augen. »Was sagst du?«
»Er gibt mir sechs Monate dafür, Alex ... Sechs Monate! Das ist unmöglich! Absolut unmöglich!«

VOR SIEBEN MONATEN

Die neunundzwanzigjährige Wissenschaftsjournalistin Sally Brown erreichte den Steg mit den schwanförmigen Tretbooten bereits zum dritten Mal. Mit einem zufriedenen Nicken goutierte sie die Anzeigen der Pulsuhr, die wie ein klobiger Käfer auf ihrem feingliedrigen Unterarm hockte. Sechseinhalb Minuten hatte sie gebraucht. Lief sie schneller, konnte sie die eineinhalb Kilometer auch in fünf Minuten schaffen. Doch es ging ihr nicht darum, möglichst schnell voranzukommen, sondern ihr allmorgendliches Ritual rund um den Lake Eola mit Ausdauer zu bestehen.

Kurz vor sieben Uhr lag die beliebte Grünanlage in der Innenstadt Orlandos noch ziemlich verlassen da. Auf sich aufmerksam machten lediglich das schnatternde Federvieh an der Uferböschung und die Obdachlosen, die sich, von den ersten Sonnenstrahlen geblendet, gähnend auf den Parkbänken reckten.

Die Frau drehte noch eine Runde, dann trottete sie ihre Arme ausschüttelnd zurück zum Minivan, den sie gegenüber der Freilichtbühne an der North Rosalind Avenue geparkt hatte. Noch während sie sich mit der einen Hand das feuchte Stirnband vom Kopf zog und mit der anderen durchs brünette, blond gesträhnte Kurzhaar fuhr, meldete sich ihr Handy.

»Hi, Dad! Auch schon auf den Beinen?«

»Guten Morgen, mein Kind«, meldete sich eine zwar freundliche, aber unverkennbar dominante Stimme. »Alles okay bei dir?«

»Alles okay!«, bestätigte Sally.

Die Stimme am anderen Ende wurde zurückhaltender, leiser. »Das sagst du jedes Mal, wenn ich mich nach deinem Wohlergehen erkundige.«

Sie zögerte. »Alles im grünen Bereich, Dad.«

»Belästigt dich Keith noch immer?«
Sally atmete deutlich hörbar durch, bevor sie ihrem Vater antwortete: »Nicht direkt.«
»Was soll das heißen?«
»Nun ... er ruft hin und wieder an.«
»Warum nur bringst du den Kerl nicht hinter Gitter? Ich kann es nicht ertragen, dass einer, der meine Tochter schlägt, frei herumläuft!«
Sally seufzte: »Du weißt, wie das am Gericht zugeht, Dad. Ich will das alles nicht noch einmal durchmachen. Solange Keith dem Haus fernbleibt wie abgemacht, kann ich damit leben.«
Die Stimme ihres Vaters wurde tiefer, drohender: »Ich könnte das auch anders regeln ...«
»Dad!« Ihre honigfarbenen Augen suchten zwischen Pulsfrequenz, Anzahl zurückgelegter Schritte und Datum nach der Uhrzeit. »Hör zu, ich muss jetzt Schluss machen.«
»Besuchst du uns am Wochenende?«, kam es zögernd.
»Huhhh!«
»Was heißt: Huhhh?«
»Naja, New York ist nicht gleich um die Ecke und ich habe viel zu tun und ...«
»Der Flug geht natürlich auf meine Rechnung, Liebes!«
»Das musst du nicht ...«
»Du würdest Ann und mir eine große Freude machen, wenn wir dich wieder einmal sehen könnten.«
Ihr fein gezeichnetes, zimtfarbenes Gesicht wirkte nach wie vor unentschlossen. »Nun, ich ...«
»Danke, mein Kind!«
Sally gab auf. »Befehl entgegengenommen, Director Brown!« Es war ja nicht so, dass sie ihre Eltern nicht liebte, aber die Art, wie sich ihr Vater manchmal in ihr Leben einmischte ...
»Gib mir Bescheid, welchen Flug du nimmst, ich hol dich dann am Flughafen ab.«

»Alles klar, Dad, ich meld mich ...«
»Fast hätte ich es vergessen!«, unterbrach ihr Vater sie. »Wenn du nichts dagegen hast, fahren wir noch kurz zu mir in die Firma. Ich muss dir unbedingt etwas zeigen!«
Sally hatte keine Einwände, wollte aber natürlich wissen, um was es sich denn handle. Ihr Vater verriet jedoch nur, für das Kundenbesprechungszimmer der Firma eine ziemlich teure Investition in Form eines besonderen Blickfangs getätigt zu haben.

Eine Stunde später betrat Sally frisch geduscht und gekleidet die Redaktionsräume von ›Live Science‹. Wie jeden Morgen steuerte sie vor Arbeitsbeginn zuerst auf eines der beiden Terrarien ihres Chefs zu und klopfte gegen die Scheibe. Unverzüglich kamen Tom und Jerry aus ihren Schlafröhren gekrochen, um von ihr gefüttert zu werden. Bei Tom hatte sie immer das Gefühl, er würde sie vorwurfsvoll anblicken. »Ich kann nichts dafür«, entschuldigte sich Sally – einen Apfelschnitz hineinreichend – bei ihm, wobei ihr Blick verstohlen nach rechts wanderte zum zweiten Terrarium, wo sich unter der Wärmelampe züngelnd eine Königspython räkelte. Tom und Jerry waren Futterratten. In zwei Wochen würde für eine der beiden das letzte Stündlein schlagen; vierzehn Tage später war die andere dran, und dann bestellte ihr Chef wieder neue Toms und Jerrys beim Futtertierhändler. Die zierliche Frau gab den Rest des zerschnittenen Apfels in den Glasbehälter, wandte sich von den Nagern ab und der italienischen Kaffeemaschine zu, griff nach einer vorgewärmten Tasse ...
»Sally!«
Sie drehte sich um. »Hi, Phil!«
»Würdest du bitte in mein Büro kommen!«
Sally hielt dem Chefredakteur ihre noch leere Kaffeetasse vors Gesicht. »Ich bin in fünf Minuten bei dir!«
Er schüttelte entschieden den Kopf: »Nein, jetzt gleich!«

Sie versuchte zu feilschen: »Zwei Minuten, Phil, okay?!«
Philip nahm ihr die Tasse aus der Hand und stellte sie zurück auf die Wärmeplatte. »Ich sagte: jetzt gleich!«
»Ooochhh ...!«
Er nahm sie am Arm. »Komm schon!«
So kannte Sally ihren Chef gar nicht. »Was ist denn los?«
»Was los ist?«, murrte der, während sie durch die Gänge eilten. »Seit einer geschlagenen Stunde hockt ein mir ausgesprochen unsympathischer Kerl vom Verteidigungsministerium in meinem Büro!«
Sally begriff nicht. »Und? Was will er von dir?«
Philip blieb vor der Tür zu seinem Reich stehen und drehte sich zu Sally um. »Der Kerl will nichts von mir. Er ist deinetwegen hier!«

ERSTER AKT

GEGENWART

KAPITEL 1

Maximilian Lindner hatte sich kurz nach Sonnenaufgang in Richtung Regenwald aufgemacht. Ihm fehlte noch eine passende Videosequenz für seine Ausstellung ›Lindner12‹, und die wollte er bis heute Abend im Kasten haben. In zwei Tagen würde er nach Zürich fliegen, und bis dahin musste das Material komplett sein.
Die Augen immer wieder auf die zwischen den Handgriffen flatternde Karte gerichtet, lenkte er sein Motorrad geschickt um Pfützen, Schlaglöcher und Aststücke herum. Ab und zu kamen ihm mit Baumstämmen beladene Lastwagen entgegen – ein sicheres Zeichen dafür, dass er sich auf dem richtigen Straßenabschnitt befand. Ein kleines, mit rotem Filzstift gemaltes Kreuz im Zentrum der Karte markierte die Stelle, an der er abbiegen musste. Der groß gewachsene stämmige Österreicher nahm das Gas etwas zurück – und dann sah er sie auch schon: Eine etwa fünf Meter breite schlammige Schneise, die geradewegs in den Urwald hineinführte. Er schaute sich vorsichtig um. Die Straße war leer. Keine Zeugen. Sehr gut!
Das fahle Morgenlicht drang erst zaghaft durchs Blätterdach. Dunstschnüre lösten sich aus den Baumwipfeln, wuchsen zu tanzenden Nebelschwaden heran und entschwanden wieder. Die feuchte Luft roch herrlich nach frischem Moos und in den Baumkronen kreischten Papageien und Gibbons um die Wette. Ein Flughörnchen segelte über seinen Kopf hinweg ...

Maximilian war dem Weg rund einen Kilometer weit gefolgt, als sich zum Knattern seines Motorrads unverhofft ein weiteres Knattern gesellte. Mit jedem Meter, den er von jetzt an weiter in den Dschungel vorstieß, schwoll dieses andere Knattern an, wurde zum stetigen, lärmenden Begleiter. Gleichzeitig veränderte sich auch der Geruch. Statt nach saftigem Moos roch es nun nach geschnittenem Holz und verbranntem Laubwerk.

Lindner verließ den matschigen Weg, zwängte sich und die blaue Yamaha ein Stück weit ins Unterholz hinein und stieg ab. Nachdem er das Motorrad unter einem Farnbusch versteckt und die riesigen Blattwedel so lange zurechtgebogen hatte, bis keine Spur mehr von der Maschine zu sehen war, griff er in eine der zahlreichen Taschen seiner Safariweste, kramte einen kleinen GPS-Empfänger hervor, speicherte seine aktuelle Position und ließ das graue Kästchen danach wieder in der Tasche verschwinden. Auf dem Weg hierher hatte er auf den Navigator verzichten müssen, weil die Straßen, die er befuhr, im Datenmaterial nicht vorhanden waren. Und ab jetzt benötigte er das Gerät nicht mehr, da ihm sowohl der Lärm als auch der neu hinzugekommene penetrante Geruch von Dieselöl den Weg durch den Urwald weisen würden. Bei seiner Rückkehr zum Motorrad hingegen würde er auf das Navi angewiesen sein – schließlich war er kein Spurenleser.

Kettensägen fraßen sich kreischend in die Leiber der Urwaldriesen, schnetzelten so lange in den tiefen, nässenden Wunden, bis Baum für Baum krachend zu Boden stürzte. Riesige Bulldozer schleppten die bis zu neun Meter dicken und bis zu sechzig Meter langen Stämme auf die nächstgelegene Lichtung, wo ihnen Männer mit nackten feuchtglänzenden Oberkörpern das Astwerk absägten, bevor man sie auf bereitstehende Lastwagen hievte. Auf diese Weise frästen und hackten sich die Holzarbeiter Tag für Tag tiefer in den Tropenwald, und Tag für Tag wurde die grüne Lunge der Erde um ein großes Stück kleiner.

Geduckt schlich sich Maximilian näher an die Rodungsstelle heran, um mit geübtem Blick nach einem geeigneten Motiv Ausschau zu halten, doch von seinem Platz aus gab es nicht viel zu sehen. So leise wie möglich machte er sich auf die Suche nach einem besseren Standort. Noch war er nicht weit gekommen, als er einen Forstschlepper bemerkte, der sich ihm vom Rodungsplatz her näherte. Der gelbgestrichene Koloss kurvte um eine mächtige Würgefeige herum und stoppte. Zwei Männer lösten schwere Ketten vom herangeschleppten Stamm und gaben dem Fahrer danach ein Zeichen. Die Maschine fuhr wieder los und hielt nun direkt auf ihn zu.
»Oh, nein!«, stöhnte Lindner.
Der Mann in der Führerkabine schaltete ein paar Gänge zurück und drückte kräftig aufs Gas. Die zweihundertzwanzig Pferdestärken des V8-Turbodiesels reagierten umgehend. Mit heulendem Getöse machte das hochbeinige Gefährt einen gewaltigen Satz nach vorn ...
Fünfzig Meter höchstens trennten Maximilian und den Forstschlepper, doch dessen Fahrer schien ihn erstaunlicherweise noch immer nicht bemerkt zu haben. Lindner reagierte instinktiv, ließ sich hinter die ausladende Wurzel eines Merantibaums fallen und rollte sich dort wie ein Igel zusammen. Mit ohrenbetäubendem Lärm pflügte sich die Maschine durchs Dickicht, kam unaufhaltsam näher ... Der Boden unter ihm fing an zu zittern. Fluchend quetschte er sich noch enger ans Holz. *Der wird doch nicht so verrückt sein und mich überfahren ..?*
Keine zwei Meter von Lindners Versteck entfernt drehte das Monstrum ab. Die schweren Ketten, die es wie den rasselnden Schwanz einer Klapperschlange hinter sich her zog, fetzten klirrend über den Wurzelkamm – und im nächsten Moment prasselte auch schon ein Regen aus Holzsplittern und Moosgeflecht auf ihn herab. Maximilian wartete eine Sekunde, äugte vorsichtig über die blank gescheuerte Wurzel und entdeckte einen großen

Ameisenhügel, der eine halbe Baumlänge vor dem Schlepper aus dem Boden ragte. Obwohl er problemlos ausweichen konnte, steuerte der Kerl in der Führerkabine direkt auf den Hügel zu. Maximilian schoss hoch und rannte – während er einhändig den Camcorder aus seiner Weste zerrte – dem lärmenden Ungetüm hinterher.
Mannshohe Reifen, montiert an zwanzig Tonnen rostigen Stahls, zermanschten in der Zeit eines Wimpernschlags ein ganzes Ameisenvolk – Abermillionen von Lebewesen. Maximilian – inmitten der Auspuffgase kauernd – drehte den Zoom des Camcorders bis zum Anschlag und fühlte im gleichen Moment glühende Wut in sich aufsteigen. Er konnte und wollte nicht begreifen, warum der Mensch stets wie ein Elefant durch den ›Porzellanladen Erde‹ trampeln musste, warum er alles niedermachte, was ihm in die Quere kam, und weshalb dieser Idiot da vorn auf derart sinnlose Weise Leben zerstörte, auch wenn es sich nur um die Existenz mickriger Insekten handelte.
Hustend stolperte er aus dem öligen Dunst der Abgaswolke. »Sakrament nochamol – du Orschloch, du!«, schrie er dem Mann in der Führerkabine hinterher, eine Faust drohend zum Himmel erhoben.
Ein schrilles Kreischen gellte durch den Wald, als der Schlepperfahrer voll auf die Bremsen trat. Das schwere Gerät rutschte, bremste, rutschte weiter – das grobe Profil der Reifen tief in den feuchten Waldboden grabend ... dann stand es still.
Die Erkenntnis, mit seinem Gehabe gerade einen gewaltigen Fehler begangen zu haben, traf den Österreicher wie eine Ohrfeige. Im zitternden Rückspiegel des Schleppers konnte er unscharf das Gesicht des Fahrers ausmachen. Der trat im Leerlauf mehrmals hintereinander aufs Gaspedal, sodass der Dieselmotor fauchte wie ein wildes Tier ...
»Leg einen Gang ein und hau ab!«, beschwor Maximilian den Kerl im Spiegel, doch der tat ihm den Gefallen nicht. Ganz im

Gegenteil. Sekunden später drehte er die Zündung ab. Lindner hörte die Kabinentür zuschlagen, Äste knacken ...

Ein dunkelhäutiger drahtiger Malaie mit schwarzen stechenden Augen und einer mächtigen Machete in seiner Rechten trat hinter dem Schlepper hervor. Obwohl er seinen Kontrahenten um mindestens einen Kopf überragte und fast doppelt so breite Schultern besaß, entschloss sich Maximilian zum sofortigen Rückzug. Es war allseits bekannt, wie rücksichtslos und brutal die malaysischen Waldarbeiter sein konnten, und er besaß nichts, was er dem Kerl und seinem Buschmesser entgegensetzen konnte. In Windeseile verstaute er die Kamera, machte auf dem Absatz kehrt und rannte los. Er fühlte sich fit, besaß Ausdauer und war überzeugt, den wütenden Holzarbeiter schnell abzuhängen, sollte der sich überhaupt dazu entschließen, ihm zu folgen.

Schon nach wenigen Dutzend Metern musste Maximilian allerdings konstatieren, die Lage absolut falsch eingeschätzt zu haben, denn der Schlepperfahrer verfolgte ihn nicht nur, er holte sogar auf. Buschwerk, Äste, Lianen, Wurzeln – alles, was sich ihm in den Weg stellen, hängen oder legen konnte, tat das auch. Er fühlte sich wie im Traum, glaubte auf der Stelle zu treten. Keinesfalls wollte er mit diesem ausgeflippten Malaien und dessen Waffe Bekanntschaft schließen, also griff er, während er sich duckend und über Hindernisse springend vorwärts kämpfte, ein weiteres Mal in die Taschen seiner Weste und holte den GPS-Empfänger hervor. Nach dreißig quälend langen Sekunden hatten ihn die Navigationssatelliten erfasst. Das Gerät bildete auf dem Display nun einen kleinen schwarzen Pfeil ab, der sich stetig auf einen roten Punkt zubewegte. Der schwarze Pfeil war er selbst, und der rote Punkt markierte das Versteck seiner Yamaha. Um das Motorrad unter dem Farnbusch hervorzuzerren und damit auf die Straße zu kommen, brauchte er mindestens eine, wenn nicht zwei Minuten, doch soviel Vorsprung hatte er nicht.

Anstatt weiter den kürzesten Rückweg zu nehmen, schlug sich Maximilian, einer plötzlichen Eingebung folgend, nun seitwärts in die Büsche und lief im Zickzack. Auf diese Weise, so hoffte er, würde es für den Schlepperfahrer schwieriger, im dichten Unterholz seiner Spur zu folgen. Der Trick schien tatsächlich zu funktionieren, wurde das Getrampel und Geknacke hinter ihm doch stetig leiser, und kurze Zeit später hörte er außer seinen eigenen Schritten gar nichts mehr. Von erneuter Hoffnung getrieben, mobilisierte er all seine Energie und spurtete wie ein Hase durchs Dickicht, wobei er immer wieder mal einen Blick auf den Navigator warf, um vor lauter Hakenschlagen nicht selbst die Orientierung zu verlieren.

Doch Maximilians Rechnung sollte nicht aufgehen. Sein Häscher war nicht nur zäh und unglaublich schnell, sondern ebenso schlau. Anstatt seinem Opfer einfach weiter hinterherzulaufen, hielt er inne und horchte in den Wald. Einige Atemzüge später war ihm klar, wohin der Fremde flüchtete – denn trotz seines Zickzackkurses entfernte er sich in eine ganz bestimmte Richtung. Während der Malaie unter Zuhilfenahme seiner Machete nun wieder geradeaus durch den Regenwald lief, verlor der Österreicher durch sein ständiges Hin- und Hergerenne zusehends an Kraft und Geschwindigkeit.

Als das Schnaufen und Trampeln seines Häschers mit einem Mal wieder hinter ihm war und er begriff, dieses Rennen ohne Wenn und Aber verloren zu haben, fragte er sich, ob ihn der Holzarbeiter mit einem gezielten Schlag ins Jenseits befördern oder mit dem Buschmesser so lange auf ihn einhacken würde, bis er zu Boden ginge, um dort wie ein Stück Vieh zu verenden. Unwillkürlich kam ihm Bruno Manser in den Sinn. Der Schweizer Umweltaktivist hatte sich viele Jahre lang vor Ort für den Schutz der Urvölker in Sarawaks Regenwäldern eingesetzt. Nachdem er die Machenschaften der Behörden und Holzfirmen aufgedeckt und international bekannt gemacht hatte, erklärten

ihn die Konzerne und malaysischen Behörden zu ihrem Todfeind und setzten ein Kopfgeld auf ihn aus. Als er trotzdem wieder in Borneo einreiste, verschwand er kurz darauf spurlos und für immer.
Der Schlepperfahrer hatte weitere Meter hinzugewonnen und klebte nun förmlich an Maximilians Fersen. Kalter Schweiß trat dem Verfolgten aus dem Nacken, lief wie Eiswasser seinen Rücken hinunter. Um dem Malaien zu entkommen, war er eindeutig zu langsam, sich mit dem Typen verbal verständigen zu wollen, würde nicht klappen, und sich mit bloßen Händen gegen ihn zu wehren noch viel weniger ...
In diesem Augenblick zischte etwas nur wenige Zentimeter an seinem Ohr vorbei und bohrte sich mit sirrendem *Klonk!* ins Holz. Maximilian fuhr zusammen, strauchelte ... kam wieder auf die Beine ... Gleichzeitig mit dem Schreck schoss ihm durch den Kopf: *Die Machete steckt im Baum!* Reflexartig rammte er beide Beine in den Boden, warf sich herum und stürmte schreiend auf den Malaien los. Bevor der überhaupt reagieren konnte, hatte er ihn auch schon niedergetrampelt. Noch immer in Bewegung, machte Lindner eine scharfe Kehrtwende und zwang den soeben wieder Hochgekommenen mit einer Serie schmerzhafter Schläge zurück in den Dreck. Während sein Gegner noch auf dem Rücken lag, zerrte Maximilian das Buschmesser aus der Rinde des Kapurbaums und schleuderte es in hohem Bogen in die Büsche. Der Schlepperfahrer, mittlerweile mit einem blutunterlaufenen Auge und einer gebrochenen Nase gesegnet, machte jedoch keinerlei Anstalten, aufzugeben. Wilde Flüche ausstoßend, rappelte er sich zum dritten Mal hoch, spuckte ein paar eingeschlagene Zähne aus und stellte sich dem Fremden breitbeinig in den Weg.
»Hau endlich ab, du Brunzkopf!«, schrie Lindner ihn an, aber der Malaie glotzte nur giftig zurück und überlegte, wie er dem Zwei-Meter-Mann an die Gurgel käme. Maximilian schwellte

die Brust, hob drohend die Fäuste und ging knurrend auf seinen Widersacher zu. Mit dieser archaischen Geste versuchte er den Angeschlagenen in die Flucht treiben, doch der wich keinen Millimeter zurück. Lindner machte einen weiteren Schritt – der Schlepperfahrer duckte sich und griff unterhalb seines Knies an die Hose.

Von einem Reflex ausgelöst, schnellte Maximilians rechtes Bein durch die Luft und hämmerte dem Uneinsichtigen mit voller Wucht den Stahlkappenschuh ins Geschlecht. »Da, du gschissana Grintsau!«

Ein kurzes Messer entglitt der Hand des Holzarbeiters. Einen Moment lang stand er unbeweglich wie eine Statue, dann fing er an nach Luft zu japsen wie ein Fisch auf dem Trockenen, sackte in die Knie und kotzte Maximilian vor die Füße. Einen Atemzug später kippte er vornüber und wälzte sich vor Schmerzen jaulend im Erbrochenen.

Mitten in die Zehn!, dachte Maximilian und keifte den Malaien an: »Na, gefällt dir das?«

Doch kaum hatte sich der Schlepperfahrer ein zweites Mal übergeben, versuchte er auch schon wieder auf die Beine zu kommen. Lindner war schneller. Er griff sich das Messer und drückte es seinem Widersacher an den Hals. »Du elender Ruach! Muss ich dich erst umbringen, damit du aufgibst?«

»Bajingan!«, spie ihm sein Gegenüber ins Gesicht.

»Du Steinschädel willst es nicht kapieren, oder?«

»Bajingan tengik!«

Maximilian hatte endgültig genug. Während er dem Holzarbeiter weiterhin die Klinge gegen die Kehle drückte, zwang er ihn auf den Bauch, hockte sich auf ihn, zog ihm den Gürtel aus der Hose und schnürte dem sich Windenden die Hände auf den Rücken. Als er damit fertig war, stand er auf und trat ein paar Schritte zurück. »So, du Sauhund! Jetzt kannst du mir so lange hinterherlaufen, wie du willst!«

Der Holzarbeiter wälzte sich auf den Rücken und starrte den Österreicher hasserfüllt an. Der schob sich das Messer in den Gürtel, wandte sich vom Besiegten ab und machte sich auf die Suche nach seinem Motorrad.

Zwei Stunden später streckte Maximilian auf der Liege seiner Unterkunft die Glieder aus und konzentrierte sich auf den Monitor des Camcorders. Die Aufnahmen von der brachialen Zerstörung des Ameisenhügels waren trotz spärlichem Licht sehr gut geworden, wobei die Abgasschwaden des Forstschleppers dem Ereignis noch eine zusätzlich düstere Note verliehen. Mit der halben Geschwindigkeit abgespielt, war es genau das, was er als Videosequenz noch gebraucht hatte. Ihn schauderte, als die Führerkabine mit dem Malaien darin ins Bild rückte. Hätte dieser Verrückte besser gezielt mit seiner Machete, dann würden seine Knochen jetzt draußen im Dschungel von den Tierchen abgenagt, um derentwillen er seine Selbstbeherrschung verloren hatte. Er schüttelte sein zottiges braunes Haar, um die Vorstellung davon aus seinem Kopf zu verbannen, schaltete die Kamera aus, klappte den Monitor ins Gehäuse zurück und deponierte sie am Fußende der Liege. Etwas Unverständliches brummend drehte er sich auf den Rücken, schloss die Augen und war eine Minute später eingeschlafen.

Bam! – Bam!
Maximilian schreckte hoch und blinzelte auf seine Uhr. Kurz vor acht. *Sapperlot!* Er hatte den ganzen Nachmittag verschlafen.
Bamm! – Bamm!
»Ich komm ja schon!« Lindner rollte sich von der Liege und stakste mit zu Schlitzen verengten Augen hinüber zur Tür.
Baammm! – Baammm! – Baammm!
»Ja, Sakrament, was ist denn?«, rief er gehässig und riss mit einem Ruck die Tür auf. Im Rahmen stand ein knochiger Kerl in

kurzen orangefarbenen Shorts. Eine ebenso farbenfrohe Schildmütze zierte sein breitwangiges Gesicht.

»Guten Abend, Häuptling«, gähnte der Österreicher und riss dabei seinen Mund sperrangelweit auf. Ihm in diesem Moment einen ganzen Apfel in den Rachen zu schieben, wäre ein Leichtes gewesen. »Warum in aller Welt machst du so einen Krach?«

»Maximan mussen gehen!«, presste der kleine Mann mit Silberblick und fehlenden oberen Schneidezähnen hervor. »Polizei suchen Maximan! Polizei sagen: Maximan schlagen Waldarbeiter halb tot!«

»Dieser Lump wollte mich umbringen!«, gab Lindner zurück, derweil er sich die Augen rieb und krampfhaft versuchte, sie offen zu halten. »Wieso kommen die gerade auf mich?«

Der Penan wand sich, trat nervös von einem Bein aufs andere. Er verstand zwar einiges von dem, was der Europäer zu ihm sagte, suchte aber selbst verzweifelt nach jedem verwendbaren Wort. Nun machte er einen Schritt auf Lindner zu und ging vor ihm in die Hocke. Maximilian starrte irritiert auf die zusammengekauerte Gestalt.

»Maximan großes Mann! Maximan weißes Mann!«

»Aha!«, war alles, was Lindner dazu einfiel. Seine Hirnströme bewegten sich im Aufwachmodus bestenfalls so schnell wie ein Käfer, der über ein Butterbrot zu krabbeln versucht. Sanft ergriff er Ngau Naan an den Schultern und stellte ihn zurück auf die Beine. Der Eingeborene war leicht, wog kaum mehr als fünfzig Kilo. Sich noch immer den Schlaf aus den Augen reibend, sagte er zu ihm: »Wie und wohin soll der Maximilian um diese Uhrzeit so mir nichts, dir nichts verschwinden? Mit dem Motorrad geht das schlecht, das hat der Vermieter bereits abgeholt ...«

»Mir – nicht – dir – nicht?«, stotterte der Eingeborene.

»Oh! Vergiss das, mein Guter, sag mir einfach, was ich tun soll.«

»Ngau Naan machen Auto!«

»Du hast ein Auto gemacht?« Maximilian musste unwillkürlich

lachen, obwohl ihm nicht im Geringsten danach zumute war. Der Häuptling hingegen guckte ziemlich unglücklich aus seiner orangefarbenen Hose und versuchte es erneut: »Ngau Naan machen Auto kommen. Maximan gehen mit Auto Kuching, dann fliegen Singapur.«
Der Österreicher kratzte sich im Bart. »Mein Flugzeug geht erst übermorgen, also in zwei Tagen, und so lange sitze ich in Malaysia fest.«
Er hielt dem Penan zwei seiner Finger vor die Nase, doch der schüttelte nur heftig den Kopf. »Polizei bringen Maximan Gefängnis, wenn nicht gehen schnell.«
Ngau Naan zog sein T-Shirt über die Schultern und drehte sich um. Lindner schluckte schwer. Nun wunderte er sich nicht mehr, weshalb dem Eingeborenen trotz seines geringen Wortschatzes Begriffe wie Waldarbeiter, Polizei oder Gefängnis so präzise gesprochen über die Lippen kamen.
Während Ngau Naan sein Shirt über den von Narben verunstalteten Rücken streifte, packte Maximilian wortlos seine Sachen zusammen. Kurze Zeit später kletterten die beiden von dem auf Stelzen stehenden Langhaus herunter, wo sie bereits von weiteren Eingeborenen erwartet wurden. Die meisten von ihnen streckten ihre Hände aus, um Maximilian zu berühren, und obwohl niemand einen Laut von sich gab, fühlte er, wie sie mit dieser Geste Abschied von ihm nahmen. Die Furcht, die dabei auf ihren Gesichtern lag, entging ihm im spärlichen Licht der von einem Dieselgenerator gespeisten Lampen.

Ein klappriger grüner Landrover kam um das Langhaus herumgekurvt und stoppte mit knirschenden Reifen. Auf der Fahrerseite wurde das Fenster geöffnet, dann schob sich auch schon ein ungeduldig winkender Arm heraus. Lindner öffnete die Hecktür, bugsierte sein Gepäck hinein und zwängte sich auf den Beifahrersitz.

Während die Eingeborenen einen engen Kreis um den Wagen bildeten, streckte sich Häuptling Ngau Naan durch die noch offene Tür ins Innere. Zuerst umgriff er mit beiden Händen Maximilians Unterarm, dann fuhr er langsam daran herunter, bis er seine Hand zu fassen bekam, die er drückte und schüttelte, so fest es ging.

»Ngau Naan sein glücklich kennen Maximan.« Winzige Tränen liefen über die Wangen des Penan, sammelten sich am Kinn und tropften zwischen seinen nackten Füßen in den Staub. Maximilian wurde schwer ums Herz. Jetzt suchte er nach den richtigen Worten und fand sie nicht. Der Häuptling drückte ihm ein letztes Mal die Hand, dann schloss er die Tür des Rovers. Der Fahrer hupte kurz, worauf die Eingeborenen auseinanderstoben. Wenige Augenblicke später war der schwere Geländewagen in der Dunkelheit verschwunden.

Kapitel 2

Ned Kelly, Doktorand für Astronomie, hockte weit nach Mitternacht noch immer vor seinem Laptop und starrte auf eine Unzahl weißer Punkte. Hin und wieder markierte er einen ganz bestimmten Bereich und vergrößerte ihn.
Im Radio spielten die Rolling Stones, was Ned dazu veranlasste, den Lautstärkeregler vier Striche höher zu drehen. Dass es nun aus den kleinen Boxen schepperte, war ihm egal. Hauptsache, es war laut. Er liebte die Altrocker, trommelte im Gleichtakt mit Charlie Watts auf seine Oberschenkel, schwang dazu die rotblonde Krausmähne und versuchte, Mick Jaggers derbe Stimme und den Chor dahinter nachzuahmen: »Pleased to meet you ... Whoo, whooo ... Hope you guessed my name, oh yeah ... Whoo, whooo ... But what's puzzling you ... Whoo, whooo ... Is the nature of my game ... Whoo, whooo ... Whoo, whooo ... Whoo, whooo ...«
Triple M-104.9 war Neds Lieblingssender. Hier wurden viele der Songs, die ihm schon von klein auf ans Herz gewachsen waren, rund um die Uhr gespielt. Mit magerstimmigen Hüpftanten wie Kylie Minogue wusste er nichts anzufangen, sie nervten ihn höchstens. Als der letzte Gitarrenriff und das ›Whoo, whooo‹ von ›Sympathy for the devil‹ verklungen waren, schraubte der fünfundzwanzigjährige Australier, der auf gewisse Weise an den jungen Art Garfunkel erinnerte, den Lautstärkeregler wieder zurück und machte sich daran, die Gläser seiner golden gerahmten Rundbrille sowie die Nase zu säubern. Als er mit der Reinigungsprozedur fertig war, gab er mittels eines Terminal-Programms einen Suchcode in seinen Linux-Rechner ein und

stemmte sich danach aus dem Sessel. Der Kunstlederbezug des Sitzkissens gab einen schmatzenden Laut von sich, ein untrügliches Indiz für die längst überfällige Pause.

Der angehende Astronom zog sich eine daunengefütterte Weste über und trat wenig später – eine dickbäuchige Flasche Bier in seiner Linken und eine Zigarette in der Rechten – vors Haus. Eine kalte Brise zog leise rauschend durchs Tal. Fröstelnd legte er den Kopf in den Nacken und blickte über die Brillenränder hinweg hinauf in den sternenklaren Nachthimmel. Die verschwenderische Pracht faszinierte ihn immer wieder aufs Neue. Was dort oben glitzerte und blinkte, waren keine Stromsparbirnen, sondern riesige feurige Gaskugeln, jede einzelne millionenfach größer als die Erde. Glaubte man den neuesten Forschungsergebnissen, so gab es im sichtbaren Universum mindestens vierzig Trilliarden Sterne. Vielleicht waren es aber auch vierhundert Trilliarden, vier Quadrillionen oder ein Vielfaches mehr. Und um diese Trilliarden und Trillionen von Sonnen kreisten mindestens ebenso viele Planeten. Wie zahlreich sich Leben auf ihnen tummelte, das wusste allein der Schöpfer dieses Universums, wenn er sich denn überhaupt um solch profane Dinge kümmerte.

Seit Anfang der sechziger Jahre suchten SETI-Forscher den Weltraum im Radio- und Infrarotbereich nach Zeichen technischer Zivilisationen ab, doch bis zum heutigen Tag gab es nicht den geringsten Beweis für mehr als einen mit zivilisierten Wesen bewohnten Planeten. Aber darum ging es Ned Kelly gar nicht; vielmehr waren es diese gigantischen, von keinem menschlichen Geist jemals erfassbaren Dimensionen, die ihn vor Ehrfurcht erschaudern ließen und immer wieder zurückführten zu den gleichen Fragen: Was war eine hunderttausend Lichtjahre große Galaxie wie die Milchstraße mit ihren geschätzten zweihundert Milliarden Sonnensystemen im Verhältnis zum gesamten Kosmos? Wohl kaum mehr als ein Sandkorn! Welche Bezeichnung blieb übrig für ein einzelnes Sonnensystem wie das irdische?

Was war die Erde? Was die sieben Milliarden menschlicher Zellhaufen obendrauf? Auf einer einzigen Fingerkuppe hausten fünfzig Millionen Bakterien. Wusch man sich einmal gründlich die Hände, brachte man auf einen Schlag Milliarden davon um. War der Mensch in seinem narzisstischen Fiebertraum, sich über alles und jedes stellen zu müssen und sich dabei so schrecklich wichtig vorzukommen, im Verhältnis zum großen Ganzen denn etwas anderes als eine solche Bakterie? War er mehr als nur ein Parasit, der ein weitgehend sinnfreies Dasein fristete in einer Petrischale, die er Erde nannte?

Und Gott? Dieser Gott der Bibel, der Tora, des Korans ... Hatte er dieses gewaltige Universum geschaffen und all die wunderbaren Nichtigkeiten darin verteilt, die man Sternhaufen, Galaxien oder Solarsysteme nannte? Mitnichten!

Früher hatte er oft in der Heiligen Schrift gelesen und war dabei regelmäßig über das erstaunlich fehlbare kleinkrämerische Handeln dieses Gottes gestolpert, der weder vor niederträchtigen Quälereien noch Massenmorden an seiner eigenen Schöpfung zurückschreckte. Ein Handeln, das sowohl von der Stufe der Grausamkeit als auch vom Ausmaß her jeden irdischen Tyrannen der Weltgeschichte zum harmlosen Wicht verkommen ließ. Vielleicht waren Gott und sein Clan – wie in manchen Texten nachzulesen war – vor einigen tausend Jahren tatsächlich von den Sternen gekommen, um sich an den Frühzeitmenschen auszutoben. Doch um einen Kosmos zu erschaffen und Welten darin, brauchte es ein ganz anderes Kaliber; eine Macht, vor der dieser Untergott genauso auf die Knie zu fallen hatte, wie es die Gläubigen bei ihm taten. Jedes Mal, wenn er mit einem größeren Instrument das Weltall betrachtete, offenbarte sich ihm diese immense Kraft, ein Gottwesen jenseits des menschlichen Vorstellungsvermögens, das solch elementare Dinge wie Masse, Energie und vielleicht sogar das Bewusstsein hervorbrachte. Würden die Leute, anstatt sich in all die Kirchen, Moscheen,

Synagogen und anderen Glaubenseinrichtungen zu verirren, ab und zu mal durch ein Fernrohr blicken, wäre die Welt vermutlich eine andere, denn sie würden dabei wie er selbst erkennen, was für ein wichtigtuerischer eifersüchtiger Winzling ihr Gott in Wirklichkeit doch war.

Als ihn solche Gedanken zum ersten Mal heimsuchten, war er erschrocken. Später probierte er, seiner Abkehr vom christlichen Glauben mit kühler Sachlichkeit zu begegnen, indem er sich mit dem Thema differenzierter auseinandersetzte. Dabei stieß er auf einige interessante Schriften, in welchen die biblische Geschichte in ihre Einzelteile zerlegt wurde. In einer hieß es zum Beispiel, dass die Replik ›Am Anfang schuf Gott Himmel und Erde‹ einen Übersetzungsfehler beinhalte. Korrekt müsse es heißen: ›Am Anfang *teilte* Gott Himmel und Erde.‹ Das hebräische Verb ›bara‹ stehe nicht für ›erschaffen‹, sondern für ›teilen‹ oder ›scheiden‹. Dieser zunächst unscheinbare Übersetzungsfehler bedeutete aber nicht weniger, als dass es diese Welt schon gegeben hatte, als Gott mit dem angeblichen Schöpfungsakt begann. Doch bezog sich Gottes Arbeit überhaupt auf den gesamten Planeten? Nicht unbedingt. Das ebenfalls hebräische Wort ›äräts‹ bedeutete nämlich nicht nur ›Welt‹, sondern auch ganz einfach ›Land‹.

Wofür genau waren Gott oder die Götter damals wirklich zuständig gewesen, und vor allem, wofür nicht? Mit der Zeit entdeckte Ned immer mehr Dinge, die ihn dazu brachten, das Alte Testament mit ganz anderen Augen zu sehen. So wurden in der Bibel Geschichten erzählt, welche die Hebräer um 250 v. Chr. aus zum Teil mehr als zweitausend Jahre älteren Schriften wie zum Beispiel der sumerischen Königsliste, dem mesopotamischen Schöpfungsmythos Enûma elîsch, dem Atrachasis-Epos, dem Gilgamesch-Epos, dem altiranischen Avesta sowie weiteren Überlieferungen entnommen, für ihre Zwecke neu zusammengesetzt und mit anderen Akteuren versehen hatten. Ein Beispiel hierfür war die biblische Geschichte um den Turmbau zu Babel, ein anderes die Nacherzählung der Geschichte über die Sintflut und ein weiteres die Schöpfungsgeschichte selbst. Er erinnerte sich noch gut daran, wie bei Sonntagspredigten bis zum Überdruss von der menschlichen Erbsünde gesprochen wurde, zu der Adam und Eva im Paradies von der Satansschlange verführt worden seien. Doch als er diesen Satan in der Genesis suchte, fand er ihn nicht. Nur einen zürnenden Gott, der sich fürchterlich darüber aufregte, dass seine Schöpfung ihm durch den Genuss der Frucht des Wissens ähnlich geworden war. Manchmal fragte er sich wirklich, ob Satan nicht eine Erfindung war, um damit von Gottes eigener Unvollkommenheit und Boshaftigkeit abzulenken.

Hinweise auf einen anderen als den bisher angenommenen Erschaffer der Welt und einen Gott über Gott ließen sich unter anderem im Judasevangelium finden, einer apokryphen Schrift, die, wie viele andere auch, nicht in den Kanon der Bibel aufgenommen wurde. Darüber hinaus war der Glaube an einen monotheistischen Gott relativ jung. In älteren Aussagen als jenen der Bibel teilten sich stets mehrere Götter mit klaren Zuständigkeiten innerhalb einer streng geregelten Hierarchie ihre Macht über die Erde. Waren also nicht nur ein Gott, sondern gleich mehrere am Werk gewesen? Auch die Bibel berichtet nicht immer nur von einem Gott, sondern manchmal von einem ganzen Clan ...

Da er jedoch nicht einmal mit seiner Familie ernsthaft über solche Themen diskutieren konnte, hatte er vor Jahren das Buch der Bücher zur Seite gelegt. Inzwischen regte er sich schon auf, wenn im TV ein Geistlicher mit treuherzigem Hundeblick verkündete: »Der Kodex von Heiliger Schrift und strengem Glauben steht in keinerlei Gegensatz zu naturwissenschaftlichen Erkenntnissen.« Bei solchen Aussagen beschlich ihn jeweils das ungute Gefühl, das anbiedernde Getue der Kirchenmänner diene allein dem Zweck, auch die aufgeklärten Mitglieder ihrer

Glaubensgemeinschaft weiter bei der Stange zu halten. Päpste, Bischöfe, Kardinäle, Pastoren und ihr Gefolge hatten seit bald zweitausend Jahren vom Obolus ihrer Schäfchen leben können wie die Maden im Speck. Warum sollten sie künftig darauf verzichten wollen?

Nachdenklich sog Ned an seiner Zigarette, blies wabbelige Rauchringe in die Nacht und dachte an früher zurück. Es war einige Jahre her, seit er sich dazu entschlossen hatte, seinen Traumberuf zu erlernen. Nicht Automechaniker, Busfahrer oder Outback-Ranger wie sein Schulfreund Pete hatte er werden wollen, sondern Astronom. Auslöser dieses nicht alltäglichen Berufswunsches war ein Geschenk des Großvaters zu seinem sechzehnten Geburtstag gewesen – ein Teleskop. Nicht etwa ein billiges Gerät vom Elektronikdiscounter, sondern ein für die Verhältnisse seines Opas schon recht teures Schmidt-Cassegrain. Auch ein Stativ mit computergesteuerter Halterung gehörte dazu, auf dessen Fernbedienung ein paar Tastenklicks genügten, um unter einigen tausend Himmelskörpern das Objekt der Begierde auffinden zu können. Ein fantastisches Gerät, mit dem er die Ringe des Saturns, den großen roten Fleck des Jupiters, Doppelsterne, Sternhaufen, Galaxien und was es da draußen sonst noch alles gab, in einer überwältigend detaillierten Auflösung betrachten konnte. Seit er das Fernrohr besaß, hatten seine Eltern allerdings ihre liebe Mühe, ihn in wolkenlosen Nächten überhaupt noch ins Bett zu bekommen, was wiederum dazu führte, dass er immer häufiger während des Unterrichts einschlief.
Ein Brief des Schulleiters an seine Eltern beendete die nächtlichen Aktivitäten. Dad konfiszierte sein Teleskop. Das hatte zu Streitigkeiten geführt. Zuerst zwischen Vater und ihm, dann zwischen Vater und Großvater und zuletzt auch noch zwischen seinen Eltern. Damals hatte er sich nur aus Trotz dazu entschlossen, Astronom zu werden, es bis heute aber nie bereut.

Ebenso wenig bereute er, seinem Schul- und Jugendfreund Pete, der Ranger im Warrumbungle Nationalpark war, während der Ferien unter die Arme zu greifen. Der Park befand sich am Fuße der Siding Spring Mountains, und auf der Anhöhe thronte, weithin sichtbar, das gleichnamige Observatorium, das zur Research School of Astronomy and Astrophysics der Australian National University gehörte. Er war stolz darauf, zu den wenigen Auserwählten zu gehören, die sich am Siding Spring ihrer Doktorarbeit widmen durften. Der Nationalpark, im nordöstlichsten Zipfel von New South Wales gelegen, gehörte eigentlich schon zum Outback und war in erster Linie das Ziel eingefleischter Naturfreunde. Auf dem zweihundertvierzig Quadratkilometer großen Gelände konnte man spazieren gehen, wandern, aber auch klettern und sich von hohen Felsvorsprüngen abseilen. Das absolute Highlight des Programms war ein sechsstündiger Rundweg zu den faszinierenden Felsen der Grand High Tops und zum berühmten Breadknife. Zu einem so ausgedehnten Park gehörte natürlich auch eine entsprechend große Campinganlage, die es zu betreuen galt. Er engagierte sich, wo er nur konnte, hatte großen Spaß dabei, einmal etwas ganz anderes zu tun, dabei an der frischen Luft zu sein und zu sehen, wie sich auf seiner hellen Haut die Sommersprossen ausbreiteten.

Ned schaute auf seine Uhr, leerte die dickbäuchige Victorias Bitter, zertrat die heruntergebrannte Horizon und versenkte den Stummel mit einem gezielten Kick der Stiefelspitze im Mülleimer.

• • • •

Dreihundertzwanzig Kilometer südöstlich des Warrumbungle Nationalparks sah Pete Kroon gleichfalls auf seine Uhr und leerte eine Victorias Bitter, in deren braunem Glas er die verzerrten Umrisse seines Gesichts erkennen konnte. Einen Tag seiner raren

Freizeit hatte er dafür aufgebracht, hinunter nach Newcastle zu fahren, nur um von Ella aufs Erbärmlichste versetzt zu werden. Ein Surferboy aus Charlestown war der Neue. Groß, durchtrainiert und von der Sonne geröstet bis auf die Zehennägel. Missmutig betrachtete Pete seine Speckrollen. *Weiber!* Immerzu laberten sie von Charakter, Treue und dann ... ausgerechnet ein Surfer. Heute knallte der seine Freundin und morgen die eines anderen. Pete musste an Ned denken, der es abgelehnt hatte, mit ihm nach Newcastle zu fahren. »Was soll ich da?«, hatte er ihn gefragt. »Dir ein Mädchen suchen«, hatte er ihm gesagt. Ned hatte ihn nur komisch angeguckt und geantwortet, dass er sich lieber um sein ›Projekt‹ kümmere. *Mitten in der Nacht Punkte zählen – was für'n Scheiß!*

Pete ertappte sich dabei, schlecht über seinen Freund zu denken. »Arschloch!« schimpfte er sich selbst, streckte dem Barmann die leere Bierflasche entgegen und rief: »Hey, Dude! Bring mir noch eins!«

KAPITEL 3

Der Landrover rumpelte durch die Nacht. Dessen Fahrer, ein dunkelhäutiger fetter Kerl um die vierzig, stierte angestrengt durch die schmutzige Windschutzscheibe nach vorn.

»Ich heiße Maximilian Lindner«, versuchte er eine Konversation in Gang zu bekommen.

Der Mann am Steuer, an einem Lolli lutschend, nickte nur.

»Und wie ist Ihr Name?« wollte der Österreicher vom Fahrer wissen.

»Spielt keine Rolle.«

»Aha!« Maximilian wusste die Unhöflichkeit des Chauffeurs nicht zu deuten, also fragte er weiter: »Sie kommen aus Indonesien, ja?«

Der Fahrer gab darauf keine Antwort.

»Ich habe den Aufkleber mit der Flagge hinten an Ihrem Wagen gesehen.«

Der Fahrer schwieg noch immer.

Maximilian versuchte es andersherum: »Vielen Dank!«

»Wofür?«, kam es nun argwöhnisch hinter dem Lenkrad hervor.

»Dafür, dass Sie mich hier herausbringen.«

»Sie brauchen sich nicht zu bedanken. Ich werde für diese Fahrt entschädigt.«

Lindner war erstaunt. »Ah ja?! Und wer entschädigt Sie, wenn ich fragen darf?«

Der Fahrer lutschte weiter geräuschvoll an seinem Lolli.

Lindner unternahm einen zweiten Anlauf: »Also, wer ist es?«

Der Dicke zog am Stiel, worauf die knallrote Zuckerscheibe zwischen seinen wulstigen Lippen auftauchte.

Der Österreicher wurde zunehmend ungeduldig: »Ich rede mit Ihnen!«
Ein Sauggeräusch und der Lolli verschwand wieder.
»Hören Sie mir überhaupt zu?«
Eine Fliege landete im Nacken des Fahrers.
Maximilian wurde laut: »Heeyy!«
Der Dicke erschlug das Insekt mit blitzschneller Hand, dann drehte er seinen massigen Kopf. »Spielt keine Rolle!«

Es dauerte eine Dreiviertelstunde, bis im Wageninnern die nächsten Worte fielen: »Wir brauchen Benzin!«
Maximilian, noch ganz in Gedanken an den nervenaufreibenden Tag versunken, setzte sich gerade und begann in den Taschen seiner Weste zu wühlen ...
»Sie brauchen mir nichts zu geben«, murrte es von rechts, dann bog der Fahrer auf die ›3105‹ ein und folgte der Straße in Richtung Sibu.
So froh Lindner über den nächtlichen Fahrdienst auch war, das scheinbar grundlos unfreundliche Gehabe des Dicken ging ihm auf den Wecker. Und dann war da noch sein Blick: linkisch, verschlagen ... Der Typ war bestimmt nicht sauber, und dies nicht nur im übertragenen Sinn, weil er streng nach Zwiebeln, Fisch und Schweiß roch. Wobei ›streng riechen‹ ein verharmlosender Ausdruck war. Der Kerl stank! Ein richtiger Saubartl, wie man in Österreich zu sagen pflegte.
Eine Tankstelle tauchte aus der Dunkelheit auf. Der Fahrer bog ein, stoppte und stieg aus. Nachdem der Tankwart herbeigeschlurft war, den Zapfhahn mit viel Lärm im Stutzen versenkt und im Voraus hundert Ringgit kassiert hatte, kam der Dicke um den Wagen herumgelaufen und riss die Beifahrertür auf.
»Wollen Sie was essen?«
Maximilian wusste nicht, ob er lieber schmollen oder dem verlockenden Duft des zu einem Grillstand umfunktionierten

Ölfasses nachgeben sollte, das einige Meter neben der Tankstelle zusammen mit einem ratternden Kühlschrank aufgestellt war.
»Was ist?«, drängte der Fahrer.
»Kann ich nicht mitkommen und mir selber was kaufen?«
»Nein, Sie bleiben im Wagen!«

Fünfzehn Minuten später waren die beiden wieder unterwegs. Lange Zeit kauten sie wortlos auf ihren knusprig gebratenen Hühnerspießen und Maiskolben herum, wobei sich der Dicke darin hervortat, ekelhafte Schmatzlaute von sich zu geben und nach jedem Schluck Bier lauthals zu rülpsen.
»Sie müssen verstehen ...«, grunzte er mit vollem Mund.
Maximilian schluckte erst einmal alles hinunter, bevor er nachfragte: »Was muss ich verstehen?«
»Dass es Dinge gibt, über die ich nicht spreche.«
Damit bestätigte der Dicke nur, was Maximilian vermutete – der Kerl hatte Dreck am Stecken.
»Ich bin, wie Sie richtig geraten haben, Indonesier.«
Was für eine Offenbarung. Lindner musste die Gesprächigkeit nutzen: »Es sind die Penan, die Sie bezahlen, nicht wahr?!«
Der Fahrer stopfte ein Stück Huhn, das ihm gerade zu entwischen versuchte, zurück in seinen Mund und kaute weiter.
»Nun kommen Sie schon!«
Der Mann am Steuer überwand sich und nickte.
Lindner hakte sofort nach: »Wie viel?«
Der Dicke schüttelte nur den Kopf und schlug eine zweite Fliege tot.
»Ja, Sakrament! Nun seien Sie nicht so stur! Es ist allein meine Schuld, dass ich auf der Flucht bin, also liegt es auch bei mir, dafür aufzukommen. Und überhaupt: Woher sollen die Penan das Geld nehmen, um Sie zu bezahlen?«
Der Dicke schüttelte erneut seinen Kopf.
»Weshalb immer dieses Nein?«

Es dauerte eine halbe Minute, bis von rechts die Antwort kam. »Weil das Geschäft mit den Wilden bereits gemacht ist.«
»Wenn schon, dann mit den Penan!«, korrigierte Lindner. »Ich werde es ihnen auf jeden Fall zurückzahlen. Also nochmals: Wie viel bekommen Sie für diese Fahrt?«
»Sie werden gar nichts zurückzahlen!«
Lindner schaute verwirrt nach rechts. »Ach ... und wieso nicht?«
»Weil Sie so schnell nicht wieder in Malaysia einreisen werden, nach dem, was Sie sich heute Morgen draußen im Wald erlaubt haben.«
»Das war Notwehr!«, gab sich Lindner entrüstet.
»Spielt keine Rolle!«
»Tut es doch!«
»Mann! Sind Sie so dumm oder tun Sie nur so?«, rief ihm der Dicke ins Gesicht, und dann, mit zischendem Unterton: »Es interessiert hier keine Sau, warum Sie den Holzmann niedergemacht haben. Sie prügelten ihn krankenhausreif – das allein zählt, und dafür will Sie die Company hinter Gittern sehen!« Wütend schob er das Fenster zurück, schleuderte die sauber geleckten Holzspieße, das Einwickelpapier, die Servietten und die leere Bierdose in die Nacht hinaus.
Längst hatten sie den Batang Rajang überquert, der rund einhundert Kilometer weiter westlich im südchinesischen Meer mündete, und bewegten sich zügig vorwärts auf der ›1‹. Maximilian blinzelte gerade auf die Leuchtziffern seiner Uhr, es war fünf vor elf, als der Fahrer nach einer Rechtskurve fluchend auf die Bremse trat und die Schweinwerfer löschte. Fünfhundert Meter vor ihnen blinkten gelbe Lichter. Beide wussten, was das zu bedeuten hatte, doch der Indonesier sagte es zuerst: »Eine Straßensperre!«
»Ist vermutlich nur ein Zufall«, versuchte Maximilian mit dünner Stimme sich selbst und den Fahrer zu beschwichtigen, doch der schimpfte ihn aus: »Denken ist wohl nicht Ihre Stärke!

Die Polizei steht bestimmt nicht zum Spaß hier draußen! Da vorne stößt die ›1‹ auf die ›6102‹, die nach Kampung Bilangar führt. Und ein paar Kilometer weiter zweigt die ›6307‹ nach Bandar Sarikei ab. Beide Städte sind über ein Flusssystem mit dem Meer verbunden. Die wissen nur allzu gut, dass Sie hier durchkommen müssen, wollen Sie das Land per Flugzeug oder Schiff verlassen.«

»Und wieso haben sie uns nicht schon in Sibu aufgelauert?«

»Weil wir schneller waren als die! Es kann aber gut sein, dass es an der ›3105‹ oder weiter unten an der ›3310‹ von Polizisten inzwischen nur so wimmelt. Und sollte das nicht der Fall sein, warten sie am Flughafen von Kuching auf Sie!«

»Dann sind wir wohl ziemlich am Arsch«, murmelte Lindner resigniert.

»Nicht wir!«, sagte der Dicke so schmierig wie sein fettes schwarzes Haar, »Sie sind am Arsch, wenn Sie nicht gleich aussteigen und verschwinden!«

»Und wohin soll ich verschwinden? In die Büsche vielleicht?«

Der Fahrer beging einen dritten Fliegenmord, dann fuhr er Lindner an: »Richtig! In die Büsche sollen Sie verschwinden.«

»Aber ...«

»Sie umgehen die Sperre zu Fuß! Ich warte solange hinter der nächsten Biegung ... und jetzt raus hier!« Der Fahrer drängte, weil er nicht wusste, ob die Polizisten die Scheinwerfer des Rovers nicht doch gesehen hatten und sich nun darüber wunderten, wieso er stehen geblieben war und das Licht gelöscht hatte.

Murrend kletterte Maximilian aus dem Wagen und schnappte sich das Gepäck. Der Fahrer schob sein glänzendes feistes Gesicht ans Fenster. »Passen Sie auf, dass man Sie nicht erwischt, großer ›Maximan‹! Leute wie Sie ...« Mitten im Satz brach er ab, schob die Scheibe nach vorn, startete den Wagen und rollte in Richtung der blinkenden Lichter davon.

Kapitel 4

Ned Kelly streckte die Arme und warf dabei einen müden Blick auf sein Handgelenk. Irgendwie schien die Uhr nur noch einen Zeiger zu besitzen. Es dauerte einige Sekunden, bis er begriff: Sie zeigte gerade zwölf nach zwei. Um wach zu bleiben, nahm er einen kräftigen Schluck aus der Tasse mit dem bitteren Filterkaffee und zog angewidert seine Mundwinkel bis zu den Ohren zurück. Über dem Schreibtisch hing ein angestaubter Johnny Walker Spiegel. Und in eben diesem Spiegel – genauer gesagt zwischen den Stiefeln des Striding Man – blitzten ihm nun seine affenartig gebleckten Zahnreihen entgegen. Ned glaubte sich ob des skurrilen Anblicks zurückversetzt ins erste Semester Physik an der University of Adelaide ...

»Meine Damen und Herren. Wir haben in dieser Stunde etwas über den Doppler-Effekt als möglichen Schlüssel zur Analyse von Bewegungsvorgängen im Weltall gelernt.« Der Redner war ein amerikanischer Gastdozent des Wahlfachs Astronomie, grob geschätzt um die fünfzig und am ehesten zu beschreiben als ein Genmix aus Albert Einstein und Woody Allen.

»Ich möchte Ihre Aufmerksamkeit nun jedoch auf etwas Greifbareres lenken. Es geht dabei um das Spacewatch-Programm der University of Arizona. Als zukünftige Astronomen sollten Sie darüber informiert sein, dass dieses Programm, wie auch das Asteroid Watch der NASA, von globalem Interesse ist. Wer von Ihnen kennt nicht mindestens eine Geschichte, in der ein gewaltiger Brocken aus den Tiefen des Weltalls heranrast, um unsere wunderbare Welt in Schutt und Asche zu legen? Glauben Sie mir, diese Gruselgeschichten sind mehr als nur Fantastereien.«

Professor Ted Kramer zog seine Augenbrauen in die Höhe und glotzte die Studenten durch seine Hornbrille hindurch an, als wollte er sie hypnotisieren. »Sie haben den folgenden Satz gewiss schon gehört oder gelesen: ›Die Frage ist nicht, ob ein zerstörerischer Asteroid die Erde treffen wird, sondern wann.‹ Eine solche Frage zu stellen ist gar nicht mal so abwegig, weil unsere Welt in den über viereinhalb Milliarden Jahren ihrer Existenz öfter und härter von Asteroiden getroffen worden ist, als Sie sich das vermutlich vorstellen. Sie ist geradezu übersät von Einschlagskratern, nur sieht man diese nicht, denn im Gegensatz zum Mond, der seine Impacts unverhohlen zur Schau stellt, haben tektonische Verschiebungen, Erosionen und Aufschmelzungen die meisten Spuren auf der Erde fast vollständig verschwinden lassen. Schaut man jedoch etwas genauer hin, kann man eine ganze Reihe Impacts erkennen: Acraman im Süden Australiens, Beaverhead, Ames und Calvin in Nordamerika, Aorounga im Tschad/Afrika, Chicxulub auf der mexikanischen Halbinsel Yucatan, das Nördlinger Ries in Deutschland ... Dazu kommen Spekulationen über das Japanische Meer, das Kongobecken und so weiter. Die Liste sowohl vermuteter als auch bestätigter Impacts ist bereits ellenlang, und sie wird täglich länger. Doch was bedeutet das für uns? Nun, über neunzig Prozent der bekannten Asteroiden kreisen im sogenannten Asteroidengürtel zwischen Mars und Jupiter in Keplerschen Bahnen um unsere Sonne. Obwohl die meisten dieser Brocken durch das enorme Gravitationsfeld des Jupiters davon abgehalten werden, auf eine Erdkollisionsbahn zu gelangen, kam es vor ungefähr fünfundsechzig Millionen Jahren dennoch zur Katastrophe.«

Wieder schoben sich Kramers Augenbrauen in die Höhe und hinter den dicken Gläsern der Brille wuchsen seine Pupillen ins schier Unermessliche. Dieses Phänomen zeigte sich immer dann, wenn er über große, gewaltige Dinge sprach. »Jener Asteroid oder Asteroidenhaufen, meine Damen und Herren, hat

ungefähr fünfundsiebzig Prozent des gesamten Lebens und damit fast alle Dinosaurier von der Erde getilgt.«
Arme wurden geschwenkt, doch der Professor winkte ab. »Ich weiß, ich weiß. Es gibt einige unter Ihnen, die wollen dieser Geschichte keinen Glauben schenken. Sie argumentieren: ›Ein vierzig Kilometer großer Brocken ist zwar ein fettes Geschoss, bei Weitem aber nicht gewaltig genug, um drei Viertel des irdischen Lebens auszulöschen.‹« Ted Kramer sah zu seinen Studenten hoch: »Kennt jemand die Alvarez-Impact-Hypothese?«
Jetzt ragte nur noch ein einzelner Arm in die Höhe. Der Professor nickte und eine junge Frau rief ein paar Sätze nach vorn.
»Richtig!«, lobte Kramer. »Die Hypothese besagt, dass dieses Vierzigkilometergeschoss – unwichtig ob aus einem Stück oder mehreren Teilen bestehend – mit unglaublichen zweihunderttausend Kilometern pro Stunde vor der Küste Indiens, nahe dem heutigen Mumbai, ins Meer knallte!« Um seiner Aussage die nötige Wirkung zu verleihen, vollführte er einen Luftsprung und landete mit lautem *Whammm!* wieder auf den Füßen.
So schräg der Professor auch sein mochte, seine Studenten liebten ihn auf beinahe abgöttische Weise. Sein Hirn beherbergte nicht nur das Wissen einer Bibliothek, sondern er verfügte – und das war ausschlaggebend – auch über die äußerst seltene Gabe, seinen Informationsschatz auf packende Weise an die Studierenden weiterzugeben.
Kramer bekam wieder diesen wundersamen Blick. »Was geschieht überhaupt, wenn uns eine solche Mega-Billionen-Tonnen-Granate um die Ohren fliegt?« Er beantwortete seine Frage gleich selbst: »Zuerst einmal reißt der Asteroid ein gewaltiges Loch in die Atmosphäre. Als Nächstes hämmert er einen Krater mit einem Durchmesser von fünfhundert Kilometern in den Meeresboden. Die dabei erzeugte Explosionskraft von fünf Milliarden Megatonnen TNT – was dem gut Siebenhunderttausendfachen aller zurzeit existierenden Atomsprengköpfe

entspricht – reicht aus, um die achtundvierzig Kilometer dicke Erdkruste zu durchschlagen und den Brocken innerhalb einer einzigen Sekunde zu zerfetzen. Mehrere hundert Billionen Tonnen Material werden in die Luft katapultiert und regnen im Umkreis von eintausend Kilometern als feurige Schmelze und Gesteinstrümmer auf die Erde zurück. Der Staub, der die oberen Atmosphärenschichten erreicht, verteilt sich mit den Winden über die gesamte Oberfläche des Planeten. Während in der Stratosphäre die Ozonschicht zerstört wird, schießen in der Tiefe des Indischen Ozeans Unmengen an flüssigem, bis zu eintausendzweihundert Grad heißem Magma ins Meer und kochen es so lange auf, bis riesige Mengen an Wasserdampf in die Atmosphäre aufsteigen.«

Der Professor trat näher an die Studenten heran. »Und erst jetzt geschieht, was zur globalen Auslöschung des Lebens führt: Die Dampfschwaden bilden durch die Erdrotation eine Spiralwolke, die sich immer schneller zu drehen beginnt, weshalb im Zentrum ein Unterdruck entsteht. Dieser Unterdruck saugt noch mehr Wasserdampf an und die Wolke wächst, bis daraus ein Hurrikan entsteht.«

Aus den Bankreihen war ungläubiges Murmeln zu vernehmen.

»Kein gewöhnlicher Hurrikan, meine Damen und Herren. Kein laues Lüftchen der Klasse 5, das mit zwei- bis dreihundert Stundenkilometern über Land zockelt, um Bäume, Häuser und Autos durch die Luft zu werfen.« Kramers Augen wurden kugelrund. »Wir reden hier von einem Hypercane! Von Winden, die mit achthundert Kilometern und mehr über die Erde fegen und alles in Fetzen reißen, was ihnen in die Quere kommt!«

Aus den Reihen war kein Mucks zu hören.

»Doch das ist nicht das Ende der Katastrophe, meine Damen und Herren, sondern erst ihr Beginn!«

Einige Studenten zogen instinktiv den Kopf ein.

»Tiere und Pflanzen, denen es auf irgendeine Weise gelungen ist, den Sturm zu überleben, werden nun mit den Sekundärwirkungen des Asteroideneinschlags konfrontiert: Hitzewellen, später extreme Kälteeinbrüche, saurer Regen, vergiftete Böden und Meere, ein Stopp der Fotosynthese und so weiter!«

Kramer wippte auf den Absätzen seiner Westernboots vor und zurück. »Fünfundsechzig Millionen Jahre sind eine lange Zeit! Warum also sollen wir unsere Gedanken an diesen Kreide-Tertiär-Asteroiden und das durch ihn ausgestorbene Viehzeug verschwenden?« Kramer blickte seine Studenten herausfordernd an. »Weil in regelmäßigen Abständen Entdeckungen gemacht werden, die uns zu denken geben sollten. Das aktuellste Beispiel ist 2004 MN4, ein Aten-Typ-Asteroid, auch 99942 Apophis genannt. Der Vierhundert-Meter-Brocken wird im Jahr 2029 in einer Entfernung von zehn- bis dreißigtausend Kilometern an der Erde vorüberziehen. Wir haben also Glück. Allerdings kann sich das sehr schnell ändern, und zwar dann, wenn MN4 bei seinem Vorbeiflug in ein sogenanntes Gravitations-Schlüsselloch gerät. Wie der Name schon sagt, stellt ein solches ›Schlüsselloch‹ zwar nur einen sehr kleinen Bereich im Gravitationsfeld unseres Planeten dar, ist aber stark genug, um den Asteroiden aus seiner Bahn zu lenken und ihn bei seinem nächsten Durchgang 2034 oder 2035 definitiv auf Kollisionskurs mit der Erde zu bringen.« Die Studenten lauschten gespannt den Ausführungen des Gastdozenten.

»Und dann gibt es da noch etwas anderes, das gerne übersehen wird: Es ist bei Weitem keine fünfundsechzig Millionen Jahre her, seit der letzte große Kracher die Erde heimgesucht hat. Ich spreche vom Sommer 1908. Wer kann mir dazu etwas sagen?«

Eine stattliche Anzahl Arme kurvte in der Luft, doch der Professor war mit dem Ergebnis alles andere als zufrieden. Er trat an die erste Pultreihe heran, ließ seinen auffordernden Blick durch den Hörsaal wandern und trommelte dabei mit den Fingern ein Stakkato.

»Oh my God, I don't believe it!«, rief er schließlich aus, und sein Zeigefinger vollführte eine drohende Geste, so wie das Eltern bei ihren ungezogenen Kindern sonst tun. »1908 gehört zur Allgemeinbildung eines jeden Studenten hier! Ich wiederhole: eines jeden Studenten!« Ted Kramer äugte bereits zum zweiten Mal hinüber zur großen Saaluhr, verglich die Zeit mit seiner Alain Silverstein, einer Armbanduhr, die genauso ausgefallen daherkam wie er selbst, und verkündete: »Ich werde Ihre Bildungslücke schließen, auch wenn es einige unter Ihnen geben dürfte, die sich besser für die Fächer ›Gärtnern‹ oder ›Töpfern‹ eingeschrieben hätten anstatt für Astronomie.«

Lautes Gelächter war die Folge.

»Bitte keine Unterbrechung jetzt! Die Vorlesung ist gleich zu Ende, also werde ich mich kurzfassen: Am 30. Juni 1908, um sieben Uhr morgens, taucht ein dreißig bis fünfzig Meter großes Objekt in die Erdatmosphäre ein und wird vom Staudruck pulverisiert, bevor es überhaupt auf dem Boden aufschlagen kann. Die Schockwelle mit der tausendfachen Wucht der Hiroshimabombe vernichtet auf einer Fläche von über zweitausend Quadratkilometern binnen Sekunden zwischen sechzig und achtzig Millionen Bäume und unzählige Tiere. Da sich die Katastrophe in der abgelegenen und kaum besiedelten sibirischen Region Tunguska ereignet, kommen dabei kaum Menschen zu Schaden. Einer der wenigen Augenzeugen berichtet von einer gewaltigen Feuerkugel, die einen großen Teil des Himmels bedeckt haben soll. Auf dem europäischen Kontinent und in Teilen Asiens bleibt es drei Nächte hindurch hell, und sogar im fast fünftausend Kilometer entfernten London rufen besorgte Bürger die Polizei an, weil sie glauben, in der Stadt sei ein Großbrand ausgebrochen.« Während sich hinter Parkers Brillengläsern bereits wieder etwas regte, kehrte er zum Rednerpult zurück, streckte sich kerzengerade und holte tief Luft: »Meine Damen und Herren! Wäre das Objekt nicht über der Einöde

Sibiriens detoniert, sondern über einer Stadt ...« *Baaammm!*
Wie aus dem Nichts heraus ließ Kramer beide Fäuste mit voller Wucht auf das Pult krachen. Die Studenten zuckten zurück. Von links außen war ein erschrockenes Kieksen zu hören und von rechts ein zu Boden polterndes Handy, dessen blau leuchtendes Display verkündete: ›I love u so much !!!‹
Zwischenzeitlich hatten Ted Kramers für Schmerzempfindungen zuständige Rezeptoren die Signale von seinen Händen bis in die Großhirnrinde geleitet. Unter Schmerzen stöhnend bog er sich zuerst krumm, dann wieder gerade, danach zog er die Mundwinkel zurück, bleckte wie ein Schimpanse sein Gebiss und sog, während seine Grimasse noch immer auf die Schüler gerichtet war, reflexartig mindestens drei Liter Luft durch die aufeinandergepressten Zähne ...
Ned, seine eigenen Mundwinkel entspannend, kehrte in die Gegenwart zurück. Der Professor hatte ihm leid getan. Hochintelligent und zugleich so flapsig. Doch während Kramers Vortrag hatte es irgendwo in seinem Kopf *klick* gemacht und seither interessierte er sich intensiv für alles, was mit Asteroiden zu tun hatte.
Das war auch der Projektleiterin einer kleinen Gruppe zu Ohren gekommen, die für das Spacewatch auf Kitt-Peak eine neue Bildauswertungssoftware mit dem bedeutsamen Namen Asteroid Finder entwickelte. Nachdem er ihr Einblick in seine weitgehend fertiggestellte Dissertation ›Analytische Betrachtung sensorisch abbildender Systeme zum Auffinden von erdnahen Objekten‹ gewährt hatte, sorgte sie dafür, dass er in die Gruppe aufgenommen wurde. Die Kommunikation zwischen ihnen lief meistens über Skype. Nur einmal hatte er sie persönlich getroffen. In Arizona. Nach dem offiziellen Teil war es in einer Instrumentenkammer des Lunar and Planetary Laboratory zum Eklat gekommen, als ihm Heather Smith an die Wäsche wollte. Unwillkürlich krampfte sich bei dem Gedanken daran etwas in ihm zusammen ...

Zwar hatte sie ihn weiter in der Arbeitsgruppe behalten, doch ihre Kommunikation beschränkte sich von da an auf rein Sachliches. Ned verdrängte seine Erinnerungen an Arizona und konzentrierte sich wieder auf das Hier und Jetzt. Mit der Auswertung der letzten Aufnahmen würde er noch heute Nacht den finalen Test des Asteroid Finder zum Abschluss bringen. Verlief auch dieser – wie bereits die anderen zuvor – erfolgreich, würde das Programm offiziell für Spacewatch eingesetzt. Und darauf war er schon ein wenig stolz.

Während die nächste Bilddatei aufgebaut wurde, schlurfte Ned zum Spülbecken, um die Kaffeetasse zu säubern, was ihn daran erinnerte, auch seine Nase und die Brille einer weiteren gründlichen Reinigung zu unterziehen. Diese Manie hatte sich in seinem Kopf eingenistet wie Termiten im Holz. Schuld trug seine erste Schulliebe Jo, die ihm, als er mit zusammengekniffenen Arschbacken über ihr liegend sein Gewehr abzufeuern im Begriff war, ins Ohr gehechelt hatte: »Nedy! An deiner Brille klebt ein Popel!«

Ned warf einen Blick in den Kühlschrank. Da gab es eine letzte Victorias Bitter, zwei Dosen Red Bull und eine Cola. Nicht gerade üppig – aber ausreichend. Also nichts wie weg mit der grauenhaft bitteren Kaffeebrühe. Er schüttete den Inhalt der Glaskanne in den Ausguss, gab einen Spritzer Spülmittel ins Gefäß und füllte es mit heißem Wasser auf. Ein Turm aus weißem Schaum wölbte sich ihm entgegen, um gleich darauf in sich zusammenzufallen ... *Nine Eleven*. Ned langte in den Kühler, angelte sich eine der beiden silberblauen Dosen mit dem roten Stier, zog am Ring und schlurfte schluckend zum Bildschirm zurück. Zwei Schritte vor dem Monitor blieb er wie angewurzelt stehen.

Kapitel 5

Es hätte nicht viel gefehlt und Maximilian wäre in der Dunkelheit am wartenden Landrover vorbeigelaufen. Nachdem sie wieder auf dem Weg waren, wollte der Österreicher sich beim Fahrer bedanken, doch der reagierte gewohnt abweisend.
»Haben die Polizisten Sie etwas gefragt?«, wollte Lindner trotzdem von ihm wissen.
»Klar doch! Die haben mir ein Foto von Ihnen unter die Nase gehalten und sich erkundigt, ob ich dieses Gesicht schon mal gesehen hätte.«
»Mist! Woher haben die nur mein Bild?«
»So prominent wie Sie sind, müssen Sie sich sowas ja wohl nicht fragen.«
»Aha!«
Und damit war die Unterhaltung zwischen den beiden vorerst beendet.

Mit sechzig bis achtzig Kilometern pro Stunde hatten sie sich durch die hügelige Landschaft gequält, Roban, Spaoh, Betong, Engkilili und weitere vier Dutzend Dörfer hinter sich gelassen und fuhren nun immer weiter in Richtung Westen. Der Indonesier lenkte sein Fahrzeug souverän durch die Nacht. Wurden die Schlaglöcher zu groß, wechselte er einfach die Straßenseite und fuhr auf der Gegenfahrbahn weiter. Kamen ihnen Lastwagen mit schlingernden Aufliegern entgegen, steuerte er den Rover kurzerhand von der Straße weg ins Gestrüpp, wobei er instinktiv zu ahnen schien, wo es Hindernisse gab und wo nicht. Hin und wieder überholten sie eine Gruppe Motorradfahrer, die fast blind durch die Nacht bretterte. Gab es an einer der alten Maschinen noch Licht, musste sich deren Fahrer an die Spitze der Gruppe setzen und die anderen so durch die Dunkelheit lotsen.

Irgendwann knipste der Dicke das Innenlicht an, konsultierte seine Uhr, die im Gegensatz zu der des Österreichers nicht über fluoreszierende Zeiger verfügte, und verkündete: »Zwanzig nach zwei. Um fünf Uhr sollten wir in Kuching sein.«
Maximilian setzte sich gerade. »Kann ich Sie etwas fragen?«
Ein leidiges Murren drang an Lindners Ohren, dann wurde es wieder finster im Wagen.
»Ich überlege mir die ganze Zeit, warum Sie das tun.«
Das Murren hinter dem Lenkrad wiederholte sich.
»Bis jetzt hatte ich Glück. Doch wie Sie richtig sagten, wird man mir spätestens in Kuching auflauern.«
»Mmmmm...«
»Wieso also kurven Sie mit mir über die halbe Insel, wenn Sie mich genauso gut bei der nächsten Polizeistation rauswerfen und dafür vermutlich sogar ein saftiges Kopfgeld kassieren könnten?«
»Ich bringe meinen Job zu Ende!«, murrte es von rechts.
Lindner zuckte mit den Schultern. »Okay! Aber können wir das Geschäft nicht unter uns ausmachen und die Penan dabei raushalten? Ich will nicht, dass die für mich bezahlen!«
Der Fahrer tötete eine weitere Fliege.
»Ich habe über tausend Ringgit bei mir, dazu noch Schecks ...«
»Mann!«, schnaubte der Dicke, »Sie wollen einfach nicht aufhören, oder?«
»Nein!«, stellte sich Lindner bockig.
»Und warum nicht? Halten Sie sich für einen Heiligen, der die Wilden vor Geschäften mit mir beschützen muss?«
»Wie bitte?«, krächzte Maximilan.
»Sie fliegen in der Welt herum und stecken Ihre verdammt große Nase in Dinge, die Sie nichts angehen!«

»Also, das ist doch ...«
»Sie glauben wohl, weise geboren zu sein und den Rückständigen dieser Welt beibringen zu müssen, was sie zu tun und zu lassen haben!«
»Ich bin ...«
»Ja, wer sind Sie denn?«, keifte der Dicke. »Mahatma Gandhi, der heilige Kinderficker?«
»Sprachlos!«
»Dagegen habe ich nichts einzuwenden!«
»Ja, Sakrament! Das geht ...«
»Wir sind hier zwar im Busch«, fuhr der Indonesier erneut dazwischen, »was aber nicht bedeutet, dass ich deswegen blöd sein muss!« Er langte in seine Hose, kramte ein Smartphone hervor und ließ es einen Moment lang wie eine Trophäe vor Lindners verdattertem Gesicht hin- und herbaumeln. Als er weiterredete, klang seine Stimme eine halbe Oktave höher: »Ich habe mich schlau gemacht über Sie. Hatte ja genügend Zeit dazu, während Sie die Straßensperre umwandert haben.«
»Ach ...«
»Sie sind ein Freak! Wie dieser Manser! Und wenn Sie nicht ein für alle Mal aus Malaysia verschwinden, werden Sie auch sein Schicksal teilen!«
»Ich bin kein Freak, ich ...«
»Sicher sind Sie das!«, schnitt der Fahrer – seine Stimme jetzt so scharf wie ein frisch gewetztes Rasiermesser – Maximilians Satz entzwei. »Und ein stinkreicher dazu!« Wieder baumelte das Smartphone vor Lindners Gesicht. »Luxusvilla, Luxuskarosse, Luxusweib ...«
Lindner stöhnte auf: »So ist das also. Sie missgönnen mir meinen Erfolg und haben ein Problem damit, wie ich lebe.«
»Orang bodoh!«, bellte der Dicke und zog seine an Gummischläuche erinnernden Lippen nach unten, sodass sein Maul dem eines grimmigen Zackenbarsches glich. »Ihre Kohle interessiert mich einen Dreck!«

»Und wo liegt dann Ihr Problem?«, bellte Maximilian zurück.
»Dass Sie hierher kommen, Mist bauen und anstatt den Mund zu halten und dafür dankbar zu sein, dass man Ihren weißen Arsch rettet, nur herumstänkern!«
»Ich ...«
»Sie finanzieren Ihren großkotzigen Lebensstil durch den Verkauf einiger beschissener Fotos und wollen mir beibringen, wie ich meine Geschäfte zu führen habe?« Der Dicke stieß Obszönitäten aus. Solche, die davon handelten, dass sich der Österreicher am eigenen Schwanz lutschen solle und ähnliche. Dabei warf er wütend seinen verschwitzten Haarschopf hin und her. Angewidert wischte sich Maximilian mit den Hemdsärmeln die Schweißspritzer aus dem Gesicht. »Beschissene Fotos, sagen Sie?«
»Jawoll! Und jetzt lassen Sie mich in Ruhe!«

Maximilian Lindner drehte den Kopf zum Fenster und stierte verärgert ins Dunkel. Ungeheuerlich! Noch nie hatte jemand auf so respektlose Weise zu ihm gesprochen. *Beschissene Fotos, großkotziger Lebensstil, Luxusweib ...* Was, verflucht, war falsch daran, als einfacher Journalist bei ›World Press Photo‹ den ersten Preis – den Oscar der Presse-Fotografie – in der Kategorie Natur abgeräumt zu haben? Seine Aufnahme war nun mal besser bewertet worden als die Bilder seiner fünfeinhalbtausend Mitbewerber. Sollte er sich dafür schämen? Für einen Schnappschuss aus den Flitterwochen, der ihm und seiner Familie Glück gebracht hatte? Maximilian schloss die Augen und atmete durch ... Anna und er waren während eines abendlichen Strandspaziergangs zufällig auf das Motiv gestoßen. Er hatte ein paarmal auf den Auslöser gedrückt, das war's auch schon. Als er die Bilder der Hochzeitsreise seinen Kollegen bei der ›Krone‹ zeigte, bat sein Chef darum, eben diesen Schnappschuss vom Strand abdrucken zu dürfen. Tags darauf hatte ihn der damalige Herausgeber der Kronen Zeitung, Hans Dichand, Gott habe ihn selig, persönlich angerufen und ihm geraten, das Foto bei World Press Photo einzureichen.

Die Aufnahme zeigte eine in einen Sonnenuntergang eingebettete Südseelagune mit Palmen, einem Fischerboot und dem schon fast obligatorischen Wasserreiher, der sich als dunkle Silhouette gegen die rotgoldene Sonnenscheibe abhob. Ein kitschiges Bildchen fürs heimische Fotoalbum, wäre da nicht dieser makabre Schönheitsfehler gewesen: Vom Blitzlicht grell in Szene gesetzt, glotzten dem Betrachter ein halbes Dutzend großer toter Augen entgegen, die zu abgehackten modernden Schwertfischköpfen gehörten – von den örtlichen Fischern achtlos in den Sand geworfen und liegen gelassen. Die von Insekten und Krabben befallenen Überreste hatten ihn an Schlachthofabfälle erinnert. Der Kopffortsatz der Fische, das Schwert, hingegen auf groteske Weise an Säbel. Und so hatte er sein Foto, ohne zu ahnen, wohin es ihn führen würde, ›Verlorene Schlacht‹ betitelt. Die Vermischung von Grausigem und Schönem war dermaßen intensiv, dass sich niemand dem Bann des Bildes hatte entziehen können, offenbar nicht einmal die Jurymitglieder von World Press Photo ...

Unmittelbar nach der in Amsterdam über die Bühne gegangenen Preisverleihung hatte ihn der Besitzer einer bekannten New Yorker Kunstgalerie aufgesucht. Der in teuerste Vikunja-Wolle gekleidete Galerist vertrat Fotokünstler wie Thomas Ruff, Jeff Wall, Cindy Sherman, Andreas Gursky oder Thomas Demand. Adam Brody war ohne Umschweife zur Sache gekommen. Er wollte ›Verlorene Schlacht‹ unbedingt in sein Sortiment aufnehmen.

Maximilian hatte nicht abgelehnt, und so war er vom Galeristen für den nächsten Tag zum Lunch ins ›La Rive‹ eingeladen worden. Bei Krabbensalat mit Zitronengebäck und scharfwürziger

Gazpacho, pochiertem Kaninchen mit Lauchgratin, Zwiebel- und Trüffelravioli und einem Honigeiscreme-Dessert hatte ihm Brody seinen Plan erläutert: ›Verlorene Schlacht‹ sollte in einer Auflage von gerade einmal zehn Exemplaren im Format von drei auf fünf Meter reproduziert werden. Damit aus den Kopien wieder Originale würden, sollte für jede Reproduktion ein anderes Trägermaterial verwendet werden. Brodys Angebot war verlockend gewesen, bot er ihm doch ganze zwanzig Prozent vom Verkaufserlös. Eine solche Offerte hatte ihm der gewiefte Galerist natürlich nur deswegen unterbreitet, weil sein Foto durch die Preisvergabe bereits einen hohen Bekanntheitsgrad erlangt hatte. »Solche von Gott gegebenen Momente muss man nutzen«, hatte Brody während des Essens laufend wiederholt. Und da er damals bereits eine Familie zu versorgen hatte und man als Reporter einer österreichischen Boulevard-Zeitung kaum wohlhabend werden konnte, hatte er zugesagt. Doch Adam Brody war weit mehr als nur ein Galerist. Seine globalen Kontakte und medialen Beziehungen bildeten ein effizientes Netzwerk, das in der Lage war, aus dem stinkgewöhnlichen Journalisten Maximilian Lindner innerhalb kürzester Zeit einen angesagten Fotokünstler zu machen.

›Verlorene Schlacht‹ wurde zum Liebling der Medien. Kaum ein Presseerzeugnis, in dem nicht darüber berichtet wurde. Sein Werk avancierte demzufolge auf der Art Basel in Basel und darauf folgend auch auf der Art Basel in Miami zum Verkaufshit. Die zehn Bilder gingen weg wie warme Semmeln, obwohl die Käufer für einen der fünfzehn Quadratmeter großen Drucke auf Glas, Holz, Metall und anderen exotischen Materialien jeweils mehrere hunderttausend Euro hinblättern mussten.

Von seinen zwanzig Prozent hatte er sich erst einmal ein schönes Haus in Graz und einen Jaguar gekauft, das Haushalts- und Taschengeld seiner Frau großzügig aufgestockt und für seine Tochter Jasmin ein Ausbildungskonto eröffnet.

Tja, und danach hatte er auf Drängen des Galeristen angefangen, es professionell zu tun: Fotos zu schießen, die den Betrachter peinlich berührten, aufwühlten oder abstießen. Sie waren ein gutes Team. Während er auf der Suche nach immer ausgefalleneren Motiven für seine Kunst um die Welt jettete, bemühte sich Brody in New York eifrig darum, dass sich die Szene um jeden neuen Lindner riss.
Vieles von dem, was er auf seinen Reisen zu Gesicht bekam, löste ein schlechtes Gewissen in ihm aus. Und so hatte er vor zwei Jahren damit begonnen, sowohl wohltätig als auch aufsässig zu werden. Sein Mentor war zwar alles andere als begeistert davon, dass er, um seine Hilfsprojekte damit zu finanzieren, unter einem Independent-Label eigene Ausstellungen organisierte, ließ ihn seines Namens wegen aber dennoch gewähren. *Beschissene Fotos!* Von dem Fettwanst für seine Arbeit derart beschimpft zu werden, war schon ein starkes Stück. Schließlich hatte er niemandem, außer diesem Tropenholzkopf von heute Morgen, etwas angetan.

Sie waren gerade bei Kampung Selepong Maleh vorbeigekommen, einem der zahlreichen Orte in Sarawak, wo großflächig Wald gerodet wurde, als es unverhofft hinter dem Lenkrad hervormurrte: »Wir müssen miteinander reden.«
Lindner beugte sich nach vorn und guckte den Fahrer im schwachen Schein der Bordinstrumente von der Seite her an. »Nicht ich habe das Gespräch beendet.«
Der Dicke nahm seine klobigen Hände vom Steuer und warf sie in die Luft. »Schon klar!« Die Hände fielen zurück aufs Lenkrad. »Hören Sie mir einfach zu, okay!«
Maximilian nickte auf und ab wie einer dieser Wackeldackel, die man sich früher hinten auf die Hutablage im Auto stellte.
»Es ist richtig«, begann der Indonesier, »in Kuching wird man Sie schnappen und einmauern. Aber die Gefängnisse hier sind keine Hotels wie in Europa.«

»Ich weiß!«, seufzte Maximilian. »Ngau Naan ...«
»Sie wissen gar nichts!«, fuhr der Dicke ihn an. »Die Kerle, mit denen Sie in einer Zelle eingeschlossen sein werden, nehmen Ihnen alles, was sich nicht schon die Polizisten genommen haben: Uhr, Ring, Kleider, Schuhe, ja sogar Ihre verschwitzten Socken. Die werden auch von Ihrem Essen haben wollen und von Ihren Medikamenten, sollten Sie jemals welche bekommen. Die werden verlangen, dass Sie ihre Scheiße wegputzen. Und sie werden Sie zwingen, ihnen Ihren weißen Arsch hinzuhalten!«
Ein Schatten, den Maximilian im dunklen Wageninnern nicht sehen konnte, huschte über das Gesicht des Fahrers. »Sie sind zwar um einiges größer als die, aber das spielt keine Rolle. Ihre neuen Freunde sind in der Überzahl, skrupellos und brutal. Und sie besitzen Waffen! Gebastelt aus Glasscherben, Draht, Dosendeckeln und so manchem anderen.«
Maximilian zog seinen Kopf zwischen die Schulterblätter. Der Schlepperfahrer gestern Morgen im Wald hatte ihm deutlich vor Augen geführt, wie wenig Skrupel er kannte. Und so konnte er sich lebhaft vorstellen, wie eine Horde krimineller Malaien mit ihm umgehen würde. Was es bedeutete, von solchen Typen auch noch vergewaltigt zu werden, kannte er aus einer Reportage über russische Straflager ...
»Sie müssen nicht unbedingt ins Gefängnis«, tönte es von rechts. Wie der Schildkrötenkopf aus seinem Panzer, so tauchte auch Maximilians Haupt vorsichtig aus der Versenkung auf.
»Um sieben Uhr geht eine Frachtmaschine von Kuching nach Singapur.«
Maximilian schob seinen Kopf ein weiteres Stück nach oben und glotzte dabei den Dicken an, als hätte dieser ihm gerade eröffnet, der Weihnachtsmann zu sein. »Und was ist der Preis?«
»Es gibt keinen Preis.«
Sofort stieg Argwohn in Maximilian auf. »Was wollen Sie dann von mir?«

»Nichts.«
»Nichts?«
»Nichts!«
Der Österreicher begriff nicht ...
»Sie werden an einem vereinbarten Ort im Frachtareal des Flughafens abgeholt und zur Maschine gebracht. Man wird sich auch um die notwendigen Stempel in Ihrem Pass kümmern, damit Sie regulär in Singapur einreisen und von dort unbehelligt weiter nach Zürich fliegen können.«
Der Indonesier zeigte erstmals ein Lächeln. Vier Goldzähne blitzten im Licht der Armaturen: »Ist ein super Angebot, oder?!«
Lindners Hals hatte wieder seine ursprüngliche Länge erreicht.
»Ich weiß nicht recht, was ich dazu sagen soll, weil – wenn nicht ich dafür aufkommen muss, dann ...«
Der Fahrer hob drohend seine Faust.
Lindner duckte sich so weit zur Seite, wie es ging. »Die Penan!«
Die Faust krachte dermaßen hart aufs Lenkrad, dass es zu zersplittern drohte. »Sie geben verdammt nochmal nicht eher Ruhe, bis man Sie irgendwo verscharrt!«
»Gut möglich!«, gab Maximilian frech zurück.
Das hätte er besser bleiben lassen sollen, denn der Indonesier drückte nun wuterfüllt aufs Gaspedal und begann das Steuer hin und her zu reißen. Lindner klammerte sich im Bewusstsein am Türrahmen fest, den Bogen gerade überspannt zu haben. »Tut mir leid!«, rief er in den Lärm heulender Getrieberäder und über den Teer radierender Reifen und schickte ein Stoßgebet zum Himmel, der Fahrer möge in seiner Wut keinen Unfall bauen, doch der hämmerte mit seinem Schuh weiter auf dem Pedal herum und krähte: »Thai!, thai!, thai!«

Kapitel 6

Neds Arm sank mit einem blechernen Knacken nach unten. Seine Faust öffnete sich, ließ die zerdrückte Aludose auf den Boden fallen ...

Auf dem Monitor hatte sich soeben das zwanzigste Bild einer ganzen Serie aufgebaut. Es zeigte einen stark vergrößerten Bereich am Rand von Messier 74, einer Spiralgalaxie im Sternbild der Fische – dreißig Millionen Lichtjahre von der Erde entfernt. Mit einem Durchmesser von achtzigtausend Lichtjahren war sie etwa zwanzig Prozent kleiner als die irdische Milchstraße und beherbergte, grob geschätzt, eine dreiviertel Billion Sonnen.

Doch etwas stimmte nicht mit diesem Bild. So wie alle anderen war auch dieses übersät mit zahllosen Sternen in Form von weißen Punkten und Pünktchen, doch mittendrin blinkte eine Fehlermeldung und am rechten Bildrand, wo ebenfalls Sterne abgebildet sein sollten, starrte ihm ein dollarmünzengroßes schwarzes Loch entgegen. Ohne seinen Blick vom Bildschirm abzuwenden, zog Ned den Sessel zu sich heran und rutschte ins Polster. Dann begann er die Aufnahme zu vergrößern – zuerst um den Faktor zwei, dann um den Faktor vier, acht – das Loch wuchs im gleichen Maße mit.

»Bleib cool ... Bleib jetzt einfach cool!«, kam es leise über seine Lippen. Er leckte sie ab und schluckte jeden Tropfen Speichel, den er aus seiner Mundhöhle saugen konnte. Nachdem er volle drei Minuten auf das Bild gestarrt hatte, sprang er auf und begann zwischen Schreibtisch und Küchennische hin und her zu laufen. Bei jeder Kehrtwende gaben die Sohlen seiner Stiefel ein knatschendes Geräusch von sich.

Bewegung pumpte Sauerstoff ins Gehirn, ließ die Ströme besser fließen. »Was, verflucht, habe ich da auf meinem Schirm?«, fragte er sich laut. »Ein schwarzes Loch! Und innerhalb dieses Lochs hat es keine weißen Punkte. Und weil es keine Punkte hat, gibt es dort auch keine Sterne!« Ned blieb kurz vor dem Laptop stehen, dann tigerte er weiter. Ein Bildschirmfehler kam für den Effekt nicht in Frage, dafür war die Kreisform viel zu exakt. Handelte es sich demnach um ein tatsächliches schwarzes Loch? Das wäre verheerend! Solch ein Monster mit einer Masse von Milliarden Sonnen konnte im Umkreis von Millionen Kilometern alles an und in sich hineinreißen – auch ganze Planeten und Sterne. Und je mehr es schluckte, desto größer und hungriger wurde es. Ned stoppte abermals vor dem Laptop, um die Aufnahme zu studieren. Kurze Zeit später stieß er geradezu erleichtert hervor: »Nein! Du bist kein schwarzes Loch!«

Nach Albert Einsteins allgemeiner Relativitätstheorie würden der Raum-Zeit-Krümmung wegen um einen solchen himmlischen Staubsauger herum die Sterne verzerrt abgebildet, was hier nicht der Fall war. Zudem müsste eine sogenannte Akkreditionsscheibe zu sehen sein, eine helle Region, in der sich eingefangene Materie ansammelt, bevor sie ins Loch hineinstürzt. Der gleiche Effekt würde auch für die Theorie gelten, nach der durch bestimmte Quanteneffekte anstelle von schwarzen Löchern schwarze Sterne erzeugt werden konnten – superschwere Materieklumpen, die ebenfalls alles an sich rissen, was ihnen in die Quere kam.

Ned drehte mit gerunzelter Stirn erneut seine Runden. Bildete das ›Loch‹ zwischen den Sternen vielleicht einen Asteroiden ab? Aktuell waren etwa siebentausend richtig große Brocken registriert. Und von diesen siebentausend stufte man über eintausend als potenziell gefährlich für die Erde ein. Er musste unwillkürlich an den Einschlag von 1908 in Tunguska denken. War das auch so ein Ding? Wieder blieb er stehen und starrte auf das Bild ...

»Nein, verflucht, du bist auch kein Asteroid!«, rief er aus. Ein solcher hätte eine leuchtende Schmierspur auf der Abbildung hinterlassen. Was kam also noch in Frage? Ein Kameradefekt? Ein Softwarefehler? Die Testläufe mit dem Asteroid Finder waren bis jetzt allesamt problemlos verlaufen. Das Programm hatte wie geplant einige der bekanntesten Erdbahnkreuzer aufgefunden, markiert und gespeichert. Zur großen Freude seiner Entwickler hatte es darüber hinaus ein weiteres unbekanntes Objekt aufgespürt. Je länger der angehende Astronom an der Sache herumstudierte, desto sicherer war er sich – kein optischer oder anderweitig technischer Fehler war imstande, eine solche Abbildung zu erzeugen. Ned lief noch ein paarmal zwischen Schreibtisch und Kühlschrank auf und ab, dann trat er zum zweiten Mal in dieser Nacht vors Haus.

Die Hände im Nacken verschränkt, drehte er sich nach oben blickend langsam um die eigene Achse. Die Sterne blinkten friedlich wie immer. Zwar wurde im Moment extrem viel Lärm um ein Stück Weltraumschrott gemacht, doch dem schenkte er keine allzugroße Beachtung. Viel zu häufig wurden gewöhnliche Satelliten, Flugzeuge, Aufklärungsdrohnen, ja sogar Heißluftballone und Werbezeppeline von Ufo-Gläubigen als solche angesehen ...

Ned Kelly tat, was er schon lange nicht mehr getan hatte: Er steckte sich eine zweite Zigarette an. Doch was ihm normalerweise Genuss bereitete, verkam nun zur mechanischen Handlung eines Suchtrauchers: ziehen, halten, blasen, ziehen, halten, blasen ... Stoßweise stiegen die Rauchfäden aus seinen Nasenflügeln, wurden vom Wind erfasst und davongetragen. Nachdenklich betrachtete er den fast abgebrannten Glimmstängel zwischen seinen unruhigen Fingern. Es half alles nichts, er musste das Rätsel lösen. Ned sog den letzten Rest Leben aus dem Zigarettenstummel, warf ihn in den Eimer, durchflutete seine Lunge mit frischer Luft, kehrte ins Haus zurück, griff sich einen weiteren Energydrink, hockte sich vor den Bildschirm und stierte nun wieder auf das schwarze Loch. Gerade wollte er die Getränkedose an seine Lippen setzen, da hielt er inne und klatschte sich mit der flachen Hand an die Stirn. »Du Idiot!« Er stellte die Dose ab. »Wieso schaust du nicht nach, was auf den restlichen Bildern zu sehen ist?«

Den Kopf über seine eigene Dummheit schüttelnd, tippte Ned einen Befehl in den von X-Windows unterstützten Computer, der diesen via WLAN zum Zielrechner in Arizona übermittelte. Bis er auf die Originaldateien Zugriff bekam, konnte es allerdings einen Moment dauern.

Gedankenversunken drehte sich Ned auf dem Bürosessel im Kreis. Bei jeder Umdrehung konnte er feststellen, dass der Bildstreifen der Asteroid Finder-Datei sich ein Stück weiter aufgebaut hatte. Bei der achten Umdrehung wurde ihm schwindlig, bei der neunten noch etwas mehr, und bei der zehnten war das Bild endlich in seiner Ganzheit zu sehen. Abrupt brach er seine Karussellfahrt ab, glotzte auf den Monitor, versuchte das Gleichgewicht zu halten, griff mit den Händen ins Leere und kippte vom Stuhl ...

Nacktes, grob gehobeltes Holz. Entlang der Ränder Kaugummireste. In der Mitte ein Stempelabdruck der Schreinerei, die ihn gezimmert hatte. Stöhnend wälzte sich Ned unter dem Tisch hervor und zog sich an dessen Kante in die Höhe. Ungläubig hefteten sich seine blassblauen Augen auf den Bildschirm. »Das ist nicht wahr!«

KAPITEL 7

Geraume Zeit später, sie waren gerade an einem Schild vorbeigefahren, das sie dazu einlud, Pekan Lachau einen Besuch abzustatten, hatte sich der Indonesier endlich so weit beruhigt, dass er den Fuß vom Gaspedal nahm und brummte: »Ich habe Durst!«
Seit dem Tankstopp in Sibu rollte hinten unter der Sitzbank eine überzählige Büchse Tiger Beer hin und her.
Maximilian zwängte also seinen Arm zwischen Sitz und Türverkleidung, wartete die nächste Kurve ab, fing die Dose auf und streckte sie dem Fahrer entgegen. Wollte er sie von ihm auch noch geöffnet haben, sollte er anständig darum bitten. Doch der dachte nicht im Traum daran. Stattdessen rutschte er nach vorn, klemmte sich das Lenkrad zwischen die Oberschenkel, riss Lindner die Dose aus der Hand, zwängte den kleinen Finger durch den Verschlussring und *Plofff...*
Bierschaum spritzte über Armaturen, Lenkrad und Hose. Und während der Dicke begierig schlürfte, drängte noch mehr Schaum aus der Büchse, stieg hoch in seine Nasenlöcher, lief von dort über die Pausbacken wieder hinunter, um schließlich übers Kinn auf sein bereits nassgeschwitztes safrangelbes Hemd abzutropfen. Als Höhepunkt der Darbietung bohrte er seinen Zeigefinger in beide Nasenlöcher und schlabberte ihn wie ein Hund vom Bierschaum sauber. Danach öffnete er das Fenster, warf die Dose hinaus und schimpfte: »Ich hätte Sie längst rauswerfen müssen! Was ich für meine Dienste bekomme, ist zwar okay – aber lange nicht genug, um mir dafür den letzten Nerv rauben zu lassen.«

Maximilian wollte sich verteidigen, doch der Dicke ließ ihn nicht einmal Luft holen. »Damit Sie endlich Ruhe geben – bei dem Geschäft ist kein Geld im Spiel! Die Piloten sind mir von einer anderen Sache her noch was schuldig, und die Wilden bezahlen mich in Form von Naturalien! Alles klar jetzt?!«
Naturalien? Das durfte nicht wahr sein! Der Österreicher biss sich hart auf die Lippen, dennoch rutschte es ihm heraus: »Es geht also um Frauen!«
Zuerst machte der Fahrer Glupschaugen, dann fing er lauthals an zu lachen: »Sie – Haahaahaaa!«
Lindner wurde wütend. »Ich finde das nicht komisch!«
Der Dicke sah das anders. »Haahaaaaa! Sie sind der Hammer!« Es schien ihn jeden Augenblick zu zerreißen. »Sie – Haahaa! Sie glauben, ich ficke Affen?«
»Affen?«, gurgelte Maximilian.
»Richtig!«
»Ich sagte: Frauen!«
Der Fahrer prustete schon wieder los: »Sie sagen Frauen, ich sage Affen! Haben Sie schon mal gesehen, wie diese Schrumpfköpfe ficken?«
Maximilian verschlug es die Sprache. Der Dicke wischte sich mit dem Handrücken Tränen aus den Augen und Rotz unter den Nasenlöchern weg und verschmierte alles in seinem Gesicht, dann schmetterte er von Neuem: »Die haben im Camp mal ein Video gezeigt, und ich kann Ihnen sagen – Haahaahaaa!«
»Jetzt ist es aber genug!«, überschrie ihn Maximilian. »Wer ist hier der Freak?«
»Sie sind der Freak!«, krähte der Dicke zurück, und schon war der Streit zwischen den beiden wieder in vollem Gang.
»Kruzitürken! Ich bin kein Freak! Ich helfe nur!«
»Schon klar! ›Maximan‹ rettet die Welt!«
»Sehr richtig!«, brüllte der Österreicher. »Ich helfe in dieser beschissenen Welt mit dem beschissenen Geld, das ich mit meinen

beschissenen Fotos verdiene!« Lindners Gesichtsfarbe hatte sich in ein tiefes Karminrot verwandelt. »Ich erzähl Ihnen jetzt mal was!«
Der Dicke bohrte im Ohr. »Wenn es sein muss ...«
»Muss es!«, beharrte Maximilian. »Also, angefangen hat alles mit diesen Schwertfischen!«
»Ich kenn das Foto«, brummte es aus dem Dunkeln.
Lindner hörte nicht hin. »Danach habe ich im Pazifik Aufnahmen von Delfinen, Walen, Haien und Seevögeln gemacht, die zu Abertausenden am Plastikmüll – der dort auf einer Fläche doppelt so groß wie Texas herumschwimmt – krepieren!«
»Das ganze Zeug einzusammeln, würde sich bestimmt lohnen«, bemerkte der Fahrer.
»Sie denken dabei ans Geld?«
»An was soll ich sonst denken?«
»An die Tiere!«
»Und das hilft ihnen dann?«
»Sie sind Ihnen also egal?«
Der Indonesier gab keine Antwort.
»Kennen Sie Ugg Boots?«
Der Indonesier verneinte.
»Ugg Boots sind aus Schaffell genähte australische Stiefel.«
»Wir brauchen keine Fellstiefel hier«, murrte es von rechts.
»Darum geht es gar nicht! Das Problem ist, dass die Chinesen den weltweit beliebten Artikel kopieren. Sie verwenden dafür aber keine Schafhaut wie die Australier, sondern das Leder von Marderhunden.«
Der Indonesier rollte die Augen. »Und *das* ist Ihr Problem?«
»Nein! Mein Problem ist, dass die Züchter den Tieren die Haut vom Leib reißen, ohne sie vorher zu töten. Die Qualen sollen das Leder besonders weich machen, so der Werbeslogan der Stiefelhersteller.«
Der Indonesier sagte nichts.

»Bei meiner darauffolgenden Reise bin ich in Taiwans Restaurants auf eine kulinarische Delikatesse gestoßen.«
Der Fahrer klopfte sich auf den feisten Wams. »Hört sich gut an!«
»Unter dem Tisch ist ein kleiner Käfig angebracht. Dort hinein sperrt man einen Affen. Sein Kopf schaut dabei oben aus dem Tisch heraus, und die Gäste löffeln ihm bei lebendigem Leib das Hirn aus der aufgesägten Schale. Damit der Affe dabei nicht allzu laut schreit, macht man ihn zuvor betrunken.«
»Ich könnte mir so ein Restaurant nicht leisten«, sagte der Fahrer ungerührt.
»Das glaub ich nicht!«, stöhnte der Österreicher. »Doch was halten Sie von diesem Schlemmermenü: Im Pekinger Nobelrestaurant Tenah Koi werden auf einem Präsentierwagen gefesselte Babykatzen durchs Lokal gefahren. Die Gäste suchen sich eine aus, worauf der Koch das Tierchen rasiert, es mit Öl einreibt, ihm danach mit einem Beil Pfoten und Schwanz abhackt und es auf eine heiße Steinplatte legt, um es zu grillen. Das Gericht nennt sich übrigens Choi Dong Tsai, was übersetzt so viel bedeutet wie hüpfender Braten.«
»Wieso hüpfender Braten?«, wollte der Dicke wissen.
»Weil die schreienden Kätzchen bis zu ihrem letzten Atemzug versuchen, von der Steinplatte zu springen!«
»Naja ...«
»Mehr fällt Ihnen dazu nicht ein?«, regte Maximilian sich auf.
»Mein Gott, was sind Sie nur für ein abgebrühtes Mon...« Er brach ab.
Einen Moment lang war nur das Brummen des Motors und das Rollen der Reifen auf dem Asphalt zu hören, dann meldete sich der Indonesier zurück: »Ich weiß wirklich nicht, worüber Sie sich aufregen – so ist doch die Welt.«
Lindner presste beide Zeigefinger an die Schläfen. »Ich erkläre mich aber nicht mit allem einverstanden.«

»Wer tut das schon?«
»Sie, wie mir scheint!«
»Ha!«
»Im Gegensatz zu Ihnen versuche ich etwas zu verändern und stecke deshalb meine ›verdammt große Nase‹ überall dort rein, wo es nach Elend riecht!«
»*Sie* glauben zu wissen, was Elend ist?« fragte der Dicke.
»Ich denke schon ...«
»Pah!«
»Bevor ich nach Malaysia gekommen bin, bereiste ich Spanien, um dort für meine neue Ausstellung ...«
»Lindner12«, fuhr der Indonesier dazwischen und pochte sich mit der Faust gegen die Stirn. »Was mal drin ist in dem Kopf, ist drin!«
Maximilian nickte anerkennend: »Toll! Also, diese Spanienreise führte mich ...«
»Soll schön sein dort!«, unterbrach der Fahrer erneut. »Nicht so feucht wie hier. Hab mal eine Zeitschriftenwerbung gesehen. Flamenco, wunderschöne Frauen und ...«
»... viele tote Galgos!«, beendete Lindner die Aufzählung.
»Was zum Teufel sind Galgos?«, murrte der Fahrer.
»Galgos sind spanische Windhunde, die von den Einheimischen sowohl für die Hasenjagd als auch für Rennen untereinander gezüchtet werden. Wunderbare wie wertvolle Tiere, die den spanischen Frauen in puncto Schönheit und Eleganz in nichts nachstehen. Man sollte also meinen, solche Geschöpfe würden in einem zivilisierten Land mit entsprechendem Respekt behandelt. Doch werden die von den Besitzern erwarteten Leistungen nicht gänzlich erfüllt, fühlen sich diese in ihrer Würde gekränkt und bestrafen ihre Hunde, als würden sie ihr Versagen absichtlich herbeiführen.«
Bereits ahnend, was nun käme, stieß der Fahrer einen missmutigen Knurrlaut aus.

»Die Spanier ertränken sie oder zünden sie bei lebendigem Leib an, häuten sie bei lebendigem Leib, vergraben sie bei lebendigem Leib, steinigen sie oder schleifen sie so lange hinter ihren Autos her, bis die zuckenden Körper auf ihre Knochen runtergehobelt sind. Manch einem bereitet es Vergnügen, seinem Hund einen Holzpflock in die Schnauze zu rammen, um ihn auf diese Weise am Fressen zu hindern. Unter welch unsäglichen Qualen diese Tiere verenden, brauche ich wohl nicht einmal einem gefühllosen Klotz wie Ihnen zu erläutern!«
Der Fahrer hob abwehrend seine wurstigen Finger. »Ich weiß jetzt, was Galgos sind!«
Maximilian schob die miefende Hand beiseite. »Den perversen Fantasien einiger dieser Mittelmeerbarbaren ist damit leider noch immer nicht Genüge getan!«
Der Fahrer starrte stumm geradeaus.
»Da werden regelrechte Hinrichtungen inszeniert. Dabei legen die Besitzer ihren Hunden Drahtschlingen um den Hals, um sie damit an Bäumen aufzuhängen. Damit die Zuschauer das abartige Spiel in vollen Zügen genießen können, wird der Draht so bemessen, dass die Hunde mit den Hinterpfoten gerade noch den Boden berühren können. So tänzeln sie dann auf ihren Hinterbeinen herum, bis sie irgendwann erschöpft in die Schlinge fallen, um darin jämmerlich zu ersticken.«
Der Fahrer ging vom Gas und umkurvte ein mitten auf der Straße liegendes Holzbrett.
»Sie sehen, die Spanier sind mindestens so grausam wie die Asiaten und auch nicht weniger zynisch, nennen sie diese furchtbare Art des Tötens doch ›El jugador de piano – der Klavierspieler.‹«
»Klavierspieler?«, murrte der Fahrer.
»Offenbar erinnern die Galgos ihre Peiniger an einen solchen, während sie im Todeskampf mit den Hinterpfoten auf dem Boden herumtänzeln.«
»Auf was die Leute nicht alles kommen.«

Maximilian wirkte mit einem Mal müde. Mit nichts konnte er dieser abgebrühten Kreatur neben sich eine Gefühlsregung entlocken. Es war dann auch nicht mehr als ein Hauchen, das über seine Lippen kam: »All das ist doch nicht menschlich, oder? Bin ich ein Freak, nur weil ich mich gegen solche Grausamkeiten auflehne? Bin ich ein gottverdammter Freak, nur weil ich einen Teil meiner Zeit und meines Geldes dafür verwende, um ab und an Leid zu mildern oder ein Leben zu retten?«

Der Mann hinter dem Steuerrad schwieg.

»Zugegeben, ich verdiene geradezu unanständig viel Geld mit meiner morbiden Fotokunst. Doch ich gebe auch wieder etwas zurück, und meine Arbeiten sind nicht inszeniert. Allein mein Auge und die Einstellungen an der Kamera entscheiden, ob ein Motiv zu mehr werden kann als nur einer Ablichtung eines tagtäglichen Ereignisses. Damit grenze ich mich deutlich ab von einem Damien Hirst ...«

»Noch nie gehört, den Namen«, grunzte der Fahrer.

»Hirst ist ein geschäftstüchtiger Engländer, der massenhaft Tierleichen in riesigen, mit Formaldehyd gefüllten Aquarien versenkt: Haie, Pferde, Zebras, Kälber, Schafe, Schweine, einfach alles. Darüber hinaus lässt er Schädelabgüsse von Erwachsenen und Kindern mit Edelsteinen besetzen. Zwar verdient er damit Millionen – doch in meinen Augen ist er kein echter Kunstschaffender, sondern eher ein kreativ begabter Produktionsleiter wie Gunther von Hagens.«

Abermaliges Grunzen.

»Ein Deutscher. Macht was Ähnliches mit Menschen. Nur legt er die Toten nicht in Formaldehyd ein wie Hirst, sondern ersetzt das Wasser in ihren Körperzellen durch flüssigen Kunststoff – was sich Plastination nennt. In sogenannten Körperwelten-Ausstellungen präsentiert von Hagens einem zahlenden Publikum diese Plastinate in allen möglichen bizarren Posen und Stufen der Zerlegung. Und wer über genügend Kleingeld verfügt, kann

sich auf bodyworlds.com einzelne Teile oder komplette Körper von Tieren oder Menschen nach Hause bestellen.«
Der Indonesier schob das Seitenfenster zurück und spuckte in die Nacht. »Sie labern die ganze Zeit über von Mitgefühl – dabei sind Sie doch genau so krank im Kopf wie dieser Hirst oder Hagens oder die Leute, die sich solchen Mist ansehen oder gar kaufen.«
Lindner kratzte sich mit den Fingernägeln der rechten Hand Schmutzreste unter den Nägeln der Linken hervor. »Ich bin durch Zufall in dieses Geschäft geraten«, versuchte er sich zu rechtfertigen, »dabei habe ich die Vorgaben meines Mentors akzeptiert und kann mir deshalb weder meinen Arbeitsstil noch die Kundschaft aussuchen, die meine Werke ersteht.«
»Sie könnten aufhören!«
Lindner war damit nicht einverstanden: »Wieso sollte ich? Viele, die meine Kunst kaufen und an die Wand hängen, protestieren damit trotz ihres Reichtums gegen das falsche Bild einer vermeintlich heilen Welt. Jedes verkaufte Kunstwerk und jede Ausstellung werfen zudem Geld ab für meine wohltätigen Projekte.«
»Wohltätige Projekte!«, lästerte der Fahrer. »Wenn ich das nur höre!«
»Zwischenzeitlich hängen meine Bilder sogar in den Geschäftsräumen namhafter Konzerne.«
»Und dort tun sie Gutes?«
»Sie regen zum Nach- und Umdenken an.«
Der Dicke machte ein säuerliches Gesicht. »Das glauben Sie nicht wirklich, oder?«
Lindner war sich bewusst, etwas schönzureden. Denn bei den Firmen, die seine Arbeiten erwarben, handelte es sich oft um dieselben, die versprachen, einen Teil des Verkaufspreises ihrer Produkte in lebensrettende Tetanus-Impfungen für Neugeborene zu investieren, in Schulmahlzeiten für hungernde Kinder, in

Brustkrebsvorsorge, erhaltenswerte Moorgebiete, neu zu pflanzende Bäume ... Sich durch ein Charity- oder Ökoprogramm seinen Kunden in Erinnerung zu rufen, gehörte allerdings schon lange nicht mehr nur zum guten Ton einer Firma, sondern war ein knallhart durchkalkuliertes Marketinginstrument. Und obwohl die Spendengelder, mit denen sich die Konzerne ihr Image aufpolierten, geradezu lächerlich waren im Vergleich zu den Werbungskosten für derartige Kampagnen, schämte sich ganz nach dem Leitsatz ›Kein Geschenk ohne Zusatzrendite‹ offenbar niemand dafür. Er selber verfuhr nach dem Vorsatz ›Der Zweck heiligt die Mittel‹ und spielte das ethikfreie Spiel der Großen mit. Das tat er aber nur so lange, wie die ankaufenden Firmen nicht in Skandale verwickelt waren, was leider immer wieder vorkam. Einmal hatte er sogar öffentlich eine Arbeit zurückgefordert – von einer Schweizer Bank. Die Empörung und der Presserummel waren riesig gewesen, doch keine zwei Wochen später war alles vergessen. So tickten die Menschen ...

Maximilian spürte trotz der Dunkelheit den prüfenden Blick des Fahrers auf sich lasten und probierte es erneut mit einer Rechtfertigung: »Erst auf der Suche nach Motiven für meine Bilder bin ich auf all das Elend gestoßen, gegen das ich heute kämpfe.«

Der Indonesier schüttelte missmutig den Kopf. »Es gibt ein Sprichwort: ›Beiße nicht in die Hand, die dich füttert!‹«

»Das gilt nicht, wenn diese Hand schmutzig ist.«

»Und um welchen Schmutz wollten Sie sich hier in Sarawak kümmern, außer einen Waldarbeiter halb tot zu schlagen?«

»Ich sagte doch schon: Es war Notwehr!«

»Und ich sagte: Das interessiert keine Sau!«

Maximilan legte beide Handflächen vors Gesicht. »Ich war vor etwas mehr als einem Jahr schon einmal hier, um Fotos von den Penan und ihrem Wald zu machen, oder besser gesagt von dem, was davon übrig geblieben ist. Ich war erschüttert und hatte

versprochen, wiederzukommen. Dieses Mal habe ich ganze vier Tage bei ihnen verbracht ...«
»Wobei Sie bestimmt auf finanziell lohnenswerte Motive für Ihre Foto- und Videoausstellung gestoßen sind, die am 13. September in Zürich beginnt!«
»Was?« Lindner geriet für einen Moment aus der Fassung. »Nun, äh ...«
»Weshalb so bescheiden, großer ›Maximan‹?«
»Sie sind ein bösartiger Kerl!«, schimpfte der Österreicher. »Mit dem Erlös aus Eintritten, Bilderverkäufen und Spendengeldern wollte ich von der hiesigen Regierung im Namen einer Stiftung ein noch intaktes Stück Urwald pachten, damit Ngau Naan und sein Völkchen zumindest für die nächsten paar Jahre ein Zuhause haben!«
»Daher also das Interesse der Wilden an Ihnen«, murmelte der Fahrer.
»Aber ich Idiot hab's gründlich versaut! Wegen eines Ameisenhügels!«
»Wegen was?«
»Wegen eines Ameisenhügels!«
»Sie wollen mir nicht erzählen, Sie hätten wegen ein paar Ameisen mit diesem Holzarbeiter Streit angefangen?«
Der Österreicher blickte zu Boden.
»Wirklich?«, fragte sein Chauffeur ungläubig nach.
Lindner brachte ein kurzes Nicken zustande.
Es klang dreckig und schrill, als der Dicke wieder losbrüllte vor Lachen.
»Schön, dass zumindest einer die Sache lustig findet!«, ärgerte sich Maximilian.
Der Dicke schniefte Rotz. »Mann! – Sie tun mir fast leid!«
»Ihnen tut gar nichts leid!«, maulte Maximilian.
»Jetzt hören Sie auf zu jammern! Ein paar Bäume mehr oder weniger für die Wilden – was macht das schon? Schließlich gibt es

bereits über ein Dutzend geschützte Waldgebiete auf Borneo.«
»Bis auf den Penan Peace Park, der von den Einheimischen selbst initiiert worden ist, sind das zum großen Teil doch nur Prestigeprojekte der Regierung und einiger Umweltschutzorganisationen«, widersprach Lindner. »Man karrt Touristen durch einen Zoo und lässt sie glauben, sie befänden sich in einem Abschnitt unberührten Regenwaldes ...«
»Das ist eben Business!«
»Das ist Disneyland!«
»Klar doch!«
»Gerade aus dem Gebiet um Mukah, aus dem Sie mich rausgeholt haben, vertreibt man die Einheimischen seit Jahren systematisch, damit Saradu Plantations und andere den Wald roden und die Flächen mit Palmölplantagen zupflastern können. Dabei mussten Ngau Naan und seine Gruppe bereits zum dritten Mal umziehen, und nun will man sie schon wieder davonjagen. So respektlos geht die Regierung mit allen Eingeborenen in Sarawak um. Doch der Gipfel der Ungerechtigkeit ist, dass die Holzfirmen den Vertriebenen in Holzfällercamps Baracken und fünfunddreißig Eurocent pro Tag dafür anbieten, dass sie nun den eigenen Grund und Boden plündern, von dem sie bisher gelebt haben. Und den Penan, die darob in eine Depression verfallen, schickt man Missionare vorbei, die ihnen großherzig ein paar Ringgit in die Hände drücken und sie dazu auffordern, glückliche Christen zu werden. Da war ein mit der Holzindustrie verbandelter Minister zumindest ehrlich, als er sagte, diese Penan wären in seinen Augen nur frei im Wald herumlaufende Tiere.«
»Ihre Vorfahren haben ja auch mal im Wald gelebt und tun das jetzt nicht mehr«, sagte der Fahrer darauf.
»Meine Vorfahren haben ihren Wald vermutlich aus freien Stücken verlassen«, verteidigte Maximilian seinen Standpunkt. »Die Penan aber werden fortgejagt, damit man rund um den Globus billige Papiertaschentücher, Besenstiele, Essstäbchen, Klodeckel

und anderen Krimskrams kaufen kann – obwohl sich diese Erzeugnisse problemlos aus einheimischen Hölzern der importierenden Länder herstellen ließen. Mit dem Palmöl verhält es sich genauso, da werden ...«
»Ich verstehe Sie nicht!«, unterbrach der Fahrer Lindners Wortschwall. »Wer Gold hat, verkauft Gold. Wer Gas hat, Gas – oder Erdöl, Stahl, Fisch, Drogen ...«
»Schon gut, ich habe kapiert!«, wehrte Maximilian ab, doch der Fahrer schwatzte unbeirrt weiter: »Wer Waschmaschinen herstellen kann, stellt Waschmaschinen her, oder Fernseher, Computer, Autos, Flugzeuge, Raketen, Atombomben ...«
»Ich habe kapiert!«, wiederholte der Österreicher.
»Und wer viel Wald besitzt wie Malaysia, der verwertet natürlich sein Holz.«
»Und deswegen darf man mit den Eingeborenen hier genauso verfahren wie mit den Ureinwohnern Amerikas, Kanadas, Australiens?«
Der Fahrer zuckte gleichgültig mit den Schultern.
Maximilian hieb sich wütend auf die Schenkel. »Manchmal bin ich mir gar nicht mehr so sicher, in welchem Jahrtausend ich eigentlich lebe! Wir reden hier von der gezielten Vertreibung eines ganzen Volkes!«
Der Fahrer zuckte erneut mit den Schultern.
»Sie sind genauso ein Fremder in diesem Land wie ich«, schimpfte Maximilian weiter, »doch die Rechte der Ureinwohner interessieren Sie so wenig wie ihr Leiden!«
Der Fahrer zuckte abermals mit den Schultern, worauf Maximilian endgültig die Beherrschung verlor. »Ihnen scheint alles egal zu sein, Sie selbstgefälliger fetter Kerl!«
Der Fahrer nahm unvermittelt seinen Fuß vom Gaspedal und ließ den Rover am Straßenrand ausrollen. Als der Wagen zum Stillstand gekommen war, beugte er sich zu Lindner hinüber und knurrte ihn an: »Aussteigen!«

Kapitel 8

Ned Kelly starrte auf den Monitor und konnte es nicht glauben: Das verfluchte schwarze Loch – es war auch auf diesem Bild zu sehen. Allerdings war es nicht mehr rund, sondern zeigte nun die Form einer Niere. Mit zitternden Fingern griff er zur Maus, um die Aufnahme beiseitezuschieben. Als sein Blick auf die darunterliegende fiel, fuhr er erschrocken zurück. Unartikulierte Laute ausstoßend, schob er auch dieses Bild beiseite ...
»Mein Gott!«
Ned konnte in diesem Moment nur noch eines tun – die Beweise sichern. Weil die Festplatte seines Laptops bis zum letzten Megabyte gefüllt war und er außer einem ebenso vollgestopften USB-Stick keinen weiteren externen Speicher dabeihatte, blieb ihm nichts anderes übrig, als gründlich auszumisten. Was er nicht dringend benötigte oder was noch anderswo gesichert war, musste runter von der Platte:
Großvaters Fernrohr – mit ihm und ohne ihn: In den Papierkorb ... Vater, Mutter, Schwester, Kater Garfield: Papierkorb ... Ordner mit verschiedenen Teleskopen: In den Papierkorb ... Aufnahmen von der Sternwarte: Papierkorb ... Ordner mit Mess- und Arbeitsgeräten: Papierkorb ... Fotos vom Nationalpark und Pete: In den Papierkorb ... Studentenabschlussfeier: In den Papierkorb. Jennifer – Playmate des Monats August: blond, rasiert, Riesentitten: In den ...
Ned entschied sich anders und widmete sich stattdessen verschiedenen Filmen und überflüssigen Programmen. Nachdem die Festplatte den Exodus der Dateien mit dünnem Geknatter quittiert hatte, galt es, die ganze Fotostrecke vom Server in

Arizona herunterzuladen und auf seinem Rechner zu sichern. Dieser Vorgang dauerte einige Zeit. Ned lehnte solange im Drehstuhl, wippte nach links, nach rechts und wieder zurück ... Kaum, dass die letzte Aufnahme auf dem Laufwerk abgelegt war, gab er dem Rechner den nächsten Befehl.
Ssssst – Ssssst – Ssssst – Ssssst ... Einer durchgedrehten Hummel gleich sauste der Druckkopf des kleinen Tintenstrahldruckers im Plastikgehäuse hin und her, wobei ein Ausdruck nach dem anderen in den Auswurfschacht zuckelte ...
Plötzlich lehnte sich Ned hinüber zum Radio und drückte die Sendewahltasten durch. Rastlos glitten seine Augen zwischen der Anzeige des Radios und seiner Armbanduhr hin und her. Die Zeit schien stillzustehen – die Zeiger festgefressen am Zifferblatt – dann endlich ...
»ABC Sydney, es ist drei Uhr früh – hier John Clark mit den Nachrichten. Seit dem Kentern des Frachters Hunter Valley gestern beim Grand Barrier Reef fließt noch immer ungehindert Rohöl ins Meer ... Aborigines beklagen in einer offenen Rede an die Sozialministerin wiederholt ihre, wie sie betonen, miserablen sozialen Verhältnisse ... Die Haifischattacke auf eine norwegische Surftouristin gestern Abend beim Cottesloe Beach endete glimpflich. Trotz tiefer Bisswunden schaffte es die Dreiundzwanzigjährige aus eigener Kraft zurück an den Strand ... Der türkische Außenminister bezichtigt Deutschland, Holland und andere europäische Staaten der Islamfeindlichkeit. Auch die momentan angespannte Situation angesichts des mysteriösen Ufo-Satelliten rechtfertige es nicht, Muslime generell zu diskriminieren ... Sport ... Wetter ...«
Er schaltete das Radio aus und ließ sich in die Sessellehne zurückfallen. Keine Meldung konnte zweierlei bedeuten: Entweder war er, Ned Kelly, der Entdecker dieses Weltraumphänomens, oder – was ebenso gut der Fall sein konnte – andere aus seiner Gruppe wussten gleichfalls davon, hielten die Information aber

zurück. Ned unternahm den nächsten Schritt und begann nun Suchmaschinen nach einem Hinweis zu durchforsten. Ein halbe Stunde später gab er auf. Es erschien ihm zwar unvorstellbar, doch allem Anschein nach hatte niemand etwas bemerkt. Nicht einmal Amateurastronomen, die, wie er früher auch, Nacht für Nacht an ihren Fernrohren klebten und eine derartige Entdeckung mit zweihundertprozentiger Sicherheit sofort ins Netz gestellt hätten.
Was sollte er nun tun? Ein weiteres Mal betrachtete er die unglaublichen Bilder. Auf den ersten neunzehn Aufnahmen der Fotostrecke war der normale Sternenhimmel abgelichtet. Diese Dateien hatte er nicht ausgedruckt. Dann, auf der zwanzigsten Aufnahme, tauchte das schwarze Loch auf. Die einundzwanzigste Aufnahme zeigte das Phänomen an derselben Stelle, aber in Form einer Niere. Ned nahm den Ausdruck mit der Bildnummer zweiundzwanzig in die Hand. Die ›Niere‹ hatte sich zu einer kurzen ›Wurst‹ gestreckt, deren Enden wie ein lächelnder Mund nach oben zeigten. Er legte den Ausdruck zurück und griff nach dem dreiundzwanzigsten Bild. Einem Morphing-Effekt gleich, war die ›Wurst‹ weiter in die Länge gewachsen und bildete nun ein nahezu perfektes ›U‹. Das Verrückteste an der Sache war – die ›Wurst‹ und das ›U‹ bedeckten die Sterne weiterhin, während sie im Gegensatz zur ersten Aufnahme innerhalb des ›Objekts‹ wieder klar und deutlich zu sehen waren.
Ned versuchte krampfhaft, aus seinem Wissen über Galaxienphysik, Astrometrie, Astrodynamik, Kosmologie, Stellarphysik, Planetologie, Nebelphysik, Exobiologie und was da sonst noch so alles an Puzzleteilen in seinem Kopf herumschwirrte, ein Bild zusammenzusetzen. Doch der einzige Gedanke, der wie das regelmäßige Aufblitzen eines Pulsars sein Hirn durchzuckte, war: Wenn Licht den Zentrumsbereich dieses Phänomens zu durchdringen vermochte, konnte es sich um keinen festen Himmelskörper wie einen Planeten, Asteroiden, Kometen oder

etwas Ähnliches handeln. Blieb also nur ein halbfester Körper. Aber eine aus interstellarer Materie bestehende Dunkelwolke wie etwa der Pferdekopfnebel im Sternbild Orion war in der Regel um viele Dimensionen größer als das entdeckte ›Objekt‹ und besaß keinerlei geometrische Form ...
In Neds aufgewühltem Hirn rotierte es wie ein Karussell, obwohl er diesmal bewegungslos im Sessel kauerte. Abstruse Gedanken sprangen auf, um ein paar Runden mitzufahren. Bestand diese Erscheinung etwa aus geballter dunkler Materie – einem im Universum ungleichmäßig verteilten See aus geheimnisvollen Teilchen – die mit der sichtbaren Welt kaum interagierten und deshalb eigentlich gar nicht direkt beobachtet werden konnten? Seit Jahren suchte man wie verrückt nach diesen Teilchen, weil etwas im Kosmos nicht so war, wie es eigentlich sein sollte. Die baryonische Materie, aus der alles Sichtbare im Universum bestand, repräsentierte nämlich nur mickrige vier Prozent der nachweisbaren Energie. Eine peinliche Situation für die erklärende Kosmologie, denn niemand konnte sagen, wie es sich mit dem großen Rest verhielt.
Ned verfiel in sein Reinigungsritual. Zuerst Nase, dann Brille. Und wenn es nun doch keine dunkle Materie gab und auch keine dunkle Energie? War diese ›Wurst‹ dann vielleicht die Projektion eines sogenannten Nullpunkt-Feldes? So ein Feld ließ sich von Elementarteilchen erzeugen, die sich selbst am absoluten Nullpunkt – also bei minus 273,15 Grad, an dem sogar Atome in Bewegungslosigkeit verharrten – munter weiterbewegten. Diese Nullpunkt-Energie, so glaubten einige Wissenschaftler, erzeuge Kraftfelder, die für die Stabilität der gesamten sichtbaren Materie verantwortlich sei ...
Ned war am Verzweifeln – all diese Ideen waren viel zu abstrakt. Und so starrte er erneut auf die vier Aufnahmen. *Kreis! Niere! Wurst! U!* ... Irgendwann legte er die Bilder zurück ins Ausgabefach des Druckers und trat zum dritten Mal in Folge vors Haus.

Fröstelnd schaute er nach oben. Die Sterne waren verschwunden. Statt ihrer legte sich einem riesigen Bettlaken gleich der Nebel des anbrechenden Morgens über das Tal ...

Mit einem Mal begann sich der Nebel in seinem Kopf zu lichten, dann traf ihn die Erkenntnis hart wie der Hieb einer Peitsche. Nun fröstelte Ned nicht mehr – es schüttelte ihn vor Kälte. Er warf einen fahrigen Blick auf sein Handgelenk. Es war Viertel vor vier. In Arizona war es demnach Viertel vor zehn am Morgen.

Einen Moment lang zögerte er noch, dann angelte er sein Handy aus der Gürteltasche, öffnete mit klammen Fingern den Adressbuchordner und drückte sich bis ›Smith‹ durch. Sein Daumen schwebte einen Augenblick über der Anruftaste, dann kehrte er zurück zur Auswahl und der weiße Balken im Display hüpfte auf ›Goldstein‹.

Kapitel 9

Der Indonesier registrierte Lindners Angst und genoss sie in vollen Zügen. Keine Viertelminute später veränderte sich sein bedrohlicher Gesichtsausdruck jedoch und ein fieses Grinsen breitete sich aus. »Macht sich der große ›Maximan‹ jetzt in die Hose?«
Weitere angespannte Sekunden verstrichen, in denen der Österreicher nicht wusste, wo ihm der Kopf stand – da rammte ihm der Fahrer seinen Ellbogen in die Rippen. »Ich brauch keinen nassgepissten Sitz und meine Blase platzt auch gleich, also raus hier!«
Maximilian zögerte.
»Ich lass' Sie schon nicht zurück. Glauben Sie vielleicht, ich verzichte nach all dem, was ich mit Ihnen durchgemacht habe, auf meine Belohnung? Bestimmt nicht!«
Lindner stieg aus, streckte seine steifen Glieder und stellte sich neben den Dicken ins Scheinwerferlicht des Rovers. In der Ferne zuckten lautlos Blitze durch die Wolken.
»Es wird Regen geben«, murmelte Maximilian vor sich hin und presste die Blase.
Der Indonesier tat es ihm gleich, doch reichte sein Strahl nicht einmal ein Viertel so weit wie der des Österreichers. Leise stöhnend drückte er weiter, bis es in seinen Gedärmen krachte.
Maximilian machte gleich mehrere Schritte zur Seite. »Poooaah!«
»Gut gewürzt, die Hühnerspieße«, kommentierte der Dicke.
Der Österreicher trat noch einen Schritt zur Seite. »Uuuuuhh!«
»Ich habe gelesen, der Mensch stamme ursprünglich aus Afrika«, wechselte der Fahrer unverhofft das Thema.

»Die Vorfahren der heute in Australien lebenden Aborigines sollen vor etwa siebzigtausend Jahren als erste den Mutterkontinent verlassen haben«, antwortete Maximilian und äugte mit einem Stirnrunzeln zum Dicken hinüber, der sich damit abmühte, den Reststrahl auch noch woanders zu verteilen als auf seinen Schuhen. Nachdem das spröde Leder den letzten Tropfen aufgesogen hatte, versorgte er sein Organ, pulte im Ohr herum und beförderte wenig später einen mächtigen Schmalzpfropfen ins Licht. Nachdenklich rollte er mit Daumen und Zeigefinger eine Kugel daraus, die er in die Büsche schnippte. »Tja!«, sagte er danach. »Somit gibt es nur in Afrika Ureinwohner.«

Maximilian glotzte den Indonesier an. Dieser machte einen Bogen um ihn herum und klatschte die flache Hand auf seinen Rücken. »Es gibt also niemanden außerhalb Afrikas, der ein ursprüngliches Wohn- und Bleiberecht geltend machen könnte.«

»Sie verfluchter Mistkerl!«, brüllte Lindner in die Nacht.

Der Dicke schnäuzte noch den Inhalt seiner Nase auf den Teer, dann kletterte er zurück hinters Lenkrad, von wo er dem Österreicher – der wutentbrannt Steine vom Wegrand weg in die Büsche kickte – zurief: »Kommen Sie, Sie Held, wir müssen weiter!«

Gerade kurvte der Fahrer durch den Hundertmeterkreisel bei Serian und bog auf die zweispurige Schnellstraße nach Kuching ein, als Maximilian sich nach einem am Straßenrand liegen gebliebenen alten Toyota Pickup umdrehte. »Haben Sie das gesehen?«

Der Fahrer ging instinktiv für einen Moment vom Gas. »Was gesehen?«

Lindner verdrehte Kopf und Oberkörper. »Junge Orang-Utans!«

»Wie kommen Sie auf so was?«, murrte der Dicke, fuhr mit der linken Hand in Richtung seiner Wange und ... *Zwack!*, klatschte er zwei Fliegen auf einmal tot.

»Weil sie ihre Arme aus den Löchern in den Kisten strecken!«
»Ah ja ...«
Maximilian drehte sich zurück. »Grauenhaft! Sie knallen die Orang-Utans ab, damit sie sich nicht an den Früchten der Palmöl-Plantagen vergreifen.«
»Das sollen sie auch nicht.«
»Ach! Und was sollen sie fressen, wenn alle anderen früchtetragenden Bäume bereits abgeholzt sind?«
»Jetzt geht das schon wieder los!«, schnaufte der Fahrer.
Alles, was zwischen Lindners Haaransatz und Bart an Haut zu sehen war, verfärbte sich rot. »Und Ihnen ist das schon wieder egal! Ob angeschossenen Orang-Utan-Müttern ihre Babys einfach von der Brust gerissen werden – egal! Ob diese Babys an Leute verhökert werden, die es spaßig finden, heranwachsende Großaffen in Vogelkäfigen zu halten, die so klein sind, dass sich die Tiere darin nicht einmal drehen, geschweige denn hinsetzen können, auch wenn sie nach kurzer Zeit völlig irre sind – egal! Ob unsere nächsten Verwandten als Sexsklaven enden oder im Boxring, wo sie mit Gewalt dazu gezwungen werden, einander blutig zu schlagen – egal!«
»Der Preis für ihre Rettung!«, rief es hinter dem Steuerrad hervor.
Maximilian hörte nicht hin, sondern redete sich weiter in Rage: »Ob Primaten mit Drogen vollgepumpt werden, damit sie zum Gaudi der Touristen auf Bartresen sitzend mit kleinen Äxten lebenden Fröschen die Köpfe abhacken – völlig egal!«
»Otak udang! Das ist der Preis für Ihre Rettung, Sie Garnelenhirn!«, schrie es abermals hinter dem Lenkrad hervor. »Diese verfluchten Scheißaffen retten Ihren verfluchten weißen Scheißarsch!«
Lindners Gesicht wechselte im Bruchteil einer Sekunde von Rot zur Farbe seines beschimpften Hinterteils. »Was sagten Sie?«
»Affen, Vögel und seltene Reptilien«, kam es strunztrocken über

die Wulstlippen des Dicken. »Während die von den Holzfällern gefangenen Jungtiere auf ihren Abtransport warten, schleichen sich die Wilden nachts in die Camps und klauen die Tiere für mich. Das ist der Deal! Das ist mein Lohn dafür, damit Sie nicht in den Knast wandern!«

Maximilian biss sich die Lippen blutig, um all die Schimpfworte zurückzuhalten, die aus ihm herausplatzen wollten wie saurer Mageninhalt. Stattdessen sagte er nur: »Sie sind genauso ein Monster, wie ich es mir vorgestellt habe.«

Der Indonesier spürte die Wut und Ohnmacht, die in Lindner tobten. Er konnte ihn auf eine gewisse Weise sogar verstehen, war er doch tatsächlich so etwas wie ein Ungeheuer.

In den Slums Jakartas geboren, war er in einer auf Bambusstangen errichteten Hütte aus Packholzplatten und Wellblech aufgewachsen – eine stickige fensterlose Kammer mit einer Tür aus Plastikbändern. Unter der kargen Wohnstatt kroch ein zugemüllter Fluss dahin, der sowohl Toilette als auch Spiel- und Waschplatz war. Seinen Vater hatte er nie kennengelernt und seine Mutter sah er nur, wenn sie etwas Essbares heranschleppte. Ein in der Nachbarhütte lebender Junge mit eitrigem Hautausschlag machte ab und zu das Kindermädchen. War er schlecht gelaunt, holte er gern mal sein Feuerzeug hervor und erkundete damit die Schmerzgrenzen seines Schützlings.

Als er etwa fünf Jahre alt war, gab ihm seine Mutter zu verstehen, dass er zwar weiterhin in der Hütte wohnen dürfe, von nun an aber für sich selbst zu sorgen hätte. Und so zog er jeden Tag los, um etwas Essbares aufzustöbern. Eine lange Zeit bestand sein Speiseplan vorwiegend aus schimmligen Essensresten, die er aus dem Fluss und Abfallcontainern von Restaurants fischte. Wenn hin und wieder eine seiner selbstgebauten Fallen zuschnappte, gab es gebratene Ratte – eine der seltenen Gelegenheiten, unverdorbenes Fleisch zwischen die Zähne zu bekommen.

Die Biester waren schlau. Ging es einer von ihnen an den Kragen, blieb die Falle danach meist für lange Zeit leer.
Im Alter von acht Jahren schloss er sich einer Gang an. Betteleien, Hütchenspiele, Diebstähle und kleinere Raubüberfälle gehörten zur Tagesordnung. Wer dem Bandenchef zu wenig Geld ablieferte, aufmuckte oder sonst etwas tat, was ihm nicht in den Kram passte, wurde tüchtig verprügelt.
Als er elf geworden war, begingen sie an einem reichen Inder ihren ersten Mord. Sie stachen ihn einfach ab. Die Polizei war danach aber um einiges schneller auf der Bildfläche erschienen, als ihr Boss es berechnet hatte. Zwei seiner Kameraden wurden beim Versuch zu entkommen von hinten erschossen, dem Rest gelang offensichtlich die Flucht. Wie viele letztendlich aber getötet, verletzt oder gefasst worden waren, hatte er nie erfahren, weil er von diesem Moment an weder nach Hause noch jemals wieder zum Unterschlupf seiner Gang zurückgekehrt war.
Er selber bekam drei Kugeln ab, einen direkten Schuss ins Bein und zwei Querschläger. Die Projektile drangen mit harten Schlägen in seinen Körper ein und schleuderten ihn zu Boden – doch nach jedem Treffer rappelte er sich wieder hoch und humpelte weiter. Mit letzter Kraft schaffte er es, sich in einem leerstehenden einsturzgefährdeten Haus zu verkriechen, dann brach er ohnmächtig zusammen.
Die drei darauf folgenden Tage und Nächte würde er sein Leben lang nicht vergessen. Von Fieberschüben heimgesucht, kauerte er in einer Ecke und stocherte mit einem krummen Nagel in seinen Wunden herum, damit er das Blei herausbekäme. Die Schmerzen dabei waren oftmals so stark, dass er für Stunden die Besinnung verlor. Hinterher wunderte er sich, in dieser Zeit nicht von wilden Hunden oder Ratten angenagt worden zu sein. Damals war er überzeugt gewesen, sterben zu müssen, konnte er doch nirgendwo hin, um seine Infektionen behandeln zu lassen. Kein Krankenhaus und kein Arzt, nicht einmal

ein Quacksalber, hätten ein verwahrlostes angeschossenes Straßenkind aufgenommen.

Am vierten Tag ging es ihm etwas besser, sodass er sich zu einer Pfütze beim Eingang schleppen konnte, um daraus zu trinken. Tags darauf bekam er zum ersten Mal Hunger. Da er noch nicht gehen konnte, musste er sich mit Kakerlaken begnügen, die er mit den Fingernägeln unter fauligen Dielen hervorkratzte.

Am sechsten Tag stand er zum ersten Mal wieder auf den Beinen – und von da an dauerte es nicht mehr lange, bis er sein Versteck verlassen konnte.

Sein Beuteanteil am Raubmord betrug fünfhunderttausend alte Rupiah, die er sich noch hatte schnappen können, bevor die Polizei aufgetaucht war. Das erste, was er mit diesem Blutgeld nun tat, war, auf den Markt zu gehen und sich ein warmes Reisgericht mit Huhn und eine Cola zu kaufen. Das wiederholte er drei Tage lang. Danach besuchte er einen anderen Markt, wo er ein Hemd, eine Hose, Socken und ein paar Schuhe erstand. Als Luxus leistete er sich noch eine chinesische Plastikuhr.

Nach seinem ersten richtigen Bad und einem anständigen Haarschnitt fühlte er sich endlich als Mensch. Gewissensbisse wegen des getöteten Inders plagten ihn keine, denn nicht er hatte die Klinge geführt und die drei noch immer schmerzenden Narben waren seiner Meinung nach Strafe genug. Das ›Menschsein‹ dauerte – obwohl er ein Zimmer in der billigsten Absteige der Stadt mietete, sich nur von Reis und Gemüse ernährte und jeden Tag auf Arbeitssuche ging – nur kurz. Wochen später war das Geld aufgebraucht. Der Moment, als er den Schlüssel zu seiner Unterkunft abgeben musste und mit nichts außer seinen Kleidern auf der Straße stand, war der bisher Schlimmste in seinem Leben gewesen und auch einer der wenigen, in denen er heulte. Sollte er erneut bei einer Gang anheuern oder blieb ihm nur der Weg zurück in den Slum, wo nichts als Dreck, Hunger und Krankheiten auf ihn warteten?

Der Vermieter, ein dürrer Inder mit grauen Ringelhaaren, die wie eine Filzkappe an seinem dattelfarbigen Kopf klebten, war neben ihn getreten und blinzelte in die Sonne. »Das Leben ist hart«, lispelte der zahnlose Alte, kramte eine zerknitterte Visitenkarte aus seiner Hose und drückte sie ihm in die Hand.
Die Adresse ließ ihn tatsächlich wieder anheuern, aber diesmal nicht bei einer Straßengang, sondern als Schiffsjunge auf der Ujung Kulon. Der Skipper und seine Crew waren jedoch alles andere als redliche Seemänner. Neben der regulären beförderten sie regelmäßig auch illegale Fracht wie Elfenbein, Raubtierfelle, Haifischflossen, Drogen sowie ab und an eine Ladung Giftmüll, die sie in mondlosen Nächten auf offener See verklappten. Der Kapitän nahm ihn nicht nur persönlich unter seine Fittiche, sondern bezog ihn vom ersten Moment an in seine Gaunereien mit ein. Die ›Ausbildung‹ dauerte drei Jahre, dann kannte auch er alle Verstecke auf, in und unter dem Frachter, wusste, wie und wo man bestechliche Leute bei den Behörden fand, kannte Schleichwege sowohl in für sie wichtige Häfen als auch wieder hinaus und dazu eine beachtliche Anzahl von Ablenkungsmanövern für den Fall einer Kontrolle durch die Hafenpolizei oder Zollfahndung.
Die Methoden der Behörden zum Auffinden von Schmuggelware verfeinerten sich allerdings von Jahr zu Jahr und eines Nachts geschah es dann auch: Sie lagen im Hafen von Belawan vor Anker und hatten gerade zwei Tonnen Sumatra-Elfenbein geladen. Kaum war der Kapitän von Bord gegangen, um sich bis zum Auslaufen seines Schiffes in den Kneipen zu vergnügen, da stürmten auch schon die Zollbehörden den Frachter. Dass er der Polizei ein zweites Mal entwischte, verdankte er einem beherzten Sprung ins Hafenbecken und einer Pressluftflasche, die er am Kiel der Ujung Kulon vertäut hatte. Normalerweise brauchte er sie, um besonders heiße Ware wie Diamanten in einem am Schiffsrumpf festgeschweißten Behälter zu verstecken.

Das war der Zeitpunkt gewesen, um mit einem neuen Leben zu beginnen. Auf einen Rat hin war er nach Borneo gekommen und hatte sich von den Goldmünzen, die er seit Jahren eingenäht in seinen Hosenumschlägen mit sich trug, in der Nähe von Kuching ein kleines Häuschen und dazu diesen Geländewagen gekauft. Doch der Preis für seinen bescheidenen Wohlstand war hoch. Noch heute bezahlte er dafür mit brennenden Gedärmen beim Verrichten seiner Notdurft.

Seit er sich auf Borneo niedergelassen hatte, bot er den Leuten auf der Nordseite der Insel seine Transportdienste an. Normale Aufträge waren miserabel bezahlt, halbwegs anständig entlohnte Transporte hingegen meist illegal, was ihn aber nicht daran hinderte, solche zu übernehmen. Encik Yaakob, ein pensionierter Hochschullehrer, wohnte ein paar Häuser weiter. Für ihn erledigte er seit Jahren nicht nur die Besorgungen, sondern flickte auch allerhand an dessen Haus zusammen. Nach getaner Arbeit oder an freien Tagen steckten sie oft ihre Köpfe zusammen und redeten bis tief in die Nacht. Meistens ging es dabei um Politik, Korruption und solche Dinge. Yaakob war belesen, gut informiert und ihm bei den Diskussionen stets überlegen, was ihn aber keineswegs störte. Einmal hatte der Alte zu ihm gesagt: »Du bist ein Elefant. Du riechst schlecht, benimmst dich grob, hast aber ein gutes Gedächtnis und lernst verflucht schnell. Schade, dass du nie eine richtige Schule besucht und einen Abschluss gemacht hast.«

Womit ihm dieser Fotofritze in den letzten Stunden die Ohren vollgejammert hatte, kümmerte ihn nicht. Was wusste der verwöhnte Pinkel schon vom Elend? Der hatte noch nie Dreck und Ratten fressen müssen, war noch nie dermaßen durchgeprügelt worden, dass er sich tagelang nicht rühren konnte. Und er hatte sich nicht jahrelang die Schwänze eines Skippers und Smutjes in den Arsch rammen lassen müssen – nur um von ihnen lesen, schreiben, rechnen und ein paar fiese Tricks fürs Leben zu lernen.

Das Trommeln des Regens auf dem Wagendach, das gleichmäßige Singen der Reifen auf dem nassen Asphalt und das Schrappen der Scheibenwischer, die mit stoischem *Klock – Klack – Klock* Insektenschmiere und Wasserfluten auf der Frontscheibe hin- und herschoben, hatten Maximilian irgendwann einnicken lassen. Doch nun packte ihn der Indonesier an der Schulter und schüttelte ihn. »Aufwachen!«
Der Österreicher schob sich gähnend in die Senkrechte und blinzelte in eine von Straßenlaternen in fahles Licht getauchte Umgebung. »Wo sind wir?«
Die Antwort kam knapp und präzise: »Flughafen Kuching.«
Instinktiv tauchte Lindner, als sie am Flughafengebäude vorbeifuhren, für einen Moment unter der Fensterkante ab. Nach einigen hundert Metern kamen die Silhouetten niedriger Gebäude in Sicht, und hinter einem drei Meter hohen Maschendrahtzaun die beleuchteten Seitenleitwerke geparkter Flugzeuge. Sie fuhren noch ein geraumes Stück den Zaun entlang, bevor der Indonesier vom Gas ging. Er schien sich hier auszukennen. Im Schein einer Straßenlaterne blickte er auf seine Uhr und lenkte den Rover dann linker Hand auf einen matschigen Weg, der zu einem lichten Wäldchen führte. Nach weiteren fünfzig Metern wendete er das Fahrzeug und zirkelte rückwärts zwischen eine Baumgruppe, wo er Licht und Motor abschaltete. Maximilian konsultierte nun ebenfalls seine Uhr, deren Sekundenzeiger mit dem Ticken des sich abkühlenden Motors vorwärts rückte.
»Wir haben noch Zeit«, brummte es hinter dem Lenkrad hervor. »Punkt sechs Uhr fahre ich rüber zum Zaun. Sobald ich dort anhalte, steigen Sie aufs Dach und klettern hinüber. Auf der anderen Seite laufen Sie im rechten Winkel geradeaus, bis Sie auf ein lang gestrecktes Gebäude treffen. Das ist die Kantine der Frachtarbeiter. Draußen stehen Müllcontainer. Dahinter verstecken Sie Ihr Gepäck. Danach gehen Sie zu den Toiletten auf der Rückseite der Baracke und warten dort so unauffällig wie möglich.«

Lindner schaute an sich hinunter. Der Indonesier murmelte etwas, stieg aus, rannte nach hinten, rumorte auf der Ladefläche herum, kam wieder nach vorn und drückte Maximilian eine tropfnasse Plastiktüte in die Hand. »Das ist ein Overall, wie ihn die Arbeiter auf dem Frachtareal hier tragen. Quatscht Sie einer an, sagen Sie zu ihm nur ›saya mau ke kamar kecil‹, gehen aufs Klo und warten dort, bis er wieder verschwunden ist.«
»Saya mau ke …?«
»Saya mau ke kamar kecil«, wiederholte der Fahrer, »Ich muss auf die Toilette.«
Maximilian übte den Satz einige Male.
»Gut so!«, lobte der Indonesier. »Nun aber zum zweiten Teil. Um Viertel nach sechs taucht ein junger Bursche auf und verschwindet ebenfalls im Klo. Zum Zeichen wird er ein paarmal kräftig husten. Verlässt er die Toilette wieder, geben Sie sich ihm zu erkennen. Er bringt Sie dann zum Flugzeug.«
Maximilian zog seine Schuhe aus. Um nicht schon jetzt vom Regen durchnässt zu werden, vollbrachte er auf dem Beifahrersitz ein akrobatisches Kunststück. »Der Overall ist etwas klein!«
»Sie sind zu groß!«, murrte der Dicke.
Der Österreicher verrenkte sich weiter, zog und zerrte – dann sank er keuchend zurück auf den Sitz.
»Passt doch!«, meinte der Fahrer.
Lindner starrte auf die zu kurzen Ärmel und den Reißverschluss, den er nicht viel weiter als bis zum Bauchnabel hochziehen konnte. »Dass der nicht mir gehört, erkennt man auf hundert Meter.«
»Das klappt schon!«, beruhigte der Fahrer.
Maximilian zweifelte zwar daran, erklärte dann aber in einem Anflug von Zuversicht: »Vielen Dank für Ihren redlichen Versuch, meinen weißen Arsch zu retten!«
Der Dicke knipste mit den Zähnen an einem seiner Fingernägel herum.

»Es ist verrückt!«, seufzte Maximilian. »Ein Teil von mir empfindet Verachtung für Sie.«

Das Knipsen setzte über zum nächsten Fingernagel.

»Der andere Teil hätte gern mehr über Sie erfahren, Sie gern besser verstanden, Ihren Namen gewusst ...«

»Wir sind keine Freunde!«, kam es schroff zurück. »Wir sind aus verschiedenem Holz gemacht und leben in verschiedenen Welten!«

»Unser Leben ist schon sehr unterschiedlich«, gestand Lindner ein, »dennoch haben wir unser Zuhause auf dem gleichen Planeten.«

Das Knipsen wechselte auf die andere Hand.

»Wir beide atmen dieselbe Luft, trinken vom selben Wasser, essen vom selben Boden. Wenn in Fukushima radioaktiv verseuchtes Wasser ins Meer fließt, ist das nicht nur für die Japaner ein Problem. Wenn vor der Küste Amerikas eine Bohrinsel leckt, sind früher oder später auch Nichtamerikaner davon betroffen. Ebenso wenig bleibt das Abholzen der Wälder in Sarawak eine innermalaysische Angelegenheit, sondern entwickelt sich zusammen mit anderen Umweltsünden mehr und mehr zu einem globalen Problem. Denken Sie nur einmal an die Folgen des anthropogenen Treibhauseffekts. Wenn wir nicht konsequent etwas dagegen unternehmen, kommt es schon bald zur Katastrophe ...«

»Alles Quatsch!«, schnaubte der Dicke.

»Wie bitte?«

»Alles Quatsch!«

Maximilian hustete, wollte etwas sagen, doch dazu kam er nicht.

»Die Himalaja-Gletscher tauen nicht ab und die Eisbären sterben auch nicht aus, wie das immer behauptet wird!«

»Was soll das?«

»Die Malediven werden nicht untergehen, und die Pazifik-Inseln genauso wenig! Seit über zehn Jahren schon predigt uns der

Weltklimarat, demnächst würde der halbe Planet im Meer versinken, doch versunken ist noch gar nichts!«
»Was ist das für ein Mist, den Sie da von sich geben!«, rief Maximilian aus. »Jedes Kind weiß: Der Meeresspiegel steigt auf geradezu dramatische Weise an!«
»Das sind leere Behauptungen!«
»Sicher nicht! Satellitenmessungen bestätigen den Vorgang.«
»Falsch! Die Messungen bestätigen nur, dass sich der Meeresspiegel verändert.«
»Sie sind ein Ignorant! Die durch den CO_2-Ausstoß verursachte Klimaerwärmung ist so unumstritten wie das dahinschmelzende Eis in der Arktis. Thermische Ausdehnung von Wasser führt zwangsläufig zu einem höheren Pegel, das ist Physik! Und es wäre alles noch viel schlimmer, wenn es keine Stauseen gäbe, in denen wir gewaltige Mengen an Wasser quasi künstlich zurückhalten ...«
Der Fahrer rüttelte am Lenkrad. »Quatsch! Rechnen Sie mal die Gesamtfläche an Siedlungsraum zusammen, über die der Boden schon seit Jahrzehnten keinen Tropfen Wasser mehr aufnehmen kann! Und noch was zur Eisschmelze in der Arktis: Schwimmende Eisberge verdrängen genauso viel Wasser, wie sie durch ihr Abschmelzen freisetzen würden. Der Meeresspiegel steigt dadurch um keinen Millimeter.«
Der Österreicher wurde von der Schlagfertigkeit des Indonesiers überrumpelt, doch der war noch nicht fertig mit ihm: »Natürlich gibt es noch das Inlandeis und die Gletscher. Doch wenn der Meeresspiegel stetig ansteigt, wie Sie sagen, wieso ist dann diese Stelzenstadt in Italien ...«
»Venedig!«, kam Lindner dem Dicken zuvor. »Die Lagunenstadt droht genauso unterzugehen wie die von Ihnen bereits erwähnten Malediven!«
»Sie machen Witze!«
»Ich sehe überhaupt nichts Witziges darin!«

»Ich schon! Denn Sie scheinen nicht zu wissen, dass der höchste jemals gemessene Pegelstand in Venedig vor fast fünfzig Jahren registriert worden ist.«
»Wann, sagen Sie?«
»1966!«
»Sie lügen!«
»Prüfen Sie's nach!«
Lindner geriet aus dem Konzept. »Okay! Dann erklären Sie mir bitte, wieso der Weltklimarat IPCC und unzählige Wissenschaftler mit ihm die Information verbreiten, dass die vom Menschen verursachte Klimaerwärmung den Meeresspiegel ansteigen lässt, wenn das alles nur ›Quatsch‹ ist, wie Sie behaupten.«
»Weil es dabei um viel Geld geht! Allein mit dem Handel von Emissionspapieren werden jedes Jahr Unsummen verdient. Mann! Reißen Sie sich Ihr Brett vom Kopf! Klimapolitik ist ein verdammt einträgliches Geschäft! Ein Milliardendrecksgeschäft!«
»Das sind doch bloß Verunglimpfungen von Klimaleugnern wie Ihnen!«, wehrte Lindner ab.
»Schon klar! Deswegen werden ja bei jeder Klimakonferenz derartig große Fortschritte erzielt!«
»Alles braucht seine Zeit. Und dann muss natürlich auch die Wirtschaft dazu bereit sein ...«
»Sie meinen wohl die Klimawirtschaftsmafia!«, unterbrach der Indonesier. »All diese aufgeblasenen Umwelt- und Klimaschutzorganisationen, Emissionskommissionen, Sonderkommissionen, Projektentwicklungsfirmen und Prüfungsfirmen, in denen es von hoch bezahlten Spezialisten nur so wimmelt, die auf Kosten der Unwissenden ein Leben in Saus und Braus führen, solange sie nur oft und laut genug in die Welt hinausschreien: ›Der Mensch ist ein Klimaschwein!‹«
»Ja, Sakrament ...«

»Glauben Sie ernsthaft, auch nur eine dieser Hyänen verzichtet freiwillig auf ihr Futter?«

Lindner platzte der Kragen: »Sie sind beleidigend und maßlos im Übertreiben!«

»Schon klar! Und was ist mit den von der Pharmaindustrie gekauften Filzläusen der Weltgesundheitsorganisation, die vor noch nicht allzu langer Zeit hinausposaunten: ›Es droht eine Schweinegrippe-Pandemie! Lasst euch impfen, sonst seid ihr alle tot!‹?«

»Das eine hat mit dem anderen nichts zu tun!«

»Nein?« Der Indonesier rubbelte mit dem Daumen eingetrocknete Bierspritzer von der Tachometerscheibe. »Die einzige Pandemie, die tatsächlich stattfand, bestand aus Milliardengewinnen, die sich die Konzerne in die Tasche steckten.«

»Sie häkeln sich da nach Lust und Laune etwas zusammen!«, begehrte Lindner auf. »Genauso wie diese Typen, die behaupten, die Amerikaner seien nie auf dem Mond gelandet, oder das World Trade Center sei von der Bush-Regierung selbst in die Luft gesprengt worden, um den Irakkrieg zu legitimieren, oder al-Qaida hätte vor zehn Monaten diesen Ufo-Satelliten in den Weltraum geschossen, um einen Grund zu haben, Dschihadisten gegen den Rest der Welt aufzuhetzen – nichts als billige Propaganda von Verschwörungsaposteln!«

»Ich erzähl Ihnen jetzt mal, wer hier häkelt!«, fauchte es vom Fahrersitz herüber. »Ein vom Klimarat unabhängiger Meeresspiegelexperte hat nach eingehenden Untersuchungen herausgefunden, dass der Wasserpegel rund um die Malediven in den letzten fünfzig Jahren um keinen einzigen Zentimeter angestiegen ist. Der Forscher leitete seine Erkenntnisse an den Präsidenten des Inselreichs weiter und bot gleichzeitig an, die Einheimischen in einem Film darüber aufzuklären. Wissen Sie, wie der Präsident darauf reagierte?«

Lindner schüttelte missmutig den Kopf.

»Er untersagte es dem Forscher, den Film zu zeigen!«
»Der Präsident wird seine Gründe dafür gehabt haben«, brummte Maximilian.
»Das hat er in der Tat! Schließlich kassieren die Malediven jedes Jahr Hunderte Millionen Dollar an Entwicklungshilfe. Genauso verhält es sich mit Tuvalu, Vanuatu und Bangladesch. Die Regierungen dort sacken viel Geld ein für vom Weltklimarat prophezeite Überflutungen, die es nie geben wird.«
Maximilian ließ diese Behauptung nicht unwidersprochen: »Sie sind also der Meinung, man saugt sich die Überflutungsprognosen einfach aus den Fingern?«
Der Dicke lachte kurz auf: »Nein! Man bringt nur zwei Dinge durcheinander.«
»Ach ja?!«
»Den angeblichen Anstieg des Meeresspiegels mit der tatsächlich fortschreitenden Erosion von Küstengebieten.«
»Aha!«
»Wenn Küsten überflutet werden, ist fast immer eine Erosion daran beteiligt. Und eine Erosion entsteht normalerweise dort, wo Korallenbänke zerstört wurden, die diese Küsten zuvor vor Brandungswellen schützten. Das Absterben von Korallen kann durch warme Meersströmungen verursacht werden, durch mechanische Zerstörung oder durch Abwässer, die ins Meer geleitet werden, was zu einem vermehrten Wuchs von Seetang führt. Wird der Tang nicht von Fischen weggefressen, gibt's Probleme: Faulender Tang verbraucht viel Sauerstoff und tötet dadurch Korallen ab. Einige Algenarten scheiden darüber hinaus ein mörderisches Korallengift aus. Eine Seepest dieser Art bedroht übrigens auch die Gewässer rund um Malaysia.«
»Ist ja Wahnsinn, was Sie nicht alles zu wissen glauben!«
Der Fahrer überging Lindners untergeschobenen Sarkasmus.
»Ich benutze das Internet, lese Zeitungen und rede mit gescheiten Menschen.«

»Das mache ich genauso!«
»Dann machen Sie eben was falsch!«
»Aaahh!«
»Sonst wüssten Sie, dass diese Klimahysterie ein ausgekochter Schwindel ist.«
Lindner blähte die Backen: »Eine wunderbare Demonstration des Dunnig-Kruger-Effekts.«
»Des was?«
»Nichts! Reden Sie nur weiter!«
Der Dicke knurrte etwas, dann sagte er: »Klimaforscher versuchen auf ihren Supercomputern doch die Entwicklung des Klimas zu simulieren, richtig?«
Lindner bestätigte mit einem knappen Kopfnicken.
»Dabei können sie die wirklich ausschlaggebenden Faktoren nur am Rande mit einbeziehen.«
Lindner hielt den Mund und wartete ab.
»Sonnenaktivität, Vulkaneruptionen, Flächenbrände, Winde, Luftfeuchtigkeit, Meeresströmungen und solche Dinge ... All diese hochbezahlten Spezialisten forschen und forschen und sind doch nur Kaffeesatzleser. Das Klima auf der Erde hat seit jeher überwiegend aus Warmzeiten bestanden. Die letzte soll im Mittelalter stattgefunden haben. Damals verkehrten aber weder Autos noch Flugzeuge, und es pufften keine Fabriken oder Kraftwerke ihre Abgase in die Luft. Es gab auch kaum methanrülpsende Rindviecher. Wie kann man also behaupten, ausgerechnet diese Warmzeit wäre vom Menschen gemacht?«
Lindner wusste um die Problematik hochkomplexer Rechenmodelle, wenngleich Forschern heutzutage Prozessorleistungen zur Verfügung standen, die es durchaus ermöglichten, Emissionen von Großstädten, den Staubflug aus der Sahara und anderes mehr in die Klimamodelle mit einzuberechnen. Von wirklichkeitsnahen Simulationen waren die Rechner allerdings noch weit entfernt ...

»Das ist doch derselbe Quatsch wie mit dem Ozonloch!«, regte sich der Dicke weiter auf. »Zuerst wird es von Jahr zu Jahr größer. Forscher stellen fest, das vom Menschen in die Luft gepustete FCKW ist daran schuld, also wird die Produktion weltweit eingeschränkt – und tatsächlich, das Ozonloch verkleinert sich daraufhin.« Der Dicke klatschte Applaus. »Die Experten klopfen sich gegenseitig auf die Schultern und prognostizieren bis zum Ende des Jahrhunderts die völlige Schließung des Lochs.« Abermals klatschte der Dicke in die Hände. »Super!«
»Doch nun ist es ja wieder gewachsen«, brummte Maximilian nachdenklich.
»Gewachsen?«, tönte es hämisch vom Nebensitz. »Wir haben plötzlich zwei Löcher! Eines wie bisher über dem Südpol, und nun auch noch eines über dem Nordpol!«
»Als Grund dafür wird eine starke Abkühlung der oberen Luftschichten über den Polregionen genannt«, erklärte Maximilan.
»Abkühlung? Gerade eben redeten wir doch von einer Erwärmung an den Polen!«
»Die Mechanismen sind nicht so einfach, wie Sie denken«, erwiderte Lindner.
Der Fahrer lachte auf: »Wie *ich* denke? Ich dachte, Sie lesen Zeitung? Jede dieser Brillenschlangen erzählt doch was ganz anderes. Zehn Berichte – zehn unterschiedliche Meinungen.«
Maximilian fixierte den Dachhimmel des Rovers. Auch der Fahrer legte seinen Kopf in den Nacken, saugte Speichel aus den Drüsen und begann damit zu gurgeln. Während er über etwas nachzudenken schien, formte er mit den Lippen abwechselnd ein E und ein O und ein E und ein O ...
»Sie erstaunen mich mit jeder Minute aufs Neue«, sagte Maximilian.
Der Dicke schluckte den Speichel hinunter. »Das meiste weiß ich von Yaakob.«
»Wer ist Yaakob?«

»Ein gescheiter alter Mann!« Der Fahrer drehte seinen Kopf.
»Ihr solltet eure Zahnstocher wirklich besser aus einheimischen Hölzern schnitzen lassen!«
Auch Maximilian dreht seinen Kopf.
»Zudem solltet ihr so viele Stromsparlampen, Stromsparkühlschränke und Benzinsparautos kaufen wie nur möglich!«
Maximilian glotzte im Dunkel in Richtung Fahrersitz.
»Stellt weiter Windmühlen und Solaranlagen auf, zieht im Winter warme Pullover an anstatt zu heizen, zahlt auf alles und jedes eine Sonderabgabe und CO_2-Steuer, die in den Taschen der Klimamafia verschwinden – Hauptsache, ihr fühlt euch glücklich dabei und glaubt, auf diese Weise die Welt zu retten!«
Maximilian öffnete den Mund.
»Dass ihr Garnelenhirne nicht merkt, wenn man euch an der Nase herumführt, geht mir doch am Arsch vorbei!«
Maximilian schloss den Mund wieder.
»Aber etwas sag ich Ihnen noch: Während Ökogangster Jahr für Jahr neue Schikanen für euch Dummköpfe in Europa ausbrüten, schippern genauso Jahr für Jahr unbehelligt sechzigtausend Frachtschiffe über die Weltmeere, die Schweröl verbrennen. Viele der Schiffsmotoren wurden sogar extra dafür umgerüstet, damit sie den hochgiftigen Müll der Ölraffinerien verarbeiten können. Und während die Klimafundis um jeden Tropfen Benzin ein Riesengeschrei loslassen, pusten diese Frachter pro Jahr mehr Dreck in die Luft als alle Autos der Welt zusammen.«
Maximilian biss sich auf die Lippen.
»Kümmert das die Gangster vom Weltklimarat? Unternehmen die etwas dagegen? Oder interessiert es die Verantwortlichen, dass China Woche um Woche ein neues Kohlekraftwerk in Betrieb nimmt?«
Lindner duckte sich unter dem Wortschwall des Fahrers, während dieser die letzte Fliege totschlug und zwischen seinen Fingern zerrieb.

»Die Welt wird nicht daran zugrunde gehen, weil wir auf Borneo ein paar Bäume zu viel umhauen – es wird sowieso die halbe Erde kahl geschlagen. Sie wird auch nicht ersaufen, wenngleich es zurzeit vermehrt zu Überflutungen kommt, die es in derselben Region und Heftigkeit aber schon vor Jahrzehnten gegeben hat. Ebensowenig wird sie am Dreck und den Treibhausgasen ersticken ...«
»Wir sollen also immer so weitermachen?«, kam es bitter über Maximilians Lippen.
»Woran dieser Planet zugrunde gehen wird, ist etwas ganz anderes!«, fuhr der Indonesier fort, ohne auf Lindners Frage einzugehen. »Doch die Welt schweigt! Niemand will sich die Finger verbrennen – weder die feinen Herren in den politischen Führungsetagen noch Selfmade-Weltenretter wie Sie!«
Maximilian konnte die Verachtung, die ihm entgegenschlug, fast mit den Händen greifen. Der Fahrer knipste das Licht im Wageninnern an. »Uns bleibt noch eine Dreiviertelstunde, was reichen müsste, um einige Dinge zu klären.« Das Licht erlosch wieder. »Dinge, für die Sie sich verflucht nochmal interessieren sollten, bevor Sie weiter den Heilsbringer spielen.«
Es hatte aufgehört zu regnen. Mit rhythmischem Klopfen fielen die letzten Tropfen von den Bäumen herab aufs Autodach. Fahles Mondlicht zwängte sich durch Blattwerk und die Frontscheibe des Geländewagens.
»Vor weniger als fünfhundert Jahren gab es auf der Erde gerade mal eine halbe Milliarde Menschen«, begann der Indonesier. »1930 waren es zwei Milliarden. 1960 waren es drei, 1975 vier, 1990 fünf, 2000 sechs – und heute sind es bereits über sieben Milliarden, die diesen Planeten bevölkern. Allein dieses Jahr kommen weitere achtzig Millionen hinzu. Diese sieben Milliarden, die schon da sind, und all die Milliarden, die noch geboren werden sollen, brauchen sauberes Wasser, etwas zu essen und ein Dach überm Kopf!«

Die Stimme des Indonesiers wurde bissig: »Kann mir der große ›Maximan‹ soweit folgen?«
Lindner gaffte auf die Silhouette im Fahrersitz und ahnte, worauf es hinauslaufen würde, denn er kannte ›Die Bevölkerungsbombe‹ von Paul Ehrlich. Nach Auffassung des Autors sollten bereits in den siebziger und achtziger Jahren weltweit Hunderte Millionen Menschen den Hungertod sterben. Der Verlauf der Geschichte verlief bekanntermaßen dann aber doch nicht so dramatisch, wie der Biologieprofessor ausgerechnet hatte. Er könnte dem Dicken also widersprechen, ließ es aber bleiben, weil sich in der Zwischenzeit einiges verändert hatte in der Welt ...
»Wer nicht in eine reiche Familie hineingeboren wird, nicht den Jackpot knackt oder ein verfluchter Glückspilz ist wie Sie, der muss einer Arbeit nachgehen«, fuhr der Indonesier mit seinem Monolog fort. »Wenn ein Arbeiter im Schnitt zwei weitere Menschen ernähren kann, müssten pro Jahr also weltweit mindestens sechsundzwanzig Millionen neue Arbeitsplätze geschaffen werden, damit für die heranwachsenden Generationen gesorgt ist. Doch genau das Gegenteil ist der Fall!
In der Industrie wird auf Teufel komm raus rationalisiert und automatisiert. Roboter fragen nicht nach höheren Löhnen, benötigen keine Pause, werden nicht krank, treten keiner Gewerkschaft bei und streiken deswegen auch nicht. Gleichzeitig werden im Rohstoff- und Produktehandel Preise und Löhne ins Bodenlose gedrückt!«
Maximilian musste an die verschiedenen Protestbewegungen der letzten Monate denken.
»Ich hab vor wenigen Wochen einen Bericht gesehen, in dem amerikanische Politiker und Medienschaffende dazu aufriefen, Superreiche zu enteignen – ihnen ihr Geld, ihre Häuser und Schiffe wegzunehmen.«
Maximilian kam Karl Marx in den Sinn.
»Das Geld könnte man zwar verteilen«, eiferte sich der Fahrer.

»Was aber geschieht mit ihren Villen, Yachten und Privatjets? Lässt man sie genauso verrotten wie die Häuser, aus denen viele arbeitslos gewordene Amerikaner bereits geworfen wurden? Schafft ein solches Vorgehen vielleicht neue Jobs? Sechsundzwanzig Millionen verfluchte neue Jobs jedes Jahr?«
Maximilian hatte keine Antwort parat.
»Warum wohl ist die organisierte Kriminalität dermaßen erfolgreich und breitet sich praktisch unbehindert über den gesamten Globus aus?« fragte der Indonesier forsch. »Warum verrichten Milliarden Menschen irgendeinen Drecksjob, der kaum zum Leben reicht und ihre Gesundheit ruiniert?«
Glühende Pupillen durchbohrten den Österreicher.
»Weil ein knurrender Magen nicht zwischen einer ehrlich oder unehrlich verdienten Mahlzeit unterscheidet!«
Maximilian verknotete seine Finger.
»Und jene, die Bauern sind, brauchen zumindest ein Stück Land, auf dem sich etwas anpflanzen lässt. Egal was, Hauptsache, sie können es essen, gegen etwas anderes eintauschen oder weiterverkaufen. Vor nicht allzu ferner Zeit ernährte sich ein beachtlicher Teil der Menschheit noch aus dem Meer. Sie fingen Fisch, aßen Fisch und verkauften Fisch. Heute werden die schwindenden Bestände als Sushi auf die randvollen Teller derjenigen geworfen, die ein Drittel ihres Essens sowieso im Mülleimer entsorgen. Und während bei Versteigerungen für einen einzigen Blauflossenthunfisch siebenhunderttausend Dollar hingeblättert werden, sind Abermillionen, die sich und ihre Familien seit Generationen vom Fischfang ernährten, am Verhungern oder müssen von den unverkäuflichen Kadavern leben, die ihnen die Industrie als Almosen vor die Füße wirft.«
Maximilian entknotete die Finger wieder. »Jetzt reden Sie wie ich!«
Der Dicke rüttelte fluchend am Lenkrad. »Orang bodoh! Ich jette nicht wie Sie um die Welt, um überall dort ›weiße Farbe‹

drüberzuschmieren, wo gerade mal wieder die Kacke durchdrückt. Ein Scheißhaufen ist und bleibt ein Scheißhaufen, außer man räumt ihn weg! Doch dazu sind weder Sie noch Ihre zahlreichen Kollegen der großen Charity-Show in der Lage.«
Maximilian begann seine Hände zu kneten.
»Jeden Tag erblicken zweihunderttausend zusätzliche hungrige Mäuler das Licht der Welt. Doch es gibt Knallköpfe, die behaupten, es gäbe ohne Probleme Platz für bis zu zwölf Milliarden Menschen. Man müsse nur den Nahrungsmittelanbau optimieren und die Verteilung richtig managen und solchen Quatsch! Zu keiner Zeit hat man genügend Essen aufbringen können oder wollen, um alle Menschen sattzukriegen. Und daran wird sich auch in Zukunft nichts ändern. Es ist genau wie bei der Arbeit: Immer weniger Jobs für immer mehr Leute.« Die Stimme des Dicken fragte bissig: »Kennen Sie John Perkins?«
Lindner musste verneinen, und das ärgerte ihn. Es kratzte an seinem Ego, sich von einem übelriechenden Elefantenhirn fortwährend an die Wand gespielt zu sehen.
»Noch nie was von diesem ehemaligen Economic Hit Man des amerikanischen Geheimdienstes gehört?«
Was, verflucht nochmal, fragte sich Lindner, ein zweites Mal verneinend, war ein Economic Hit Man?
»Ich hab ein Interview mit diesem Perkins gesehen und erzähl Ihnen mal, was der Kerl dabei alles von sich gegeben hat: ›Wir sind wie die Mafia‹, hat er gesagt, ›mit dem einzigen Unterschied: Unsere Opfer sind nicht Personen oder Firmen, sondern Länder. Wir, die Economic Hit Men, suchen uns ein finanziell armes, aber ressourcenreiches Land aus, das im Bereich Fischfang, Gold, Erdöl und so weiter bereits mit US-Firmen zusammenarbeitet. Wir nehmen Kontakt mit der Regierung dieses Landes auf und arrangieren gemeinsam mit der Weltbank einen verlockenden Entwicklungskredit. Doch es gibt einen Haken bei der Sache: Das versprochene Geld kommt

nie bei der Regierung an. Stattdessen fließen die Dollars in eigene Firmen, die dafür Infrastrukturprojekte aufbauen. Aber natürlich nur solche, die unseren Konsortien und einflussreichen Leuten dort nutzen. Die Schuldentilgung für den Kredit wird natürlich der Bevölkerung aufgebürdet. Doch da wir uns wie gesagt nur arme Länder aussuchen, können diese ihre Darlehen nicht bedienen, was von Anfang an so eingeplant ist. Kommen die Staatschefs dann jammernd zu uns, sagen wir zu ihnen: Ihr könnt eure Schulden nicht zurückzahlen? Kein Problem, dann bezahlt uns eben in Naturalien. Verkauft uns billig und mit Exklusivrechten euren Fisch, euer Gold, euer Öl und was ihr sonst noch habt. Stimmt bei der nächsten UNO-Abstimmung für uns, unterstützt unsere militärischen Interessen und so weiter. Auf diese Art und Weise ist ein Imperium entstanden, das die Weltbank, den Internationalen Währungsfonds und sogar die UNO zu kontrollieren imstande ist.«« Der Dicke stieß einen kurzen hässlichen Lacher aus: »Und jetzt fragt sich die Welt, warum aus ehemaligen somalischen Fischern plötzlich Piraten werden.«

Maximilian fühlte sich hilflos angesichts solch ungeheuerlicher Aussagen, die sein eigenes Anliegen mit einem Mal kleinkrämerisch erscheinen ließen.

Der Dicke nagte mit den Zähnen einen Moment lang an seinem Handrücken herum, dann hob er den Kopf und sagte mit aller Härte: »Die Gilde geschniegelter Charity-Botschafter soll endlich damit aufhören, abgemagerten Kindern vor laufenden Kameras Hirsebrei in den Mund zu stopfen und um Spenden zu betteln. Denn wenn man all die armen Schweine groß werden lässt, setzen sie noch mehr arme Schweine in die Welt, die schon sehr bald niemand mehr zu füttern bereit sein wird.«

»Sie wollen, dass man die Menschen einfach verhungern lässt?«, krächzte Maximilian voller Entsetzen. »Das kann nicht Ihr Ernst sein, oder?«

»Es spielt keine Rolle, ob man das tut oder nicht tut«, knurrte der Fahrer. »Es lässt sich sowieso nicht mehr abwenden!«
»Was lässt sich nicht mehr abwenden?«
Der Dicke verharrte einen Augenblick, dann spuckte er die Worte geradezu aus: »Ein neues Zeitalter der Barbarei, das über die Menschheit hereinbrechen wird.«
Maximilian war sichtlich verstört.
»Zweiundachtzig Prozent der Menschen leben in Entwicklungsländern. Eine Milliarde von ihnen nagt Tag für Tag am Hungertuch. Mindestens achthundert Millionen leben im Slum. Fünfundzwanzigtausend verhungern jeden Tag. Davon sind vierzehntausend noch Kinder, deren Eltern zuvor häufig mit Mitteln aus der Hungerhilfe durchgefüttert wurden. Einige ostafrikanische Staaten haben die Ernährung ihrer Landbevölkerung seit langem schon an irgendwelche Hilfswerke, oder korrekt gesagt an Firmen delegiert, deren Berater in Schlips und Kragen die klimatisierten Büros der Hauptstädte bevölkern. Doch überall dort, wo Hilfswerke ihre Finger im Spiel haben, gibt es erstaunlicherweise mehr Hungernde als jemals zuvor. Der Grund dafür liegt im korrupten System, bei dem nicht nur die Spitzen der Hilfsorganisationen, sondern auch die Regierungen tüchtig am Elend ihrer darbenden Bevölkerung mitverdienen!«
Maximilian steckte einen Finger unter das Armband seiner Uhr und zupfte nervös daran herum. »Wie soll das gehen?«
Der Indonesier hieb mit der flachen Hand aufs Steuer. »Nichts einfacher als das! Sie belegen die Einfuhr von Hilfsgütern mit Sonderzöllen, verteuern laufend die Landegebühren für Flugzeuge mit Hilfslieferungen oder die Gebühren für Schiffsliegeplätze, unterschlagen Spendengelder und Sachwerte, veruntreuen Entwicklungsgelder, erpressen im Ausland lebende Bürger, tolerieren oder beteiligen sich sogar an Entführungen von Hilfswerksmitarbeitern, für deren Freilassung dann jeweils Millionen von gutgläubig gespendeten Geldern eingesetzt werden.

Mit den abgezweigten Milliarden leben die Regierungschefs der ärmsten afrikanischen Länder in Saus und Braus, ohne dass es ihren Völkern nach Jahrzehnten Entwicklungshilfe auch nur einen Deut besser ginge. Wieso denn auch? Je schlechter es den Leuten geht, desto mehr Geld fließt in ihre Kassen!«
Der Dicke fuhr mit den Fingernägeln von Daumen und Zeigefinger in eines seiner Nasenlöcher, riss sich ein Büschel Haare heraus und wischte sie an der speckigen Hose ab. »Bis Sie das Leben eines einzigen dummen Affen gerettet haben, sind bereits Abertausende von Menschen an Hunger krepiert. Was soll ich mich also über ein paar tote Orang-Utans aufregen oder über Wilde, die ihren Pinkelbaum verloren haben?«
Der Fahrer knipste das Licht im Landrover an, sah auf seine Uhr und fluchte – es war zehn nach sechs ...

Kapitel 10

Der stattliche Mittfünfziger trug ein lichtblaues bügelfreies Hemd mit einer korrekt gebundenen silbergrauen Krawatte. Das Hemd steckte in einer gürtellosen Jeans, über deren Bund sich ein stolzer Wohlstandsbauch wölbte. Ein offen getragenes hellgraues Sakko und farblich dazu passende Wildlederschuhe rundeten das Bild ab. Sein Haupt zierte eine auffällig perfekt geschnittene, weißmelierte, nach rechts gescheitelte Kurzhaarfrisur. Ob es sein eigenes Haar war oder eine Perücke, wusste nur er. Ebenso auffällig war seine markante Nase, die zwischen buschigen Brauen und dunklen, leicht hängenden Augen in einem Gesicht saß, das so zerknautscht wirkte, als hätte es jemandem als Kopfkissen gedient.
In einer von Dr. Dr. David Goldsteins Taschen dudelte schon eine ganze Weile Mozarts ›Kleine Nachtmusik‹, doch bisher ignorierte er die Melodie. Stattdessen öffnete er seinen Mund und vollführte Kreisbewegungen mit dem Unterkiefer, bis es im Schädelbein krachte.
Neben ihm stand mit versteinerter Miene die Projektleiterin des Spacewatch-Programms. Die Frau war einunddreißig, mittelgroß, schlank, trug Pferdeschwanz und Lesebrille. Wären da nicht Augenringe, Sorgenfalten und ihr leichenblasser Teint gewesen, hätte man die Blondine mit den hohen Wangenknochen als ausgesprochen attraktiv und in ihrem türkisfarbenen hautengen Kleid, das ihre Körperformen geradezu überbetonte, sogar als äußerst sexy bezeichnen müssen.
Die beiden starrten angespannt auf eine Projektionswand, auf die ein Data Beamer vier Aufnahmen in Schlaufe projizierte.

»Wer alles weiß davon?«, brummte der leitende Direktor des Lunar and Planetary Laboratory der Universität von Arizona mit schwerer Baritonstimme.

»Vermutlich dieser Doktorand drüben in Australien«, antwortete die Projektleiterin. »Sein Name ist ...«, sie tat so, als schaue sie auf ihren Notizblock, »Ned Kelly. Er hat sich vor einigen Stunden in unser System eingeloggt, um die von ihm mitentwickelte Asteroid Finder Software einem Abschlusstest zu unterziehen.«

»Wieso sagst du vermutlich?«

»Weil er unter Umständen noch nicht die komplette Fotostrecke gesichtet hat. Kelly geht bei seinen Arbeiten stets sehr gewissenhaft vor. Deshalb ist er auch im Team. Zudem hat er sich bis jetzt noch nicht bei mir gemeldet.«

»Deine Annahme bewegt sich auf dünnem Eis, meine Liebe.«

Die Projektleiterin senkte den Blick und studierte ihre blau lackierten Zehennägel, die vorwitzig aus den türkisfarbenen Heels lugten. »Auch wenn Kelly es wissen sollte – der Junge ist das kleinste Problem.«

Goldstein folgte Heathers Blick und schätzte die Höhe ihrer Absätze. »Und weshalb glaubst du das?«

»Er ist ein Einzelgänger. Intelligent, verschwiegen ... Meines Wissens beschränkt sich sein Umfeld auf die Familie, einen alten Schulfreund und unsere Gruppe.«

»Was ist mit Online-Communities?«

Heather schüttelte den Kopf.

»Hmmmm... und was ist mit Frauengeschichten?«

Heather fixierte ihre Heels. »Ähm – ich glaube, da läuft nichts.«

»Schwul?«

»Nein.«

»Pervers?«

»Äh ... Nein! Er leidet wohl an einem Engramm!«

Goldstein schien mit der Antwort zufrieden. »Was ist mit deinem Mann?«

»Oh, der sitzt drüben in der Kantine und betrinkt sich. War wohl alles etwas zu viel für ihn. Du weißt, wie er tickt ...«
Goldstein winkte ab. Er kannte Thierry. Ein Workaholic mit dünner Stimme und noch dünnerer Haut, und das in jeder Beziehung. Es gab da Geschichten, die glaubte einem keiner.
»Ich musste ihm sogar die Scheidung androhen, damit er die Technik des Teleskops nicht bis zur letzten Schraube auseinandernahm. Du kennst Thierry, wenn der sich in etwas verbeißt, dann ...«
»Ist schon gut, Heather!«
»Als ich dich aus dem Bett holte, gab es für uns nicht mehr den geringsten Zweifel: Das Teleskop, die Kamera, der Rechner und alle anderen Peripheriesysteme funktionieren einwandfrei!«
»Was ist mit Brad?« Goldstein hasste Brad. Ständig war er in furchtbar wichtiger Mission unterwegs, stürmte – das Wägelchen mit seinen Messgeräten und Werkzeugen vor sich herschiebend – Flure hinauf und hinunter, riss Türen auf, knallte Türen zu ...
»Brad weiß von nichts! Nachdem er seine Kabel eingestöpselt hatte, war er auch schon weg.«
Der Chef des Lunar and Planetary Laboratory wedelte mit ein paar Blatt Papier in der Luft, die ihm seine Mitarbeiterin in die Hand gedrückt hatte, kaum dass er im Gebäude war. »Und Simon?«
»Der hockt mit Thierry zusammen.«
»Ich verstehe!« Simon – dessen Berechnungen er in Händen hielt – war ein besonnener Kerl, was man von Thierry nicht behaupten konnte. »Hoffen wir, dein Mann wird von keinem seiner hysterischen Anfälle heimgesucht.«
»Wird er nicht, David. Wird er nie, wenn er sich betrinkt. Er wird davon höchstens müde.«
»Das ist gut!«, brummte der Astronom, während er darüber nachdachte, was er vergessen haben könnte ... »Ah ja, da ist noch

etwas, das ich dich fragen wollte. Du hast den Zugriff auf diese Bild-Dateien«, er nickte zur Leinwand hinüber, »inzwischen gesperrt, nicht wahr?!«

»Natürlich habe ich das!«

»Sehr gut!« lobte Goldstein und trat ans Fenster. Von hier aus konnte er einige der Teleskope sehen, die zum Kitt Peak National Observatory gehörten: Das WIYN 3,5-Meter, das mächtige Mayall 4-Meter, das futuristische und ebenso gewaltige McMath-Pierce Solar und das Zwölf-Meter-Radioteleskop. Zwei weitere Geräte, ein 0,9-Meter- und ein 1,8-Meter-Spiegelteleskop, setzte man für das Spacewatch-Programm ein. Und diese beiden Teleskope waren direkt ihm und damit dem Lunar and Planetary Laboratory der Universität von Arizona unterstellt ...

»Und wie soll es nun weitergehen, David?«

Der Angesprochene drehte sich um, ließ einige Sekunden lang seinen Blick auf dem wohlgeformten Dekolleté der Projektleiterin ruhen, dann sah er ihr direkt in die smaragdgrün schillernden Augen. *Mein Gott, ist die Frau schön. Sogar jetzt, wo sie völlig übernächtigt ist. Wie hat dieser schmalbrüstige Thierry es nur fertig gebracht, sich dieses Rasseweib zu angeln?*

Goldstein löste den Augenkontakt nur widerwillig. »Das ist nicht so einfach. Wir haben vier Aufnahmen, die belegen: Da war etwas. Ein unbekanntes Objekt, das sich den Auswertungen zufolge auf uns zu bewegt. Doch nun ist es weg – einfach verschwunden! Dabei kann es sich ja nicht im Vakuum aufgelöst haben, oder?« Goldstein ließ wieder den Kiefer kreisen.

»Vielleicht verbirgt es sich hinter der Sonne«, sagte Heather.

Goldstein zog eine seiner buschigen Augenbrauen in die Höhe. »Jetzt enttäuschst du mich aber! Du weißt doch genauso gut wie ich: Etwas, das sich – aus welchen Gründen auch immer – gezielt hinter der Sonne halten will, kann dies nur auf einer exakt berechneten spiralförmigen Bahn tun, was ein außerordentlich kompliziertes Manöver erfordert!«

»Ich hätte anstelle von ›verbergen‹ wohl besser ›befinden‹ sagen sollen«, maulte die Projektleiterin. »Aber lassen wir das. Während du auf dem Weg hierher warst, habe ich schon mal mit Diego vom VLT in Chile telefoniert, mit Jean vom Mount-Graham, mit Umberto vom Palomar, mit George vom Lick, mit dem Hubble-Science-Institute, mit der NASA und mit McDonald – doch wir scheinen bisher die Einzigen zu sein, die davon wissen!«

»Du hast denen aber nicht erzählt, um was es geht, oder?« Goldstein guckte wie ein Räuber, der seine Beute mit niemand anderem zu teilen bereit war.

Heather verdrehte die Augen. »Ich habe bloß nachgefragt, ob ihnen etwas aufgefallen sei innerhalb der letzten zwölf Stunden.«

»Gut, gut!«, brummte Goldstein.

»Vielleicht waren sie aber genauso unaufrichtig zu mir, wie ich zu ihnen.«

»Glaubst du?«

»Mir will einfach nicht recht in den Kopf, wieso niemand außer uns etwas davon mitbekommen haben soll?«

»Ich denke, es gibt drei mögliche Antworten darauf«, sagte Goldstein. »Die erste ist: Deine Vermutung stimmt. Andere Institute wissen ebenfalls davon, behalten es aber für sich. Die zweite wäre: Weil es im Sektor der kleinen Galaxie NGC 628 keine besonders spektakulären Dinge zu entdecken gibt, wird sie sowohl von Profis als auch von Hobby-Astronomen gern verschmäht. Und die dritte Antwort lautet: In genau diesen zehn bis fünfzehn Minuten, in denen das Objekt zu sehen war, hat einfach keiner hingeguckt.«

»Aber was ist mit den automatischen Suchprogrammen, David? Es gibt doch nicht nur unseren Asteroid Finder, der das Gebiet bei ›628‹ scannt?!«

»Ich weiß es nicht«, murmelte der Astronom. »Um das seriös abzuklären, müssten wir jemanden darauf ansetzen, doch im

Moment scheint mir das gar nicht so wichtig.« Goldstein rieb sich die Augen und begann auf und ab zu gehen. »Wenn es sich um das handelt, was sich in meinem Kopf gerade zusammenbraut, dann haben wir ganz andere Probleme.«
»Und was genau braut sich in deinem Kopf zusammen?«
Goldstein fuhr sich seufzend durchs graue Haar.
»Du verheimlichst mir doch etwas!«, bohrte die Frau.
»Tu ich nicht! Der Gedanke ist mir nur eben erst gekommen.«
»Mach's nicht unnötig spannend, David!«
»Ein Schwarm.«
Die Projektleiterin legte die Stirn in Falten.
»Ein Schwarm aus Asteroidentrümmern. Ein gigantischer Geröllhaufen, der sich auf unseren Planeten zubewegt!«
Goldsteins Aussage schien ihr unmöglich. Mit zusammengekniffenen Augen trat sie an ihn heran. »Ich weiß, da draußen gibt es Hunderttausende, wenn nicht Millionen von Planetoiden beziehungsweise Asteroiden, die zwischen Mars und Jupiter ihre Bahnen ziehen. Ich weiß auch: Jupiter kann resonant auf einzelne solche Objekte oder ganze Gruppen wirken. Das bedeutet, die Asteroiden werden bei jedem Vorbeiflug an Jupiter ein Stück weit aus ihrer Umlaufbahn herausgezogen, schwingen nach dem Durchlauf aber normalerweise wieder zurück auf ihre ursprüngliche Ellipsoide.« Heather fuhr mit dem Kugelschreiber nachdenklich über ihre prallen Lippen, schob ihn zwischen die Zähne ... »Es sei denn, Jupiters Störeinflüsse wären zu stark.«
Goldstein starrte auf den Stift in Heathers Mund, und obwohl in seinem Kopf gerade alles andere als erotische Gedanken kreisten, regte sich ungewollt etwas.
»Deiner Meinung nach«, holte ihn seine Mitarbeiterin in die nicht weniger harte Realität zurück, »ist eine Ansammlung von Asteroiden während ihres Vorbeiflugs an Jupiter von ihm quasi aus den Schienen gekippt worden, und pflügt sich nun abseits der ursprünglichen Bahn in Richtung Erde?!«

Direktor Goldstein blickte zur Decke empor und nickte.
»Deine Idee in Ehren, David, aber wieso wird die Gruppe auf den Fotos dann als *ein* Objekt abgebildet? Und wie kann ein solches Objekt seine Form verändern?«
»Ich vermute einen Crash zwischen zwei oder sogar mehreren größeren Brocken aus dieser Asteroidengruppe. Die aus dem Zusammenstoß hervorgegangenen Trümmer expandieren und konvergieren abwechselnd, verhalten sich also astatisch, was in immer neuen Crashs mündet. Der sich unentwegt verändernde Geröllhaufen gaukelt uns auf den Bildern dann ein sich verformendes Objekt vor, das es in Tat und Wahrheit gar nicht gibt.«
»Klingt einigermaßen logisch«, kommentierte die Projektleiterin Goldsteins noch jungfräuliche These und versuchte das Szenario bildlich zu erfassen, was ihr aber nicht recht gelingen wollte. »Etwas an der Sache bleibt unklar, David. Wieso prallen diese Trümmerstücke stets von Neuem aufeinander und fliegen nach dem ersten Crash nicht einfach in alle Himmelsrichtungen davon?«
Goldstein musste nicht lange überlegen. »Weil es einen gewaltigen Kernbrocken gibt mit genügend Gravitation, um den ganzen Flohzirkus zusammenzuhalten.«
Heather wurde, als sie sich den auf die Erde zurasenden Geröllhaufen vorstellte, von Schwindel erfasst. »Und wo steckt er jetzt, dieser Schwarm?«
Goldstein druckste herum. »Nun, ich vermute mal ... hinter der Sonne.«
Heather Smith war baff. »Du sprachst doch gerade noch von komplizierten Manövern!«
»Ich weiß, ich weiß«, wehrte Goldstein ab, »aber im Augenblick habe ich keine alternative Erklärung. Und ich gehe auch von einer kurzen Dauer dieses Effekts aus.«
Die Projektleiterin wusste darauf nichts mehr zu antworten und ließ ihren Blick hinüberwandern zur Leinwand, wo abwechselnd

das runde schwarze ›Loch‹ und seine verschieden gekrümmten Varianten zu sehen waren.

In diesem Moment seilte sich an der Fensterbank eine Spinne auf den braun gesprenkelten Linoleumboden des Konferenzraums ab.

Düdüd – Düdüd ... Der Mann im hellgrauen Sakko griff zuerst vergebens in die linke, dann mit Erfolg in die rechte Außentasche und beförderte ein Blackberry zutage. Während er mit dem Daumen durch die Nachricht scrollte, mahlte sein Kiefer. Das war kein gutes Zeichen. Am liebsten hätte die Projektleiterin nachgefragt, worum es sich bei der Mitteilung handelte, doch sie hütete sich, dies zu tun. David konnte übermäßige Neugierde auf den Tod nicht ausstehen.

»Ich werde jetzt das Weiße Haus anrufen«, verkündete der Wissenschaftler mit ungewohnt harter Stimme, nachdem er das Smartphone wieder in seiner Jacke hatte verschwinden lassen.

Heather Smith legte erneut ihre Stirn in Falten, sagte aber kein Wort.

Am Boden unter der Fensterbank angekommen, löste sich die Spinne von ihrem Faden und stakste nun auf ihren langen Beinen in Richtung der Frau.

»Wen, wenn nicht den Präsidenten, sollte ich sonst anrufen?«, führte Goldstein eine Art Selbstgespräch. »Wobei – Obama und sein Stab werden mir nicht glauben wollen. Und falls doch, sind sie genauso zum Abwarten verdammt wie wir alle. Es wird keinen Bruce Willis geben, der mit einer Atombombe im Handgepäck zu den Asteroiden fliegt, um sie zu pulverisieren ...«

Heather reagierte erstaunlich gefasst: »Und weshalb willst du den Präsidenten dann überhaupt anrufen?«

Goldstein stöhnte auf: »Vielleicht sollte jemand zu den Leuten sprechen, bevor uns dieser Geröllhaufen zermanscht!«

»Und wenn es nicht passiert, David?«

»Es wird passieren!«

»Das ist nicht zweifelsfrei bewiesen!«, intervenierte Heather. »Wir sollten Simons Bahnberechnungen unbedingt wiederholen, bevor du eine so schwerwiegende Entscheidung triffst!«
Goldstein sah seine Mitarbeiterin direkt an: »Sie wurden bereits wiederholt!«
Heather fühlte sich vor den Kopf gestoßen. »Wann? Von wem?«
»Von Wesley Parker. Er hat mir per SMS soeben die Richtigkeit der Zahlen bestätigt!«
»Wesley? Was hat der alte Kacker damit zu schaffen?«
David Goldstein begann sich aufzuregen: »Der alte Kacker ist vertrauenswürdig!«
»Und wir sind das nicht?«, maulte Heather.
Goldstein machte zwei Schritte auf seine Mitarbeiterin zu. »Ich habe keine Lust, mit diesen Informationen hausieren zu gehen. Auch nicht innerhalb des eigenen Instituts. Habe ich mich klar genug ausgedrückt?«
Heather zweifelte noch immer. »Wesley ist sich hundertprozentig sicher?«
»Es gibt für nichts eine hundertprozentige Sicherheit!«, schnaubte der Astronom. »Wir reden von einer wiederholten Berechnung verschiedener Datensätze. Wesley ist eine Kapazität, doch eine Garantie kann er genauso wenig abgeben, wie ich beweisen kann, dass meine Theorie stimmt. Zurzeit besteht ja keine Möglichkeit, neue Daten zu generieren. Trotzdem bin ich der Meinung, diese Sache gehört von jetzt an in die Hände der Regierung!«
»Ein Irrtum liegt also durchaus im Bereich des Möglichen!« fuhr Heather ihren Chef mit ungewohnt scharfer Stimme an. »Wir sollten unbedingt warten, bis die Asteroiden wieder hinter der Sonne hervorkommen und danach ihre exakte Flugbahn bestimmen.«
»Dann ist es bereits zu spät!«
»Zu spät wofür?«
»Um die Welt geordnet darauf vorzubereiten.«

Die Projektleiterin schüttelte verständnislos den Kopf. »Du glaubst allen Ernstes, man könne sieben Milliarden Menschen in Ruhe darauf vorbereiten, dass sie vernichtet werden?«

»Es wäre zumindest einen Versuch wert! Taucht der Geröllhaufen erst einmal aus dem Schatten der Sonne, kommt es zu einer weltumspannenden Panik!« Goldstein wollte sich abwenden, doch Heather griff nach seinem Kinn und hielt es fest. »Ob der Präsident zu den Menschen spricht oder der Papst oder sonst wer – eine Massenpanik lässt sich so oder so nicht verhindern, David! Die Panik beginnt in der Minute, in der die Leute davon erfahren, und sie endet in dem Moment, wenn uns das Zeug auf den Kopf fällt! Das Leiden in den Wochen dazwischen wird lange genug sein, ohne es noch unnötig ausdehnen zu müssen, oder? Zudem besteht meiner Meinung nach eine reelle Chance, dass die Gravitationskraft der Sonne die Asteroidentrümmer aus der Kollisionsbahn hebeln könnte, auf die sie der Jupiter zuvor gelenkt hat.«

Die Projektleiterin ließ Goldsteins Kinn los, worauf sich dieser mit den Fingern übers zerknautschte Gesicht fuhr. »Ich soll also schweigen«, tönte es dumpf hinter der hohlen Hand. »Und was ist mit Wesley, Simon, Thierry und diesem Kelly?«

»Wesley und Simon sind dein Problem. Um die beiden anderen kümmere ich mich schon!«

»Hör zu, Heather.« Goldstein zögerte einen Moment, dann seufzte er: »Ich kann das nicht tun.«

»David, bitte!«

Der Astronom hob beide Hände. »Was richtig ist oder falsch, will ich nicht selbst entscheiden.«

»David!«

»Das ist eine Nummer zu groß für mich, verstehst du?«

»Nein!«

»Nein?« Goldstein schluckte schwer. »Du fühlst dich also befähigt zu entscheiden, was getan oder gelassen werden sollte, ja?!«

In seinen dunklen Augen spiegelte sich feuriges Smaragdgrün. Die beiden standen Gesicht an Gesicht. Er rang hart mit sich. Nicht, um einen Sieg über diese begehrenswerte Frau zu erringen, sondern um sie nicht einfach an sich zu ziehen und zu küssen, ihr eine einzige Zärtlichkeit zu entlocken, bevor das Leben vorbei war ...

Mozart dudelte erneut und Heather, sein Verlangen spürend, drehte sich unter ihm weg. Sie wusste um ihre Anziehungskraft und hatte grundsätzlich nichts gegen eine Affäre einzuwenden, doch David war der Falsche dafür. Er würde sich nicht mit einem Mal begnügen ...

»Ich glaube, dieser Australier ruft gerade an«, verkündete der Astronom, die Vorwahlnummer auf dem Display studierend.

Heather machte ein nicht zu deutendes Gesicht.

»Lunar and Planetary Laboratory, Goldstein ... Ah, guten Tag, Mr. Kelly, was kann ich für Sie tun? ... Wie? Jaaa, wir kennen diese Aufnahmen. Seltsame Sache, nicht wahr?! ... Nein, Mr. Kelly, wir arbeiten noch daran und sind bis jetzt zu keinem eindeutigen Ergebnis gekommen ... Was sagen Sie?« Wie von Zauberhand erschienen Schweißperlen auf Goldsteins runzliger Stirn. »Ähm, hören Sie, Mr. Kelly, wir sind, wie Sie sich vorstellen können, gerade ziemlich unter Druck hier. Tun Sie mir also bitte einen Gefallen: Was auch immer Ihre Theorie beinhalten mag, behalten Sie es für sich! Ich werde Sie so schnell wie möglich zurückrufen und dann reden wir über alles! Können wir so verbleiben? ... Wie bitte? ... Nun, ich werde Sie kontaktieren, sobald ich etwas mehr Durchblick habe! Sicher doch, Mr. Kelly! Aber nun lassen Sie uns bitte weiterarbeiten, okay! Bis bald dann also. Ich wünsche Ihnen noch einen schönen Tag, Mr. Kelly!«

»Wieso hast du ihn nicht ausreden lassen?«

David Goldstein schob seinen Unterkiefer so weit nach vorn, bis es im Schädelbein krachte. »Ich glaube nicht, dass der junge Mann dazu befähigt ist, auf eigene Faust die entsprechenden

Berechnungen durchzuführen und die richtigen Schlüsse daraus zu ziehen!«

Die Frau mit den smaragdgrünen Augen starrte gedankenverloren auf den Boden. Goldstein drehte sich mit dem Blackberry zum Fenster und wählte eine Nummer. Die Spinne stakste an Heather vorüber. Sie erschrak kein bisschen, sondern überlegte, ob es sich mit halb so langen und halb so vielen Beinen nicht besser liefe. Heather hob den rechten Schuh vorn ein wenig an. Die Spinne verharrte, wechselte die Richtung und krabbelte – wohl in der Annahme, hier Schutz zu finden – direkt unter die Sohle. Ein sarkastisches Zucken umlief ihre vollen Lippen. »Mein Boss sagt, wir alle werden zermanscht!«

Kapitel 11

Ein Klumpen rohes Fleisch. In der Mitte des Klumpens, so groß wie bei einem Pferd, zwei faulig riechende Zahnreihen, sonst nichts. Keine Augen, keine Nase, keine Ohren – nur diese stinkenden Zähne. Der Fleischklumpen ragt aus dem Kragen eines weißen Kittels hervor, wie ihn Ärzte tragen. Ein Schwarm Fliegen brummt um das Fleisch ...
Die Fratze beugt sich zu ihm herab, dann zischt es zwischen den fleckigbraunen Zähnen hervor: »Mund öffnen!«
Er versucht sich wegzuducken, doch es gelingt ihm nicht, auch nur einen Teil seines Körpers zu bewegen.
»Öffnen!«, zischt es zum zweiten Mal, und im selben Moment schieben sich aus den Ärmeln des Arztkittels ineinander verwachsene schmierige Finger hervor.
»Öffnen!« Das bösartige Zischen ist deutlich lauter geworden. Und weil er spürt, dass es nichts Gutes sein kann, was die Fratze von ihm will, presst er mit aller Kraft seinen Mund zusammen. Sein Widerstand dauert allerdings nur einen kurzen verzweifelten Moment, denn schon zwängen sich die Finger – einem Keil gleich – zwischen seine Lippen und drücken so lange gegen die Zähne, bis diese dem Druck nicht mehr standhalten und einer nach dem anderen nach innen wegbricht. Höllische Schmerzen jagen durch die frei gelegten Nervenenden; sein Mund schnappt auf, um einen Schrei auszustoßen, doch im selben Moment schieben sich blitzschnell die langen wachsfarbenen Finger in seine Mundhöhle. Das Einzige, was er tun kann, ist, seine Zahnstümpfe so tief wie möglich in die ekelhaft saure Haut zu bohren, doch die pochenden Stummel finden keinen Halt.

Wieder zischt es in seinen Ohren: »Öfffneeen!«
Dem unbändigen Schmerz, der inzwischen wie ein scharfer Meißel von innen gegen seine Schädeldecke hämmert, kann er nichts mehr entgegensetzen, und so gibt er den Widerstand auf. Den Fingern folgt die ganze Hand, die seine Kieferknochen auseinandersprengt, während sich die splitternden Fingernägel tief ins Fleisch seines Schlunds graben. Heißes dickes Blut quillt aus den Wunden, läuft seinen Rachen hinab ... Er will es aushusten, doch zäher Schleim, der in blasigen Fäden aus seinen Mundwinkeln trieft, ist alles, was gurgelnd einen Weg nach draußen findet. Seine Mundhöhle ist ausgefüllt von der Hand des Ungeheuers, schiebt sich nun immer weiter nach hinten ... Zuerst zerquetscht die Hand seinen Kehlkopf, dann zwängt sie sich in seine Speiseröhre und windet sich einer Schlange gleich in die Tiefe.

Kaskaden reißender Schmerzen fressen sich vom Rachen her abwärts und explodieren, als die scharfkantigen Fingernägel den Schließmuskel seines Magens durchstoßen und schließlich die ganze Hand darin verschwindet. Mit aus den Höhlen quellenden Augen und einem tief in seinem Schlund vergrabenen Arm wartet er reglos darauf, jeden Moment zu ersticken oder auseinandergerissen zu werden.

Suchend tasten die spinnenartigen Finger in seinen Eingeweiden umher, dann packen sie mit einem Mal zu. »Raaaussss!«, brüllt es in seinen Ohren, dann fährt die Hand zurück aus seinen Eingeweiden und zerrt mit, was sie umklammert hält. Sein Magen zerreißt. Seine Speiseröhre zerreißt. Sein Schädel platzt ... Danach gibt es um ihn herum nur noch eine dampfende Wolke aus dunklem Blut.

Vor seinen verquollenen Augen baumelt etwas Karamellfarbenes, Blutverschmiertes. Es zuckt, zappelt und beginnt in hohen Tönen zu schreien. Er will ebenfalls schreien, doch schnell füllt sich sein Hals mit dem Blut unzähliger Verletzungen.

Er hustet und ein dicker Schwall des roten Saftes ergießt sich auf den Boden. Er hustet nochmals, und wieder spritzt es purpurfarben ...
Mit einem Mal stinkt es nach Dieselöl und ein ihm bekanntes Knattern dringt an seine Ohren. Sekunden später zerfetzt eine kreischende Kettensäge den roten Nebel vor seinen Augen, und jetzt erst erkennt er, was die verkrüppelten Finger die ganze Zeit über an einem Bein in der Luft gehalten hatten: Ein Neugeborenes, ein Baby, das nun – der Länge nach in zwei Hälften gefräst – auf den Boden poltert. Blut – überall dampfendes Blut ...
»Penaaan!«, schreit ihm der geifernde Fleischkloß ins Gesicht.
Er fährt in die Höhe. Augen und Mund weit aufgerissen.
»Penan!«
Blut in seinen Augen. Blut in seinem Gesicht.
»Pena...!«
Er greift mitten hinein in dieses Blut. Doch da ist kein Gesicht mehr, nur noch ein roter Fetzen.
»Pen...!«
Er umklammert den Fetzen und reißt ihn weg.
Bing ...!
Das Anschnallzeichen im Flugzeug erlosch. Die Leuchtstoffröhren hinter der Verschalung zuckelten einige Male, dann gingen sie über in ein gleichmäßiges Leuchten.
Er saß kerzengerade. Mit einem wirren Ausdruck im Gesicht wanderten seine Augen hinunter zu den schweißgebadeten Händen, die sich in einem blutroten Fetzen vergraben hatten – eine Decke! Eine gewöhnliche rote Wolldecke!
Der Österreicher brauchte viel Zeit. Zeit, um sich zurechtzufinden, Zeit, um zu begreifen, dass er sich auf dem Weg nach Zürich befand. Verstohlen blickte er sich in der Kabine um, doch niemand beachtete ihn. Maximilian konnte sich nicht entsinnen, jemals in seinem Leben etwas so Grauenhaftes geträumt zu haben. Mit fahrigen Bewegungen faltete er die Wolldecke

auf seinem Schoß zusammen und stutzte. Was war denn mit seiner Hose passiert? Eilig tastete er mit den Zehenspitzen nach den Schuhen, schlüpfte hinein und verschwand – mit losen Schnürsenkeln und einer Hand vor seinem Schritt – in der Toilette. Er verriegelte die Klapptür, drehte sich um – und erschrak. Schlimm sah er aus. Und eingenässt hatte er sich auch. Das letzte Mal war ihm das passiert, als er fünf war. Maximilian wusch sich, so gründlich es ging, stopfte Unmengen von Klopapier in seine feuchte Unterwäsche und knöpfte sein gottlob trocken gebliebenes Hemd über der Hose zu.

Kaum, dass er an seinen Platz zurückgekehrt war, begann in der Maschine ein geschäftiges Treiben. Die Sichtblenden an den Fenstern wurden hochgeschoben, Geschirr und Tabletts klapperten und der Duft von frischem Kaffee und gebackenen Brötchen zog durch die Kabine. Eine Stewardess verteilte nach Zitrone duftende Frotteetüchlein, derweil sich ihre Kollegin um Schlafsocken, Kopfhörer, Zeitschriften und all den anderen Krimskrams kümmerte, der sich in den letzten Flugstunden auf, neben oder unter den Sesseln der Passagiere angesammelt hatte. Wenig später wurde das Frühstück serviert. Und während er ein halbes Omelett, Wurst, Käse, ein mit Honig bestrichenes Croissant und den Kaffee genoss, versuchte Maximilian die Erinnerung an seinen Albtraum zu verscheuchen, ließ seine Gedanken zurückschweifen zum heutigen Morgen ...

Der Indonesier hatte ihn über den Zaun gehetzt und war danach ohne ein Wort des Abschieds verschwunden. Bei der Baracke wartete bereits der Junge auf ihn und zehn Minuten später schlich er an Bord eines Jumbos der MASkargo. Auf dem Singapore Changi Airport gelandet, wurden die Besatzung und er von einem Minibus abgeholt und zum eineinhalb Kilometer entfernten Terminal 2 gefahren. Dort nahm ihn ein Sicherheitsbeamter in Empfang, der ihn über zahllose Treppen und Gänge um die Immigration herum in die Passagierzone schleuste.

Dort angekommen, verlangte er nach seinem Ausweis und verschwand damit. Zwanzig Minuten später kreuzte der Uniformierte wieder auf und drückte ihm den gestempelten Pass in die Hand. Wie er das angestellt hatte, fragte Maximilian sich auch jetzt noch. Genauso fragte er sich, wie viel Dreck der Dicke tatsächlich am Stecken hatte, wenn seine Beziehungen bis in die Beamtenschaft eines Flughafens hineinreichten.

Vom Sicherheitsmann allein gelassen, schob er sich zwischen einer Hundertschaft am Boden hockender Wanderarbeiter durch, die darauf warteten, nach Kuala Lumpur geflogen zu werden, und eilte dann – nicht ohne hin und wieder einen furchtsamen Blick nach hinten zu werfen – über die kilometerlangen Laufbänder zur Skytrain Station, von wo aus ihn eine vollautomatisch gesteuerte Kabinenbahn zum Terminal 3 brachte. Nach dem Check-in am Automaten kaufte er sich bei Coffeebeans einen Cappuccino sowie einen teigigen Blueberry-Muffin und ließ sich danach erschöpft in einen der vielen Polstersessel sinken.

Viele Stunden, Cappuccinos, Muffins, Burger und zwei Zeitschriften später kam der Aufruf fürs Boarding nach Zürich. Als er das Flugzeug betrat, wurde er vom Chief Flight Attendant unverhohlen angestarrt. In diesem Augenblick glaubte er aufgeflogen zu sein, doch der Inder begrüßte ihn nur freundlich und stellte sich ihm dann ungewohnt vertraulich als Swaran vor. Swaran nahm ihm das Gepäck ab, führte ihn zu seinem Platz in der Businessclass und half ihm auch gleich noch beim Verstauen der Sachen. Als er die Ablage geschlossen hatte, drehte er sich zu ihm um, zögerte einen Moment, dann berührte Swarans feingliedrige Hand für eine Sekunde seinen Bizeps. »Oohohh!«, fiepte er mit glockenheller Stimme, dann war er auch schon irgendwo im Bauch der Boeing verschwunden. Er hatte grinsen müssen, denn offenbar besaß er von nun an einen schwulen Verehrer.

Kaum dass sie die Reiseflughöhe erreichten, kam der Inder auch schon mit Schälchen lokaler Süßigkeiten angelaufen und flötete schelmisch: »Das verleiht Ihnen die Energie, den nächsten Achttausender im Laufschritt zu bezwingen!«
Endlich war ihm klar, weshalb er vom Chief Flight Attendant dermaßen umsorgt wurde – er hatte ihn ganz einfach mit jemand anderem verwechselt. Die darauffolgende Szene war peinlich für den armen Kerl. Er teilte ihm mit, nicht Reinhold Messner zu sein, worauf Swaran wie ein Gummientchen quiekte und sein kaffeebraunes Antlitz sich als Folge der Hitze, die zwischen seinen Ohren nach oben stieg, mit einem satten Rot überzog. Seine Frage, weshalb Swaran der Bestätigung halber denn nicht die Passagierliste konsultiert habe, begründete der gute Mann damit, niemals an eine Verwechslung geglaubt zu haben. Er erklärte, seit Messners Himalajafilm ein glühender Verehrer des Bergsteigers zu sein, entschuldigte sich tausendmal für sein Missgeschick sowie Fehlverhalten und machte sich davon.
In der Tat war die Ähnlichkeit zwischen Messner und ihm so frappant, dass sie als eineiige Zwillinge hätten durchgehen können. Und wer nicht allzu sehr auf den Dialekt achtete, fand nicht einmal in ihrer Sprache einen Unterschied. Messner stammte aus Villnöss in Südtirol, er aus Graz – keine dreihundert Kilometer voneinander entfernt.
Geraume Zeit später bekam er von einer der Flugbegleiterinnen die Menükarte überreicht. Seine Wahl fiel auf das schon fast obligate Beef mit Kartoffelgratin. Bis das Essen serviert wurde, hatte er noch ein wenig Zeit, sich die Beine zu vertreten. Dabei entdeckte er Swaran, wie er, in der Küchennische stehend, den Boden vor sich anstarrte.
»Bedient mich mein größter Fan nicht mehr?«, fragte er ihn. Swaran blickte zu ihm hoch und machte ein Gesicht, als hätte er in eine Zitrone gebissen.

Maximilian gab dem Zitronengesicht einen versöhnlichen Klaps auf die Schulter. »Schwamm drüber, okay! Übrigens, ganz so ein Niemand bin ich nun auch wieder nicht. Wenn Sie Zeit haben, loggen Sie sich mal hier ein.« Mit diesen Worten drückte er dem Chief Flight Attendant seine Visitenkarte in die Hand und tippte auf die Adresse seiner Webpage. Swarans säuerlicher Gesichtsausdruck entspannte sich daraufhin etwas.

Nach dem Abendessen holte Maximilian sein MacBook Air aus dem Gepäck. Noch auf dem Singapurer Flughafen hatte er die Aufnahmen des Camcorders auf den Mac überspielt. Nun sichtete er das Material und begann mit dem integrierten Bearbeitungsprogramm einen ersten Grobschnitt zu erstellen. Die dramatische Ameisenhaufenszene stellte er ganz an den Anfang. Direkt dahinter setzte er Bilder dreier von einem gefällten Baum erschlagener Wildschweine. Als nächstes fügte er grausige Details einer von Holzfällern massakrierten Orang-Utan-Familie hinzu ...
›Bis Sie das Leben eines einzigen dummen Affen gerettet haben, sind bereits Abertausende von Menschen an Hunger krepiert!‹ Er starrte eine Weile auf die toten Orang-Utans, dann schloss er iMovie und Augen und ließ sich schwer seufzend in die Lehne zurückfallen ... Die drohende Übervölkerung der Erde war die eine Sache, die Klimaerwärmung eine andere. Und sein Kampf und die Anstrengungen seiner Gesinnungsgenossen gegen die vom Indonesier angeprangerte Vergeblichkeit eine dritte. Doch etwas war ihm seit den Streitereien mit dem Dicken bewusst geworden: Keine Lehre war zeitlos gültig, jegliches Wissen – egal ob erlernt oder erarbeitet – war immer lückenhaft und nur vorläufig ... ›Zahlt auf alles und jedes eine Sonderabgabe und CO_2-Steuer, die in den Taschen der Klimamafia verschwinden – Hauptsache, ihr fühlt euch glücklich dabei und glaubt, auf diese Weise die Welt zu retten!‹

Viele der europäischen Klimaschutzgruppen bezogen bis zu siebzig Prozent ihres Jahresetats aus den Töpfen der Union, was unweigerlich zu Abhängigkeiten und Verfilzungen führte. Ja, verflucht, er wusste davon. Dass der Kampf um eine bessere Welt Extremisten hervorbrachte wie Pentti Linkola, der Klimaskeptiker am liebsten in Umerziehungslager stecken wollte, war leider genauso wenig wegzuleugnen wie die Aktivisten von Greenpeace, die Andersdenkenden unverhohlen Gewalt androhten. Doch wo lag die Grenze zwischen persönlichem Engagement und einer von Technokraten verordneten Umweltdiktatur, wie sie der Indonesier hinter allem vermutete?

Wo lag der Hund begraben, wenn als Konsequenz regelmäßig scheiternder Klimakonferenzen nun ein sogenanntes Climate-Engineering aufgebaut werden sollte, um der drohenden Erderwärmung anstatt durch Verzicht mit massiven chemischen wie technischen Eingriffen in die Natur zu begegnen? War es Manipulation am Volk, wenn die Wetterfrösche der öffentlich-rechtlichen Fernsehanstalten bei jeder noch so geringen Temperaturschwankung gegenüber dem Vorjahr nach oben, die Zuschauer ausdrücklich darauf aufmerksam machten, eine Abkühlung im gleichen Zeitraum hingegen verschwiegen? War all das Gerede um den Klimawandel doch nur Mittel zum Zweck? Wenn er an die strengen Winter der letzten Jahre dachte ...

Maximilian klappte sein Notebook zu und faltete die Hände darüber. Was war die Aussage eines als seriös eingestuften Wissenschaftlers wert, der behauptete, der vom Menschen verursachte Anteil an CO_2 in der Atmosphäre betrage unbedeutende einskommairgendwas Prozent? Wie war die Reaktion des angesehenen Forschers Harold Lewis zu werten, der nach jahrzehntelanger Mitgliedschaft im Gremium der American Physical Society seinen Rücktritt eingereicht hatte mit den Worten: ›Der anthropogene Klimawandel ist der größte Betrug der letzten sechzig Jahre.‹

Maximilian brummte der Kopf. Wer korrumpierte hier eigentlich wen? War es so, dass Interessenvertreter gewollt Ursache und Wirkung miteinander vertauschten, um Inquisitoren gleich armen Sündern die Schuld für etwas in die Schuhe zu schieben, wofür sie nichts konnten, das auch ohne sie stattfand?
Treibhausgase spielten seit Jahrmillionen eine wichtige Rolle bei der Veränderung des Klimas. Getrauten sich diese Leute tatsächlich, einen natürlichen Vorgang derart schamlos für ihre politischen wie finanziellen Ziele auszunutzen? Der ehemalige britische Premierminister Tony Blair zumindest schien in dieser Hinsicht keine Hemmungen zu haben, verpflichtete er sich doch für ein Honorar von fast einer Million Euro pro Jahr, für den indischen Milliardär Vinod Khosla Gerüchte über den Klimawandel in Medienkanäle zu schleusen, damit Khosla weiter viel Geld im Emissionshandel verdienen konnte. Bis gestern noch hatte er die Geschichte für eine glatte Lüge gehalten.
Maximilian stieß einen leisen hässlichen Lacher aus. Wovon hatten ehrgeizige Figuren der Moral und Ethik wegen jemals bewusst die Finger gelassen? Er zermarterte sich den Kopf, doch es kam ihm nichts in den Sinn. Für Ansehen, Macht und Geld wurde seit Urzeiten hemmungslos gelogen, betrogen, gestohlen, unterdrückt, gefoltert, versklavt, gemeuchelt ... Sollte es diesmal anders sein, wie er immer noch glaubte, oder gesellte sich einfach eine weitere Untat hinzu – wurde der ganze Scheißhaufen, wie der Dicke es formuliert hatte, dadurch nur ein wenig größer?
Ja, verdammt, er hatte Berichte darüber gelesen, dass die Erde eine Kartoffel sei, mit unterschiedlich starken Gravitationskräften, die auf den Meeresspiegel einen wesentlichen Einfluss ausübten. Dass es eine Art Klima-Nervenzentrum – die innertropische Konvergenzzone – gab, die sich ohne menschliches Zutun stetig veränderte und dabei völlig überraschend verheerende Dürren in Feuchtgebieten, extreme Niederschläge in sonst eher

gemäßigten Zonen und Kältewellen in Warmgebieten auszulösen vermochte. Dass der Untergang des altägyptischen Reiches vor viertausend Jahren glaubhaft mit einer frühen Klimaerwärmung in Verbindung gebracht werden konnte, deren Auswirkung auf die Landwirtschaft dermaßen dramatisch gewesen sein soll, dass die Menschen, die mit dem Bau der Pyramiden bislang Unvergleichliches geschaffen hatten, vor Hunger zum Äußersten getrieben, ihre eigenen Kinder aufgegessen hätten ...
Maximilian fühlte sich müde und erschlagen. Gähnend verstaute er seinen Mac, kippte die Sessellehne nach hinten, wickelte sich in eine Wolldecke ein und fiel kurz darauf in einen tiefen, unruhigen Schlaf ...
Er war zurück im Regenwald. Nackt und ohne Scheu wie Adam im Paradies. Die Sonne durchflutete mit ihren wärmenden Strahlen das satte Grün des Dickichts, aus dem es in allen Tonlagen zirpte, schnatterte, kreischte, krächzte ... Eine Schar Nashornvögel flog auf. Kolibris schwebten wie dicke Käfer brummend über Tausenden von leuchtenden Blumen und streckten ihre langen Zungen tief in die Kelche der Blüten. Zwei Orang-Utans hangelten sich von Ast zu Ast. Handtellergroße, in allen Farben schimmernde Schmetterlinge flatterten um die Köpfe der Affen, die spielerisch nach ihnen zu haschen versuchten. Eine Gruppe männlicher Nasenaffen querte den Weg und streckte den Orang-Utans herausfordernd schreiend ihre wippenden gurkenförmigen Riechorgane entgegen.
Ein mächtiger Baum – aus dessen verschlungenem Geäst Dutzende von Wurzelschnüren bis hinab auf den Boden reichten – wuchs vor ihm in den Himmel. Er ging um den Urwaldriesen herum, strich mit den Fingern über die kräftig riechenden Stränge ... Mit einem Mal erwachten die Luftwurzeln zum Leben und zwei von ihnen umfassten seine Arme. Er wehrte sich nicht, hatte keine Angst – auch dann nicht, als sie ihn in die Höhe zu ziehen begannen. Er schlenkerte mit den Beinen in

der Luft, fühlte sich leicht wie eine Feder und so frei wie ein Schmetterling ...
Während er weiter nach oben schwebte, wurden seine Arme immer fester von den Wurzelschnüren umwickelt. Es prickelte, als küssten ihn Hunderte winziger Lippen. Nach und nach wurden die Küsse fordernder, wie die Mäuler jener kleinen Fische, die einem im Meer manchmal an den Zehen herumknabberten.
Immer schneller ging es jetzt nach oben und immer härter wurde der Griff der Wurzeln, bis sich diese plötzlich in Schlangen verwandelten und mit voller Kraft zubissen!
Maximilian überschrie alle tausend Töne des Waldes. Blut rann an seinen Armen entlang und tropfte in die Tiefe. Er schaute den Blutstropfen nach, sah nach unten, wo Eingeborene mit leeren Augenhöhlen zu ihm hochglotzten und mit ausgestreckten Armen auf etwas über ihm zeigten. Sein Blick wanderte nach oben zu einer ausladenden Astgabel, in welcher ein zerfallenes Baumhaus thronte. Es sah ganz so aus wie jenes, das er während seiner Jugendzeit auf der alten Kastanie im Garten zusammengezimmert hatte. Im Boden klaffte ein dunkles Loch. Und in dieses Loch hinein zerrten ihn die Wurzelschlangen jetzt, schleiften ihn über die Planken bis zur Mitte des Raums ...
Die Geräusche des Waldes waren verstummt. Sonnenstrahlen drangen dünn wie Zwirn durchs vermoderte Dach, warfen zuckende Lichtpunkte über den Boden der Hütte. Über ihm erschien ein Klumpen rohes Fleisch ...

KAPITEL 12

Während die fünf Astronauten schweigend ihre Mahlzeit einnahmen, versank die Sonne gerade ein weiteres Mal hinter dem Horizont. Jeder am Tisch hing seinen eigenen Gedanken nach, und aus dem einen oder anderen Gesicht ließ sich deutliche Anspannung ablesen. Schon bald würden sie erneut – auf ihren Sitzen festgeschnallt – darauf warten, ins All geschossen zu werden. Dies war bereits der dritte Anlauf innerhalb von zweiundsiebzig Stunden. Zuerst war ein Ventil an einer der drei Triebwerkspumpen ausgefallen, danach ein Tanksensor. Einsteigen, aussteigen, ins Quartier zurückfahren, schlafen, essen, aufs erneute ›GO‹ warten, einsteigen, wieder aussteigen, zurückfahren, warten – eine zermürbende Prozedur, die sich früher oder später trotz allen Trainings auf die Laune eines jeden in der Crew niederschlug.

Die Mission STS-136 sollte es eigentlich gar nicht geben, denn Flüge mit amerikanischen Raumfähren gehörten längst der Vergangenheit an. Bei ihrem offiziell letzten Flug im Juli 2011 hatte die Atlantis ein Mehrzweck-Logistik-Modul zur ISS gebracht, womit der Ausbau der internationalen Raumstation dreizehn Jahre nach Baubeginn abgeschlossen worden war. Ebenso beendet wurde mit STS-135 auch die dreißigjährige Geschichte der Space Shuttles.

Anfang dieses Jahres hatte sich das aber plötzlich geändert, als der Präsident in einer Rede ans Volk verkündete, diesen mysteriösen, im Orbit aufgetauchten Satelliten im Interesse des Weltfriedens mit einer zusätzlichen Shuttlemission bergen und auf die Erde bringen zu wollen.

Doch wie sollte das gehen? Die Discovery befand sich bereits im Smithsonian National Air and Space Museum in Washington und die Endeavour im California Science Center in Los Angeles. Die einzige Möglichkeit bestand darin, die Atlantis zu reaktivieren, die sich noch auf dem Gelände des Kennedy Space Centers befand, wo sie zum Ausstellungsstück umgebaut, zehn Jahre nach dem Columbia-Unglück zum Visitor Center überführt werden sollte. Das funktionierte natürlich nur, weil auch das Vehicle Assembly Building (VAB), in dem die Fähren, der Tank und die Feststoffbooster einst zusammengebaut und startklar gemacht wurden, noch genauso vorhanden war wie das Crawler-Transporter-System und der inzwischen eingemottete Startkomplex 39A. Was den externen Tank und die Feststoffbooster betraf, hatten die Techniker Glück. Die Firma Michoud Assembly Facility, die den Tank baute, und die ATK Launch Systems Group, welche die Booster herstellte, konnten in relativ kurzer Zeit ein komplettes Set nachliefern, weil bei ihnen noch Halbfabrikate aus der Shuttle-Zeit lagerten, die früheren Plänen zufolge auch bei Ares I und einem Mars-Schwerlastträger hätten Verwendung finden sollen.

Die gekündigten Ingenieure und Techniker der United Space Alliance – die im Auftrag der NASA das Space Shuttle-Programm betrieben hatte – zusammenzurufen, war das kleinste Problem gewesen. Viele Ehemalige brannten nicht zuletzt des Verdienstes wegen darauf, bei dem abenteuerlichen Projekt mitzuwirken, denn als ausrangierter Raumfähren-Spezialist eine gleichwertige, anständig bezahlte Arbeit zu finden, war bei der aktuellen Wirtschaftslage ein ziemlich aussichtsloses Unterfangen.

Es war in der vom Präsidenten vorgegebenen Zeit von sechs Monaten eine kaum zu bewältigende logistische Aufgabe gewesen, die Raumfähre Atlantis mit der dazugehörigen Starteinrichtung wieder in einen betriebsfähigen Zustand zu versetzen, zumal zwischenzeitlich einiges an technischer Ausrüstung abmontiert oder ausgebaut worden war. Als weitere Herausforderung war dazugekommen, kurzfristig ein Tanksystem für zusätzliche zwanzig Tonnen Hypergoltreibstoff zu entwickeln, mit dessen Hilfe die Atlantis auf ein Apogäum von dreitausend Kilometern gehievt werden konnte, wo der Ufo-Satellit seine Bahnen zog.

Darüber hinaus hatte in der Payload Bay, der Ladebucht der Fähre, eine spezielle Mehrzweckhalterung eingebaut werden müssen, die für den einzuholenden Satelliten genauso funktionierte wie für den Zusatztank, den man nach Erreichen der Umlaufbahn mithilfe des Roboterarms aus der Payload Bay entfernen würde.

Statt der vorgegebenen sechs hatten sie dann doch über acht Monate für die Bereitstellung gebraucht. Trotzdem war es eine Meisterleistung, die nur durch den Verzicht aller Beteiligten auf reguläre Arbeitszeiten, Wochenenden, Feiertage oder Ferien möglich geworden war. Der Präsident selbst hatte die Gewerkschaften zurückgepfiffen, denn es gab nur ein Ziel: Das Shuttle musste so schnell wie möglich auf die Rampe.

Der Countdown hatte bei T-43 hours begonnen. Planmäßig wurden sogenannte ›Holds‹ eingeschoben, in denen die Rückwärtszählung angehalten wurde, um Wetterdaten zu verarbeiten, die Antennen der Bahnverfolgungsstation Merritt Island auszurichten oder die Teams vom Gelände zu fahren, die ihre Arbeiten auf der Startrampe beendet hatten.

Die Befüllung des orangebraunen Haupttanks, der wie ein riesiger, aufrecht stehender Zeppelin am Startturm klebte, hatte bereits begonnen, als die fünf Astronauten noch in ihren Betten lagen. Das Betanken erfolgte in drei Stufen. Zuerst wurden fünfhundertvierzigtausend Liter Flüssigsauerstoff, der als Oxidator diente, von zwei mächtigen Haupttransferpumpen über vakuumisolierte, baumdicke Rohre durch das Shuttle hindurch in den oberen Abschnitt des Tanks gepresst. Gleichzeitig erfolgte die Befüllung des unteren, rund dreimal größeren Tanks mit eineinhalb Millionen Litern Flüssigwasserstoff, dem eigentlichen Brennmittel. Damit die Treibstoffe möglichst lange kalt blieben, war die Aluminiumhaut des siebenundvierzig Meter langen Außentanks in eine dicke Schicht aus Isolierschaum gepackt. Diese Isolation hatte der Herstellerfirma und den NASA-Ingenieuren schon so manches Kopfzerbrechen bereitet und trug indirekt auch Schuld an der Zerstörung der Raumfähre Columbia im Januar 2003 und dem damit einhergehenden Tod von sieben Astronauten.

T-6 hours: Das Betanken war abgeschlossen. Von diesem Zeitpunkt an wurde nur noch so viel Treibstoff nachgefüllt, wie durch das fortwährende Verdampfen über die Überdruckventile verloren ging.

T-4 hours: Eine Wetterprognose kam herein, die trotz der heftigen Winde, die momentan noch über Cape Canaveral fegten, ruhiges Startwetter voraussagte. Inzwischen traf die Closeout Crew, auch Weißraummannschaft genannt, auf der von Scheinwerferbatterien beleuchteten Startrampe ein, um den Orbiter für den Einstieg der Astronauten vorzubereiten. Nachtstarts waren selten und erforderten von allen Beteiligten enorme Aufmerksamkeit.

Die ›cake cutting ceremony‹, die seit Anbeginn der bemannten amerikanischen Raumfahrt vor jedem Flug durchgeführt wurde, hatten die Astronauten bereits hinter sich. Dabei ging es darum, hinter einem Kuchen, der die Insignien der Mission trug, für ein Gruppenbild zu posieren. Früher, als Raumfahrer noch richtige Kerle waren, wurden diese extrem süßen, fettigen Kuchen noch während der Zeremonie aufgegessen. Seit sich aber auch ältere Damen und Herren mit weniger robusten Mägen ins All wagten, verzichtete man lieber darauf. Stattdessen fror man die Kuchen ein, um sie erst nach der Mission gemeinsam mit Familie und Personal zu verspeisen.

Nachdem die Astronauten in ihre orangefarbenen Druckanzüge gestiegen waren und die Anzugstechniker alle Funktionskontrollen abgeschlossen hatten, verließen sie um 21:30 Uhr das Betriebs- und Prüfungsgebäude und stiegen in den silbernen Astrovan. Angeführt wurde der Konvoi von einem mit blinkenden Lichtern fahrenden Polizeiauto. Diesem folgte der Bus mit den Raumfahrern. Hinter dem Astrovan fuhr ein pechschwarzer Panzerwagen mit den Männern der Special Weapons and Tactics (SWAT), dem mit etwas Abstand weitere Fahrzeuge mit dem Astronaut Support Personal sowie einigen Rampentechnikern folgten. Vor dem Pressezentrum legte der Konvoi einen Halt ein, damit Journalisten Bilder der von den Medien schon jetzt zu Helden hochstilisierten Crew schießen konnte.

T-3 hours: Im gleichen Moment, als die Astronauten in der mit Hunderten von Lampen beleuchteten Startanlage mit dem Turmlift sechzig Meter nach oben ratterten, fegte eine nach Salzwasser und Algen riechende Böe vom Meer her kommend übers Gelände. Heulend fuhr der Wind zwischen die Stahlträger und schüttelte die Kabine im Schacht des Startturms wie einen Cocktailbecher. Als der Lift oben mit einem Ruck zum Stehen gekommen war, startete der Wind einen weiteren Angriff, riss und zerrte an der von Rostflecken übersäten Konstruktion mit all den Plattformen, Rampen, Halterungen und der daran angelehnten Rakete, als wolle er die Astronauten hindern, ihr Raumschiff zu besteigen. Doch als die Lifttür knarrend zur Seite fuhr und der Pilot der Fähre selbstsicher seinen Fuß auf die Plattform setzte, gab sich die Natur geschlagen. Dafür drang jetzt das Ächzen und Knarzen des sich unter der thermischen Belastung der eiskalten Treibstoffe windenden Gerüsts an ihre Ohren. Daneben das monotone Brummen mächtiger Pumpen

und das Klacken sich unentwegt öffnender und schließender Ventile, dazu ein Zischen und Dampfen oben und unten, als stünde man einer riesigen Dampflokomotive gegenüber ...
Während das von dahinziehenden Wolkenfetzen zeitweise verhüllte Antlitz des nahezu vollen Mondes über das Gelände streifte und es in kaltes Licht tauchte, betraten die fünf Astronauten den Ausleger, der zur Raumfähre hinüberführte.
Auf halbem Weg machten sie halt, hatten sich doch am 16. Juli 1969 die Augen der ganzen Welt auf den Launch Pad 39A gerichtet. Von hier waren Neil Armstrong, Michael Collins und Edwin Aldrin mit Apollo 11 zur ersten Mondlandung gestartet. Die Blicke der fünf Raumfahrer schweiften hinaus zur Atlantikküste, an der wie in Zeitlupe silberne Gischtlinien aufs Land zukrochen, einfroren und verschwanden, um an anderer Stelle wieder aufzutauchen. Weiter südlich konnten sie die Umrisse kleinerer Startkomplexe ausmachen, von wo aus in den sechziger Jahren chromglänzende Atlasraketen Raumfahrerpioniere wie John Glenn in ihren winzigen Mercurykapseln ins Weltall schossen ...
Das ungeduldige Rufen und Winken der Techniker holte die Astronauten zurück in die Gegenwart. Bereits nach wenigen Schritten erreichten sie den White Room, einen weißen Klotz, der sich eng an das Space Shuttle anschmiegte und den gesamten Einstiegsbereich hermetisch abschloss. Einen Moment lang waren sie vom grellen Licht der Fluoreszenzröhren geblendet, dann wurden sie auch schon von der White Room Crew, die weiße Kappen und Overalls trug, in Empfang genommen. Von Kameras beobachtet, kletterten sie einer nach dem anderen in die Raumfähre, nahmen ihre Plätze ein und verbanden ihre Druckanzüge mit dem System der Atlantis.
Eine knappe Stunde später fuhr die Weißraummannschaft mit dem Lift nach unten und verließ die Startrampe. Von diesem Augenblick an waren die fünf Astronauten auf dem Gelände

allein, während in sechs Kilometern Entfernung eine riesige Digitalanzeige Mitarbeitern, Angehörigen und geladenen Gästen den Countdown anzeigte: 02:09:15

Kapitel 13

Rumpelnd zwängte sich – begleitet vom lautstarken Gequietsche ausgeleierter Stoßdämpfer – ein blassgrüner Landrover die holprige Straße entlang durch die kleine Siedlung. Die Sonne stand noch hoch, und so ließ sich vor den Holzbauten kaum einer blicken. Die wenigen, die es dennoch taten, warfen dem Geländewagen bestenfalls einen flüchtigen Blick zu.
Am Ende der Straße kam ein abseits stehendes, heruntergekommenes Langhaus in Sicht – das musste es sein. Der Fahrer steuerte um die Hütte herum, stoppte an deren Rückseite und stieg aus. Sein Empfangskomitee waren die Geräusche des Dschungels und das aus der Ferne vernehmbare Knattern von Motorsägen, ansonsten schien er allein zu sein. Nur ein schwarzer Käfer umkreiste ihn brummend und landete wenig später auf seinem Unterarm. Der Dicke hob die Hand, um ihn zu erschlagen, zögerte und schnippte ihn dann weg.
Während er sein durchgeschwitztes Hemd trockenwedelte, vergewisserte er sich noch einmal, keine Zuschauer zu haben, entriegelte dann die Heckklappe des Rovers und schritt zur Hütte. Wie verabredet, war sie nicht verschlossen.
Die zugezogenen Fensterläden ließen kaum Licht ins Innere dringen und so brauchte er einen Moment, bis sich die Augen an das Halbdunkel gewöhnten. In der Raummitte türmten sich mehrere von alten Tüchern verhüllte Behälter übereinander. Leises Scharren tönte daraus hervor. Er trat an den Stapel heran und zog das oberste Laken zur Seite. Zwei große, von Angst erfüllte Augenpaare starrten ihn an. Ausgezeichnet! Er legte das Laken wieder darüber, packte den Käfig und stellte ihn neben

sich auf den Boden, zupfte das nächste Tuch beiseite und blickte abermals in verängstigte Augen. Der Dunkelhäutige stieß einen befriedigenden Grunzer aus – die Wilden hatten ihren Teil der Abmachung erfüllt.

Er spuckte tüchtig in die Hände, dann schleppte er den ersten Käfig ins Freie und stemmte ihn auf die Ladefläche. Doch kaum auf dem Wagen, begannen die beiden Orang-Utan-Babys Jammerlaute auszustoßen und am Gitternetz zu rütteln, was so junge Tiere sonst nicht taten. Zur gleichen Zeit vernahm er durch die offen stehende Tür hindurch, wie es auch in den Käfigen drinnen im Haus immer unruhiger wurde.

»Was soll das werden?«, fragte er sich laut und suchte mit misstrauischem Blick die Umgebung ab. Seine Augen blieben in den Kronen der Bäume hängen. Mit Gekreische stiegen dort gerade Hunderte von Aras in die Luft und sammelten sich zu einer rotblauen Wolke, die kurz darauf mit Getöse über ihn hinwegfegte. Als er seinen Kopf drehte, um dem Flug der Papageien zu folgen, schrak er zusammen.

Mit ungeheurer Geschwindigkeit jagte etwas in großer Höhe – einen leuchtenden weißen Schweif hinter sich herziehend – über den wolkenlosen Himmel. Was sich an der Spitze des Schweifs bewegte, konnte er nicht erkennen, doch es musste etwas ziemlich Großes sein. Erst nachdem das ›Ding‹ bereits minutenlang aus seinem Blickfeld verschwunden war, beruhigten sich die Tiere in den Käfigen wieder so weit, dass er sie im Wagen verstauen konnte. Zwischendurch warf er immer wieder mal einen Blick in den Himmel, wo sich die Überreste des Schweifs nach und nach in ausgedünnte Dunstflächen verwandelten.

Als er eine halbe Stunde später durchs Dorf zurückfuhr, standen die Wilden vor ihren Hütten und starrten ihm wortlos hinterher. Niemand lächelte, niemand winkte ihm zu. Er war nicht willkommen wie dieser ›Maximan‹ ...

Plötzlich begannen die Tiere in den Käfigen erneut zu lärmen und die Eingeborenen hoben wie auf Kommando ihre Köpfe. Ein Ausdruck ungläubigen Staunens legte sich über ihre Gesichter. Der Fahrer brachte den Rover abrupt zum Stehen, stieg aus und folgte den Blicken der Penan.

Ein weiterer gleißend heller Schweif zerschnitt den Himmel und etwas Riesiges an seiner Spitze raste mit unglaublicher Geschwindigkeit in Richtung Nordwesten davon. Dieses Objekt flog deutlich tiefer als das erste und wenige Minuten später rollte ein dumpfes Grollen über die Siedlung am Rande des Urwaldes hinweg ...

ZWEITER AKT

KAPITEL 14

Über die knallig bunte Landkarte des Flatscreens ruckelte die Abbildung eines Minifliegers dahin. Millimeter um Millimeter schob sich die Animation mit der roten Linie im Schlepptau auf das in Österreich gelegene Graz zu.

Maximilian Lindner saß im Flugzeugsessel und kaute gedankenverloren auf einem Croissant herum. Sollte er zum Bordtelefon greifen und zu Hause anrufen? *Hallo, Anna – Liebes! Schau mal aus dem Fenster. Da oben, der weiße Streifen am Himmel – das bin ich! Bussi, Bussi!* Er entschied sich dagegen. Es war besser, seine bei Reisen stets um ihn bangende Frau von Zürich aus zu kontaktieren, dann hatte er sicheren Boden unter den Füßen und konnte ihr einen guten Flug vermelden.

Die Einleitung des Sinkflugs in Richtung Zürich stand kurz bevor. Servicewagen wurden durch die Gänge geschoben, Geschirr abgeräumt ... Maximilian stopfte den Rest des Croissants in den Mund, wischte sich die Finger sauber, schaltete das Bordinformationssystem ab und lehnte seinen Kopf in ein Kissen gepolstert gegen das Fenster. Trotz des überaus komfortablen Flugs verlangten die überstandenen Strapazen immer deutlicher nach einem ausgiebigen Schlaf in einem richtigen Bett. Vorgestern Nacht hatten diese mit seiner Flucht aus dem Dschungel von Sarawak begonnen. Neun Stunden holprige Fahrt bis nach Kuching; weitere fünf Stunden, bis er in Singapur angekommen war; noch einmal so lange, bis er die Maschine nach Zürich hatte besteigen können und seitdem – er warf einen

Blick aufs Zifferblatt – waren erneut zwölf zähflüssige Stunden verronnen. Bis er im Dolder Grand, wo er sowohl residierte als auch seine Ausstellung zeigen würde, endlich ins Bett kriechen konnte, würde er fast eineinhalb Tage ununterbrochen unterwegs gewesen sein.

Schon Dutzende Male hatte Maximilian es gesehen und doch war es für ihn jedes Mal aufs Neue faszinierend zu beobachten, wie die aufgehende Sonne den unter dem Flieger dahinziehenden dunklen Wolkenteppich innerhalb weniger Minuten in ein Meer von golden leuchtender Watte verwandelte.
Ein länglicher schwarzer Fleck auf den Wolken erregte seine Aufmerksamkeit. Im ersten Moment glaubte er, es sei der Schattenwurf des Flugzeugs, denn sie flogen westwärts und hatten die Sonne im Rücken. Doch schon einen Atemzug später war ihm klar, dass der Schatten nicht vom Flugzeug herrühren konnte, weil er sich viel zu schnell veränderte und dabei enorm an Größe gewann.
Plötzlich wurde die Maschine heftig durchgeschüttelt. Die Cabin Crew reagierte sofort und rannte mit ihren Servicewagen in Richtung Bordküche, um sie dort zu sichern. Maximilian presste sein Gesicht gegen die Scheibe, suchte den Himmel ab, sah, dass etwas herangerast kam und versteifte instinktiv seine Glieder.
Etwas Gewaltiges tauchte von hinten kommend mit hoher Geschwindigkeit in einem flachen Winkel schräg unter dem Flugzeug weg – und schon hämmerte die Druckwelle mit einem harten Schlag von unten gegen den Rumpf. Maximilian wurde für den Bruchteil eines Augenblicks tief in seinen Sessel gepresst, um gleich darauf wie eine Stoffpuppe quer durch die Kabine geschleudert zu werden. Das maschinengewehrartige *Tack-Tack-Tack-Tack* von Tabletts, Geschirr und Besteck, das mit voller Wucht in die Decke, Wände und Körper der Passagiere genagelt

wurde, vermischte sich mit gellenden Schreien, dumpfem Knacken und Krachen splitternder Knochen und Kunststoffteile.
Maximilian wurde hin- und hergerissen, hochgehoben, wieder niedergeworfen ... Er schmeckte Blut. In dicken Schnüren lief es ihm aus den Nasenlöchern und tränkte seinen bauschigen Vollbart. Etwas schlug auf seinen Brustkorb, rollte herum, traf erneut auf die Brust. *Pufff – Bummm ... Pufff – Bummm ...*
Schmerzen, die mit jeder Sekunde schlimmer wurden, jagten durch seinen Körper. Er wollte die Pein hinausschreien, riss den Mund auf, doch anstelle seines Schreis verließ nur ein blutersticktes Röcheln den Rachen. Wo war seine Zunge hingekommen? Wo seine Zähne? *Oh, Gott – der Traum! Alles, nur nicht noch einmal dieser Traum!*
Er musste unbedingt aufwachen, zwängte mit aller Kraft die blutverklebten Lider auseinander und starrte ungläubig in die weit aufgerissenen Augen Swarans, dessen Kopf unentwegt auf seinen Brustkorb schlug. *Pufff – Bummm ...*
Maximilian fragte sich, welchem Wahnsinn er gerade erlag. Hatte man ihm Drogen ins Essen getan? Wer? Warum?
Er drehte den Kopf und stellte mit Verwunderung fest, dass er auf der Cockpittür lag. Eine Momentaufnahme, mit der sein Hirn nichts anzufangen wusste, weil es noch nicht begriff, dass dieses Bild keinem Traum und keiner Wahnvorstellung entsprang, sondern der Wahrheit.
Verwirrt ließ er seine Augen in Richtung der Beine wandern, weil sich von dort her erneut Wogen fürchterlichen Schmerzes in sein Bewusstsein bohrten. Wie durch eine Nebelwand schauend nahm er wahr, dass seine Beine auf unnatürliche Weise geknickt und seine Schuhspitzen dort waren, wo sich normalerweise die Fersen befanden.
Erneut wurde er von den Fliehkräften gebeutelt, doch diesmal weit weniger hart als zuvor. Das brutale Ziehen und Reißen an seinem geschundenen Körper nahm mit jeder Sekunde weiter

ab und verwandelte sich nach und nach in ein gleichmäßiges Rütteln. Die Boeing, eben noch unkontrolliert zur Erde fallend, ging in diesen Sekunden mit der Nase voran über in einen gewollten Sturzflug.

Mit aller Kraft schob Maximilian die Leiche Swarans beiseite und hatte nun freie Sicht in die Passagierkabine. Nur wenige Meter über ihm hingen Reihe um Reihe kreischende Frauen, Männer und Kinder in ihren Sitzgurten. Einige von ihnen waren zwischen den Sesseln eingeklemmt, andere hingen mit den Beinen voran oder gar kopfüber nach unten. Auf geradezu groteske Weise erinnerte ihn das Bild an einen Rollercoaster auf Kirmesplätzen. Auch dort schrien die Passagiere aus voller Kehle, wenn sich die Wagen senkrecht in die Tiefe stürzten, durch einen Looping drehten oder um die eigene Achse schraubten. Doch die Schreie hier hatten nichts mit freudiger Erregung zu tun, sie entsprangen nackter Angst. Im Chor mit den Passagieren brüllten auch die überlasteten Flugzeugmotoren, während die Piloten alles daran setzten, die Maschine zurück in eine stabile Fluglage zu manövrieren. Noch blieben ihnen fünftausend Meter bis zum Boden. Wenn die Triebwerke sowie die Struktur des Rumpfes und der Leitwerke jetzt nicht versagten, würden sie es schaffen können.

Eintausend Meter tiefer reagierten die Höhenruder erstmals auf die Steuerbefehle aus dem Cockpit, und die Nase des über zweihundert Tonnen schweren Clippers schob sich Zentimeter um Zentimeter aus der Senkrechten heraus.

Kapitän Chin Chee Kong, ehemaliges Fliegerass bei der chinesischen People's Liberation Army Air Force, atmete erleichtert auf und schob mit einem Ruck das Headset zurecht. »Hier spricht der Kapitän!«, schepperte es aus den Bordlautsprechern. Kong hatte den Lautstärkeregler voll aufgedreht, um den Lärm der Turbinen zu übertönen. »Wir haben die Maschine wieder unter Kontrolle! Bewahren Sie Ruhe! Es wird bald vorüber sein!«

Auch der Österreicher spürte die Veränderung der Fluglage. Swaran und zwei tote Passagiere neben ihm rutschten bis zum Knick zwischen Cockpitrückwand und Boden, wo sie liegen blieben. Erneut blickte Maximilian nach oben in die Kabine. Die Schreie wurden seltener, leiser, und mit einem Mal erschien auf den eben noch von Panik verzerrten Gesichtern ein strahlendes Leuchten. Intimste Gefühle wurden nach außen gestülpt, hemmungslos geweint, gebetet, verziehen, gedankt für das neu geschenkte Leben ...
Im hinteren Teil des Flugzeugs löste sich etwas, das gerade noch zwischen zwei Sitzreihen festgeklemmt gewesen war. Lautlos kam es durch die Kabine gesegelt, krachte einen Atemzug später gegen die Kabinenwand der Bordtoilette, verkeilte sich, blieb einen kurzen Moment zitternd in der Schwebe hängen und wirbelte dann – sich wild überschlagend und von klirrendem Scheppern begleitet – durch den schmalen Gang nach vorn ...
BUAMMMMM...! Die zertrümmerte Cockpittür, Maximilian, der metallene Servicewagen, Kaffeekannen, Tabletts, Flaschen, Dosen, Geschirr und Besteck donnerten mit voller Wucht ins Cockpit und skalpierten den Kapitän über die Kopfstütze seines Sitzes hinweg. Noch während der Copilot sich zur Seite duckte, traf der Servicewagen auf die Instrumentenkonsole und prallte danach mit einer Ecke hart gegen die Frontscheiben.
Zunächst bildeten sich feine Risse im Glas, doch nur zwei Sekunden später ertönte ein infernalischer Knall wie von einem Artilleriegeschoss – und schon jagten alles mit sich reißende Luftmassen mit heulendem Getöse in den Rumpf. Schrilles Kreischen berstenden Metalls und ein scharfes *WHAMMM...!* besiegelten den Augenblick, als der ins Unermessliche steigende Innendruck das Heck mit brachialer Wucht vom vorderen Teil des Flugzeugs sprengte ... Ohrenzerreißendes Heulen ... Menschen – aus dem Rumpf der Boeing katapultiert wie Geschosse aus einer Stalinorgel – zerfetzten in blutspritzende Stücke ...

Zwölfeinhalb Minuten vor der planmäßigen Ankunft in Zürich-Kloten verschwand die Linienmaschine von den Radarschirmen der schweizerischen Luftraumüberwachung Skyguide.

Kapitel 15

Ein Check jagte den nächsten. Geringste Abweichungen von vorgegebenen Parametern konnten erneut zum Startabbruch führen. Bei einem so hochkomplexen Apparat wie dem Space Shuttle – in dem Zigtausende elektronischer, elektromechanischer und hydraulischer Komponenten hundertprozentig neben- und miteinander funktionieren mussten wie eine Schweizer Präzisionsuhr, während gleichzeitig fast ebenso viele Sensoren die Systeme überwachten und die gesammelten Daten ununterbrochen zu den Pulten im Launch Control Center schickten – gehörte es fast zur Normalität, Ausfälle zu verzeichnen. Kompliziert wurde die Sache, weil die Technik in den Shuttles seit ihrer Entstehung vor gut vierzig Jahren immer wieder nachgebessert wurde und zum Schluss ein einziges Flickwerk darstellte.
Vor wenigen Minuten waren die Spracherkennungstests zwischen dem Launch Control Center in Cape Canaveral, dem Mission Control Center in Houston / Texas sowie dem Raumschiff Atlantis erfolgreich abgeschlossen worden.

»Timeline minus 30 minutes!«, tönte es in den Kopfhörern der Astronauten. Die neunundzwanzigjährige Wissenschaftsjournalistin Sally Brown rutschte unruhig auf ihrem Sitz im spärlich beleuchteten Mid Deck vor und zurück. Zu lernen, in einer derart unnatürlichen Haltung mit nach oben angewinkelten Beinen stundenlang auszuharren, hatte ihr einiges an Training und Disziplin abverlangt, war sie im normalen Leben doch eine ausgeprägte Bewegungsnatur, die es kaum länger als eine Viertelstunde am selben Fleck aushielt.

Glücklicherweise hatte die Gesundheitsabteilung der NASA eine Richtlinie erlassen, welche es Raumfahrern untersagte, bei Starts länger als vier Stunden ohne Unterbrechung in dieser unbequemen Stellung zu verharren. Wenn die Jungs im Kontrollzentrum also noch lange herumtrödelten, hätte sie theoretisch Anspruch auf eine Pinkelpause. Sally grinste in sich hinein. Dazu würde es niemals kommen, denn für den Fall der Fälle steckte ihr Hintern ja in einer originalen NASA-Windel, die natürlich einen auch besonderen Namen hatte: Disposable Absorption Containment Trunk. Für die Space Cowboys stand selbstverständlich das entsprechende Gegenstück zur Verfügung, die Urine Collection Device. Dem Astronauten-Ego entsprechend gab es diese besonderen Anschlussstücke an den Körper, zumindest dem Namen nach, nur in den Größen XL, XXL und XXXL.

Die beim Start herrschende Nervosität konnte allerdings den gleichen Effekt auslösen, wie wenn Jungs in kaltem Wasser baden: Was ihnen beim Training noch bestens gepasst hatte, passte nun plötzlich nicht mehr.

Sally paddelte mit den Füßen auf und ab und lauschte den vielfältigen Geräuschen, die während der Endtests durch das offene Helmvisier an ihre Ohren drangen: Motoren und Aggregate, die alles Mögliche antrieben und bewegten, summten und surrten. Irgendwo wurde ein System erst hochgefahren, dann wieder herunter. Abwechselnd schienen die Geräuschquellen einmal gleich hinter der nächsten Wandabdeckung, dann wieder tief in den Eingeweiden der Fähre verborgen zu sein. Konzentrierte man sich eine gewisse Zeit darauf, kam man nicht umhin, dem Raumschiff eine Art Eigenleben zuzusprechen.

Sally hielt sich mit beiden Handschuhen am über ihr baumelnden Halteriemen fest und drehte den Kopf. Rechts neben ihr lag Carlos Navarro, einer der fähigsten Spezialisten im Bereich Computersteuerungen und Robotertechnik. Der vierzigjährige Latino mit den pechschwarzen Locken und ebenso schwarzen

Augen, die im fahlen Licht der Kabine glänzten wie zugefrorene Teiche im Mondlicht, flog heute nicht zum ersten Mal ins All. Außerdem war er ein routinierter Spacewalker, dem bei Servicearbeiten am Hubble-Weltraumteleskop schon zweimal die Verantwortung für das Einfangen und Wiederaussetzen des dreizehn Meter langen und fast zwölf Tonnen schweren Geräts übertragen worden war. Da es auch bei dieser Mission darum ging, ein großes Vehikel einzufangen und in die Payload Bay der Raumfähre zu hieven, hatten sie mit Sicherheit den richtigen Mann dafür aufgeboten.

Navarro schien den Blick der attraktiven Jungjournalistin mit den honigfarbenen Augen und dem brünetten, blond gesträhnten Kurzhaar bemerkt zu haben. Er drehte seinen Kopf samt Helm herum und zwinkerte ihr vielsagend zu.

Charmebolzen!, dachte Sally. *Du hast ein sexy Frauchen und einen Stall voller Kinder zu Hause, hofierst mindestens zwei weitere Liebhaberinnen und kannst das Flirten trotzdem nicht lassen ...*

Sie begegnete Carlos' Avance mit einem nicht allzu ernst gemeinten abstrafenden Blick und drehte den Kopf wieder weg.

Der Platz zu ihrer Linken war bis auf eine am Boden fixierte Transportbox leer. Normalerweise befand sich an dieser Stelle ein weiterer Sitz, weil die Shuttles früher fast immer mit sieben Astronauten flogen. Vier saßen dabei oben im Flight Deck, während die anderen – wie Navarro und sie heute – mit der Besenkammer darunter vorlieb nehmen mussten. Zwar waren sie auf diesem Flug nur zu fünft, doch auf dem vierten Platz im Flight Deck war bei dieser Mission eine spezielle Dreh- und Schwenkvorrichtung für die HD-Videoausrüstung montiert worden, welche sie im Laufe der Mission zu bedienen hatte.

Eileen Brooks, mit kastanienbraunen Augen und prächtigem vollem Haar in derselben Farbe, besetzte als Kommandantin der Atlantis den linken Fensterplatz vorn. Die robuste Lady, die sie vom ersten Moment an in ihr Herz geschlossen hatte, war mit ihren einundfünfzig Jahren die Älteste an Bord und flog heute schon zum fünften Mal ins All.

Den Platz rechts von ihr besetzte Pilot Tom Taylor. Der Schwarze mit dem kurzen Kraushaar war direkt von der Navy zum Astronautenkorps gestoßen und mit seinen dreiunddreißig Jahren ein Jungspund unter den Shuttlepiloten, die normalerweise vierzig, fünfzig oder noch mehr Jahre zählten. Doch es gab mit Sicherheit einen triftigen Grund, weshalb man ihn und keinen anderen Piloten zu dieser Mission berufen hatte.

Genauso musste es einen dafür geben, dass ein Deutscher den Sitz hinter dem Piloten belegte. Dr. Dr. Gunther Wolf, Missionsleiter von STS-136. Gunther war ein knochiger Typ mit stets ordentlich nach hinten gekämmtem graubraunem Kurzhaar, kühlen, beinah farblos schimmernden Augen in einem schmalen, verbissen wirkenden Gesicht. Analog zu seinem Äußeren war der Zweiundvierzigjährige enorm spröde in Sprache und Umgang mit anderen. Sally wusste nur wenig über den Deutschen, und obwohl sie ausgiebig recherchierte, war es ihr nicht gelungen, mehr herauszufinden als die offizielle Verlautbarung der NASA beinhaltete. Gunther Wolf war verwitwet, kinderlos, besaß einen Doktor in Physik, einen weiteren in Chemie und arbeitete als Raketeningenieur. Seine kratzige, oft heisere Stimme rührte angeblich von einem Unfall während des Chemiestudiums her.

Sallys Gedanken kehrten zurück zu dem Zeitpunkt vor sieben Monaten, als sie eines Morgens zur Arbeit kam und noch vor dem ersten Kaffee ins Büro des Chefredakteurs zitiert wurde. Da hockte eingeklemmt in einer Ecke dieser Breitling mit seiner MIB-Brille im Gesicht: Schwarze Haut, schwarze Haare, schwarzer Anzug, schwarze Socken und Schuhe, schwarzer Schlips – das einzig Weiße an diesem rundum schwarzen Kasten waren sein Hemdkragen und das mächtige Gebiss.

Als sie die Tür hinter sich geschlossen hatte, erhob sich der Wandschrank, was der gequälte Stuhl unter seinem Hintern mit einem erlösenden Knarzen quittierte, reichte ihr brav die Pranke und erklärte, er sei vom DoD, dem United States Department of Defense.

In wenigen Sätzen teilte er ihr und ihrem gleichermaßen verblüfften Chef mit, man habe sich im Verteidigungsministerium aufgrund der Art, wie sie wissenschaftliche Publikationen präsentiere, bespreche und bewerte, dafür entschieden, sie zur Teilnahme an einer außerordentlichen Space Shuttle-Mission einzuladen. Ihr Job sollte es sein, als Exklusivreporterin live aus dem Orbit über die Bergung dieses zylinderförmigen Ufo-Satelliten zu berichten, über den die Welt schon seit Wochen rätselte und stritt. Um mitfliegen zu dürfen, so verkündete der Schrank, wären jedoch drei Bedingungen zu erfüllen. Die erste sei ein Gesundheitscheck, die zweite eine Verpflichtung, nur das in den Äther zu schicken, was der Missionsleiter – also Gunther Wolf – ausdrücklich autorisierte, und die dritte eine zu unterzeichnende Verschwiegenheitserklärung. Im Anhang dieses Papiers, das der schwarze Riese vorsorglich schon mal als Muster dabei hatte, wurden auch gleich die Paragrafen aufgelistet, nach denen man – je nach Art und Schwere der Indiskretion – problemlos für ein paar Jahre eingebunkert werden konnte.

Da es ihr noch nie schwer gefallen war, Geheimnisse für sich zu behalten, bereiteten ihr die vom schwarzen Mann vorgelegten Papiere auch keine Bauchschmerzen. Davon einmal abgesehen, wäre allein schon der Gedanke, ein solches Angebot auszuschlagen, völlig absurd gewesen, denn als Zivilistin ohne spezifische Ausbildung, also nur aufgrund ihrer Reputation, mit einer Rakete in den Weltraum geschossen zu werden, war eine einmalige und völlig verrückte Sache. Ganz nebenbei würde sie auch noch Berühmtheit erlangen, was ihr als Türöffner nicht ungelegen kam, schwebte ihr doch vor, dereinst in der Redaktion der populärsten amerikanischen Wissenschaftssendung NOVA Karriere zu machen.

»T minus 20 minutes and holding!«
In diesem Moment wurden der Countdown und die Uhren regulär für etwa zehn Minuten angehalten. Während Sally mit einem Ohr der Kommunikation lauschte und mitbekam, wie der Orbiter Test Conductor (OTC) letzte Anweisungen an das Startteam gab, erinnerte sie sich daran, wie die im Grunde hirnrissige Mission überhaupt zustande gekommen war. Vor etwas mehr als zehn Monaten hatte ein Astronom in La Palma dieses Ding zum ersten Mal entdeckt. Er berichtete von einem länglichen Objekt, das zuerst nah an der Erde vorbeigeschrammt sei, bevor es in einer elliptischen Bahn zwischen zweihundert und dreitausend Kilometern um den Erdball herumzukurven begann. Die anfängliche Vermutung des Astronomen, es handle sich um ein Raketenteil, konnte er nicht belegen. Doch schon zwei Tage später erklärte die NASA, die das Objekt mit ihren Fernrohren ebenfalls ins Visier genommen und schon mal als Weltraumschrott mit der banalen Bezeichnung J002E3 katalogisiert hatte, der erstaunten Öffentlichkeit, dieses Teil sei mit sehr hoher Wahrscheinlichkeit die dritte Stufe einer Saturn V Mondrakete. Nach ihrer Trennung vom Apollo-Raumschiff sei die Stufe am Mond vorbei in Richtung Sonne geflogen, von wo sie nun Jahrzehnte später per Zufall wieder zurück zu ihrem Ausgangspunkt, der Erde, gefunden habe.
Diese Theorie hatte sich allerdings schon tags darauf in Luft aufgelöst, weil das Objekt von einer Sternwarte in Chile mehrfach fotografiert und anhand der Aufnahmen exakt vermessen werden konnte. Der aktuellen Beschreibung nach handelte es sich dabei um einen sechskantigen Zylinder, der mit seinen vier mal fünfzehn Metern rund ein Drittel kleiner war als die besagte

Oberstufe der Mondrakete. Weshalb die NASA-Astronomen diese Apollo-Geschichte verbreitet hatten, obwohl sie mit ihren Instrumenten das Gleiche sehen konnten wie die Chilenen, blieb bis heute ihr Geheimnis.

Führte man sich allerdings vor Augen, dass die amerikanische Weltraumbehörde NASA gar nicht war, was sie seit ihrer Gründung 1958 zu sein vorgab – eine zivile wissenschaftliche Institution, welche die Aufsicht über alle von den USA durchgeführten Weltraumprojekte ausübte –, wurde es hinfällig, sich darüber zu wundern. ›Die National Aeronautics and Space Administration ist eine Verteidigungsorganisation der Vereinigten Staaten im Sinne von Kapitel 17, Titel 35 des United State Code‹, hieß es in der NASA-Charta. Weiter war dort zu lesen: ›Informationen, die aus Gründen der nationalen Sicherheit geheim gehalten werden sollen, erscheinen in keinem Bericht.‹

Seit den Mondlandungen kursierten zudem Gerüchte, die Astronauten hätten auf dem Erdtrabanten mehr gesehen und gefunden als triviales Mondgestein. Eine in dieser Angelegenheit nicht zu leugnende Tatsache war, dass Dr. Edgar Mitchell, der mit Apollo 14 am 5. Februar 1971 als sechster Mensch auf dem Mond gelandet war, bis heute unverrückbar an der Existenz von Außerirdischen festhielt und sowohl die NASA als auch die US-Regierung bezichtigte, diese ›Tatsache‹ mit Absicht vor der Öffentlichkeit geheim zu halten. Für diese Anschuldigung rächte sich die NASA erst vor kurzem bei Mitchell, indem sie ihn des Diebstahls einer Hasselblad-Mondkamera bezichtigte.

Auch der dritte Moonwalker, Charles Conrad, soll sich nach seiner Mission mit Apollo 12 über höchst ungewöhnliche Vorkommnisse auf dem Erdtrabanten geäußert haben. Und sogar Edwin ›Buzz‹ Aldrin, der zweite Mann auf dem Mond, erklärte 2009 im US-Fernsehsender C-SPAN gegenüber einem Moderator: ›Lasst uns doch den Marsmond Phobos untersuchen. Dort gibt es eine äußerst ungewöhnliche Struktur in der Form

eines Monolithen. Wenn die Leute das sehen, werden sie sich fragen: Wer hat das Ding dort aufgestellt?‹
Sally verzog ihr Gesicht. Was auf den Fotos des chilenischen Observatoriums zu sehen war, hatte mit einer Raketenstufe dann auch herzlich wenig zu tun. So war der fünfzehn Meter lange Zylinder an einem Ende mit einer größeren Menge von Glaskörpern bestückt, die in ihrer Form an Bienenwaben erinnerten. Auch schien er stellenweise mit etwas wie Rost überzogen zu sein. Oxidation im Vakuum? Unmöglich! Zudem wurden von der Erde stammende Raketen und Satelliten üblicherweise aus Aluminium oder Aluminium-Verbundstoffen gefertigt.
Doch die North American Aerospace Defense (NORAD), die mittels Radar sämtliche Objekte, die sich in einem Erdorbit befanden, überwachte und in einem täglich aktualisierten Katalog zusammenführte, konnte darüber ebenso wenig Auskunft geben wie alle anderen dafür in Frage kommenden Einrichtungen.
Einzig und allein die Ufologen, Esoteriker und andere obskure Gruppen wussten mehr. So gab es beispielsweise die Vereinigung H.G.e.V., die in dem ominösen Satelliten eine bislang verschollene Geheimwaffe Adolf Hitlers sah. Obwohl diese Behauptung mehr als lächerlich war, musste sich Sally gleichwohl eingestehen, von den Waffenentwicklungen Nazideutschlands kaum eine Ahnung zu haben. Sie wusste nur, dass die Deutschen bis kurz vor Ende des Zweiten Weltkrieges an streng geheimen Waffensystemen, Raketenantrieben und Flugkörpern wie dem Tarnkappenbomber Horten H IX, der sogenannten Glocke und der V7 herumgetüftelt hatten. Zudem sollen Piloten amerikanischer Fliegerstaffeln in ihren Flugprotokollen niedergeschrieben haben, während ihrer Kampfeinsätze über Deutschland regelmäßig von rot glühenden Flugmaschinen – sogenannten Foo Fighters – mit hoher Geschwindigkeit angeflogen, umkreist, aber nie angriffen worden zu sein. Britische und amerikanische Geheimdienste hatten in den damaligen Ufos eine unbekannte

deutsche Aufklärungswaffe gesehen, was bis Kriegsende jedoch nie zweifelsfrei bewiesen werden konnte. Diese Unsicherheit führte zu einer überaus skurrilen Theorie, nach der in den Foo Fighters Außerirdische gesessen haben sollen, welche die Geschehnisse des Krieges beobachteten. Weil die Aliens feststellten, wie grausam die Waffen und die sie benutzenden Erdlinge gewesen seien, hätten sie bewusst darauf verzichtet, mit der Menschheit in Kontakt zu treten und sie einzuladen, der friedlichen Gemeinschaft der Sternenvölker beizutreten. Eine beinah romantische Story, die schon damals die Philosophie von Gene Roddenberrys Jahrzehnte später erschaffenem Star Trek-Universum in sich trug. Ob sich der gute Mann da vielleicht etwas abgeguckt hatte?

Während es bei weiter angehaltenem Countdown in den Tiefen der Fähre rumorte, als hätte sie Blähungen, kam Sally in den Sinn, während ihrer journalistischen Ausbildung von einem Kollegen einen Bericht auf den Tisch bekommen zu haben mit ›Beweisen‹ über die Fähigkeit der Nazis, Kernwaffen herzustellen. In diesem Bericht hieß es auch, die beiden Atombomben von 1945 – die ›Little Boy‹ für Hiroshima und die ›Fat Man‹ für Nagasaki – seien nicht allein von Robert Oppenheimer und Edward Teller in den USA entwickelt worden, sondern hätten einiges Know-how aus dem Atomprogramm der Nazis in sich getragen.

Was davon Wahrheit war und was Erfindung, wusste sie nicht. Tatsache war: Amerika hatte kurz nach Kriegsende haufenweise geheimes Material, Pläne und Wissenschaftler aus Deutschland über den großen Teich geholt.

Einer dieser Forscher war Wernher von Braun, der von 1937 bis 1945 als technischer Direktor der Heeresversuchsanstalt Peenemünde für die Entwicklung und den Bau der V2 verantwortlich gewesen war. Über dreitausend dieser Raketen waren auf England und Belgien abgefeuert worden. Doch als man von Braun nach Amerika brachte, behandelte man seine Nazi-Vergangenheit ganz anders als die seiner in Deutschland zurückgebliebenen Waffenbrüder, die sich bei den Nürnberger Prozessen zu verantworten hatten. Der deutsche Ingenieur wurde kurzerhand entnazifiziert, erhielt eine Anstellung beim US-Raketenprogramm sowie die amerikanische Staatsbürgerschaft. Besser noch: Das ›Time Magazine‹ setzte Wernher von Braun auf ihre Titelseite und nannte ihn den ›Missileman‹, wodurch er zu etwas wie einem Nationalhelden wurde. Allerdings agierte der Deutsche nicht allein. Kein Geringerer als Micky Maus-Erfinder Walt Disney tat sich mit ihm zusammen und produzierte quasi als Werbefilm für von Brauns Weltraumambitionen die dreiteilige TV-Serie ›Man in Space‹, die 1955 von über einhundert Millionen Amerikanern gesehen wurde. Und so entstand aus der ehemaligen Vergeltungswaffe 2 des Führers, welche von Braun zärtlich ›mein Baby‹ nannte, obwohl sie Abertausende zum Bau der Rakete abkommandierte KZ-Häftlinge das Leben kostete, Schritt um Schritt das Raumschiff, das Amerika zum Mond bringen und die Nation vor Stolz schier platzen lassen sollte.

Dennoch glaubte Sally nicht daran, dass die Technik des Dritten Reichs bereits so weit fortgeschritten war, um eine Rakete mit einem Satelliten an der Spitze ins All schießen zu können. Ihrer Meinung nach stand diese Nazi-Geschichte stellvertretend für alle anderen Hirngespinste, die sich seit dem Auftauchen des Satelliten epidemieartig über den Planeten ausbreiteten. Nur eines war ihr an der Deutschland-Sache nicht geheuer, und das befand sich einen Stock höher – Gunther Wolf.

»20 minutes and counting«, schnarrte es in den Kopfhörern ihrer Snoopy Cap. Der Countdown lief also weiter. Gerade wurden das Backup-Flugsystem und die Bordcomputer für den Start konfiguriert. Direkt im Anschluss daran ließ man den Überdruck aus der Kabine wieder ab, den man zuvor zum Test der Dichtungen erzeugt hatte. Das Knacken in ihren Ohren und ein lautes Zischen an der Rückwand hinter ihrem Sitz begleiteten diesen Vorgang.

»T minus 18 minutes!«
Als sie vor sieben Monaten im Büro ihres Chefs vom großen schwarzen Mann gefragt worden war, um was es sich bei dem mysteriösen Zylinder denn ihrer Meinung nach handle, und sie ihm darauf zur Antwort gegeben hatte, dass sie darin einen verloren gegangenen sowjetischen Spionage- oder Kampfsatelliten aus der Zeit des Kalten Krieges vermute, hatte sie sich ernsthaft gefragt, ob die vom ›Man in Black‹ zuvor ausgesprochene Einladung ihre Gültigkeit behielte. Der hatte nach ihrem Statement nämlich zum ersten Mal seine Brille abgenommen, mit seinen verstörend klaren Augen tief in die ihrigen geschaut und gefragt, ob sie selber glaube, was sie ihm da gerade erzählt habe? Während er weiter in sie hineingestarrt hatte, versuchte sie es mit Argumenten, erinnerte ihn an das geheime Projekt OPS/Almaz der Sowjets aus den Sechzigern, erklärte die seltsam anmutende Form des Objekts mit der unglaublichen Vielfalt möglicher geometrischer Varianten beim Bau von Satelliten und zog als Erklärung für die vermeintlichen Oxidationsspuren Ablagerungen von Treibstoffen, Batterie- oder Hydraulikflüssigkeiten in Betracht, die wegen eines Lecks oder einer Explosion aus dem Satelliten ausgetreten sein konnten.

»T minus 17 minutes!«
Kaum, dass sie mit ihren Ausführungen geendet hatte, löste der Kerl vom DoD seinen Blick aus ihrer Seele und ging wortlos zur Tür. Damals war sie überzeugt gewesen, in ihrem Leben niemals mehr höher als zehntausend Meter zu fliegen. Erst als die Menschmaschine im Türrahmen gestanden hatte, drehte sie sich noch einmal um. »Sie denken zu konservativ, Miss. Trotzdem, Sie haben

den Job. Wir nehmen Sie ja nicht mit wegen dem, was Sie glauben, sondern wegen dem, was Sie können!«

»T minus 16 minutes!«
›Sie denken zu konservativ!‹ Was hatte dieser Spruch zu bedeuten? Während des sechsmonatigen Trainings im Johnson Space Center in Texas hatte sie bei ihren Astronautenkollegen das Thema immer wieder mal auf den Tisch gebracht, doch herausgekommen war dabei nichts. Eileen Brooks war stets sachlich geblieben: ›Das Objekt ist soundso groß und den Berechnungen nach soundso schwer und wir brauchen soundsolange, bis wir es eingefangen und eingeladen haben. Was es ist, sehen wir, wenn wir dort sind.‹ Gunther Wolf redete nicht mehr als unbedingt nötig. Doch sie war überzeugt, dass hinter seiner hohen Stirn mehr verborgen lag, als sie allesamt ahnten. Blieben noch Pilot Tom Taylor und Missionsspezialist Carlos Navarro, der das Ding an den Kranhaken nehmen würde. Mit den beiden zu reden, brachte sie zwar nicht weiter, machte dafür aber umso mehr Spaß, weil die Kerle sich in ihrer Fantasie immer wieder gegenseitig zu übertreffen suchten und dabei die hirnrissigsten Ideen in die Welt setzten.

»T minus 15 minutes!«
Ebenso gut konnte sie sich diesem Schweizer Prä-Astronautik-Forscher Erich von Däniken an die Brust werfen. Zwar hatte sie nie dessen Buch ›Chariots of the Gods‹ gelesen, sich aber einige seiner Talkshow-Auftritte angesehen. Was der gute Mann dem schrottreifen Satelliten so alles andichtete, war vollkommen verrückt. Doch von Däniken war nicht allein mit seinen kruden Ideen. Es gab da noch diesen italienischen Hobbyastronomen, der Bilder ins Internet gestellt hatte, die Auslöser für das erste religiös motivierte Gezänk gewesen waren. Die Fotos zeigten eine der Seitenflächen des Zylinders. Und auf dieser

Seitenfläche waren so etwas wie ein Antrieb zu erkennen und eine halbmondförmige Sichel.

»T minus 14 minutes!«
Ein jeder hatte seinen Senf dazugegeben, glaubte, irgendetwas in das Symbol hineindeuten zu müssen. Auch von Däniken hatte dazu seine Meinung, und die wurde gehört. Wenn einer, der über sechzig Millionen Bücher zu ein und demselben Thema verkauft hatte, den Leuten prophezeite, die Menschheit werde von einem Götterschock heimgesucht, dann glaubte man ihm das. Wenn der Mann verkündete, der hexagonale Zylinder sei nicht von Menschenhand geschaffen, sondern ein Artefakt eines Alienschiffs aus biblischer Vorzeit, dann hingen ihm die Massen an den Lippen. Erich von Dänikens Botschaft war so simpel wie seine Argumentation: Gott ist ein Astronaut. Vor Tausenden von Jahren besuchten Außerirdische die Erde. Die damals jeglichem technischen Vorgang verständnislos gegenüberstehenden Schafhirten waren vom Erscheinen der Alien-Astronauten und ihres Raumschiffes völlig überfordert, also erhoben sie diese kurzerhand zu ihren Göttern, ein Vorgang, der sich zu Zeiten der großen Entdecker mehrfach wiederholte, wenn diese mit ihren Schiffen und Flugzeugen bei primitiven Urwaldbewohnern auftauchten.

»T minus 13 minutes!«
Neil Armstrong vor sechstausend Jahren. Einfach nur lächerlich! Sally war sich vor zehn Monaten, als der Ufo-Satellit auftauchte, genauso sicher gewesen wie heute: Es wurde unheimlich viel Mist geredet, geschrieben und in den Medien verbreitet. Und die Beweise – egal, ob es sich dabei um Schriften, Fotos oder Videos handelte, ob sie angeblich Jahrtausende alt waren oder erst ein paar Stunden – waren allesamt nicht mehr als ein großer Haufen Plunder, um Dummen damit Geld aus der Tasche zu ziehen.

Zuerst war es ja auch nur eine Hundertschaft harmloser Freaks gewesen, die sich in die Sache verbiss, doch dann hatte sich plötzlich ein Ajatollah zu Wort gemeldet und erklärt, das halbmondförmige Symbol auf dem Satelliten sei ein unverkennbares Zeichen Allahs. Danach war es Schlag auf Schlag gegangen. Ein Scheich der Sunniten mischte sich ein, die Scientologen, die Zeugen Jehovas ...

»T minus 12 minutes!«
Schon Wochen, bevor der Wandschrank vom Verteidigungsministerium in der Redaktion von ›Live Science‹ auftauchte, war es erstmals zu Auseinandersetzungen zwischen Anhängern verschiedener Glaubensrichtungen gekommen. Der schon immer auf wackeligen Füßen stehende Religionsfrieden zerbröckelte rasant. Appelle des Papstes, des Dalai Lama, Nelson Mandelas und der Königin von England verpufften genauso im Nichts wie die von Politikern und Popstars. In dieser Zeit hatte tatsächlich so etwas wie ein Götterschock stattgefunden, allerdings auf eine ganz andere Art und Weise, als vom Schweizer Alien-Experten prognostiziert.
Drei Wochen nach Auftreten der ersten Massenbewegungen, die sowohl geografisch als auch emotional weit über die Aufstände im arabischen Raum hinausgingen, sah sich die US-Regierung veranlasst, einem weiteren Zerfall der Wertesysteme entgegenzutreten, indem sie ankündigte, den Zankapfel vom Himmel zu holen und einer öffentlichen Untersuchungskommission zuzuführen.
Im Eiltempo wurde ein Budget aufgestellt und vom Senat durchgewunken, da die meisten westlichen Staaten den USA für die Mission finanzielle Unterstützung zusagten. Allen war klar: Kämen zu den globalen Finanz- und Wirtschaftskrisen, Hungersnöten und Umweltkatastrophen jetzt noch ausgedehnte Religionskriege hinzu, liefe das Fass über.

»T minus 11 minutes!«
Einen Monat nach dem Regierungsbeschluss, die omnibusgroße Rostlaube auf die Erde zu holen, hatte dann der Breitling in der Redaktion gestanden ... Sally horchte nun wieder in den Bauch der Raumfähre hinein, denn hier unten im Mid Deck gab es nur wenig zu sehen. Direkt vor ihr, oder besser gesagt über ihr, befand sich eine graue Wand mit zahlreichen Klappfachmodulen, in denen so ziemlich alles verstaut war, was sie für die Mission benötigten – Essensvorräte inklusive. Die Lebenserhaltungssysteme, verschiedene elektrische Anlagen und ein großer Müllbehälter waren einen Stock tiefer im Lower Deck untergebracht. Rechts von Carlos' Sitz waren vier Betten oder vielmehr mit Schlafsäcken bestückte Kojen eingebaut, die ihnen abwechselnd zur Verfügung standen.

»T minus 10 minutes!«
Rechts von den Schlafkojen befand sich eine halboffene Box mit dem Klo, das aus einem Absaugschlauch fürs kleine und einer Unterdruckwanne fürs große Geschäft bestand. Eine Flugzeugtoilette war ein Palast im Vergleich zu dieser Nische, die weder über ein Waschbecken noch einen Spiegel oder gar eine Tür verfügte, zudem ...
Die Stimme des Wetteroffiziers plärrte durch Sallys Kopfhörer: »Atlantis! Wir geben euch das GO!«
Kommandantin: »Roger!«
Launch Control Center: »Atlantis! Bringen Sie jetzt Ihre Bordcomputer sowie das Ersatzflugsystem in Startkonfiguration.«
Pilot Tom Taylor: »Roger. Wird erledigt.«

»T minus 9 minutes and holding!«
Wieder wurde der Countdown angehalten, während die Flug- und Startdirektoren in einer GO- und NO-GO-Umfrage die Bereitschaft aller Teams ermittelten. Sally hoffte inbrünstig, nur

noch GOs zu hören. Den Start ein drittes Mal abzubrechen, wäre kräftezehrend, demotivierend und bestimmt kein gutes Omen. Sie kreuzte die Finger. Diesmal würden sie es schaffen. Bestimmt! Sie schloss die Augen. Keine halbe Stunde mehr und sie würde sich von diesem Marterstuhl losschnallen, aus dem beengenden Druckanzug befreien und schwerelos durch die Kabine segeln. Ein traumhafter Zustand, von dem sie nicht wusste, wie lange sie ihn würde genießen können.
Verliefen Bergung und Unterbringung des Satelliten reibungslos, würden sie in vier oder fünf Tagen zurück sein. Sollte es schwieriger werden als angenommen, ließen ihre Vorräte eine Missionsverlängerung auf maximal elf Tage zu. Die NASA hatte deshalb wohlweislich darauf verzichtet, einen Rückkehrtermin für STS-136 zu nennen.

»T minus 9 minutes and counting!«
Die Checklisten waren abgearbeitet, worauf der Countdown weitergeführt wurde. Gestern waren sie bei T-20 ausgestiegen. Tanksensor-Alarm. Fertig und aus! Wieder wippte sie aufgeregt wie ein kleines Mädchen mit den Füßen. Nur noch neun Minuten! Um ihre freudige Erregung nicht laut hinauszuschreien, biss sie sich kräftig auf die Unterlippe. »Autsch!«
»Tu dir nicht weh, Chica!«, schallte es aus dem Helm rechts neben ihr.
Sally drehte den Kopf, sah, wie Carlos eine anzügliche Grimasse schnitt, und streckte ihm dafür die Zunge raus: »Chico malo!«

»T minus 8 minutes!«
Orbiter Test Conductor: »Verbindet jetzt das zentrale Stromverteilungssystem mit den Brennstoffzellen.«
Pilot: »Ist in Arbeit.« Es dauerte einen Moment, dann bestätigte er: »Verbindung zum Verteiler hergestellt.«
OTC: »Roger.«

»T minus 7 minutes!«
OTC: »Bringt diesen verfluchten Satelliten runter!«
Kommandantin: »Machen wir!«
OTC: »Dann einen guten Flug!«
LCC: »Der Startcomputer gibt das GO zum Zurückfahren des Zugangsarms.«
Ein leises Knarren drang durch die Kabine, als sich der Ausleger vom Space Shuttle löste und zum Startturm zurückschwenkte.

»T minus 6 minutes!«
OTC: »Startet die Modular Auxiliary Data System Recorder.«
Kommandantin: »APU Displayrecorder laufen.«
OTC: »Führt die APU Vorstartsequenz aus.«
Pilot: »APU Vorstart komplett.«

»T minus 5 minutes!«
LCC: »Der Computer gibt GO für den APU Start.«
OTC: »Startet die APUs.«
Pilot: »In Arbeit.«
OTC: »Bringt Heizer für die APUs in Startkonfiguration.«
Kommandantin: »Heizer sind in Startposition.«
Pilot: »APUs laufen an.«
In diesem Augenblick starteten schnaubend drei mit Hydrazin betriebene Gasturbinen, deren mechanische Energie die Hydraulikpumpen antrieb. Sobald der erforderliche Druck aufgebaut war, führte der Pilot die Schwenktests an den Haupttriebwerken und Leitflächen des Orbiters durch, was vom Testleiter zufrieden kommentiert wurde: »Heute sieht es aber sehr viel besser aus bei euch!«

»T minus 3 minutes!«
LCC: »Der Startkontrollcomputer gibt das GO für das Unterdrucksetzen des flüssigen Sauerstoffs im externen Tank.«

OTC: »Leert jetzt den Speicher des Notfallwarnsystems und kontrolliert, ob keine neuen Fehlermeldungen vorliegen.«
Pilot: »Ist in Arbeit.«
OTC: »Ich warte.«
Pilot: »Speicher des Warn- und Alarmsystems geleert. Keine Fehler!«
OTC: »Keine Fehler. Okay, dann lasst uns weitermachen.«

»T minus 2 minutes!«
LCC: »Der Startkontrollcomputer gibt das GO für das Unterdrucksetzen des flüssigen Wasserstoffs im externen Tank.«
Die sogenannte Beanie Cap, eine an einem Ausleger montierte Haube, die an der Spitze des externen Tanks bislang austretende Gase abgesaugt hatte, wurde nun gelöst und zurückgefahren.
OTC: »Schließt eure Visiere.«
Kommandantin: »Ihr habt's gehört, Leute! Helme dichtmachen oder aussteigen!«
Pilot: »Wer jetzt noch raus will, muss sich beeilen, die Jungs im Kontrollzentrum stecken gleich die Zündschnur an!«
Carlos warf Sally eine Kusshand zu und klappte sein Visier nach unten. Als Antwort schenkte sie ihm ein nervöses Lächeln, dann verschloss auch sie ihren Helm. Sofort verstummten alle Geräusche um sie herum. Was blieb, waren einzig und allein das Schnarren der Stimmen in den Kopfhörern und das Rauschen der Atemluft, die durch ihren Anzug gepumpt wurde. Sally zitterte am ganzen Leib vor lauter Aufregung. Jeden Moment würde sie, wie ihre Katze, wenn sie einen Vogel ins Visier nahm, auch noch mit den Zähnen zu klappern beginnen.

»T minus 55 seconds!«
Die Anspannung wuchs ins Unermessliche. Das letzte Mal hatte sie sich während ihres ersten und einzigen Tiefseetauchgangs so gefühlt.

»T minus 31 seconds!«
LCC: »Der Startcomputer gibt das GO für den Beginn der automatischen Startsequenz.«
Sally verschränkte die Arme und presste beide Füße an die Wand.

»T minus 16 seconds!«
In diesem Moment öffneten sich die Ventile am nahen Speicherturm und schon ergoss sich eine Million Liter Wasser auf die Startplattform, um Schäden am Shuttle und an den Aufbauten infolge von Hitze und Schallwellen zu verhindern.
Kommandantin: »Hat jemand von euch Lust, schwimmen zu gehen?«

»T minus 11 seconds!«
LCC: »GO zum Starten der Haupttriebwerke.«

»T minus 10 seconds!«
Unter den Triebwerksauslässen wurden jetzt Funken sprühende Treibsätze abgebrannt, um damit austretende Treibstoffgase abzufackeln.
LCC: »Countdown läuft weiter ... jetzt minus neun ... acht ...«

»T minus 7 seconds!«
Die Turbopumpen saugten aus vierzig Zentimeter dicken Rohren Brennstoff und Oxidator aus dem Haupttank und pressten die beiden Flüssigkeiten mit ungeheurem Druck in die Brennkammern der drei Haupttriebwerke.

»T minus 6 seconds!«
LCC: »Ignition!«
Im Abstand von Sekundenbruchteilen wurden die Motoren gezündet. Mit einem gewaltigen Fauchen erwachte der schlafende

Riese aus seiner Erstarrung, zerrte mit unbändiger Kraft an den stählernen Fesseln, die ihn auf der Startrampe festhielten.
Einer Gruppe vorbeifliegender Reiher zerschmetterte das Getöse die Lungen. Würde die Rakete jetzt explodieren, bliebe im Umkreis von mehreren Kilometern kein Stein auf dem anderen.

»T minus 3 seconds!«
Die Motoren brannten seit zwei Sekunden stabil und hatten bereits neunzig Prozent ihrer maximalen Schubkraft aufgebaut, konnten bei einer Fehlfunktion aber noch immer von den Überwachungssensoren abgeschaltet werden.

»T minus 0 seconds!«
LCC: »Booster Ignition!«
Ein heftiges Schütteln durchlief die Atlantis, und das schnell anschwellende Wummern in ihren Eingeweiden begann sich zu überschlagen. Innerhalb einer Zehntelsekunde hatten die beiden Feststoffbooster ihre maximale Leistung entfacht, während der Schub der drei Flüssigtreibstoff-Aggregate ebenfalls die Sollleistung erreichte. Jetzt erst war es an der Zeit, die stählernen Haltebolzen zu sprengen und das fünfzig Meter lange Ungetüm ziehen zu lassen.

LCC: »Lift-Off!«
Pilot: »Aaaall right – here we go!«
LCC: »Godspeed, guys!«
Dreitausend Tonnen Schub stemmten sich gegen zweitausend Tonnen Startgewicht. Einen Moment lang schien es, als würde das Shuttle die Startrampe niemals verlassen. Doch dann, zuerst nur zentimeterweise, danach Meter um Meter, schob sich der geflügelte Riese mit lautem Brüllen in den Himmel.
In dem Augenblick, als der Orbiter die Höhe des Startturms überwand, wurde die Flugkontrolle vom Launch Control Center

am Cape nach Houston ins Mission Control Center (MCC) übergeben. Sally hatte das Gefühl, sie bekäme einen kräftigen Tritt nach dem anderen in ihren Hintern, denn die beiden Feststoffbooster versetzten dem Shuttle nun immer schnellere und härtere Beschleunigungsschläge. Der aus Aluminiumpulver bestehende Treibstoff konnte produktionsbedingt nicht homogen mit dem Bindemittel vermischt werden, weshalb die Treibsätze ungleichmäßig abbrannten. Einmal gezündet, ließen sich die überdimensionierten Silvesterraketen weder regeln noch abschalten.

»Go baby, go!«, riefen die Zuschauer auf den Tribünen des Kennedy Space Centers, auf dem Causeway und entlang der Strände von Cocoa Beach und Titusville, als sich das Space Shuttle im sonnenhellen Licht der beiden Boosterflammen majestätisch aus der riesigen Dampfwolke erhob. Und während die Krokodile in den Sümpfen rund um die Startanlage vorsichtshalber abtauchten, wälzte sich ein durch Mark und Bein gehendes Gedonner über die Menschenmassen hinweg.
Immer schneller und höher kletterte das auf seinem Feuerschweif reitende Raumschiff – tauchte in der Zeit, in der es die tief hängenden Wolkenbänke durchstieß, diese von innen heraus in ein göttlich anmutendes gleißendes Licht. Mit allen möglichen Vergrößerungsgläsern bewaffnet, verfolgten die Zuschauer den kilometerlangen Schweif, klatschten johlend Beifall oder versuchten mit Pfiffen den Lärm der Rakete zu übertönen.

Zwanzig Sekunden nach dem Start begann sich die Atlantis wie ein Walfisch um seine Längsachse zu drehen und setzte den Aufstieg in Richtung Osten von nun an in Rückenlage fort. Das Rollmanöver wurde unter anderem durchgeführt, um auf die vorgesehene Flugbahn einzuschwenken, die Strukturbelastung für das Raumschiff so niedrig wie möglich zu halten und bei

einem notfallmäßigen Abbruch der Mission schnellstmöglich reagieren zu können, indem man die Fähre nach Absprengung von Boostern und Tank nach unten wegtauchen ließ. In dieser Phase des Aufstiegs war es der Vibrationen wegen unmöglich, alle Anzeigen der Cockpitinstrumente im Auge zu behalten, weshalb sich die Kommunikation zwischen Shuttlebesatzung und Bodenkontrolle auf das Nötigste beschränkte.
Sechs Sekunden später trat die Rakete in den Bereich des maximalen aerodynamischen Drucks ein, in welchem sich ihre Eigenschwingungen mit den Druckverhältnissen und Reibungselementen innerhalb der Atmosphäre addierten, was nach einem automatischen Drosseln der Triebwerke verlangte.
MCC: »Atlantis! Throttle Down auf fünfundsiebzig Prozent.«
Kommandantin: »Bestätige Throttle Down auf fünfundsiebzig.«
Sofort entspannte sich die Atlantis, und die heftigen Vibrationen wie auch das Gedröhne nahmen ab. Keine halbe Minute nach dem Start hatte die Rakete bereits den Hauptteil ihres Treibstoffes verbrannt und damit über zwei Drittel ihres ursprünglichen Startgewichts verloren. Nach weiteren zwanzig Sekunden durchstieß das Raumschiff in sechs Kilometern Höhe die Schallmauer und erreichte bald darauf die dünneren Luftschichten der oberen Atmosphäre, sodass die Triebwerke wieder hochgefahren werden konnten.
MCC: »Atlantis! Throttle Up auf einhundertfünf Prozent.«
Die Kommandantin bestätigte erneut. Pilot Tom Taylor freute sich wie ein kleiner Junge und jauchzte: »Spürt ihr, wie das Pferdchen mit uns durchgeht?!«
Sally – von einer unsichtbaren Hand tief in den Sessel gedrückt – ließ ihren Emotionen nun ebenfalls freien Lauf und jauchzte aus voller Kehle mit.
Nach etwas mehr als zwei Minuten Flugzeit erreichte die Raumfähre bei Mach 3,9 eine Höhe von dreiundvierzig Kilometern. Das war der Moment, die beiden ausgebrannten Feststoffbooster

abzuwerfen und mithilfe kleiner Raketen vom Shuttle wegzusteuern. Praktisch auf einen Schlag wurde das bisher alles überlagernde Wummern abgelöst vom gleichmäßig tiefen Grollen der Haupttriebwerke. Und obwohl die Fähre weiter beschleunigte und fünf Minuten nach dem Lift-Off eine Geschwindigkeit von neuntausend Kilometern pro Stunde und eine Höhe von einhundert Kilometern erreichte, wurde der Flug immer ruhiger.
Eileen Brooks wandte sich an ihre Crew: »Die ersten einhundert Kilometer haben wir geschafft, nehmen wir die nächsten hundert in Angriiiii...«
»Was ist das für eine Scheiße?«, rief der Pilot.
»Atlantis! Was ist bei euch los?«, meldete sich aus Houston Capsule Communicator Marc Bloomfield. Im nächsten Moment wurde er kalkweiß im Gesicht, denn die Raumfähre war nicht mehr das einzige Flugobjekt auf dem Schirm. »Was ist das, verflucht?«, stöhnte Bloomfield, und im gleichen Augenblick sprangen NASA-Direktor Charles Bolden, der Flugleiter sowie die Ingenieure und Techniker von ihren Sitzen auf und stierten gebannt auf die Anzeigetafeln im Mission Control Center.
»Ein Komet! Auf Kollisionskurs!«, schrie die Kommandantin noch ins Mikrofon, dann war die Verbindung tot.

Mit mehr als zehntausend Kilometern pro Stunde raste die Raumfähre einem riesigen Schneeball entgegen. Sally wurde von Panik erfasst, als die angsterfüllten Rufe aus dem Cockpit durch ihren Kopfhörer schallten. *Challenger! Columbia! ...* Goldenem Glimmer gleich regneten vor ihrem inneren Auge Tausende brennender Trümmerteile vom Himmel. Sie war eines dieser Teile. Eine glühende Fackel, die dorthin zurückfiel, wo sie eben erst hergekommen war.
Sallys Helm erschien leer. Sie hatte den Kopf eingezogen und presste das Kinn so fest gegen ihre Brust, wie sie konnte. Nun

zog sie auch die Beine an, legte die Arme um ihren Körper, drückte die Lider zu und wartete auf das klägliche Ende.
Eileen Brooks, Tom Taylor und Gunther Wolf rissen im gleichen Augenblick oben im Cockpit ihre Arme vor die Sichtblenden der Helme ... Ein gewaltiger Knall, Schreie, kreischendes Metall, das Geräusch reißender Gurte, Beine, die durch den Raum schleuderten, Krachen ...

Im professionellen Tonfall eines altgedienten Luftfahrtveteranen rief Marc Bloomfield die Besatzung: »Atlantis! Hier Houston. Com Check!«
....
Er versuchte es erneut, diesmal auf einem anderen Frequenzband: »Atlantis! Hier Houston. UHF Com Check!«
....
Immer wieder rief der Capsule Communicator das Raumschiff an, doch seine Bemühungen waren vergebens. Die Long Range Tracking Kamera der nahe gelegenen Air Force Base warf inzwischen nur noch ein düsteres Rauschen auf die Projektionswände in den Kontrollzentren der NASA und Fernsehschirme in aller Welt. Und während das ferne Grollen der Raketenmotoren allmählich verhallte, starrten Tausende Mitarbeiter der Raumfahrtbehörde und Millionen Fernsehzuschauer stumm vor Schreck auf die leeren Schirme. Gleichzeitig fielen sich auf dem Gelände des Kennedy Space Centers die Angehörigen der Raumfahrer weinend in die Arme. Die Fähnchen mit den Stars and Stripes und den Insignien der Mission fielen zwischen Stühlen und Bänken in den Staub. Weiß leuchtend im Zentrum das sichelförmige Zeichen des Satelliten. Davorgesetzt die plakative Darstellung des Space Shuttles Atlantis. Darunter die Missionsbezeichnung STS-136. Und am Rand des sechseckigen Abzeichens die Familiennamen der fünf Astronauten: Brooks, Taylor, Wolf, Navarro und Brown.

KAPITEL 16

Die James Cook, eine schneeweiße Vierundzwanzig-Meter-Yacht, schipperte – von Breitschnabeldelfinen begleitet – zehn Seemeilen nordöstlich der Insel Maui. Das vom Kapitän und Schiffseigner Henry Foreman unter dem Vorsegel gefahrene Boot kam gerade aus den tieferen Gewässern im Norden Hawaiis zurück, wo seine gut betuchte Kundschaft die letzte Nacht damit verbracht hatte, Schwertfisch zu angeln – oder den A'u ku A'u, wie Einheimische ihn nannten.
Die dick geschnittenen rosafarbenen Fischsteaks brutzelten auf zwei mit Gas betriebenen Grillöfen, während Gläser mit Chenin Blanc, Graves und Chardonnay herumgereicht wurden – Kennern zufolge die beste Wahl für ein exquisites Fischdinner. Mild und fein sei das Aroma des A'u ku A'u, wurde geschwärmt. Süßlich und ein wenig fruchtig der Geschmack, fleischig, zart und saftig seine Konsistenz, weshalb die meisten auf eine zusätzliche Würzung verzichteten ...
Als alle Steaks ihre Abnehmer gefunden und auch die Salatschüsseln die Runde gemacht hatten, verstummte die bislang angeregt geführte Konversation. Gelegentlich war noch ein ›Mmmmh!‹ zu hören oder das leise Klirren der Kristallgläser, wenn sich die illustre Schar zuprostete.

Nach dem Essen teilten sich die Gäste auf. Die Adams, ein älteres Pärchen aus Quebec, stiegen für ein Verdauungsnickerchen unter Deck. Der schweinchenrosahäutige Nils – ein von der Nase bis zu den Zehenspitzen mit Lichtschutzfaktor 50+ eingecremter Schwede – lehnte mittschiffs am Mast und las im Buch

›Der Feind im Schatten‹ seines Landsmanns Henning Mankell. Die drei Amerikaner in ihren farbenfrohen Bermudas begannen auf dem Vorderdeck eine Runde Poker, während achtern der gut aussehende Brite William in den Seilen hing und sich anstrengte, den mit Rum gestreckten Melonensaft durch einen viel zu dünnen Strohhalm zu saugen.

Ebenfalls am Heck des Bootes hatte sich, lediglich mit einem Tanga bekleidet, die siebenundzwanzigjährige Céline niedergelassen, um mit der Farbe der Mahagoniplanken zu konkurrieren, derweil ihr Chihuahuahündchen Pinky im Schatten einer Taurolle gelangweilt auf seiner Gummimaus herumkaute.

Bill, Jim und Joe stellten so etwas wie Drillinge dar, einsachtzig große breitschultrige Junggesellen um die vierzig, die gemeinsam mehrere Stunden pro Woche ihre ebenmäßig gebräunten Körper auf einer Batting-Cage-Anlage im Slugger Stadion von Las Vegas in Form hielten. Alle drei trugen Glatze und riesige Retro-Pilotensonnenbrillen. Nur Bill fiel optisch etwas aus der Rolle, da er, wie seine Kumpels es nannten, Fell trug. Die Behaarung zierte seinen Körper nicht nur an Brust, Armen und Beinen, sondern auch am Rücken und dem Teil, welches sich direkt darunter anschloss. Bill trug sein Fell mit Stolz. Versuchte ihn einer damit aufzuziehen, hielt er ihm seine massige Faust vors Gesicht und fragte, ob er den Hammer des Neandertalers schon kenne. Doch nicht nur Äußerlichkeiten verbanden sie, verdienten die drei in Las Vegas doch ihre Brötchen gleichermaßen mit dem Handel von Liegenschaften. Die anhaltende Immobilienkrise wussten sie geschickt für sich zu nutzen, indem sie in Not geratenen Landsleuten und kleineren Banken Häuser und Villen zu Schleuderpreisen abschwatzten und diese dann mit einem saftigen Aufschlag an solvente Ausländer verhökerten. Ideenreich wie sie waren, hatten sie den Vegas Foreclosure Express erfunden, mit dem sie Interessierte von Bankrott-Immobilie zu Bankrott-Immobilie chauffierten.

Unter sich wie jetzt, sprachen sich die drei ausnahmslos mit ihren skurrilen Spitznamen an. Joe Warner hieß bei seinen Kumpels Joe Black, weil sein erster Hausverkauf an einen Croupier dahingehend endete, dass der Typ bereits zwei Monate darauf Suizid beging. Er hatte gemeint, ab und an einen Spielchip für sich abzweigen zu müssen. Das Resultat: Diebstahlsanzeige, Job weg, Senorita weg, Besuch eines Geldeintreibers wegen der ausstehenden Raten fürs Haus ... Einige Tage später dann die Depression und der Griff zum Revolver – *Blammm...!*
Jim Bixler nannten sie Jim Beam. Weshalb, war nicht schwer zu erraten – die Farbtönung seines Riechorgans erklärte sich von selbst. Bei erfolgreichen Geschäftsabschlüssen verzog sich Jim jeweils mit einigen leichten Mädchen und Whiskeyflaschen unterm Arm in eine Hotelsuite, wo er nach Sex, Drugs and Rock'n'Roll gut und gerne zwanzig Stunden im Koma verbrachte.
Der Vorname des Dritten in der Pokerrunde lautete wie der des Engländers William. William Meyers' Geschäfte bewegten sich oftmals an der Grenze der Legalität oder hatten diese bereits überschritten. Meist ging es dabei um Schwarzgeld und andere an der Steuer vorbei geschmuggelte Werte, die seine Kunden von ihm gegen Wohneigentum eingetauscht haben wollten. Und so wurde William der Gauner von seinen Kumpanen frei heraus Billy the Kid gerufen.
Ab und an, wenn einer der Spieler gerade seinen Einsatz verlor, dröhnte ein herzhaftes ›Damn!‹, ›Fuck!‹ oder ›Bloody Hell!‹ übers Deck. Henry störte das nicht, war das Trio doch bei allen an Bord akzeptiert und sorgte mit derbem Charme und Witz für so manch heiteren Moment.
Der sechsundsechzigjährige Kapitän sog genüsslich an seiner auf Hochglanz polierten Pfeife und war mit sich und der Welt rundum zufrieden. Der Herrgott hatte es bis zum heutigen Tag wirklich gut mit ihm gemeint. Sein kleines, aber feines Jazz Café

Little Louis in Downtown von New Orleans hatte ihm über viele Jahre hinweg gutes Geld eingebracht. 2005, nach dem großen Hurrikan, hatte er spontan entschieden, dass es an der Zeit sei, vorzeitig in Rente zu gehen. Und so kassierte er die Versicherung, legte das Geld mit seinen Ersparnissen zusammen und luchste einem mexikanischen Geschäftsmann – der die Einwanderungsbehörden am Hals hatte – zu einem Schnäppchenpreis sein Boot ab.

Die Wellen der See schlugen genauso in Henrys Brust wie der Rhythmus des Blues, doch so ein Zweimastmotorsegler kostete nicht nur bei der Anschaffung eine Stange Geld, sondern auch später im Unterhalt. Der Ausspruch, ein Yachteigner empfinde nur zweimal Glück in seinem Leben, nämlich das erste Mal beim Kauf seines Schiffes und das zweite Mal beim Verkauf, hatte viel Wahres an sich. Damit ihm nicht das Gleiche widerfuhr, bot er die James Cook während der Hauptsaison wochenweise für Ausflüge an. Für den Rest des Jahres gehörte ihm das Boot dann ganz allein, was ihn zum glücklichsten Rentner der Welt machte.

Céline Sardou, die Enkelin einer alteingesessenen Pariser Bankiersfamilie, hatte sich auf ihre Oberarme gestützt, nippte an ihrem Champagnerkelch und schielte über die Sonnenbrille hinweg in Richtung Reeling. William Shutterland, ein Mann mit reichlich Erfahrung und einem siebten Sinn für weibliche Botenstoffe, reagierte instinktiv auf die verstohlenen Blicke der schönen Brünetten. Der Fünfunddreißigjährige, der Affären sammelte wie andere Apps auf ihren Smartphones, wusste gekonnt Höflichkeit, Charme, Einfühlungsvermögen und feingeistigen Witz zu einer Rezeptur zu mixen, die ihn unwiderstehlich machte. Neben dem klassischen Einmaleins der Verführung beherrschte er zudem die Kunst, seine Liebschaften hinzuhalten, den Moment, die Stunde oder gar den Tag der Vereinigung bewusst hinauszuzögern. Ein Spiel mit Risiko, das einiges an Fingerspitzengefühl und Übung verlangte, ihn dafür aber regelmäßig mit exzessiver Leidenschaft belohnte. Genau deshalb hatte er seine Koje mit der begehrenswerten Französin noch immer nicht geteilt, obwohl er das durchaus schon gekonnt hätte. Es erschien ihm da unten auch ein wenig eng und hellhörig, doch heute Nacht, wenn sie wieder festen Boden unter den Füßen hatten, würde sie ihm gehören. Die Sardou jetzt schon vorzuwärmen, dagegen gab es allerdings nicht das Geringste einzuwenden.

Shutterland stemmte seinen Adonis-Körper in die Höhe, schlenderte hinüber zur Schönen, ging neben ihr in die Hocke und betrachtete mit anerkennendem Blick ihre wohlgeformten Brüste. Die Mädchen aus dem Lande Napoleons waren oben herum sonst eher klein gebaut, doch dieses edle Geschöpf präsentierte ihm ungeniert 75C – zugegebenermaßen ein hervorragendes Kunsthandwerk.

William schob mit einer eleganten Bewegung seine ›Chrome Hearts‹ auf die Stirn. »Ich muss gestehen, Mademoiselle, Ihre gottgegebene Schönheit raubt mir den Atem.«

»Oh, merci«, hauchte Céline mit unschuldiger Mädchenstimme, drehte ihren Kopf näher an den seinen heran, nahm die auf ihrer Nasenspitze balancierende Sonnenbrille ab und suchte seine Augen. »Sie machen misch kribbelig, Monsieur, vous savez que?«

Williams Augenbrauen gingen nach oben. Da musste nichts vorgewärmt werden. Das Mädchen war schon heiß. Glühend heiß sogar. »Mademoiselle!«

»Oui, Monsieur Shutterland?!«

»Ich bitte um Ihren Kuss!« Wie selbstverständlich beugte er sich nach vorn, roch Maiglöckchen, vermischt mit erotisierender Vanille – eindeutig Naomi Campbells ›Sunset‹. Die vollen Lippen Célines näherten sich in prickelnder Erwartung den seinen. Er schloss die Augen, sog den betörenden Duft in sich auf ...

»Seht euch das an!«, krähte es plötzlich hinter ihnen.

Der Engländer, keinen Zentimeter entfernt von der verführerisch spielenden Zungenspitze, drehte den Kopf und sah einen auf sie beide gerichteten Zeigefinger. Er hauchte der Französin ein klangvolles ›Sorry‹ in die Ohrmuschel, stand auf und rief: »Heee! Schiffsjunge! Was soll das?«
Der Angesprochene deutete weiter in ihre Richtung und sprang dabei wild auf und ab. Williams Miene verfinsterte sich. Dass ihm jemand auf eine derart respektlose Weise eine Romanze versaute, hatte es noch nicht gegeben. Da bezahlte er ein kleines Vermögen für ein paar Tage auf diesem Fischkutter und die Besatzung kannte nicht einmal die einfachsten Benimmregeln. Zuerst würde er diesem pickligen Schiffsjungen eine Abreibung verpassen und sich danach den Kapitän zur Brust nehmen. Den Arm ausgestreckt, um ihn am Ohr zu packen, steuerte er auf den Burschen zu, doch der hüpfte weiter auf den Planken herum, zeigte unverhohlen dorthin, wo sich Céline räkelte. Dieser pubertierende Flegel erlaubte sich doch tatsächlich ...
Shutterland fasste den Jungen hart an, doch dessen Arm blieb unvermindert oben. Der Bengel beachtete ihn überhaupt nicht, tat, als sei er gar nicht vorhanden. Fluchend drehte der Engländer sich um. Ein grauer Punkt – einen weißen Schweif hinter sich herziehend – jagte mit anschwellendem Grollen tief über dem Horizont heran. Das war es also. William war erleichtert und verärgert zugleich: »Musst du eine derartige Show abziehen, nur weil du noch nie einen Militärjet im Tiefflug gesehen hast?«, schrie er gegen das Grollen an, packte das Jüngelchen am Genick, schüttelte es kräftig durch, ließ es los, machte kehrt, um zu Céline zurückzugehen – und blieb wie angewurzelt stehen.
Vom Lärm aufgeschreckt, rannten nun auch die anderen Ausflügler nach hinten. Céline klemmte sich den wimmernden Chihuahua unter den Arm und gesellte sich zur Gruppe, die einfach nur dastand und auf das gewaltige kugelförmige Etwas glotzte, das mit ungeheurer Geschwindigkeit auf sie zugeflogen kam.

Augenblicke später verdunkelte sich der Himmel, dann donnerte das Monstrum mit Getöse und Gezische so laut, als würde man aus Abertausenden von Autoreifen gleichzeitig die Luft entweichen lassen, wenige Kilometer hinter der James Cook ins Meer. Nur Sekunden, nachdem es in einer explodierenden Hülle aus Wasserdampf verschwunden war, kam das Ding knapp über der Wasseroberfläche in einem flachen Bogen aus der Wolke herausgeschossen, klatschte, umhüllt von tosenden Dampffontänen, erneut in die See, jagte ein weiteres Mal durch die Luft, schlug wieder auf und pflügte sich jetzt, einen mächtigen Wellenberg vor sich herschiebend, steuerbordseitig auf die Yacht zu.
»Festhalten!«, brüllte der Kapitän, gerade aus seiner Erstarrung erwacht. Doch bevor jemand fähig war zu reagieren, fegte auch schon die Druckwelle über das Boot hinweg und schleuderte alle zu Boden sowie den Schweden und die beiden Schiffsjungen über Bord. Das Vorsegel fand nicht einmal Zeit sich aufzublähen – ein peitschender Knall, und das Tuch war weg.
Jetzt kam die Welle herangerollt. Céline mit Pinky, William, die Adams und Joe stürzten unter Deck, währenddessen sich die Übrigen irgendwo festklammerten. Henry packte das Steuerrad und versuchte, um ein Kentern zu verhindern, mit aller Kraft sein Schiff mit dem Heck voran in den Wellenberg zu steuern. Das Wasser packte die James Cook schräg von hinten, kippte sie scharf auf die linke Seite und nach vorn – und schon ging es wie in einem Expresslift nach oben. Auf dem Wellenkamm angelangt, gierte das Schiff ebenso scharf zurück auf die andere Seite und sauste wieder nach unten ...

Nach und nach versammelten sich die Ausflügler am Heck. Den Schreck noch tief in den Gliedern, wurde ihnen dennoch bewusst, wieviel Glück sie gehabt hatten. Zwar gab es einige blaue Flecken und Hautabschürfungen zu beklagen, dazu ein verstauchtes Handgelenk bei Anthony Adam und einen Schnitt in Jims Wadenbein, doch wirklich schlimm war keine der Verletzungen. Auch den über Bord Gegangenen schien nichts Ernsthaftes zugestoßen zu sein, kraulten sie doch gerade zurück zum Schiff. Wieder an Deck, präsentierte Nils Bergström eine Beule am Kopf und einer der Schiffsjungen seinen gebrochenen Zeh.

Paralysiert starrten elf Augenpaare auf das wenige hundert Meter neben der James Cook zum Stillstand gekommene Ungetüm. Obwohl nur etwa zu zwei Dritteln aus dem Wasser ragend, reichte es doch weit höher in den Himmel als die Aufbauten jedes Ozeanriesen ... Plötzlich dröhnte ein Krachen zu ihnen herüber. Haushohe, schmutzig weiße Eisbrocken lösten sich von der Oberfläche der Monsterkugel ab und fielen mit zischendem Getöse ins Meer. Erneut begannen Wellen die Yacht zu attackieren. Und während sich die Menschen auf der James Cook an der Reeling festkrallten, brachen immer mehr und größere Stücke von der Kugel ab, sodass sie – schon bald befreit von ihrer eisigen Ummantelung – im dunklen Grau nassen Stahls in der Sonne glänzte ... Kaum jedoch, dass die letzten dampfenden Brocken ins Meer gestürzt waren, erschienen im brodelnden Wasser rund um das Ungetüm mächtige Luftblasen.

»Das Ding geht unter!«, schrie der Kapitän, worauf das Ehepaar aus Quebec, die Französin, der Engländer, und diesmal auch die beiden Schiffsjungen und der Schwede unter Deck rannten. Henry und die ›Drillinge‹ blieben oben, klammerten sich weiter an der Reling fest und stierten gebannt auf das surreale Schauspiel. Die See, nunmehr eine von brodelndem Lärm erfüllte Hölle, verschluckte die gewaltige Stahlkugel und spuckte, als das Wasser über ihr zusammenschlug, eine nicht minder gewaltige Gischtfontäne in die Luft.

Ächzend kippte die Yacht zur Seite. Doch diesmal war es keine Welle, die sie aus dem Gleichgewicht brachte, sondern der Sog des dem Meeresboden zustrebenden Ungetüms.

Noch immer trieben Stücke dampfenden Eises im Meer. Céline streckte zuerst vorsichtig ihren Kopf aus der Kabine, bevor sie sich zu den anderen gesellte. »Mon Dieu! Isch abe noch nie in meine Leben eine so große Flugseug gesehn, un jetz ist es auch noch nach unten gefallen. C'est terrible, Captaine! Sie müssen die Küstenwache benachrischtigen!«
Die wabbelbäuchige Kanadierin schob sich vor ihren etwas kurz geratenen Mann und äugte neidisch auf die frech abstehenden Brustwarzen, bevor sie Céline anfuhr: »Zieh'n Sie sich erst mal was an und überlegen Sie, bevor Sie reden!«
»Quoi?«
»Es gibt keine kugelförmigen Flugzeuge!«
Die Französin reagierte betupft. »Alors, ce n'est pas un avion! Dann abe isch eben ein OVNI gesehn!« Sprach's und trippelte mit ihrem zitternden Bonsaihündchen unter dem Arm nach achtern, wo sie ihr Bikinioberteil vermutete. »Prude Canadienne!«
»Was ist ein OVNI?«, raunten die Zurückgebliebenen.
»Sie meint ein UFO«, übersetzte der Ehemann der Wabbelbäuchigen.
»U.F.O.«, buchstabierte der Kapitän, sich zu den Immobilienhändlern umdrehend. »Ihr kommt doch aus Arizona und kennt euch aus mit solchen Dingern, nicht wahr?«
Joe schüttelte verneinend den Kopf, doch Henry gab sich damit nicht zufrieden: »Ist dort nicht schon mal so ein verfluchtes Ding runtergekommen?«
»Du meinst wohl diese Roswell-Sache 1947«, gab ihm Jim, der eine Flasche Bourbon mit sich herumschleppte, zur Antwort. Ausnahmsweise trank er nicht vom Whiskey, sondern schüttete in regelmäßigen Abständen etwas davon über seine Beinwunde, wobei er jedes Mal einen schlangenähnlichen Zischlaut ausstieß.
»Kann sein«, sagte der Kapitän, »hab mich im Detail nie dafür interessiert.«

»Das war drüben in New Mexico, Henry, nicht bei uns in Arizona«, klärte Jim den Skipper auf.
»Ist mir egal, wo das war! Sag mir nur, ob dieses abgesoffene Monster ein Ufo ist!«
»Woher soll ich das denn wissen?«, maulte Jim. »Damals war ich ja noch nicht mal aus Muttchens Höhle gekrochen!«
»Hör zu, Henry. Roswell war Hühnerscheiße gegen das hier!«, mischte sich nun William aus Vegas ins Gespräch ein.
»Billy kann dir bestimmt alles drüber erzählen! Der Bursche besteht ja nur aus Hirnmasse mit ein wenig Fell drum«, grunzte Joe, der bisher noch keinen Mucks von sich gegeben hatte.
»Ich sagte gerade: Roswell war ein Stück Hühnerscheiße gegenüber diesem Zweihundert-Meter-Ding!«, schimpfte Meyers.
»Zweihundert Meter!«, staunte der Schiffsjunge mit dem unversehrten Zeh.
»Mindestens!«, bekräftigte Meyers.
»Was ist Roswell?«, erkundigte sich der mit dem gebrochenen Zeh, den Schmerz tapfer wie ein Mann ertragend. Und die Frau aus Quebec verpasste ihrem Mann einen Rippenstoß, damit er nach vorn gehe und dasselbe frage. Doch erst nachdem sein englischer Namensvetter und auch der Kapitän weiter nachhakten, rang sich Meyers dazu durch, Nachhilfe in Ufologie zu erteilen. »Okay, Leute, dann spitzt mal eure Ohren. Im Juni 1947 erspäht Privatpilot Kenneth Arnold während seines Flugs über dem Gebiet des Mount Rainier, einem Gebirgszug im Bundesstaat Washington, mehrere unbekannte Flugobjekte. Nach der Landung gibt er zu Protokoll, die bumerangförmigen Ufos seien sehr schnell und wie in die Luft geworfene Teller geflogen. Das Frisbee war damals noch nicht erfunden, also kreiert ein findiger Reporter aus dem von Arnold beschriebenen Flugverhalten heraus die weltberühmte fliegende Untertasse. Die Presse ist hellauf begeistert und eine Zeitung geht sogar so weit, die für damalige Zeiten saftige Prämie von dreitausend Dollar auszuschreiben,

sollte irgendjemand eine solche fliegende Untertasse aufspüren. Ein gewisser Mac Brazel verwaltet zur gleichen Zeit eine Ranch in Lincoln, New Mexico. Es gibt auf der Ranch allerdings weder ein Radio noch ein Telefon, und so hat er keine Ahnung von der ganzen Untertassenhysterie. Tage zuvor hat er zwar irgendwelche Metallteile auf einer Weide herumliegen sehen, sich aber nichts weiter dabei gedacht. Doch dann ändert sich alles. Mac Brazel fährt zu seinen Verwandten, und die erzählen ihm von den Untertassen. Brazel wiederum erzählt seinen Verwandten von den Trümmern auf der Weide, und kurze Zeit später weiß ganz Amerika, dass in Lincoln ein Ufo abgestürzt ist.

Anfang Juli 1947 veröffentlicht ein Pressesprecher der Luftwaffe eine Erklärung, in der er die Bergung genau jener Untertasse durch Armeeangehörige des Stützpunkts von Roswell bestätigt. Die Nachricht geht wie ein Lauffeuer um die Welt, doch nur wenige Stunden später kommt es zu einem seltsamen Ereignis. Die Army dementiert die ganze Ufo-Geschichte und erklärt dem verblüfften Volk, dass es sich bei den angeblichen Untertassentrümmern um nichts anderes handle als um die Reste eines abgestürzten Wetterballons. Der Army unterläuft bei dieser Aussage allerdings ein Lapsus, denn der Ballon, von dem sie spricht, ist kein gewöhnlicher Wetterballon, sondern Teil eines streng geheimen Projekts mit dem Codenamen MOGUL.

Radarreflektoren, an solchen MOGUL-Ballonen befestigt, sind Ende der vierziger Jahre erstmals in der Lage, auch sehr weit entfernte Explosionen zu registrieren. Auf diese Weise gelingt es der U.S. Army, die Zündung der ersten sowjetischen Atombombe nachzuweisen, woran die Genossen natürlich keinen Gefallen finden. Allerdings wird diese Art interkontinentaler Spionage schon bald von moderneren Systemen abgelöst, worauf die MOGUL-Geschichte in Vergessenheit gerät.

Das wäre wohl auch so geblieben, hätte ein in diese Roswell-Sache involvierter Second Lieutenant nicht Jahrzehnte später für neue Spekulationen gesorgt. Während eines Interviews mit einem Ufo-Forscher erklärt der Typ nämlich: ›Das, was wir damals in Lincoln gefunden und zur weiteren Untersuchung nach Nevada transportiert haben, stammt mit Sicherheit nicht von dieser Welt.‹«

»Gab es damals in Nevada nicht auch etwas, das sich Area 51 nannte?« fragte der Engländer nach.

»Es gibt dort noch immer eine Area 51«, präzisierte Meyers.

»In ›Indiana Jones und das Königreich des Kristallschädels‹ klauen die Russen doch aus dieser Area 51 das kopflose Skelett eines Roswell-Aliens«, begann Jim – den Whiskey inzwischen nicht mehr nur zum Säubern der Beinwunde verwendend – drauflos zu fabulieren.

Joe verpasste ihm eine Kopfnuss. »Hör auf zu saufen! Wir sind nicht in Vegas!«

Jim rieb sich die schmerzende Stelle und trat stänkernd einen Schritt zurück.

»Etwa einhundert Kilometer nordwestlich von Las Vegas befindet sich das AFFTC Detachment 3«, erklärte Meyers weiter. »Dort entwickeln und bauen Militärs seit 1955 neue Flugzeuge und Waffensysteme wie den Hyperschallflieger SR-72 oder den waffentauglichen Raumgleiter X-37B. Das eigentliche Testgelände, die Area 51, bei Insidern auch Blackworld oder Dreamland genannt, erstreckt sich über eineinhalb Millionen Hektar. Wer absichtlich oder unbeabsichtigt in diese Zone eindringt, wird umgehend daraus entfernt und muss mit empfindlichen Strafen rechnen. Auf den Punkt gebracht, ist die Area 51 das am besten geschützte Gelände der Welt – mit Bewegungsmeldern, Videokameras, Infrarotkameras, Radarüberwachung, Zäunen, Patrouillendiensten und so weiter. Und genau dorthin sollen die Trümmer des abgestürzten Roswell-Ufos gebracht worden sein, wo sie angeblich bis heute in unterirdischen Bunkern unter Verschluss gehalten werden. Gefakte Alienleichen, gefälschte

Röhrender Motorenlärm hing über Ra's Tanura. Muhammad bin Abdul al-Saud war soeben in Führung gegangen und drückte das Gaspedal seines Bugatti Veyron 16.4 weiterhin bis zum Anschlag durch. Die tausend Pferdestärken des flunderförmigen Sportwagens fauchten wie ein wütender Drache, wobei das vierkantige Auspuffrohr anstelle von Feuer blaue Abgaswolken spuckte. Eine Perlmutt-Keramik-Lackierung, die in allen Regenbogenfarben schillerte, ein mit vierundzwanzig Karat vergoldeter Kühlergrill, ebensolche Lufteinlässe, Felgen, Zierstreifen und Türgriffe vervollständigten das Eineinhalb-Millionen-Dollar-Spielzeug, das vom jungen Prinzen wie ein wildes Tier über die Wüstenpiste gejagt wurde.

Die anderen vier am Rennen beteiligten saudischen Prinzen waren zwar etwas zurückgefallen, machten aber keinerlei Anstalten, dem vermeintlichen Sieger das Feld schon jetzt zu überlassen. Ihre Sportwagen gehörten genauso wie der Bugatti von Muhammad zum Besten und Teuersten, was die internationale Sportwagenindustrie derzeit zu bieten hatte. Selbstverständlich gaben sich die von König Abdullah Verwöhnten nicht mit Serienmodellen zufrieden, ermöglichte er ihnen mit seiner großzügig ausgerichteten Apanage doch, ihre Spielzeuge ganz nach eigenem Gutdünken ausstatten und modifizieren zu lassen. Und so gab es beim einmal pro Jahr zwischen den Jungprinzen ausgetragenen Falkenrennen kein einziges Fahrzeug mit einem Kaufpreis von unter einer Million Dollar.

Wer das heutige Rennen gewann, würde als Trophäe den besten Jagdfalken aus dem Besitz des Letztplatzierten erhalten. Zu verlieren bedeutete also, einen herben Verlust hinzunehmen. Nicht unbedingt der Summe wegen, obwohl ein makelloses Tier durchaus mehrere zehntausend Dollar kosten konnte, sondern vor allem hinsichtlich seiner besonderen Wertschätzung als vollwertiges Familienmitglied und herausragendes Symbol für Freiheit, Stolz und Rang seines Besitzers.

Die bei der Erdölraffinerie abgesteckte Ziellinie war nur noch wenige Kilometer entfernt. Muhammad bin Abdul al-Saud warf einen Blick in den Rückspiegel. Von der gefürchteten Konkurrenz war nichts mehr zu sehen, nur eine sandfarbene Staubwolke, die sich hinter seinem Bugatti türmte. Muhammad johlte. Diesen Sieg würde ihm keiner mehr nehmen, und es war ihm völlig egal, wer von den Zurückgebliebenen das Rennen verlieren würde, denn jeder von ihnen besaß mehrere dieser wunderschönen, pfeilschnellen und furchtlosen Geschöpfe Allahs.
Er freute sich schon jetzt darauf, mit seinem gewonnenen Falken auszureiten und damit die Tradition seines Stammes zu ehren.
Die vor Hitze flirrende Luft war durchdrungen vom heiseren Fauchen der V8-, V12- und V16-Motoren. Keiner der Verfolger ließ den anderen – so weit dies die Staubwolken überhaupt zuließen – auch nur für eine Sekunde aus den Augen. Der Sieger stand wohl fest, daran gab es nichts mehr zu rütteln, doch wer als letzter durch die Ziellinie fahren würde, war zu diesem Zeitpunkt noch nicht ausgemacht.
Prinz Abdul al-Waleed bin Abdul al-Aziz hatte sich mit seinem Koenigsegg Agera R an die Spitze der Viererbande gesetzt. Die schneeweiße Eintausend-PS-Maschine röhrte mit über dreihundertachtzig Stundenkilometern über die Piste. Er würde das Rennen in diesem Jahr bestimmt nicht verlieren – und deshalb auch keinen seiner Falken hergeben müssen. Der junge Saudi schob die Sonnenbrille auf die kantige Nasenwurzel zurück und trat das Gaspedal seines ›Schweden‹ hart in den Teppich, worauf die Tachometernadel an der Vierhundertermarke zu kratzen begann ...
Minuten später hatte er den SSC Ultimate Aero TT von Prinz Mansour bin Khalid al-Saud abgehängt, obwohl in dem pechschwarzen Boliden ein Herz mit unheimlichen eintausendzweihundert PS hämmerte, das ihn auf vierhundertvierzehn Kilometer zu beschleunigen vermochte. Damit besaß sein Hintermann

den schnellsten Wagen aller am Rennen Beteiligten und müsste rein theoretisch längst die Ziellinie überfahren haben. Doch ein schnelles ›Pferd‹ zu besitzen war nicht alles. Prinz Mansour agierte zögerlich und getraute sich nicht recht, die Zügel gehen zu lassen.

Immer größer wurde der Abstand zwischen den dahinjagenden Wagen, doch etwas verwunderte Prinz Abdul: Wieso holten die beiden anderen nicht auf? Es konnte weder an den Fahrern noch an ihren Autos liegen, denn der Ferrari 599 GTO seines Cousins und der königsblaue Lamborghini Aventador dessen Bruders waren extrem schnelle Maschinen. Vermutlich hatten sie Probleme mit den Vergasern. Verstopfte feiner Sand deren Filter, bekamen sie zu wenig Luft, was sich auf die Motorleistung auswirkte. Das Aggregat seines Koenigseggs war gut dagegen geschützt, hatte er doch von den Mechanikern vorsorglich eine Staubbarriere einbauen lassen.

In der Ferne tauchten die Turmfackeln der Raffinerie auf. Er, Prinz Abdul al-Waleed bin Abdul al-Aziz, würde verdient den zweiten Platz belegen, darin war er sich absolut sicher. Triumphierend warf er einen Blick in den vermeintlich leeren Rückspiegel – und stieß im nächsten Moment einen gellenden Schrei aus. Ein riesiger, von einer weißen Fahne verfolgter Schatten jagte nur wenige hundert Meter über dem Boden hinter ihm her. Die Dampffahne verwirbelte mit den Staubwolken des Wagens, erschuf auf diese Weise alle paar Sekunden ein neues symbiotisches Luftkunstwerk ... Bis unter die Kufiya mit Adrenalin vollgepumpt, steuerte der Prinz seinen Koenigsegg vorsichtig von der Sandpiste weg und nahm dann seinen Fuß vom Gas. Dass sich der Wagen bei der enormen Geschwindigkeit dabei nicht überschlug, war trotz seiner Fahrkünste und des exzellenten Fahrwerks allein Allah zu verdanken.

Prinz Abdul ließ auf der Fahrerseite die Scheibe herunter. Sofort schlug ihm hart der Wind ins Gesicht, aber auch ein Grollen

so laut und so tief, als bebe die Erde. Der junge Saudi versuchte den Verfolgern ein Zeichen zu geben, doch die hatten keine Ahnung, weshalb der Koenigsegg nach rechts ausgeschert war und Prinz Abdul al-Waleed bin Abdul al-Aziz wie verrückt mit seinem aus dem Fenster gestreckten Arm in der Luft ruderte ...
Eine Sekunde später röhrten sie mit Vollgas an ihm vorüber. Ihre Zungen, die sie ihm schadenfroh hinter den abgedunkelten Scheiben entgegenstreckten, konnte er ebenso wenig sehen wie die unschmeichelhaften Tiernamen hören, die sie ihm zuriefen: »Wild el kelb!« »Zemmel!« »Takla buk!«
Mit dröhnendem Gedonner schlug die Kugel keine zwanzig Meter vor dem Koenigsegg auf. Eine Wolke gewaltiger Eisstücke stob mit dumpfem Sirren in alle Himmelsrichtungen davon. Prinz Abdul duckte sich instinktiv, da prallte ihm so ein kochender Eisbrocken aufs Dach und quetsche das ›Königsei‹ zum Fladenbrot. Berstendes Glas, krachendes Karbon und ein Stakkato knallender Airbags ...
Eingeklemmt wie in einer Sardinendose, aber noch immer am Leben, schob der Saudi sein Gesicht an den handbreiten Schlitz, der vom zusammengestauchten Türrahmen übrig geblieben war. Die Monsterkugel sprang nach dem ersten Bodenkontakt zurück in die Luft, flog in flachem Bogen einige hundert Meter weit, dann fiel sie zurück auf die Sandpiste. Direkt nach dem Aufprall schien sie sich zu verwinden, für einen Moment die Form einer Zitrone anzunehmen, doch dann ploppte sie unter markerschütterndem Gekreische zurück in ihre ursprüngliche Kugelform und schleuderte erneut in die Luft. Bevor Prinz Abdul und sein schrottreif gepresster Koenigsegg in Wolken aus Wasserdampf und Sand verschwanden, konnte er noch sehen, wie die beiden Autos seiner Cousins unter dem Monstrum verschwanden.
Prinz Mansour im SCC Ultimate Aero sah vor sich die Raffinerie auftauchen und hörte hinter sich ein Grollen, das stetig

näher rückte, um mit dem satten Brummen des V8 zu verschmelzen. Der schmächtige Araber stieß Flüche aus, die ihn das ewige Himmelreich kosten konnten. Hatte sich einer dieser Wüstenhunde doch tatsächlich zurückgehalten, nur um kurz vor dem Ziel an ihm vorbeizuziehen und ihm den zweiten Platz zu rauben? Mit feuchten Händen umklammerte er das mit Elfenbein eingefasste Lenkrad, hämmerte wütend seinen Schuh aufs Gaspedal und versuchte mit gehetztem Blick den Schurken im Rückspiegel auszumachen, doch die von den Rädern aufgewirbelte Staubfahne reichte bis auf wenige Meter an seinen SCC heran. Er besaß von allen das weitaus stärkste und schnellste Auto, konnte es also problemlos mit jedem aufnehmen, wenn sein Herz nur mutig genug dafür war …
Fünf Sekunden später raste Mansour bin Khalid al-Saud vor Freude kreischend als zweiter Sieger über die Ziellinie. Verblüfft drehte er den Kopf. Am Pistenrand stand mit aufgerissenen Augen Muhammad neben seinem Bugatti.
Der Prinz ging vom Gas und steuerte seinen Wagen aus der Pistenmitte heraus. Das Grollen hinter ihm wurde trotzdem stetig lauter. Irritiert warf er einen Blick in den Rückspiegel – eine stahlgraue Fläche. Seine Augen zuckten auf den Außenspiegel – eine stahlgraue Fläche …
Bevor er auch nur ansatzweise etwas begriff, traf ihn ein Schlag, so hart und brutal, als hätten ihm tausend Kamele gleichzeitig gegen den Kopf getreten.
Die Stoßwelle riss den am Pistenrand stehenden Muhammad von den Füßen und schleuderte ihn mehrere Meter weit über den Wüstensand. Als er sich vor Schmerzen windend auf die Knie mühte, hatte die Kugel längst Prinz Mansours Auto platt gewalzt, die Absperrung von Saudi Aramco durchschlagen, eine breite Schneise in die offenliegenden Gedärme der Raffinerie gepflügt und rumpelte nun auf die großen silbernen Benzintanks zu …

Die Hitzestrahlung der nachfolgenden Detonationen brannte Muhammad bin Abdul al-Saud die Haut vom Fleisch. Und während sich eine Stichflamme nach der anderen brüllend Hunderte Meter hoch in den strahlend blauen Himmel von Ra's Tanura fraß, die von Funken gesprenkelten Rauchsäulen nach der Sonne griffen und der junge Prinz seinen unsäglichen Schmerz so lange aus sich herausbrüllte, bis seine Lunge zu einem blasenwerfenden Klumpen verkocht war, begann es um ihn herum brennende Trümmer zu regnen. Muhammad, noch immer auf den Knien kauernd, fiel nach vorn auf die Hände, spuckte Blut und Überreste seiner verkohlten Lippen in den Wüstensand und zuckte nicht einmal zusammen, als ein Rohrstück sirrend durch die Luft geflogen kam, sich durch seinen Rücken bohrte und, als es auf der Bauchseite wieder austrat, zerhackte Rippenteile und Innereien vor seinen brechenden Augen auf den Boden warf.

••••

Zehntausende von Autos quälten sich im Schneckentempo durch die allmorgendliche Rushhour. Auffallend viele Fahrzeuge besaßen ein deutsches oder französisches Autokennzeichen. Es handelte sich um Grenzgänger, die zur Arbeit nach Basel oder in die umliegenden Gemeinden fuhren, weil sie hier um einiges mehr verdienten als in ihren elsässischen oder südbadischen Kommunen. Die grünen Autobusse und Trams hingegen waren mehrheitlich mit Einheimischen vollgepfercht, die aus dem Ballungsraum kommend zur Arbeit in die City fuhren.
Das Publikumsinteresse der übrigen Schweiz und des Auslands wurde heutzutage hauptsächlich einiger besonderer Events wegen auf die sonst eher unscheinbare Provinzstadt gelenkt, die Mitte des fünfzehnten Jahrhunderts als weltliches Zentrum der christlich-religiösen Macht gegolten hatte.

Zu diesen Events zählten die Uhren- und Schmuckmesse Basel World, die Kunstmesse Art Basel, die Basler Fasnacht, die Meisterfeiern des FC Basel, das Basel Tattoo, die Swiss Indoors und hie und da noch eine herausragende Ausstellung in einem der über vierzig Museen.

Der Rhein, der Basel wie ein Krummdolch in zwei Hälften teilte, wurde von sieben Brücken überspannt, bevor er in einer langen Geraden deutsch-französisches Gebiet passierte, um achthundert Kilometer weiter bei Rotterdam in die Nordsee zu münden.

Fußgänger und Radfahrer hörten das herannahende Grollen zuerst. Verwundert schauten sie empor in den von Wolken zugepackten Himmel, wo sie ein Flugzeug vermuteten, das zu tief über der Stadt kurvte. Doch das Grollen wurde mit jeder Sekunde lauter, das Klirren Abertausender Fensterscheiben immer stärker. Die Menschen rannten aus Angst vor einem Erdbeben auf die Straße, stiegen von ihren Zweirädern und aus ihren Autos und starrten nach oben.

Einen Atemzug später zerplatzten die Wolken, spuckten einen kochenden Schneeball aus, der mit hoher Geschwindigkeit dreihundert Meter oberhalb des Stauwehrs des städtischen Wasserkraftwerks in den Rhein eintauchte ...

Tonnenschwere Betonelemente, zu bizarren Formen verbogene Stahlschotts, sirrende, mit unbändiger Kraft rotierende Turbinenschaufeln, Transformatoren und Teile der Schaltzentrale wurden unter ohrenbetäubendem Lärm zusammen mit rauchenden Eisklumpen an die Uferböschung geworfen. Der von zischenden Dampfschwaden umhüllte Koloss rollte inzwischen ins darunter liegende zweihundert Meter breite Flussbett, verharrte dort einen Moment und wälzte sich dann, einer riesenhaften Murmel in einer ebenso riesenhaften Murmelbahn gleich, den Rhein abwärts.

Ein bis auf den letzten Platz besetzter ICE der Deutschen Bahn preschte mit hohem Tempo heran. Als der Lokführer fünfhundert Meter voraus die Kugel vorbeirollen sah und realisierte, dass dort, wo die Schienen eben noch auf eine Brücke geführt hatten, jetzt ein gähnendes Loch klaffte, war es zu spät für jegliche Reaktion. Und so rasten die vierzehn weiß-rot lackierten Waggons des Intercity Express ungebremst über den Brückenstumpf hinaus. Mehrere Herzschläge lang fühlten die Passagiere Schwerelosigkeit – Taschen, Laptops, Bücher, Zeitungen, Flaschen und Pappbecher mit Getränken erhoben sich wie von Geisterhand in die Luft – doch schon fegte des Sensenmanns Klinge heran und schleuderte die ineinander verschachtelten Waggons in hohem Bogen in den Fluss.

Die Kugel hatte die beiden nebeneinanderliegenden Eisenbahnbrücken zermalmt, als wären ihre stählernen Skelette und Betonelemente aus Pappe gemacht.

Als Nächstes warf sie sich nun gegen die zehnspurige Autobahn-Transversale, die den nördlichen mit dem südlichen Teil Basels verband. Mit einem dumpfen Knall wurden Brückenteile, Personen- und Lastwagen in hohem Bogen über die Kugel hinwegkatapultiert, um sich nur wenige Augenblicke später beidseits des Rheins in Gebäude und Gärten zu bohren. Ein in der Luft explodierender Tanklastzug verwandelte sich in ein feuerspeiendes Rad, das sich überschlagend und alles in Brand setzend am linken Rheinufer durch die Allee und die geparkten Autos der Großbasler Altstadt wühlte.

Am rechten Flussufer hatte das Ungetüm gerade die dem Rhein zugewandte Fassade des Jean Tinguely Museums mit sich gerissen, worauf – wie bei einem riesigen Puppenhaus – drei Etagen sichtbar wurden, wo klopfende, quietschende, sich drehende und mit blinkenden Tierschädeln bestückte Ausleger der dort aufgestellten Maschinenplastiken unentwegt ihren Totentanz aufführten.

Die Kugel rumpelte rheinabwärts auf die nächste Brücke zu, folgte schlingernd ihrem vorgegebenen Weg durch das Flussbett bis hinunter zum sogenannten Rheinknie, der Stelle also, wo der Fluss eine scharfe Biegung nach rechts machte.

Ein infernalisches Krachen dröhnte durch die Stadt, als sie die Tausende Tonnen schwere Wettsteinbrücke von ihren steinernen Pfeilern stieß und durch deren Stahl pflügend überwechselte in einen verheerenden Zickzack-Kurs.

Einem riesigen Häcksler gleich begann sie nun alles niederzumähen, was sich beidseits des Rheins befand. Am linken Flussufer tauchte Basels bekanntestes Wahrzeichen auf, das aus rotem Sandstein zwischen 1019 und 1500 erbaute Münster. Ein in der Außenhaut des sich dahinwälzenden Monsters verhedderter Brückenträger löste sich, wirbelte einem überdimensionalen Bumerang gleich mit dröhnendem Schwirren durch die Luft und durchtrennte auf einen Schlag beide Türme des mittelalterlichen Gotteshauses.

Unterhalb des Münsters ragten, einem Bollwerk gleich, gut drei Dutzend eng aneinandergebaute historische Gebäude dreißig Meter und mehr in den Himmel. Eine Welle schmutzigtrüben Wassers und ein Containerschiff vor sich hertreibend, raspelte sich die Kugel unerbittlich durch die Eingeweide der denkmalgeschützten Gebäude. Ein Bild kolossaler Zerstörung reihte sich ans andere, schreiende Menschen überall, verstümmelte Tote an den Uferböschungen und in den aufgewühlten Fluten ...

Auf der einhundertundneunzig Meter langen, aus hellem Granit erbauten Mittleren Brücke standen die Leute zu Hunderten an der Brüstung. Sie hatten gesehen, wie die Wettsteinbrücke weggefegt wurde und das Münster in sich zusammenstürzte, hatten mitbekommen, wie zwei Motorboote und eine Fähre unter Wasser gewalzt wurden, und doch machte kaum jemand Anstalten, die Flucht zu ergreifen. Von dem überwältigenden Ereignis hypnotisiert, verharrten sie an Ort und Stelle und stierten flussaufwärts, von wo sich der Tod mit schnellen Schritten näherte. Das Containerschiff, auf der Welle reitend wie ein Surfbrett, kam mit dem Kiel auf der Brücke auf, stellte sich senkrecht, dann zerbarst mit brachialem Getöse die bis dato älteste Rheinüberquerung zwischen Bodensee und Nordsee. Granitbrocken, Beleuchtungsmasten, Oberleitungen, Straßenbahnen, Autos und Menschen stürzten hinab in die Wogen, verschwanden zusammen mit dem Schiff unter dem Koloss, der mit dumpfem Wummern über die Trümmer hinwegrollte und sie im Sog hinter sich wieder an die Wasseroberfläche zerrte.

Dreihundert Meter weiter spannte sich die zweitletzte, die Johanniterbrücke, in siebzehn Metern Höhe über den Fluss. Die Geschehnisse hatten zum Verkehrskollaps auf der vielbefahrenen Strecke geführt. Jeder Quadratmeter war vollgepfercht mit Fahrzeugen und Gaffern. Teilweise war es den Leuten nicht einmal mehr möglich, ihre Autos zu verlassen. Da nutzte es auch nichts, dass sie wie verrückt auf die Hupen drückten und mit Armen und Beinen versuchten, die Türen aufzustoßen. Einigen wenigen gelang es zwar noch, die Frontscheiben herauszutreten oder sich mit akrobatischen Verrenkungen aus den Seitenfenstern zu zwängen, doch um dem Tod zu entkommen, war es zu spät. Ein berstendes Knacken, dann brach die filigrane Betonkonstruktion entzwei und riss die Menschen darauf ins Verderben.

Ziemlich genau in der Mitte zwischen der soeben zerstörten Johanniterbrücke und der untersten Brücke Basels, der Dreirosenbrücke, lag am linken Ufer ein deutsches Hotelschiff vor Anker. Vom Lärm aufgeschreckt, waren die Gäste teilweise noch in ihren Pyjamas an Deck erschienen und starrten nun gemeinsam mit der Besatzung rheinaufwärts. Als der Koloss – durch all die zerschmetterten Brücken und Häuserzeilen deutlich verlangsamt – dennoch unaufhaltsam näher rückte, rannten viele vom Boot und die Uferböschung hinauf.

Mit einem schneidend hellen Knall zerrissen die armdicken Taue, mit denen die MS Heidelberg am Steg vertäut war, danach wurde das über hundert Meter lange Schiff mit metallischem Kreischen in die braunen Fluten gewälzt. Während sich der Bug metertief in den schlammigen Flussgrund bohrte, schob sich das Heck steil in die Luft und zwängte sich wie ein Keil zwischen Kugel und Flussbett. Der Koloss schob den verformten Rumpf der ›Heidelberg‹ noch einige Dutzend Meter weit vor sich her, dann kam er wankend zum Stillstand.
Die Menschen drängten sich am Geländer der Dreirosenbrücke, johlten vor Freude und ließen ihre Fotohandys blitzen. Viele schickten die JPEGs und MP4s gleich weiter an ihre Familien oder luden sie von vornherein auf Facebook und YouTube hoch. Vor lauter Aufregung merkten sie nicht, wie sich der Rhein hinter dem Ungetüm in rasantem Tempo zu stauen begann.
Minuten später gewannen Abertausende Tonnen aufgetürmten Wassers die Oberhand und das Wrack der MS Heidelberg zerbarst. Der Tod schaute dabei ungerührt auf die vor Schreck erstarrte Menge, dann holte er aus zum finalen Schlag ...
Wie in Zeitlupe wälzte sich der Koloss vom Wasser getrieben nun aus der Stadt hinaus zu den im Norden gelegenen Hafenanlagen. An der Stelle, wo rechterhand die Wiese in den Rhein mündete und auch das Basler Partyschiff verankert war, gab es eine signifikante Verengung und gleichzeitige Vertiefung der Wasserstraße. In diese Mulde sackte die megatonnenschwere Kugel nun und kam, begleitet von metallischem Geächze, endgültig zum Stillstand.
Während der Himmel mehr und mehr vom Knattern der Polizei- und Armeehubschrauber aus dem Dreiländereck erfüllt wurde, war unten am Fluss nur das Tosen der Fluten zu hören, die sich beidseits der Kugel vorbeischoben. Und während der Tod seine Sense schulterte, um sich aufzumachen an einen anderen Ort, begann sich tief in ihrem Inneren etwas zu regen ...

Kapitel 17

Ein ungewohnt harter Ausdruck lag auf Kapitän Henry Foremans Gesicht, als er vom Steuerhaus zurückkehrte. »Wir fahren jetzt los!«, sagte er mit einer Stimme, die knisterte wie zerknülltes Papier. »Einige von euch sind verletzt, und die Sonne geht auch bald uhuuuu...!«
Jim hatte dem Schiffseigner gerade so hart auf den Rücken geklopft, dass es diesem die Sprache verschlug. »Eyyy, Henry, altes Haus ... Was is'n dir ... upps ... über die Leber gelaufen? Ich hab doch ... upps ... nur eine ... klitzekleine Schramme uuunn...«
»Keine Widerrede, Jim! Ich bin der Kapitän, trage die Verantwortung für meine Gäste und sage: Wir fahren jetzt zurück!«
»Okaaay, Käpt'n, Sir!«, salutierte Jim.
»Mach nicht so ein Gesicht, alter Knabe. Heute war doch richtig was los auf deinem Kahn«, versuchte nun auch Joe den Skipper aufzuheitern. »Immerhin hatten wir so was wie eine Begegnung der dritten Art.«
»Nur der ... upps ... zweiten Art, Joe Black!«, feixte Jim und drehte eine Pirouette. »Kleine grüne Monster gab's ... upps ... leider keine zu seh'n ...«
»Halt den Mund, Jim!«, schimpfte der Kapitän, doch seine Stimme ging im Gegacker des Betrunkenen unter.
»Keine kleinen grünen ... upps ... kügeligen Ballon Monster, nur ein riesengroßes kügeliges ... upps ...«
»Sei endlich still, verdammt nochmal!«, rief Henry Foreman und klatschte seine Handfläche auf Jims Wange.
Der Immobilienmakler war von einer Sekunde auf die andere nüchtern. »Was soll das denn, Käpt'n?«

»Was das soll?«, brüllte ihn Henry an. »Es gibt noch mehr von diesen Ufos! Sie sind überall heruntergekommen! Einfach überall!« Ohne ein weiteres Wort stapfte er zurück ins Steuerhaus und startete den Diesel. Er wollte so schnell wie möglich zurück in den Hafen, wollte diese Leute von seinem Boot bekommen ...

Der Kapitän hatte die Hand schon um den Gashebel gelegt, da drang ein erstickter Schrei an seine Ohren. Henry ließ den Motor laufen und trat an Deck. Seine beiden Schiffsjungen standen an der steuerbordseitigen Reling und winkten gerade die Gäste zu sich. Gebannt starrten sie auf eine bestimmte Stelle in der sich kräuselnden dunklen See. *Hau ab von hier, so schnell du kannst!*, drängte plötzlich eine Stimme aus Henrys Innerem. Unwillig schüttelte er den Kopf. *Verschwinde! Schieb den verdammten Gashebel nach vorn und hau ab!*
»Fucking hell! Shut up!«, fluchte der Skipper. »Ich bin doch keiner von diesen Schizophrenen!« Entschlossen drehte er den Zündschlüssel und ging hinüber zu den anderen. Im gleichen Moment, als er mit ungutem Gefühl dorthin schaute, wo kleine Wellen schmatzend gegen den Rumpf seiner Yacht schlugen, verschwand auch die rotglühende Sonnenscheibe hinter dem Horizont.
Unter dem Boot waren diffuse Lichtstrahlen zu erkennen, gerade so, als würde eine Gruppe Taucher aus der Tiefe aufsteigen und dabei ihre Unterwasserlampen nach oben richten. Der Skipper kannte dieses Bild. In jungen Jahren war er selbst viel getaucht, auch nachts, in Höhlen und Wracks. Die einzelnen Lichtbündel waren allerdings heller als die von Taucherlampen, verschmolzen schon bald zu einem einzigen, immer größer werdenden Strahl, dessen Halo kilometerweit in alle Richtungen streute. Mit einem Mal begann sich im Zentrum des Strahls ein zweiter zu bilden – ein enger, extrem heller Kegel aus blauweißem Licht ...

Sekunden später stiegen mächtige Gasblasen an die Oberfläche, um mit der Lautstärke eines Donnerschlags zu zerplatzen. Brennend heiße Luft fegte über die Yacht hinweg.
»Das Ding kommt wieder nach oben!«, krächzte Henry und rannte hustend zum Steuerhaus.
Weitere Blasen drängten an die Oberfläche ...
Henry drehte den Zündschlüssel.
Die Anzahl der Blasen verdoppelte sich, die Hitze wurde immer unerträglicher ...
Henry betätigte den Anlasser.
Eine Dampfwolke erhob sich über die brodelnde See ...
Der Diesel hustete, erwachte stotternd zum Leben. Henry schickte ein Stoßgebet zum Himmel und drückte den Gashebel nach vorn. Während die sechs Kolben ihr monotones *Tock-Tock-Tock-Tock-Tock* im Motorraum klopften und die Schraube das Wasser pflügte, begann der Motorsegler langsam Fahrt aufzunehmen.

Ein Lichtstrahl, so dick wie ein Baumstamm und grell wie ein Blitz, fraß sich aus der Tiefe empor, durchbohrte mit ohrenzerreißendem Krachen das Schiff, um es einen Wellenschlag später in eine einzige Flammenhölle zu verwandeln.
Menschliche Fackeln torkelten Zombies gleich über die brennenden Planken. Mal tief und weinerlich, dann wieder schrill und schmerzvoll schallte ihr Geheul übers Meer, das ebenso wenig Menschliches an sich hatte wie ihre Leiber, deren Haut in glühenden Fetzen vom Wind davongetragen wurde.
Der gleißende Lichtstrahl jagte durch die Dampfwolke hindurch in den frühnächtlichen Himmel, wo er ebenso plötzlich erlosch, wie er sich entzündet hatte. Über der Stelle, wo gerade noch eine stolze Yacht im Meer gedümpelt hatte, entlud die abkühlende Wolke nun ihr Nass, ließ es in schweren Tropfen zischend auf lodernde Trümmer und verkohltes Fleisch regnen.

Die um Verstehen heischenden Augen des Kapitäns standen weit aufgerissen wie sein Mund. »Gott!«, krächzte er mit letzter Anstrengung. »Was habe ich dir getan? Weshalb schickst du mich nach einem so wunderbaren Leben direkt in die Hölle?«
Ein heftiger Ruck ging durch die James Cook, als sie auseinanderbrach. Henry Foreman wurde nach hinten geworfen, rollte über Deck und fiel in die offenen Arme der See, die mit einem leisen Schmatzen über ihm zusammenschlug.

••••

Immer mehr dieser riesigen kugelförmigen Ufos fielen vom Himmel. In Holland, in der Schweiz, in Afrika, China, Australien, Amerika, Japan, Peru, Alaska – über den ganzen Erdball verteilt kamen sie herunter. Vielerorts reagierte die Bevölkerung panikartig. Telefon- und Internetverbindungen brachen wegen Überlastung zusammen. Geschäfte wurden geschlossen, Kirchen, Moscheen und Synagogen von Ratsuchenden gestürmt. Sondersendungen ersetzten das reguläre Radio- und Fernsehprogramm.
In Ländern, in denen extraterrestrische Objekte niedergegangen waren, wurde der Ausnahmezustand ausgerufen. Gleichzeitig wurden Luftwaffe, Panzer- und Artillerieeinheiten, Genietruppen und eine größere Zahl an Infanteristen in die betroffenen Gebiete entsandt. In schwer zugänglichem Gelände setzte man Fallschirmjäger ein, und zu den Stellen, wo Kugeln ins Meer gestürzt waren, schickte man Kriegsschiffe und Unterseeboote. Keine vierundzwanzig Stunden später waren sämtliche Landegebiete großräumig abgeriegelt.
Ab sofort durften auch die Teams der großen Nachrichtensender nicht mehr näher heran als bis zu den Grenzen der Sperrzonen. Diese einschneidende Regel galt für jegliche Annäherung am Boden, zu Wasser oder in der Luft.

Natürlich versuchten die Medienmogule mit allen Mitteln, Sondergenehmigungen zu erhalten, doch sie wurden ihnen ausnahmslos verwehrt. Diesmal ging es nicht darum, politische, ideologische oder religiöse Querelen ins Licht der Kameras zu zerren. Was in den letzten Stunden geschehen war, musste als Invasion einer außerirdischen Macht angesehen werden, ausgedehnt auf sämtliche Kontinente des Planeten Erde.

KAPITEL 18

Ned Kelly drückte sich in die rechte Ecke des cognacfarbenen Ledersofas, wischte mit fahrigen Bewegungen die Brillengläser sauber und schnäuzte sich zum x-ten Mal. Neben ihm saß Paul: Düngemittelverkäufer, vierundfünfzig, mittelgroß, schlank und vom Haaransatz bis zum Zeh der unverwechselbare Erzeuger Neds. An Paul gelehnt saß in rot-weiß getupftem Kleid seine Frau Kate: Brünette Dauerwelle, zehn Jahre jünger, zehn Zentimeter kleiner und zehn Kilo schwerer. Am anderen Ende des Sofas hockte mit angezogenen Beinen Mia: Schülerin, vierzehn Jahre, dunkelblond, volles Gesicht, dunkle Augen mit ebenso dunklen buschigen Brauen, Stupsnase und Lolita-Lippen.

Nachdem es Ned nicht gelungen war, einen weiteren Kontakt zu David Goldstein herzustellen, hatte er sich kurzerhand entschlossen, seine Zelte im Warrumbungle Nationalpark abzubrechen und nach Hause zu fahren. Obwohl er sein einziger richtiger Freund war, hatte er Pete seiner Geschwätzigkeit wegen nicht in die Sache eingeweiht. Stattdessen bemühte er als Grund für die überstürzte Abreise einen Krankheitsfall in der Familie. Kaum in Dubbo angekommen, waren diese Kugeln vom Himmel gefallen. Seither saßen die Kellys, wie die meisten anderen Menschen auch, in jeder freien Minute vor dem Fernseher.

••••

Der Moderator von ›Australian Extraterrestrial‹ beim Sender ABC, Robin Barnes, dreißigjähriges Spitzgesicht mit Zwirbelbart, silberfarbener Drahtgestellbrille und Karl Lagerfeld-Frisur, hockte – gekleidet in einen weißen Leinenanzug nebst weißer Krawatte mit aufgesticktem grellgrünen Alien-Kopf – mit übereinandergeschlagenen Beinen im silberfarbenen Designerstuhl und begrüßte einen weiteren Studiogast.

• • • •

Während Mia redete, nuckelte sie gleichzeitig an ihrem frisch gesetzten Piercing in der Unterlippe: »Schaut mal, der Croco Dundee.«
Vater nickte und Mutter korrigierte: »Du meinst wohl Crocodile Dundee.«
Mia schürzte die Lippen. Ned erinnerte das schiefe Grinsen eher an Harrison Ford.

• • • •

Das Grinsen gehörte Captain Harold Wayne, einem drahtigen Mittvierziger in Uniform, der es sich angesichts der Stickerei auf Barnes' Krawatte nicht verkneifen konnte.
»Captain Wayne, ich habe Sie in meine Sondersendung ›Australian Extraterrestrial‹ eingeladen, damit Sie unseren Zuschauern erklären, was oben in Mickett Creek und der restlichen Welt vor sich geht«, startete der aufgebrezelte Fernsehmensch seine Befragung. Barnes' Stimme klang hoch und nasal und passte irgendwie zu seinem spitzen Gesicht. »Wenn meine Informationen stimmen, Captain, kommen Sie von der Royal Australian Air Force Base in Tindal, richtig?«
Der Militär hörte zu grinsen auf. »So ist es!«
»Sie sind aber nicht der Army-Pressesprecher?«
Wayne verneinte. »Ich bin in dieser außergewöhnlichen Angelegenheit zuständig für die Kommunikation zwischen Armee und Bevölkerung.«

»Okay, Captain. Die Army hat das Gebiet rund um dieses Riesending zwischenzeitlich abgeriegelt, richtig!?«
»Genau!«
»Kein Durchkommen?«
»Nein!«
»Von der Sperre bis nach Darwin, der Hauptstadt des nördlichen Territoriums, sind es nicht einmal fünfzehn Kilometer!«
»Das ist korrekt.«
»Hat die Army die Sache denn im Griff?«
»Das zu bejahen fällt mir nicht schwer, denn die RAAF steht nicht allein, sondern koordiniert ihr Einsatzdispositiv mit den verschiedenen Gattungen der Bodentruppen.«
»Mmhmm!« Barnes schraubte an seinem Bart. »Vor knapp einer Stunde hatte ich Ted Krafft bei mir in der Sendung. Der Polizeichef von Sydney schien mir nicht besonders glücklich.«
»Im Moment ist wohl niemand besonders glücklich!«, wandte der Captain ein.
»Ich gewann während unseres Gesprächs sogar den Eindruck, Ted Krafft habe eine latente Angst davor, die Kontrolle über Recht und Ordnung zu verlieren.«
Captain Wayne machte ein säuerliches Gesicht.
»Sie wissen schon – Krawalle, Plünderungen und solche Dinge. Glauben Sie, dass wir in unseren Städten vielleicht schon bald das Militär brauchen?«
»Ich habe keine Ahnung, wie Sie zu dieser Annahme kommen«, antwortete Wayne in harschem Tonfall. »Ted hat so etwas bestimmt nie gedacht, geschweige denn gesagt. Dazu kenne ich ihn persönlich viel zu gut.« Waynes Augen blitzten. »Ich glaube eher, dass die Medien ihm da etwas unterschieben wollen!«
»Deutliche Worte«, hüstelte Barnes.
»Natürlich wird die Polizei ihre Präsenz an sensiblen Orten verstärken«, klärte der Captain auf, »doch das sollte unserer Einschätzung nach ausreichend sein.«

Der Modarator hakte nach: »Und wenn nicht?«
Wayne blieb gelassen. »Dann werden wir schnell und gründlich handeln. Die Regierung hat dem Truppenkommando für die Dauer des Ausnahmezustands ja bereits alle notwendigen Befugnisse erteilt. Ich glaube aber nicht, dass wir davon Gebrauch machen müssen.«
»Sie vielleicht nicht«, hielt Barnes dagegen, »doch was sagen Sie den Bürgern, die sich davor fürchten, dass bei uns schon bald dieselben Zustände herrschen könnten wie derzeit in einigen Städten Hollands, Norwegens, Deutschlands, Englands, Frankreichs, Amerikas ...?«
»Hören Sie! Australien ist weder Europa noch Amerika.«
»Wie muss ich das verstehen?«
»In Zentraleuropa leben unterschiedliche ethnische und religiöse Gemeinschaften auf teilweise sehr engem Raum zusammen, was die Gefahr von Konflikten vor allem zwischen Christen und Muslimen erheblich verschärft. Dieses Problem gab es dort ja schon vor der Ankunft der Ufos, nur in weniger ausgeprägter Form. Die zahlreich versuchten und durchgeführten Terroranschläge fundamentalistischer Islamisten in den letzten Jahren haben einiges dazu beigetragen, sich gegenseitig spinnefeind zu sein.«
»Aber 2011 gab es doch auch diese Oslo-Bomber-Geschichte!« Wayne versuchte sich zurückzulehnen, was ihm aber nicht gelang. »Ich habe die Diskussionen um Breivik damals verfolgt. Einer schob dem anderen die ideologische Verantwortung für dessen Taten in die Schuhe. Ein schamloses Spiel der Instrumentalisierung. Dabei waren die Gewaltexzesse dieses irren Christianisten, der wohl dem Geheimbund ORG angehörte, nur die logische Weiterführung dessen, was das tägliche Brot der Dschihadisten ist, nämlich Andersgläubige und deren Sympathisanten umzubringen. Hätte Anders Breivik Achmed geheißen, hätte man nicht eine Minute über sein Tatmotiv debattiert.«

»Muslime erklären doch bei jeder Gelegenheit, Islam bedeute Frieden.«
»Es gibt im Islam mehrere Worte für Frieden«, erklärte der Captain. »Aber es gibt keines für einen Frieden mit Nichtmoslems. Islam bedeutet Unterwerfung unter Allah oder Frieden durch völlige Hingabe an Allah. Ein christlich verstandener Frieden unterscheidet sich von der Friedensvorstellung des Islam grundsätzlich. Dem Koran nach können nur Muslime miteinander Frieden schließen. Mit Ungläubigen wie Christen oder Juden darf der Muslim der Zweckmäßigkeit halber zwar eine Hudna, einen zeitlich befristeten Waffenstillstand vereinbaren, aber niemals einen dauerhaften Frieden.«
»Fundamentalisten sind in unserer Vorstellung doch rückständige Barbaren, deren Zahl sich mit jeder neuen Generation und deren Wunsch nach westlichen Werten verringert und zum Schluss selber abschafft!«, wandte Barnes ein.
»Die modernen Muslime sind in der Tat überaus tolerant gegenüber den sogenannten Ungläubigen, was aber nicht bedeutet, dass der Islam selbst modernisierbar wäre und damit gemäßigter würde. Zudem hält diese Toleranz nur solange an, wie der Schnellzug in die Moderne nicht aus den Schienen kippt!«
Der Moderator rückte seine Brille zurecht. »Was wollen Sie damit andeuten?«
»Das sehen Sie doch selbst! Die Welt befindet sich in Aufruhr. Misswirtschaft und Überschuldung reißen Staaten in den Abgrund. Von korrupten Politikern, gierigen Wirtschaftsmagnaten, kriminellen Banden, religiösen Fanatikern, sozialer Not und Unruhen gegeißelt, verlieren die Menschen zusehends ihre Zuversicht. Heute stehen wir nicht bloß vor einer Finanz- und Wirtschaftskrise – das gesamte westliche Wertesystem droht auseinanderzubrechen!«
Robin Barnes runzelte die Stirn. »Und nun bedrohen uns auch noch Außerirdische!«

»Eine vermeintliche Bedrohung«, korrigierte Captain Wayne. »Aber sie reicht aus, den halben Planeten ins Chaos zu stürzen. Was uns noch fehlt, ist ein Anschlag auf eines der globalen Datennetzwerke oder etwas in der Art, und schon gehört unsere auf Höchstleistung getrimmte zivilisierte Welt der Vergangenheit an.«

»Sie vermuten, islamistische Fundamentalisten führen Derartiges im Schilde?«, fragte Barnes ungläubig.

»Elend, Not und Ausweglosigkeit waren und sind das Geschäft aller Extremisten. Bombenattentate sind nur ein Mittel, diesen Zustand herbeizuführen. Ein anderer Weg ist die Umgestaltung einer ganzen Gesellschaft von innen heraus unter dem politischen Schutzschild diskriminierter Minderheiten. Ein weiteres Mittel ist rücksichtslose Unverfrorenheit. So werden in Ostafrika westliche Hilfsorganisationen von muslimischen Gruppierungen dazu gezwungen, ihre Güter ausschließlich an Moslems zu verteilen. Die Christen hingegen lässt man bewusst verhungern. Doch über solche Dinge wird von den Medien kaum berichtet.« Wayne fixierte Barnes, der mit seinem Hintern nervös auf dem Sitzbrett des Designerstuhls herumrutschte. »Man will sich politisch ja nicht unkorrekt verhalten, nicht wahr?«

Robin Barnes verzog das Gesicht. »Wenn wir schon bei Afrika sind, Captain, dann erklären Sie uns doch, weshalb in Teilen Europas zwischenzeitlich Zustände herrschen, die über die Unruhen in Nordafrika weit hinausgehen.«

Der Militär kniff die Augen zusammen. »Das habe ich Ihnen doch gerade zu erklären versucht!«

»Schon! Nur gibt es auch andere Beispiele wie etwa Singapur ...«

»Singapur können Sie genauso wenig mit einem europäischen Land vergleichen wie Australien. Denn überall dort, wo multikulturelle Gesellschaften in kritischen Tagen wie diesen weiterhin funktionieren, ist der Mix der Ethnien und Religionen und damit die Mentalität der Leute, der intellektuelle Background,

die Disziplin und Integrationsbereitschaft sowie der Prozess des Zusammenwachsens meist ein ganz anderer als in Europa. Darüber hinaus spielen auf dem alten Kontinent noch andere Faktoren eine Rolle in dem zurzeit herrschenden Chaos.«
»Was für Faktoren?«, fragte Barnes.
Wayne setzte sich aufrecht. »Ein Grund ist, dass die meisten Länder Europas und sogar die Europäische Zentralbank trotz vehementer Verneinung einer solchen Möglichkeit vor dem Bankrott stehen. Ungeachtet dieser Tatsache sind die wenigen noch halbwegs funktionierenden Staaten aus falschem Stolz heraus nicht bereit, die faulenden Glieder am Patienten Europa abzuschneiden, damit dieser in seinem Kern wieder gesunden kann. Lieber doktern sie weiter so lange am Wundbrand herum, bis der Patient tot ist.«
»Ein brutaler Vergleich!«
»Ein zutreffender Vergleich!«
»Und wo endet das alles?«
»Im Zerfall der Rechtsordnung, in Bürgerkriegen und im Auseinanderbrechen des heutigen Europa!«
»Sind Sie Finanzexperte?«
»Nein!«
»Und wieso glauben Sie zu wissen, wie die Sache endet?«
»Weil ich in meinem Beruf gelernt habe zu beobachten, zu recherchieren und zu analysieren.«
»Und das reicht aus?«
Captain Wayne fixierte den Moderator. »Hören Sie! Unsere Regierung hat bereits 2011 eine Order an alle Banken im Land ausgegeben, sich auf einen möglichen Zusammenbruch des Euro vorzubereiten. Zudem führte ich mit EU-Kommissionspräsident José Manuel Barroso, der schon lange vor Bürgerkriegen in Europa warnt, vor kurzem ein recht unerfreuliches Gespräch. Er sieht die Sache mehr als düster. Zwar tüftelt eine Armada von Experten an einer Fiskalunion, an Eurobonds, Schutzschirmen,

Kapitalschnitten, am Verkauf von Staatseigentum wie Firmen, Immobilien und Goldreserven, an der Schließung öffentlicher Einrichtungen, einem massiven Eingriff der Zentralbank, der Rückführung von unversteuerten Auslandsgeldern, der Erhöhung des Rentenalters, Enteignungen ... Doch was hat all das gebracht? Nichts! Und es wird auch weiterhin nichts bringen. Keine Staatengemeinschaft ist stark genug, für Jahrzehnte einen mehrere Billionen schweren Schuldensack mit sich herumzutragen, geschweige denn eine solche Summe jemals zu tilgen. Dazu kommt ein rapide zunehmendes Ungerechtigkeitsgefühl in der Bevölkerung. Griechenland wurde ja nur dank seiner frisierten Bilanz Mitglied in der Europäischen Union. Als ›Strafe‹ für die dreiste Lüge bekam Athen auch noch Geld, das zumeist in dunklen Kanälen verschwand. Aber auch Frankreich, stets zuvorderst, wenn es um die Rettung der Union geht, hat Dreck am Stecken.«

Captain Harold Wayne rutschte auf dem Sitzbrett nach vorn und Barnes folgte seinem Beispiel. »Wussten Sie, dass Frankreichs ehemalige Kolonien, die mit ihren über einhundert Millionen Menschen zu den ärmsten Ländern Afrikas gehören, über die sogenannte CFA-Zone an den Euro gekoppelt sind?«

Barnes verneinte.

»Die politischen und militärischen Aspekte zu erörtern würde an dieser Stelle zu weit führen. Tatsache ist aber, dass die zumeist von korrupten Diktatoren geführten CFA-Staaten faktisch alle pleite sind. Und so braut sich weit weg vom Einflussbereich der Europäer bereits der nächste Tsunami zusammen, der die Staatengemeinschaft, sofern sie nicht schon vorher zerbricht, endgültig unter sich begraben wird.«

»Düstere Zukunftsaussichten!« Der Moderator strich seine Krawatte glatt. »Und was gibt es sonst noch für Gründe?«

»Da muss ich wieder zum Anfang zurückkehren.«

»Kehren Sie!«

»Wie in anderen Schmelztiegeln dieser Welt geht es seit dem Niedergang der Kugeln auch in Westeuropa vornehmlich um religiöse Ideologien.«

»Das deuteten Sie bereits an.«

»Für einen nicht unbeachtlichen Teil der eineinhalb Milliarden Muslime sind diese Kugel-Ufos ein göttliches Zeichen ...«

Der Captain brach ab und leckte sich die Lippen.

Barnes reagierte umgehend und winkte in die Kulisse. Sekunden später stand ein Glas Wasser auf dem Beistelltisch.

Wayne nahm einen kräftigen Schluck, dann brachte er den Satz zu Ende: »... und damit bilden sie den Hauptgrund für die derzeitigen Aufrufe islamistischer Extremisten.«

Robin Barnes hob die Hand. »Die Unruhen begannen doch schon, als dieser mysteriöse Satellit in der Erdumlaufbahn auftauchte!«

Der Militär lächelte schief. »Ganz so ist es nicht, Mr. Barnes. Am Anfang waren es vor allem Mystiker, Esoteriker, Ufologen und andere schräge Vögel, die sich dafür interessierten. Erst die Verbreitung durch das Internet und die Resonanz der Medien sorgten dafür, dass ein gefährlicher Selbstläufer daraus wurde, der die Mullahs und andere Religionsführer auf den Plan rief.«

Der ›Australian Extraterrestrial‹-Moderator setzte einen unschuldigen Blick auf.

Scheinheilige Ratte!, dachte Wayne. »Sie selbst hatten sich beim Verbreiten von Gerüchten und Halbwahrheiten jedenfalls tüchtig ins Zeug gelegt, Mr. Barnes!«

»Captain, das ...«

»Ich habe Ihre Sendungen noch sehr gut in Erinnerung.«

»Pass auf, Rob, der Kerl könnte Ärger machen!«, meldete sich die Regie in Barnes' Ohrknopf. Dieser versuchte es daraufhin mit einem süffisanten Lächeln. »Das ist doch ein abgekauter Knochen, Captain ...«

»Fünf Astronauten sind tot!«

»Jeder wollte diesen Ufo-Satelliten zum Sezieren auf dem Tisch haben!«, wehrte sich Barnes. Er hatte kein Interesse daran, dass sich der Militär weiter über seine damaligen Sendungen ausließ, also lenkte er das Gespräch zurück auf den begonnenen Pfad. »Sie waren bei den Dschihadisten und ihren Aufrufen zur Gewalt stehen geblieben, Captain!«

Wayne ließ es gut sein. »Nun, ich denke, es ist vorauszusehen, was die Anhänger der radikal-islamischen Salafistenbewegung im Schilde führen. Und es ist ebenso wenig ein Geheimnis, was die Muslimbrüder vorhaben, deren Gründer Hassan al-Banna einst erklärte: ›Es ist Pflicht eines jeden Muslim, die Welt zum Islam zu bekehren, bis dessen Banner über der ganzen Erde weht und der Ruf des Muezzin aus allen Ecken widerhallt.‹«

»Sehen Sie das nicht etwas zu drastisch, Captain?«

»Ich denke nicht! Wer, glauben Sie, hat die Revolutionen im arabischen Raum denn angezettelt?«

»Auslöser war doch dieser tunesische Gemüsehändler Mohamed Bouazizi, der sich nach monatelangen Demütigungen durch die Behörden aus Protest auf offener Straße mit Benzin übergossen und angezündet hatte ...«

»Es waren die Islamisten!«, behauptete Wayne, ohne mit der Wimper zu zucken. »Sie haben Bouazizi als Fahnenträger der Revolutionsbewegung genauso für ihre Sache missbraucht wie so viele andere Ahnungslose auch. Dabei kann ich ihre Beweggründe sogar verstehen. Nachdem sie von den alten Diktatoren mithilfe des Westens jahrzehntelang unterdrückt worden waren, haben sie den Spieß jetzt einfach umgedreht ...«

»Die scheinen mir aber doch sehr moderat aufzutreten«, redete Barnes dagegen.

»Ich wiederhole mich nur ungern: Es gibt keinen moderaten Islam! Das Endziel aller Islamisten ist die Errichtung eines globalen Kalifats!« In Harold Waynes Augen begann es zu funkeln. »Ich denke, die Politiker der westlichen Welt werden sich schon

bald dafür verfluchen, die Revolutionsbewegungen politisch wie finanziell unterstützt zu haben.«
Barns schaute ungläubig. »Man hätte die Despoten Ihrer Meinung nach nicht stürzen sollen?«
»Die waren für den Westen zumindest berechenbar. Werfen Sie einen Blick auf Afghanistan, Pakistan, Somalia, Nigeria, Sudan, Eritrea, Indonesien oder gar die Malediven, dann können Sie sich in etwa ein Bild davon machen, worauf die Sache hinausläuft.«
»Aber die Aufständischen beteuerten doch immer, sie wollten den Boden für mehr Demokratie bereiten.«
»Eine Demokratie mit Allah an der Spitze, die es legitimiert, Synagogen anzuzünden und christlichen Priestern die Köpfe abzuschneiden. Die Islamisten werden mit genauso eiserner Hand regieren wie zuvor die Diktatoren. Doch darüber wird nicht gern geredet, haben die überwiegend verschuldeten G8-Staaten doch voreilig zwanzig Milliarden Dollar Entwicklungshilfe für Ägypten und Tunesien versprochen. Da will man beim eigenen darbenden Volk natürlich keine schlechte Presse.«
»Der türkische Ministerpräsident hat sich doch sichtlich darum bemüht, in der Region demokratische Bündnisse zu schließen«, widersprach Barnes.
»Die Demokratie ist nur der Zug, auf den wir aufspringen, bis wir am Ziel sind. Die Moscheen sind unsere Kasernen, die Minarette unsere Bajonette, die Kuppeln unsere Helme und die Gläubigen unsere Soldaten!«
»Wer sagt das?«
»Dieser Erdogan! Anlässlich einer Konferenzrede 1998. Zwar musste er dafür kurzzeitig ins Gefängnis, doch das bedeutet nichts. Schließlich hat man ihm damals auch ein lebenslanges Politikverbot auferlegt und heute ist der gute Mann Ministerpräsident der Türkei!«
Robin Barnes beugte sich nach vorn. »Sie übertreiben, Captain! Es wird sich schon alles einrenken.«

»Dann warten wir mal ab, wie blutig dieses Einrenken für Arabien und die westliche Welt ausgehen wird!«

»Ihre populistisch-islamfeindliche Wortwahl ist dem bereits belasteten Verhältnis zu den Moslems nicht besonders zuträglich.«

Waynes Pupillen verengten sich. »Hören Sie! Ich betreibe hier weder billige Effekthascherei noch Propaganda gegen den Islam, ich stelle nur fest!«

»Mit Verlaub, Captain, Sie stellen etwas einseitig fest.«

Wayne starrte den Moderator an. »Dann reden wir eben über den Buddhismus!«

»Über den Buddhismus?«, echote Barnes, seinen Schnauzbart zwirbelnd.

»Insbesondere über das Kalachakra – ein religiöses Leitbild, das mit einigen Unterschieden an den großen Schulen des tibetischen Buddhismus gelehrt und von den Lamas als unübertrefflich angesehen wird. Näher auf die Inhalte der alten Sanskrit-Texte einzugehen, würde den Zeitrahmen unseres Gesprächs sprengen. Deshalb nur so viel: Der vierzehnte Dalai Lama hat in den letzten Jahren weltweit Hunderttausende in das Kalachakra eingeweiht, ohne dass seine Anhänger wissen, um was es bei diesem Wiedergeburtsritual wirklich geht. Vom Dalai Lama publik gemacht werden nämlich nur die sieben untersten Initiationen des Kalachakra, über die acht oberen Einweihungsriten redet er nicht. Im Gegenteil, er verbietet sogar ausdrücklich, öffentlich darüber zu diskutieren. Doch in eben dieser Öffentlichkeit gilt das Kalachakra Tantra als ein wichtiger Beitrag zum Weltfrieden, der das Mitgefühl mit allen lebenden Wesen, den interreligiösen Dialog, die Toleranz zwischen Völkern und Rassen, das ökologische Bewusstsein, die Gleichberechtigung der Geschlechter, den Frieden der Herzen, die Entwicklung des Geistes und die Glückseligkeit für das dritte Jahrtausend fördern soll.«

»Und was ist daran krumm?«, fragte Robin Barnes irritiert.

»Krumm daran ist, dass in den geheim gehaltenen acht oberen

Einweihungen und dem darin enthaltenen Shambhala Mythos das Judentum, das Christentum und der Islam als Familie der dämonischen Schlangen bezeichnet wird. Das uralte Tantra beschwört einen globalen Krieg zwischen der islamischen und nicht-islamischen Welt mit Waffen herauf, die denen des einundzwanzigsten Jahrhunderts in nichts nachstehen.«

»Muss das nicht im geschichtlichen Kontext gesehen werden?« fragte Barnes.

»Sie meinen als Reaktion auf die Zerstörung buddhistischer Tempelanlagen in Indien zwischen dem achten und zwölften Jahrhundert durch Muslime?«

Der Moderator bejahte, doch Captain Wayne sah das anders: »Der tibetische Buddhismus gilt als Vorzeigereligion für Gewaltlosigkeit, Harmonie und Glück. Trotzdem fordert das Kalachakra Tantra in den höchsten Einweihungen von seinen Anhängern die bedingungslose Unterwerfung unter ein totalitäres System. Es lädt dazu ein zu lügen, zu stehlen, die Ehe zu brechen, zu töten, Menschenfleisch zu essen, seinem spirituellen Lehrer weibliche Verwandte, auch zehnjährige Mädchen, für sexualmagische Experimente zur Verfügung zu stellen.«

»Pooh!«

»Der Shambhala Mythos bildete schon in den dreißiger Jahren den ideologischen Pfeiler einer sakralen Kriegerkaste und des esoterischen Hitlerismus. Bis heute ist er tief in der spirituellen Welt von Rechtsextremisten und Ufo-Sekten verwurzelt. Doch der vierzehnte Dalai Lama verweigert eine Exegese oder Reformation des Kalachakra genauso, wie sich die Imame weigern, den zu Gewalt aufrufenden Suren im Koran abzuschwören. Das führt uns zurück zu den Kugeln, denn die im Kalachakra Tantra beschriebenen Flugobjekte werden von Neo-Buddhisten als mit Kernwaffen bestückte Ufos gesehen, die von extraterrestrischen Soldaten des neuen Weltenkönigs zur Endschlacht gegen Nicht-Buddhisten gesteuert werden. Was sich in diesen Kreisen gerade für ein Gedankengut entwickelt, können Sie sich selber ausdenken!«

Robin Barnes stöhnte auf.

»Der Gerechtigkeit wegen noch ein paar Worte über uns Christen, zum Beispiel über solche in Uganda.«

Barnes wollte am Zipfel seines Zwirbelbarts drehen, langte aber daneben. »Wieso Uganda?«

»Sie haben nichts von den Opferungen dort gehört?«

»Sie meinen diese Rituale?«

»Genau!«

»Das machen die dort doch seit Ewigkeiten. Irgendein Aberglaube, der sich nicht ausrotten lässt. Man erlangt Reichtum, Ruhm und Fruchtbarkeit, wenn man die Teile eines Menschen – vorzugsweise die eines Kindes – in die Mauern seines Hauses einbetoniert. Es soll sogar Unternehmer geben, die sich Leichenteile in die Domizile ihrer Firmen einmauern lassen, und das nur, damit die Geschäfte besser gehen – guten Morgen, zivilisierte Welt!«

Der Captain pflichtete ihm bei: »Die Parallelen zu den Hexenverfolgungen im frühneuzeitlichen Europa sind erschreckend.«

»Und was hat das mit diesen verfluchten Ufos zu tun?«

»In Uganda steigen die Opferzahlen zwar schon seit Jahren an, doch seit bei Kampala eine dieser Kugeln heruntergekommen ist, sind alle Schranken gebrochen. Dass in afrikanischen Staaten auch noch im einundzwanzigsten Jahrhundert die Jagd auf Hexen tobt, daran haben wir uns ja inzwischen gewöhnt. Für jedes Unheil, das dort jemandem widerfährt, muss ein Sündenbock gefunden werden, an dem man die bösen Geister austreiben kann. Doch jetzt sieht es danach aus, als wollten sich die Leute schon im Vorfeld das Wohlwollen jener Geister sichern, die in dieser Kampala-Kugel hausen könnten. Und um das zu erreichen, schlachten sie nun massenhaft Kinder, als wären es Schafe oder Ziegen. Die meisten opfern ihre eigenen Sprösslinge, weil die nichts kosten, andere kaufen sich von Menschenhändlern welche dazu. Je mehr Tote, desto höher der zu erwartende Gewinn. Und das alles mit dem Segen evangelischer Pastoren.«

● ● ● ●

Neds Mutter schüttelte sich. »Das ist ja grausig!«
»Uuuuuaah!«, machte Mia, einen Zombie imitierend.
Paul tippte sich an die Schläfe. »Sowas käme ja nicht mal unseren Abos in den Sinn.«
»Paul!«, ermahnte ihn seine Frau, »das sind Aborigines und keine Abos, wie oft muss ich dir das noch sagen?!«
Ned schrubbte stumm seine Brille.

● ● ● ●

Der Moderator zupfte und drehte an seinen Bartspitzen. »Okay, Captain, das mit den Neo-Buddhisten und besessenen Afrika-Christen habe ich so weit verstanden. Was aber die Islamisten mit diesen Ufos zu schaffen haben, entzieht sich nach wie vor meinem Verständnis.«
»Darüber sollten Sie sich mit einem Islamwissenschaftler unterhalten und nicht mit mir.«
»Captain! Sie können mich und die Zuschauer jetzt nicht hängen lassen!«, bettelte Barnes. »Es bleibt uns noch genügend Zeit, um die technischen und militärischen Aspekte zu erläutern ...«
»Die Zahl Neunzehn!«
Der Moderator machte ein dümmliches Gesicht. »Sorry?«
»Die Zahl Neunzehn steht im Islam für das vollkommene Prinzip der Ordnung. So besteht beispielsweise der Koran aus sechs mal neunzehn Suren. Bis auf eine einzige Sure beginnen alle mit der Einleitung ›Bismi'lláhi'r-rahmáni'r-rahím‹ – im Namen Allahs, des Allerbarmers, des Barmherzigen. In arabischer Schrift

besteht dieser Einleitungstext aus neunzehn Buchstaben. Zum Innenhof des zentralen Heiligtums des Islam, zur Kaaba, führen neunzehn Tore. Die Zahl Neunzehn wird des Weiteren auf die Einzigkeit Allahs bezogen, auf die Zeugung und Kreuzigung Jesu und so weiter und so fort.«

• • • •

»Das ist mir zu hoch!«, gluckste Mia.
»Ich kenn mich nur in der Bibel aus«, schien sich Kate entschuldigen zu müssen.
Paul Kelly zuckte mit den Schultern und Ned schnäuzte mehrmals in ein Papiertaschentuch. Danach betrachtete er eingehend das Ergebnis seiner Bemühungen.

• • • •

»Ja, und?«, fragte Barnes, die Enden seiner Obenlippenbehaarung nach oben drehend.
»Wie können Sie fragen? Es sind *neunzehn* Kugeln auf die Erde gefallen!«
Der Moderator errötete kurz.
»Für die Mullahs ist das ein eindeutiges Zeichen! Ein Signal, dass die Welt unter islamische Herrschaft zu stellen sei, damit diese nicht durch Allahs Zorn zerstört werde. Allah ließ durch den Propheten Mohammed fünfzig Zeichen aufschreiben, die auf den Tag des Jüngsten Gerichts hinweisen. Einige davon werden von islamischen Geistlichen mit der weltlichen Entwicklung, andere direkt mit den Kugeln in Zusammenhang gebracht. Zum Beispiel das Zeichen der zerbrechenden Gesellschaftsordnung. Oder das Zeichen von Wolken und Rauch, welches lautet: ›Ein großes Feuer in Hiyaz, das sichtbar werde für alle Bewohner von al-Basrah.‹ Zwar hat das Feuer in Ra's Tanura stattgefunden

und nicht in Hiyaz, trotzdem konnte man den Rauch bis hinauf nach Basrah sehen, was den Mullahs schon genügte.«
»Die steigern sich doch in was rein!«, regte Barnes sich auf.
»Genau!« Der Captain nahm das erneut gefüllte Glas Wasser vom Tischchen und leerte es in einem Zug. Danach versuchte er auf dem silbernen Designerstuhl eine halbwegs bequeme Stellung einzunehmen, was unmöglich war. *Wer kauft denn so einen Mist?*
»Im Nahen Osten stehen die Zeichen jedenfalls auf Sturm!«, nahm der Moderator das Gespräch wieder auf.
»So ist es! Seit die Israelis mit ihren Atomwaffen drohen, ziehen dort alle die Köpfe ein. Als Reaktion darauf haben die Saudis schon mal ihre eigenen, in Pakistan gebauten und zwischengelagerten Atomwaffen zurückgeholt und in die südlich von Riad gelegenen Raketensilos von al-Sulaiyil gebracht.«
»Saudi-Arabien ist eine Atommacht?«, fragte Barnes.
»Genau wie der Iran.«
»Aber die Sanktionen Europas, der arabischen Liga, Israels Interventionen?«
»Kümmern sie nicht!«
»Die Saudis haben die Bombe, die Iraner, die Israelis ...«
»Die Israelis haben zwei- bis dreihundert davon«, präzisierte der Captain. »Und wenn es hart auf hart kommt, werden sie sie auch einsetzen!«
»Das kommt nicht gut!«
Wayne nickte. »Das Pulverfass dort kann jeden Tag hochgehen.«
Robin Barnes senkte den Blick. »Und keiner greift ein. Nicht einmal die USA!«
»Die haben im Moment genug eigene Probleme am Hals mit ihren christlich-fundamentalistischen Gruppen, welche durch die Straßen ziehen und dabei das halbe Land um den Verstand predigen. In den meisten Städten kann man ja keine zehn Meter weit mehr gehen, ohne dass einem von den Scientologen,

den Kindern Gottes, Zeugen Jehovas, Baptisten, Evangelikanern, Mormonen, der Boston-Bewegung, Vereinigungskirche oder sonst wem ein Zettel in die Hand gedrückt wird mit Botschaften wie: ›Die Apokalypse steht bevor!‹, ›Rette deine Seele!‹, ›Entziehe dich der Verdammnis!‹ oder ›Bekehre dich zu Jesus Christus!‹ Alle sind sie in frommer Mission unterwegs – aber wehe, es widerspricht einer diesen Eiferern, dann prügeln sie ihn zum Krüppel!«

»Sie sind ein außerordentlich interessanter Gesprächspartner!«, lobte Barnes den Captain. »Bevor wir uns nun im Detail diesen Ufos zuwenden, gestatten Sie mir eine Frage: Wie kommt ein Mann der Streitkräfte dazu, über religiöse Dinge so gut Bescheid zu wissen? Ich meine, dem lieben Gott besonders zu gefallen gehört ja nicht gerade zum Aufgabenbereich eines Soldaten, oder?«

»Ich habe meine Gründe dafür«, wich Harold Wayne aus.

»Sind Sie religiös?«

»Jetzt werden Sie privat!«

»Also sind Sie es!«, stocherte Barnes mit journalistischem Eifer.

»Überhaupt nicht, nein!«, intervenierte der Captain und sagte dann doch, was eigentlich Privatangelegenheit war: »Eine Cousine von mir, die in Deutschland lebt, konvertierte vor einigen Jahren zum Islam.«

Barnes blieb am Ball. »Und was ist daran so schlimm?«

»Die schwer kriminelle arabische Großfamilie, in die sie eingeheiratet hat!«

»Oh ...«

»Die Familie lebt im Großraum Bremen. Mit Drogen, Diebstahl, Erpressung, Prostitution und anderem verdienen die etwa fünfzehnhundert Mitglieder jährlich weit über fünfzig Millionen Euro. Dazu kassieren sie nochmals sieben Millionen Euro an Sozialhilfe.«

»Oha!«

»Die können praktisch machen, was sie wollen, und niemand unternimmt etwas. Vom Stadtpräsidenten bis zum Polizeichef, alle haben sie Schiss vor Racheakten.«

»Schlimme Sache!«, gestand Barnes ein. »Aber konnten Sie Ihre Cousine denn nicht davon überzeugen ...«

»Keine Chance! Jedes Mal, wenn ich sie besuchte, gerieten wir in heftigen Streit. Entweder wegen ihrer Familie oder wegen der Koranverse, die zum Kampf gegen die Ungläubigen aufrufen.«

»Sie meinen, zum Dschihad?«

»Genau! Sure 4: Vers 75, 77, 90, 116. Sure 8: Vers 13, 17, 18, 40, 61. Sure 9: Vers 14, 29, 39, 41, 123 ...«

»Ja, ja, schon gut!«, unterbrach Barnes die Aufzählung. »Könnte man den Koran denn nicht wie die Bibel reformieren und dabei die zur Gewalt animierenden Verse entfernen oder zumindest in einen geschichtlichen Kontext stellen?«

»Das ist völlig unmöglich!«

»Ich dachte ja nur ...«

»Da sind Sie beileibe nicht der Erste. Aber gemäß dem Glauben der Muslime ist der heilige Koran nicht wie die Bibel oder die Tora lediglich eine durch Gott inspirierte Schrift, sondern die vom Engel Gabriel direkt und wahrhaftig an den Propheten Mohammed weitergeleitete Offenbarung Allahs.«

»Und deswegen darf im Koran nichts verändert werden«, seufzte Barnes.

»Niemals und zu keiner Zeit!«

»Dann wird es wohl auch niemals und zu keiner Zeit Frieden zwischen den Religionen geben.«

»So ist es! Alles andere ist reine Augenwischerei.«

»Dabei glauben wir im Grunde doch alle an ein und denselben Gott«, sinnierte der Moderator und bearbeitete mit dem Absatz seines Schuhs den Studioboden.

»Die Muslime sehen das überhaupt nicht so«, erklärte Wayne. »So verurteilt es der Koran zum Beispiel aufs Schärfste, Gott,

wie im christlichen Glauben üblich, mit Jesus Christus oder dem Heiligen Geist auf eine Stufe zu stellen.«
»Sie meinen damit die Dreifaltigkeit?«
»Genau! Laut dem Koran steht Allah als Gottheit allein in dieser Welt. Wer etwas anderes behauptet, frevelt und wird damit zum Ungläubigen, den es entweder zu bekehren oder zu töten gilt.«
»Dann war der Empfang einer Delegation schiitischer Muslime beim Papst vor ein paar Jahren, bei dem eine gemeinsame Botschaft von Glauben und Vernunft im Christentum und Islam verlesen wurde, lediglich eine Farce?«
»Genauso eine Farce wie die Sprüche auf den Transparenten der Revolutionäre in Kairo, auf denen geschrieben stand: ›Christen und Muslime sind Brüder! Niemand kann uns trennen!‹ Nur Wochen später erstachen die muslimischen Brüder christliche Priester, brannten ihre Kirchen nieder und übergossen Frauen mit Säure!«
Der Moderator konnte Captain Waynes vorwurfsvoller Stimme entnehmen, dass in dem Mann noch etwas schlummerte. Etwas, das aus dem Dunkel heraus ans Licht gezerrt werden wollte ...
»Dann haben Sie jetzt wohl keinen Kontakt mehr zu Ihrer Cousine, nehme ich an?!«
Harold Wayne fixierte die gierigen Äuglein hinter dem silbernen Drahtbügelgestell. Es war wirklich nur der Zwirbelbart, der seinem Gegenüber einen Hauch von Charakter verlieh. *Du willst was zum Fressen, Rattengesicht? Sollst du haben!* »Bei meinem letzten Besuch vor einem halben Jahr eskalierte der Streit zwischen uns.«
»Oje!«, gab sich Barnes einfühlsam.
»Ich fragte sie, weshalb es unter einer so gottesfürchtigen Gemeinschaft wie den Muslimen, die nicht das Geringste auf sich und ihren Glauben kommen lassen, dermaßen viele Kriminelle gebe. Sie wusste keine Antwort darauf und fing stattdessen an, mich zu beleidigen und zu beschimpfen. Als ich nicht darauf

einging und ihr Haus verließ, rief sie mir nach: ›Sieh dich vor! Wir werden euch Schweinefresser kaputtgebären! Und eure Alten prügeln wir davon wie die Hunde!‹«
»Das ist hart!«, war alles, was Robin Barnes zu sagen imstande war, doch in seinem Ohrstöpsel schrie es bereits: »Themenwechsel!«

••••

»Das ist wirklich hart!«, sagte Paul Kelly.
»So was sagt man nicht in der Öffentlichkeit!«, empörte sich seine Frau.
Mia vergaß für einen Moment ihr Chromkügelchen und konterte spitz: »Natürlich darf man so was sagen, wir sind doch nicht in Pjönjön!«
»Die Hauptstadt Nordkoreas heißt Pjöngjang«, korrigierte ihre Mutter sie. Ned studierte die alte Warze auf seinem Handrücken.

••••

Robin Barnes wischte sich Schweißperlen von der Stirn in die streng nach hinten gebürsteten Haare. Er würde einen mächtigen Anschiss kassieren. Solchermaßen politisch unkorrekte Aussagen durften – auch wenn es sich dabei um Zitate handelte – nicht über einen öffentlich-rechtlichen Sender. »Ähm, ich denke, wir konnten einige interessante Einblicke in eine uns möglicherweise bevorstehende Zukunft gewinnen.«
Wayne nickte großmütig.
»Okey-dokey, Captain, kommen wir nun zu diesen Ufos. Was sind sie? Wo kommen sie her? Stellen sie eine Gefahr dar, die über das hinausgeht, was Opfer rund um den Erdball und die amerikanische Space Shuttle Crew schon haben erleiden müssen?«

Wayne rutschte auf dem metallenen Sessel ein weiteres Stück nach vorn und faltete die sehnigen Hände wie zum Gebet. »Das wissen wir nicht.«
Er würde den Patzer schon ausbügeln, schließlich war er ein Profi. Also rutschte Robin Barnes ebenfalls nach und betrachtete einen Moment lang die Hände des Militärs. »Verzeihen Sie meine Unverschämtheit, aber das nehme ich Ihnen so nicht ab.«
Wayne setzte sich gerade. Barnes war offenbar ein schlechter Verlierer und wollte sich nun bei ihm revanchieren. »Hören Sie! Es ist im Moment wirklich noch zu früh, um verbindliche Aussagen zu machen.«
Ich brauche keine verbindlichen Aussagen, Wayne! Ich will was, worüber die Leute spekulieren können. Etwas, damit sie mir nicht wegzappen!, ärgerte sich Barnes und sagte: »Ich denke, wenn Sie nichts wüssten, hätte man Sie nicht herschicken brauchen.«
»Ich habe keine Antworten auf Ihre Fragen«, erneuerte Wayne seinen Standpunkt. »Aber ich bin gerne bereit, Ihnen einige allgemeine Informationen zugänglich zu machen.«
»Das ist besser als nichts«, mäkelte Robin Barnes und zwirbelte die Enden seines Schnauzers der Stimmung entsprechend steil nach unten.
Der Captain nahm einen Schluck Wasser, bevor er mit seinen Ausführungen begann. »Was wir mit Bestimmtheit wissen, ist Folgendes: Die Kugeln sind alle aus südöstlicher Richtung kommend in die Erdatmosphäre eingedrungen und in einem Winkel zwischen zehn und zwanzig Grad auf der Erde aufgetroffen. Man kann also weder von einem Absturz sprechen noch von einer eigentlichen Landung.«
»Das weiß doch inzwischen jedes Kind«, nörgelte der Moderator. »Ich hoffte, etwas Neues von Ihnen zu erfahren.«
Der Captain sah Barnes streng an. »Ich glaube, Sie können sich bislang nicht sonderlich beklagen, oder?«
Der Spitzgesichtige druckste herum.

»Ihre ersten drei Fragen einmal ausgenommen: Was genau wollen Sie denn wissen?«

Barnes dachte eine Sekunde nach. »Aus welchen Inhaltsstoffen setzte sich zum Beispiel dieser unglaubliche Schweif zusammen, der den Ufos folgte?«

»Aus verdampfendem kaltem Eis.«

»Gibt es auch warmes Eis?«, fragte Barnes dümmlich.

»Eis, wie wir es vom Kühlfach her kennen, besitzt üblicherweise eine Temperatur bis minus achtzehn Grad. Das Eis, das diese Kugeln umhüllte, besaß hingegen eine Temperatur von zweihundertundsiebzig Minusgraden. Die gleiche Art Eis findet sich übrigens auch auf Meteoriten oder an den Polkappen des Mars. Liegt es in erstarrter Form vor, nennt man die Verbindung von Sauerstoff und Kohlenstoff festes CO_2 oder umgangssprachlich Trockeneis. In gelöster Form kennen wir es unter dem Namen Kohlensäure.«

»Und welchem Zweck diente das Eis?«

»Man glaubt, dass es als Hitzeschutzmaterial Verwendung fand, um die Kugeln beim Eintritt in die Erdatmosphäre vor dem Verglühen zu bewahren.«

»Wie bei einem Raumschiff?«

»Genau!«

»Dann wäre es also nicht vermessen zu behaupten, dass diese Zweihundertmeter-Monster richtige Raumschiffe sind?«, sagte Barnes und bog seinen Rücken zurück in den Metalox, wie das auf vier fingerdünne Vierkantrohre geschraubte Sitzbrett laut Katalog hieß. Der Sender hatte die Dinger mit Röhrenlehne auf seinen persönlichen Wunsch hin bestellt. Dreitausend australische Dollar das Stück. Unbequem, aber passend zur Studioeinrichtung und seiner Fensterglasbrille ...

»Wir wissen nicht, ob es Raumschiffe sind«, entgegnete Wayne. »Und wir haben keine Ahnung, ob es an Bord der Kugeln so etwas wie eine Besatzung gibt.«

»Rein hypothetisch gesehen spricht aber einiges dafür!«
»Hören Sie! Ich bin nicht das Orakel von Delphi.«
»Sagen Sie mir nicht, dass man in den Führungsetagen der Army eine solche Möglichkeit nicht in Betracht zöge.«
»Ich arbeite weder in der Führungsetage noch besitze ich Informationen, welche speziell in diese Richtung gehen«, wehrte der Captain ab.
»Oder Sie sind einfach nicht bereit oder befugt, darüber zu sprechen!«
»No comment!«
»Wusste ich's doch!«, maulte Barnes und suchte nach einem anderen Weg. »Was sind laut Drehbuch die nächsten Schritte?«
»Es existiert kein Drehbuch. Um ein solches schreiben zu können, benötigen wir viel mehr Informationen, als uns bislang zur Verfügung stehen.«
»Was tun Sie dann?«
»Wir sichern weiterhin das Gebiet rund um Mickett Creek, schauen, was sich ergibt, und tauschen uns mit den Truppenkommandos anderer Länder aus. That's it!«
»Und das soll ich Ihnen glauben?«
»Es ist Ihnen freigestellt, ob Sie das glauben wollen oder nicht«, entgegnete Harold Wayne.
In diesem Moment wünschte sich auch Robin Barnes einen bequemeren Stuhl. So ein monströses Polsterding, in das man sich hineinfallen lassen konnte ...
»Captain! Gibt es denn nichts, was Sie uns anvertrauen dürfen? Ich meine, wir sind hier in einer Sondersendung.«
Der drahtige Mann in Uniform schien nachzudenken.

• • • •

Mia gähnte und vergaß sogar, an ihrem Chromstahlkügelchen herumzunuckeln. Ihre Mutter gähnte mit, stand auf und ging zur Toilette. Paul blätterte gelangweilt in einer Zeitschrift und Ned nagte an der Warze auf seinem Handrücken, was er sonst nie tat.

••••

»Ich hätte nichts gegen einen Drink einzuwenden«, rief Robin Barnes in die Kulisse. »Nehmen Sie auch einen, Captain?«
Der Militär zögerte einen Moment, nickte dann aber. Zwei Minuten später standen zwei Gläser mit edlem australischen Single Malt auf dem Beistelltischchen.
»Also, die Ufos stürzen in zeitlich mehr oder weniger großen Abständen auf die Erde«, repetierte Barnes, »dann rollen sie noch einige Kilometer über Land, sofern sie nicht ins Meer fallen und ihnen keine Stadt in die Quere kommt.«
»Genau!«
»Weiß man, ob es bei den Landeplätzen geografische, topografische oder anderweitige Präferenzen gibt?«
Der Militär verneinte.
Der Moderator gab so schnell nicht auf und zog seinen Tablet-PC zurate. »Okay, was haben wir noch ...?«
Waynes Augen folgten Barnes flinken Fingern, die auf der Suche nach offenen Fragen schon bald fündig wurden. »Knappe fünfzig Minuten, nachdem die Ufos zum Stillstand gekommen waren, wurden mehrere Stützbeine ausgefahren. Was können Sie uns dazu sagen, Captain?«
»Es waren jeweils fünf Stützen«, präzisierte Wayne. »Sie brachten die Kugeln in eine ganz bestimmte Position.«
Der Moderator hob eine Augenbraue. »Das ist neu! Welchem Zweck sollte die Positionierung denn dienen?«
Harold Wayne faltete wieder die Hände. »Das wissen wir noch nicht.«
Barnes schraubte am Schnauz. »Oder Sie sagen's uns nicht!«

Der Captain wirkte genervt. »Wir wissen es wirklich nicht!«
»Okey-dokey! Und was geschah nach der Positionierung?«
»Etwa siebzig Minuten später ertönte aus dem Inneren der Kugeln plötzlich ein tiefes Summen, welches laufend an Tonhöhe hinzugewann, bevor es nach einer halben Stunde wieder verstummte.«
»Davon habe ich gehört«, sagte Barnes. »Hat man inzwischen eine Ahnung, welchen Zweck dieses Summen hatte?«
»Die Forscher vermuten, es könnte mit dem kurz darauf abgegebenen Lichtstrahl zu tun haben.«
Barnes hielt seinen Zeigefinger ans rechte Ohr. »Einen Moment, Captain! Die Regie sagt mir gerade, dass sie über aktuelle Filmaufnahmen verfüge. Wollen wir sie uns gemeinsam ansehen?«
Wayne stimmte zu und genehmigte sich einen Schluck Single Malt.
Die Kellys und Millionen Fernsehzuschauer mit ihnen starrten überwältigt auf die Luftaufnahmen bei Mickett Creek, doch der Captain war davon nicht beeindruckt. »Ich kenne die Bilder bereits«, vermeldete er aus dem Off. »Hat ein Farmerpaar aus einer Cessna heraus gemacht. Die beiden kurvten so lange um die Kugel herum, bis wir sie davonjagten. Trotzdem haben sie uns das Material danach zur Auswertung überlassen.«
»Vorbildliche Bürger!«, lobte Barnes.
»Ist das Material ungeschnitten?«, wollte der Captain wissen.
Der Moderator erkundigte sich bei der Regie und hob danach den Daumen. »Scheint vollständig zu sein. Wenn Sie möchten, dürfen Sie die Aufnahmen gern kommentieren.«
Wayne nickte. »Könnten Sie den Film etwas vorspulen lassen?«
»Um wie viel?«
Wayne schaute auf den Kontrollmonitor vor sich auf dem Boden. »Sagen wir fünfzehn Minuten.«
Es dauerte einige Sekunden, dann lief der Film an der gewünschten Stelle weiter.

»Geben Sie acht!«, bereitete Wayne den Moderator und die Zuschauer auf das Ereignis vor. Die Cessna ging soeben etwas tiefer und setzte zu einer erneuten Umrundung an, als einige Winkelgrade unterhalb des Scheitelpunkts der Kugel sechs mächtige, spitz zulaufende Dreiecke aufzuklappen begannen. Der Vorgang dauerte etwa eine Minute, dann sah es aus, als hätte sie eine Krone aufgesetzt bekommen.

»Innerhalb der Zacken gibt es eine Luke. Sie misst etwas über zwanzig Meter im Durchmesser«, erklärte Wayne, dann hob er plötzlich die Hand. »Passen Sie jetzt gut auf – es geht jeden Moment los!«

Während sich die Cessna nun wieder in die Höhe schraubte, tat sich etwas in der Luke. Die Schwärze darin löste sich auf und im nächsten Augenblick schoss explosionsartig ein gewaltiger Lichtstrahl daraus hervor, gefolgt von einem grellen Krachen. Das Bild verwischte. Gleichzeitig hörte man – überlagert vom Aufschrei der Frau des Piloten – das Kratzen des überforderten Kameramikrofons. Für einen Moment sah man unscharf die Instrumente des Cockpits, ein Gesicht, erneut Instrumente und danach wieder das Ufo.

• • • •

»Jesus!«, rief Kate.
»Fuck!«, kreischte Mia und bekam im selben Moment von ihrer Mutter einen Handschlag auf den Hinterkopf.
»Verrückt!«, grunzte Paul. Ned glotzte wortlos auf die Szenerie.

• • • •

»Wow!«, stieß Robin Barnes sichtlich beeindruckt hervor.
»Es könnte sich um eine Art Laserstrahl gehandelt haben. Aber natürlich muss das erst noch genauer untersucht werden.«

Während der Farmer eine weitere, diesmal aus Respekt größere Schlaufe um das extraterrestrische Objekt zog, konnten die Zuschauer mitverfolgen, was als Nächstes geschah. Zuerst schloss sich die Luke wieder, dann wurden die Stützfüße eingefahren, woraufhin das Ungetüm schwerfällig zurückkullerte in seine ursprüngliche Lage.

»Sie können den Film jetzt anhalten«, verkündete der Captain. »Von nun an geschieht nichts mehr.«

»Was war das eben für ein Vorgang?«

»Wir wissen noch kaum etwas drüber«, antwortete Wayne. Seine Stimme klang aufrichtig und Barnes glaubte ihm diesmal.

»Den einzigen Anhaltspunkt liefert uns dieser Satellit, den die Amerikaner hätten aus dem Orbit holen sollen.«

Barnes benetzte Daumen und Zeigefinger und schraubte seine Schnurrbarthaare so lange nach beiden Seiten, bis die maximale Länge von sechzehn Zentimetern erreicht war. »Und was für ein Anhaltspunkt ist das, Captain?«

• • • •

Mia langte über ihre Mutter hinweg, um Ned einen Stoß zu versetzen. »Hast du gesehen, Bruderherz? Dieser Fernsehfuzzy hat wie du eine Ecke weg!«

Ned schaute Mia nur an. Chromkügelchen rein, Chromkügelchen raus ...

Kate warf ihrer Tochter einen strafenden Blick zu. »Zieh Ned nicht damit auf!«

Paul Kelly sagte ausnahmsweise nichts.

• • • •

Auch der Captain sagte nichts.

»Geheim?«, grunzte der Moderator und rutschte mit seinem

dürren Hintern auf dem Sitzbrett hin und her, als juckten ihn Hämorrhoiden.

»Hören Sie! Man weiß nur, dass der Lichtstrahl des Mickett-Creek-Objekts und die Strahlen der anderen Kugeln, sofern man sie verfolgen konnte, alle auf ein und denselben Punkt ausgerichtet waren.«

»Ah ja?«

»Auf den Ufo-Satelliten.«

»Jetzt veräppeln Sie mich!«

»Nein!«

»Ist diese lastwagengroße Blechdose vielleicht das Hauptschiff?« Waynes Gesicht zeigte Verblüffung. »Sie meinen, die neunzehn Kugeln könnten von dem einen Satelliten gesteuert sein?« Barnes nahm seine Brille ab, rieb sie an der Alien-Krawatte rauf und runter und setzte sie wieder auf. »Ist nur so eine Idee von mir, Captain.«

»Auch dazu kann ich nur sagen: Wir haben keine Ahnung.«

In Barnes' Ohr meldete sich die Regie. Sie teilte ihm mit, dass er langsam Schluss machen sollte. Dem Moderator brannte allerdings noch etwas auf den Nägeln und so verlangte er weitere fünf Minuten.

»Captain, leider neigt sich unser Gespräch dem Ende zu, doch bevor ich Sie in Ehren entlasse, hätte ich noch eine oder zwei Fragen.«

»Wenn es mir möglich ist, sie zu beantworten, gern.«

»Okey-dokey! Was unternimmt die australische Armee konkret, sollten sich im Ufo bei Mickett Creek feindlich gesinnte Aliens befinden?«

Wayne presste sein Kreuz gegen die Vierkantrohre des Metalox. »Hören Sie! Wir befinden uns rund um die Uhr in Alarmbereitschaft, haben das Gebiet weiträumig abgeriegelt und mehrere Erkundungsteams im Einsatz. Sollte es zu einem ernsthaften Zwischenfall kommen, steht uns für eine Intervention genügend

Material zur Verfügung. Die Armeen anderer Staaten verfahren genauso, und wie ich schon sagte, stehen wir mit denen in ständigem Kontakt. Meines Erachtens verhalten wir uns vorausschauend und verantwortungsvoll genug.«

Barnes reagierte unzufrieden: »Das defensive Verhalten der Army könnte aber auch gefährlich sein. Wenn diese Ufos auch nur annähernd über eine Feuerkraft verfügen, die ihrer Größe entspricht, dann gute Nacht!« Sein Gegenüber wirkte zwar angespannt, aber keineswegs beunruhigt oder nervös. Um ihn aus der Reserve zu locken, musste er sich schon etwas einfallen lassen, und so sagte er: »Captain! Wäre es für die Sicherheit unserer Bevölkerung nicht besser, dieses unheimliche Ding mit einem Präventivschlag aus der Welt zu schaffen?«

Waynes Pupillen verengten sich. Er stellte seine Beine nebeneinander, ordnete die Uniform und holte Atem: »Es gibt innerhalb der Regierung und Armee einige, die so daherreden wie Sie. Die Mehrheit aber lehnt ein solches Vorgehen zum Glück kategorisch ab. Für drakonische Maßnahmen, wie Sie sie fordern, reichen unsere Informationen derzeit einfach nicht aus.«

Barnes rutschte auf seinem Sessel so weit nach vorn, wie es ging. »Und was nutzt Ihnen ein Mehrwissen, wenn sich in diesem Ungetüm und in den anderen rund um den Erdball in eben diesen Minuten eine kriegerische Alienrasse zur Invasion rüstet?«

»Wir passen schon auf, dass sie uns nicht kalt erwischen, Mr. Barnes!« knurrte der Militär, schaute demonstrativ aufs Handgelenk und machte Anstalten aufzustehen, doch der Moderator legte ihm seine Hand auf den Oberschenkel. »Nur eine Frage noch, Captain: Wie gedenkt die Armee zu verfahren, wenn die Aliens von friedfertiger Natur sind?«

Harold Wayne schüttelte ob dem plötzlichen Gesinnungswandel Barnes' verständnislos den Kopf. »Dann sind wir natürlich raus aus der Sache.«

»Okay! Aber wer spricht dann mit ihnen? Unser Außenminister?

Auf welche Weise gedenkt man zu kommunizieren? Und wie steht es mit Gastgeschenken ...?«

Der Captain hob beide Hände. »Halt, halt! Jetzt fragen Sie eindeutig den Falschen. Die Army ist nicht zuständig für Gastgeschenke.« Wayne zeigte sein schiefes Grinsen. »Zumindest nicht für solche, über die man sich freuen würde.«

»Und was ist mit der Kommunikation?«, hakte Barnes nach.

Captain Wayne zuckte mit den Schultern. »Ich weiß nur, das Außenministerium trommelt gerade alle verfügbaren Kommunikationswissenschaftler zusammen und hat bei der britischen Gelehrtengesellschaft Royal Society um irgendwelche Spezialisten nachgefragt, die zur Unterstützung eingeflogen werden sollen. Zudem plant das Kulturministerium den Aufbau von Tribünen.«

Barnes zwirbelte wieder am Schnauzer, schien sich diesmal aber nicht für eine Richtung entscheiden zu können. »Kennen Sie den Film ›Mars Attacks‹ von Tim Burton?«

Waynes schiefes Grinsen verbreiterte sich. »Eine selten schräge Komödie.«

»Auch in ›Mars Attacks‹ werden Tribünen aufgebaut.«

»Deine fünf Minuten sind um!«, quäkte es in Barnes Ohrknopf.

»Sie haben keine Angst davor, dass es auf ähnliche Weise enden könnte wie in diesem Film?«

Waynes Laune verbesserte sich mit jeder überzogenen Sekunde. »Bestimmt nicht, Mr. Barnes!«

Den Moderator ärgerte es, nicht ernst genommen zu werden. »Im Gegensatz zu Ihnen verschließe ich mich nicht einer möglichen Aggression, Captain! Sie haben mehrfach erklärt, keine Ahnung zu haben, was sich in den Kugeln befindet. Wieso also lachen Sie mich aus? Und wieso lassen Sie die australischen Bürger mit ihren Ängsten und Sorgen allein?«

Das Grinsen war innerhalb einer Sekunde aus Harold Waynes Gesicht verschwunden. »Hören Sie! Das in Mickett Creek oben ist kein Science-Fiction-Klamauk!«, grollte er. »Sollte es in diesen Kugeln eine Lebensform geben, die sich aus welchen Gründen auch immer gegen uns zu stellen gedenkt, so bewahre sie Gott davor, es zu tun!«

• • • •

Robin Barnes und Captain Wayne waren vom Bildschirm verschwunden. An ihre Stelle war eine strahlende Supermutti getreten, die eine Tüte künstlich gesüßter, aromatisierter und gefärbter Fruchtbonbons in die Kamera hielt. Während hinter ihr hyperaktive Bälger sich das mit künstlichen Vitaminen versetzte Zeug in den Mund stopften, als hätten sie eine Woche lang nichts zu essen bekommen, erklärte die Supermutti den Zuschauern, wie wahnsinnig gesund der in Spuren vorkommende Fruchtsaftanteil für heranwachsende Kinder sei.

»Glaubt ihr, die werden uns was antun wollen?«, fragte Mia in die Runde.
»Ich denke nicht«, gab ihr Vater zur Antwort. »Man reist nicht durchs halbe Universum, um auf einem fremden Planeten Streit anzufangen.«
»Aber dieser Fernsehfuzzy sagte doch ...«
»Papperlapapp! Der hat sich zu viele Science-Fiction-Filme angesehen.«
»Und wenn du dich irrst, Pa?«, ließ Mia nicht locker.
»Dann liegen zumindest dreitausend Kilometer Luftlinie zwischen uns und Mickett Creek.«
Ned, der seine Warze inzwischen weggebissen hatte, presste ein Taschentuch auf die Wunde.
»Gott wird nicht zulassen, dass den Menschen etwas geschieht!«, sagte Kate mit fester Stimme und erhob sich. »Ich mach uns ein paar Brote. Mia, kommst du mit und hilfst mir dabei?!«

Nachdem die beiden in der Küche verschwunden waren, stieß Paul seinen Sohn mit dem Ellbogen an. »Du bist so still, Junior.«
Ned starrte auf den blutigen Krater auf seinem Handrücken.
»Unsere Welt wird zukünftig eine ganz andere sein«, redete Paul auf seinen Sohn ein. »Du sagtest einmal, im Kosmos gebe es weit über vierzig Milliarden Planeten allein von der Größe der Erde. Und sehr viele davon wären in der Lage, Leben zu tragen ...«
Ned nickte still vor sich hin.
»Auch wenn es einigen vielleicht nicht gefällt, wir werden zu akzeptieren haben, nicht die einzigen intelligenten Lebewesen zu sein. Selbst die Fundamentalisten, gleich welcher Glaubensrichtung sie angehören, werden einsehen müssen, dass sie ihren Rechtsanspruch auf die universelle Wahrheit ein für alle Mal verloren haben. Dieses dümmliche Gezänk um religiöse und apokalyptische Zeichen wird schon bald der Vergangenheit angehören.«
»Das wird es in der Tat«, sagte Ned leise.
»Wenn sich diese gewaltigen Raumschiffe erst öffnen und ihnen Extraterrestrier entsteigen, wird ein neues Zeitalter der Menschheit beginnen. Die alten, von versteinerten Dogmen beherrschten Religionen werden verschwinden und neuen Glaubensströmungen Platz machen – offeneren und friedlicheren!«
Ned drehte seinen Kopf. Blassblaue Augen trafen sich.
»Ich prophezeie dir, mein Sohn, künftige Generationen werden vor diesen Monumenten auf die Knie fallen und für die Botschaft danken, die sie mit zur Erde brachten.«
»Welche Botschaft denn?«, flüsterte Ned.
Paul fuhr sich mit beiden Händen durchs struppig-rotblonde Haar. »Seht her, Erdlinge. Eure Welt ist nicht der Maßstab aller Dinge!«
Ned stöhnte auf.
»Diese Worte stammen im Grundsatz von dir, Junior. Erinnerst du dich noch daran?«

Paul Kelly legte seinem Sohn den Arm um die Schulter und zog ihn zu sich heran. »Vielleicht ist das unsere letzte Chance, über den Tellerrand hinauszuschauen und nach Jahrtausenden der Ignoranz endlich Verantwortung zu übernehmen. Die letzte Gelegenheit, uns zum Weltfrieden zu verpflichten, Hunger und Not zu tilgen und unseren Planeten mit Sorgfalt und Weitsicht zu verwalten, anstatt uns von einer fremden Macht regieren zu lassen.«
»Du glaubst wirklich, dass es so kommt, Pa?«
»Ich sehe die Sache bis jetzt positiv, mein Junge! Ach, bevor ich es vergesse: Grandpa lässt dich grüßen. Er freut sich mächtig aufs Barbecue am Sonntag. Vielleicht holst du dein altes Fernrohr vom Dachboden, dann könnt ihr beide nach dem Eindunkeln noch ein wenig Sterne gucken und fachsimpeln. Du weißt, wie viel ihm das früher immer bedeutet hat.«
Ned stieß einen tiefen Seufzer aus.
»Hab dich nicht so, Junior. Grandpa ist zwar ein bisschen tattrig geworden, aber noch immer fit genug ...«
»Es geht nicht um Grandpa«, unterbrach Ned seinen Vater.
»Dann hast du es also noch immer nicht verdaut.«
»Da gibt es nichts zu verdauen!«
Paul kniff seinem Sohn herzhaft in den Nacken. »Komm schon, Ned! Bis gestern redeten wir noch von ziemlich üblen Dingen.«
»Pa! ... *Ich* redete von üblen Dingen! Du hast stets abgewiegelt!«
»Schon gut, Ned, schon gut!«
»Nichts ist gut, Pa!«
Paul Kelly schüttelte traurig den Kopf. »Seit du zu Hause bist, ist für dich alles nur noch negativ.«
»Und du träumst von einer schönen neuen Welt. Dabei hast du dir meine Fotos gar nicht richtig angesehen!«
Paul nahm seinen Arm von Neds Schultern. »Das ist nicht fair, mein Junge!«
»Ach nein!«, sagte Ned nur.

»Wir haben uns die Bilder doch gemeinsam angeschaut und versucht, den Dingen auf den Grund zu gehen. Ich verstehe zwar kaum etwas davon, habe mir aber trotzdem alle erdenkliche Mühe gegeben, deinen Gedanken zu folgen.«
»Aber so, wie du jetzt redest, Pa, muss ich annehmen, du hast überhaupt nichts begriffen!«
»Ich bin kein Astronom, Ned!«
»Das brauchst du auch nicht zu sein!«
»Dann ist es ja gut!«
»Aber du nimmst mich nicht für voll!«
»Natürlich nehme ich dich für voll!«
»Du lügst!«
Paul setzte sich gerade. »So nicht, mein Sohn!«
»Dann erklär mir doch, wie meine Aufnahmen und die gegenwärtigen Ereignisse zusammenpassen?«
»Du machst dich nur verrückt, Junge!«
»Ich habe dir genau erklärt, worauf du bei den Fotos achten musst, Pa!«
Sein Vater ließ sich, vom Rededuell erschöpft, zurück ins Polster fallen. »Begreif doch! Ich verstehe einfach zu wenig von solchen Dingen.«
Ned fixierte seine Zehen und versuchte mit jeder einzelnen davon zu wackeln.
Paul stieß seinen Sohn an. »He, mach dir keinen Kopf.«
Ned seufzte: »Schon okay, Pa.«
»Hör zu, Doktorand Kelly. Du steckst mitten in der Ausbildung. Etwas nicht zu wissen, falsch zu interpretieren oder sich zu irren, ist völlig normal. Du hast alles getan, um diesem Doktor Goldstein deine Theorie zu erklären ...«
»Er hat mir doch gar nicht zugehört!«, fiel der Sohn seinem Vater ins Wort.
»Du irrst bestimmt auch darin! Hochintelligente Leute wie dieser David Goldstein bringen es nicht umsonst bis zum Direktor.

Ich denke, er verhielt sich diplomatisch und wollte dich nicht dumm aussehen lassen ...«
Ned sprang vom Sofa. »Goldstein weiß gar nichts!«
»Ist auch besser, denn so hast du dir zumindest eine Blamage erspart.«
Ned holte verzweifelt Luft: »Pa!«
»Was denn?«
Ned Kelly wollte etwas sagen, machte dann aber nur eine wegwerfende Handbewegung, lief ins Badezimmer, schlug die Tür hinter sich zu und ließ sich auf den Klodeckel fallen ...

Als keine Tränen mehr flossen, wischte er mit Toilettenpapier die Pfütze vom Boden und die Nässe aus seinem Gesicht, dann stellte er sich vor den Spiegel und flüsterte: »Ma und Mia hast du nichts davon erzählt. Dein Dad begreift es nicht einmal im Ansatz und Goldstein hat es abgelehnt, dir zuzuhören. Was gedenkst du nun zu tun? Wirst du den ›Sydney Morning Herald‹ anrufen oder die Sache ins Internet stellen?« Ned erforschte gründlich sein Spiegelbild, bevor er sich selbst die unheimliche Frage stellte: »Willst du der Welt zumuten, die Wahrheit zu erfahren?«

DRITTER AKT

Kapitel 19

Die Sikorsky donnerte mit knatternden Rotoren durch die eiskalte Nacht. Sie war in Seattle gestartet und auf dem Weg in ein über zweieinhalbtausend Kilometer entferntes Gebiet in der Nähe von Fairbanks/Alaska. An Bord des Militärhubschraubers befanden sich mehrere Kisten Spezialausrüstung, eine schlafende elfköpfige Einheit der U.S. Army sowie Professor Wesley Parker. Der Achtundsechzigjährige, der äußerlich vor allem durch seine eingefallenen Wangen und das gelockte perlweiße Haar auffiel, welches einer Rokoko-Perücke gleich sein Haupt umwallte, betreute parallel zu seinen Forschungen bei Search for Extra Terrestrial Intelligence (SETI) in West Virginia gemeinsam mit anderen Wissenschaftlern die Akten von Mutual Ufo Network (MUFON). Die Gesellschaft zur Untersuchung anomaler Radar- und atmosphärischer Erscheinungen hatte vor allem den Zweck, Vorkommnisse natürlichen Ursprungs von denen zu trennen, die unerklärlich blieben.

Wesley Parker befand sich auf dem Weg nach Alaska, weil auch dort einer dieser Raumflugkörper niedergegangen war. Doch der Koloss von Fairbanks unterschied sich in einem wesentlichen Punkt von den anderen. Augenzeugenberichten zufolge hatte sich die kronenförmig aufgeklappte Luke nach dem Austreten des Lichtblitzes nämlich nicht wieder geschlossen. Stattdessen war eine gewaltige Stichflamme, gefolgt von schwarzen Brandgasen, aus der Öffnung herausgeschossen. Neuesten Informationen zufolge stand die Luke noch immer offen und bot damit die einzigartige Möglichkeit, einen Blick ins Innere des extraterrestrischen Objekts zu werfen, ohne diesem zuvor mit Schweißbrennern und Diamantfräsen auf den Leib rücken zu müssen.

• • • •

Gleichzeitig mit der Sikorsky knatterte noch ein anderer Helikopter auf dem Weg nach Fairbanks durch die Nacht. Um nicht vom Radar erfasst zu werden, war Scott Logan gezwungen, die blauweiße Bell 206L LongRanger unter Zuhilfenahme eines Nachtsichtgeräts so tief wie möglich zu fliegen. Eine gefährliche Sache für einen – wenn auch überaus ambitionierten und erfahrenen – Freizeitpiloten.
Neben Logan befanden sich noch ein Kameramann und eine freischaffende Journalistin mit an Bord. Eine Frau, die bei ihren Berufskollegen für die skrupellose Art, mit der sie ihre Jobs erledigte, als Giftschlange verschrien war. Ihr Name: Shayne Fisher.

• • • •

Als Wesley Parker erwachte, fror ihn trotz des gefütterten Parkas. Sein ohnehin niedriger Blutdruck hatte die schlechte Angewohnheit, während des Schlafs noch weiter abzusacken. Mit dieser Eigenschaft gehörte er definitiv nicht zu den Menschen, die sich schon kurz nach dem Aufwachen dazu befähigt fühlten, Bäume auszureißen. Drei bis vier Tassen starker Kaffee, eine heiß-kalte Dusche und eine Stunde Anlaufzeit waren das Mindeste, was er brauchte, um sich zu den Lebenden zu zählen ...
Gähnend richtete sich der Professor auf der Pritsche auf und sog in schnellem Rhythmus wässrigen Ausfluss zurück in die Nasenhöhlen, dann schob er den Ärmel seines Parkas nach hinten und blinzelte auf das rechteckige weiße Zifferblatt seiner Uhr – achteinhalb Stunden, seit sie in Seattle gestartet waren.

Je weiter sie nach Norden kamen, desto öfter wurde der Hubschrauber von Böen durchgerüttelt, was auch die hartnäckigsten Schläfer aufzuwecken vermochte. Einer nach dem anderen krochen die Soldaten von den Pritschen oder aus ihren Schlafsäcken, wobei ein Blick aus dem Fenster den einen oder anderen zum ersten Fluch des anbrechenden Tages verleitete – oben grau, unten grau und in der Mitte nichts als Regen.

»Sir!«, rief Sergeant Travis gegen den Lärm der Turbinen an. »Darf ich Ihnen einen Becher Kaffee bringen?«
»Ist er denn auch heiß?«, krächzte Parker mit heiserer Stimme. Er musste während des Schlafs ganze Wälder zersägt haben.
Der Soldat trat näher an Parkers Pritsche. »Sie müssen lauter sprechen, Sir!«
»Ist der Kaffee heiß?«, rief der Professor.
»Selbstverständlich, Sir!«
»Hätten Sie vielleicht auch ein paar Kekse?«
»Ich kümmere mich darum, Sir!«

Während Wesley Parker trockene Kekse in den Kaffeebecher tunkte, sich Lippen und Zungenspitze verbrühte und seinen Parka bekleckerte, bemerkte er, wie am gegenüberliegenden Fenster plötzlich ein mächtiger Schatten vorüberzog.
Minuten später überlagerte ein Rumpeln das monotone Röhren der Triebwerke. Parker kannte das Geräusch. Es war die Tanksonde des Hubschraubers, die sich in den Fangtrichter der vorbeigeflogenen Hercules schob, damit von ihr frisches Kerosin herübergepumpt werden konnte. Seit sie unterwegs waren, wiederholte sich der Vorgang nun bereits zum dritten Mal. Die erste Tankfüllung hatten sie über Pooley Island erhalten und die zweite zwischen der Rodman und der Ushk Bay, ganz in der Nähe der Goldminen Alaskas. Bei der momentanen Beladung schaffte die Sikorsky vom Typ CH-53 achthundert Kilometer

mit einer Füllung. Der Professor rechnete nach: Die gesamte zurückzulegende Strecke betrug etwa zweitausendsechshundert Kilometer. Dabei führte sie der Weg der Küste von British Columbia entlang und später ... Parker stieß den Offizier neben sich an: »Verzeihung!«
»Sir?«
»Haben Sie eine Ahnung, wo wir uns gerade befinden?«
Der Angesprochene zog ein GPS aus einer der zahlreichen Taschen seines Kampfanzugs, schaltete es ein und studierte das Display. »Über dem Wrangell-Saint Elias National Park.«
Parker bedankte sich und äugte hinüber zu Russell, der auf einer Pritsche hockend irgendwelche Akten studierte. Einen Offizier im Rang eines Majors als Leiter für die bevorstehende Operation einzuberufen, unterstrich deren Wichtigkeit. Russell war achtunddreißig, etwa einsneunzig groß und führte einen mächtig durchtrainierten Körper vor. Unverkennbar waren der meist unter einer Schildmütze verborgene, glatt rasierte Schädel, die blauen Augen eines Huskys, das markante Kinn und die nach unten geknickten Mundwinkel, die einen stets daran erinnerten, keinen besonders netten Menschen vor sich zu haben.

Zweieinhalb Stunden später ging der Hubschrauber in den Sinkflug über, legte sich auf die Seite und zog einen weiten Bogen nach rechts. Trotz des Regens war der Anblick überwältigend. Zwar hatte Parker schon einiges an Foto- und Videomaterial gesichtet, doch die Wirklichkeit war etwas völlig anderes. Diesem gewaltigen außerirdischen Objekt mit einem Mal so nah zu sein, löste eine Mischung aus Staunen, Ehrfurcht und Unbehagen in ihm aus. Dazu kam, dass das ganze Aufgebot an Kampfhelikoptern, Panzerfahrzeugen, Lastwagen, Zelten und Soldaten neben der Kugel aussah wie Spielzeug unterm Weihnachtsbaum. Ihm kamen Titelbilder alter SciFi-Romanhefte in den Sinn, die ihm seine Verwandten aus Deutschland zu Beginn der sechziger Jahre geschickt hatten. Perry Rhodan hieß der wackere Serienheld, der in einem kugelförmigen Raumschiff das Weltall durchquerte. Zur gleichen Zeit startete der Sowjetrusse Juri Alexejewitsch Gagarin als erster Mensch mit seiner zwar winzigen, aber ebenso kugelförmigen Wostok-Kapsel ins All und löste damit einen Wettstreit der damaligen Supermächte aus, welcher erst acht Jahre später mit der Landung der Amerikaner auf dem Mond sein Ende fand. Allerdings war der Sieg der USA über die UdSSR mehr als nur knapp gewesen, denn auch die Union der Sozialistischen Sowjetrepubliken verfügte über eine eigene Mondrakete, die N1. Hätte sich der damalige Raketen-Chefkonstrukteur Koroljow mit seinem Konkurrenten Gluschko wegen technischer und persönlicher Dinge nicht total zerstritten, wäre anstelle des Sternenbanners wohl zuerst eine Flagge mit Hammer und Sichel auf dem Erdtrabanten gehisst worden.

Parkers Gedanken kehrten zurück zur Kugelform, denn der russische Mondlander Lunnyi Korabl war auch nichts anderes gewesen als eine auf Teleskopbeinen montierte Aluminiumkugel. Dem ersten äußeren Augenschein nach unterschied sich das Ufo, von seiner Größe einmal abgesehen, in keiner Weise von irdischen Raumschiffdesigns. Dieser Feststellung folgte erneutes Unbehagen, hatte sein englischer Berufskollege Stephen Hawking doch in einem Interview behauptet, der Kontakt mit einer außerirdischen Zivilisation werde für die Menschheit genauso schmerzlich verlaufen wie die Begegnung der amerikanischen Ureinwohner mit Kolumbus.

In diesem Moment kam die mächtige offenstehende Luke in Sicht, aus der unentwegt schwarze Rauchschwaden quollen. Die Sikorsky kurvte zweimal um den Koloss herum und sank dann auf hundert Meter ab, sodass sie freie Sicht auf die untere Hälfte hatten, wo fünf mächtige Stelzen aus der Kugel ragten, deren Enden in wabenförmigen Bodenplatten mündeten.

Parker griff nach dem Fernglas, das um seinen Hals baumelte. Die Außenhaut des Objekts war aus wabenförmigen Elementen zusammengesetzt. Wie ein Fußball bestanden sie aus zahlreichen Hexa- und Pentagonen. Hierbei hatten die extraterrestrischen Konstrukteure auf eine geometrische Form zurückgegriffen, die in der Natur nur allzu bekannt war. Organische Moleküle wie der Benzolring bildeten zum Beispiel Hexagone heraus, Kohlenstoff in der Kristallstruktur von Grafit dafür Pentagone ...

»Jetzt fehlt nur noch, dass die Besatzung aus mordenden Insektoiden besteht«, redete der Professor – sich an alte Horrorfilme erinnernd – mit sich selbst.

»Was sagen Sie?«, rief Russell, der das Fenster neben Parker in Beschlag genommen hatte.

»Oooh, ich habe nur laut gedacht! Musste beim Anblick der wabenartigen Außenhaut unwillkürlich an Monsterbienen denken!«, rief der Astropysiker zurück.

»Bienen bauen keine Waben!«

»Was sagen Sie?«

»Bienen bauen keine Waben!«, wiederholte der Major. »Mein Vater besaß mehrere Bienenvölker und irgendwann fand er heraus, dass die Viecher gar keine Waben bauen! Die machen nur Röhren! Während der Arbeit halten sie das Wachs flüssig, worauf es von ganz allein die energetisch sparsamste Form einer Wabe annimmt!«

»Interessant!«, rief Parker in den Lärm. »Da lerne ich auf meine alten Tage ja noch etwas dazu.«

Der Professor wandte sich wieder dem Fenster zu, studierte weiter die Wabenplatten der Außenhaut und rekapitulierte für sich die bereits bekannten Daten. Die Oberfläche der Kugel bestand aus 320 Hexagonen mit einem Durchmesser von 26,84 Metern und 192 Pentagonen mit einem Durchmesser von 22,42 Metern. Das ganze Ufo brachte es auf 244,21 Meter. Das Volumen der Kugel betrug über siebeneinhalb Millionen Kubikmeter.

Das war mehr als das Doppelte des früheren World Trade Centers in New York – und zwar von beiden Türmen. Ihm wurde bei dem Gedanken, was sich alles in diesem Riesending verbergen konnte, ein weiteres Mal mulmig zumute.
Russell tippte Parker auf die Schulter. »Sie haben doch mit dieser SETI-Sache zu tun?!«
Der Professor drehte den Kopf. »So ist es! Ich arbeite mit dem Green-Bank-Teleskop in Virginia! Ich denke, Sie wollen wissen, ob wir Signale empfangen haben?!«
Der Major bejahte.
»Keinen einzigen Piepton!«
Russell massierte sich nachdenklich die Nasenwurzel und kehrte zu seinem Fensterplatz zurück. Ein weiteres Mal umrundete die Sikorsky den Koloss.
Was Parker in Erstaunen versetzte, waren die großflächigen rostfarbenen Striemen auf der Außenhaut – deutliche Zeichen von Oxidation. Waren diese Dinger tatsächlich aus profanem Eisen erbaut? Er hatte es lange nicht glauben wollen, aber jetzt, wo er es mit eigenen Augen sah ... Plötzlich hielt er inne, korrigierte die Schärfe seines Fernglases. »Heiliger Bimbam!«
»Haben Sie was entdeckt?«, fragte Russell.
»Ich denke schon! Könnten Sie die Piloten fragen, ob es möglich wäre, etwas näher an die Stützen heranzufliegen?«
Der Major gab über sein Headset den Befehl in die Kanzel und streckte Parker danach seinen nach oben gerichteten Daumen entgegen.

Mit jedem Meter, den sie näher an das Ufo herankamen, wölbte sich die nassglänzende Außenhaut höher und weiter über ihnen. Das zurückhallende Röhren der Turbinen und Knattern der Rotoren steigerte sich zum Inferno, als der Hubschrauber in geringer Höhe zwischen der Kugelwand und einem der mächtigen Stützbeine hindurchzumanövrieren begann.

Vor dem Regen geschützt, war die Sicht hier unten um einiges besser. Der Professor hielt sich wie die Soldaten beide Ohren zu und starrte stirnrunzelnd aus dem Fenster. Was er da vor sich hatte, war kein Teleskopbein, wie von Weitem vermutet, sondern eine etwa sechs bis sieben Meter dicke Gewindestange, die durch eine Lagerbuchse hindurch ins Innere der Kugel führte. Eine Vertiefung sorgte dafür, dass sich die Fußplatte nahtlos in die Außenhaut einfügte, sobald die Stütze ganz eingefahren war. Parker gab zu verstehen, dass er für den Moment genug gesehen hatte. Die Piloten zirkelten die Sikorsky wieder hinaus in den Regen und steuerten im Tiefflug den Stützpunkt an. Derweil versuchte der Wissenschaftler in seinem Gehirn Ordnung zu schaffen. Ein weiteres, verblüffend irdisch anmutendes Teil hatte bei diesem extraterrestrischen Koloss Verwendung gefunden. Ob zum Führen des winzigen Laserkopfs eines Blu-Ray-Players oder zum Heben und Senken von Showbühnen – Gewindestangen waren, vor über zweitausend Jahren vom griechischen Mathematiker, Physiker und Ingenieur Archimedes erfunden, um damit Äcker zu bewässern, auch heute noch vielerorts im Einsatz. Und jetzt stand dort draußen, mit der gleichen altertümlichen Technik ausgestattet, dieser Raumflugkörper.
Wesley Parker war trotz der gewaltigen Ausmaße enttäuscht, hatte er doch eine Technologie erwartet, die der terrestrischen weit überlegen war. Zwar hatte er sich auf einiges gefasst gemacht, mit Sicherheit aber nicht auf vor sich hinrostende Monsterbowlingkugeln auf archimedischen Stützkrücken.

Die Sikorsky setzte dreieinhalb Kilometer entfernt am Rand einer Zeltstadt auf. Trotz der beachtlichen Distanz schien der Koloss noch immer zum Greifen nah. Etwas Ähnliches hatte Wesley Parker in jungen Jahren beim Besuch der ägyptischen Pyramiden erlebt. Egal, aus welcher Distanz man sie betrachtete, stets überragten sie alles um sich, sogar eine Metropole wie Kairo.

Während das Summen der auslaufenden Triebwerke Oktave um Oktave tiefer ging, wurden der Professor und die Soldaten von einem Sergeant der örtlichen Truppen in Empfang genommen und zu einem der Armeezelte geführt.

Parker war froh, endlich am Ziel zu sein, denn für stundenlange Aufenthalte in schlecht beheizten fliegenden Schüttelbechern fühlte er sich inzwischen doch etwas zu alt. Dafür wurde er angenehm überrascht, als sie das Zelt betraten. Der Untergrund war flächendeckend mit stabilen Holzplanken ausgelegt, mehrere gasbetriebene Heizkörper erzeugten wohltuende Wärme. Offensichtlich befanden sie sich in der Kommandozentrale. Auf einer Reihe von Metalltischen, die in der Mitte des Zeltes einen geschlossenen Kreis bildeten, türmten sich Funkanlagen, Steuerungen für Radar- und Videoüberwachungssysteme sowie anderes mehr. Armeeangehörige beiderlei Geschlechts bedienten die Gerätschaften und hoben nur kurz den Blick, um die Neuankömmlinge zu mustern. Wesley Parker blieb einen Moment stehen und bestaunte das geschäftige Treiben. Russell nahm ihn am Arm. »Einsatzbesprechung, Professor! Umschauen können Sie sich später.«

Die Gruppe begab sich zu einem Tisch im hinteren Teil des Zeltes. Nachdem ein Küchensoldat heißen Tee und Kaffee verteilt hatte, erschien ein Colonel. Er nahm den Major beiseite und überreichte ihm einige Papiere. Während sich die beiden gedämpft unterhielten, erschienen immer wieder Furchen auf Russells Stirn. Minuten später war das Gespräch beendet und der Colonel verschwunden.

Russell knallte missmutig seine Unterlagen auf den Tisch und stützte sich mit zu Fäusten geballten Händen darauf ab. »Wie Sie sicherlich bemerkt haben, befinden wir uns hier in einer vorgeschobenen Kommandozentrale der United States Army Alaska.« Der Major sprach mit eindringlicher Stimme: »Die USARAK fungiert als landgestützte Komponente der vereinigten

Verteidigungs- und Unterstützungskräfte. Sie besteht aus folgenden Brigaden: Der ersten Sturmkampftruppbrigade der fünfundzwanzigsten Infanteriedivision, genannt Arctic Wolves. Der dritten, erweiterten Manöverbrigade, genannt Trailblazers. Der vierten Kampftruppbrigade der fünfundzwanzigsten Infanteriedivision, genannt Spartas. Und der sechzehnten Luftkampfbrigade, genannt Arctic Falcons. Die USARAK unterstützt die U.S. Army Pacific, also die USARPAC, bei konzentrierten Operationen gegen spezifische Kommandoziele oder in Not- und Ausnahmefällen wie diesem. Die Aufgabe der Jungs hier ist es also, uns den Rücken freizuhalten.« Russell drückte – die Fäuste noch immer auf der Tischkante – seinen Rücken durch. »Dafür erwarten das Pentagon, die Bleistiftspitzer in Washington und die Medien von uns baldige Resultate!«
Die Mienen der Soldaten am Tisch blieben unbeweglich.
Der Major trat hinter den bereitstehenden Overheadprojektor und griff sich aus der Ablage darunter einen blauen Filzschreiber. Zuerst zeichnete er einen Fluss, der in einer Diagonale von oben links quer über das ganze Bild nach unten rechts führte. »Der Tanana River«, erklärte er dazu, ohne sich umzudrehen.
Während Professor Parker und die Soldaten Russells Kunstwerk auf der zwei mal zwei Meter großen Projektionsleinwand bestaunten, ersetzte dieser den blauen Stift durch einen roten und malte damit im linken Drittel der Transparentfolie, mittig zwischen Fluss und unterem Bildrand, ein ›UFO‹, und einige Zentimeter rechts davon ein ›KZ‹ hin. »Ufo und Kommandozentrale. Wer's genau wissen will, unsere Koordinaten lauten 64° 40′ Nord, 147° 4′ West.« Russells Hand glitt nun in die linke obere Ecke, wo er über dem Fluss ein ›FB‹ auf die Folie kritzelte. »An dieser Stelle befindet sich Fairbanks«, ließ er seine Männer wissen. »Eine alte Goldgräberstadt. Mit dreißigtausend Einwohnern die zweitgrößte Siedlung Alaskas. Die Distanz vom Kommando beträgt einundzwanzig Klicks Nordwest.«

Als nächstes suchte er den Punkt mittig zwischen linkem und rechtem Bildrand, wo er wiederum nördlich des Tanana Rivers ein ›NP‹ hinpflanzte. »Das ist North Pole. Ein Zweitausend-Seelen-Kaff. Distanz vom Stützpunkt zwölf Klicks Nordost.« Rechts unten, auf der gleichen Flussseite wie Fairbanks und North Pole, malte er ›EAFB‹ auf die Folie. »Und zum Schluss die Eielson Air Force Base, zweiundzwanzig Klicks von hier.«
Nachdem Russell den Stift abgelegt hatte, kehrte er an die Stirnseite des Tisches zurück, wo er – auf seine Fäuste aufgestützt – erneut Aufstellung nahm. »Die Landestelle des Ufos ist im Umkreis von drei Klicks hermetisch abgeriegelt. Geht einer näher heran, gibt's mächtig Ärger! Die Jungs nehmen sich sogar Bären und Elche vor!« Seinen Ausführungen hängte er noch ein kurzes Zähnefletschen und so etwas wie ein Knurren an.
Der führt sich ja auf wie ein Gorilla!, dachte Parker, als er den Major so dastehen sah. Dabei fragte er sich, ob dessen Gehabe bloß eine Inszenierung war, die der Respekteinflößung diente, oder ob es in seinen Genen verankert war.
»Das Kommando hat unsere Operation auf den Namen ›ET One‹ getauft«, fuhr Russell fort. »Unsere Aufgabe ist die Sondierung der Lage innerhalb des Objekts.«
Die Männer am Tisch kannten den Einsatzbefehl in- und auswendig und wunderten sich, weshalb ihn ihr Vorgesetzter nun erneut herunterbetete.
Russells Mundwinkel zuckten. »Leider werden wir unsere Vorgehensweise in einigen Punkten anpassen müssen.«
Wesley Parker und die Soldaten wurden hellhörig.
»Ich werde im Detail später darauf eingehen. Nur eine Sache vorab. Gemäß der letzten Risikobeurteilung des Oberkommandos dürfen wir unsere Waffen nur noch zur rein persönlichen Verteidigung einsetzen. Es darf demnach kein Schuss abgegeben werden, solange sich niemand in akuter Lebensgefahr befindet.«
Parker und die Soldaten schauten ungläubig.

»Sollte uns während der Operation also etwas in die Quere kommen, das keine Manieren besitzt, läuten wir die Glocke, packen unsere Sachen zusammen und verschwinden. Es wird dann die Aufgabe der Wolves und Spartans sein, auf den Befehl des Kommandeurs hin zu reagieren. Nur wenn die Sache komplett aus dem Ruder läuft, wird die Air Force alarmiert! Fragen?«
Die Soldaten schwiegen betreten. Nur eine Hand mit schwarzen Rändern unter den Fingernägeln fuhr in die Höhe. Sie gehörte einem der beiden Hubschraubermechaniker.
»Pickman?«
»Sir! Wissen Sie, ob es eine Order gibt, im schlimmsten anzunehmenden Fall Nuklearwaffen einzusetzen?«
Russell legte seine Fingerspitzen aufeinander. »Ja, diese Order besteht.«
»Was wird dann aus uns?«, fragte Parker verunsichert. Er hatte bislang noch nichts von einem derartigen Befehl gehört.
»Damit das jedem klar ist«, entgegnete Russell, an alle gewandt, »wenn die Jungs hier anfangen, mit der großen Kelle was anzurühren, sind wir entweder längst weg oder schon tot!«
Der Professor atmete tief durch, musste unwillkürlich auch an die Bevölkerung von North Pole und Fairbanks denken ...
Russell schien Parkers Besorgnis zu erraten. »Wenn dieses Monstrum, oder das, was sich darin aufhält, einen Angriff gegen uns führt, dem wir nur mit einem Nuklearschlag begegnen können, dann landen wir sowieso alle in der Hölle!«
»Sie befürchten eine koordinierte Aggression?«
Der Major bejahte. »Sämtliche Kugeln sind mit diesem Ufo-Satelliten bis heute mindestens einmal in Verbindung getreten. Es ist also nicht abwegig anzunehmen, dass sich eine Kontaktaufnahme jederzeit wiederholt.«
Parker versank in Gedanken und hörte deshalb nur am Rande, wie Russell nun über das Wetter redete – dass es nicht besser werde und dass sie schon bald eingeschneit sein würden.

»Scheißschnee!«, knurrte Hubschrauberpilot Foster, ein schwarzer Hüne aus Santa Monica, den man niemals ohne seine Sonnenbrille sah. Angeblich trug er sie auch während des Schlafens, beim Sex und unter der Dusche.

Parker, von unguten Gefühlen erfüllt, nahm einen Schluck Kaffee und setzte sich auf der unbequemen Holzbank gerade.

Der Major hatte eine neue Folie auf den Projektor gelegt, zeichnete mit einem schwarzen Marker eine waagerechte Linie am unteren Bildrand und darüber einen großen Kreis – das Ufo. Dann begann er mit dem Marker Hubschrauber zu spielen, ließ ihn über dem ›Ufo‹ kurven ...

»Sich von der Sikorsky aus direkt zur Luke abzuseilen, funktioniert nicht«, klärte er seine Männer auf. »Es herrscht zu viel Wind. Also fliegen wir zum Scheitelpunkt der Kugel und richten uns dort gemütlich ein.«

Russell malte bei zwölf Uhr ein ›H‹ für Hubschrauber über den Kreis und bei zwei Uhr ein ›L‹ für Luke. »Es wird wie gesagt ziemlich windig sein da oben, dazu entsprechend nass und kalt.« Er verband nun das ›H‹ und das ›L‹ mit einer gepunkteten Linie. »Es sind fünfundachtzig Meter von der Sikorsky bis hinunter zur Luke.«

Der Major drehte sich wieder zu seinen Männern. »Wir werden die gesamte Ausrüstung dort hintragen müssen, doch das ist bei Weitem nicht alles.«

Die Soldaten zogen die Stirn kraus.

»Wie Sie gesehen haben, quillt Rauch aus der Luke. Er ist vierzig Grad warm und hochgiftig. Zwar nimmt seine Temperatur und Dichte ständig ab, trotzdem kann uns keiner sagen, wann es sich ausgequalmt haben wird. Vielleicht ist das schon in Stunden der Fall, vielleicht aber auch erst in Tagen oder Wochen. Wie auch immer, wir können nicht darauf warten.«

Russells nach unten geknickte Mundwinkel zuckten erneut. »Ihnen ist klar, was das heißt?!«

Die Soldaten stöhnten auf. Bei derartigen Verhältnissen zu arbeiten bedeutete, einen schweren gummierten Schutzanzug und Sauerstofftanks mit sich herumzuschleppen. Ein Unding, in dem man sich weder am Hintern noch sonst wo kratzen konnte ...

»Noch etwas zu diesem Qualm!«, unterbrach Russell den Gedankenstrom seiner Untergebenen. »Die Medizinmänner sind der Meinung, in der Kugel gebe es keine überlebenden Außerirdischen. Sie gehen davon aus, dass diese längst an einer Rauchvergiftung krepiert sein müssten.« Der Major kniff die Augen zusammen. »Das kann zwar sein, muss es aber nicht, denn eine entscheidende Frage ist offen: Benötigen Aliens überhaupt Atemgas zum Leben? Wenn ja, ist es dieselbe Zusammensetzung, wie wir sie brauchen? Und wenn wiederum ja, können sie sich nicht so lange in ihrem Rosthaufen verkriechen, bis sich die Giftwolke verflüchtigt hat?« Russell wandte sich an den Professor: »Platz in diesem Monstrum gibt es dafür genügend, meinen Sie nicht auch?«

»Da kann ich Ihnen nur zustimmen«, gab Parker zur Antwort. Russell stieß einen befriedigten Knurrlaut aus. »Deshalb lautet mein Befehl: Tot ist nur, was ich für tot erkläre! Verstanden, Männer?!«

Während der Trupp in kollektives Nicken verfiel, fingerte der Major einen Stapel Papiere aus seinen Unterlagen und schob sie dem ersten Mann zu. »Verteilen!«

Nachdem jeder ein Dokument vor sich liegen hatte, erklärte Russell, sich in gewohnter Manier auf der Tischkante abstützend: »Professor Parker wurde uns als Forschungsleiter zugewiesen. Er ist Astrophysiker von Beruf und beschäftigt sich seit Jahrzehnten mit unbekannten Flugobjekten und der Suche nach intelligenten extraterrestrischen Lebensformen. Es obliegt ihm, die Untersuchungen zu führen. Wir werden ihn dabei mit allen Kräften unterstützen.«

Die Männer am Tisch nickten Parker zu.

»Da wir autonom von der CH-53 aus operieren, muss alles für unsere Arbeit Notwendige an Bord sein: die technische Ausrüstung für Einstieg, Sondierung, Bildübertragung und Kommunikation, das Sicherheits- und Sanitätsmaterial sowie eure persönliche Ausrüstung inklusive Mannverpflegung und Pappklo.« Russell schob dem ersten Mann am Tisch links ein gelbes Papier zu. »Sobald wir hier fertig sind, gleichen Sie diese Liste mit der unserer Ladung ab. Wenn etwas fehlt, bekommen Sie es von Sergeant Montell. Der Mann treibt sich irgendwo da vorne rum.« Russell zeigte in die ungefähre Richtung. »Klein, breit, weiß, tätowierter Barcode im Nacken.«
Chief Warrant Officer Hopper, ein kantiger Hüne mit blondem Stoppelhaar, salutierte.
Russell öffnete eine Mappe vor sich. »Ich komme nun zu den Einzelheiten der Operation ›ET One‹.«
Die Soldaten schoben die Papiere vor sich zusammen und machten sich bereit für Notizen.
»Punkt eins: Ich leite die OP vom Hubschrauber aus. Während des Einsatzes bin ich sowohl mit dem Oberkommando hier als auch mit dem Generalstabschef im Pentagon verbunden. Jede Etappe der Operation verlangt nach einer Autorisierung von ganz oben. Alles klar?!«
Knappes Nicken beidseits des Tisches.
»Punkt zwei: Foster und West fliegen. Mechaniker ist McCuller. Sind wir am Ziel, helfen alle Mann beim Aufbau der Technik. Jeder kennt die Apparaturen und weiß, was wo hingehört. Wer glaubt, eine Wissenslücke zu haben, studiert nach der Besprechung nochmals die Unterlagen. Ich werde keine unnötigen Verzögerungen dulden!«
Wiederum ein kurzes Nicken.
»Punkt drei: Lovell, Cobb und Pickman haben uns wohlbehalten hierhergebracht. Sobald die Technik steht, geht ihr in die Schlafsäcke.«

Die beiden Piloten und der Bordmechaniker, gerade noch voll bei der Sache, rutschten auf der Bank ein Stück tiefer. Alle drei kannten sie das Organigramm sehr genau, hatten der außergewöhnlichen Gegebenheiten wegen aber gehofft, trotzdem im Dienst zu bleiben.

Der Major zeigte wenig Verständnis für die enttäuschten Gesichter seiner Untergebenen. »Ich will auch beim Rückflug eine Crew im Cockpit, die topfit ist, verstanden!«

Die drei salutierten beflissen.

Der Colonel von vorhin tauchte wieder auf, drückte dem Major zwei rote Mappen in die Hand und führte ihn einige Schritte von der Truppe weg.

Als Russell an den Tisch zurückkehrte, wirkte er deutlich genervt. »Es drängen sich weitere Veränderungen auf, die mich zum Umdenken zwingen. Wir machen deshalb fünfzehn Minuten Pause.«

Russell zog sich ohne ein weiteres Wort mit seinen Papieren ans andere Ende des Tisches zurück. Professor Parker und die Soldaten fragten sich zum Toilettenzelt durch, wo sie nebeneinanderstehend in die Blechrinne pinkelten.

»Russells ursprünglicher Plan war doch perfekt«, maulte es rechts von Parker.

»Die Sesselfurzer müssen auch an allem rumschrauben«, schimpfte es von links.

»Das ist ihre Strategie, um sich mit den Ideen anderer im Erfolg zu sonnen«, kam es von noch weiter links. »Sich selber was auszudenken, dafür sind sie zu faul.«

»Das Klauen bringen sie denen doch schon auf der Uni bei«, tönte es wieder von rechts. »Effizienzmanagement oder so ähnlich nennen die das.«

»Und wenn's schief geht, baden wir die Scheiße für sie aus«, kam es zurück.

Das macht ihr doch sowieso!, dachte sich Parker.

Als die Gruppe geschlossen zurückkehrte, verkündete Russell, noch während die Männer sich setzten: »Es wird einige Änderungen im Ablauf der Operation geben und ihr werdet keine Freude daran haben!«

Die Soldaten tauschten vielsagende Blicke.

»Chief Warrant Officer Hopper begleitet Professor Parker zur Luke hinunter und koordiniert wie vorgesehen den Einstieg dort. Das ist das Einzige, was von den bisherigen Plänen übernommen wird.«

Die Gesichter aller am Tisch versteinerten.

»Die Warrant Officers Douglas und Frawley erhalten neue Aufgaben.« Russell wandte sich den beiden zu. »Douglas, Sie bedienen die elektrische Seilwinde an der Luke. Frawley, Sie sind verantwortlich für die Beleuchtung im Schacht und die Kontrolle von Parkers Luftversorgung. Wie ich Ihren Akten entnehmen kann, haben Sie beide schon mit solchem Material gearbeitet, richtig?!«

Die Genannten nickten verwundert. Währenddessen richtete Russell seinen Blick bereits auf einen anderen Soldaten. »Warrant Officer Travis! Ich benötige Sie zusätzlich als Springer.«

Der junge Stabsarzt, der hart an seiner nächsten Beförderung arbeitete, salutierte zackig. Den Springer zu machen war das Allerletzte. Gib mir dies, tu das, hol jenes ... Doch wer Karriere machen wollte in der Army, der führte jeden Befehl aus, ohne zu murren.

Wesley Parker hingegen murrte schon: »Wer von den Männern hier kommt denn nun mit hinein?«

Das fragten sich auch die Soldaten, waren sie doch davon ausgegangen, den Professor ins Innere des Ufos zu begleiten, während die Betreuung an der Luke von örtlichen Einheiten übernommen werden sollte.

»Hopper, Douglas und Frawley sind ganz in Ihrer Nähe«, wich der Major aus.

»Sir! Meine Frage ist damit nicht beantwortet.«
»Ich komme später darauf zurück, Professor.«
Parkers Rückgrat versteifte sich. »Ich möchte das aber jetzt geklärt haben!«
»Später!«, insistierte Russell ungewohnt scharf und widmete sich wieder seinen Papieren.
Parkers linkes Augenlid begann unkontrolliert zu zucken – ein deutliches Zeichen seiner starken inneren Erregung.
»Douglas und Frawley! Sie werden nach der Landung als Erstes versuchen, so nah bei der Luke wie möglich Befestigungsanker in die Außenhaut zu setzen. Klappt es, können wir unser Material dort sichern. Klappt es nicht, muss die Ausrüstung, in Netzen verpackt, mit Seilen an der Sikorsky befestigt werden. Unter Umständen werden wir also eine Menge Seil benötigen. Denken Sie daran, wenn Sie die Liste durchgehen, Hopper!«
Der Major nahm eine der beiden roten Mappen vom Tisch, die ihm vom Colonel überreicht worden waren. »Für Sie, Professor! Eine Liste mit allen Informationen zu diesem Monsterteil da draußen. Das meiste dürfte Ihnen bekannt sein, doch es gibt auch Neuigkeiten – seltsame Spuren im Boden zum Beispiel, auf die man heute Morgen gestoßen ist. Wenn Sie wollen, können Sie nachher hinausfahren und sich das genauer ansehen.«
Die Mappe schlitterte über den Tisch und landete zielgenau vor Parkers Händen. Russell stützte sich wieder auf seinen Fäusten ab. »Und jetzt zu einer weiteren Planänderung.«
Die elf Männer setzten sich instinktiv gerade.
»Wie ihr wisst, hätte uns Leslie Piper begleiten sollen ...«
Piper war ein bekannter Höhlenforscher, der mit seiner Videokamera in jedes Loch hineinkroch, auch wenn er von seinen Helfern mit einem Seil an den Füßen rückwärts wieder herausgezogen werden musste.
»Er wird nicht dabei sein.«
»Und wer kommt dann mit?«, rief Parker aufgeregt.

»Niemand!«

»Wie bitte? Aber einer muss doch die Kamera bedienen und alles aufzeichnen ...«

»Das machen Sie!«

Parkers Augenlid begann wieder zu zucken.

»Und ich spiele den Regisseur.«

Parkers Augenlid zwinkerte ein Stakkato. »Ich verstehe nicht?«

Der Major holte Atem: »Sie werden mit einer kleinen Funkkamera ausgerüstet allein in dieses Ufo steigen.«

Wesleys Augenlid blockierte. »Das ... das war aber nicht so abgemacht! Ich ...«

»Es kann Sie keiner zwingen, da reinzugehen, Professor.«

»Natürlich nicht!«

»Heißt das, Sie wollen den Job abgeben?«

»Ja! Äh, ich meine – nein!«, stotterte der Astrophysiker.

Während die Soldaten noch daran arbeiteten, Russells Informationen zu verdauen, hatte Parker sich gefasst und zu protestieren begonnen: »Ich kann das so nicht akzeptieren, Sir! Es widerspricht allen Abmachungen! Man hat mir mindestens zwei bewaffnete Begleiter und einen Kameramann zugesichert!«

»Man *hatte* Ihnen das zugesichert«, knurrte der Major. »So wie man auch mir einiges zugesichert *hatte*. Doch die Situation hat sich zwischenzeitlich geändert, was nach Anpassungen verlangt.«

»Und was genau hat sich geändert?«, knurrte Parker zurück.

»Der Einstieg in das Ufo ist um ein Vielfaches kleiner als bisher angenommen.«

»Ach!«

»Man hat das während des letzten Überflugs festgestellt.«

»Ich dachte immer, die mir zur Verfügung gestellten Angaben seien evident!«

»Das waren sie auch!«

Parker, mit Russells Antwort keineswegs zufrieden, schimpfte: »Dann wurde bei den bisherigen Abklärungen geschlampt!«

Der Militär durchbohrte ihn mit einem Blick, der glühende Lava in Eisklumpen zu verwandeln imstande war. »Es ist, wie es ist, Professor! Schlucken Sie es, oder lassen Sie es bleiben!«
Parker winkte entnervt ab. »Und wie eng ist dieser Schacht denn nun wirklich?«
Russell hielt ihm sein Arbeitspapier vor die Nase und tippte auf eine Position in der Mitte. »Ich werde später im Detail darauf eingehen. Außerdem finden Sie die Angaben dazu in Ihrer roten Mappe, sollten Sie sich nicht so lange gedulden wollen.«
»Sagen *Sie* es mir!«, forderte Parker den Major heraus. »Jetzt!«
»Professor!«, bellte der, und beugte sich drohend nach vorn. »Machen Sie nicht den Kasper hier, sonst werde ich Sie von Ihrer Aufgabe entbinden!«
Parker stand auf. »Das werden Sie nicht wagen!«
»Ich tu's! Ganz egal, wie weit Ihre Beziehungen reichen mögen!«
Russell wuchs eine Handbreit in die Höhe, während Parker, ohnehin zehn Zentimeter kleiner als der Militär, nochmals ein Stück schrumpfte. Er konnte dem Major keinen selbstverschuldeten Fehler vorhalten, fühlte sich aber von dessen Umgangston herabgesetzt und entwürdigt.
Während die Soldaten betreten Löcher in die Luft starrten und Parker zurück auf die Bank sank, murrte er leise: »Eins zu null für den Affen.«
Russell holte nun doch sein eigenes Exemplar der roten Mappe hervor, schlug sie auf und zog seine bereits nach unten geknickten Mundwinkel noch ein Stück tiefer. »Eineinhalb Meter!«
»Was?«, krächzte Parker.
Chief Warrant Officer Hopper erhob sich und salutierte. »Mit Verlaub, Sir! Wie ist das möglich? In meinen Papieren steht etwas von vierundzwanzig Metern.«
»In meinen auch!«, schimpfte der Professor.
»Setzen Sie sich, Hopper«, knurrte der Major. »Der Irrtum beruht auf einer optischen Täuschung.«

Die Männer am Tisch glaubten nicht richtig zu hören.
»Kein Scheiß?«, fragte Foster, der schwarze Hüne mit der Sonnenbrille.
»Kein Scheiß!«, gab Russell zurück. »Ich versuch's Ihnen zu erklären: Als wir die Kugel überflogen, sahen wir alle die geöffneten zackenförmigen Lukenklappen und dazwischen den qualmenden dunklen Schacht, oder?!«
Parker und die Soldaten nickten.
»Und wie groß erschien Ihnen der Schacht da?«
Die Soldaten kratzten sich am Kopf.
»So groß, wie es auf meinem Papier steht«, sagte Foster schließlich. »Vierundzwanzig Meter!«
Der Major sah seine Männer eindringlich an. »Sehen Sie! Sie haben sich genauso täuschen lassen wie jeder andere, weil die Erfahrung Ihnen suggerierte, dass ein Raum, Gang oder Schacht normalerweise genauso breit oder breiter ist wie die jeweilige Tür oder Klappe davor. Doch der vermeintliche Schacht ist gar keiner, sondern nur eine eineinhalb Meter tiefe Wanne, in der sich rußiger Schlick angelagert hat. Der tatsächliche, eineinhalb Meter breite Einstieg befindet sich in der Mitte dieser Wanne.«
»Und das hat man zwei volle Tage lang nicht bemerkt?«, mäkelte Wesley Parker.
»Bis zum Eindunkeln gestern war der Qualm noch um einiges stärker und dichter als heute Morgen. Hinzu kommt die unverändert schlechte Sicht wegen des starken Regens.«
Der Professor massierte sich die Nase.
»Gestern schon hat man den ganzen Tag über versucht, mit Lasern die Tiefe des vermeintlichen Schachts auszuloten, doch erst vor einer Stunde gelang es, die sich zwischen den Lukenklappen sammelnden Rauchschwaden zu durchdringen ...«
Für einen Moment herrschte begreifendes Schweigen am Tisch, dann meldete sich Hopper: »Gestatten Sie mir eine Frage, Sir?«
Der Major nickte. »Reden Sie!«

»Wenn wir uns schon nicht nebeneinander in den Schacht abseilen können wie vorgesehen, weshalb steigen wir dann nicht hintereinander ein?«

Parker nickte eifrig bei Hoppers Vorschlag, doch Russell schüttelte entschieden den Kopf. »Überlegen Sie: Einer unter dem anderen hängt ihr im Schacht. Etwas läuft schief und ihr müsst so schnell wie möglich raus aus dem Loch ...«

Hopper seufzte.

»Ein Mann!«, bekräftigte Russell seine Entscheidung, dann wandte er sich an den Professor: »Ich muss jetzt wissen, ob Sie dieser Mann sind.«

Parker stöhnte. Er hatte geglaubt, ungestört erkunden und forschen zu können, währenddessen die Soldaten für seine Sicherheit sorgten und ihm zur Hand gingen, wo es nötig wurde ...

Der Major konsultierte seine Uhr. Die Zeit wurde knapp.

Parker blickte zu ihm auf. »Bevor ich mich entscheide, erklären Sie mir, wie diese One-Man-Show ablaufen soll.«

Russell verschränkte die Arme vor der Brust. »Douglas an der Seilwinde macht, was Sie ihm befehlen. Sie bestimmen also in eigener Verantwortung, wie weit Sie gehen wollen. Als Ausrüstung werden Sie eine Handlampe und einen Scheinwerfer dabeihaben, den Frawley für Sie abseilt. Dazu bekommen Sie ein Maßband und einen Taschenlaser mit, falls es etwas zu vermessen gibt, sowie einige Beutel für Souvenirs. Die Bilder der an Ihrem Schutzanzug befestigten Videokamera werden zu mir in den Hubschrauber übertragen und dort aufgezeichnet. Sie kommentieren das Wesentliche oder ich frage nach – that's all!«

»Wie viel Zeit werde ich haben?«

»Es hat sich alles verkompliziert, sogar der Nachschub von Atemgasreserven, das Handling vor Ort ...«

»Wie viel?«

Der Major hob die Schultern. »Ich weiß es noch nicht, aber die Abklärungen sind im Gange ...«

»Und wie steht es um meine Sicherheit?«
»Wir sind ständig in Funkverbindung und haben ein Videobild. Gibt's Probleme, holen wir Sie so schnell wie möglich raus. Mehr kann ich Ihnen nicht anbieten.«
»Und was mach ich, wenn ich auf ... Außerirdische stoße?«
Auf Russells Stirn bildeten sich Falten. »Sie haben mich doch während des Flugs hierher bereits im Detail darüber informiert, wie Sie in einem solchen Fall vorzugehen gedenken. Weshalb also jetzt diese Frage?«
»Weil ich wie Sie von völlig anderen Modalitäten ausgegangen bin«, antwortete Parker. »Im Falle eines Kontakts hatte ich vor, mittels visueller Muster und Bilder aus meinem Netbook eine Verständigung herbeizuführen ...«
»Dann nehmen Sie Ihr Gerät doch mit und verfahren wie geplant.«
»Aber wenn meine Vorgehensweise vielleicht nicht funktioniert oder sogar falsch verstanden wird – ich meine, es ist dann niemand da ...«
»Der auf Sie aufpasst«, brachte es der Major auf den Punkt.
Parker durchlebte ein Wechselbad der Gefühle. Auf der einen Seite bekam er diese einmalige Chance, auf der anderen drohten ihm unkalkulierbare Gefahren.
Russell versuchte den Entscheidungskampf des Astrophysikers voranzutreiben, indem er seine Dienstwaffe vor ihm auf den Tisch legte. »Für den Notfall, Professor!«
Parker starrte die M9 einen Moment lang an, dann schob er sie entschlossen zurück. »Ich mach' es! Aber ohne Waffe! Wenn in dem Koloss etwas lebt, das es auf mich abgesehen hat, wird mir auch Ihr Spielzeug nicht helfen!«
Russells Mundwinkel wanderten für eine Sekunde nach oben. »Bravo!«
Während auch die Soldaten Parker mit einem kurzen Applaus Respekt zollten, schob der Major sein Handgelenk ein weiteres

Mal nach vorn. »In eineinhalb Stunden wird verpflegt, Männer. Bis dahin muss der Hubschrauber vollständig beladen sein. Abflug ist Punkt dreizehnhundert!« Russell starrte eine Sekunde ins Leere, dann richtete sich sein Blick auf einen mittelgroßen, leicht gedrungen wirkenden jungen Mann mit schwarzem Haar. »Frawley! Fahren Sie vor dem Essen mit dem Professor noch hinaus zur Kugel.«
Frawley salutierte. Russell packte seine Sachen zusammen, salutierte ebenfalls und verschwand in Richtung Zeltausgang.

••••

Die blau-weiß gestreifte LongRanger knatterte im Tiefflug über die karge Vegetation Alaskas.
»Ich frage mich, wie wir in das Sperrgebiet gelangen sollen!«
Die Frau auf dem Sitz neben dem Piloten setzte ihr betörendstes Lächeln auf. Ihre gleichermaßen verführerische Stimme konnte sie in der blechern tönenden Sprechanlage des Hubschraubers nicht so zur Geltung bringen, wie sie das gern gehabt hätte.
»Vertrau mir, Scotty!«
»Das sagt sich so leicht ...«
»Denk einfach nur an deine Prämie!«
Scott Logan, achtunddreißig, blond, blauäugig und aus der Sicht mancher Frauen ›smart'n'sweet‹, spürte, wie sich feuchtheiße Lippen an seiner Wange festsaugten und eine kräftig massierende Hand seinen Schritt bearbeitete.
»Du kannst noch mehr davon haben, Superman!«
Viel zu rasch zogen sich Hand und Lippen wieder zurück.
Shayne Fisher vertrauen? Zugegeben, bis jetzt war alles genauso abgelaufen, wie sie es geplant hatte. Sie waren mit dem gemieteten LongRanger von Whitehorse aus in Richtung Norden losgeflogen, hatten am Mayo Airport in Yukon nochmals aufgetankt und sich dann auf Umwegen auf die fast achthundert Kilometer

lange Strecke westwärts gemacht. Ein weiterer Zwischenstopp in dieser Wildnis war weder vorgesehen noch von Nutzen. Wenn ihre Mission – Logan schaute auf die Cockpituhr – in etwas mehr als einer halben Stunde beendet war, würden sie versuchen, den Flughafen von Fairbanks zu erreichen. Alles weitere war Spekulation.

Scott warf einen verstohlenen Blick nach links. Die Fisher war eine skrupellose Hexe. Sie würde es nicht akzeptieren, wenn er den Deal jetzt noch platzen ließe. Täte er es dennoch, konnte er versichert sein, dass sie alles unternehmen würde, um seine Zukunft zu ruinieren. So verfuhr sie mit jedem, der sich ihr widersetzte.

Ein verflucht stressiges Leben, das du da führst, dachte Logan. Nur allzu sehr erinnerte es ihn an sein eigenes, als er, noch Investmentbanker, Tag für Tag durchs Leben hetzte, um die Konten seiner Klienten möglichst über Nacht zu verdoppeln. Vom Mittelstand aufwärts hatten sie mitgemischt, waren sie gierig gewesen wie er selber. Doch dann war es ohne jede Vorwarnung über ihn hereingebrochen ...

Sein Arzt nannte es Burn-out, verschrieb ihm eine Jahresration ›Prozac‹ und schickte ihn zum Psychologen. Seine von Schecks und Champagnerpartys verwöhnte Freundin schimpfte ihn ein Weichei und nahm sich einen anderen. Und seine Freunde, eigentlich mehr Kollegen und Profiteure, ließen ihn ebenfalls sitzen.

Als er mit dem Seelenklempner und den Pillen nicht mehr klarkam, versuchte er seiner Depression mit neuen Herausforderungen zu begegnen. Zuerst probierte er Bungee-Jumping, doch das war nichts, ging es dabei doch immer nur ums Fallen. Also wechselte er zu Rafting, später zu Climbing und landete am Schluss in der Flugschule eines ehemaligen Kunden. Zugegeben kein billiges Hobby, doch er hatte in guten Zeiten ein paar Dollar beiseite gelegt.

Das Fliegen bereitete ihm großen Spaß und holte ihn so binnen kürzester Zeit aus der Versenkung. Gesundet und erneut vom Ehrgeiz gepackt, erlernte er die Kunst des Helikopterfliegens.

Kaum den Flugschein in der Tasche, mietete er einen Kleinhubschrauber an, mit dem er von nun an jede Woche unterwegs war. Auf einem seiner Ausflüge entdeckte er am Ufer einer kleinen Bucht auf der Halbinsel Nova Scotia in Kanada dann sein Paradies: vierzehntausend Quadratmeter Land, ein großzügiges Blockhaus mit offenem Grillplatz und Bootssteg. Heute besaß er zwar keine Aktien mehr, dafür gehörten ihm Land und Haus. Nur etwas fehlte ihm noch zum vollendeten Glück, und das winkte als Prämie für seinen heutigen Einsatz.

Logan seufzte und sah sie wieder vor sich, die dottergelbe 1952er Beaver. Eine alte Lady zwar, aber für ihre sechzig Jahre noch gut in Schuss. Ab dem Tag, an dem er sein eigenes Wasserflugzeug an den Steg vor seinem Haus binden würde, konnten ihm alle den Buckel runterrutschen. Sollten seine ehemaligen Kumpels doch mit den letzten, zu Casinos umfunktionierten Investmentbanken die Welt ausbluten lassen wie eine geschächtete Ziege, es war ihm egal. Während sie morgens im Stau standen, würde er mit seinem Ruderboot auf den See hinausfahren und die Angel auswerfen. Wenn sie abends wieder im Stau standen, würde sein selbst gefangener Fisch auf dem Grill brutzeln. Nachts, wenn sie mit ihren Kunden durch die Clubs und Bordelle zogen, würde er Mundharmonika spielen, ein gutes Buch lesen oder den Sternenhimmel betrachten. Und am nächsten Morgen, wenn sie sich mit brummenden Schädeln wieder in ihre klimatisierten Aludosen zwängten und in den Stau einreihten, würde er durch die Wälder streifen und Wild jagen. Und wenn er etwas benötigte, das es in der Umgebung nicht zu kaufen gab, würde er die alte Lady losbinden und mit ihr nach Halifax fliegen …

• • • •

Mit einer Mischung aus Verwunderung und Unbehagen strich Wesley Parker über die Kante der kreisrunden Öffnung vom etwa einem Meter, die in einem Winkel von ungefähr dreißig Grad in den Boden hineinführte. Er kramte ein Rollbandmaß hervor und steckte es in die mit Schlammwasser gefüllte Öffnung. Das steife Metallband ließ sich vier Meter weit einführen. Eine saubere Kernbohrung, doch wo befand sich der Kern? Stöhnend richtete sich der Achtundsechzigjährige auf und schaute empor. Fünfzehn Meter über seinem Kopf wölbte sich ihm die Oberfläche des gewaltigen Ufos entgegen. Überreste von Gräsern und Sträuchern, von der Kugel auf dem kilometerlangen Weg durchs Gelände aufgepflügt und in die Ritzen und Kanten der Außenhaut getrieben, hingen in Fetzen herab. In zahllosen Bächen und Wasserfällen bahnte sich rostfarbenes Regenwasser seinen Weg nach unten und vermischte sich im Umkreis der Kugel mit dem schlammigen Erdreich Alaskas. Geradezu unheimlich hallten das Plätschern des Wassers und der um das Ungetüm ziehende Wind von der stählernen Oberfläche wider.

Das letzte Mal war er sich so winzig vorgekommen, als er mit Kollegen die Hyundai Heavy Industries in Südkorea besichtigt hatte. In der größten Schiffswerft der Welt wurden wie am Fließband Containerschiffe, Tanker und Fähren gebaut. Auf dem Trockendock unter einem solchen Riesen stehend, hatte er sich gefühlt wie eine Ameise. Heute war es genauso. Ehrfürchtig starrte er nach oben und überlegte, wozu dieses Ungetüm diente. Die Menschen verwendeten ihre größten Land-, Wasser- und Luftfahrzeuge dazu, um damit entweder große Mengen kleiner Dinge zu transportieren oder umgekehrt. Behielt diese Logik auch hier ihre Gültigkeit? Er spürte, wie sich ihm bei diesem Gedanken unwillkürlich die Nackenhaare sträubten.

Parker wandte sich wieder dem Schlammloch zu. Breitbeinig stellte er sich dahinter auf und zückte sein Fernglas.

Bingo! In der Außenhaut der Kugel gab es eine Vertiefung, die schätzungsweise denselben Durchmesser aufwies wie das Loch im Boden. War von dort etwas herausgefahren gekommen? Ein Werkzeug, welches das Loch in den Morast gebohrt hatte? Mit einem Mal kam ihm ein Gedanke, noch unausgegoren zwar, aber immerhin ...

Parker sah auf seine Uhr, fotografierte sowohl das Schlammloch wie auch die Vertiefung in der Kugeloberfläche, dann stapfte er hinüber zu einer der Stützen. Er war froh, in weiser Voraussicht Gummistiefel und Regenponcho eingepackt zu haben. Als er die im Schlamm steckende, vierundzwanzig Meter breite Fußplatte erreichte, vermaß er zuerst deren Stärke – zweiundsiebzig Zentimeter. Danach hob er einen schweren Stein vom Boden auf und ließ ihn auf die Platte fallen. Der Ton, der beim Aufprall erzeugt wurde, entlockte ihm ein verwundertes »Oha!«

Der Professor griff nun unter seinen Poncho, holte ein Maurerbeil hervor und begann damit die Kante zu bearbeiten. Schon nach wenigen kräftigen Schlägen brach ein etwa zehn Zentimeter großes Stück von der Wabenplatte ab. Wesley Parker steckte es in eine Plastiktüte und machte dann von der Abbruchkante noch einige Fotos. Anschließend bestieg er die Fußplatte und ging bis zu deren Mitte, wo die gewaltige Gewindestange verankert war.

••••

Shayne Fisher studierte die Anzeige ihres GPS-Geräts. »Scotty, geh tiefer! Wir müssen jeden Moment da sein!«

Scott Logan folgte den Anweisungen der vierunddreißigjährigen Reporterin, ließ die LongRanger sinken – und das nicht zu früh. Keine zwei Minuten später tauchte am Horizont ein gewaltiger stahlgrauer Schatten auf.

»Gütiger Himmel!«, entfuhr es dem Piloten.

Sie kamen von Südosten her angeflogen und befanden sich noch etwa zehn Kilometer von der Sperrzone entfernt.
Logan griff nach seinem Fernglas. »Sieh dir das an!« Er drückte Shayne das Glas in die Hand und zog den Steuerknüppel zurück, wodurch die Maschine merklich langsamer wurde. »Da vorn wartet ja eine ganze Brigade auf uns!«
Die Frau auf dem Nebensitz umfasste, ohne ein Wort zu verlieren, unterhalb von Logans Hand den Steuerholm und drückte ihn energisch nach vorn. Sofort kippte der Hubschrauber über die Nase weg und beschleunigte wieder ...
»Heee!« Logans Herz schlug im Gleichtakt mit den Rotoren. »Willst du uns umbringen?«
»Keep cool, Junge! Du bist ein guter Flieger, also mach dir jetzt nicht in die Hose!«
»Die werden uns jagen wie Freiwild!«
»Werden sie nicht!«
»Das glaubst auch nur du!«
»Ich glaube nicht, ich weiß! Nach all den Skandalen der letzten Jahre können sich weder die Armeeführung noch der Präsident eine weitere Schlagzeile leisten!«
Scott Logan rollte die Augen.
»Jedenfalls sind die Aufkleber am Heck groß genug, damit keiner vom Stützpunkt auf dumme Gedanken kommt!«
Logan maulte weiter herum, ohne die Reporterin auch nur im Geringsten zu beeindrucken.
»Halt endlich den Mund, Scott! Bis die uns gecheckt und die Verantwortlichen sich zu einer Entscheidung durchgerungen haben, sind wir längst fertig mit der Arbeit. Natürlich werden sie die Starken markieren, uns nachsetzen und zur Landung zwingen. Und sie werden den Hubschrauber und unsere Ausrüstung konfiszieren. Doch das ist mir so was von scheißegal, hörst du! Denn wenn die uns aus dem Helikopter zerren, schaut halb Amerika dabei zu!«

»Du glaubst also, die machen sowas wie eine Ausweiskontrolle und lassen uns dann laufen?«

»Hundertprozentig!«

»Ohne weitere Konsequenzen?«

»Natürlich nicht! Sie werden ein Verfahren einleiten, doch das muss dir keine Kopfschmerzen bereiten, Scott. Ich kenne meinen Anwalt und die Anwälte des Senders gut genug um zu wissen, mit welcher Begeisterung sie sich auf die Sache stürzen werden. Du wirst dich noch wundern, wie schnell die uns da rauspauken!«

»Nur weil du mit diesen Anzugträgern ins Bett steigst?«

»Das geht dich nichts an!«, fuhr ihm die Fisher grob über den Mund. »Die Menschen haben ein Anrecht zu erfahren, was sich auf amerikanischem Boden abspielt, und ich sorge dafür, dass sie es erfahren. Die Army muss nicht glauben, sie könne das hier zu ihrem Privatkram machen!« Shayne holte genervt Luft. *Ein anstrengender Typ, dieser Logan.* Seit sie losgeflogen waren, musste sie ihn bei der Stange halten. Gerne hätte sie einen anderen genommen, doch die wirklichen Profis waren entweder nicht verfügbar gewesen oder schlichtweg zu teuer ...

Der Jesustyp mit dem langen schmalen Gesicht, dem langen dunklen Haar und dem geflochtenen Spitzbart hatte bis jetzt noch kein einziges Wort gesprochen. Rick, so hieß der achtundzwanzigjährige Kameramann auf der Rückbank des Hubschraubers, kaute – während er im Rhythmus des Unterkiefers sein rechtes Bein auf- und abwippen ließ – auf vier Wrigley Winterfresh gleichzeitig herum. Er fand den Hobbypiloten genauso zum Kotzen wie die Journalistengans, die um jeden Preis so nah wie möglich an diese blöde Weltraumkugel herankommen wollte. ›Jesus‹ zog seine Beine aufs Polster und band sich zum x-ten Mal die Sportschuhe. Kunstleder aus China – zehn Dollar das Paar. Dafür gingen die Schnürsenkel andauernd auf und man wurde das Gefühl nicht los, an einer Käsetheke zu stehen.

Die Reporterin gab ein Zeichen, worauf Rick ihr das Mikrofon nach vorn reichte und die Fernsehkamera vorzubereiten begann. Wenn sie das durchhatten, würde er drei, vier Starkbier trinken, einen Joint rauchen und sich eine Hure kaufen. Keine aufgepeppte Zicke wie die da vorn, sondern eine fette Alte, die ihm ihre welke Möse aufs Gesicht presste und seinen Schwanz saugte, bis die Dottersäcke trocken waren.

Die LongRanger überflog in zwanzig Meter Höhe den äußeren Ring der Sperrzone und hielt weiter auf das stahlgraue Ungetüm zu. Kurz darauf klebte ihnen auch schon eine Bell AH-1Z Viper am Heck. Logan wurde über Funk aufgefordert, abzudrehen und den Luftraum zu verlassen. Er wollte der ›Viper‹ antworten, doch die Reporterin hob drohend ihre Hand. »Kein Wort jetzt!« Scott verlangsamte und zog den Hubschrauber in die Höhe. »Wahnsinn!«
Auch die beiden anderen waren vom Anblick überwältigt, doch für langes Staunen blieb keine Zeit. »Mikrofontest: Eins-zwei-eins-zwei! Hier spricht Shayne Fisher für Fox News! ... Ist das okay so, Rick?«
›Jesus‹ drehte am Empfindlichkeitsregler und hob den Daumen. Logan wurde ein weiteres Mal angerufen: »Pilot der 206L, melden und identifizieren Sie sich!«
Logan stöhnte auf, doch die Fisher gebot ihm weiterhin zu schweigen.
»Drehen Sie sofort ab und folgen Sie uns! Dies ist ein Befehl der U.S. Air Force!« Scott bekam es mit der Angst zu tun und machte Anstalten, der Anweisung des Kampfhubschrauberpiloten Folge zu leisten, da riss ihm die Reporterin das Headset vom Kopf und kreischte: »Versau mir nicht die Show, Logan! Du gehst jetzt so nah wie möglich ran, ziehst zwei Schlaufen um das Ding und kurvst danach über ihre Zelte. Anschließend kannst du dich meinetwegen ergeben!«

Scott Logan zog die Maschine nach rechts und begann mit der ersten Umrundung.

»Ricky! Als erstes will ich eine Totale. Danach ziehst du auf, fährst durchs Cockpit und hältst auf mich. Nach meiner Ansage schwenkst du zurück aufs Ufo und bleibst drauf, bis Scott abdreht. Während wir uns aus dem Staub machen, nimmst du unsere Verfolger ins Visier! Bereit, Junge?«

»Bereit!«, kam es von hinten.

»Okay, ihr beiden. Ich verbinde uns jetzt mit Fox, dann legen wir los!«

Während der dritte Aufruf durch Logans Kopfhörer plärrte, näherte sich von links eine zweite Viper. Rick kaute und wippte etwas schneller mit seinem Bein, schwenkte mit der Kamera ebenfalls nach links und zoomte ins Cockpit.

»Die Verbindung zum Sender steht!«, rief die Reporterin. »Schalte mein Headset jetzt auf Feindkanal, Scott! Ich will den bösen Jungs in ihren fliegenden Kisten mal kurz erklären, dass sie gerade die großen Stars sind bei Fox Newww...«

BUUOOOMMMM...! Scott Logan wurde hart nach vorn in die Gurte geworfen. Gleichzeitig klatschte etwas glühend Heißes gegen seinen Hinterkopf. Instinktiv fasste er hin, griff zuerst ins Leere und dann in etwas Warmes, Fleischiges ...

••••

Die Explosion hatte Wesley Parker zusammenfahren lassen. Er wirbelte herum und sah in der Ferne eine Feuersäule in den Himmel klettern. »Was ist das?«, rief er dem Warrant Officer zu, der mit seinem Humvee einige Meter neben der Fußplatte parkte. Frawley zuckte mit den Schultern und ging ans Funkgerät. Parker konnte sehen, wie er einige Male in den klobigen grauen Hörer nickte und dann auf seine Uhr sah, bevor er zurückrief: »Wir müssen los!«

Parker sah ebenfalls auf die Uhr, stieg von der Fußplatte hinunter und stiefelte hinüber zum Geländewagen. »Was ist passiert?«, wiederholte er seine Frage.
»Das darf ich Ihnen nicht sagen, Professor!«
Der Astrophysiker lief murrend um den Wagen herum und stieg ein. »Nun tun Sie nicht so geheimnisvoll, Frawley!«
»Ich darf wirklich nicht!«, entschuldigte sich der Soldat und drückte aufs Gaspedal.

Wesley Parker, der auf dem Rückweg zum Hauptquartier bereits mehrere SMS verschickt hatte, klappte sein Handy zu und kletterte aus dem Geländewagen. Direkt hinter der Zeltstadt stand eine sich türmende schwarze Wolke.
Frawley rannte mit dem Professor im Schlepptau hinüber zum Hubschrauber, der mit laufenden Turbinen auf sie wartete. Foster und West machten den beiden unmissverständliche Handzeichen aus dem Cockpit heraus. Foster langte nach oben und legte einen Hebel um, der die Rotorkopfbremse löste. Während das Heulen der Triebwerke gleichmäßiger wurde und die heißen Abgaswinde lange Dampffahnen in den Regen hinauspeitschten, setzte sich der Rotor in Bewegung. Frawley und der Professor stürmten die Rampe am Heck des Hubschraubers hinauf.
Russell stellte sich den beiden in den Weg. »Ich sagte Dreizehnhundert! Sie sind zu spät!«
Der Astrophysiker schob sein Handgelenk unter dem Ärmel hervor. Noch klebte der Minutenzeiger an der Zwölf. Parkers eingefallene Wangenhaut begann zu glühen. Frawley hatte ihm zuliebe aufs Mittagessen verzichtet und stattdessen für sie beide ein paar trockene Brote organisiert. Er selber hatte sich auf die nötigsten Untersuchungen beschränkt und nirgendwo unnütz Zeit vergeudet. Glaubte dieser Gorilla wirklich, er könne mit ihm umspringen wie mit einem seiner Soldaten? »Sir! Es ist jetzt gerade mal ...«

»Meine Schuld, Major!«, rief Frawley in den Lärm. »Habe mich von der Explosion ablenken lassen – kommt nicht wieder vor!« Russell drehte sich ohne ein weiteres Wort um, stakste nach vorn ins Cockpit und gab den Befehl zum Abheben.

Während der Rotor beschleunigte und die Enden der sieben Blätter mit lauten Schlägen die Schallmauer durchbrachen, fuhr die Heckklappe nach oben und verriegelte sich. Lieutenant Foster zog den Pitch-Hebel zu sich heran, ließ die fünfzehn Tonnen schwere Maschine senkrecht in die Höhe steigen und kippte ihre Nase dann steil nach unten.

Donnernd zog die Sikorsky – von den Blicken der Soldaten am Boden verfolgt – über die Zeltstadt hinweg und steuerte auf das riesige Ufo zu.

Der Professor schob sich an eines der Fenster und richtete sein Fernglas auf den unter der Rauchsäule im Morast steckenden Haufen glühenden Metalls. Während die Sikorsky zunehmend an Höhe gewann, suchte er weiter das Gelände ab. Zwanzig, vielleicht dreißig Meter vom Brandherd entfernt lag ein blau-weiß gestreiftes Rohr, das wie ein zerkauter Knochen in die Luft ragte. Am einen Ende baumelten die deformierten Flügel eines Heckrotors, am anderen prangte unverkennbar in fünf goldenen Lettern ›FOX TV‹.

Der Professor drehte sich vom Fenster weg und ließ sich auf die Pritsche fallen. Chief Warrant Officer Hopper, Warrant Officer Douglas und Sergeant Travis, allesamt in schwere gelbe Schutzanzüge gepackt, saßen ihm gegenüber. Ihre Augen waren ausdruckslos, ihre Gesichter verborgen hinter Masken und Plexiglasscheiben.

Russell, der keinen Schutzanzug trug, setzte sich neben Parker und sah ihn scharf an. Es war nicht die gewohnte Eisigkeit in seinen Augen, die ihn diesmal einschüchterte, sondern eine wilde Entschlossenheit. »Niemand«, knurrte der Major ihn an, »provoziert die United States Army!«

Viereinhalb Minuten dauerte der Flug. Kurz vor dem Aufsetzen am Scheitelpunkt der Kugel drehte Foster den Hubschrauber mit der Nase voran in den Wind. Trotz des schlechten Wetters hatten sie Glück, blies die Böe doch aus Südwest und damit die giftige Rauchfahne von ihnen weg. Solange die Windrichtung konstant blieb, konnten die im Hubschrauber verbleibenden Männer auf die unliebsamen Schutzanzüge verzichten.

Obwohl vereinbart war, sie im Falle einer Wetteränderung zu alarmieren, verlangte der Major von seinen Piloten, beim Wetteroffizier der Eielson Air Force Base regelmäßig nachzufragen. Russell war extrem vorsichtig. Dieses stetige, an eine Paranoia grenzende Auf-der-Hut-Sein hatte ihm sowohl im Irak als auch in Afghanistan mehr als nur einmal das Leben gerettet. Doch was sich im Dienst als Segen erwies, entpuppte sich im Privaten als Fluch, machte aus dem hochdekorierten Militär einen sehr einsamen Mann ...

Kaum dass die Heckklappe des Hubschraubers nach unten zu fahren begann, wirbelten auch schon vom Regen gepeitschte Schübe eisiger Kälte ins Innere der Maschine.

Während sich der Professor noch in den Schutzanzug zwängte, stiegen Douglas und Frawley bereits ein erstes Mal zur Luke hinunter. Dort angekommen, versuchten sie mit Bolzenschussgeräten Befestigungsanker in die Außenhaut der Kugel zu treiben, doch sie erreichten lediglich, dass ihnen faustgroße Stücke wegbrechenden Materials um die Ohren flogen.

Enttäuscht kehrten sie zum Hubschrauber zurück, um nach einer kurzen Verschnaufpause und dem Austauschen ihrer Pressluftanks damit zu beginnen, die Ausrüstung zur Luke zu schleppen. Ihre Kameraden unterstützten sie, indem sie das Material in Netze packten und am Fuße der Rampe auf Schlitten bereitstellten. Rollwagen zu verwenden wäre sinnlos gewesen, besaß die Oberfläche der Kugel doch die Struktur eines riesigen Waffeleisens.

Eineinhalb Stunden später türmte sich rund um die Einstiegsluke ein Berg durchnässten Materials. Dazu gehörten ein Stromaggregat, mehrere Metallkisten mit Werkzeugen und Zubehör, je eine elektrische und manuelle Winde, Seile, Haken, Spreizstangen, Pressluftanks, Scheinwerfer und anderes mehr.

Um den Winden besser trotzen zu können, hatten die Mechaniker McCuller und Pickman die Rotorblätter der Sikorsky nach hinten geklappt. Russell behagte das überhaupt nicht, denn ein Fluchtstart war dadurch nicht mehr möglich. Überdies musste er auch den Gedanken verwerfen, im Notfall eine Black Hawk anzufordern. Zwar konnte dieser Helityp bei den vorherrschenden Wetterverhältnissen durchaus noch fliegen, aber eine Evakuierung von ihrem Standort aus ließ sich nur unter Inkaufnahme erheblicher Risiken bewerkstelligen. Was ihnen blieb, war ein dreihundert Meter langes Seil, welches vom Hubschrauber aus bis hinunter auf den Boden reichte – der einzige Fluchtweg, sollte es hier oben brenzlig werden.

Als Chief Warrant Officer Hopper mit Parker die Laderampe des Hubschraubers hinunterstieg, flatterten ihre schweren Anzüge wie dünne Plastiktüten im Wind. Hopper nahm den Professor an die Sicherungsleine und ließ ihn ein paar Meter vorausgehen. Schritt für Schritt stapften sie über die höckerige Oberfläche dahin. Zweihundertvierundvierzig Meter unter ihnen erstreckte sich das unübersehbare Zeugnis der Ufo-Landung – eine kilometerlange schlammige Rinne, die sich schnurgerade durch die karge Busch- und Graslandschaft zog, bis sie sich irgendwo im Dunst des Regens verlor. Auf ihrem Weg zur Luke mussten die beiden Männer mehrfach Überresten von Büschen und Sträuchern ausweichen, die in Spalten zwischen den Wabenplatten festklemmten. Als sie tiefer kamen, begegneten sie mehreren Hirschkadavern, die in die waffelartigen Vertiefungen der Außenhaut geradewegs hineingewalzt worden waren.

Nach etwas mehr als der halben Wegstrecke blieb der Professor plötzlich stehen.
»Alles okay?«, plärrte Hoppers Stimme durch Wesley Parkers Kopfhörer.
»Nicht wirklich! Ich habe das Gefühl, der Boden kippt unter mir weg.«
»Kein Problem, Sir! Drehen Sie sich um! Halten Sie mit beiden Händen das Seil fest und gehen Sie in langsamen Schritten rückwärts. Ich werde Sie dirigieren!«
Parker zögerte.
»Nur keine Angst, ich pass schon auf Sie auf!«
Parker tat, wie ihm geheißen, und setzte nun vorsichtig einen Fuß hinter den anderen, wobei er darauf achtete, sich nicht mit seinen Stiefeln in den Vertiefungen zu verhaken. Bereits nach wenigen Metern spürte er, wie ihn sein eigenes Gewicht nach hinten respektive unten zu ziehen begann.
»Sie machen das sehr gut!«, lobte Hopper. »Versuchen Sie möglichst aufrecht zu gehen, egal wie steil der Boden unter Ihren Füßen abfällt.«
»Und wie stelle ich das an?«, wollte Parker wissen.
»Indem Sie zwischen Körper und Untergrund einen rechten Winkel bilden.«
»Ich kann in diesem unförmigen Anzug doch nicht gerade stehen und gleichzeitig auf meine Füße blicken«, murrte der Professor.
»Brauchen Sie auch nicht. Schauen Sie nur stur auf den Horizont der Kugel und stellen Sie sich vor, Sie würden über eine Ebene gehen. Dass Ihr Körper derweil nach unten gezogen wird, ignorieren Sie einfach.«
»Ignorieren? Sie haben gut reden, junger Mann.« Der Wissenschaftler drückte seinen Rücken gerade und fixierte den Rand der Kugel. Nach einigen Metern atmete er erleichtert auf. »Danke für den Tipp, das funktioniert tatsächlich!«

»Keine Ursache, Sir! Auf diese Weise könnten Sie sogar eine senkrechte Wand hinunterspazieren.«
»Ich bin Wissenschaftler, Hopper, kein Bergsteiger ... und ich bin auch keine zwanzig mehr, bitte vergessen Sie das nicht!«
Der Chief Warrant Officer musste Wesley Parker etwas nach links dirigieren, dann tauchten auch schon die steil aufragenden Lukenklappen auf, zwischen denen die austretenden Rauchschwaden einen wilden Hexentanz vollführten, bevor sie von den regengepeitschten Winden erfasst und mit hoher Geschwindigkeit davongetragen wurden. Parker glaubte sich an einen mystischen Ort wie Stonehenge versetzt und machte halt. Noch während er die unwirkliche Szenerie auf sich wirken ließ, wurde seine Aufmerksamkeit bereits auf etwas anderes gelenkt. Er machte ein paar Schritte zur Seite und kniete sich nieder.
»Gibt's wieder ein Problem?«, erkundigte sich Hopper.
»Nein, alles okay! Ich habe nur gerade etwas entdeckt, das ich mir näher ansehen will!«
Da war eine Vertiefung. Identisch mit jener auf der Unterseite der Kugel, wo sich auch das mit Schlammwasser gefüllte Loch im Boden befand. Parker pfiff leise durch die Zähne, klaubte mit steifen Fingern sein Rollbandmaß aus einer der Beintaschen und stellte den Durchmesser fest: siebenundneunzig Zentimeter. Ihm kamen Videoaufnahmen von der Kugel in Peru in den Sinn, auf denen zu sehen gewesen war, wie an etwa derselben Stelle ein sicherlich drei bis vier Meter langes röhrenförmiges Ding aus der Kugel ausgefahren und wenige Minuten später wieder zurückgezogen wurde. Parker berührte die Vertiefung. Das hier war eindeutig das obere Ende eines solchen Rohres, quasi die Abschlusskappe. Doch welchem Zweck diente diese Vorrichtung? Es kam ihm nur ein Periskop in den Sinn, wie es bei U-Booten Verwendung fand.
Mit einem unangenehmen Gefühl in der Magengegend erhob sich der Professor, manövrierte sich Schritt um Schritt rückwärts

gehend durch die zwölf Meter hoch aufragenden Lukenklappen hindurch und kletterte danach mit Hoppers Hilfe in die eineinhalb Meter tiefe Wanne. Sofort verlor der beißende Wind an Kraft. Dafür spürte er die aus der Tiefe aufsteigende Wärme auf seinem durchgefrorenen Körper und er begriff, weshalb ihm trotz Temperaturen knapp über dem Gefrierpunkt dringend davon abgeraten worden war, sich wärmende Unterwäsche überzuziehen.

Wesley Parker studierte die massive Schwenkvorrichtung der Lukenklappen, holte sein Rollbandmaß hervor und stellte fest, dass diese Klappen, wie auch alle anderen von außen einsehbaren Elemente des Ufos, mit zweiundsiebzig Zentimetern ein und dieselbe Wandstärke aufwiesen. Er begann zu rechnen. Eine Wabenplatte besaß in etwa ein Volumen von dreihundertfünfzig Kubikmetern. Wenn es Gusseisen war, worauf er stand, wog ein Kubikmeter davon rund acht Tonnen – auf eine Platte hochgerechnet also zweitausendachthundert Tonnen. Dem Professor wurde – obwohl es für ihn das Normalste der Welt war, mit großen Zahlen zu rechnen – leicht schwindlig, als er sich vorzustellen versuchte, wie schwer allein die aus fünfhundertzwölf Platten zusammengefügte Außenhaut sein musste, geschweige denn das komplette Ufo, inklusive aller seiner Innereien ...

Die bis in die letzten Winkel der Wanne verteilten Rußpartikel hatten sich in glitschige Schmiere verwandelt, was aufrechtes Gehen unmöglich machte. Und so rutschten Parker und Hopper auf ihren Hosenböden in Richtung Schachtöffnung, wo sie von Douglas und Frawley in Empfang genommen wurden. Alles hier unten war dreckig: Ausrüstung, Kisten, Netze, Schlitten und auch die einst gelben Schutzanzüge der Warrant Officers, die aussahen, als hätten diese sich regelrecht in der Schmiere gewälzt. Nachdem die Neuankömmlinge einen wenig ermunternden Blick in den stockfinsteren sechskantigen

Schacht geworfen hatten, tauschten die Soldaten Parkers einzelnen Presslufttank gegen ein sechzehn Kilogramm schweres Zweiflaschengerät aus. Parker, vom zusätzlichen Gewicht auf seinem Rücken niedergedrückt, stöhnte auf.

»Sobald Sie am Seil hängen, werden Sie das Gerät kaum noch spüren«, beschwichtigte ihn Frawley, während er die Gurte straffzog. Nachdem er alles noch einmal überprüft hatte, zeigte er auf einen weiteren, neben dem Schacht abgelegten Presslufttank. »Sie geben mir regelmäßig Ihre Daten durch, Professor. Unterschreiten Sie das Limit von fünfzig Bar, lasse ich dieses Gerät zu Ihnen runter. Das hängen Sie dann mit dem Karabinerhaken da an Ihr Gurtzeug und schalten es zu. Sie wissen noch, wie das geht?«

Der Professor erinnerte sich an die Instruktionen während des Hinflugs. »Zuerst schraube ich den Schlauchanschluss der Reserveflasche auf den Verteiler hier, danach öffne ich langsam das Ventil, richtig?«

Frawley hob den Daumen. »Absolut korrekt!«

Jetzt schaltete sich der Major ins Gespräch ein: »Bei achtzig Bar machen Sie sich auf den Rückweg, Parker! Ganz egal, womit Sie gerade beschäftigt sind. Ich habe zwanzig Minuten dafür eingeplant und keine Minute mehr. Haben wir uns verstanden?«

Der Professor murrte ein betont unterwürfiges: »Ja, Sir, verstanden, Sir!«

Russell überprüfte nochmals das Kamerasignal, ließ sich von Hopper bestätigen, dass auch sonst alles in Ordnung war, dann nahm er Verbindung zum Oberkommando auf und wartete auf das GO.

Derweil wunderte sich Parker, weshalb im unteren Teil der Wanne kein Regenwasser stand. Beim genaueren Hinsehen entdeckte er Spalten ähnlich denen zwischen den Wabenplatten. Auch dort konnte Wasser und Schmutz ungehindert in den Koloss eindringen. *Das Ding ist ja so löchrig wie ein Schweizer Käse ...*

»Wir haben das GO!«, vermeldete Russell in diesem Moment. Frawley kontrollierte ein letztes Mal die Druckanzeige an Parkers Atemgerät. »Sie haben dreihundert Bar, Professor. Konzentrieren Sie sich darauf, möglichst ruhig zu atmen. Kommen Sie ins Hyperventilieren, leeren Sie die Tanks innerhalb kürzester Zeit, und dann haben wir ein Problem!«

Bis jetzt hatte Parker seine Nervosität unter Kontrolle halten können, doch nun zitterten ihm die Knie und auch sein Augenlid machte sich wieder selbstständig. Ungeachtet seiner Ängste packten ihn Hopper und Frawley unter den Armen und schoben ihn so weit an den Schacht heran, bis er am Rand sitzen konnte. Zuletzt befestigten sie sein Gurtzeug am Stahlseil des über der Luke aufgebauten Dreibeins, hievten ihn hoch – und schon hing er wie eine Räucherwurst im Kamin. In diesem Moment hatte Parker das schreckliche Gefühl, seiner eigenen Hinrichtung beizuwohnen. *Der Sekundenzeiger der Uhr an der Wand rückt unerbittlich vorwärts ...*

»Wir sind so weit, Major!«, kam es von Hopper.

Vor der Zwölf bleibt der Zeiger kurz stehen. Der Gefängnisdirektor gleicht die Uhr an der Wand mit seiner eigenen ab, dann gibt er den Befehl ...

»Fangt an!«

Die Winde lief an ... Wesley Parker – entlang der regennassen Schachtwand in die Tiefe rutschend – wurde bereits nach wenigen Metern von der Rußwolke vollständig umhüllt. Er lehnte sich zurück, um einen Blick nach oben zu werfen, doch außer einem fahlen Lichtschein war nichts mehr zu sehen.

KAPITEL 22

Langsam wie ein Taucher aus den Tiefen des Meeres kehrte ihr Bewusstsein aus den Abgründen der Ohnmacht zurück an die Oberfläche. Vor ihren Augen verschwommen ein Gesicht. Ein Arm schob sich in ihr Blickfeld, packte sie hart an ... Sie spürte einen heftigen Schmerz in ihrer Schulter ... *Das ist doch Keith?* »Was machst du da?«, keuchte sie. Sie wurde herumgedreht, nach vorn gezogen ... »Keith! Auuuu! Hör auf, mich zu schlagen, sonst rufe ich die Polizei! Auuuaaa!« Sie versuchte sich zur Wehr zu setzen, doch der Schmerz in ihrer Schulter lähmte jede Bewegung.
Plötzlich ein schnappendes Geräusch. Das von ihrem Atem beschlagene Visier klappte nach oben, rastete ein. Jemand manipulierte hinten an ihrem Helm herum, nahm ihn ihr schließlich ab und fragte mit heiserer Stimme: »Alles in Ordnung, Sally?«
»Was?«, krächzte sie verwirrt.
»Bist du verletzt?«
Sie begriff nicht. Einen Meter vor ihren Augen drehte sich ein Kopf unnatürlich weit zur Seite, kippte ebenso unnatürlich weit nach hinten und schlenkerte wieder nach vorn ...
»Carlos?«
»Carlos ist tot.«
»Tot?«
Carlos' Augen waren halb geschlossen. Unter seinen Nasenlöchern klebte Blut ...
Hinter dem schlenkernden Kopf glänzten zwei Punkte im düsteren Licht. »Sein Genick ist gebrochen.«
»Was ... was ist passiert?«, flüsterte Sally.

Die beiden glänzenden Punkte stiegen aufwärts und dann schwebte, einem dunklen Engel gleich, Gunther Wolf über dem Toten. Er starrte sie aus seinen farblosen Augen an. »Du kannst dich an nichts erinnern?«

»Ich weiß nicht ...«

»Bist du verletzt?«, wiederholte Gunther Wolf seine Frage.

Sally zuckte mit den Schultern und schrie im gleichen Augenblick auf. »Meine rechte Schulter, sie tut grauenhaft weh!«

»Gebrochen?«

»Weiß nicht ...«

»Als ich heruntergekommen bin, hingst du bewusstlos in der Kabine. Ich habe dich zurück auf den Sitz bugsiert und festgeschnallt.«

»Ich verstehe nicht ...«

»Deine Gurte waren aufgegangen. Sind ja nicht gerade neu, die Dinger. Danach hat es dich wohl in der Kabine herumgeschleudert.«

»Wie ist das mit Carlos' Genick passiert?«, fragte Sally fassungslos. »Ich meine, er ist ja noch angeschnallt und alles.«

»Etwas ist zu fest gegen seinen Helm gestoßen.«

»Etwas?«

»Es ist nicht deine Schuld.«

»Ich habe ... Ich bin ...«, Sally brach mit erstickter Stimme ab.

»Ist nicht deine Schuld!«, wiederholte der Deutsche.

Sally wurde übel. Sie hielt sich die Nase zu, atmete tief durch den Mund und versuchte sich auf etwas anderes zu konzentrieren. »Wo sind Eileen und Tom?«

»Oben ... Tom geht es gut.«

Sie schluckte. »Was ist mit Eileen?«

Gunther zögerte. »Vermutlich hat sie innere Verletzungen davongetragen.«

»Dann müssen wir sofort zur Erde zurückkehren!«

»Sally!«

Ihr gefiel nicht, wie der Deutsche ihren Namen aussprach. Viel zu sanft war er über seine bleistiftdünnen Lippen gekommen.
»Wir werden nicht landen. Es gibt da ein paar ... Probleme.«
Sallys Herz donnerte hart wie ein von innen geführter Faustschlag gegen ihren Brustkorb.

Kapitel 21

Sie hatte ein Bienenhaus in ihrem Kopf und ihr Körper fühlte sich an wie ein festgezurrter Sack Stroh. Bei der kleinsten Bewegung knisterte und knackte es. Gleichzeitig waren da diese undefinierbaren Schmerzen und der grauenhafte Gestank ...
Von den Füßen her näherte sich dreistimmiges Gemurmel. Es schwebte einen Moment über ihr, dann schälte sich die tiefste Stimme heraus: »Bitte nicken Sie, wenn Sie mich verstehen.«
Sie nickte.
»Wir haben Sie erstversorgt und überführen Sie noch heute in eine spezialisierte zivile Einrichtung. Zu Ihrer eigenen Sicherheit wurden Sie auf der Trage festgebunden. Bitte bewegen Sie sich so wenig wie möglich!«
Hinter ihr sagte eine helle Stimme: »Er will unbedingt mit ihr reden.«
Die tiefe Stimme antwortete der hellen: »Ich glaube nicht, dass das eine gute Idee ist.«
Eine dritte, trockene, sagte: »Sie steht unter Morphium.«
Die Stimmen wurden wieder zum Gemurmel, entfernten sich und wurden schließlich vom Summen in ihrem Kopf verschluckt. Einen ewigen Moment lag sie regungslos, dann hörte sie schleppende Schritte und einen Stuhl, der in die Nähe ihrer Trage geschoben wurde.
»Hi! Wie geht's denn so?«, krächzte eine ihr bekannte Stimme am rechten Ohr. Der zwischen den Worten hervorgestoßene Atem rasselte. »Puuh, das stinkt vielleicht!«
Der Stuhl wurde wieder geschoben. Die schleppenden Schritte entfernten sich, kehrten aber kurz darauf wieder zurück.

»Schon besser.« Das Rasseln klang jetzt dumpfer: »Habe eine Lungenvergiftung und muss höllisch aufpassen, nichts Schädliches mehr einzuatmen.« Die Stimme hinter der Filtermaske wurde anklagend: »Sie haben mir den rechten Unterarm und vier Zehen amputieren müssen. Alles deine Schuld! Leider kann ich dir den blutigen Stumpf nicht vorführen – bist ja gewickelt wie eine Mumie.« Das Rasseln näherte sich ihrem Ohr. »Weißt du, dieser Logan hatte verfluchtes Glück! Der Kerl ist tot und muss sich keine Sorgen mehr um die Zukunft machen. Ich armes Schwein aber schon!« Der heiße Atem an ihrem Ohr stockte für eine Sekunde, dann krächzte Rick aus vollem Hals: »Glaubst du, du kannst trotz deiner gebratenen Fresse bei irgendwem einen Job rausficken für mich?«

Getrampel in den Gängen.

»Fickschnitzel!«, hörte sie Rick noch schreien, und dann: »Autsch! Heee, was soll das? Ich bin doch kein Junkie, du Arsch! Hat's dir ins Hirn geschisseee... odeee... waaa...«

● ● ● ●

Unter ihm schabte der LED-Scheinwerfer an der Wand. Außer aufsteigenden Rauchschwaden war nichts zu sehen. Wesley Parker drehte sich in der engen Röhre vom Bauch auf die Seite, dann auf den Rücken und wieder zurück auf die Seite. Es gab keine auch nur halbwegs bequeme Stellung und so hoffte er, die Rutschpartie möge bald zu Ende sein. Der Wissenschaftler langte blind nach der an einem kurzen Riemen befestigten Handlampe. Die ihm gegenüberliegende Schachtwand war trocken und erstaunlich glatt. Während er weiter in die Tiefe rutschte, ließ er zuerst seine behandschuhten Finger darüber gleiten, dann schlug er mehrfach mit der Faust dagegen, verspürte aber nicht die geringste Schwingung. Ein massives Teil – wie alles an dem Koloss ...

»Zehn Meter abgerollt – jetzt!«, meldete sich Douglas oben an der Winde.
Russell schaltete sich ebenfalls zu: »Professor! Die Qualität der Videobilder ist hundsmiserabel!«
»Das wundert mich nicht«, gab Parker zur Antwort. »Die Sicht hier beträgt bestenfalls einen Meter.«
»Wie tief hängt der Scheinwerfer?«, fragte Parker nach.
»Etwa zwei Meter unter Ihnen«, sagte Frawley, der die weißen Ziffern von der Zählbox an der Kabeltrommel ablas und mit jenen der Seilwinde verglich.
»Fünfzehn Meter – jetzt!«, quäkte Douglas' Stimme.
Ein leises Poltern drang an Parkers Ohren ... »Halt! Stopp – Stopp!«
»Stopp!« bestätigte Douglas, und die Winde stand mit einem Ruck still.
»Was ist los?« Russell klang besorgt.
»Alles okay!« Parker ließ den Lichtkegel seiner Handlampe wandern. »Wie tief bin ich genau?«
»Auf siebzehneinhalb Metern«, informierte Douglas.
Der Astrophysiker griff nach dem Kabel des Scheinwerfers und zog ihn zu sich hoch. »Sehen Sie das?«
»Ich seh' nur Flecken!«, maulte der Major.
Parker kramte aus der Beintasche des Anzugs einen Putzlappen hervor. ›YES WE CAN!‹ prangte in fetten Lettern über dem Konterfei des Präsidenten. Er faltete das Gesicht zusammen und rubbelte damit so lange auf der Kameralinse herum, bis er glaubte, sie müsse sauber sein. »Besser jetzt?«
»Nein!«
Parker stopfte das abgetragene T-Shirt unter den Hüftgurt. »Dann liegt es am Qualm!«
»Beschreiben Sie's mir!«
»Es sieht so aus, als steckten zwei Schachtrohre ineinander.«
»Ich verstehe nicht!«, meckerte Russell.

»Wie bei einem Seemannsteleskop.«
»Bedeutet das, der Schacht wird nach unten hin noch enger?«
»Nein, es ist genau umgekehrt, die engste Stelle befindet sich außen!«, erläutete der Professor und zückte sein Maßband. »Der Übergang hier und damit die Schachtwandstärke betragen 25,8 Zentimeter. Um auch die gegenüberliegende Wand mit einzurechnen, verdopple ich das Maß und addiere es zu den 148,7 Zentimetern hinzu, die der Schacht beim Einstieg misst ...«
»Dann erweitert er sich jetzt also auf zwei Meter!«, rechnete Russell laut mit, während er am Helligkeits- und Kontrastregler des Monitors herumschraubte. Zwar konnte er schwach das Maßband erkennen, doch der ganze Rest löste sich in einer grau-weiß flimmernden Suppe auf. Die Situation war für ihn unerträglich, trug er doch die erstinstanzliche Verantwortung für die Operation und war nun nicht einmal in der Lage, deren Verlauf zu überwachen.
Wesley Parker ließ den Scheinwerfer wieder in die Tiefe gleiten.
»Douglas!«
»Professor?«
»Geben Sie Seil!«
Ruckelnd setzte sich die Winde wieder in Gang und kurz darauf folgte die nächste Tiefendurchsage: »Zwanzig Meter – jetzt!«
Parker zupfte das Shirt unter dem Gurt hervor und wienerte über Gesichtsscheibe, Kameraobjektiv und Manometer, doch die klebrige Rußschicht war kaum wegzukriegen.
»Fünfundzwanzig Meter – jetzt!«
»Könnt ihr mir etwas runterschicken, womit ich diese Schmiere entfernen kann?«, fragte der Professor nach. Während er auf die Antwort wartete, richtete er seine Handlampe nach oben. Der Qualm über ihm zog ab wie in einem Kamin, was bedeutete, dass dem Schacht von unten her Luft zugeführt werden musste.
»Dreißig Meter – jetzt!«, kam es von Douglas.

»Wir haben eine kleine Kanne fettlösendes Mittel hier«, schaltete sich Russell dazwischen. »Ich lasse sie sofort runterbringen.«
»Fünfunddreißig Meter – jetzt!«
»Halt!«, rief Parker in diesem Moment.
Die Winde stoppte.
»Heiliger Bimbam!«
»Was gibt's?«, rief Russell vor seinem nur helle und dunkle Flecken wiedergebenden Monitor sitzend.
»Eine weitere Verbreiterung des Schachts auf zweieinhalb Meter! Sollte mir jemand Gesellschaft leisten wollen – es gibt reichlich Platz hier. Und die Sicht wird auch immer besser!«
»Wir machen weiter wie bisher!«, grollte Russell. Seine Entscheidung, den Professor allein in die Röhre zu schicken, war vermutlich doch falsch gewesen.
Parker zog erneut den Scheinwerfer zu sich hoch und richtete den Strahl zuerst auf den Vorsprung und dann auf die gegenüberliegende Wand. Wie schon beim ersten Übergang von einem Schachtrohr aufs andere konnte er auch hier zahlreiche senkrecht verlaufende Kratzspuren ausmachen. Da war eindeutig etwas bewegt worden ...
»Hopper! Was ist mit der Kanne?«, drängte Russell, dessen Geduld gerade auf eine harte Probe gestellt wurde. Zwar bekam er durch das Scheinwerferlicht ein deutlich helleres Bild auf dem Schirm, konnte aber dennoch kaum etwas erkennen.
»Wir sind gerade dabei, sie reisefertig zu machen.«
»Was heißt reisefertig?«
»Wir verpacken sie in eine Kiste und lassen diese am Seil ...«
»Das dauert mir zu lange! Packen Sie das Ding in einen Beutel oder wickeln Sie es in ein leeres Netz und runter damit! Ich will endlich etwas sehen, verdammt!«
»Sie haben's gehört, Professor«, vermeldete Hopper, während die beiden Warrant Officers die Kanne anweisungsgemäß in einem Stoffsack verstauten.

Parker drehte sich auf den Bauch, wartete, bis Hopper verkündete, das Paket sei unterwegs, dann bog er seinen Oberkörper zurück. Nur leise drang, als der Beutel die erste Rohrverbindung passierte, ein Poltern durch die luftdichte Kopfhaube hindurch an seine Ohren, und schon knallte er in seine ausgestreckten Arme ...
»Die Post ist da!«, gab Parker durch, hängte den schmierigschwarzen Beutel zu den anderen Dingen an seinem Gurtzeug, fingerte den Blechkanister daraus hervor, ertränkte Obama in der Reinigungsflüssigkeit und machte sich ans Schrubben ...
»Ist das alles?«, polterte Russell.
»Es gibt im Moment halt kaum Kontrastunterschiede«, dachte Parker laut nach, dann gab er Douglas die Anweisung zum Abrollen des Seils.
Je tiefer er kam, umso wärmer wurde ihm. Der Schweiß drückte am ganzen Körper aus den Poren, rann ihm unter der Maske in die Augen ... Es brannte fürchterlich, doch er konnte nur die Lider zusammenzupressen und warten, bis es aufhörte.
Sobald er wieder klare Sicht hatte, kontrollierte er die Anzeigen seines Atem- und Temperaturmessgeräts ... »Frawley! Ich habe noch zweihundertsechzig Bar, beginne aber langsam auszulaufen in meiner Plastiktüte!«
Die Antwort von oben kam sofort: »Zweihundertsechzig sind okay! Inklusive Reserve bleiben Ihnen noch siebzig Minuten. Wie hoch ist die Temperatur?«
»Fünfundzwanzig Grad!«
Stabsarzt Travis meldete sich: »Bei Ihrem jugendlichen Kreislauf sollten Sie mit Ihrer Minisauna problemlos zurechtkommen, Professor!«
»Nur bin ich kein Saunagänger!«, seufzte Parker, sich weiter auf das Zentrum der Kugel zubewegend. Die Erweiterung des Schachts um 51,6 Zentimeter alle siebzehneinhalb Meter setzte sich fort, sodass er schon bald einen Durchmesser von über vier

Meter melden konnte. Mit der Erweiterung besserten sich auch die Sichtverhältnisse, dafür wurde die Funkverbindung immer schlechter. Und auch die Wärme, die ihm aus der Tiefe entgegenschlug, bereitete ihm zusehends Mühe. Der Schutzanzug klebte wie eine Leimfalle auf der Haut, und in den Stiefeln badeten seine Zehen im Schweiß.

Parker verlangte gerade nach einem weiteren Zwischenstopp. »Wie« ...*kchsss*... »tief bin ich?«

»Fünfundneunzig Meter!«, antwortete Douglas. Frawley nutzte den Moment und fragte nach den Werten.

»Zweihundertfünfundzwan« ...*kchsss*... »Bar. Dreißig Grad.«

»Zwei-hundert-fünf-und-zwanzig Bar! Dreißig Grad!«, bestätigte der Warrant Officer mit möglichst deutlicher Stimme, denn je schlechter die Verständlichkeit wurde, umso wichtiger war es, auf eine korrekte Aussprache zu achten. »Ihnen bleibt noch eine Stunde!«

»Douglas! Geben Sie« ...*kchsss*... »Seil, aber nur langsam!«

»Okay! Langsames Seil! Ich zähle mit. Einen Meter ... zwei ...«

»Stopp!«

»Was gibt's?«, drängte Russell, der bereits auf allen Kanälen nach Ergebnissen abgefragt wurde.

Einen Moment lang war nur helles Rauschen aus den Kopfhörern zu vernehmen, danach ein Knacken und dann die zerhackte Stimme Parkers: »Hier tut sich« ...*kchsss*... »etwas! Unter mir befi« ...*kchsss*...

»Parker!«, unterbrach Russell den Professor. »Können Sie mich gut verstehen?«

»Ja!« ...*kchsss*...

»Hören Sie zu! Die konische Form des Schachts scheint die Funksignale mit zunehmender Tiefe abzuschirmen. Ihr Sender ist um einiges schwächer als unserer. Wir können Sie deshalb nur schlecht verstehen. Sprechen Sie so kurz und deutlich wie möglich. Haben Sie mich verstanden?«

»Verstanden!« ...*kchsss*...
»Okay! Was gibt es Neues bei Ihnen?«
»Unter – mir – befindet« ...*kchsss*... »ein – sechskanti« ...*kchsss*...
»Rohr!«
»Können Sie die Kamera darauf richten?«, erkundigte sich der Major.
Parker bejahte, zog den Scheinwerfer zu sich hoch und beugte sich dann so weit nach vorn, wie es sein Gurtzeug erlaubte.
»Sieht gut aus!«, lobte Russell, obwohl die Bildübertragung alle paar Sekunden aussetzte. »Bleiben Sie einen Moment so, damit ich heranzoomen kann.« Nach einigen Versuchen kam die Verbindung mit der ferngesteuerten Kamera zustande. »Okay, ich hab es!«
Parker kam beim Anblick des Gebildes automatisch dieser andere sechskantige Zylinder in den Sinn, der als Satellit noch immer seine Bahnen um die Erde zog. Die Ähnlichkeit zwischen den beiden Konstruktionen war frappant.
»Was soll das sein?«, fragte der Major.
Der Professor vertröstete Russell auf später und verlangte stattdessen von Douglas eine Mannslänge Seil, worauf er sich zwischen der Schachtwand und dem oberen Ende des etwa zwei Meter breiten Zylinders befand. Erneut griff er nach einem Putzlappen, tränkte ihn mit Fettlöser, rieb so viel Schmutz wie möglich von seiner Gesichtsscheibe und dann vom stumpfen Ende des Zylinders.
»Was ist das?«, wiederholte Russell seine Frage.
»Das – sind – Glas – Linsen!« ...*kchsss*... »Wie – bei – dem – Zylinde« ...*kchsss*... »im – All!« Parker zählte, rechnete hoch und überlegte: Bei diesem Zylinder hier war eine Batterie mit achtzig optischen Linsen montiert. Bei dem Ufo-Satelliten die vierfache Menge. Die von den Kugeln abgefeuerten Lightbeams trafen, wie eine Zufallsaufnahme bewies, in dreitausend Kilometern Höhe exakt auf dessen Optik. Etwas dermaßen präzise

aufeinander abzustimmen, war eine höchst komplizierte Angelegenheit. Erstens mussten die Erdumlaufbahn, Geschwindigkeit und Fluglage des Satelliten berechnet werden, zweitens die Position und Lage der Kugeln und drittens auch noch die Rotations- und Präsisionsbewegung der Erde.
»Welchem Zweck dienen diese Linsen?«, hakte der Major nach.
»Bin – mir – nicht – siche« ...*kchsss*... »Brauche – mehr – Inform« ...*kchsss*...
»Okay!«
»Wird – verdam« ...*kchsss*... »eng – hier!« ...*kchsss*...
»Wie viel Platz haben Sie denn?«
»Knapp – ein« ...*kchsss*... »Meter!«
Russell gefiel die Sache überhaupt nicht. »Ich überlege, ob wir nicht besser abbrechen!«
Es dauerte einen Moment, bis der Professor antworte: »Noch – nicht!« ...*kchsss*...
Auch der Major brauchte seine Minute. »Okay! Aber Sie gehen kein unkalkulierbares Risiko ein, verstanden!«
Parker gab sein Einverständnis und bat Douglas dann, das Seil so langsam wie möglich abzurollen. Zentimeter um Zentimeter rutschte er abwärts, zwängte sich an mit Gelenken versehenen Verstrebungsstangen vorbei, die den Zylinder in der Schachtmitte hielten ...
»Einhundert Meter – jetzt!«, verkündete Warrant Officer Douglas aufgeregt. »Nur noch zweiundzwanzig Meter und Sie erreichen das Zentrum des Ufos.«
Plötzlich hörte Parker unter sich ein Rumpeln. Erschrocken blickte er abwärts. Der Scheinwerfer war weg, einfach verschwunden ... Zwar konnte er in der Tiefe noch dessen Lichtkegel ausmachen, doch der huschte jetzt hin und her, als hielte ihn jemand in den Händen und suchte damit die Umgebung ab. Parkers Puls beschleunigte sich ...
»Einhundertfünf Meter – jetzt!«

Der Professor starrte im Schacht nach unten, wo sich eine dunkle Höhle auftat. Er wollte gerade ›Halt‹ rufen, als er den wenige Zentimeter breiten Vorsprung am Schachtende entdeckte. Mit aller Kraft presste er seine Waden an die Wand, dann stand er auch schon mit den Absätzen auf dem Vorsprung.

Wesley Parker war dermaßen überwältigt von dem, was sich im Licht des unter ihm baumelnden Scheinwerfers erkennen ließ, dass er für einen Moment alles um sich herum vergaß.

Das Stahlseil rollte weiter ab. Parker bemerkte es, wollte den Befehl zum Stoppen der Winde geben, doch im gleichen Augenblick verloren die Stiefel ihren Halt, tanzen seine Beine einen kurzen verzweifelten Tanz, langten seine Hände, nach dem Seil greifend, ins Leere ...

Kapitel 22

»Aaaaaahhhh!« ... Schmerzen, Übelkeit ...
»Alles ist gut!«, verkündete Eileen Brooks mit mütterlicher Stimme.
Sally keuchte.
Die Kommandantin strich der jungen Frau sanft über den Rücken. »Deine Schulter war ausgerenkt, doch nun ist sie wieder wie neu.« Sie zeigte ein schwaches Lächeln. »Hast Glück gehabt, Mädchen.«
Sally horchte auf. Die Frau hatte noch nie ›Mädchen‹ zu ihr gesagt, obwohl sie durchaus ihre Mutter hätte sein können.
Als Eileen sich Tom und Gunther zuwandte, verschwand das Lächeln wieder. »Es geht mir nicht gut, Jungs. Trotzdem werde ich das Kommando über dieses Schiff weiterführen, solange es mir möglich ist. Danach geht die Verantwortung an dich über, Gunther.«
Der Deutsche, der sich gemeinsam mit den anderen im Mid Deck versammelt hatte, fuhr sich stumm durchs Haar und nickte.
Die Raumschiffkommandantin sammelte sich, dann sagte sie mit fester Stimme: »Wir wollen jetzt Carlos' gedenken.«
Alle Blicke richteten sich auf den Mexikaner, der noch immer festgezurrt in seinem Sessel hing. Eileen sprach einige persönliche Worte und ein Gebet für den Verstorbenen. Danach lösten Tom und Gunther den Leichnam aus den Gurten, stülpten ihm seinen Schlafsack über und betteten ihn in die unterste Koje. Was mit seinem Körper geschehen sollte, ließen sie im Moment noch offen.

Nach der kurzen Zeremonie wandte sich die gesundheitlich stark angeschlagene Kommandantin erneut an Sally, die als Mid Deck-Passagierin kaum etwas von dem mitbekommen hatte, was nach dem Start geschehen war. »Nach Abschaltung der Triebwerke und Abtrennung des externen Tanks hätten wir uns bei einer Bahnneigung von 28,5 Grad auf einer elliptischen Flugbahn von fünfhundertfünfzig mal dreiundfünfzig Kilometern um die Erde bewegen sollen.«

»Sollen?«, fragte Sally verwundert.

Eileen Brooks holte Luft: »In etwa einhundert Kilometern Höhe kam uns ein Komet in die Quere.«

Sally kamen Bruchstücke der Unterhaltung zwischen Cockpit und Bodenkontrolle in den Sinn. »Wie konnte so etwas ohne jede Vorwarnung passieren?«

»Ich habe keine Ahnung.«

»Was sagt denn Houston dazu?«

»Können wir nicht fragen«, gab Tom zur Antwort. »Die Funkverbindung ist tot.«

Sallys Herz setzte einen Schlag lang aus. »Und was jetzt?«

»Wir kennen den Umfang des Schadens noch nicht, nur seine Auswirkungen auf die Fähre: Taumeln auf einer bislang unbekannten Umlaufbahn, Störungen in den Stromkreisläufen, Ausfall sämtlicher Verbindungen auf dem S-Band, egal welche Antennen wir zuschalten.«

Sally blickte starr vor Schreck auf den Mund der Kommandantin, verfolgte jede ihrer Lippenbewegungen, als könne sie von ihnen etwas Besseres ablesen als das, was in leisen, aber bestimmten Worten ihre Ohren erreichte.

»Auch das Ku-Band-System, mit dem wir über Tracking and Data Relay Satelliten eine Verbindung zur Erde oder zur ISS aufnehmen könnten, lässt sich nicht in Betrieb nehmen. Der Grund dafür liegt in einem Stromausfall der Torsteuerung für die Ladebucht, worin sich die Ku-Band-Antenne befindet.«

Die Kommandantin demonstrierte routinierte Gelassenheit, obwohl sich tief in ihrem Innern Hoffnung und Verzweiflung im Minutentakt abwechselten.
»Zumindest scheinen wir nicht leck geschlagen zu sein. Das gibt uns Zeit, die Schäden genauer zu untersuchen und wenn möglich zu beheben.«
In Sally keimte Zuversicht. »So schlimm kann es ja nicht sein. Hätte uns der Komet gerammt, dann ...«
»Um uns kaltzustellen, reicht der Treffer eines kleinen Splitters, der sich während des Eintritts in die Erdatmosphäre vom Eisbrocken gelöst hat«, dämpfte Tom Sallys Hoffungen.
»Gunther, du kontrollierst die Sicherungen und schaust zu, dass wir wieder Strom in die Hütte kriegen«, unterbrach Eileen Brooks das betretene Schweigen in der wenige Quadratmeter großen Kabine, dann zeigte sie auf den Piloten. »Wir beide checken zwischenzeitlich die Systeme im Cockpit. Dabei versuchen wir die Maus aufzustöbern, die an unseren Kabeln nagt.« Ihr Zeigefinger wanderte weiter zu Sally. »Du wechselst die beiden LiOH-Kanister aus, dann bringst du ein wenig Ordnung in den Saustall hier.«

Während Eileen mit Tom ins Flight Deck zurückkehrte und Gunther sich an den Sicherungen zu schaffen machte, öffnete Sally eine Bodenklappe und hangelte sich hinunter ins Lower Deck, wo sie die im Fußboden untergebrachten Lithium-Hydroxid-Filter austauschte, die durch chemische Reaktion Kabinenluft von CO_2 reinigten und mithilfe von Aktivkohle schlechte Gerüche absorbierten. Als sie damit fertig war, kehrte sie zurück ins Mid Deck, um all die herumfliegenden Dinge einzusammeln, die sich seit dem Beinahecrash selbstständig gemacht hatten.

• • • •

Als Warrant Officer Douglas den Schlag im Stahlseil spürte, hatte er die Winde sofort gestoppt.
»Was ist los da unten?«, rief der Major, doch es kam nur ein zerhacktes Stöhnen zurück.
»Professor Parker!«, versuchte es Russell erneut. »Geben Sie eine Antwort!«
»Oouuh!« ...*kchsss*...
»Was ist passiert? Reden Sie mit mir!«
Parkers Magen fühlte sich an, als wäre das Innere nach außen gestülpt. »Verflucht!«, stöhnte er, »ich bin doch nicht Indiana Jones!«
Alle am Funk atmeten erleichtert auf, obwohl sie der Funkstörungen wegen nur einen Teil von dem verstanden, was der Wissenschaftler ins Headset brabbelte.
»Sprechen Sie langsam!«, ermahnte Russell Parker.
»Ich – häng« ...*kchsss*...
»Was ist los?«
»Ich« ...*kchsss*... »änge!« ...*kchsss*...
»Sollen wir ihn rausholen?«, fragte Hopper beim Major nach.
»Wir geben ihm fünf Minuten! Können wir die Lage innerhalb dieser Zeit nicht klären, brechen wir ab!«
Russell verfluchte den heutigen Tag. Das Wetter war beschissen, die Sprechverbindung war beschissen und auf dem Monitor wechselten sich zuckende Momentaufnahmen und Schneegestöber ab. Er hatte ein paar bekackte Videominuten, sonst nichts! Doch wie konnte er die Operation zu einem erfolgreichen Abschluss bringen? Es gab nur eine Option! Parker raus und einer seiner Männer rein! Als heute Morgen klar geworden war, dass nur ein Einzelner reingehen würde, hatte er sich für Hopper starkgemacht, doch die Ärsche in Washington wollten unbedingt diesen Parker. SETI-Ufo-Spezialist hin oder her, was hatten sie davon, wenn der alte Scheißer tot im Seil hing? Er sah murrend auf seine Army-Uhr: noch drei Minuten!

Über hundert Meter tiefer versuchte Wesley Parker – frei am Seil baumelnd und sich dabei um die eigene Achse drehend – dem drohenden Abbruch der Operation entgegenzuwirken, indem er sich sammelte und Russell in kurzen deutlichen Worten mitteilte, dass es ihm gut ginge und er gerade die Umgebung lokalisiere.

Der Major musste eine Entscheidung treffen. Wenn er jetzt abbrach, würde er als Erstes eine leistungsfähigere Funkausrüstung organisieren müssen, denn die Verbindung war seit dem letzten Kontakt mit Parker nochmals deutlich schlechter geworden. Bis eine solche herangeschafft und in Betrieb genommen war und das Oberkommando beschlossen hatte, ob Hopper oder ein anderer den Professor zu ersetzen hatte ...

Scheißspiel! Russell hieb seine Faust gegen die Kabinenwand des Hubschraubers. »Parker! Sie – melden – sich – wenn – es – etwas – gibt! Und – wir – fragen – Ihre – Daten – ab! Okay?«

»Okay!« ...*kchsss*...

Aus dem Schacht prasselte schmutzig-schwarzes Regenwasser auf ihn herab, lief an der Montur entlang hinab bis zu den Stiefeln und tropfte von dort in die Tiefe, wo der hin- und herpendelnde Scheinwerfer seinen Lichtfinger in die dunstige Düsternis bohrte. Parker zog ihn zu sich hoch, leuchtete die Umgebung ab und begann dann in seinem Kopf eine Skizze anzufertigen. Da war die Kugel mit ihren zweihundertvierundvierzig Metern Durchmesser. Der Schacht stellte eine einhundertfünf Meter lange Verbindung zu diesem Raum her, der wiederum eine Kugel war – eine Kugel in der Kugel also. Parker rechnete: Radius des Ufos minus Schachtlänge mal zwei ergab vierunddreißig Meter. Den Durchmesser des Kugelraums abschätzend, kam er zu dem Ergebnis, dass seine Rechnung stimmen musste. Erneut ließ er den Strahl des Schweinwerfers wandern ... Um ihn herum gab es eine Menge gleichartige, aber um einiges größere

Verstrebungen als jene, die den Zylinder im Schacht fixierten. Diese etwa sieben Meter langen Streben hielten in der Mitte des Raums eine weitere, kleinere Kugel in der Schwebe, deren Durchmesser er spontan auf zwanzig Meter schätzte. Und an dieser Kugel befestigt war das zylinderförmige Rohr, welches wie ein mächtiges Teleskop schräg durch den Raum und unweit über seinem Kopf sieben, vielleicht acht Meter weit in den Schacht hineinragte, aus dem er vorhin gefallen war.

So wie die Außenhaut des Kolosses und die Hülle dieses Raums war auch die Zwanzigmeterkugel aus einzelnen, jedoch kleineren Wabenplatten zusammengebaut.

Ohne sein Zutun hatte sich Parker inzwischen mehrmals um die eigene Achse gedreht. Die Luft unter ihm schien relativ klar, also holte er das Lasermessgerät hervor und richtete es senkrecht nach unten. Das Display zeigte: 21,06 m.

»Douglas!« ...*kchsss*... »Seil!« ...*kchsss*...

»Sie – wollen – Seil?«, fragte der Warrant Officer sicherheitshalber nach. Parker bejahte.

Während er abwärts glitt, erkundigte sich Frawley bei ihm nach Luftverbrauch und Umgebungstemperatur, die zwischenzeitlich auf achtundzwanzig Grad gestiegen war. Russell übertrug die Verbrauchsangaben auf eine Tabelle, errechnete einen Durchschnitt und zog davon die eingeplanten zwanzig Minuten für den Rückweg ab ... »Parker!«

»Ja?« ...*kchsss*...

»Es – bleiben – Ihnen – noch – zwei – sechs – Minuten – bis – zum – Abbruch!«

Der Professor bestätigte, woraufhin sich Travis bei ihm meldete und nachfragte, ob er schon getrunken habe. Als er verneinte, forderte ihn der Stabsarzt auf, es umgehend zu tun, da ihm sonst eine Dehydrierung drohe. Parker befolgte die Anweisung und suchte mit der Zungenspitze nach dem Silikonschlauch, der in der Atemmaske neben seinem Mund herumschlenkerte.

Als er ihn erwischt und unter Zuhilfenahme einiger Gesichtsverrenkungen zwischen die Zähne befördert hatte, presste er den Ellbogen auf die Ausbuchtung unterhalb seiner Achselhöhle. Zuerst kam Luft, dann sprudelte eine leicht süßliche, körperwarme Flüssigkeit in seinen Mund.

Während Parker in einer Entfernung von fünf Metern an der Zwanzigmeterkugel vorbei auf den nach unten gewölbten Boden zuschwebte, traf der Scheinwerfer bereits auf die Schräge, blieb mit dem Haltegriff in einer der waffelförmigen Vertiefungen hängen und polterte dann – vom Gewicht des ablaufenden Kabels gezogen – weiter abwärts ... In diesem Moment landete auch Parker auf der Schräge. Schnell drehte er sich mit dem Gesicht zur Wand und krallte sich in den Vertiefungen fest. Nach ein paar tiefen Atemzügen kraxelte er mit den Füßen voran auf allen vieren so weit hinunter, bis der Boden flach genug war, dass er aufrecht stehen konnte.
Douglas bemerkte, wie die Spannung am Drahtseil nachließ, und wollte die Winde stoppen, doch Parker verlangte nach weiteren dreißig Metern Seil und ebensoviel Kabel für den Scheinwerfer. Daraufhin meldete sich der Major, um den Professor daran zu erinnern, dass er seinen Operationsradius mit den dreiundzwanzig Minuten abzustimmen habe, die ihm bis zur Rückkehr noch blieben.

Seit einigen Minuten liefen ohne Russells Wissen Vorbereitungen für ›ET Two‹. Generalstabschef Martin Dempsey hatte sie ausgelöst, nachdem ein Scheitern der ersten, halbzivilen Operation nicht mehr auszuschließen war. Und so machte sich in Colorado eine Einheit der Navy SEALs – ausgerüstet mit modernster Technik und mobilen Aufzeichnungsgeräten – daran, ihre Sachen in der Maschine zu verstauen, die sie nach Fairbanks bringen sollte.

Den Scheinwerfer nach oben gerichtet, konstatierte der Professor, dass die Luft erstaunlich klar war. Sieben Meter über ihm thronte die Zwanzigmeterkugel. Er machte ein paar Schritte vorwärts, bis er sich genau unter ihr befand. Welchem Zweck sie wohl diente ...?

»Zwei – null – Minuten!«, plärrte Russells Stimme in seinen Ohren. In aller Stille begann er sich bereits damit abzufinden, keines der Rätsel zu lösen, von denen er gerade umgeben war. Zerknirscht senkte er den Scheinwerfer – und hielt inne. Das Regenwasser, welches wie schwarze Tinte aus dem Schacht tropfte, um sich mit dem abgelagerten Ruß zu dickflüssigem Schlick zu vermengen, bildete – außer in den waffelförmigen Vertiefungen – nirgendwo Pfützen. Folglich musste der Brei irgendwohin abfließen. Er suchte den Untergrund ab und sah den Schlick überall dort im Boden versickern, wo die Wabenplatten aneinandergefügt waren. Oben lief das Regenwasser hinein und hier unten einfach wieder hinaus. Er kniete sich nieder und hielt einen Handschuh über den Spalt – er kühlte merklich ab. Es gab hier drin also eine beständige Luftzirkulation. Deshalb der Kamineffekt, und deshalb auch das rasche Versinken der in die Meere gestürzten Ufos.

»Eins – sieben – Minuten!«

Parker erhob sich und durchquerte – den Lichtstrahl des LED-Scheinwerfers wie einen Blindenstock vor sich über den Boden führend – die tiefste Stelle des Kugelraums. Ein paar zusätzliche Minuten würde er Russell schon abringen müssen, damit ... Mit einem Ruck blieb er stehen und starrte auf die sich aus der Dunkelheit schälenden Klumpen, die wie übergroße Kothaufen über den Boden verstreut lagen. Der Professor trat ein paar Schritte näher, bückte sich, wollte einen kleineren davon hochheben, doch das war unmöglich. Also ging er zum nächsten und versuchte es dort. Keine Chance. Selbst als er mit den Stiefeln dagegen trat, rührten sich die faust- bis abfalleimergroßen Din-

ger keinen Millimeter, schienen mit dem Untergrund geradezu verwachsen zu sein ... *Es muss sich um Material handeln, das beim Brand geschmolzen ist und sich, als es in zähflüssiger Form auf den Boden tropfte, mit diesem verband. Das bedeutet, der Brandherd befindet sich ...*
Parker richtete den Scheinwerfer nach oben auf die Zwanzigmeterkugel und blickte geradewegs in eine zwei Meter große Explosionsöffnung, die sich exakt gegenüber der Stelle befand, an der das Zylinderrohr aus der Kugel austrat ...
»Noch – eins – vier – Minuten!«
Parker verharrte einige Sekunden, dann fasste er einen Entschluss und begann alles abzulegen, was er gerade nicht brauchte: Die Tasche mit dem Netbook, den Handscheinwerfer, die Putzlappen aus seiner Beintasche, den Beutel mit dem Reinigungsmittel, sein Rollbandmaß, das Temperatur- und das Lasermessgerät ...
»Eins – zwei – Minuten!«
Befreit von unnötigem Ballast, begann er die sich aufwölbende Wand des Kugelraums ziemlich genau gegenüber der Stelle zu erklimmen, wo er am Seil heruntergekommen war. Bei jedem seiner Tritte wirbelten Rußwolken auf, die in Richtung Schacht davongetragen wurden. Obwohl die Wabenplatten in dieser Raumhälfte trocken waren, fand er in den waffelförmigen Vertiefungen kaum Halt, denn seine bis zu den Knöcheln im Schweiß badenden Füße flutschten in den Stiefeln herum, als wären sie mit Schmierseife eingerieben ...
Immer weiter zog und schob er sich nach oben, dann plötzlich stockte ihm der Atem ... Wie von der Faust eines Riesen herausgeschlagen, klaffte über ihm ein vier Meter großes Loch in der Wand. Doch wieso hatte er weder unten noch während des Heraufkletterns Trümmer gesehen? *Höchst seltsam!* Parker zog den Scheinwerfer, dessen Kabel er durch einen Karabinerhaken geschlauft mit sich führte, zu sich hoch, hob ihn über den Kopf

und leuchtete damit durch die ausgefranste Öffnung in die Innereien des Kolosses ... »Heiliger Bimbam!« Wie Schuppen fiel es ihm von den Augen und er verstand den ausgeklügelten Mechanismus dieser gewaltigen Konstruktion ...
Frawley unterbrach Parkers Gedankengang, indem er die Werte abfragte. Russell fütterte den Rechner damit und schon folgte seine Ansage: »Ihnen – bleiben – noch – sechs – Minuten!«
Jetzt wurde der Professor von Hektik erfasst, denn eine entscheidende Frage stand noch offen. Zugleich ahnte er, die Antwort in der Zwanzigmeterkugel zu finden ...
So schnell er konnte, kletterte er um das Loch in der Wand, schob sich auf eine der über einen Meter dicken und sieben Meter langen sechskantigen Streben, welche die Kugel im Zentrum hielten, und robbte auf dem Bauch liegend die dreißig Grad steile Strebe empor. Oben angekommen, hielt er keuchend einen Moment inne, dann hockte er sich rittlings auf die Strebe, nahm den Scheinwerfer vom Gurt, hob ihn in die Höhe und leitete den Lichtstrahl durch die Explosionsöffnung hindurch ins Innere der Kugel ...
»Noch – zwei – Minuten!«
Wesley Parker starrte angestrengt in das Loch, das etwa ein Viertel so groß war wie jenes hinter seinem Rücken. Ein weiteres Puzzleteil fügte sich in das große Ganze ein, als er begriff, dass die weggesprengte Verschalung der Zwanzigmeterkugel aufgrund der enormen Explosionskraft die Hülle des Kugelraums wie ein dünnes Sperrholzbrett durchschlagen und alles mit sich gerissen hatte, sodass nicht ein Fetzen davon innerhalb des Kugelraums zurückgeblieben war.
Der Explosion folgte ein Brand. Parker sah kurz den Rauchgasen nach, die über ihn wegziehend noch immer aus der Öffnung quollen, dann konzentrierte er sich wieder auf das Chaos, das sich vor seinen Augen ausbreitete.
»Noch – eine – Minute!«

Was konnte der Grund für eine so überaus heftige Explosion gewesen sein? Er überlegte. Die Linsen am oberen Ende des Zylinders bündelten offenbar die Lichtteilchen, erzeugten wie die Optik eines Theaterscheinwerfers den beinahe parallel laufenden Lightbeam. Doch das Licht dafür musste zuerst erzeugt worden sein. Thermisches Licht. Hunderttausende, wenn nicht gar Millionen von Watt, um die gewaltigen Effekte hervorzubringen, die in allen Teilen der Welt zu sehen gewesen waren. Für so etwas brauchte man Kraftwerke oder ... Parker richtete den Scheinwerfer schräg nach oben und pfiff durch die Zähne. *Kondensatoren!* Über die Hälfte der riesigen Dinger waren explodiert. Diese Zwanzigmeterkugel war demnach so etwas wie ein gigantisches Foto-Blitzgerät. Mit einem Mal war das Puzzle komplett und er wusste, welchen Zweck das alles hatte ... *Great Big Shit!*
»Die – Zeit – ist – um!«
Wesley Parker ignorierte Russells Durchsage, denn soeben hatte er noch etwas anderes entdeckt. Vorsichtig beugte er sich nach vorn, schob den Scheinwerfer so nah wie möglich an die Öffnung heran und richtete den Lichtstrahl auf ein rätselhaftes deformiertes Gebilde ... *Was, verflucht, ist das denn?*
»Bestätigen – Sie – den – Abbruch!«, drängte der Major.
Parker konsultierte das Manometer. Russell hatte exakt gerechnet. Trotzdem überschlug er kurz: Fünf Minuten würde er benötigen, um vom Gestänge herunter auf den Boden zu gelangen. Zwei weitere bis hinüber zur Stelle, wo sie ihn hochziehen konnten. Zehn bis fünfzehn Minuten im Schacht ... »Ich brauche noch fünf Minuten!« rief er, völlig vergessend, dass man ihn so unmöglich verstehen konnte.
»Wir – holen – Sie – jetzt – raus!«
Parker hörte weg, starrte stattdessen wieder ins Loch und auf dieses höchst seltsame Ding. Für einen kurzen Moment schien die Zeit stillzustehen, hörte er kein Geräusch außer seinem Atem, sah er nichts außer diesem Etwas ...

Er erkannte, was es war, und doch weigerte sich sein Verstand, es zu benennen, geschweige denn es auszusprechen.

Parker spürte, wie sich das Seil zu spannen begann. »Ihr könnt mich jetzt nicht rausholen!«, brüllte er in die schweißnasse Maske und wickelte mit den Beinen rudernd sowohl Seil als auch Scheinwerferkabel um seine Stiefel.

»Melde Widerstand!«, rapportierte Warrant Officer Douglas und stellte die Winde ab.

»Verdammt!« Der Major blickte auf die Uhr und hämmerte seine Faust zum zweiten Mal gegen die Aluminiumwand des Hubschraubers. »Parker hat noch für höchstens fünfzehn Minuten Luft!«

Hundertdreißig Meter tiefer glotzte Wesley Parker derweil noch immer ins Loch und wisperte: »Ich irre mich! Ich muss mich irren!«

»Wir machen weiter!«, entschied der Major nach Rücksprache mit dem Oberkommando. »Geben Sie Seil, Douglas, danach ziehen Sie es wieder zurück. Wiederholen Sie das Jo-Jo-Spiel so lange, bis etwas in Bewegung kommt. Ich habe verdammt keinen Bock darauf, den alten Scheißer tot aus dem Schacht zu ziehen!«

Das um Parkers Stiefel gewickelte Seil zerrte an ihm, löste sich, zerrte ... Gleichzeitig dröhnte in kaum erträglicher Lautstärke Russells Stimme in seinen Ohren: »Kommen – Sie – raus!«

»Komme raus!«, brüllte Parker zurück, doch in den Ohren der Soldaten klangen seine Worte wie das zerhackte Echo von Russells Aufruf. Wieder lockerte sich das Stahlseil. Parker nutzte den Moment und begann den Scheinwerfer auf den Boden hinunterzulassen. Er hatte noch keine zwei Meter Kabel gegeben, da setzte Douglas die Winde erneut in Gang. Diesmal reagierte der Professor zu spät, geriet aus dem Gleichgewicht ...

Noch während er seitlich von der Strebe zu kippen begann, verselbstständigte sich sein Handeln. Die Füße schüttelten mit einem heftigen Ruck das Seil ab, der Oberkörper klappte wie ein Taschenmesser nach vorn, die Hand ließ das Kabel sausen – und im nächsten Augenblick klammerte er sich wie ein Affe an der baumdicken Strebe fest.

Zehn Meter tiefer knallte der Scheinwerfer mit einem dumpfen *Baaafff...!* auf den Boden, leuchtete noch einmal grell auf – dann war es dunkel.

»Der Scheinwerfer lässt sich jetzt einholen!«, meldete Frawley.
»Und was ist mit dem Seil?«, fragte der Major nach.
»Irgendwas hat sich getan, aber jetzt hängt es wieder fest.«
Russell blickte erneut auf seine Uhr. »Parker wird uns ersticken!«
»Major?«
»Ja, Hopper?«
»Wir lassen jetzt den Reservetank runter.«
»Tun Sie das!«

Parker rutschte, halb liegend, halb sitzend, im Stockdunkeln rückwärts die kantige Strebe hinab. Als er nach einer gefühlten Ewigkeit mit den Pressluftanks gegen die Wand stieß, fuhr er vor Schreck zusammen. *Jetzt nur keine Panik, alter Mann,* redete er sich ein. *Du schaffst das schon!* Mit klammem Herz griff er nach dem Manometer. Zwar lumineszierte die Anzeige im Dunkeln, doch durch die doppelte Verglasung von Maske und Kopfhaube hindurch war es unmöglich, etwas abzulesen. Parkers Pulsschlag erhöhte sich. Er musste endlich runter von der Strebe. Alles andere war zu meistern. Er hatte ja das Seil und konnte sich an ihm entlang in Richtung Schacht tasten. Vielleicht stieß er unterwegs sogar auf seine abgelegte Handlampe. *Also los jetzt!*

Plötzlich vernahm er in der Ferne ein leises Poltern. Parker wurde ganz aufgeregt. Kamen etwa Russells Männer herunter, um ihn zu holen? Das Poltern wiederholte sich, doch nirgendwo war ein Licht zu sehen ...

Sie haben den Reservetank hinuntergelassen!, schoss es Parker durch den Kopf. Sofort entspannte er sich. Die paar Meter bis hinüber zur Flasche würde er es selbst im Stockdunkeln problemlos schaffen. Nur Sekunden später beschleunigte sein Puls wieder, denn es gab einen Haken bei der Sache: Um das Gerät anzuschließen, brauchte er Licht. Und um Licht zu haben, musste er zuerst seine Handlampe wiederfinden ...

»Der Tank ist unten!«, vermeldete Hopper.
»Regt sich was?«, fragte der Major.
»Nein! Wir haben den Tank einige Male hart aufschlagen lassen, was er in jedem Fall gehört haben muss.«
»Meiner Berechnung nach hat er maximal noch vier bis fünf Minuten«, knurrte Russell.
»Und wenn er seit der letzten Datendurchgabe aus irgendeinem Grund mehr Luft verbraucht und deshalb bereits die Besinnung verloren hat?«, dachte Hopper laut nach.
Russell stieß einige F-Worte aus, dann versuchte er den Professor erneut zu erreichen, doch seine Bemühungen blieben erfolglos.

Parker hatte gerade eine Hundertachtzig-Grad-Drehung vollendet und lag nun ausgestreckt wie eine Echse auf der schräg abwärtsgerichteten Strebe, wobei ihm die Atemmaske so stark von unten gegen das Kinn drückte, dass er seinen Mund nicht aufbekam.
»Hopper, Douglas, Frawley!«
Der Professor langte mit beiden Händen nach vorn und tastete die Wand ab ...
»Wir holen den Mann jetzt raus!«
Parker fand Halt und begann sich an der nächstgelegenen Wabenplatte hochzuziehen ...
»Douglas!«
Parker kam auf die Füße.

»Major?«

Blind setzte Parker seinen Stiefel in die erste Vertiefung, zog den anderen nach ...

»Winde anlaufen lassen!«

Wesley Parker wurde von der Wand gerissen, segelte durch die Finsternis und schlug einige Meter tiefer hart auf. Er hatte nicht einmal die Zeit, einen Schrei auszustoßen, da verließen ihn – noch während sein Körper über den steil abfallenden Boden rollte und in Richtung Schacht davongeschleift wurde – die Sinne.

Kapitel 23

Eineinhalb Stunden später trafen sich die vier Raumfahrer zum Rapport. Sally konnte berichten, die ihr übertragenen Arbeiten erledigt zu haben. Gunther vermeldete, die wichtigsten Stromkreise wären wieder geschlossen. Tom hatte es fertiggebracht, der Atlantis mit gezieltem Feuern des Reaction Control Systems (RCS), das aus insgesamt vierundvierzig kleinen Raketentriebwerken in der vorderen und hinteren Sektion der Raumfähre bestand, das Taumeln abzugewöhnen. Und Eileen gab bekannt, dass die für den Hauptstrom verantwortlichen Brennstoffzellenanlagen entgegen ersten Befürchtungen einwandfrei funktionierten. Einen Anlass zur Freude gab es trotzdem nicht, denn noch immer hatten sie keine Verbindung zur Bodenkontrolle und darüber hinaus bereits ein neues Problem am Hals – die Tore der Payload Bay. Die Steuerungen und Motoren bekamen durch Gunters Eingriff nun zwar wieder Strom, dennoch rührten sich die Tore keinen Millimeter. Eine höchst gefährliche Situation, denn an den Innenseiten der Tore waren großflächige Wärmetauscher angebracht, deren Aufgabe es war, Energie- und Wärmeüberschüsse aus der Raumfähre in den Weltraum abzuführen. Blieben die Tore geschlossen, staute sich die Hitze in der Payload Bay. Zwar gab es für die Start- und Landephasen ein mit Wasserverdampfung arbeitendes Überbrückungskühlsystem, doch dieses Gerät war weder für den Dauereinsatz geeignet noch konnte es von seiner Leistung her die Wärmetauscher ersetzen. Zur Not konnten sie einige Bordsysteme sequenziell herunterfahren, doch früher oder später käme es dennoch zum Kollaps.

Im All gab es der kaum vorhandenen Moleküle wegen zwar keine messbare, durch die Existenz elektromagnetischer Strahlungsenergie aber eine errechenbare Temperatur. Addierte man den Wert zum absoluten Nullpunkt hinzu, erhielt man eine durchschnittliche Weltalltemperatur von minus zweihundertsiebzig Grad Celsius. Ein Tiefkühler erster Güte also. Doch sobald die hochenergetischen Lichtteilchen der Sonne auf die Gasmoleküle in der Erdatmosphäre prallten und diese zum Schwingen anregten, entstand Wärme.
Genauso verhielt es sich bei der Raumfähre. Traf das Sonnenlicht auf den Rumpf, begannen dessen Moleküle zu schwingen und das lebensfreundliche Habitat verwandelte sich innerhalb kürzester Zeit in einen Backofen. Damit das nicht geschah, war Tom gezwungen, die Atlantis so zu steuern, dass deren Hitzeschutzschild stets in Richtung Sonne ausgerichtet war.

Im hinteren Bereich des Flight Deck gab es ein Doppelfenster, durch das man in die beleuchtete Payload Bay sehen konnte. Der raumfüllenden Zusatztanks wegen war die Sicht auf die Innenseite der Tore jedoch stark eingeschränkt.
Die Kommandantin beschloss zu handeln. »Gunther, du kletterst in die Bay und siehst nach, was dort los ist. Und du, Tom, hörst auf damit, die Schließsysteme und Motoren weiter zu quälen, wenn sich ohnehin nichts tut.«
Der Pilot nickte. »Ich senke den Druck, dann helfe ich Gunther in den Anzug.«
Eine Dreiviertelstunde, bevor ein Astronaut mit seiner EMU die Raumfähre verlassen konnte, musste der Druck in der Kabine um dreißig Prozent reduziert werden, damit sich der Spacewalker vorab an die im Raumanzug herrschenden Druckverhältnisse gewöhnen konnte. Eileen schaute den beiden bei ihren Vorbereitungen für den Ausstieg eine Weile zu, dann zupfte sie Sally am Ärmel ihres silberfarbenen Overalls.

»Komm, Mädchen! Wir gehen nach oben und du genießt erst einmal die Aussicht.«
Obwohl ihr ein Traum erfüllt worden war, um den sie Hunderttausende, wenn nicht sogar Millionen auf der Erde beneidet hatten, hangelte sie sich nun fast widerwillig hinauf ins Flight Deck. Nicht einmal das unbeschreibliche Gefühl der Schwerelosigkeit, auf das sie sich so sehr gefreut hatte, vermochte sie in diesem Moment aufzuheitern. Vorsichtig schob sie sich nach vorn ins Cockpit auf den Sitz des Piloten und gurtete sich fest. Eileen nahm neben ihr Platz.
Sally faltete die Hände über der Nase und atmete tief durch ... Sie versuchte sich zu entspannen. Vergeblich. Trotz des beruhigenden Glimmens der Instrumente und gleichmäßigen Summens der Aggregate hatte sie Angst, spürte sie intuitiv den auf sie alle lauernden Tod ...

••••

»Das Buch gefällt mir gar nicht! Die Leute darin sterben ja weg wie die Fliegen!« Sie blätterte noch einen Moment lang hin und her, las vorgeblich interessiert die eine oder andere Textpassage, schlug dann den Deckel zu und legte es zurück auf den Küchentisch.
Kate nahm es auf, legte es auf ihren Schoß und fuhr fast zärtlich mit den Fingern über den ledernen Einband. »Das neue Testament ist ganz anders.«
»Jaja, der Herr Jesus Christus.«
»Jesus und Gott sind ein und dasselbe.«
Mia Kelly bleckte die Zähne und zischte, eine Schlange imitierend: »Du weißt genau, Ma, was ich von Typen halte, die aus Männerknochen Mädchen basteln oder sich in Jungfrauen selber zeugen, um danach auf Selbstmordmission zu gehen.«
»Gott ist kein Typ, Mia.«

»Ach nein? Mein großer Bruder behauptet das aber!«
»Ich weiß ...«
»Ma, dieses ganze Religionszeug ist doch lächerlich.«
»Ist es nicht, Mia! Ohne meinen Glauben hätte ich vieles im Leben so nicht durchgestanden.«
»Moderne Menschen gehen zum Physologen, wenn sie Probleme haben.«
»Psychologen!«, verbesserte Kate.
Mia stampfte auf. »Ist mir schnurzegal, wie das heißt! Hauptsache ...«
»Hört auf, euch zu streiten!«, fiel Paul seiner Tochter ins Wort. »Es ist doch schon schlimm genug.«
Mia fummelte an ihrem Piercing herum. »Du hast Neds Bibel angeschleppt, Pa!«
»Weil ich herausfinden will, weshalb er nicht mehr mit uns spricht.«
»Und was hat das mit seiner Bibel zu tun?«, fragte Kate.
Paul Kelly seufzte: »Gestern erzählte mir Ned etwas über ein die Menschheit bedrohendes Ereignis biblischen Ausmaßes. Ich versuchte ihm klarzumachen, dass er einem Irrtum aufsäße, woraufhin er ins Bad verschwand und aufhörte zu reden.«
»Davon weiß ich nichts!« Kate suchte den Blick ihres Mannes. »Soll das Ereignis denn von diesen Weltraumkugeln ausgehen?«
Paul wollte eine Antwort darauf geben, doch seine Frau blätterte bereits eifrig in der Bibel. »Vielleicht meinte er mit dem menschheitsbedrohenden Ereignis biblischen Ausmaßes die Apokalypse?«
»Da passiert mal was Aufregendes auf diesem öden Planeten – und schon dreht die Kelly-Familie durch!«, nölte Mia.
Ihre Mutter entgegnete darauf nichts, schlug die Offenbarung des Johannes auf und hielt ihrem Mann und Mia das zerfledderte Buch vors Gesicht. »Ned hat weder etwas markiert noch einen seiner üblichen Randvermerke hinterlassen.«

Paul fuhr sich mit den Händen ziellos durchs Haar. »Ich hatte mir einen Hinweis erhofft.«

Kate blätterte zurück. »Auch bei den Stellen im Alten Testament, wo er mit dem Leuchtstift geradezu gewütet hat, gibt es keine Markierungen neueren Datums.«

»Woran erkennst du das?«, wollte Paul Kelly von seiner Frau wissen und nahm ihr ungefragt die Bibel aus der Hand.

»Weil das Gelb des Markers inzwischen so dunkel ist wie die Eier in meiner Pfanne«, klärte Kate ihn auf, »und bei einem Leuchtstift dauert das einige Zeit.«

Er hatte etwas entdeckt: »P(n) = (2*C^(n-x+1))*(C^x-1)/(C-1). Ist das nicht diese Formel, mit deren Hilfe Ned berechnet hat, dass zu Zeiten Noahs«, er las die Zahl ab, »14 342 340 Menschen auf der Erde gelebt haben?«

»Nur weil Gott gerade wieder unter seiner Depression litt, ertränkte er vierzehn Millionen Menschen?!«, rief Mia entrüstet.

Kate unterließ es, ihre Tochter zu korrigieren, warf stattdessen beide Arme in die Luft ... »Sie waren verkommen und verdorben!«

»Alle vierzehn Millionen?«

»Noah nicht!«

»*Ein* Rechtschaffener gegen vierzehn Millionen Sünderlein? Ma, diese Geschichte ist ja noch krasser als die vom Wal!«

»Was für ein Wal?«, fragte Paul.

»Sie meint die Geschichte von Jona«, seufzte Kate.

»Ah!«, machte ihr Mann, sich schwach erinnernd.

»Jona erhält von Gott den Auftrag, nach Ninive zu gehen und den Bewohnern der Stadt ihrer Bosheit wegen ein göttliches Strafgericht anzudrohen.«

»Was auf fast jeder Seite der Bibel passiert«, schimpfte Mia.

»Nicht im Neuen Testament!«, widersprach Kate.

»Bibel ist Bibel!«, beharrte Mia und drehte sich zu ihrem Vater. »Dieser Jona wird von einem Walfisch verschluckt, in dessen Magen er mehrere Tage lang ...«

»Drei Tage!«, griff Kate hinter Mias Rücken korrigierend ein.
»Egal!«, begehrte ihre Tochter auf, ohne sich umzudrehen. »Also, der Typ soll volle drei Tage in diesem Walbauch gelebt haben, danach wird er völlig gesund an Land gespuckt – ist doch krank, oder?«
»Vielleicht war es ja gar kein Wal«, wand sich Kate. »Und Jona befand sich auch nicht im Magen ...«
»Ein riesenmonstermäßiger Nicht-Walfisch. Und dem hockt der Jona dann drei Tage lang unter Wasser auf dem Zahnfleisch?« Mia tippte sich an die Schläfe. »Du bist so was von peinlich, Ma!«
»Die Jona-Geschichte ist wohl keine historische Darstellung, sondern eher eine lehrhafte Erzählung«, versuchte Paul den Bibeltext sachgerecht auszulegen.
»Eine was?«, fragte Mia und machte ein dummes Gesicht.
»So etwas wie ein Gleichnis.«
»Ned ist der Meinung, dass Bibelfritzen immer dann mit so was kommen, wenn's an einer Stelle mal wieder nicht funktioniert.« Ihre Mutter verzog das Gesicht, während Paul nachdenklich die Heilige Schrift in seinen Händen drehte. Seit ihrem Entstehen waren Exegeten im Angesicht neuer wissenschaftlicher Erkenntnisse gezwungen, die Texte immer wieder neu zu interpretieren, damit die geistige Botschaft auch für den modernen Gläubigen einen Sinn ergab. Sein Sohn tat sich schwer damit, nannte es ein sinnloses Drehen an einer verrosteten Schraube, die sowieso zerbricht ...
Mehrere zusammengefaltete Blätter rutschten zwischen den Buchseiten hervor und segelten zu Boden. Mia hob sie auf.
»Hört mal, was mein Bruderherz da aufgeschrieben hat:
1. Kampf Kedor-Laomors und seiner Verbündeten (1Mo 14)
2. Simeon und Levi töten Sichems Einwohner (1Mo 34,25-31)
3. Raubzug der Söhne Ephraims bei Gat (1Chr 7,201)
4. Schlacht der Amalekiter (2Mo 17,8-16)
5. Israels Niederlage in Palästina (4Mo 14,39-45 & 5Mo 1,41-44)

6. Sieg über den König von Arad (4Mo 21,1-3)
7. Sieg über Sihon von Heschbon (4Mo 21,21-25 & 5Mo 2,26-36)
8. Sieg über Og von Baschan (4Mo.21,32-35 & 5Mo 3,1-7)
9. Sieg über die Midianiter (4Mo 31)
10. Kriegszüge unter Josua ...«
»Das sind die biblischen Kriege«, unterbrach ihre Mutter. »Ned hat sie allesamt herausgesucht und fein säuberlich aufgelistet.«
Mia sah die handgeschriebenen Blätter durch. »Das geht über ganze sechs Seiten so!«
»Auf der Rückseite führt er die Opferzahlen an, sofern diese in der Bibel erwähnt sind oder sich sonst wie errechnen lassen«, ergänzte Paul.
Mia suchte die Ziffer vor dem letzten Eintrag. »Hundertfünfzehn Kriege!«
»Die Toten gehen in die Millionen«, sagte Vater.
»Scheißbuch!«, fluchte Mia.
»Mia!«, rief Kate.
»Was denn, Ma? Lieber, gütiger, barmherziger Gott ...«
Ihre Mutter gab den Widerstand auf. »Ned und ich haben uns mehr als einmal darüber gestritten«, gestand sie ein. »Er nannte sie von Gott angezettelte, gewollte und gebilligte Kriege.« Sie seufzte schwer. »Er ist nie damit zurechtgekommen.«
»Kann ich gut verstehen«, gab sich Mia altklug und wedelte mit den Papieren. »Wann hat er das geschrieben?«
»Da war er so alt wie du«, sagte Paul.
»Und mittendrin in der Pubertät«, versuchte Kate das Verhalten ihres Sohnes zu begründen.
Mia rutschte vom Stuhl und drückte ihrem Vater einen nassen Schmatz auf die Wange, sodass etwas von ihrem rosa Lippenstift zurückblieb. »Für Eltern eine schwierige Zeit, sagt unser Sexualkundelehrer.«
Kate nagte an der Unterlippe. »Damals hat Ned Gott verloren.«
»Und dafür mit Wichsen angefangen«, kiekste Mia.

Ihre Mutter boxte sie in die Rippen. »Benimm dich!«
Mia senkte übertrieben beschämt den Kopf, entdeckte dabei ein übersehenes Blatt Papier unter dem Tisch und tauchte ab.
Kate wusste tief in ihrem Inneren, dass Neds Aufmüpfigkeit gegenüber dem biblischen Gott nichts mit seinen Hormonen zu tun gehabt hatte. Auch für sie war es nicht immer einfach, vorbehaltlos an ein höheres Wesen zu glauben, das allwissend war, also die Ursachen all der Übel kannte, unter denen die Welt litt, gleichzeitig allgütig war und somit darum besorgt, für seine Geschöpfe nur das Beste zu wollen, und darüber hinaus allmächtig, also befähigt, die Übel jederzeit zu beseitigen.
Ned hatte ihr stets vehement widersprochen, die herrschenden Missstände einem imaginären Satan, wie er ihn nannte, zuzuschreiben, oder hinter jedem noch so ungerechten wie schwer zu ertragenden Leid einen höheren göttlichen Sinn oder gar direkten Willen zu vermuten. Auch die in christlich-theologischen Kreisen weitverbreitete These, Gott habe sich im Entschluss zur Schöpfung bewusst selbst in seiner Allmacht begrenzt und könne daher gar nicht so handeln, wie von ihm eigentlich erwartet, nannte er eine unter Erklärungsnot geborene Idiotie, wie es sie kein zweites Mal im Universum gebe ...
Mia kam mit dem Papier in der Hand unter dem Tisch hervorgekrochen. »Ned hat noch eine Liste gemacht: ›Horus im ägyptischen Totenbuch:
1. Horus ist der Sohn des Gottes Osiris. 2. Horus wird um 1280 vor Christus von einer Jungfrau geboren. 3. Horus wird im Fluss getauft und sein Täufer wird später durch das Schwert gerichtet. 4. Horus wird in der Wüste verführt. 5. Horus kann Kranke heilen, Blinde wieder sehend machen, Tote zum Leben erwecken und Dämonen austreiben. 6. Horus kann über Wasser gehen. 7. Horus hat zwölf Jünger. 8. Horus wird hingerichtet, und drei Tage danach kommt es zu seiner Auferstehung.‹«
»Das ist doch die Geschichte Jesu!« stieß Kate geschockt hervor.

Paul Kelly ergänzte: »Eintausendzweihundertachtzig Jahre vor seiner Geburt.«
Kate schüttelte ungläubig den Kopf. »Wie ist das möglich?«
Da schallte es aus dem Wohnzimmer: »Weil die Schreiberlinge der Bibeltexte die Geschichte von Jesu und anderen Figuren aus älteren Texten geklaut und für ihre eigenen Zwecke umgeschrieben haben, ihr Dummköpfe!«
Die drei am Küchentisch schossen hoch und liefen hinüber zum Sofa. »Schön, dass du wieder mit uns redest, Junior«, freute sich Paul. »Was war denn nur los mit dir?«
Aufs Neue verstummt, rubbelte Ned mit seinem fleckigen roten Shirt an der Brille herum und blickte ins Leere.

••••

Sie lag ihr zu Füßen, in ihrer ganzen, schillernden Pracht: Die Erde. Ihre Heimat. Unendlich schöner als auf jedem Hochglanzfoto. Unendlich beeindruckender als jede noch so überschwängliche Beschreibung in Lyrik und Dichtung. Und doch war sie nicht in der Lage, den gewaltigsten Ausblick, den ein Mensch in seinem Leben jemals haben konnte, auch nur für einen Augenblick zu genießen. Der Tod hatte sich schon Carlos geholt. Nun streckte er seine Finger nach Eileen aus, die neben ihr im Sitz hing und so unauffällig wie möglich die Hände auf ihren Bauch presste.
Die Kommandantin merkte, wie Sally sie aus den Augenwinkeln heraus beobachtete. »Mach dir meinetwegen keinen Kopf, Mädchen. Ich hatte ein schönes Leben. Mein Mann war immer gut zu mir, meine Kinder und Enkel sind sowohl an Geist wie Körper gerade gewachsen und ich war mit genügend Verstand, Ehrgeiz und Kraft gesegnet, um mich dort zu verwirklichen, wo es mir im Leben am wichtigsten erschien.« Eileen seufzte. »Ich bedaure nur, dass es auf diese Weise enden muss.«

»Sag so etwas bitte nicht«, hauchte Sally. »Bestimmt werden Tom und Gunther einen Ausweg finden, damit wir noch rechtzeitig ...«
Eileen legte der jungen Frau zwei feuchtkalte Finger auf die Lippen. »Pschhhh!«

Tom Taylor kam nach oben, legte die Sprechverbindung vom Intercom auf die Lautsprecheranlage und nahm das CCTV (Closed Circuit Television System) in Betrieb. Sobald die Übertragung aus Gunthers Helmkamera stand, scharten sich die drei Raumfahrer im hinteren Bereich des Flight Deck um den Monitor und verfolgten mit Anspannung, wie sich Gunther Wolf aus der Luftschleuse heraus in die von Flutlichtstrahlern ausgeleuchtete Payload Bay schob.
Vorsichtig hangelte sich der deutsche Raketeningenieur an den beiden vierzehn Meter langen, mit hochgiftigen hypergolen Treibstoffen befüllten Zusatztanks entlang in Richtung Heck.
»Keine Probleme hier, werde weiter hinten nachsehen«, tönte es aus der kleinen grauen Lautsprecherbox, nachdem Gunther jeden Spalt und jede Ecke gründlich untersucht hatte. Jede unnötige Bewegung vermeidend, schob er sich Meter um Meter auf die Rückwand der Payload Bay zu ...
»Bullshit!«, entfuhr es Tom, als er das Desaster auf dem Monitor erblickte. Sally und Eileen stöhnten auf. Nur Gunther draußen in der Bay gab keinen Mucks von sich.
Eine Halterung des Manipulatorarms hatte den Schlägen während des Aufstiegs nicht standgehalten und war gebrochen. Der Arm selber – ein fünfzehn Meter langes Gestänge mit mehreren Gelenken, einer Plattform mit Kamera, Werkzeugen und einer Greifzange am Ende, mit dem dieser um die Erde kreisende Zylinder eingefangen und in die Ladebucht gehievt werden sollte – schleuderte danach solange in der Payload Bay herum, bis sich die Greifzange durch einen der Wärmetauscher hindurch

in die rechte Ladebuchttür gebohrt hatte, wo sie noch immer feststeckte. Und da die rechte Torhälfte die linke überlappte, ließ sich in der Folge keine der beiden mehr öffnen.

Siebzig Minuten und einige gemurmelte germanische Schimpfwörter später hatte es Gunther Wolf geschafft, den Greifer aus dem Radiator zu hebeln. Zwar würde es ihnen versagt bleiben, die am Manipulator und Radiator entstandenen Schäden mit den zur Verfügung stehenden Werkzeugen und Materialien zu reparieren, dennoch konnten sie sich glücklich schätzen, dass nur einer der Wärmetauscher beschädigt war, sodass ihnen, wenn sich die Tore öffnen ließen, noch immer drei Viertel der ursprünglichen Kälteleistung zur Verfügung standen.
Erwartungsvoll legte Tom zuerst den Hauptstromversorgungsschalter für das elektromechanische Schließsystem um und betätigte danach zwei Schalter mit der Aufschrift ›Latch Control‹. Das im Vakuum unhörbare Klacken der zweiunddreißig sich öffnenden Torverschlüsse ließ den Rumpf des Space Shuttles kurz erzittern. Freudig erregt aktivierte Tom nun auch die Stromzufuhr für die Motoren der rechten Ladebuchttür und hielt für einen Moment die Luft an, bevor er den Dreiwegschalter mit dem Daumen nach oben drückte.
Sekundenlang passierte nichts – dann durchlief erneut ein Zittern die Atlantis und die Ladebuchttür setzte sich in Bewegung. Regenwasser, das sich während des Starts in allen möglichen Ritzen festgesetzt hatte und gefroren war, löste sich nun ab und flog als Eisgestöber an den Cockpitfenstern vorüber. Sobald das rechte Tor vollständig geöffnet war, betätigte Tom die restlichen Schalter ...
»Yeah! Great!«, frohlockte er, als auch das linke Tor nach außen zu klappen begann. »Das nenn' ich deutsche Wertarbeit!«
Auch Eileen und Sally gratulierten, doch Gunthers Laune wurde dadurch nicht besser. »Wir werden den Manipulator nicht

zur Untersuchung der Fähre einsetzen können«, murrte er, »das Kopfgelenk ist definitiv unbrauchbar!«

Seit der Columbia-Katastrophe 2003 war es eine Standardprozedur, die Shuttles nach Erreichen der Erdumlaufbahn mit der am Ende des Manipulatorarms montierten Kamera auf etwaige Schäden am Hitzeschild hin zu kontrollieren.

»Die EMU gibt mir eine Restbetriebszeit von vier Stunden an«, erklärte Gunther. »Wenn ich schon draußen bin, kann ich auch gleich eine Inspektion anhängen. Inzwischen könnt ihr die Ku-Band-Antenne ausklappen und Houston zu erreichen versuchen.«

Den Blick ins Leere gerichtet, presste Eileen die Lippen aufeinander. Sie fürchtete sich, doch nicht mehr um ihretwillen. Vielmehr galt ihre Sorge jetzt der Crew, für die sie noch immer die Verantwortung trug ...

»Geht das in Ordnung?«, fragte der Deutsche bei der Kommandantin nach.

Eileen schreckte aus ihren Gedanken hoch und bejahte mit dünner Stimme.

Gunthers Helmkamera dokumentierte, wie er sich abstieß und an der rechten Triebwerksgondel vorbei nach hinten schwebte, wo sich die trichterförmigen Auslässe der Haupt- und Orbitaltriebwerke befanden. Innerhalb des zweihundertstündigen Unterwassertrainings – das weit entfernt war von echten Weltraumspaziergängen – hatten sie ihm beigebracht, dass neunzig Prozent der für eine EVA (Extravehicular Activity) zur Verfügung stehenden Zeit dafür aufgewendet werden musste, die EMU (Extravehicular Mobility Unit), also den Raumanzug für Außenbordeinsätze, in einer kontrollierten Position zu halten. Sich im luftleeren Raum sicher zu bewegen war mindestens so schwierig, wie auf einem Ball zu balancieren. Eine kleine Unachtsamkeit genügte – und schon geriet die EMU ins Taumeln.

Während der Pilot sich abmühte, eine Verbindung zur Erde herzustellen, erreichte Gunther die Rückseite des Space Shuttles, kraxelte dort wie ein träger Käfer eine Zeit lang herum, zog sich danach entlang der mächtigen Heckflosse nach oben und setzte sich – indem er den Kamm der Flosse zwischen seine Schenkel klemmte – wie ein Cowboy rittlings obendrauf und meldete: »Keine Auffälligkeiten.«

Der Raketeningenieur benötigte weitere zweieinhalb Stunden, dann war er, ohne irgendwelche Schäden entdeckt zu haben, mit der Inspektion der oberen Seite fertig und hangelte sich nun wieder zurück nach vorn. Als er dicht über dem Cockpit hinwegschwebte, klebten drei Augenpaare an den Fenstern und schauten zu ihm hoch oder besser gesagt zu ihm hinunter – denn die Atlantis flog ja in Rückenlage. Gunther winkte ihnen mit einer knappen Handbewegung zu und sie winkten ihm ebenso knapp zurück.

Umsichtig wie ein verantwortungsvoller Taucher inmitten eines unberührten Korallenriffs bewegte sich der Deutsche entlang der vorderen Lageregelungsdüsen bis über die Nase der Fähre hinweg. Er ließ sich ein paar Meter weit in den freien Raum hinaustreiben, dann betätigte er die Steuerdüsen der SAFER Unit (Simplified Aid for EVA Rescue Unit), eines kleinen Raketenrucksacks auf seinem Rücken, welcher der Bezeichnung nach dem Zweck diente, einen Astronauten sicher zurück zum Airlock zu bringen, sollte dieser während seines Außenbordeinsatzes von der Sicherungsleine getrennt werden. Gunther war, um im Aktionsradius nicht eingeschränkt zu sein, an keine solche Leine gebunden und bewegte sich damit außerhalb jeden EVA-Protokolls. Trotz der Surrgeräusche im Anzug konnte er sein Herz deutlich schlagen hören. Es war lange her, seit er dieses von Erregung zeugende Geräusch zum letzten Mal vernommen hatte ... Ungewollt erschien ihm das porzellanfarbene Gesicht seiner verstorbenen Frau, doch er schob es beiseite und meldete: »Ich befinde mich auf der Höhe des Bugrads – keine Schäden in diesem Bereich.«

Um einen möglichst guten Überblick zu haben, glitt Gunther im Abstand von fünf bis sechs Metern an der mit über zwanzigtausend Hitzeschutzkacheln beklebten mattschwarzen Unterseite der Atlantis entlang. Jede Kachel war ein Unikat in Form, Größe und Beschaffenheit. Sie bestand aus gebackenen Quarzglasfasern mit einem Porenanteil von neunzig Prozent und einer empfindsamen Deckschicht aus Borsilikat, was sie im höchsten Maß anfällig für Beschädigungen machte.
»Ich bin auf der Höhe des Airlocks«, vermeldete Gunther. »Alles in Ordnung hier. Als Nächstes inspiziere ich den linken Flügel.«
Meter um Meter arbeitete sich der Deutsche an den mit glasiertem Siliziumkarbid überzogenen und mit Grafit befüllten Segmenten der Flügelvorderkanten entlang nach außen. An dieser Stelle lag einst die Ursache für das Unglück der Columbia, als während des Starts ein Stück Isolationsmaterial des externen Tanks ein solches Segment durchschlagen und die innere Flügelstruktur der Fähre freigelegt hatte. Als sie bei ihrer Rückkehr mit fast siebenundzwanzigtausend Kilometern pro Stunde in die Erdatmosphäre eintauchte, fraß sich eintausendvierhundert Grad heißes Plasma ins Innere der Fähre und zerstörte sie.
»Keine Schadstellen auszumachen«, schallte es aus der grauen Box, nachdem Gunther sowohl die Vorder- als auch die Hinterkanten beider Flügel unter die Lupe genommen hatte. Eileen, Tom und Sally atmeten hörbar erleichtert auf.
Gunther kontrollierte die numerischen Anzeigen an der Backpack-Kontrolleinheit seines Raumanzugs, die ihm signalisierten, dass sich die Energiereserven bald erschöpfen würden...
»Ich werde noch den mittleren Rumpfbereich inspizieren, dann muss ich Schluss machen für heute.«

Fünf Minuten später konnte Tom eine erste Verbindung zur Bodenkontrolle in Houston herstellen, was Sally einen spontanen Freudenschrei entlockte. Kurz nach ihrem Jauchzer aber hörten sie Gunther Wolf einen unartikulierten Laut ausstoßen ...

Kapitel 24

Der Direktor des Lunar and Planetary Laboratory der Universität von Arizona steuerte auf den mit seinem Namensschild gekennzeichneten Sitzplatz zu. Ihm war bewusst, eine geschlagene Stunde zu spät zu erscheinen und deswegen die missbilligenden Blicke der anderen auf sich zu ziehen, doch es traf ihn keine Schuld. Diese lag bei einem Flugpassagier, der zwar sein Gepäck eingecheckt hatte, aber nicht an Bord der Maschine erschienen war. Der Vorfall hatte zur Folge, dass die Gepäckstücke des Vermissten im Frachtraum gesucht und ausgeladen werden mussten, bevor sein Flug nach New York freigegeben werden konnte. Der Wissenschaftler nahm Platz, holte aus einem Hartschalenköfferchen sein Notebook hervor, stöpselte es am bereitliegenden Verbindungskabel ein und lehnte sich zurück.

Die Vorgänge im norwegischen Saal des UN-Sicherheitsrats kannte er bislang nur aus Zeitungen, wenn diese über Krisensitzungen berichteten, die Nordkorea, Afghanistan oder den Nahen Osten, insbesondere seine eigene Heimat Israel, betrafen. Heute Abend allerdings standen weder geopolitische noch ethnisch-religiöse Auseinandersetzungen zur Debatte, sondern eine mögliche Gefährdung der Erdbevölkerung durch extraterrestrische Raumflugkörper.

Während der Rechner noch bootete, nippte er an einem Glas Mineralwasser und sah sich um. Als Erstes fiel sein Blick auf die Stirnseite des Saals, wo das großformatige Fresko des norwegischen Künstlers Per Krogh prangte, das mit seinem aus der Asche steigenden Phönix längst zum symbolträchtigen Sinnbild für den Wiederaufbau einer zerstörten Welt nach dem Zweiten

Weltkrieg geworden war. Beidseits des Freskos gab es je eine Leinwand, deren Data Beamer mit seinem Notebook gekoppelt waren. Im Zentrum des vorderen Saalbereichs thronte ein langer Tisch, an welchem er und noch ein Dutzend andere Wissenschaftler saßen. Um diesen Tisch herum war in der Form eines Dreiviertelkreises ein Rundpult mit Sesseln für die UN-Delegierten aufgebaut. Direkt hinter den Delegierten gab es zwei kreisförmig angeordnete Sitzreihen für deren Berater. Links und rechts von den Beraterplätzen wiederum standen weitere Stühle für Mitglieder des Rats zur Verfügung, die an den Sitzungen zwar regulär teilnehmen durften, selbst aber kein Stimmrecht besaßen. In den längsseitigen Wänden des Saals eingelassen, befanden sich schließlich die verglasten Kabinen der Dolmetscher. Die Augen des Astronomen schweiften hinüber zur Galerie, wo sich sämtliche namhaften Sender mit ihren Kameras aufgebaut hatten: NBC, CCN, BBC, FOX, CBS ...

Seit gut einer Stunde wurden die Ereignisse im Saal in die ganze Welt übertragen. Glaubte man den Zahlen, dann saßen über alle Zeitzonen hinweg drei Milliarden Menschen vor den Bildschirmen, um den Ausführungen der Redner zu folgen – ein Medienspektakel, das es in diesem Ausmaß zuvor noch nie gegeben hatte.

Der Astronom ordnete kurz seine Dateien auf dem Desktop, dann sah er sich weiter um. Er erkannte Ban Ki-moon, den Generalsekretär der Vereinten Nationen, und US-Vizepräsident Joseph Biden. Da er in Sachen Politik nicht sehr bewandert war, sagten ihm die wenigsten Gesichter etwas. Die Namensschilder hingegen machten deutlich, dass die einhundertdreiundneunzig Mitgliedsstaaten durchweg hochrangige Vertreter nach New York entsandt hatten. Aufgrund der außerordentlichen Umstände waren heute auch Nichtmitglieder zur Versammlung zugelassen, und im Gegensatz zu anderen Sitzungen des Rats gab es auffallend viele Uniformträger im Saal.

Ein kleiner gebeugter Mann, dessen Alter kaum einzuschätzen war, schob sich – den Geruch eines Kettenrauchers verbreitend – von hinten an den Direktor des Lunar and Planetary Laboratory heran. »Guten Abend, Mr. Goldstein«, flüsterte er mit kurzatmiger Stimme. »Mein Name ist Alan Peers.« Er streckte dem gut und gerne zwanzig Jahre Jüngeren seine von Altersflecken gezeichnete Knochenhand entgegen. »Ich bin für den Informationsaustausch verantwortlich.« Nun drückte er Goldstein eine graue Kunststoffmappe in die Hand. »Hier drin finden Sie die Rednerliste sowie Kopien der Referate, die Ihre geschätzten Kollegen«, Peers deutete mit dürrem Zeigefinger auf die fünf Personen am Tisch, »schon gehalten haben. Ohne Ihren Akademiker-Kollegen in den Rücken fallen zu wollen, muss ich doch sagen, dass bis jetzt nicht viel Gescheites zu erfahren war. Umso mehr sind wir alle gespannt auf Ihren Bericht.«

Die Knochenhand und der schale Geruch kalten Zigarettenrauchs zogen sich zurück. Goldstein fand nicht einmal Zeit sich zu wundern, weshalb diese Mumie noch im Dienste des US-Verteidigungsministeriums stand, da wurde er auch schon von Ban Ki-moon begrüßt und aufgerufen.

Der Wissenschaftler stellte sich den Anwesenden vor, schilderte kurz seine Laufbahn und informierte stichwortartig über die Arbeiten an dem von ihm geleiteten Institut. Danach klickte er seinen Spickzettel auf den Bildschirm.

»Sehr geehrter Herr Generalsekretär, verehrte Anwesende, geschätzte Presse, werte Zuschauer an den Fernsehgeräten.« Goldstein ließ seinen Blick zuerst durch den Saal schweifen, bevor er sich den roten Leuchten zuwandte, die das ›On Air‹ von einem Dutzend TV-Kameras signalisierten. »Mir wurde diese Angelegenheit überantwortet, weil ich mich seit über zwanzig Jahren neben meiner Arbeit als Astronom sachlich mit dem Phänomen von Ufo-Erscheinungen auseinandersetze, mich intensiv mit diesen Weltraumkugeln befasst und meine Erkenntnisse fortlaufend mit den Resultaten anderer Forscher abgeglichen habe. Namentlich erwähnen möchte ich meinen persönlichen Freund Wesley Parker, der eigentlich an meiner Stelle hier hätte sprechen sollen. Professor Parker ist eine weltweit anerkannte Kapazität und wagte sich als Erster in eines dieser Ufos. Leider ist es bei den Erkundungen zu einem tragischen Unfall gekommen, sodass ich heute für ihn einspringen muss.«

David Goldstein holte Atem, dann verkündete er außerhalb jeden Protokolls: »Wesley! Ich hoffe, dich würdig zu vertreten, und wünsche, deine Rippen und alles andere möge schnell wieder zusammenwachsen!« Über die Gesichter im Saal hinwegblickend, fügte er an: »Professor Parker hat mir sämtliche Aufzeichnungen übermittelt, die er trotz seiner schmerzhaften Verletzungen zu verfassen imstande war. Mit Hilfe seines Wissens wird es mir hier und heute möglich sein, das Geheimnis um diese mysteriösen Kugeln zu lüften, die so plötzlich und mit unglaublicher Präsenz in unser aller Leben getreten sind.«

Um David Goldstein erhob sich ein Gespinst geflüsterter Worte. Und vom Tisch seiner Wissenschaftskollegen trafen ihn teils bewundernde, teils neidische, aber auch spöttische Blicke. Der Astronom war sich bewusst, seinen Zuhörern soeben sehr viel versprochen zu haben, obschon seine Forschungsergebnisse in noch nicht allen Bereichen eindeutig waren. Er würde also dieses oder jenes Detail auslassen oder vielleicht sogar etwas zurechtbiegen müssen, damit nach außen hin alles zusammenpasste. Solches zu tun, bereitete ihm kein sonderlich schlechtes Gewissen. Wissenschaftler aller Fakultäten handelten ab und an so, um neuere Ergebnisse, die noch nicht ganz stimmig waren, an anerkanntes Material anzugleichen. Schon Charles Darwin, Isaac Newton und Albert Einstein hatten gemogelt, und trotzdem war ihr Genie zu keiner Zeit angezweifelt worden. In der ursprünglichen Version seiner allgemeinen Relativitätstheorie hatte Einstein zum Beispiel erklärt: ›Das Universum dehnt sich

entweder aus oder zieht sich zusammen.‹ Weil das Weltall zu jener Zeit unter Fachleuten aber als statisch galt, schummelte er einfach eine kosmologische Konstante in seine Gleichung. Als sich später herausstellte, dass sich das Universum tatsächlich ausdehnt, nahm Einstein die Konstante einfach wieder heraus. Stephen Hawking machte es sich noch einfacher. In seinem neuesten Werk ›Der große Entwurf‹ erhob er sich zum Bauherren der grandiosen Vision eines Multiversums ohne Beginn und Ende. Dabei unterschlug er auf gekonnte Weise alles, was gegen seine auf ohnehin wackeligen Beinen stehende These sprach ...
Das Flüstern im Saal wich nun der stummen Aufforderung an den Redner, seiner Ankündigung Taten folgen zu lassen.
Goldstein räusperte sich: »Wir alle haben uns doch vom ersten Moment an die gleichen Fragen gestellt: Woher kommen diese Ufos? Was sind sie? Wozu sind sie hier? Beherbergen sie eine außerirdische Lebensform? Droht uns Gefahr von ihnen?« Der Astronom blickte reihum. »Die Beantwortung all dieser Fragen ist viel einfacher, als Sie zunächst glauben mögen.«
Totenstille im Saal.
»Ich nehme die letzte Frage vorweg, ist sie doch die wichtigste von allen ...«
Mehrere hundert Augenpaare starrten mit einer Mischung aus Hoffnung und Angst auf den Wissenschaftler, derweil die Fernsehkameras sein zerknautschtes Gesicht auf Bildschirmgröße heranzoomten.
Goldstein drückte seinen Rücken gerade, dann verkündete er mit fester Stimme: »Ich kann Ihnen die gute Nachricht überbringen, dass nicht die geringste Gefahr von diesen Ufos ausgeht!«
Erleichterte Blicke, skeptische Blicke ...
»Niemand auf diesem Planeten braucht sich vor irgendetwas zu fürchten! Denn so gewaltig diese Objekte auch sein mögen, bis auf ihr Konstruktionsgerüst und einige wenige harmlose Gerätschaften befindet sich nichts in ihnen.«

Ringsumher wurden ungläubig Köpfe geschüttelt.
»Damit beantwortet sich auch die Frage nach den Aliens: Es gibt keine!«
Ein Raunen bemächtigte sich der Stille, schwirrte brummend wie eine Hummel kreuz und quer durch den Saal, um alsdann in Dutzenden von Zwischenrufen auf den Astronomen niederzuprasseln. Seine dunklen Augen wanderten den Tisch entlang, an dem er stand, flogen über den Kreis der Delegierten und Berater hinweg, suchten die weiter hinten Sitzenden auf, wechselten hinüber zur Galerie, wo die Kameras lauerten ...
Mancherorts entdeckte David Goldstein Erleichterung, mehrheitlich aber waren die Gesichter von tiefem Argwohn gezeichnet. Überhaupt nicht glücklich schienen die Fernsehmenschen zu sein. Kein Wunder, denn soeben hatte er dem größten Quotenknüller aller Zeiten den Todesstoß versetzt. Wie viele Zuschauer in diesen Minuten wegzappten, weil das seit Tagen erwartete Gladiatorenspiel Human versus Alien nun doch nicht stattfand, vermochte er nicht abzuschätzen, doch es würden in dieser Welt voller Voyeure bestimmt Abertausende sein ...
Er durfte sich von der Stimmung im Saal keinesfalls beherrschen lassen. »Verehrte Anwesende! Ich werde Ihnen im Laufe dieses Referats stichhaltige Beweise für meine Behauptungen vorlegen! Es gibt also keinen Grund zur Beunruhigung!«
Die Zwischenrufe verstummten jetzt zwar, doch zurück blieb das Gemurmel, welches dem Grollen eines fernen Gewitters gleich von den Saalwänden widerhallte.
»Zahlreiche Aviatik-Spezialisten haben die Anflugprofile der Ufos sehr genau studiert!«, übertönte Goldstein den wabernden Klangteppich. »Dabei sind sie zu einem übereinstimmenden und eindeutigen Untersuchungsergebnis gelangt!«
Das Gemurmel ging im Rauschen der Klimaanlage unter.
»Die Kugeln konnten unmöglich pilotiert oder auf andere Weise gezielt in die Landegebiete gesteuert worden sein!«

Die auf Goldstein gerichteten Blicke blieben skeptisch.

»Verbunden mit dieser Erkenntnis, sorgten bedeutsame Konstruktionsmerkmale und Spuren im Umfeld der Landeplätze für genügend empirische Daten, sodass ich Ihnen versichern kann, dass die Objekte, entgegen aller derzeit propagierten Meinungen, mit Sicherheit *keine* Raumschiffe sind!«

In den auf Goldstein gerichteten Augen spiegelte sich Erstaunen, Ratlosigkeit ...

»So unglaublich es Ihnen vorkommen mag: Was da in den letzten Tagen und Nächten die Erde überrollt hat, sind harmlose Planetensonden!«

Hüsteln, Räuspern, über den Teppich schabende Absätze, ein Kratzen an Köpfen und hier und dort ein ungehaltenes ›Was?‹, ›Wie bitte?‹, ›So ein Mist!‹ ...

Goldstein wurde lauter: »Diese Sonden sind nichts anderes als Geräte von der Art, wie auch wir sie zur Erforschung anderer Himmelskörper einsetzen! Was unsere Apparate schon seit Jahrzehnten auf anderen Planeten tun, haben extraterrestrische Sonden nun auf der Erde getan: Sie sammelten Luft-, Wasser- und Bodenproben und übermittelten die Daten an ihren Heimatplaneten.«

Ein aus Hunderten von Mündern gewobener Klangteppich durchflutete den Saal.

Der Astronom ließ seinen verspannten Unterkiefer kreisen, bis es wohltuend im Schädelbein krachte, dann klickte er die Maus seines Notebooks und zeigte mit ausgestrecktem Arm auf die Projektionen links und rechts von Per Krohgs Phönix. »Verehrte Anwesende! Bitte sehen Sie sich diese Aufnahme an!«

Es war das von Wesley Parker in Alaska gemachte Foto des Schlammlochs.

»Das ist unzweifelhaft eine Sondierbohrung des Erdreichs! Im nahen Umkreis aller auf festem Untergrund gelandeter Sonden wurden dieselben Bohrspuren gefunden.«

Die Projektion wechselte auf ein Bild der Peru-Kugel, aus der ein mehrere Meter langes, periskopartiges Rohr in die Luft ragte. »Das hier ist kein Sehrohr, wie allenthalben kolportiert wird, sondern ein Instrument zur Bestimmung der verschiedenen Gasmoleküle in der Luft. Was der Größe der Sonden und ihrer Instrumente wegen so bedrohlich aussieht, ist in Wirklichkeit ein harmloser Vorgang, durchgeführt von einer vollautomatisch arbeitenden, ebenso harmlosen Maschine ...«

»Harmlos?«, rief ein grobschlächtiger Kerl aus der zweiten Reihe links von David Goldstein, stand auf und stellte sich breitbeinig vor seinen Stuhl. Er gehörte zum Beraterstab der Russen, einem ständigen Mitglied des Rats. »Diese Monster donnerten Kanonenkugeln gleich in Städte und Dörfer und töteten dabei Zehntausende! Allein bei uns in Jekaterinburg starben achteinhalbtausend Menschen! Dabei müssen wir zufrieden sein, kam das Ding nicht in Moskau oder St. Petersburg herunter!«

Angespannte Ruhe im Saal.

»Wenn uns schon die *harmlosen* Spähsonden wie lausige Insekten zerquetschen, Mr. Goldstein, was droht uns dann erst beim Besuch ihrer Besitzer?«

Wie auf Befehl abgeschossen, schwirrten, Giftpfeilen gleich, gehässige Ausrufe durch die Luft, prasselten auf Goldstein nieder. Was der Russe soeben von sich gegeben hatte, erschien einleuchtender als die Verharmlosungen des Astronomen. Generalsekretär Ban Ki-moon musste mehrfach energisch zur Ruhe mahnen, bevor der Wissenschaftler mit seinem Referat fortfahren konnte.

Tausend Flöhe sollst du haben und keine Hand zum Kratzen!, wünschte der Israeli dem Russen an den Hals und suchte nach dessen Namensschild. »Mr. Gromow! Ich denke, Sie sehen das falsch ...«

»Ich sehe überhaupt nichts falsch!«, polterte der Russe. »Oder wollen Sie mir weismachen, die Dinger seien nur hergeschickt worden, damit irgendwo draußen im Kosmos Forscher-Aliens ein paar Luftproben der Erde studieren können?«

Ban Ki-moon machte Anstalten, den Russen zu unterbrechen, doch der Delegierte hob energisch die Hand. »Lassen Sie meinen Berater aussprechen, ja!«

»Wir schickten unsere Sonden zum Mond, weil wir dort hinwollten!«, fuhr dieser in harschem Tonfall fort. »Jetzt schicken wir sie zum Mars und wollen genauso hin! Das ist die logische Konsequenz!«

Die Stimmung im Saal spiegelte eine in jedem Menschenhirn eingebrannte Urangst wider. David Goldstein schnaubte innerlich vor Wut. Seit Anbeginn der Zeit hatte der Homo sapiens nichts Besseres zu tun, als zu erobern oder selber erobert zu werden. Zu unterdrücken oder Unterdrückung am eigenen Leib zu erfahren. Zu töten oder selbst als Leiche zu enden. Auch nach einer Entwicklungsgeschichte von über zwei Millionen Jahren hatte die Spezies, die für sich in Anspruch nahm, die Krone der Schöpfung zu sein, es nicht geschafft, sich aus dem ewigen Kreislauf von Fressen und Gefressenwerden herauszulösen. Selbst die ökonomisch fortschrittlichsten Wertesysteme waren im Grunde genommen nichts anderes als eine moderne Form des Kannibalismus. Seit dem 11. September 2001 konnte jeder noch so verträumte Zukunftsromantiker erkennen, dass er mit einem Bein im Kochtopf steckte. Vom Herbst 2008 an hatte bereits die halbe Menschheit ihre Beine im kochenden Wasser stehen – und heute ...

• • • •

Dreihundertzwanzig Kilometer südwestlich von New York herrschte ebenfalls dicke Luft. Am Morgen war bekannt geworden, dass die U.S. Army in Alaska einen Pressehubschrauber abgeschossen hatte, was Hunderte Journalisten auf die Straße gehen ließ, um in stundenlangen Kundgebungen gegen die Pressezensur der Regierung zu protestieren. Kurz nach Mittag hatte der israelische Premier telefoniert und mitgeteilt, dass er der arabischen Welt mit der Bombardierung Mekkas drohen würde, sollten die Anschläge auf Juden und jüdische Einrichtungen nicht bis spätestens heute Nacht null Uhr eingestellt werden.

»Ist denn die ganze Welt verrückt geworden?«, schimpfte Barack Obama, den Ton der Liveübertragung aus New York leiser drehend. Er hasste es, Präsident zu sein, und das schon seit Wochen. Nichts ging mehr seinen geordneten Weg. Keine Planung und keine Koordination ohne größere Schwierigkeiten. Fast stündlich wurden neue Hiobsbotschaften an ihn herangetragen. Seine Frau Michelle hatte schon recht, als sie ihm Anfang der Woche sagte, es wäre wohl besser gewesen, niemals nach Washington gekommen zu sein ...

»Scheint so!«, pflichtete Martin Dempsey – Generalstabschef und Chairman der Joint Chiefs of Staff – dem Präsidenten bei, nahm seine reich dekorierte Schildmütze vom Kopf und legte sie mit Bedacht neben sich aufs beigefarbene Sofa, bevor er mit den Fingern sein spärliches weißes Haar richtete.

»Musste das mit dem Fox-Heli unbedingt sein?«, dröhnte Obama, schob sich hinter dem Schreibtisch hervor und ließ sich auf dem zweiten Sofa gegenüber seinem Generalstabschef nieder. »Das zerstörte Gesicht dieser Reporterin wird uns noch monatelang verfolgen!«

Martin Dempsey überging die Frage des Präsidenten nach der Notwendigkeit des Abschusses und bemerkte nur: »In normalen Zeiten hätten wir in der Tat mächtig Ärger am Hals.«

»Ich wünschte, wir hätten auch nur für fünf Minuten normale Zeiten!«, regte der Präsident sich auf.

Es klopfte an der Tür.

»Das wird Charles sein«, vermutete Obama und rief: »Herein!«
Charles Bolden – in den letzten Tagen um Jahre gealtert – betrat das Oval Office. Obama und Dempsey erhoben sich und drückten dem NASA-Chef die Hand.
»Setz dich zu uns, Charlie«, forderte der Präsident ihn auf.
Bolden sank sichtlich erschöpft neben Dempsey ins Polster.
»Hast du mitbekommen, was dieser Goldstein in New York gerade für eine Show abzieht?«
Der NASA-Chef bejahte.
Barack Obama legte seine langen Beine auf die Kante des antiken Holztischchens, das als Ablagefläche zwischen den beiden sich gegenüberstehenden Sofas diente. »Du wolltest mich sprechen, Charlie?«
Die Stimme Boldens klang trocken: »Es gibt Neuigkeiten.«
»Gute oder schlechte?«
»Wir haben die Atlantis zurück auf den Schirmen.«
Obama und Dempsey setzten sich synchron aufrecht.
»Nach der Telemetriedaten-Unterbrechung, deren Ursache vermutlich im Kreuzen der Raumfähre mit diesem Hawaii-Ufo liegt, hat sie NORAD wiederentdeckt.«
Ein Strahlen lief über Obamas Gesicht. »Endlich eine positive Nachricht!«
»Wir hatten bereits einen ersten Kontakt zur Crew.«
»Das ist ja noch besser!«, freute sich der Präsident und schlug dabei die Spitzen seiner auf Hochglanz polierten schwarzen Halbschuhe gegeneinander.
»Carlos Navarro ist tot«, kam es leise über die Lippen des NASA-Administrators.
Das Gegeneinanderschlagen der Schuhspitzen hörte sofort auf.
»Beim Eintritt der Hawaii-Kugel in die Erdatmosphäre haben sich Teile ihrer Eisummantelung abgelöst und die entgegenfliegende Raumfähre schwer getroffen«, erklärte Bolden.
»Das sind nur Vermutungen, oder?«

»Leider nein! Gunther Wolf hat während einer EVA mindestens zweihundert zerbröselte Hitzeschutzkacheln und noch so einiges andere entdeckt.«
Barack Obama faltete die Hände und starrte hinüber zum Kamin, von wo der erste Präsident der USA beinahe mitleidig auf ihn herabsah.
»Zu allem Elend kommt hinzu, dass sich die Kommandantin beim Crash innere Verletzungen zugezogen hat. Die Ärzte, die mit ihr gesprochen haben, diagnostizierten einen Organriss und glauben nicht, dass Eileen den morgigen Tag übersteht.«
Obama löste seinen Blick von George Washington und rutschte tief ins Polster. »Es wird niemand von ihnen zurückkehren, nicht wahr, Charlie?«
Bolden seufzte schwer. »Nein!«
Martin Dempsey steckte seinen Mittelfinger zwischen Hals und Hemdkragen und zog daran. »Amerika wird also fünf weitere Helden zu beklagen haben.«

••••

Der Russe hatte David Goldstein ins Abseits gestellt. Wollte er zurück ins Spiel, musste er reagieren. »Ihre Schlussfolgerung in Ehren, Mr. Gromow!«, rief er deshalb aus, »aber zu unser aller Glück ist sie vollkommen falsch!«
Der Russe guckte feindselig, dafür aber verstummte das Gerede im Saal.
»Die Erde wird keinen Besuch von den Erbauern dieser Sonden bekommen! Zeit Ihres Lebens und des Lebens Ihrer Kinder, Enkel, Urenkel und Ururenkel nicht!«
Der Russe guckte noch feindseliger als zuvor. »Woher wollen Sie das wissen?«
Goldstein konterte: »Mr. Gromow! Ich bin nicht hergeflogen, um mit Ihnen über hanebüchene Ideen zu debattieren, sondern

um die Richtigkeit meiner Aussagen zu belegen! Also lassen Sie mich nun bitte meine Arbeit machen!«
Gromow ließ sich schwer auf den Stuhl zurückfallen. »Pidaras!«
Der Wissenschaftler ignorierte die Beschimpfung. »Ich erkläre Ihnen jetzt die Konstruktion der Kugeln, wonach sich weitere Spekulationen weitgehend erübrigen dürften!«
Auf den beiden Projektionswänden erschien eine Aufnahme der Alaska-Kugel.
»Was Sie hier sehen, ist in Wirklichkeit nicht *eine* Kugel, sondern deren *fünf*.«
Im Saal wurden wieder die Köpfe gereckt.
»Die fünf Kugeln liegen ineinander wie russische Matroschka-Figürchen.«
Ein verachtender Blick aus der zweiten Reihe links von Goldstein.
»Damit sie ineinander liegen können, müssen sie natürlich hohl sein. Ich nenne sie deshalb künftig besser ›Hüllen‹, okay?!«
Aus der einen oder anderen Reihe kam ein zögerliches Nicken.
»Eine einzelne Sonde besteht aus jeweils vier großen Puffer-Hüllen und einer kleineren Apparate-Hülle. Die Namensgebung erklärt sich während meiner Ausführungen von selbst. Was wir von der Sonde sehen, ist die äußere Pufferhülle. Ihr Durchmesser beträgt bekanntermaßen zweihundertvierundvierzig Meter. Zusammengebaut ist sie aus fünfhundertzwölf fünf- und sechseckigen Platten, sogenannten Pentagons und Hexagons. Die zweite Puffer-Hülle misst noch hundertvierundsiebzig Meter und ist damit um siebzig Meter kleiner. Sie wird mit zweiundvierzig gewaltigen Stoßdämpfern im Zentrum der äußeren Hülle gehalten. Auch die dritte und vierte Puffer-Hülle sind um jeweils siebzig Meter kleiner als die darüberliegende. Anzahl und Größe der Stoßdämpfer verändern sich hingegen nicht. Von der vierten, noch vierunddreißig Meter großen Puffer-Hülle führt ein teleskopartiger, sich nach oben hin verjüngender Schacht nach außen. Durch diesen Schacht

wurde Professor Parker abgeseilt, wo er auf die zwanzig Meter große Apparate-Hülle gestoßen ist. Darin werden die gesammelten Informationen verarbeitet und der gewaltige Lichtstrahl erzeugt, der durch den genannten Schacht nach außen geleitet wird. Die Übertragung der Daten erfolgt durch eine Wellenlängenmodulation des Lichts in Form von Veränderungen der Farbtemperatur – eine Art Farbcode also ...«

Goldstein hatte die volle Aufmerksamkeit des Publikums.

»Wir gehen bei der Suche nach extraterrestrischem Leben übrigens sehr ähnlich vor. Mithilfe einer Coudé Near Infrared Camera, genannt CONICA, und dem Nasmyth Adaptive Optical System, genannt NAOS, können wir das Farbspektrum eines exosolaren Planeten ermitteln und damit seine chemische Zusammensetzung bestimmen.«

Die Aufmerksamkeit des Publikums ließ bereits wieder nach.

»Wie wir wissen, besaßen die Sonden zwar einen Hitzeschild, offensichtlich aber keine Landehilfen wie Fallschirme, Bremsraketen oder Airbags. Ich sage ›offensichtlich‹, weil die Landehilfen zwar durchaus vorhanden, von außen aber nicht zu erkennen sind. Prallt eine Sonde auf dem Boden auf, entstehen enorme Stoß-, Zug- und Scherkräfte, die sowohl von den mit Gelenken ausgerüsteten Stoßdämpfern als auch von den Verbindungsgliedern zwischen den einzelnen Platten aufgefangen werden. Was die erste Puffer-Hülle an Aufprallenergie nicht zu verarbeiten imstande ist, leitet sie weiter an die tiefer gelegenen Hüllen, wo sich der Prozess wiederholt. Die Restenergie, die dann im Zentrum noch ankommt, ist so schwach, dass die technischen Einrichtungen keinen Schaden mehr nehmen können.«

Goldstein legte sein Jackett ab, löste den Knoten seiner Krawatte und klickte eine Fotodatei auf die Projektionswände, die eine Vergrößerung der äußeren Hülle der Alaska-Sonde zeigte. »Ich werde Sie jetzt mit einigen Details langweilen, verehrte Anwesende. Trotzdem sollten Sie aufmerksam bleiben, denn in genau diesen Details liegt der Beweis für meine von Ihnen in Frage gestellten Aussagen!«

Zahlreiche Hinterteile suchten eine bequemere Stellung oder schlugen die daran anschließenden Oberschenkel übereinander.

»Metallurgen haben analysiert, dass die fünf- und sechseckigen Platten, aus denen die Hüllen zusammengebaut sind, aus einer Legierung sowohl bekannter wie auch unbekannter Erze bestehen. Sie fanden ebenfalls heraus, dass die Platten mit an Sicherheit grenzender Wahrscheinlichkeit mittels eines dem irdischen Kokillengießverfahren verwandten Prozesses hergestellt sowie einer Temperung unterzogen worden sind.«

Fragezeichen auf den Gesichtern im Saal.

Goldstein erklärte: »Eine Kokille ist eine mehrmals verwendbare Gießform, mit der bis zu einhunderttausend Teile hergestellt werden können, bevor die Form wegen Abnutzung ersetzt werden muss. Eine Temperung findet statt, wenn ein fertig gegossenes Teil über einen längeren Zeitraum warm gehalten oder nur langsam abgekühlt wird. Die zeitaufwändige Prozedur dient dem Zweck, die Zähigkeit eines sonst spröden Materials wie Gusseisen erheblich zu verbessern.«

Eine zehnfache Vergrößerung der vorangegangenen Aufnahme prangte auf den Leinwänden.

»Betrachtet man diese im Gießverfahren hergestellten Platten aus der Nähe, so sticht einem sehr schnell etwas ins Auge.« Der Wissenschaftler griff nach seinem Laserpointer und zeigte mit dem blau leuchtenden Pfeil auf einige Stellen der Vergrößerung. »Entlang der Plattenkanten gibt es zahlreiche Kämme und Abbrüche. Sehen Sie – hier, hier und hier!«

Die Frauen und Männer im Saal hatten nicht den blassesten Schimmer, was sie mit dieser Information anfangen sollten.

»Kämme entstehen normalerweise, wenn die beiden Hälften einer Gussform nicht plan aufeinanderliegen oder beschädigt sind, sodass eingefülltes Gießmaterial vor dem Aushärten nach

außen drücken kann. Abbrüche zeugen ebenfalls von Beschädigungen oder einer starken Abnutzung der Gussform. Die Metallurgen haben diese Unregelmäßigkeiten genauer untersucht und sind dabei auf ein bestimmtes Muster, also eine Art Fingerabdruck gestoßen, der jeder Platte eigen ist. In der Folge wurden alle fünfhundertzwölf Platten einer Sonde miteinander verglichen. Die Ergebnisse waren sehr aufschlussreich, zeigten sie doch, dass es einundzwanzig unterschiedliche ›Fingerabdrücke‹ gibt. In der Konsequenz hat man natürlich alle zugänglichen Sonden unter die Lupe genommen. Wissen Sie, was dabei herausgekommen ist?«
Zahlreiche verständnislose Blicke verlangten nach Aufklärung.
»Die äußere Hülle aller neunzehn Sonden wurde aus den selben einundzwanzig Formen gegossen!«
Die Blicke blieben verständnislos.
»Diese Erkenntnis mag für sich gestellt zwar uninteressant sein, doch wenn ich neunzehn Sonden mit fünfhundertzwölf Hüllenplatten multipliziere und das Ergebnis daraus durch einundzwanzig Formen teile, sieht die Sache anders aus!«
»Was ist mit den inneren Puffer-Hüllen?«, fragte ein Wissenschaftskollege am Tisch, der mitgerechnet hatte.
»Diese Platten haben eine andere Größe, stammen also aus anderen Formen«, gab Goldstein zur Antwort.
»Kommen Sie auf den Punkt!«, rief der Russe.
Der Astronom ließ seinen Unterkiefer krachen, dann drehte er sich zu ihm hin. »Wie ich bereits erwähnte, können aus einer irdischen Kokille etwa einhunderttausend Abgüsse gewonnen werden, bevor die Form unbrauchbar wird. Wenn Sie mitgerechnet haben, Mr. Gromow, dann stellen Sie fest, dass für alle neunzehn Sonden aber nur rund vierhundertfünfzig Platten je Form benötigt wurden. Trotzdem befanden sich die Formen in einem stark abgenutzten Zustand, wie mir die an den Untersuchungen beteiligten Metallurgen einhellig bestätigt haben!«

Goldstein fixierte den aufmüpfigen Russen. »Auf den Punkt gebracht, Mr. Gromow, frage ich mich, wo die übrigen viertausend Sonden abgeblieben sind, die man aus den zuvor gegossenen Platten hätte zusammenschrauben können?«
Beine wurden entknotet, Rücken schoben sich gerade – die Aufmerksamkeit kehrte zurück.
»Auch wenn sich extraterrestrische Gießverfahren nicht direkt mit irdischen vergleichen lassen und ich bei meinen Einschätzungen vermutlich zu hoch gegriffen habe, ändert sich nichts an der Situation, dass es eine stattliche Anzahl weiterer Sonden geben muss, die überall gelandet sind, nur nicht auf der Erde!«
David Goldstein winkte die Bedienung herbei und orderte eine Cola. Der lange Arbeitstag ging nicht spurlos an ihm vorüber. Während die junge Frau davonstöckelte, um das Getränk zu holen, blieben seine Augen für einen Moment begierig auf ihrem wohlgeformten, in einen hautengen grauen Rock gezwängten Hintern haften.
Goldstein löste den Blick. »Planetensonden am Fließband herzustellen, käme uns nie in den Sinn. Jedes unserer Geräte ist ›State of the Art‹, ein technologisches High-End-Wunderwerk, das ausschließlich für die Mission verwendet werden kann, für die es entwickelt und gebaut worden ist. Die Extraterrestrier hingegen haben mit diesen gewaltigen Kugelsonden ein Allroundgerät entwickelt, dessen einfache Technologie auf praktisch jedem Himmelskörper funktioniert.«
Der graue Rock kam zurückgestöckelt.
»Doch aus welchem Grund wurden Hunderte oder gar Tausende von diesen Sonden gebaut? Nur um damit ferne Planeten wissenschaftlich zu erkunden, erscheint mir der Aufwand, sogar unter der Voraussetzung reichlich zur Verfügung stehender Ressourcen, absolut unverhältnismäßig.«
Die dunkelbraune Flüssigkeit hatte kaum Zeit, über die Eiswürfel zu gluckern, da steckte Goldsteins Nase auch schon im

prickelnden Schaum. Nachdem er das Glas in wenigen Zügen geleert hatte, presste er noch kurz seine Hand auf den Mund.
»Es stellt sich zudem die Frage, weshalb die Extraterrestrier für ihre Planetenforschungen nicht an Teleskope gekoppelte Spektrografen verwendeten? Ich habe die Sachlage mit Kollegen unterschiedlicher Disziplinen eingehend diskutiert und feststellen müssen, dass es eigentlich nur zwei plausible Antworten gibt. Die erste lautet: Zum Zeitpunkt, als die Extraterrestrier diese Sonden gebaut und losgeschickt haben, waren sie technologisch noch nicht so weit fortgeschritten wie wir Menschen heute.«
Ungläubige Blicke bombardierten den Astronomen.
»Ich weiß, es klingt seltsam, verehrte Anwesende! Doch Sie müssen wissen, dass auch wir erst seit 2009 in der Lage sind, genauere optische Analysen von fernen Himmelskörpern durchzuführen, obwohl es den Russen bereits 1966 – also noch in der technologischen Jungsteinzeit – mit Luna 9 gelang, eine Sonde auf dem Mond weich zu landen.«
Gromow brummte etwas wie: »Gute alte Sowjetzeiten.«
Goldstein erhob sich, ging hinter seinem Sessel einige Schritte auf und ab, bevor er sich erneut an die Delegierten, Berater und Medien wandte. »Die zweite Antwort lautet: Sie haben dermaßen viele dieser Sonden gebaut und wohl auch losgeschickt, weil sie sich in einer großen Notlage befunden haben.«
Die Blicke, die den Wissenschaftler jetzt trafen, waren unverändert ungläubig.
»Ich denke, dass sie eine drohende kosmische Katastrophe dazu gezwungen hat, sich so effizient wie möglich nach einer neuen Heimat umzusehen.«
Gromow blickte auf. Hatte er richtig gehört?
»Je mehr Späher sie losschickten, die wie Schrotkugeln das Weltall auf der Suche nach einem bewohnbaren Planeten durchquerten, desto größer war ihre Chance, innerhalb einer ihnen nützlichen Frist fündig zu werden«, erklärte David Goldstein.

»Die enormen Gravitationskräfte unseres Zentralgestirns haben allein neunzehn dieser Sonden eingefangen und auf Erdkurs gebracht.«
Gromow hatte sich erhoben und begann nun den israelischen Wissenschaftler zu beschimpfen: »Durak! Sie werden kommen, die Erde in Beschlag nehmen und uns Menschen versklaven!«
Goldstein wollte intervenieren, doch der Russe redete ihn nieder: »Sehen Sie sich ihre Spähsonden doch an, verdammt! Dann können Sie sich ausrechnen, wie wenig Platz für uns Zwerge noch bleibt!«

• • • •

Das Telefon schnarrte. Barack Obama schob sich vom Sofa und ging mit schweren Schritten hinüber zu seinem Arbeitstisch. »Ja? Wer? Okay!«
Minuten später betrat Viersternegeneral James L. Jones das Oval Office. Obama, Dempsey und Bolden lösten sich vom Fernseher und begrüßten den nationalen Sicherheitsberater, wobei der Präsident seine Hand länger drückte als gewöhnlich. »Sie haben gerade etwas verpasst!«
Jones zuckte mit den Schultern. Es schien ihm egal zu sein.
»Dieser Goldstein rechnete vor, dass es Tausende mehr von diesen Monsterkugeln geben muss, als auf unseren Planeten gestürzt sind.«
»Er rechnete uns auch schon vor, dass ein Asteroiden-Schwarm das Leben auf der Erde auslöschen würde«, sagte Dempsey abschätzig.
Jones murmelte etwas Unverständliches und öffnete seine mit Uniform, Hemd und Krawatte farblich übereinstimmende braune lederne Aktentasche.
»Wisst ihr, was ich heute Nacht Verrücktes geträumt habe?«, fragte Obama und schaute in die Runde. Charles Bolden und

Martin Dempsey zuckte ratlos mit den Schultern. Jones' Hand verschwand in der Aktentasche.

»Ich träumte, bei dieser Alaska-Kugel habe sich eine Luke geöffnet. Eine lichtumflutete Gestalt trat heraus und sprach zu den Soldaten, die das Ufo umringten.«

Der NASA-Chef und der Generalstabschef kratzten sich verlegen Kinn und Nacken.

»Ich kann mich noch an fast jedes Wort der Gestalt erinnern.« Jones zog einen braunen Umschlag aus der Aktentasche.

»Wir sind gekommen, euch anzuweisen, Hunger und Elend auf diesem Planeten zu tilgen, der weiteren Zerstörung der Umwelt Einhalt zu gebieten und mit den Kriegen aufzuhören!«

»Amen!«, sagte Bolden.

»Klingt doch gut«, attestierte Dempsey und nahm sich ungefragt einen Apfel aus der hölzernen Schale auf dem antiken Salontisch.

»Bevor ich aufgewacht bin«, fügte der Präsident hinzu, »haben sie als Warnung vor der Nichteinhaltung ihrer Anweisung den Mond pulverisiert.«

»Klingt weniger gut«, meinte der Generalstabschef trocken, wog den Apfel einen Moment in seiner Hand und biss dann herzhaft hinein.

Der braune Umschlag in Jones' Hand trug einen fetten roten Stempel: TOP SECRET.

Martin Dempsey spuckte das eben abgebissene Apfelstück in seine Hand.

Jones öffnete den Umschlag und zog ein großformatiges Foto daraus hervor.

Dempsey starrte angewidert auf den sich windenden Wurm in seiner Handfläche.

Jones drückte Obama das Foto in die Hand und zeigte auf eine bestimmte Stelle. »Das hier haben die Navy SEALs während der Operation ›ET Two‹ im Zentrum der Alaska-Kugel gefunden.«

Im Gesicht Obamas bildeten sich an mehreren Stellen helle Flecken. Martin Dempsey, noch immer Apfelreste und Wurm in der Hand, ließ sich stöhnend ins Polster fallen und Charles Bolden rieb so heftig seine Augen, als könne er damit eine Fata Morgana zum Verschwinden bringen.
»Bringen Sie mir sofort Goldstein her!«, befahl der Präsident mit vor Erregung zitternder Stimme. »Und diesen Parker! Auch wenn Sie ihn auf einer Bahre herschleppen müssen!«

• • • •

Goldstein bestellte einen Espresso, dann ging er hinüber zum Russen und baute sich vor ihm auf. »Sagte ich nicht, die Erde wird keinen Besuch von den Erbauern dieser Sonden bekommen?!«
Der Russe reagierte gehässig: »Einmal sagen Sie dies, dann wieder jenes!«
»Das eine schließt das andere nicht aus, Mr. Gromow!«
»Ach ja? Dann erklären Sie's!«
»Wenn Sie nicht andauernd dazwischenreden, gerne!« Goldstein ließ den Russen links liegen und kehrte zu seinem Platz zurück. »In der Kuffner Sternwarte bei Wien lichtete ein Astronom zufällig den Moment ab, als die in der Schweiz niedergegangene Sonde ihren Lightbeam abschoss.«
Die besagte Aufnahme wurde auf die beiden Großleinwände projiziert.
»Mit diesem Foto konnte auch das Rätsel um den mysteriösen Ufo-Satelliten gelöst werden, der seit nunmehr bald einem Jahr die Erde umkreist. Man kann darauf gut erkennen, wie das Licht auf der erdzugewandten Seite in den Satelliten ein- und auf der erdabgewandten Seite wieder austritt – und zwar in einem anderen Winkel.« Goldstein holte Atem: »Dieser Satellit, verehrte Anwesende, erfüllte die Funktion einer Relaisstation,

indem er die Lightbeams der Sonden auffing und in den Deep Space weiterleitete.«

Goldstein klickte die Maus und schon leuchteten auf den Projektionswänden Abermilliarden Sterne auf. Mittendrin befand sich eine kleinere Sternengruppe, auf die der Wissenschaftler nun seinen Laserpointer richtete. »Wir wissen zwar nicht, wie der Satellit das gemacht, dafür aber, wohin er das Licht gelenkt hat, nämlich ins Sternbild der Waage am südlichen Horizont des nördlichen Sternenhimmels! Und in eben diesem Sternbild stieß man im Frühjahr 2007 auf einen erdähnlichen Exoplaneten!«

Eine Computeranimation ersetzte den Sternenhimmel.

»Das hier ist Gliese 581, eine Sonne der Spektralklasse M2.5V. Ein sogenannter roter Zwerg, der von sechs Planeten umkreist wird. Besonders interessant ist 581d. Der Planet besitzt 7,7 Erdmassen, hat einen Durchmesser von ungefähr zweiundzwanzigtausend Kilometern und benötigt etwa sechsundsechzig Tage für einen Umlauf um sein Zentralgestirn. Aktuellen Berechnungen zufolge befindet er sich innerhalb der habitablen Zone, auch Goldilocks-Zone genannt, was bedeutet, dass es dort Leben geben oder gegeben haben könnte ...«

Der Espresso wurde gebracht. Er war aromatisch, heiß und stark. Goldstein nahm einen Schluck und glaubte zu spüren, wie das Koffein an den Rezeptoren seiner Nervenzellen andockte. Von der hinzugewonnenen Energie angetrieben, schob er sich vom Stuhl und richtete sich zu seiner vollen Größe von einem Meter neunzig auf. »Sollten im Gliesesystem tatsächlich Aliens leben, die es darauf abgesehen haben, unseren Planeten zu erobern, brauchen wir uns trotzdem nicht davor zu fürchten!«

Wieder vereinten sich Gemurmel und spontane Ausrufe zu einem durch den Saal schwebenden Gewaber.

»Und zwar deshalb nicht«, rief der Astronom, »weil Gliese 20,4 Lichtjahre oder einhundertdreiundneunzig Billionen Kilometer von uns entfernt ist! Anhand von Anflugparametern und Auf-

schlaggeschwindigkeiten haben Spezialisten der Deep-Space-Forschung zusammen mit Physikern und Mathematikern errechnet, wie schnell die Sonden das All durchkreuzt haben und wie lange ihre Reise vom Gliesesystem bis zur Erde gedauert hat.«
Das Gewaber löste sich in Sekundenschnelle auf.
»Fünfzigtausend Jahre!«
Sogar die Klimaanlage schien stillzustehen, so ruhig war es im Saal geworden.
»Es ist absurd zu glauben, die Gliesejaner würden fünfzigtausend Jahre lang auf das Eintreffen einiger weniger Daten von diesem Planeten warten. Es ist ebenso absurd anzunehmen, sie würden sich, sobald sie im Besitz dieser Informationen sind, auf eine zehntausende Jahre dauernde Reise begeben, ohne zu wissen, wer und was sie am Ende erwarte ... Verehrte Anwesende, bleiben wir auf dem Boden der Tatsachen und machen uns nicht grundlos verrückt!«
Begreifendes Nicken und ein zaghafter Applaus waren Zeichen deutlicher Entspannung. Nur der Russe schien nicht überzeugt.
»Mr. Goldstein! Sie erklärten uns gerade, diese Gliese-Aliens hätten ihre Spähsonden vor fünfzigtausend Jahren gebaut und gestartet ...«
Dem Wissenschaftler wurde unwohl. Bis jetzt war alles gut gelaufen. Noch hatte er nichts Unwahres erzählen müssen, damit seine These funktionierte. Sollte ihn der Russe jetzt aber fragen, wie ein technisches System ohne Unterhaltsarbeiten über eine so lange Zeit funktionstüchtig gehalten werden konnte oder wie das mathematisch perfekte Zusammenspiel zwischen Erde, Sonden, Relaisstation und dem Billionen Kilometer entfernten Gliesesystem zu erklären war, würde er in akuten Beweisnotstand geraten. Um diese und noch einige andere offene Fragen zu klären, würde noch Monate, wenn nicht Jahre geforscht werden müssen ...
»Hören Sie mir überhaupt zu?«, polterte der Russe.

Goldstein fuhr zusammen. »Äh ... natürlich, Mr. Gromow!«
»Gut! Denn ich will von Ihnen wissen, wie weit sich ihre Technologie, die sich bereits vor fünfzigtausend Jahren auf dem Stand der irdischen Mondlandetechnik befunden hat, bis zum heutigen Tag entwickelt haben könnte?«
Goldstein atmete erleichtert auf. »Als die Gliesejaner ihre Sonden losschickten, mussten sie in der Tat an einen bevorstehenden technologischen Quantensprung geglaubt haben, sonst ...«
»Ich denke dabei konkret an alternative Fortbewegungstechniken!«, fiel der Russe Goldstein ins Wort.
»Da muss ich Sie leider enttäuschen, Mr. Gromow! Keine noch so fortschrittliche Technokultur kann in Hyperlichtschiffen durchs Weltall reisen oder mithilfe von Feldantrieben aus anderen Dimensionen in die unsrige hinüberwechseln. Physiker wie die beiden Deutschen Burkhard Heim und Illobrand von Ludwiger – Letzteren kenne ich persönlich – verschrieben solchen Thesen ihr ganzes Leben, ohne der Sache in der Praxis auch nur einen winzigen Schritt näher gekommen zu sein. Und so wie Heim und Ludwiger ergeht es Tausenden von Forschern, die sich in den letzten Jahrzehnten ihre Köpfe über alternative Möglichkeiten der Raumdurchquerung zermartert haben und dies immer noch tun, obschon die bisherigen Resultate eine einzige Enttäuschung sind!«
Der Russe verschränkte seine massigen Arme vor der Brust.
»Um beispielsweise ein Raumschiff auch nur annähernd auf Lichtgeschwindigkeit zu beschleunigen, bräuchte es ein Vielfaches mehr an Energie, als sämtliche Sonnen im Universum zu liefern imstande sind. Genauso würde die Leistung von einer Million Fusionsreaktoren nicht ausreichen, um das Weltall auch nur einen einzigen Millimeter zu krümmen. So etwas wie die Enterprise oder das Stargate wird es also niemals geben, auch in fünfzigtausend Jahren nicht!«
Der Russe gab endlich auf und ließ die Arme sinken.

Goldstein sah mit müdem Blick auf seine Uhr – es war Zeit, zum Ende zu kommen. »Sehr geehrter Herr Generalsekretär, verehrte Anwesende, geschätzte Presse, werte Zuschauer! Nehmen wir diese Ungetüme als das, was sie sind: Relikte aus einer anderen Welt und einer längst vergangenen Zeit. Mahnmale eines womöglich verzweifelten Versuchs einer uns mit großer Wahrscheinlichkeit nicht unähnlichen Rasse, ihrem eigenen Untergang zu entrinnen. Ich sage das, weil jeder Versuch, von Gliese ein Lebenszeichen einzufangen, und wenn es auch nur ein Piepton gewesen wäre, bislang gescheitert ist.«
Goldsteins sonore Stimme klang beschwörend, als er zum Schlusswort ansetzte: »Wir dürfen nie vergessen: Leben kann nur dort entstehen und bestehen, wo die Bedingungen dafür vorhanden sind. Werden die Bedingungen verändert, bedeutet das in den meisten Fällen nichts Gutes. Milliarden ausgestorbener irdischer Lebensformen sollten Anlass genug sein, sich ab und an Gedanken über sein eigenes Tun und Lassen zu machen.«
Goldstein drehte sich zu den Kameras. »Ich danke Ihnen für Ihre Aufmerksamkeit, wünsche allen, die in unserer Zeitzone leben, eine gute Nacht und den anderen einen guten Tag.«

• • • •

»Du Idiot kapierst gar nichts!«, rief Ned in Richtung TV-Gerät. Leere Bierflaschen, aufgerissene Chipstüten und mit Essensresten verschmierte Pappteller türmten sich auf dem viel zu kleinen Beistelltisch. Kissen und Decken füllten beinah jeden freien Zentimeter des alten Ledersofas. Mittendrin in diesem Chaos hockte Ned Kelly und glotzte mit rotgeränderten Augen in die Welt. Er sah fürchterlich aus. In den letzten Stunden hatte er sich die Innenseiten seiner Wangen blutig gebissen, nun bearbeitete er die Fingerkuppen. Seine Brille geputzt oder die Nase geschnäuzt hatte er hingegen schon lange nicht mehr.

Garfield, ein orangefarbener Kater, strich ihm um die Beine und blickte mit seinen gelben Augen vorwurfsvoll zu ihm hoch. Sattgefressen war er, doch was ihm noch fehlte, waren ein paar Streicheleinheiten seines Lieblingsmenschen. Der aber verweigerte den geforderten Liebesdienst. Garfield gab ein anklagendes *Miaaauuu...!* von sich, dann trollte er sich nach draußen in den Garten, wo die restlichen Menschen versammelt waren. Wenn schon keine kraulenden Finger, dann wenigstens ein weiteres Stück Wurst ...

Es war früher Sonntagnachmittag. Auf dem Grill schwitzten Känguruwürste, Peperoni und Folienkartoffeln um die Wette. Gemeinsam mit Großvater und ihren Nachbarn, den Hancocks, stießen die Kellys gerade auf den neu lancierten ›Aliens-Peace-Day‹ an. Die Stimmung blieb jedoch selbst dann gedrückt, als die Bierflaschen in ihren Stubby Holders zum Prosit dumpf gegeneinander schlugen. Mehrmals hatte die Familie versucht, Ned aus der schweren Depression zu holen, in die er seit seiner Rückkehr ins Elternhaus zunehmend gefallen war. Seit gestern verweigerte er nicht nur das Gespräch, sondern auch das gemeinsame Essen. Stattdessen hockte er rund um die Uhr vor dem Bildschirm und zappte von einer Sondersendung zur nächsten. Unterbrochen wurde dieses Ritual nur durch einen gelegentlichen Toilettengang oder Streifzug zum Kühlschrank. Kam man Ned zu nahe, reagierte er gereizt, und sogar Grandpa, den er von klein auf geliebt und vergöttert hatte, schickte er nun mit rüden Worten fort.

Kapitel 25

Als die Atlantis erneut in den Erdschatten eintrat, hingen die in ihre silbergrauen Mission Overalls gekleideten Astronauten im Flight Deck und bissen lustlos an den sonst bei Raumfahrern so beliebten Skylab Butter Cookies herum, wobei sich die Kommandantin auf Schmerzmittel und Saft beschränkte.
Sally fühlte sich unfähig weiterzuessen und stopfte den Rest ihres Cookies in den Plastikbeutel zurück. »Ich kann es nicht fassen! Wir sitzen hier fest, und keiner tut was!«
»Wir können nichts tun«, antwortete Tom kauend.
»Wir haben doch ein Reparaturset für Hitzeschutzkacheln. Seit Columbia wird es bei jeder Mission mitgeführt!«
»Dieses Set ist nur für kleinere Schäden ausgelegt«, entgegnete Eileen schwach.
»Aber wir könnten es doch zumindest versuchen!«
»Der Versuch wäre nutzlos«, antwortete Gunther mit gewohnt heiserer Stimme.
Sallys Brustkorb hob und senkte sich wie ein Blasebalg. Sie konnte der grausamen Wahrheit noch immer nicht ins Auge blicken, klammerte sich an jedem Strohhalm fest, auch wenn der noch so dünn sein mochte ... »Was ist mit den Russen?«
Eileen ergriff die Hand der jungen Frau und zog sie zu sich heran. »Sie halten keine Sojus für uns bereit, denn so weit hinaus, wie wir ursprünglich fliegen wollten, kommen die nicht. Bestenfalls hätte man eine 2.1b einsetzen können. Doch weil die Russen diesen Typ normalerweise für die Aussetzung von Satelliten verwenden, hätte man die Rakete zuvor auf Humanrated umrüsten müssen.«

»Und wieso hat man das nicht getan?«
Die Kommandantin hielt die junge Frau an beiden Händen fest. »Weil man nicht nur eine, sondern drei davon gebraucht hätte, um uns alle zurückzuholen, und weil unsere Behörden nach Rücksprache mit den Russen zum Schluss gekommen sind, dass die Zeit für eine Rettung sowieso nicht ausreichen würde.«
Sally entzog ihre Finger den feuchtkalten Händen Eileens. »Wieso versuchen wir nicht wenigstens zur ISS zu kommen?« Sie kannte die Antwort zwar, hoffte aber noch auf ein Wunder. Denn in Büchern und Filmen wurden die Helden ja schließlich aus jeder noch so hoffnungslosen Situation errettet – und sie waren doch so etwas wie Helden, wenn auch in ihrer Mission gescheiterte ...
Tom übte sich in Geduld. »Begreif doch, Sally: Die Internationale Raumstation fliegt bei einer Bahnneigung von 51,6 Grad auf einer Höhe zwischen dreihundert und vierhundert Kilometern. Unsere Inklination beträgt lediglich 28,5 Grad bei einer Höhe zwischen dreiundfünfzig und fünfhundertfünfzig Kilometern ...«
»Aber wir haben doch die Zusatztanks!«
Gunther schaltete sich ein: »Erstens wurde die Treibstoffmenge so berechnet, dass wir damit die Bahnhöhe des Ufo-Satelliten erreichen. Und zweitens sind wir mit achtundzwanzigtausend Kilometern pro Stunde unterwegs und können nicht einfach abbiegen.«
Tom übernahm wieder: »Zudem besitzen wir auch kein Andocksystem für die ISS. Das haben die Techniker aus Platz- und Gewichtsgründen ausgebaut.«
Die neunundzwanzigjährige Wissenschaftsjournalistin war verzweifelt. Alles, was sie bisher über Himmelsmechanik, Physik und Mathematik gewusst und für diese Mission extra noch hinzugelernt hatte, war spurlos aus ihrem Kopf verschwunden, gelöscht von der Angst, die ihr wie ein Dämon im Nacken saß.

Natürlich hatte sie die Risiken eines solchen Fluges gekannt und sich auch eingehend damit auseinandergesetzt. Explodierte die Fähre während des Starts, starb sie innerhalb von Sekunden. Verglühte sie beim Wiedereintritt in die Erdatmosphäre, dauerte es etwas länger. Dass ihr Sterben jetzt aber so lange und bewusst vor sich gehen sollte ...
Sally bekam Bauchkrämpfe bei dem Gedanken. »Ich muss!«, presste sie hervor und hangelte sich, so schnell sie konnte, in Richtung Mid Deck davon. Nachdem sie panikartig ihr persönliches Urin-Entsorgungs-Set aus dem Behälter an der Wand gezerrt und mit zitternden Fingern auf den Stutzen des Absaugschlauchs geschoben hatte, riss sie sich Overall und Slip vom Körper, klappte die Fußrasten an der Toilette herunter, hielt sich – alles mehr oder weniger zur gleichen Zeit – am Haltegriff fest, manövrierte ihren Hintern über die knapp zehn Zentimeter kleine Öffnung, presste den anatomisch geformten Kunststofftrichter an ihre Scham und hämmerte die Faust auf den Schalter der Absaugvorrichtung.

»Armes Mädchen«, flüsterte Eileen. »Sie ist doch noch so jung.«
»Du magst sie sehr«, sagte Tom ganz selbstverständlich.
»Du vielleicht nicht?«
Der Mund des Deutschen war lediglich ein waagerechter Schlitz. Öffnete er ihn um zu sprechen, sah man nicht, ob es dahinter Zähne gab. »Es bleiben uns noch acht, vielleicht neun Tage«, zischelte er. »Fangen wir schon jetzt damit an, uns gegenseitig zu bemitleiden, landen wir noch zu Lebzeiten in der Hölle.«
»Ich habe keine acht oder neun Tage!«, gab sich Eileen Brooks widerborstig.
Tom bezog Stellung auf der Seite seiner Chefin. »Anderthalb Wochen still in einer Ecke zu hocken macht es auch nicht leichter. Da können wir gleich die Luken aufreißen!«
Gunther sah ihn ausdruckslos an. »Gar keine so dumme Idee.«

Eine Viertelstunde später kehrte Sally mit bleichem Gesicht ins Flight Deck zurück.
Tom winkte sie zu sich heran. »Wir müssen etwas bereden.«
Sie war hin- und hergerissen zwischen Hoffnung und Angst. Gunthers Mimik war wie so oft nicht zu deuten. Und Eileen wartete mit geschlossenen Augen darauf, was Tom ihnen zu sagen hatte.
»Wir wissen, dass es kein Komet war, der uns in diese beschissene Lage gebracht hat. Wir wissen außerdem, dass dieser Ufo-Satellit, den wir hätten zur Erde bringen sollen, in enger Verbindung dazu steht ...«
Die Kommandantin behielt die Augen geschlossen, als den Piloten unterbrach: »Du willst die Mission fortführen?«
Tom bejahte.
»Und was ist der Grund dafür?«
»Wir würden dann nicht ganz umsonst gestorben sein«, antwortete Sally an Toms Stelle.
»Ich habe weniger an ein Vermächtnis gedacht«, sagte Tom.
Eileen öffnete die Augen. »Nein?«
»Von Kindesbeinen an bin ich ein SciFi-Fan. Ich kenne jeden Comic, jedes Buch und jeden Film, besitze Dutzende von Movie Props ... doch jetzt, wo sich meine Jugendträume auf unglaubliche Weise verwirklichen, sich zwei Welten begegnen ... muss ich abtreten.« Tom versuchte ein gequältes Lächeln. »Das ist verdammt hart für mich, Leute!«
Eileen räusperte sich: »Sollte es der Zustand der Atlantis überhaupt zulassen, wird es einiges an Energie verschlingen, den Satelliten zu erreichen.«
»Ich weiß.«
»Das geht nur auf Kosten der Überlebenszeit ...«
»Ich weiß.«
»Du schon, Tom! Aber was ist mit den anderen?« Die Kommandantin blickte reihum.

Gunther machte ein verbissenes Gesicht. »Mir kommt es auf ein paar Stunden mehr oder weniger nicht an.«
Sally war da anderer Meinung: »Gibt es denn wirklich keine Möglichkeit, heil aus der Sache herauszukommen? Denkt noch einmal darüber nach. Bitte!«
»Während du schliefst, haben Gunther und ich über zwei Stunden mit Houston gesprochen«, antwortete ihr Tom. »Wir hatten alles am Hörer, was Rang und Namen hat bei der NASA, doch weiterhelfen konnte uns niemand.«
Eileen schüttelte traurig den Kopf. »Unser Schicksal wird hier draußen im Weltall besiegelt.«
Sallys Augen wurden feucht, dann gab auch sie ihre Zustimmung zu Toms Plänen.
Die Kommandantin nickte. »Wenn ihr es alle wollt, bin ich damit einverstanden.«
»Aber eigentlich bist du dagegen?!«, erwiderte Tom.
»Nein! Es ist nur so, dass ich nicht mit euch komme.«
»Was sagst du?«
»Ich werde meinen eigenen Weg gehen.«
»Und was genau ist das für ein Weg?«, fragte der Deutsche ohne jede Rührung.
»Nun, wir haben vier funktionstüchtige EMUs an Bord. Eine davon werde ich mir nehmen und damit einen kleinen Ausflug machen. Das wollte ich schon immer mal tun, nur hat sich's bis heute leider nie ergeben.« Die Kommandantin bot all ihre Kräfte auf, um zumindest etwas von ihrer früheren Vitalität und Entschlossenheit in die schwächelnde Stimme zu legen. »Mir bleiben noch wenige Stunden. Und die will und werde ich nicht dafür verschwenden, diesem Satelliten hinterherzujagen, ganz egal, aus welcher Ecke des Universums er gekommen sein mag.«
Tom und Sally blickten die Kommandantin betroffen an.
»Für jeden kommt der Moment, an dem er seine ganz persönliche Entscheidung wird treffen müssen. Ich habe sie getroffen!«

Ihre ehemals leuchtenden kastanienbraunen Augen – jetzt dunkel und matt – richteten sich auf Sally und die junge Frau spürte, im erlöschenden Blick Eileens lag viel mehr als bloße Zuneigung.

• • • •

Während sich der Generalsekretär bei ihm bedankte, bekam David Goldstein von den Delegierten, Beratern und Beobachtern abermals höflichen Applaus gespendet. Damit war die Sitzung aber nicht beendet, denn der Rat musste zuerst noch über das weitere Vorgehen und den Inhalt des Abschlussprotokolls abstimmen. Das hingegen kümmerte den Wissenschaftler nicht mehr. Er hatte seine Schuldigkeit als Informant getan. Entscheiden mussten nun die Politiker und Militärs.

Goldstein räumte seine Sachen zusammen, nickte noch einmal hierhin und dorthin, dann verließ er mit schweren Schritten den Saal. Draußen im Flur wurde ihm unter Blitzlichtgewitter ein Strauß farbiger Mikrofone ins Gesicht gestreckt, denen er sich konsequent verweigerte. Es gab für ihn jetzt nur noch zwei Dinge zu tun – eine heiße Dusche zu nehmen und ins Bett zu steigen.

Uniformierte Männer drängten die Journalistenschar beiseite. Goldstein wollte sich gerade bei ihnen für die Hilfeleistung bedanken, da nahm ihn einer am Arm. »Bitte folgen Sie uns!«

Goldstein reagierte ungehalten: »Was erlauben Sie sich? Lassen Sie mich sofort los!«

»Ich habe meine Anweisungen!«

»Was für Anweisungen?«

Der Uniformierte ging nicht auf die Frage des Astronomen ein, stellte stattdessen seine eigene: »Wo sind Sie untergebracht?«

»Wie bitte?«

»Welches Hotel?«

Der Wissenschaftler wollte weiter aufbegehren, sich dagegen zur Wehr setzen, wie man mit ihm umging, doch der entschlossene Blick des Sergeants und der anderen Militärs ließ ihn nur müde mit den Achseln zucken. »Gleich um die Ecke, im Millennium UN Plaza.«
»Zimmernummer?«
David Goldstein holte seine Brieftasche hervor, griff nach der Schlüsselkarte ... Der Uniformierte nahm sie ihm ab, ohne darum zu bitten, und zückte sein Funkgerät. »Jeff an Oscar: Goldstein wohnt im Millennium Plaza, Zimmer 1418. Räumt alles zusammen und bringt es zum Flughafen.«
Der Astronom glaubte nicht richtig zu hören. »Wieso zum Flughafen?«
»Weil ein Flieger von Washington hierher unterwegs ist, Sie abzuholen.«
Goldstein machte große Augen. »Weshalb?«
»Das wird man Ihnen schon noch erklären.« Der Sergeant nahm den Mittfünfziger erneut am Arm und führte ihn zum Ausgang, wo eine schwarze Limousine wartete.

Eineinhalb Stunden später hob die Gulfstream V der U.S. Air Force vom Flughafen New York LaGuardia ab und donnerte mit zum Anschlag nach vorn geschobenen Schubhebeln in die Nacht. An Bord des dreizehn Personen fassenden Jets saß David Goldstein einem breitschultrigen Militär in brauner Uniform gegenüber. Auf dem ausklappbaren Teakholztischchen standen eine Tasse heiße Schokolade und ein Sechserpack Drive 7-Hour Energy Shots. Goldstein zerriss die Packfolie und klaubte eines der Plastikfläschchen heraus. BERRY BASH stand da in großen Lettern. Darunter kleiner: No sugar, no crash, zero carbs, just four calories. Er schraubte den Deckel auf, zog die Schutzfolie ab, stopfte sich zwei Kopfschmerztabletten in den Mund und kippte den Inhalt des Shots hinterher.

General James L. Jones, jeden Handgriff des Astronomen verfolgend, nahm schlürfend einen Schluck aus der dampfenden Tasse, stellte sie zurück aufs Tischchen ... »Sie haben mir noch immer nicht geantwortet, Mr. Goldstein.«

Der Direktor des Lunar and Planetary Laboratory steckte zuerst den kleinen Finger, dann der Reihe nach Ring-, Mittel- und Zeigefinger in die Öffnung des leeren Shot-Fläschchens und drehte jedes Mal so lange daran herum, bis er ganz darin verschwunden war. »Ich habe Ihnen nichts weiter zu sagen!«

Jones schlürfte wieder am Kakao. »Sie bleiben also bei Ihrer Aussage, alles offengelegt zu haben, was Sie über diese Ufos wissen. Sie stellen auch in Abrede, etwas von Ihrem Freund und Kollegen Wesley Parker erfahren zu haben, das über diese Offenlegung hinausgeht.«

Der Kiefer des Astronomen kreiste und kreiste, doch das entspannende Krachen blieb aus. Entnervt zog er das Fläschchen vom Zeigefinger und stopfte es zurück ins aufgerissene Pack. »So ist es!«

Jones schob dem Astronomen eine Kopie des großformatigen Fotos zu, das vor nicht einmal zwei Stunden im Weißen Haus für helle Aufregung gesorgt hatte. »Und was ist damit?«

Goldstein ergriff das Bild und beugte sich damit ins Licht des Deckenspots. Sein zerknautschtes Gesicht wirkte in diesem Moment noch faltiger als sonst, erinnerte auf frappante Weise an einen chinesischen Shar-Pei.

»Die Aufnahme wurde von Männern der Navy SEALs während der Operation ›ET Two‹ gemacht.«

»Wo soll das sein?«

»Bei der Explosionsöffnung der Apparate-Hülle, wo auch schon Parker rumgeklettert ist.«

Der Direktor des Lunar and Planetary Laboratory der Universität von Arizona schaute auf ein Bild voller verkohlter Metallteile, die aus aufgeplatzten dosenförmigen Behältern, verbogenen Rohren,

Platten und einigem anderen bestanden ... *Was für ein heilloses Durcheinander.*

Jones nahm dem Wissenschaftler die Aufnahme aus der Hand, drehte sie auf den Kopf und schob sie ihm wieder zwischen die Finger. »So herum müssen Sie es sich ansehen!«

Goldstein betrachtete das Bild noch einen Moment, dann legte er es schulterzuckend zurück auf den Tisch.

Jones knallte seinen Zeigefinger auf das Foto. »Da!«

David Goldstein beugte sich tiefer, hatte das Gefühl, eines dieser alten Magic-Eye-Bilder vor sich zu haben, die man so lange anstarren musste, bis einem aus dem Durcheinander von Farben und Formen ein Ungeheuer in die Augen sprang ... Mit einem Mal fuhr er zusammen, schob das Foto weit von sich und rief: »Das ist ein Fake!«

»Ist es nicht!«, erwiderte Jones trocken.

Der Astronom nahm das Foto wieder auf.

»Sie wissen wirklich von nichts?«, bohrte der General.

Goldstein starrte abwechselnd auf Jones und das Bild. »Nein!«

»Sie belügen mich doch!«

»Wieso sollte ich?«

»Weil Ihre großartige Theorie sonst keinen Pfifferling wert ist!«

Der Wissenschaftler vergrub sein faltiges Gesicht in den Händen. »Ich schwöre Ihnen bei Gott ...!«

»Sie brauchen mir nichts zu schwören!«, grollte James Jones. »Sie müssen nur dem Präsidenten erklären, wie Sie das hier der Öffentlichkeit beibringen wollen.«

»Wieso ich?«, stieß Goldstein zwischen seinen Fingern hervor.

»Weil Sie derjenige sind, der heute Abend die Welt belogen hat!«

Kapitel 26

Sally hatte mit ihren Eltern, Verwandten und engsten Freunden gesprochen und dabei immer wieder Tränen vergossen. Tom hatte dasselbe getan, sich aber bei allen, auch bei seinen Eltern, sehr zurückgehalten. Es schien ihm viel daran gelegen, bei diesem womöglich letzten Kontakt mit den Angehörigen nicht die Fassung zu verlieren. Gunther hingegen machte keine Anstalten, mit irgendjemandem ein persönliches Gespräch führen zu wollen. Auch das Angebot der NASA, mit einem Psychologen oder Geistlichen zu sprechen, lehnte er von vornherein ab. Stattdessen zog er sich ins Mid Deck zurück und kümmerte sich um die Bereitstellung einer der vier EMUs.
Die Bodenkontrolle hatte ihnen dringend abgeraten, die Mission fortzusetzen, doch Tom, inzwischen als einziger noch in Kontakt mit Houston, ließ sich nicht mehr umstimmen.

Auch Eileen hatte mit niemandem mehr reden wollen. Ihre Angehörigen sollten sie so in Erinnerung behalten, wie sie sie vor dem Start verabschiedet hatten – voller Ehrgeiz, Kraft und Tatendrang. Nicht das Häuflein Elend, das jetzt mit zittrigen Fingern den Helm schloss und ebenso zittrigen Beinen in die Luftschleuse kroch, derweil sich Tom und Sally an der gegenüberliegenden Wand festklammerten und mit betretenen Gesichtern zu ihr herüberstarrten.
Sie nahm von Gunther den verknoteten Schlafsack mit Carlos' Leiche entgegen, und bugsierte ihn zu sich ins Airlock. Schwer atmend zog sie die Wangenhaut nach innen und biss sich aufs Fleisch. Damit die anderen ihr vor aufkeimender Furcht und

Anstrengung nassgeschwitztes Gesicht nicht sehen konnten, klappte sie, bevor sie von innen das Schott verriegelte, am Helm die Sonnenblende herunter. »Du schaffst das!«, sprach sie sich Mut zu. »Unzählige vor dir sind den Weg schon gegangen und Unzählige nach dir werden ihn noch gehen müssen.«
Sally konnte sich nicht mehr zurückhalten und heulte los. Tom zog sie zu sich heran. Und noch während sich ihr Körper in seinen Armen schüttelte, begann zischend die Luft aus der Schleuse zu entweichen.
»Wir ... wir ... können Eileen doch nicht einfach ...«
»Sie hat es so gewollt, Sally.«
»Aber ...«
»Lass es gut sein. Komm, gehen wir nach oben.«
»Aber wieso ... hat sie ... den Funk ... ausgeschaltet?«
»Eileen ist eine starke Frau. Sie will das allein packen.«
Sally schluchzte auf: »Ich will nicht sterben, Tom!«
Er wusste keine tröstenden Worte, also drückte er Sally noch fester an sich, spürte die wohlige Wärme, die von ihrem Körper ausging, ihre kleinen weichen, aber echten Brüste. Sachte fuhr er ihr durchs Haar, roch daran ... Ein seltsam prickelndes Gefühl – das ihm als bekennendem Verfechter von One-Night-Stands bislang unbekannt war – jagte durch seinen Leib.

Eileen betätigte die Antriebsdüsen und stieg schnell höher, obwohl die Sinne ihr vorgaukelten, die Raumfähre würde unter ihr wegsinken. Im oberen Doppelfenster des Flight Deck konnte sie die Gesichter von Tom und Sally erkennen. Gunther hingegen konnte sie nirgendwo ausmachen. Sie fragte sich, ob es richtig gewesen war, dem kühlen Deutschen das Kommando zu übertragen. Doch genauso fragte sie sich, ob es überhaupt eine Rolle spielte, wer an Bord der Atlantis nun das Sagen hatte. Auf irgendeine Weise mussten die drei miteinander klarkommen, stand ihnen ihre größte Herausforderung doch erst noch bevor.

Die Einundfünfzigjährige schloss die Augen und ließ sich treiben. Zwar fröstelte sie, ansonsten aber fühlte sie sich entspannt, was wohl an ihrer Blutarmut lag und an den Schmerzmitteln. Vier Flüge in den Weltraum hatte sie gesund überstanden, und bei jedem hatte ihre Familie vom Start bis zur Landung mitgefiebert. Was sie in diesem Augenblick wohl taten – ihre Eltern, ihr Mann, ihre Kinder und Enkelkinder? Schauten sie hinauf in den Himmel und hielten Ausschau? Wurde der Todesflug der Atlantis womöglich von Teleskopen eingefangen und in die Wohnzimmer von Millionen Zuschauern übertragen? Vor Eileens innerem Auge erschien ein riesiges Blumenmeer, Fahnen standen auf Halbmast; dann hörte sie den Präsidenten eine Ansprache halten ...

Langsam öffnete sie die Augen, blickte nach unten und hielt Ausschau nach der Fähre, doch sie war verschwunden. Dafür zog gerade die Sinai-Halbinsel unter ihren Füßen vorüber, Ägypten, Israel ... danach überquerte sie Jordanien, Syrien, den Irak, Iran ... Ob die Menschen dort jemals zum Frieden finden würden?

»Carlos«, flüsterte sie dem geblähten, von sich schnell ausbreitenden dunklen Flecken überzogenen Schlafsack zu. »Es war schön, dich kennengelernt zu haben. Nun aber ist es an der Zeit, getrennte Wege zu gehen.« Eileen ließ Carlos' Umhüllung los, sah einen Moment zu, wie sein verkrümmter Körper davontrieb, dann feuerte sie erneut die Düsen des Raketenrucksacks ...

Nun war sie ganz allein hier draußen im All – ein menschlicher Satellit, der mit fünfundzwanzigtausend Kilometern pro Stunde seine Bahn um die Erde zog, bis er, von der Schwerkraft eingefangen, in der Atmosphäre verglühte. Ihre Überreste würden danach für Jahrhunderte in der Stratosphäre dahintreiben und sich dabei über den gesamten Globus verteilen. Konnte sie sich überhaupt ein schöneres Begräbnis wünschen?

Als sie das erste Mal in die Nachtseite der Erde eintauchte und das schillernde Blau unter ihr erlosch, begann sie sich sehr einsam zu fühlen. Über eine Stunde schon trieb sie im Nichts dahin. Für eine komplette Erdumrundung benötigte sie eineinhalb Stunden. Bald würde die Sonne aufgehen. Versagten ihre Organe nicht vorzeitig, durfte sie noch vier dieser gewaltigen Naturschauspiele erleben, bevor das Lebenserhaltungssystem ihres anzugförmigen Miniraumschiffs nach und nach seine Funktionen einzustellen begann ...
Tief unter ihr leuchteten in der Dunkelheit plötzlich zwei grelle Stichflammen auf, die schnell kleiner wurden und in der Ferne verschwanden. Tom hatte also die Triebwerke gezündet, die das Shuttle dreitausend Kilometer weit in den Weltraum hinausschleuderten, wo dieser Satellit kurvte ...
Eileen forschte in ihrem Inneren. Im Gegensatz zu Tom hatte sie sich nie etwas aus Science-Fiction gemacht, kaum mehr als drei Folgen der ersten Staffel von Star Trek gesehen, sie kannte weder die Star-Wars-Filme noch alle anderen Erzeugnisse des Genres. Nur zu ›2001‹ von Stanley Kubrick und ›Contact‹ mit Jodie Foster hatte sie sich vor langer Zeit überreden lassen. Doch dieses SETI-Zeugs war nichts für eine bodenständige Texanerin wie sie, die nach Schule und Studium zur Luftwaffe gegangen war, um sich zur Pilotin einer KC-10 Extender ausbilden zu lassen, Testpilotin zu werden und nach erfolgreicher Aufnahme in das Astronautenkorps der NASA dreimal als Pilotin und zweimal als Kommandantin ein Raumschiff zu fliegen.
Nicht einmal, als man ihr das Kommando für STS-136 übertragen hatte, dachte sie auch nur einen Moment ernsthaft daran, es jemals in ihrem Leben mit etwas Außerirdischem zu tun zu bekommen. Für sie war dieser Ufo-Satellit irgendein Gerät, das es zu bergen und auf die Erde zu bringen galt. Erst nachdem sie von Houston aufgeklärt worden waren, um was es sich bei dem vermeintlichen Kometen tatsächlich handelte und dass dieses

Ungetüm und die anderen achtzehn auf der Erde niedergegangenen Kugeln mit diesem Ufo-Satelliten in direkter Verbindung standen, war sie ein erstes Mal innerlich aus dem Gleichgewicht geraten. Doch um sich Gedanken darüber zu machen, ob sie in ihrem bisherigen Leben vielleicht die falschen Bücher gelesen und die falschen Filme gesehen hatte, war es längst zu spät.

Eileen seufzte, löste ihren Blick vom tiefen Schwarz des unter ihr dahinziehenden Pazifischen Ozeans und richtete ihn nach Nordosten, von wo sich unzählige glitzernde Lichtpünktchen näherten. Es war die Westküste Mexikos. Schon bald würde sie Florida überfliegen und Cape Canaveral. Kurz darauf würde sie in den ersten Sonnenaufgang eintauchen.

Sie drehte ihren Kopf etwas nach rechts, wo der volle Mond so hell und klar leuchtete, dass sie jedes Detail darauf erkennen konnte: Berge, Ebenen, Krater ... Wie vom Stromschlag getroffen fuhr sie zusammen. Mit zitternden Armen schob sie die goldene Sonnenblende an ihrem Helm nach oben. »Was um Gottes willen ...?«

••••

Der Pilot des Learjets nahm den Schub zurück und steuerte die Maschine in einen sanften Sinkflug.

David Goldstein saß derweil steif wie ein Brett im Sessel und redete auf den nationalen Sicherheitsberater ein: »Ich könnte mich doch nochmal mit Wesley unterhalten ...«

Jones winkte ab. »Parker verweigert jede Auskunft.«

Der Wissenschaftler deutete auf das Foto vor sich auf dem Teakholztischchen. »Mit mir wird er sicherlich darüber reden!«

»Ich glaube nicht.«

»Ich schon! Und bis dahin könnten wir die Angelegenheit doch bestimmt ... vertraulich behandeln.«

General Jones musterte sein Gegenüber. »Vertraulich?«

»Nun, es gibt auch noch andere Dinge, die man nicht an die große Glocke hängt.«
»Wovon reden Sie?«
»Von der Bill and Melinda Gates Foundation zum Beispiel. Die Gates' haben sich beim Gentechnik-Riesen Monsanto eingekauft und gründeten gemeinsam mit denen und der Rockefeller Foundation doch die Alliance for a Green Revolution in Africa.«
Der General neigte den Kopf. »Und wieso sollte man das nicht an die große Glocke hängen dürfen?«
»Weil die Rockefeller Foundation in Nicaragua Tetanus-Impfungen finanziert, die Frauen ohne ihr Wissen und ihre Einwilligung unfruchtbar machen!«
»Hmmmm ...«
»Und weil die Rockefellers auch schon die Rassenhygiene-Forschungen in Nazideutschland finanziell unterstützt haben.«
Jones legte seine Stirn in Falten.
»Ich denke dabei auch an die Drohung Obamas gegenüber dem haitianischen Präsidenten Martelly, die Entwicklungshilfe in seinem Land einzustellen, sollten die Hungerlöhne der dortigen Textilarbeiter auch nur um einen Cent angehoben werden. Ich rede von den Machenschaften der Gebrüder Koch, den Bilderbergern, vom weltumspannenden Mafia-Komplott, von ...«
»Interessante Themen, Mr. Goldstein«, unterbrach Jones dessen Aufzählung. »Vielleicht können wir uns ein andermal darüber unterhalten. Allerdings ist die Zeit, etwas vertraulich zu behandeln, längst abgelaufen. Auf Geheiß unseres höchsten Militärs, General Martin Dempsey, hat man das Alaska-Ufo zwischenzeitlich versiegelt. Zudem wurden mehrere hundert Geschütze in Stellung gebracht.«
»Worüber natürlich die ganze Welt Bescheid weiß«, stöhnte der Astronom.
»Bei so viel Umtriebigkeit lässt sich das kaum verhindern.«
»War solch ein Aufwand denn nötig?«

»War er das nicht?«, gab Jones die Frage zurück.

»Und wie halten es die anderen Staaten?«

Jones nahm seinen Laptop, gab einen Code ein und drehte das Gerät zu Goldstein. Bomberflugzeuge, deren Abwurfschächte gerade mit Munition befüllt wurden, U-Boote, die sich in Stellung brachten, offenstehende Raketensilos, Panzerkolonnen ...

»Das ist verrückt!«, rief der Wissenschaftler aus.

Wieder fragte der General: »Ist es das?«

In diesem Moment vibrierte es in Jones' Hosentasche.

»Hello? ... Noch nicht, nein! Wir befinden uns gerade im Landeanflug und sollten ...«, er sah auf seine Uhr, »in etwa fünfzehn Minuten landen. Was sagen Sie? ... Verdammt! Okay, bis dann!« Jones knallte sein Handy aufs Tischblatt und ließ sich zurück in die Lehne fallen. »Es hat angefangen!«

»Was hat angefangen?«

»Die Japaner haben den Bezirk Shinjuku-ku komplett evakuiert und schweißen sich nun Schicht um Schicht ins Innere des Ufos dort, wobei sie tankwagenweise Giftgas hineinpumpen ...«

Das Telefon des Sicherheitsberaters meldete sich erneut, wanderte brummend aus dem Lichtkegel des Deckenspots heraus auf den Rand des Tischchens zu.

Jones sah sein Handy an, als ginge eine ansteckende Krankheit von ihm aus, und erst kurz bevor es zu Boden stürzte, griff er danach. Sekunden später erstarrte sein kantiges Gesicht zu Stein.

»Die Chinesen haben soeben die in Hengyang niedergegangene Kugel bombardiert!«

Die rechte Tragfläche der Gulfstream kippte steil nach unten. Goldstein, der Jones gerade noch wortlos angestarrt hatte, richtete seinen Blick aus dem Fenster. Über der Flügelspitze glitzerte das nächtliche Washington, durchzogen von einem Spinnennetz aus Abertausenden von weißen und roten Punkten und gelb leuchtenden Schnüren, die sechs- oder gar zwölfspurig nebeneinanderher flossen, ab und an Knoten bildeten, um sich

danach in alle Himmelsrichtungen zu verlieren. *Erstaunlich viel los heute Nacht,* dachte der Wissenschaftler bei sich.
Die Tragfläche schwenkte wieder zurück in die Horizontale. Das hohle Poltern unter den Füßen der beiden Passagiere zeugte vom Ausfahren der Räder. Eine Luftströmung schob sich unter den Learjet und ließ ihn darauf reiten.
Nachdem sich David Goldstein einen zweiten Energy Shot zur Wachhaltung seiner Lebensgeister zugeführt hatte, studierte er nochmals das Foto. Nach einer Weile hob er den Kopf und murmelte: »Das Relikt von Bir Hooker.«
Jones drehte den Kopf. »Das was?«
»Das Relikt von Bir Hooker!«
»Von welchem Relikt sprechen Sie, und was ist Bir Hooker?«
Der Astronom schob seinen schmerzhaft verspannten Unterkiefer vor und zurück, vor und zurück – endlich das erlösende Krachen. »Ich weiß jetzt, weshalb Wesley zu niemandem etwas gesagt hat.«
James Jones hieb sich die Hand auf den Oberschenkel. »Wusste ich's doch!«
David Goldstein machte eine entschuldigende Handbewegung. »Verwandte in Deutschland hatten ihm vor einiger Zeit einen Zeitschriftenartikel zukommen lassen und wollten seine Meinung dazu hören. Wesley schickte die E-Mail an mich weiter und fragte, was ich davon halte ...«
Jones zog neugierig eine Augenbraue in die Höhe.
»Der bebilderte Artikel handelte von einem Schweizer, der behauptete, Ende der Achtzigerjahre in Ägypten, genauer gesagt in Bir Hooker, auf ein womöglich außerirdisches Relikt gestoßen zu sein.«
Die Braue sank enttäuscht nach unten. »Einer dieser Dummschwätzer, die sich einmal im Leben wichtigmachen wollen.«
Goldstein seufzte. »In der Tat eine schräge Geschichte. Ich weiß nicht mehr, wie der Kerl hieß – Sporri, Spoerrli oder so ähnlich.«

»Und weshalb verschwenden Sie Ihre Gedanken an diesen Sporri oder Spoerrli, oder wie immer er heißt?«, murrte Jones.
Goldstein holte tief Atem: »Weil das Ding auf diesem Foto hier dem Ding auf den Fotos in der Zeitschrift zum Verwechseln ähnlich sieht!«
Der General kratzte sich am Kopf. »Wann war dieser Schweizer in Ägypten?«
»Ich glaube, es war 1988. Das Relikt soll von Grabräubern gefunden worden sein. Auf den Bildern sah es aus, als wäre es mumifiziert. Es könnte also durchaus einige Jahrhunderte, wenn nicht sogar Jahrtausende alt sein.«
»Wenn es kein völliger Mist ist, den Sie mir da erzählen, Goldstein, dann bedeutet es nicht weniger, als dass es jetzt nicht zum ersten Mal zu einem Zusammentreffen zwischen Menschen und dieser extraterrestrischen Spezies kommt!«
Der Wissenschaftler verkeilte die Finger ineinander. »Ich habe keine Ahnung, ob das zutrifft. Ich weiß nur, dass sich die beiden sowjetischen Raumfahrtpioniere Nikolai Alexejewitsch Rynin und Konstantin Ziolkowski bereits in den Zwanzigern mit dem Thema der Paläo-SETI auseinandergesetzt haben.«
»Was mir nicht so recht in den Kopf will«, sagte Jones, »weshalb hat Ihr Freund Parker die Entdeckung unterschlagen?«
»Er hatte wohl Angst ...«
»Wovor?«
»Vor dem, was die Asiaten derzeit tun.«
»Hmmmm ...«
Als David Goldstein erneut die Stelle studierte, wo sich Jones' halbmondförmiger Fingernagelabdruck ins Foto gegraben hatte, durchfuhr ihn plötzlich ein Gedanke: »Wo sind die Überreste von diesem Ding?«
»Es gibt keine!«, antwortete der Militär. »Wir gehen davon aus, dass sie verbrannt sind.«
»Bis aufs letzte Fitzelchen?«

Jones reagierte unsicher: »Worauf wollen Sie hinaus?«
»Es gab doch gar kein richtiges Feuer in der Alaska-Kugel. Wesley berichtete mir von einer Explosion mit darauffolgendem Schwelbrand.«
»Dann wurde es bei dieser Explosion zerfetzt.«
»Vollständig? Das kann nicht sein!«, widersprach Goldstein. »Sie wissen besser als ich, dass so etwas unter den gegebenen Umständen nicht möglich ist.«
»Die Soldaten haben jedes Blechstück umgedreht, und das nicht nur einmal!«
Der Astronom schüttelte ungläubig den Kopf. »Sie wissen, wie groß die Explosionsöffnungen sind?«
»Natürlich!«
»Es würde als Ganzes dort niemals hindurchpassen, geschweige denn durch den Schacht.«
Der General reagierte äußerst gereizt. »Das müssen Sie mir nicht erklären!«
Goldstein dachte nach, dann zupfte er den Militär am Ärmel. »Jones! Mit diesen Kugeln kann man unmöglich den Weltraum bereisen!«
»Ich besitze nicht das Fachwissen, um dies zu beurteilen«, bemerkte der Viersternegeneral trocken.
»Aber ich! Und jeder halbwegs fähige Raumfahrtingenieur wird Ihnen dasselbe sagen!«
Jones hob die Schultern. »Das bringt uns auch nicht weiter.«
»Ich denke doch!«, widersprach ihm der Astronom. »Überlegen Sie selbst: Die vier Puffer-Hüllen sind weder luft- noch wasserdicht. Kälte und Gammastrahlen können ungehindert bis zur Apparate-Hülle vordringen. Diese ist zwar gut geschützt, doch bis oben hin vollgepfercht mit Technik. Trotz der gewaltigen Ausmaße gibt es in den Kugeln nicht einen einzigen geschützten Ort, an dem man eine Reise durch den Weltraum lebend würde überstehen können.«

»Vielleicht hat man diesen Ort bis jetzt nur noch nicht gefunden«, gab der nationale Sicherheitsberater zu bedenken.

David Goldstein verneinte vehement: »Rechnen Sie nur einmal den Verbrauch von Atemgas, Nahrung und Energie. Ganz zu schweigen von einer Vorrichtung zur Erzeugung künstlicher Schwerkraft, soll den Alienastronauten nicht schon nach wenigen Monaten im All das Fleisch von den Knochen fallen. Nein, Jones! Eine solche Reise überleben Sie nicht mal in einer kryogenen Kältekammer!«

Der Militär hielt das Foto hoch. »Und wie lautet Ihre Erklärung hierzu?«

Goldstein grübelte einen Moment, bevor er auf die Aufnahme deutend antwortete: »Ich sehe nur eine Möglichkeit: Es hat in der Alaska-Kugel nie etwas anderes gegeben als dieses eine Teil!«

Jones runzelte die Stirn. »Wie soll das gehen?«

»Ich denke da an einen Unfall bei der Herstellung der Sonden.«

Jones legte den Kopf schief.

»Trotz ihrer enormen Stückzahl glaube ich nicht, dass sie von Industrierobotern gefertigt worden sind. Dafür fehlt es eindeutig an Präzision.«

»Wollen Sie sagen, diese Kolosse wären einzeln von Hand zusammengeschraubt worden?«

»Wird das ein Ozeanriese nicht auch?«, stellte David Goldstein die Gegenfrage.

Das Argument leuchtete Jones halbwegs ein.

»Es könnte einen Arbeitsunfall gegeben haben, wie er auch bei uns in der Schwerindustrie immer wieder vorkommt.« Der Wissenschaftler nahm Jones das Foto aus der Hand und wedelte damit in der Luft. »Beim Zusammenbau der Alaska-Kugel wurde einem Arbeiter dieses Körperteil hier abgetrennt. Es geriet in den Hochspannungsbereich, wo es liegen blieb. Da es in der Sonde keine Atmosphäre gibt, konnte es sich während der Reise hierher auch nicht zersetzen.«

»Und wieso hat man es nach dem Unfall nicht entfernt?«
»Keine Ahnung.«
»Ihre These hat weder Hand noch Fuß!«, polterte der General.
»Und Ihre keinen Kopf!«, polterte der Wissenschaftler zurück.
Jones griff wütend nach dem Foto. *Ein Arbeitsunfall ...*
Goldstein sah aus dem Fenster und wunderte sich, wie schnell die Lichter am Boden näher kamen.
James Jones entdeckte etwas auf dem Bild, das ihm bislang nicht aufgefallen war. »Was ist das hier?«
Goldstein beugte sich zu ihm hinüber ... »Ein verformtes, halbwegs geschmolzenes Stück Metall, was soll es sonst sein?«
Jones hielt sich die Aufnahme so nah an die Augen, dass er gerade noch scharf sehen konnte. »Das ist kein gewöhnliches Stück Metall!«, brummte er.
Der Direktor des Lunar and Planetary Laboratory zückte seine Lesebrille. »Also, ich sehe da nur ein ...« Er stockte, bekam rote Ohren ... »Das ist ja ... eine Prothese!«
»Verdammt! Jetzt verstehe ich gar nichts mehr!«, fluchte Jones.
»Und ich brauche mich nicht mehr zu fragen, wie es in Alaska zur Explosion kommen konnte«, murmelte der Wissenschaftler. »Das Teil erzeugt einen Kurzschluss, gefolgt von einem Lichtbogen, danach ...«
Ein heftiger Schlag durchdrang von unten her kommend die Kabine des Learjets. Goldstein und Jones wurden hochgehoben, dann sackten sie mit voller Wucht zurück in die Ledersessel ...

• • • •

»Wo bleiben nur James und dieser Goldstein?«, fragte Barack Obama, ungeduldig auf sein Handgelenk schauend.
»Sie müssten soeben gelandet sein«, antwortete Martin Dempsey, mit dem Handy am Ohr zwischen Sofa und Arbeitstisch des Präsidenten hin- und hergehend.

Charles Bolden hockte derweil vornübergebeugt auf dem Sofa und starrte, an die Crew der Atlantis denkend, vor sich auf den Teppich.
Martin Dempsey lauschte sichtlich erschüttert der Stimme an seinem Ohr. Als er sich erneut Obamas Pult näherte, stöhnte er wie unter Schmerzen auf, dann unterbrach er die Verbindung.
»Was ist passiert?«, fragte der Präsident.
Dempsey machte ein betroffenes Gesicht. »Die Russen bezichtigten uns gerade öffentlich der Lüge ...«
Barack Obama fuhr aus dem Sessel. »Ich will Goldstein und Parker – sofort!«
»... und jagten danach die Jekaterinburg-Kugel in die Luft.«
Obama fiel zurück auf seinen Stuhl. »Jetzt drehen sie alle durch!«
Dempsey räusperte sich: »Da ist noch etwas!«
Obama legte demonstrativ die Handflächen an seine Ohren. »Ich will nichts mehr hören!«
»Es geht um die Tokio-Kugel.«
Die Hände des Präsidenten sackten nach unten.
»Nach dem Gaseinsatz sind die Japaner mit Helikopterdrohnen rein. Dabei stießen sie auf alle möglichen Systeme und ...
»Aliens?«, unterbrach Obama seinen Generalstabschef.
»Nein! Die Kugel ist abgesehen von der Technik leer.«
Das Telefon auf dem Tisch des Präsidenten schnarrte. Kaum dass Obama abgenommen hatte, wurde er so bleich im Gesicht, wie ein Dunkelhäutiger nur bleich werden kann. »Mach sofort den Fernseher an, Charlie«, forderte er den NASA-Administrator auf, der dem Gerät am nächsten war.

• • • •

Umherhastende Gestalten, die ihre Autos mit Familienangehörigen, Haustieren und Habseligkeiten vollstopfen. Eine Reporterin, die einem Mann mit einem weinenden Kind auf dem

Arm ein Mikrofon hinhält und ihn fragt, wo er hinwolle. »Raus aus der Stadt!«, stammelt der offensichtlich verstörte Mann und ruft nach seiner Frau. Zwei Studentinnen reden davon, zu einem Onkel nach Ohio fahren zu wollen, weil der sich einen Bunker gebaut habe. Eine Gruppe Männer mit geschulterten Rucksäcken will in die Berge ...

• • • •

»Was machen die da?«, fragte Martin Dempsey.
»Sie verschwinden!«, erwiderte Obama lakonisch.
»Verschwinden? Weshalb? Wohin?«, fragten Bolden und Dempsey gleichzeitig.
Bevor der Präsident mit dunkler Stimme antwortete, biss er sich in den kleinen Finger, um ganz sicher zu sein, dass er nicht träumte. »Goldstein hat uns doch diese Asteroiden-Schwarm-Geschichte aufgetischt ...«
In Dempseys Jackentasche fing es an zu dudeln.
»Die vermeintlichen Asteroiden entpuppten sich dann als ein Schwarm von neunzehn Kugel-Ufos ...«
In Boldens Jacke ertönte ebenfalls ein Klingelton und auch in der Hose des Präsidenten piepte es jetzt.
»Charlie, Martin! Beides war falsch – ein fataler Irrtum!«
Nun begann es auch auf Obamas Pult wieder zu schnarren.
Während Dempsey und Bolden im Begriff waren, nach ihren Handys zu greifen, landete auf dem Rasen vor dem Weißen Haus ein Hubschrauber. Momente später wurde die Tür zum Oval Office aufgerissen und eine Gruppe von Sicherheitsbeamten stürmte herein.
»Mr. President!«, rief einer der Security-Männer.
Der graue Apparat schien Barack Obama geradezu anzuschreien. Er gab den Sicherheitsbeamten ein Zeichen zu warten und riss den Hörer ans Ohr ...

Als er auflegte und sich an die im Oval Office stehenden Männer wandte, klang seine Stimme seltsam hoch: »Ich muss so schnell wie möglich nach Italien!«

••••

»Dass Navy-Piloten jeden Flieger auf die Piste knallen müssen, als landeten sie auf einem Flugzeugträger!«, schimpfte General Jones, während die Gulfstream in Richtung Stellplatz rollte. Eine langgezogene Kurve nach links und eine enge nach rechts, dann stoppte die Maschine und das Summen der beiden Rolls-Roys-Triebwerke erstarb.
Gleichzeitig mit dem Öffnen der vorderen Tür senkte sich die Flugzeugtreppe nach unten. Jemand kam heraufgerannt. Lautes Gerede an der Tür und gleich darauf drei Paar Füße, die hintereinander die Treppe hinuntertrampelten. Rufe von draußen. Dann kam wieder jemand hochgerannt und stürzte in die Kabine. Der Learjet-Pilot war aschfahl im Gesicht. »Kommen Sie! Schnell!«, krächzte er.
Jones und Goldstein packten ihre Aktentaschen und folgten dem Piloten ins Freie. Der schwere Geruch von Öl, Kerosin und heißem Gummi lag in der Luft, und vom Heck der Maschine war das eintönige Summen des Stromgenerators zu hören. Die beiden Männer stiegen hintereinander die schmale Metalltreppe hinunter und schauten sich um.
Die Limousine, die sie abholen sollte, stand nur wenige Meter entfernt. Der Chauffeur, der Copilot und zwei Leute vom Bodenpersonal standen daneben und starrten in die sternenklare Nacht. Die beiden folgten ihren Blicken. Jones ließ seine Aktentasche fallen und der Mund Goldsteins öffnete sich zu einem stummen Schrei.

••••

Sumaika Coskun war fünf Jahre alt. Sie saß aufrecht in ihrem Bettchen und starrte mit kugelrunden Augen aus dem Fenster. Nach einer Weile kletterte sie von ihrem Schlafplatz hinunter und trippelte zum nebenan liegenden Zimmer. Leise schob sie die angelehnte Tür gerade so weit auf, dass sie hindurchschlüpfen konnte. Sumaika ging zum Fenster des elterlichen Schlafzimmers, zog mit beiden Händchen die Vorhänge beiseite und blickte einen Moment lang nach draußen. Nun drehte sie sich um und lief auf jene Seite des Bettes, wo ihr Vater schlief. Auf halbem Weg machte sie jedoch halt und entschied sich anders.
»Mama!«
»Mmmmmmh...«
»Wach auf, Mama!«
»Mmmmh... Sumaika?«
»Ich habe Angst, Mama!«
»Was ist, Sumaika?«, brummte ihre Mutter verschlafen. »Wieso bist du nicht in deinem Bett?«
Die Kleine hielt beide Ärmchen ausgestreckt und zeigte aus dem Fenster.
Fatma Coskun setzte sich auf und blinzelte in die Richtung, in welche Sumaikas Finger wiesen ... Sie konnte nichts erkennen. Also stand sie auf und stellte sich gähnend hinter ihre Tochter.
»Was ist denn, meine Blume?« Sie blickte aus dem Fenster, doch ihre Augen sahen nur verschwommen. »Einen Moment ...«
Tastend wankte sie ins Badezimmer, spülte sich die Augen und setzte ihre dort abgelegte Brille auf. »So ist es besser«, murmelte sie schlaftrunken, stellte sich erneut hinter ihre Tochter und gab ihr einen zärtlichen Kuss auf das nach Honig duftende schwarze Haar, das im Mondschein glänzte wie feinste Seide aus Busra.
»Also meine Liebste, was ist denn nun ...?«
Augenblicke später stieß Fatma einen gellenden Schrei aus.
Yusuf schreckte hoch und starrte verwirrt auf seine Frau, die zusammen mit seiner Tochter am Fenster stand. Ein Blick auf

den Wecker verriet ihm, dass es kurz vor sechs Uhr war. Obwohl sich die Sonne hinter den Hügeln östlich von Istanbul um diese Zeit schon für den Tag bereit machte, war es noch dunkel draußen. Yusuf sprang aus dem Bett und eilte zum Fenster. Wie zuvor seine Frau, benötigte auch er einige Sekunden um zu begreifen ...

Der volle Mond. Glänzend wie eine polierte Silbermünze hing er am frühmorgendlichen Himmel. Und hinter ihm, so strahlend hell wie er selbst, ein gigantischer Ring.

Der tiefgläubige Muslim warf sich zu Boden. »Allahu akbar. Subhane rabbiyel ala. Subhane rabbiyel ala. Subhane rabbiyel ala. Preis sei Dir, o Allah, und Lob sei Dir, und gesegnet ist Dein Name, und hoch erhaben ist Deine Herrschaft und es gibt keinen Gott außer Dir! Lass uns gnädig bei Dir Zuflucht nehmen vor dem abtrünnigen Iblis, dem verfluchten Shaitan!«
Nun sanken auch Fatma und Sumaika zu Boden und Yusuf betete weiter, pries den Herrn und bat ihn um Gnade.

Kapitel 27

Das Treffen hätte im Geheimen stattfinden sollen, doch die drei Millionen Einwohner Roms wurden – wie alle anderen Menschen rund um den Globus – von Stunde zu Stunde nervöser. Und so dauerte es nicht lange, bis sie auf die frühabendlichen Aktivitäten auf dem Aeroporto internazionale Leonardo da Vinci in Fiumicino aufmerksam wurden.

In Armani gekleidete Gladiatorenfiguren drückten den Bediensteten im Tower vertrauliche Sonderfluglisten in die Hände und verlangten, dass sie die wenigen Linienflüge ohne Angabe von Gründen auf den Flughafen Ciampino im Südosten der Stadt umleiteten. Um die Ernsthaftigkeit der von ihnen geforderten Diskretion zu verdeutlichen, beschlagnahmten die Geheimdienstler sämtliche privaten elektronischen Geräte.

Auf den Fluglisten fand sich eine geradezu unglaubliche Anzahl an Regierungs- und Privatmaschinen, von denen nun eine nach der anderen in Fiumicino niederging. Fluglotse Giorgio Bartelli kümmerte die Geheimhaltung wenig. Als die Air Force One des amerikanischen Präsidenten aufsetzte und alle an den Fenstern klebten, verzog er sich auf die Toilette, fingerte ein Zweithandy – das er sonst für seine illegalen Privatgeschäfte nutzte – aus der Gurttasche an seinem Unterschenkel und schickte eine SMS an seine Schwester, die zusammen mit ein paar Kollegen in der News-Redaktion von RAI TV ausharrte. Fünf Minuten später schoss ein Übertragungswagen aus der Tiefgarage des Senders, bog mit quietschenden Reifen auf die Viale Giuseppe Mazzini ein und raste in Richtung des dreißig Kilometer entfernten Flughafens davon.

Auf dem Petersplatz, dem Platz Papst Pius XII. und auf der Via della Conciliazione drängten sich Hunderttausende von Menschen. Ein Durchkommen in den Straßen rund um den Heiligen Stuhl war schon seit Stunden nicht mehr möglich. Papst Benedikt XVI. hatte eine baldige Ansprache ans Volk ankündigen lassen, ohne jedoch den genauen Zeitpunkt zu nennen. Und so verharrten die Menschenmassen, blickten angstvoll auf die Erscheinung am Himmel und sehnten das Erscheinen des Santo Padre herbei.

Reportern, denen es trotz des Verkehrszusammenbruchs gelungen war, in die Nähe des Heiligen Stuhls zu gelangen, ließen ihre Sendewagen am Straßenrand stehen und nahmen mit ihren mobilen Funkanlagen für unanständig viel Geld die wenigen zugänglichen Räume mit Sicht auf den Vatikan in Beschlag.

Unentwegt donnerten die mächtigen AgustaWestland Transporthubschrauber der italienischen Armee im Tiefflug über das eindunkelnde Rom und brachten die Gäste vom Flughafen Fiumicino zum kleinen Helikopterlandeplatz am südwestlichen Ende der Vatikanstadt. Zeitweise bildeten sich regelrechte Warteschlangen in der Luft, sodass die Bewohner des Bezirks La Pisana im Schein des übernatürlich großen wie hell leuchtenden Vollmonds bis zu sechs Schatten zählen konnten, die hintereinander mit hämmernden Rotorschlägen dicht über ihren Häusern verharrten, bis sie an der Reihe waren, ihre prominente Fracht abzuladen.

Am Landeplatz wurden die Ankömmlinge von einem Kardinal in Empfang genommen und danach von Schweizer Gardisten gruppenweise hinüber zur Sixtinischen Kapelle geführt.

Leises Murmeln erfüllte das sechsundzwanzig Meter hohe Tonnengewölbe, an dessen Decke – im Jahre 1512 von Michelangelo aufgebracht – neun eindrücklich in Szene gesetzte Bildfolgen der biblischen Genesis prangten. Überhaupt gab es in der gesamten Palastkapelle keinen einzigen Meter Freiraum, in dem sich Auge und Geist des Betrachters einen Moment lang hätten ausruhen können. Wohin man auch blickte – die gewaltige Dominanz des christlichen Schöpfergottes war allgegenwärtig. Die Fresken an den Wänden – gleichfalls von Michelangelo Buonarroti, aber auch von anderen berühmten Malern der Renaissance wie Sandro Botticelli, Pietro Perugino und Luca Signorelli geschaffen – wurden von den zahllos flackernden Kerzen und dem durch die hohen Fenster einfallenden Licht des Mondes zu geisterhaftem Leben erweckt.

Kaum einer der anwesenden Staatsführer zeigte Lust auf Konversation. Als sie aber neben dem Dalai Lama und Rabbinern der ultraorthodoxen Juden auch einige bekannte Gesichter aus der fundamentalistisch-islamischen Gemeinschaft ausmachten, wurde dennoch getuschelt. Höchstens aus den Augenwinkeln heraus beobachtet wurde hingegen eine Handvoll steinern dreinblickender Gestalten, deren Namen offiziell niemand kannte, gehörten sie doch zu den mächtigsten Figuren weltweit agierender Mafiakartelle.

Nachdem die letzte Delegation die Sixtinische Kapelle betreten und sich die massiven Türen hinter ihr geschlossen hatten, verhallte auch das Knattern der Rotoren über den Dächern Roms.

Er trug lediglich eine weiße Soutane mit Gürtel und dazu nicht einmal den sonst üblichen Pileolus. Der Hirte von über einer Milliarde Katholiken wirkte – als er den Altar vor dem Wandgemälde des Jüngsten Gerichts betrat – auf eine unbestimmte Weise verletzlich und kleiner als sonst. Benedikt XVI. ordnete seine Papiere, dann ließ er seine tiefliegenden Augen über die Sitzreihen wandern ...

»Hoheiten dieser Welt«, begann er leise sprechend. »Ich verneige mich vor Ihnen und bedanke mich, dass Sie ungeachtet Ihrer spirituellen Zugehörigkeit, Ihres Glaubens oder Nichtglaubens und der zum Teil doch beschwerlich langen Reise meinen Rufen gefolgt sind. Wie Ihnen bereits versichert wurde, habe ich Sie nicht als Oberhaupt der Katholischen Kirche, sondern als Oberhaupt des eigenständigen Staates Vatikanstadt nach Rom geladen.« Der Papst sah kurz von seinem Manuskript auf, von dem er abgelesen hatte. »Leider stehen mir keine anderen, neutral ausgestatteten Räume dieser Größenordnung zur Verfügung. Ich bitte Sie deshalb in aller Güte darum, die Gemälde dieser Kapelle als kunsthistorisches Erbe unserer alten Meister zu tolerieren.«

Aus den Reihen der islamischen Geistlichen und auch von gegenüber, wo sich die orthodoxen Juden niedergelassen hatten, war deutliches Gemurre zu vernehmen. Den heiligen Geboten nach war es bereits eine Sünde, den Gesandten Gottes abzubilden, geschweige denn ihn selbst. Doch hier, im Zentrum der Macht der katholischen Kirche, blickte Gottes Antlitz aus jeder Ecke auf sie herab. Diese Kapelle war kein Ort des Herrn, sondern ein Ort des Frevels.

Joseph Ratzinger wusste um die Problematik, stand in der hebräischen Bibel, 1. Buch Mose, Exodus, Kapitel 20, doch geschrieben: ›Du sollst dir kein Gottesbild machen und keine Darstellung von irgendetwas am Himmel droben, auf der Erde unten oder in den Wassern unter der Erde.‹ Dieser Satz entstammte dem ursprünglich zweiten der zehn Gebote. Sowohl in der katholischen als auch in der lutherischen Kirche wurde das zweite Gebot jedoch übergangen, sodass dem Personenkult ungestraft gefrönt werden konnte. Damit es trotzdem zehn Gebote blieben, hatte man das zehnte einfach in zwei Teile zerlegt. Im Judentum jedoch wurde das alte zweite Gebot sehr ernst genommen, und auch die Moslems waren äußerst streng darin, obwohl im Koran kein so eindeutiges Bilderverbot zu finden war wie in den hebräischen Schriften.

Der Papst überging das Gemurre, denn was er von den Geistlichen heute Nacht forderte, würde ihnen eine viel größere Toleranz abverlangen, als einige Fresken zu ignorieren.

»Hoheiten. Noch ist es kein Jahr her, da kümmerte sich jeder von uns um seine persönlichen Dinge, um die Angelegenheiten seines Staates, seiner Kirche oder seiner Organisation. Doch als ginge es um eine längst fällige Prüfung, erschien vor bald einem Jahr dieser Satellit am Firmament und forderte uns mit seiner Symbolik heraus.« Benedikt XVI. löste seinen Blick vom Manuskript und ließ ihn auf der still sitzenden Elite ruhen. »Und wie leider so oft in der Historia, waren es auch dazumal die im Glauben Verwurzelten, welche im Namen Gottes in der Welt für Aufruhr sorgten. Diese Prüfung, Hoheiten, haben wir nicht bestanden!«

Der Papst vertiefte sich wieder in seine Papiere. »Die zweite Prüfung erreichte uns vor wenigen Tagen in Gestalt dieser gewaltigen Maschinen. Als weiteres Zeichen einer überirdischen Macht gedeutet, vervielfachten sich die Feindseligkeiten zwischen den Glaubensgemeinschaften. Immer haltloser werden die Auseinandersetzungen geführt und täglich mehr Gläubige aufgewiegelt, sich an den Konflikten zu beteiligen. Auch diese zweite Prüfung haben wir nicht bestanden.«

Benedikts hypnotisierende Pupillen saugten sich für einen Moment an den Juden und Moslems fest, dann suchten sie wieder das Dokument. »Mit dem Beginn des heutigen Tages, Hoheiten, hat die dritte Prüfung begonnen, und ich bin der festen Überzeugung, es wird keine weitere geben.« Er blätterte um. »Vielerorts sind die Menschen wie gelähmt, steht das normale Leben beinahe still. Bahnhöfe und Flughäfen werden meist nur notdürftig betrieben oder bleiben ganz geschlossen. Öffentliche Transportmittel verkehren bestenfalls im Stundentakt. Die Menschen können kein Geld mehr von ihrer Bank holen, keine Lebensmittel kaufen, kein Benzin, nicht zum Arzt oder ins

Krankenhaus gelangen. Mancherorts ist sogar schon der Strom ausgefallen. Es gibt Staaten, da funktioniert, weil man die Soldaten unter Zwang einbehält, nur noch das Militär. Die Truppen werden jedoch nicht eingesetzt, um der Bevölkerung zu helfen, sondern um sich auf etwas vorzubereiten, auf das man sich nicht vorbereiten kann.«

Benedikt XVI. trat hinter dem Altar hervor. Zum Erstaunen vieler ohne sein Manuskript. »In ländlichen Gegenden haben sich bereits Bürgerwehren gebildet, die für Recht und Ordnung sorgen, in den Städten aber breitet sich zunehmend Anarchie aus. Heute Morgen waren es noch Vereinzelte, die in Geschäfte einbrachen, doch seit einigen Stunden ziehen bis auf die Zähne bewaffnete Banden plündernd durch die Innenstädte. Bald schon werden sie im Besitz militärischer Waffen sein. Wie lange es noch dauert, bis Häuser, Straßenzüge oder ganze Stadtviertel in Flammen aufgehen, ohne dass jemand anrückt, um die Feuer zu löschen, kann sich jeder von Ihnen selbst ausrechnen. Das rapide Schwinden der Rechtsstaatlichkeit spielt kriminellen Organisationen in die Hand, die ihre menschenverachtenden Strukturen in diesen ohnehin schweren Stunden hemmungslos ausweiten.« Benedikts funkelnde Augen richteten sich auf die hinterste Reihe, wo jene saßen, deren Namen nicht genannt werden durften.

»Hoheiten!«, rief der Papst jetzt ins Mikrofon und rollte seine Augen. »Das darf so nicht weitergehen! Sie als die Mächtigsten dieses Planeten bestimmen, ob wir weiterhin Menschen bleiben oder zu Barbaren verkommen!«

Betreten blickten die Angesprochenen zum Altar, an dem sich ein gebeugter alter Mann sichtlich mühte, ein die Menschheit betreffendes Problem in den Griff zu bekommen. Während Ratzinger einen tiefen Seufzer ausstieß, wanderten seine Augen hilfesuchend zur Decke der Palastkapelle und fixierten dort Michelangelos Darstellung der Vertreibung von Adam und Eva aus dem Paradies. Die Blicke der Anwesenden – sogar jene der Muslime und der Juden – wanderten mit nach oben und blieben dort für eine Weile haften.

Die Augen Ratzingers sanken zurück auf sein Publikum, doch als er mit brüchiger Stimme fortfuhr, lag etwas Fiebriges in ihnen. »José Gabriel Funes, der Leiter unserer Vatikanischen Sternwarte, schickte mir eine Botschaft.« Er griff nach einem separat liegenden Blatt Papier. »Ich zitiere: ›Was meine Augen heute durch das Teleskop erblickten, ließ mich bis ins Mark erschaudern. Meine Hand zittert, wenn ich Ihnen jetzt schreibe, Heiliger Vater. Denn dieser silbern glänzende Ring hinter dem Mond, Gott möge uns beistehen, ist ein im Licht der Sonne fliegendes, von der Größe her noch nicht zu bestimmendes, aber gigantisches Objekt, das sich mit hoher Geschwindigkeit der Erde nähert.‹«

Grabesstille. Nur ein einzelnes, vergeblich unterdrücktes Husten schien für einen Augenblick – gerade so lange, bis sein Nachhall verebbte – in Raum und Zeit gefangen.

Die tief unter dem Stirnbein liegenden Augen des Papstes strahlten schon immer eine deutliche Strenge aus. Nun aber schien dieser Blick die mächtigen Mauern der Palastkapelle geradewegs zu durchdringen und seine sonst zurückhaltende Stimme grollte wie eine Steinlawine: »Im Angesicht dessen, was uns bevorsteht, verliert unser bisheriges Handeln jede Bedeutung. Es spielt keine Rolle, wen wir lieben, und es spielt keine Rolle, wen wir hassen. Es ist egal, gegen wen und warum wir Kriege führen.« Er hob beschwörend seine Arme. »Hoheiten! Wir müssen unsere Fehden beenden! Wir müssen vergessen, was uns trennt, und uns gegenseitig die Hände reichen – und zwar noch heute Nacht!«

Die Mächtigsten der Welt rutschten wie Kinder auf ihren Stühlen herum. Sie waren es nicht gewohnt, sich unterzuordnen oder sich vorschreiben zu lassen, was sie zu tun oder zu lassen hätten.

»Noch wissen wir nicht, mit wem wir es zu tun bekommen werden. Doch eine Spezies, die den interstellaren Raum zu durchqueren weiß, wird uns in jeder Hinsicht weit überlegen sein!«
Die Unruhe in der Kapelle nahm merklich zu.
»Wie der erste Kontakt mit den Fremden ausgehen wird, liegt ungeachtet dessen zuerst einmal in unserer Hand. Denn wir sind die Hausherren dieses Planeten und sie die Gäste! Wir müssen ihnen mit Einigkeit und Stärke begegnen. Präsentieren wir uns ihnen als ein wilder Haufen zankender Schimpansen, verlieren wir ihren Respekt und damit jede Möglichkeit, uns auf Augenhöhe auszutauschen!«
Die Stimme Ratzingers hallte mehrfach von den Wänden, als er ins Mikrofon rief: »Lasset uns das ganze Chaos, die Streitigkeiten und Kriege beenden! Lasset uns stattdessen einschwören auf ein neues Zeitalter! Auf ein gemeinsames Ziel! Auf einen gemeinsamen Gott!«

Benedikt XVI. spürte die Verbissenheit in den Köpfen und die Zerrissenheit in den Herzen seiner Zuhörer. Obwohl es niemand offen aussprach, wusste er doch: Sein Ansinnen würde sich nicht verwirklichen lassen. Viel zu verschieden waren die Kulturen und Mentalitäten dieser Welt, viel zu tief saß das gegenseitige Misstrauen. So dramatisch die Umstände auch sein mochten, was seit Jahrtausenden schief lief, konnte nicht in einer Nacht gerade gebogen werden ...
Plötzlich durchdrang der Chor Hunderttausender von Panik erfasster Stimmen von den Plätzen und Straßen rings um den Heiligen Stuhl die Mauern der Sixtinischen Kapelle. Gleichzeitig schienen die Figuren des Jüngsten Gerichts aus dem Gemälde hinter dem Altar herauszuspringen, um sich Sekundenbruchteile später im gleißenden Licht unzähliger, explosionsartig durch die hoch gelegenen Fenster in die Kapelle eindringender Strahlenbündel aufzulösen.

Stühle wurden umgestoßen. Schreie und wüste Flüche überall. Jemand rief: »Eine Bombe!«, und schon stürzte die Menge, sich gegenseitig rempelnd und stoßend, in Richtung Ausgang. Während die schweren Tore aufgestoßen wurden und die Ersten via Apostolischen Palast und Peterskirche ins Freie rannten, sank Joseph Ratzinger am Altar auf die Knie ...

Zuerst blickten sie in den Himmel, daraufhin ungläubig auf ihre Handgelenke, dann auf die Handgelenke anderer. Die Zifferblätter ihrer Armbanduhren zeigten fünf nach zehn – doch der Himmel über Rom war so blau wie sonst zur Mittagszeit. An der Stelle, an der noch vor kurzem der Mond mit dem leuchtenden Ring zu sehen gewesen war, erhellten jetzt flackernde Sonnen das Firmament. Manchmal waren es drei, dann wieder sechs und zeitweise sogar neun oder noch mehr Sonnen, die minutenlang alles überstrahlten und die Luft zum Flirren brachten.
Hin und wieder erloschen die Sonnen kurzzeitig, ließen eine tiefrot zuckende Glut zurück, die sich wie Satans Augen durch die Dunkelheit fraß, doch dann zündeten sie erneut und schleuderten ihr gleißendes Licht über die Erde.

Denn siehe, es werden große Lichter am Himmel sein, so sehr, dass es in der Nacht vor seinem Kommen keine Finsternis mehr geben wird, so sehr, dass es den Menschen scheinen wird, als sei es Tag.
(The Book of Mormon: Helaman 14:3)

VIERTER AKT

KAPITEL 28

»Sie sind da!«, krächzte Ned und blinzelte ins grelle Licht.
Pauls Stimme zitterte: »Du hast es von Anfang an gewusst!«
Sein Sohn hob mit einer hilflosen Geste die Schultern.
»Und was ist mit David Goldsteins Theorie?«
Ned zögerte. »Er hat sich in einem einzigen, aber wesentlichen Punkt geirrt!«
Paul nickte verstehend. »Sie kommen also keine zweihundert Billionen Kilometer weit her.«
»Nein, Pa.«
»Ein scheißgewaltiger, bekackter Irrtum!«, fluchte Mia, ohne von ihrer Mutter dafür gerügt zu werden.
»Wenn Goldstein dich doch bloß angehört hätte«, klagte Kate.
»Oder wenn du dich jemand anderem anvertraut hättest ...«
»Was wäre anders?«, fragte Ned leise.
Paul ging ein paar Schritte im Garten auf und ab, dann stellte er sich wieder neben seinen Sohn. »Wenn sie also nicht von Gliese kommen, woher dann?«
»Von überall und nirgends!«, gab ihm Ned zur Antwort.
Paul, Kate und Mia sahen ihn verständnislos an.
»Ich glaube, sie sind schon eine sehr lange Zeit unterwegs ...«
»Und weshalb ist ihr Ziel ausgerechnet die Erde?«
»Vielleicht ist es nur Zufall, vielleicht wissen sie aber auch schon länger von uns. Schließlich umgaben wir uns bis zur Einführung der Digitaltechnik jahrzehntelang mit einem fünfzig Lichtjahre weit reichenden Strahlenschirm aus Radiosignalen.«

»Und was wollen die von uns?«, fragte Kate.
»Was Aliens halt so machen«, schwatzte Mia. »Den Planeten erobern und uns Erdlinge amissilieren ...«
»Assimilieren!«, korrigierte Kate müde.
»Wenn sie sich schon in der Nähe aufhalten, weshalb dann die Sonden?«, warf Paul ein.
Neds Blick wanderte zurück zum Firmament. »Weil sie sonst an uns vorübergeflogen wären.«
Paul sah seinen Sohn fragend an.
Neds rotgeränderte Augen glühten. »Wenn die Sonden nichts gefunden hätten.«
»Was gefunden?«
Ned betrachtete die Umgebung hinter dem elterlichen Haus, als sähe er sie zum ersten Mal. »Vieles, Pa ...«
Kate wurde von Unruhe erfasst. »Dann sollten wir uns in den Keller zurückziehen und warten, bis es vorüber ist!«
»Das machen wir!«, stimmte Paul zu. »Ich fahre in die Stadt und schaue, was ich an Vorräten auftreiben kann, ihr sorgt derweil für Ordnung da unten.«
Ned blickte kritisch.
»Die Welt ist riesig, mein Sohn, und Australien groß. Ich glaube nicht, dass sie an jede einzelne Haustür anklopfen werden.«
»Das tun sie bestimmt nicht«, sagte Ned, steckte beide Hände tief in die Taschen seiner Jeans, wo er Fusseln und Tabakreste zwischen den Fingern zerrieb ...
»Und wieso verkriechen wir uns dann?«, maulte Mia.
»Weil sie uns vielleicht beobachten werden«, erklärte ihr Vater, »und überall dort, wo sich was regt ...«
Ned schüttelte langsam den Kopf.
Kate wurde geschäftig. »Du holst auf dem Rückweg Grandpa ab«, forderte sie ihren Mann auf, »ich werd ihn anrufen, damit er sich bereithält. Und leg noch einen Stopp bei den Hancocks ein und frag, was sie zu tun gedenken ...«

Paul kramte umständlich nach dem Autoschlüssel. »Was ist mit deinen Eltern?«
»Die haben keinen Keller. Ich geb ihnen aber Bescheid, dass sie sich bei Cooper melden sollen. Der hat sich letztes Jahr einen bauen lassen und nimmt die beiden bestimmt auf.«
Paul hatte den Schlüssel gefunden. Bevor er losfuhr, warf er nochmals einen Blick zum Himmel ... »Es ist so brutal groß!«

• • • •

»Es explodiert!« Schokoladenfarbene Finger öffneten sich einen Spaltbreit, um sich sofort wieder zu schließen. »Verflucht noch mal, es explodiert!«
Eine feingliedrige Hand langte nach ihrem Helm, stülpte ihn sich über und klappte die Sonnenblende nach unten. »Es explodiert nicht – es brennt!«
Nun griffen auch die beiden anderen nach ihren Helmen. Wieder flackerten grelle Sonnen auf, die sich auf den Ozeanen der Erde spiegelten.
»Weder explodiert noch brennt es«, tönte es heiser aus Gunthers Kehle. Er presste das Teleobjektiv seiner Canon ans Cockpitfenster und schielte durch den Sucher. »Das sind Triebwerke! Sie können sie einzeln, in Gruppen oder zusammen feuern. Ich erkenne vierundzwanzig Motoren, die in acht schwenkbaren, bis zur Hälfte im Schiff versenkten kugelförmigen Gondeln untergebracht sind ...«
Wieder fraßen sich mehrere gewaltige, an Gasflammen erinnernde Feuersäulen Tausende Kilometer weit in den Weltraum. Tom hob instinktiv einen Arm vor die Helmblende. »Sie bremsen ab!«
Sallys Augen wurden mit einem Mal so groß wie Ein-Dollar-Münzen. »Seht nur, der Mond!«
»Heilige Scheiße!«, entfuhr es Tom.

Der tatsächliche Abstand des extraterrestrischen Schiffs zum Erdtrabanten war bisher nur schwer abzuschätzen gewesen, doch in diesem Augenblick geschah etwas Unglaubliches. Die Konstruktion – auf den ersten Blick am ehesten mit einer unvorstellbar riesigen, aus zweiunddreißig massigen Gliedern bestehenden, zu einem Ring geformten Kette zu vergleichen – schob sich von der Rückseite des Trabanten her kommend geradewegs über diesen hinweg. Gewaltige Mengen Mondstaub wurden wie von einem Magneten angesogen hochgewirbelt und folgten dem Giganten in Form grauer Schwaden auf seinem Weg in Richtung Erde.

»Es gibt Fenster!«, rief Sally außer sich vor Erregung und zeigte auf unzählige blau schimmernde Punkte und Striche auf der schieferfarbenen Oberfläche.

»Und es lässt sich verformen«, ergänzte Gunther, als rede er über ein Stück Draht. »Seht dort, die Öffnung zwischen den beiden Segmenten!«

Tom und Sally folgten staunend seinem Zeigefinger.

»Was bedeutet das?«, stöhnte Tom, sichtlich erschlagen von dem, was sich vor den Fenstern der Raumfähre abspielte.

»Dass der Ring, den wir gerade sehen, nur eine von mehreren Formen darstellt, die das Schiff einzunehmen imstande ist.«

»Der Ring lässt sich öffnen und schließen wie eine Halskette?«, fragte Sally.

»So ist es.«

»Die Glieder erinnern mich irgendwie an Marschtrommeln«, sagte Tom.

»Diese Marschtrommeln, wie du sie nennst, sind offenbar die bewohnten Bereiche des Schiffs, denn nur dort hat es Fenster. Es gibt sechzehn solcher Trommeln. Die sechzehn kleineren kugelförmigen Elemente dazwischen müssen demzufolge die Gelenksegmente sein.«

Sally nahm dem Deutschen die Kamera ab, blickte einen Moment lang durch den Sucher, dann gab sie die EOS-1D weiter

an Tom. »Du glaubst wirklich, dieser Gigant könne sich verbiegen? Zu einem ›U‹ werden zum Beispiel oder die Form einer Welle annehmen oder die eines geraden Stabes oder was auch immer?«
Gunthers gläsern schimmernde Augen wanderten von Sally zu Tom und wieder zurück ... »Habt ihr noch nie vom Sonnenwunder von Fatima gehört? Von fliegenden Schlangen oder Feuerrädern, die sich am Himmel drehen?«
Sally lächelte schwach. »Das sind doch nur Mythen.«
Der Deutsche ließ den Einwand im Raum stehen.
»Wozu überhaupt die Maskerade? Dieses Sichverbiegen, Sichverstellen, etwas anderes vortäuschen?«
»Das ist keine Maskerade, Sally«, murrte Gunther.
»Aber die Form eines Rads anzunehmen oder die einer fliegenden Schlange, wie du es gerade genannt hast ...?«
»Die Verformbarkeit dient dem Zweck, sich Himmelsobjekten unterschiedlicher Größe auf eine möglichst kleine Distanz nähern zu können.«
Tom und Sally schauten ungläubig.
»Es ist nicht ganz einfach zu erklären, weil allein schon die Grundform des Schiffs eine ausschlaggebende Rolle spielt.«
»Versuch's trotzdem«, ermunterte Tom den Raketeningenieur.
Gunther überlegte, wie er es am einfachsten formulieren könnte.
»Zuerst der Grund, weshalb das Schiff aus einzelnen Segmenten besteht und nicht die kompakte Form zum Beispiel einer Kugel oder eines Würfels aufweist ...«
Tom und Sally versuchten die Ereignisse vor den Fenstern der Atlantis für einen Moment zu ignorieren und sich auf Gunthers Erläuterungen zu konzentrieren.
»Es ließe sich in einer solchen Form gar nicht erst bauen. Lange vor der Fertigstellung würden die aufs Zentrum wirkenden Gravitationskräfte überhand nehmen und alles in sich zusammenstürzen lassen. Wäre eine kompakte Bauweise dennoch

realisierbar, könnte sich das Schiff der enormen Massenträgheit wegen dafür nicht vom Fleck bewegen. Und bewegte es sich doch, ließe es sich nicht steuern ...«

»Das theoretische Modell mit der Stahlkugel, die man auf ein gespanntes Gummituch legt«, dachte Sally laut nach. »Je schwerer die Kugel, umso tiefer die Delle im Tuch und damit umso stärker die Raumkrümmung, in der die Kugel quasi festhängt.«

»Vereinfacht gesagt, stimmt das so«, bestätigte Gunther. »Deshalb der Trick mit den Segmenten, wobei ich mir nicht einmal sicher bin, ob sie überhaupt eine Kernkonstruktion besitzen.«

»Du meinst, die Trommeln sind innen hohl?«, fragte Tom.

»Wie ein Ehering«, sinnierte Sally und griff nach der Stelle an ihrem Finger, wo sie einst einen solchen getragen hatte.

Gunther nickte. »Sind die Segmente hohl, kommt es zu einer Gravitationsstreuung verteilt über die Oberfläche, weshalb weder ein einzelnes Segment noch das komplette Schiff ein Massezentrum aufweisen.«

»Ich kapiere«, murmelte Tom. »Hält das Schiff eine gewisse Distanz zu einem Objekt, das kleiner ist als es selbst, wirken die gegenseitigen Anziehungskräfte wie beispielsweise zwischen Erde und Mond. Nähert sich das Schiff, verliert sich die Gravitationskraft des Objekts zusehends, weil es keinen Punkt am Schiff gibt, worauf sie sich konzentrieren ließe ...«

Der Deutsche fingerte den auf einer metallenen Unterlage befestigten Notizblock aus der Rückenlehne des Pilotensessels und fing an, den Giganten zu skizzieren. Als er damit fertig war, setzte er möglichst maßstabsgetreu einen den Mond darstellenden Kreis ins Zentrum, kritzelte einige Formeln und Zahlenblöcke daneben und streckte Tom und Sally dann die Zeichnung entgegen. »Die Größenverhältnisse müssten in etwa stimmen, ja?!«

Die beiden nickten stumm.

Gunther nahm den Notizblock wieder an sich und las vom Geschriebenen ab: »Der Mond hat bekanntermaßen einen Durchmesser von 3476 Kilometern. Ein einzelnes Trommelsegment ist fast so breit und im Durchmesser fast doppelt so groß wie der Mond ...«

»Dreitausend auf sechstausend Kilometer«, hauchte Sally.

»Wenn ich ein Durchschnittsgewicht von eineinhalb Tonnen pro Kubikmeter schätze und weiter annehme, die Trommeln wären so etwas wie über Hohlkugeln geschobene Autoreifen«, fuhr Gunther fort, »komme ich auf eine Gesamtmasse von unglaublichen $1{,}4*10^{24}$ Kilogramm.«

Tom und Sally klappten die Kiefer nach unten.

»Das bedeutet, dieses Raumschiff ist neunzehn Mal schwerer als der Mond und bringt fast ein Viertel der Erdmasse auf die Waage.«

Tom schluckte und rieb seine Handflächen aneinander, damit nicht auffiel, wie feucht sie waren. Sally klemmte sich ihre unter die Achselhöhlen.

»Der Ring hat eine äußere Größe von neunundzwanzigtausend Kilometern und eine innere von siebzehntausend Kilometern«, beendete der deutsche Ingenieur seine groben Berechnungen, worauf Sally wisperte: »Und der Durchmesser der Erde beträgt keine dreizehntausend Kilometer ...«

Kapitel 29

Umso näher sich der grau-schwarze Gigant in den folgenden Tagen und Stunden auf die Erde zuschraubte, desto heftiger wurden die durch seine Gravitationskräfte ausgelösten Stürme, Erdbeben und Tsunamis. Mit unbändiger Wucht tobten sie über den Planeten, tilgten Dörfer und Städte von den Landkarten, als fahre Gottes zornige Hand mit einem Radiergummi darüber. Die stärksten jemals gemessenen Orkane, die Windgeschwindigkeiten von fast dreihundert Kilometern pro Stunde erreichten, sorgten bereits für schreckliche Verwüstungen. Die Hypercanes aber, die jetzt über den Globus rasten, erreichten beinahe die doppelte Windgeschwindigkeit.

••••

Der achthundertachtundzwanzig Meter hohe Burdsch Chalifa, aus Stahl und Beton bester Güte gefertigt und ganzer Stolz des Emirats Dubai, wurde wie ein Strohhalm geknickt und stürzte im Getöse des Windes der Länge nach zu Boden. Vom höchsten Gebäude der Welt blieb, wie von unzähligen anderen auch, nichts als kilometerweit verstreuter Schutt und Staub.

••••

Die Golden Gate Bridge war beinahe drei Kilometer lang und neunhunderttausend Tonnen schwer. Doch das kümmerte die Sturmwinde nicht. Sie zerrten und rüttelten so lange an der Stahlkonstruktion, bis diese in Eigenschwingung geriet. Immer schneller hob und senkte und verdrehte sich die sechsspurige Fahrbahn, bis die meterdicken Stahlseile aus ihren Verankerungen rissen. Sekunden später verschluckten die tosenden Wasser das Wahrzeichen San Franciscos.

••••

Der Drei-Schluchten-Damm am Jangtsekiang in China wurde mehrfach in seinen Grundfesten erschüttert, als Erdstöße der Stärke neun das Bauwerk trafen. Minuten später schoben sich Abermillionen Tonnen Beton zusammen mit neununddreißig Milliarden Kubikmetern Wasser talwärts in Richtung Yichang.

••••

Von Stürmen gepeitscht, schwollen allerorts Flussläufe zu reißenden Fluten an, trieben mächtige Lawinen aus Schutt und Schlamm übers Land, die alles und jeden unter sich begruben. Den Fluten folgte das Feuer. Von Blitzen entfacht und Winden getrieben, fraßen sich Brunst und Glut unaufhaltsam vorwärts, verzehrten alles, was ihnen im Wege stand ...
Bleich und aufgedunsen die Ertrunkenen, mit verrenkten und zerquetschten Gliedern die Erschlagenen und mit weit aufgerissenen Mündern und leeren Augenhöhlen die Verbrannten – so lagen sie zu Millionen im Dreck. Manche von ihnen, während ihres letzten Gebets vom Flammentod ereilt, reckten noch immer ihre rauchenden verdorrten Arme in die Luft.

••••

Wenngleich sie die Brände und massiven Zerstörungen vom Weltall aus sehen konnten, blieben ihnen doch die grausigen Details erspart. Einen Notruf von der ISS hatte es vor vier, den

letzten Funkruf aus Houston vor drei Tagen gegeben, seither war jede Verbindung tot. Tatenlos hockten sie in der engen Kabine des Flight Deck und verfolgten den Weg des sich unaufhaltsam nähernden Giganten.
Es mangelte ihnen nicht an Zeit sich auszutauschen, dennoch redeten sie kaum miteinander. Tom schwankte zwischen Wut und abstrusen Ideen, wie ihr Leben zu retten sei. Gunther zog sich immer mehr zurück, erweckte aber gleichzeitig den Eindruck, etwas Wichtiges loswerden zu wollen. Auch Sally hing meist wortlos in den Gurten und suchte verzweifelt nach einem inneren Weg, der sie das Schicksal ihrer Familie und ihr eigenes annehmen und meistern ließ.

Als das fremde Schiff so nah war, dass sie vor den Fenstern nur noch eine von giebeldachartigen Aufbauten und blau schimmernden Luken übersäte stahlgraue Wand erkennen konnten, hatte Tom in einem Anflug von Verzweiflung die Atlantis mit dem Heck in Richtung des Giganten gedreht und damit begonnen, das Orbital Maneuvering System für eine Zündung vorzubereiten. Damit sie nach dem Feuern der beiden OMS-Triebwerke keine ungewollten Loopings drehten, musste Tom den Schubvektor zuerst auf den Schwerpunkt der Fähre ausrichten. Des Weiteren mussten die Heizelemente in den beiden OMS-Pods eingeschaltet und auf ihre Solltemperatur hin überprüft werden, denn mit gefrorenen Treibstoffen in Tanks und Leitungen startete es sich schlecht. Gunther beobachtete Toms Treiben mit Kopfschütteln, war er doch überzeugt, dass eine Kollision mit dem Giganten nicht zu verhindern sei.
Mit einer Abweichung von achtundzwanzig Grad gegenüber der Äquatorlinie – also fast auf derselben Bahnebene, auf der auch die Atlantis um die Erde kreiste – schraubte sich das extraterrestrische Schiff, gegen den Uhrzeiger drehend, immer näher an den Planeten heran.

Drei Stunden später hatte sich der Gigant bereits zur Hälfte über die Erdkugel geschoben. Tom zögerte noch einen Moment, dann zündete er – ohne einen Countdown zu zählen – die OMS-Triebwerke. Den drei im All Gestrandeten blieb jetzt nur noch die Hoffnung, die Schubkraft von vierundfünfzig Kilonewton möge ausreichen, um die Fähre vorläufig aus der Gefahrenzone herauszumanövrieren. Vorläufig deshalb, weil Toms Verzweiflungstat keine dauerhafte Verschiebung der Bahnachse mit sich brachte, sondern lediglich eine kurzzeitige Auslenkung. Nach spätestens einer Dreiviertelstunde und einer halben Erdumkreisung würden sie wieder zurückkehren zum Ausgangspunkt ...
»Abstand beträgt fünftausend Meter!«, verkündete Tom, die an das Radarsystem gekoppelten Instrumente ablesend, und schaltete die Triebwerke wieder ab.
Die Verschnaufpause dauerte allerdings nicht die erhofften fünfundvierzig Minuten, sondern nicht einmal eine einzige. Grelles Licht flutete das Flight Deck der Atlantis, gleichzeitig verwischte die sich vor den Fenstern der Ladebucht drehende fleckiggraue Wand. Durch die Zündung der in den Triebwerksgondeln untergebrachten Raketenmotoren wurde der Gigant in Vibrationen versetzt.
Plötzlich ein dumpfes Prasseln, das sich über die Raumfähre ergoss. Tom presste sein Gesicht ans Fenster. »Gottver ...«
Bammm! Bammm! In kurzen Abständen knallte etwas hart gegen die oberen Sichtluken. Sally schrie auf ...
Nun schob sich auch Gunther ans Fenster. Nach einer Weile murrte er: »Das Schiff schüttelt den Dreck ab, der sich nach dem Rendezvous mit dem Mond auf seiner Oberfläche angesammelt hatte.«
Sally tat es den beiden anderen gleich und sah, wie ein gewaltiger Schleier aus Mondstaub und kleinen Steinen, von der Gravitationskraft der Erde angezogen, langsam auf sie hinabzusinken begann.

Den aus drei Schichten Sicherheitsglas gefertigten Fenstern hatten die Steine zum Glück nichts anhaben können. Dennoch überflog Tom Taylor die Druckkontrollanzeigen, bevor er verkündete: »Alles dicht!«

Der Deutsche starrte weiterhin aus dem Fenster. Tom und Sally konnten sehen, wie sich auf seiner Nackenhaut winzige Tröpfchen bildeten. »Sie werden den Neigungswinkel gegenüber der Erdachse auf null Grad hin verkleinern wollen«, brummte er, ohne seine Mutmaßung zu erläutern. Dazu blieb auch keine Zeit, denn die rotierende Wand rückte bereits wieder näher. Und so krächzte er nur: »Diesmal kommen wir nicht ungeschoren davon!«

Der ehemalige Navy-Flieger ignorierte Gunthers Hiobsbotschaft, schob sich auf den Pilotensessel zurück und schnallte sich an.

»Das wird nichts!«, insistierte der, die Abstandsanzeigen ablesend. »Um unsere Flugbahn nachhaltig zu verändern, bräuchten wir ein Vielfaches von dem, was uns an Treibstoff noch zur Verfügung steht.«

»Das war es also«, flüsterte Sally mit aufsteigender Panik in der Stimme und machte sich auf dem Sitz hinter Tom genauso klein, wie sie es während des Aufstiegs schon einmal getan hatte.

Dessen Kopf war rot geworden wie eine Tomate. »Eintausend Meter noch!« Er packte Gunther, der sich gerade auf dem Kommandantensessel festgeschnallt hatte, an der Schulter. »Hör zu, Raketenmann! Ich lass mir von denen nicht die Karre kaputt machen!«

»Es funktioniert nicht, und das weißt du!«, krächzte der zurück. »Die Gesetze der Orbitalmechanik lassen sich genauso wenig aushebeln, wie sich ein Space Shuttle zum Kampfjet umfunktionieren lässt.«

»Zur Hölle! Wir werden nicht als Aufkleber auf diesem Dreckskasten enden!«, fluchte Tom und hämmerte auf die Tasten, die das Orbital Maneuvering System zündeten. Zeitgleich mit dem

Aufflammen der Triebwerke wälzte sich von hinten her kommend ein fremdartiges Wummern durch den Rumpf der Raumfähre und schleuderte sie mit brachialer Gewalt nach vorn ...

Kapitel 30

Gordon MacKenzies Karriere hatte auf einem Tankschiff begonnen. Stufe um Stufe hatte er sich hochgedient, das Kapitänspatent gemacht, danach auf sieben verschieden großen wie modernen Passagierschiffen das Kommando geführt, bevor er zum Kapitän eines der größten und prunkvollsten Schiffe der Welt ernannt worden war. Jetzt stolperte er zusammen mit seinem Technischen Offizier über Reste ehemaliger Aufbauten des Vorderdecks der Queen Mary II und versuchte etwas von dem zu begreifen, was ihnen letzte Nacht widerfahren war. Ein halbes Jahrhundert lang fuhr der bleichhäutige Schotte nun schon zur See, doch so etwas hatten weder er noch einer seiner Männer jemals erlebt.

Die Transatlantikroute – berühmt-berüchtigt geworden durch die Jungfernfahrt der Titanic – hatte sie von Southampton aus nach New York geführt, danach hinunter bis Fort Lauderdale und von dort quer durch die Karibische See hinüber nach Bridgetown auf Barbados. Nachdem sie die Kleinen Antillen hinter sich gelassen hatten, waren sie entlang der südamerikanischen Ostküste Richtung Rio de Janeiro gedampft. Angesichts der Probleme, mit denen sich die Menschen in den letzten Monaten und Jahren herumzuschlagen hatten, war es kein Wunder, dass die Queen Mary II bis auf die letzte Koje belegt war. Die Kreuzfahrer, wie der Kapitän seine Gäste nannte, kamen aufs Schiff, um für die Zeit der Reise Abstand von ihrem zumeist aufreibenden Berufs- und Alltagsleben zu gewinnen oder sich, wie die gutsituierten Rentner, einfach nur verwöhnen zu lassen. ›Lasst uns das Geld ausgeben, solange wir noch etwas dafür bekommen‹, lautete das Motto so mancher älterer Herrschaften. Dass dies so war, dafür sorgten seine aufmerksame Crew und die luxuriöse Ausstattung. Restaurants, Kinos, Bars, Einkaufsläden, Wellness-Zentren, beheizte Pools, ein Tennis- und Minigolfplatz, ein Spielcasino, das einzige Planetarium auf See, Theater, Ballsaal ...

Knappe fünfzig Kilometer vor Rio waren am frühen Abend diese Schweife am Firmament aufgetaucht. Die Nachricht vom Niedergang riesiger Kugel-Ufos war wie ein Lauffeuer durchs Schiff gegangen, und noch in derselben Nacht erreichten ihn Forderungen Dutzender Passagiere, welche in ihre Heimat zurückgebracht werden wollten. Die Forderungen vervielfachten sich, als am nächsten Morgen einige mit dem Hubschrauber von Bord gingen, um von Rio aus mit dem Flugzeug nach Hause zu kommen. Doch nur diejenigen, die einen Privatjet in die Hauptstadt zu beordern imstande waren, kamen noch in die Luft. Alle anderen hingen gemeinsam mit Zehntausenden Pauschaltouristen in Rio fest, da der reguläre Flugverkehr zwischenzeitlich zusammengebrochen war. Nach Rücksprache mit der Reederei hatte McKenzie beschlossen, Rio de Janeiro nicht anzulaufen, sondern den Atlantikliner zu wenden und sich auf die Rückfahrt zu begeben.

Erst wenige Tage unterwegs, erschien dieses ringförmige Etwas hinter dem Mond. Gestern Mittag füllte es bereits ein Viertel des Himmels aus, gegen Abend war es schon mehr als ein Drittel ... Um zwanzig Uhr hatten sie völlig überraschend eine Sturmwarnung erhalten und keine halbe Stunde später fegte bereits ein Wind der Stärke acht über Deck, der sich noch in der gleichen Nacht zu einem ausgewachsenen Hurrikan entwickeln sollte. Der Autopilot der Queen Mary II, gekoppelt mit der modernsten Errungenschaft der Navigation, dem Dynamic Positioning System – einem mathematischen Schiffsmodell, bei dem ein Computer Windgeschwindigkeiten, Positions- und

Kreiselkompassdaten, Rumpfwiderstandsdaten, Winkel der Schraubenblätter und anderes mehr untereinander abglich, um daraus erforderliche Steuerwinkel und Schubstärken für die Strahlruder zu errechnen – versuchte zwar unablässig gegen die höher steigenden Wellenberge anzusteuern, doch als diese wie die Winde immer öfter aus unterschiedlichen Richtungen auf den Ozeanriesen losgingen, war das System zunehmend überfordert und schaltete sich ab. Punkt Mitternacht versagte das Navigationssystem und wenig später brach auch der Funkverkehr mit dem Festland zusammen.

Wie vom Teufel geritten brach eine Monsterwelle nach der anderen über das Schiff herein. Die Aufbauten des Luxusliners waren für Windstärken bis zu hundertsechzig Knoten konstruiert und konnten damit den stärksten Orkanen trotzen, doch diesem Tobsuchtsanfall der Natur hielten sie nicht stand. Bei hundertachtzig Knoten wurden die Verschalungen der Kamine fortgerissen, bei zweihundert Knoten folgten die Sendeantennen und Radarkuppeln und bei zweihundertzwanzig Knoten, weiter reichte die Skala des Messgeräts nicht, hatte er die oberen Decks evakuieren und die Leute nach unten in den Schiffsrumpf bringen lassen. Bald darauf wussten sie nicht mehr, was oben und unten war, und er konnte sich nur noch erinnern, wie plötzlich ein losgerissenes Rettungsboot vor den Fenstern der Kommandobrücke vorbeisegelte, von einer Welle erfasst und mit voller Wucht gegen die Brücke geworfen wurde. Das war der Moment gewesen, als seine Crew und er das Steuerhaus verließen, um ihr Schicksal in die Hände Poseidons zu legen ...

Der Kapitän ließ seine von Schlaflosigkeit gezeichneten Augen über das Vordeck schweifen. Eine aus unversehrten Besatzungsmitgliedern zusammengewürfelte Mannschaft begann sich unter den Befehlen des Ersten Offiziers gerade neu zu organisieren. Es galt Verletzte zu bergen und diese, so weit möglich, medizinisch zu betreuen, die Toten zu separieren und die Passagierliste

nach Vermissten durchzugehen. War das Gröbste erledigt, würden sie weitersehen, denn einen Kontakt zum Festland gab es nach wie vor nicht.
Gordon MacKenzie klappte den Mantelkragen hoch, blickte grimmig zuerst auf die unruhig quirlende See, dann mit zunehmend ungutem Gefühl empor in den wolkenverhangenen Himmel, dessen graue Decke um einiges höher hing als gewöhnlich.

••••

Die beim Herannahen des Giganten ausgelösten Stürme waren verebbt, die Fluten zurückgegangen und die Feuer weitgehend erloschen. Was die nun gleichmäßig über den Erdball verteilten Gravitationskräfte weiter erzeugten, waren allerorten sich kräuselnde Wasser und eine gespenstische Windstille.
Überlebende, die schon vor der Katastrophe kaum etwas besessen hatten oder nicht zum ersten Mal von Naturgewalten heimgesucht wurden, nahmen das Desaster mit geradezu stoischer Gelassenheit hin. Während sie sich durch die Trümmer wühlten und zusammensuchten, was von ihrer Habe oder anderweitig Brauchbarem noch übrig war, hielten sie immer wieder inne, starrten stumm oder in leisem Gebet versunken empor in den Himmel, wo sich die Umrisse des stählernen Giganten am westlichen und östlichen Horizont in flirrender Unschärfe verloren. Innerhalb des nördlichen und südlichen fünfundzwanzigsten Breitengrads hatten die Menschen das Gefühl, sich direkt unter einer unbeschreiblich riesigen Brücke zu befinden. Bewohner, die weit im Norden oder Süden des Planeten lebten, konnten hingegen die erdumspannende, aus trommelförmigen Segmenten bestehende Konstruktion deutlich als solche erkennen.
Unerreichbar für jedes irdische Waffensystem hing der Gigant in zweitausend Kilometern Höhe wie ein Damoklesschwert über der Erde.

Stunden um Stunden verstrichen, ohne dass sich etwas tat. Festzustellen war einzig und allein eine deutliche Abkühlung, weil das extraterrestrische Schiff auf einer Breite von sechstausend Kilometern die Sonne verdeckte.

Während in technologisch rückständigen Regionen und ländlichen Gebieten die Menschen schnell zusammenfanden, um gemeinsam für das Nötigste zu sorgen, irrten in den Großstädten Millionen Überlebende Zombies gleich durch die Ruinen und wussten nichts mit sich anzufangen. Später am Tag tauchten die ersten bewaffneten Gruppen auf, um ihre außerhalb errichteten Lager mit Treibstoffen, Essensvorräten und Medikamenten zu versorgen.

Keine vierundzwanzig Stunden nach den verheerenden Gravitationsstürmen kam es zu den ersten Scharmützeln. Allerdings fanden diese nicht zwischen Erdbewohnern und Extraterrestriern statt, wie eigentlich zu erwarten gewesen wäre, sondern zwischen Menschen, die sich wegen einiger Packungen Reis, Teigwaren, Kaffee oder Zigaretten gegenseitig Messer in Körper trieben oder Kugeln in die Köpfe jagten ...

Kapitel 31

Erich von Däniken schleppte sich humpelnd auf den zur Hälfte fortgerissenen Balkon seines Chalets im schweizerischen Beatenberg und starrte südwärts in den Himmel. Seine üblicherweise gerötete Gesichtshaut hatte die Farbe wächsernen Graus angenommen. Der genauso weltbekannte wie harsch kritisierte Prä-Astronautik-Forscher stieß mit einem launischen Fußtritt den zerschlagenen Tontopf beiseite, dessen zerzausten Inhalt, einen Zwergrosenstock, seine Frau noch bis vor wenigen Tagen mit Hingabe gepflegt hatte. Stöhnend ließ er sich auf den frei gewordenen Holzschemel fallen. Mit der Rechten füllte er das Glas in seiner Linken und stürzte dann den Opus One Mondavi von Baron Philippe de Rothschild hinunter, als sei er gewöhnliches Leitungswasser. Erneut füllte er das Glas, bis ihm der edle Tropfen über die Finger rann ... »Gopfriedstutz!«, schimpfte er drauflos. »Dä Götterschock hani mir verfluecht nonemol scho ganz anderscht vorgschtellt!«

• • • •

Tom Taylor starrte abwechselnd auf die Distanz- und dann wieder auf die lärmenden Warnanzeigen der Cockpitdisplays. »Achttausend! Wieso, verdammt, haben wir plötzlich achttausend Meter Abstand zu dem Kahn?«
»Wir sind nicht tot?«, hauchte Sally ungehört.
Der Deutsche massierte sich beidhändig sein schmerzendes Genick, dann löste er das Gurtzeug und schob sich nach hinten zum After Flight Deck und den Fenstern der Payload Bay, von

wo aus er mit ungewohnt erregter Stimme rief: »Wir sind in einen Abgasstrahl geraten!«

»Von einem ihrer Triebwerke?«, rief Tom entgeistert zurück, während er versuchte, das Blinken und Piepen nach Gefahrenstufen und Prioritäten zu ordnen.

»Nein! Die acht Triebwerksgondeln sitzen ganz außen auf den Trommeln, und wir befinden uns, soweit ich das von hier aus beurteilen kann, eher im mittleren bis unteren Bereich.«

»Was war es dann?«, fragte Sally.

»Vielleicht haben sie ihr Spülbecken über uns ausgeschüttet«, kam es trocken von Tom, während er die alarmschlagenden Anzeigen zurückstellte, von denen die meisten sofort wieder loslärmten und blinkten. »Die Ausfallmeldungen kommen allesamt von hinten!«

Ohne die Augen von den Instrumenten zu lösen, fragte Tom den Deutschen, ob er irgendwelche Schäden ausmachen könne. Gunther konnte. »Das Seitenleitwerk ist fort«, krächzte er, »die OMS-Verkleidungen sind fort, Teile der Flügelkanten fehlen ...«

»Diese Dreckschweine haben uns voll erwischt!«, fluchte Tom. »Wenn ich einen von denen zwischen die Finger kriege, reiß ich ihm den Kopf ab!«

Ein weiteres Mal flutete grelles Licht das Flight Deck des Space Shuttles. Sekunden später klebten dicke Schweißperlen auf Toms Stirn. »Siebentausendeinhundert Meter!«, begann er blechern wie die ersten mit Sprachausgabe versehenen Computer anzuzählen. »Sechstausendachthundert! ...«

Sally vergrub ihr Gesicht in den Händen.

Tom überlegte in dieser Situation nicht mehr, er funktionierte einfach. Wortlos feuerte er die Steuerdüsen, sodass die Raumfähre jetzt mit dem Heck voran flog und ihre Unterseite auf die erneut herannahende Oberfläche des Giganten ausgerichtet war. »Sechstausend Meter!«, rief er noch, dann zündete er das OMS. Das linke Triebwerk reagierte nicht. Fluchend schloss der Pilot die Druckventile des ausgefallenen Motors, denn die hypergolen Treibstoffe aus den Zusatztanks bedurften keines zündenden Funkens, um in Brand zu geraten, man musste sie lediglich miteinander in Verbindung bringen.

Während die Atlantis mit nur einem Triebwerk rückwärts fliegend abbremste, fingen Gunther und Sally an zu begreifen, was Tom mit seinem Manöver zu erreichen versuchte. Sein Ziel war es, auf eine tiefere Umlaufbahn zu kommen und damit quasi unter dem Giganten wegzutauchen. Bei einem normalen Deorbit Burn reichte eine Geschwindigkeitsreduzierung von nur einem Prozent, um aus einer elliptischen Flugbahn heraus zurück in die Erdatmosphäre einzutreten ...

Die Anzahl der Schweißperlen auf Toms Stirn verdoppelte sich. Seine Rechnung schien diesmal nicht aufzugehen. Zwar verlangsamte die Raumfähre stetig, kam aber trotzdem keinen Meter tiefer. Stattdessen wurde sie sogar angehoben – eine absolute Unmöglichkeit.

»Zweitausend Meter!«, verkündete Tom, während sein Gehirn fieberhaft nach einer Erklärung für das Phänomen und einem möglichen Ausweg aus der fatalen Situation suchte ...

Plötzlich kippte die Raumfähre über den linken Flügel weg. Tom korrigierte mithilfe der Steuerdüsen, worauf der Flügel langsam wieder nach oben kam, dafür aber sackte die Nase nach unten. Der Pilot korrigierte erneut, doch nun schob sich die Atlantis seitlich nach rechts und bremste stark ab, sodass die Astronauten heftig in ihre Sitze gedrückt wurden. »Was für eine Scheiße ist das denn?«, schimpfte Tom, mit der linken Hand den Rotational Hand Controller (RHC), mit der rechten den Translation Hand Controller (THC) bedienend. Ein Space Shuttle zu fliegen war in groben Zügen vergleichbar mit dem Steuern eines Hubschraubers. Mit dem ›RHC‹ versetzte man die Fähre in Gier-, Nick- und Rollbewegungen, währenddessen man den

›THC‹ für die Richtungswechsel rauf, runter, vorwärts, rückwärts, seitwärts links oder rechts benutzte.

Der Raketeningenieur hatte zwischenzeitlich über die ›Scheiße‹ nachgedacht, die sie in ruckenden Stößen ins Verderben stürzte. Seine Ansage war so kurz wie deutlich: »Elektromagnetische Felder und Gravitationskräfte.«

»Wir werden von dem Kasten also wie von einem Magneten angezogen?«

Der Deutsche nickte.

Tom war ratlos. »Und was jetzt?«

Gunthers Lippen erweckten den Eindruck, zusammengenäht zu sein. Nur durch eine winzige Öffnung irgendwo in der Mitte zischelte es: »Gib auf!«

Tom rief: »Neunhundert Meter!«, dann begann er mit einem alten Zählreim gegen das nervenaufreibende Piepen und Tuten der Alarmsignale anzusingen: »Neun kleine Negerlein, die gingen in der Nacht, allein spazier'n im dunklen Wald, da waren's nur noch acht ...

Achthundert Meter noch! Acht kleine Negerlein, die stahl'n dem Bauern Rüben, eines schlug er sofort tot, da waren's nur noch sieben.«

Sally fing an zu weinen.

»Siebenhundert Meter! Sieben kleine Negerlein, die trafen eine Hexe, eines steckt' sie gleich ins Feuer, da waren's nur noch sechse ...«

»Hör auf!«, schluchzte Sally, doch Tom hörte sie nicht.

»Sechs kleine Negerlein, die tranken zu viel Bier, zweien blieb das Herzlein steh'n, da waren's nur noch vier ...«

»Tom, bitte!«

»Vier kleine Negerlein, die hörten einen Schrei, sie gingen schauen, was da war, da waren's nur noch drei ...«

Gunther Wolf presste seine Füße auf den Boden und den Kopf gegen die Lehne.

Dreihundert Meter! »Drei kleine Negerlein, die kochten einen Brei, eines stürzte in den Topf, da waren's nur noch zwei ...«
Tom hantierte an der Steuerung des Shuttles, als hätte er in seinem Leben nie etwas anders getan. Mit gezielten Zündungen der RCS-Triebwerke drehte er das Raumschiff einhundertachtzig Grad um die Vertikalachse, sodass sie nun wieder mit der Nase voran flogen.
»Noch zweihundert! Zwei kleine Negerlein, die wollten Häuptling sein, sie schlugen sich die Köpfe ein, da war eines ganz allein ...«
»Tooommm!«, überschrie Sally den Gesang und den Lärm in der Kabine. »Hör auf!«
Tom drehte den Kopf nur für eine Sekunde. Seine Augen waren stumpf und leer. »Noch einhundert Meter!«
»Lieber Gott, lass es diesmal vorbei sein«, flüsterte Sally und machte sich wieder ganz klein auf dem Sitz. Mit zusammengekniffenen Augen schielte sie aus dem Fenster, bemerkte, wie das Shuttle die Nase anhob, vernahm, wie Tom während des Hantierens an der Steuerung die wüstesten Verwünschungen ausstieß, sah, wie sich massige Aufbauten vor und neben der Fähre aufzutürmen begannen, registrierte, wie sie anstatt in den Sitz nun in die Gurte gedrückt wurde, und spürte ein immer stärker werdendes Beben, das sich durch den Boden über den Sessel in ihren Körper fortpflanzte ... Im nächsten Moment ein Kreischen, das die Atlantis von unten her aufzufressen begann, und darüber der schrille Gesang Toms: »Ein kleines Negerlein, das hatte einen steh'n, es fickte eine geile Braut, da waren's wieder zehn!«

KAPITEL 32

Der über dem Äquator drehende Gigant hatte seine Rotationsgeschwindigkeit kontinuierlich verlangsamt. Ein letztes Mal schreckten grelle Flammenstöße die Menschen rund um den Globus und auf der Queen Mary II, dann schien das fremde Schiff von der Erde aus gesehen stillzustehen.
Das war natürlich ein Trugschluss. Um synchron mit der Erde einmal in vierundzwanzig Stunden eine komplette Umdrehung zu vollbringen, musste sich der Gigant am erdnächsten Punkt noch immer mit über zweitausend Kilometern pro Stunde gegen den Uhrzeigersinn vorwärtsbewegen.

Gordon McKenzie schob zögernd, als könne er es vielleicht bereuen, das Steiner Sky Hawk vor seine Augen. Zuerst suchte er damit den Horizont ab, doch außer sich kräuselndem Wasser und aufsteigendem Dunst war nichts auszumachen. Der Kapitän holte Atem und richtete nun das Fernglas hinauf in die Wolken. Langsam ließ er es auf und ab wandern. Der Offizier neben ihm glotzte ebenso nach oben wie eine zunehmende Anzahl von Passagieren, die zwischenzeitlich an Deck gefunden hatten. McKenzie wollte das Glas gerade absetzen, als er innehielt und die Augen erneut gegen die Gummimanschetten presste ...
In genau diesem Moment, von krachenden Blitzen umhüllt, stieß etwas unfassbar Großes durch die Wolkendecke. Mit ohrenbetäubendem Tosen bohrte es sich in nur wenigen Kilometern Entfernung von der Queen Mary II ins Meer. Weitere stählerne Monstren kamen aus den Wolken geschossen und tauchten, umhüllt von gewaltiger Gischt, in die dunklen Fluten

des Atlantiks. Minutenlang hing ein infernales Gedröhne in der Luft, dann sackte das Meer unter dem Ozeanriesen weg ...

• • • •

Sie waren, ohne die Fahrwerke auszufahren, kilometerweit über die staubige Außenhaut des Giganten geschlittert. Hätte Tom zwischen all den Aufbauten nicht zufällig eine der Schneisen erwischt, die wie Autobahnen kreuz und quer über die Oberfläche führten, wären sie längst in Stücke gerissen worden.
Unter der zum Stillstand gekommenen Raumfähre bebte im Zweisekundentakt dumpf der Boden. *Wammm...! Wammm...! Wammm...!*
Auf ihrem vibrierenden Sitz kauernd, wartete Sally mit zusammengepressten Augenlidern auf das Auseinanderbrechen der Kabine. *Wammm...! Wammm...!*
»Oh my fucking God!«
Es war Tom, der mit blankem Entsetzen in der Stimme gegen das Gedröhne anschrie. Sally presste die Lider noch fester aufeinander ...
»Was zum Teufel machen die da?«
Was zum Teufel machen die da?, echote es in ihrem Kopf.
»Sie pumpen.«
Das war Gunthers Stimme. Sally überwand sich und öffnete die Augen. Vor den Cockpitfenstern wirbelten Staubwolken und dahinter drehte sich etwas. Zögernd reckte sie ihren Hals. Was sich da drehte, war eines der Trommelsegmente. Von ihrem Platz aus konnte sie sieben Trommeln sehen, jede zweite drehte langsam wie ein Riesenrad. Die Trommel, auf der die Atlantis wie ein winziger Zettelchen-Magnet an einer gigantischen Kühlschranktür klebte, stand hingegen still. *In den rotierenden Segmenten erzeugen sie eine künstliche Schwerkraft!,* fuhr es Sally durch den Kopf. Weil sie nicht erkennen konnte, was weiter

unten vor sich ging, löste sie die Gurte und schob sich – eine leichte Schwerkraft verspürend – nach vorn zwischen die Cockpitsitze.

Auf der erdabgewandten Seite der stillstehenden Trommelsegmente waren die acht Triebwerksgondeln angebracht – jede gewiss tausend Kilometer hoch und zweitausend Kilometer breit. Sallys Atem stockte, denn auf der erdzugewandten Seite wurden aus ebenso gewaltigen Plattformen monströse Rohre ausgefahren, die sich, sich teleskopartig auseinanderschiebend, auf den Planeten hinabsenkten.

Sally konnte die Westküste Mexikos, darunter Guatemala, Nicaragua und weiter südlich sowohl Costa Rica als auch Panama erkennen, doch ihr fiel auf, dass mit dem Küstenverlauf etwas nicht stimmte, und so rief sie: »Was machen die?«

»Sie pumpen die Meere ab!«, rief Tom zurück.

Eine eiskalte Hand umfasste Sallys Herz. Ungläubig starrte sie auf die zunehmend breiter werdenden Küstenlinien. »Das können sie nicht tun!«, flüsterte sie.

Weitere Rohre und Stangen trafen aufs Festland, wo sie wie Bratenthermometer in der Erde verschwanden. Und während von dort aus immer größere Staubwolken in den Himmel kletterten, verwandelte sich das stampfende Wummern unter der Raumfähre in trampelndes Getöse.

»Die zerstören den ganzen Planeten!«, krähte es aus Sally heraus. Verstört stierte sie nach unten, wo sich das strahlende Blau der Meere und das tiefe Grün der Wälder nach und nach in schmutziges Graubraun zu verwandeln begann. »Meine Eltern! Meine Freunde!«, schrie sie nun. »Es ist genug! Es ist endgültig genug! Ich will sterben! Ich will auf der Stelle tot sein!«

Während sich Sally im Heulkrampf schüttelte, ergriff Tom wortlos ihre zitternden Hände.

· · · ·

Sie hatten ihren ungeliebten Herrscher vom Thron gestoßen, um nach Jahrzehnten der Unterdrückung ein in ihrem Sinne besseres Leben zu führen. Doch viel davon war ihnen bis zum heutigen Tag nicht vergönnt gewesen. Nun standen sie wieder auf den Straßen und Plätzen und starrten angstvoll nach oben. Hoch über ihren Köpfen bewegte sich etwas. Die Menschen warfen preisend die Arme in die Luft, dann ließen sie sich betend auf ihre Knie fallen. Demütig die Stirn in den Staub drückend, bekamen nur die wenigsten von ihnen mit, wie etwas Riesiges aus dem Himmel herabgefahren kam, um die einzigen Bauwerke, welche die verheerenden Stürme der vergangenen Tage unbeschadet überstanden hatten, mit einem einzigen Schlag zu pulverisieren. Erst als das Beben sie von den Knien riss, schauten sie auf – die drei großen Pyramiden von al Gizah waren spurlos verschwunden ...
Der gigantische Stößel hob und senkte sich wieder und wieder, zermalmte mit wenigen Schlägen die Überreste der einstigen Millionenmetropole Kairo, während ein ebenso gigantisches Rohr über den Untergrund schabte, um mit tosendem Gerassel die Trümmer und alles andere vom Erdboden zu saugen.

• • • •

An einem kalten Novembermorgen des Jahres 1880 endete Ned Kelly mit erst fünfundzwanzig Jahren am Strang. Zu seiner Zeit war Australien ein raues Land, was aus Ned einen Gesetzlosen machte, der sich mit der Flinte durch sein kurzes Leben schoss. Heute trat sein gleichaltriger Urururenkel mit einem hässlichen Flackern in den Augen aus dem lichterloh brennenden Haus seiner Eltern. In der Rechten hielt er das Spencer-Repetiergewehr 1860 seines Vorfahren. Der abgesägte Lauf war noch heiß ...
Im Norden schraubte sich, von zuckenden Blitzen begleitet, eine bohrerähnliche Stange vom Himmel herab.

Ihr Durchmesser war so irrwitzig groß, dass der leichenblasse junge Mann ihn auf drei- bis vierhundert Kilometer schätzte. Das unglaubliche Gerät traf auf den Erdboden, ohne auch nur das leiseste Geräusch zu erzeugen, während eine Staubwolke kilometerweit in die Höhe schoss.

Ned Kelly wusste, dass sich seismische Bodenwellen je nach Untergrund mit fünf- bis siebentausend Metern pro Sekunde ausbreiteten, und so begann er, während sich der Monsterbohrer immer tiefer in den australischen Kontinent fraß, leise mitzuzählen: »Eins ... zwei ... drei ...«

Ned verspürte keine Angst. Seit er sich dazu entschlossen hatte, Großvater, Vater, Mutter und seine Schwester zu töten, war jede Empfindung von ihm gewichen. Kraftlos ließ er das Gewehr zu Boden fallen, richtete seinen Blick nach oben auf den stahlgrauen Giganten und flüsterte: »Egal, wer ihr seid, und egal, was ihr wollt – meine Familie bekommt ihr nicht!« Er schloss die Augen und zählte weiter: »Achtzehn ... neunzehn ...«

Ein brutaler Schlag von unten schleuderte ihn in die Luft. Als er mit dem Rücken auf dem Boden aufkam, hatte er das Gefühl, auf einer überdimensionalen Power-Plate zu liegen. Noch während er versuchte, wieder auf die Beine zu kommen, spürte er eine höllische Hitze aus der Tiefe aufsteigen ... Er schaffte es gerade noch bis auf die Knie, als sich mit brachialem Donnern die Erdkruste spaltete und sein Körper in einem Sprühregen flüssigen Magmas verdampfte.

••••

Auch der zwölfte ›Tiger‹ vermochte keine Helden aus den beiden zu machen. Mit zitternden Beinen stemmten sie sich gegen den immer stärker werdenden Sog.

»Ich habe mich geirrt, was die Zukunft angeht!«, schrie der Indonesier gegen das ohrenbetäubende Brausen an und ließ seine noch halbvolle Bierdose los, die davonjagte, als hinge sie an einem straff gespannten Gummiband.

»Das hast du!«, schrie der neben ihm stehende alte Mann zurück.

Mit splitterndem Krachen wurden Bäume und Strommasten aus dem Erdreich gerissen. Es folgten Autos, Straßenbeläge und ganze Häuser ...

Der Indonesier wollte die Hand Encik Yaakobs packen, doch seine Füße verloren den Bodenkontakt und er griff ins Leere.

»Nengaaaah!«, brüllte der Greis, wild mit den Armen rudernd. Einen Atemzug lang wirbelten sie kapriolenschlagenden Trapezkünstlern gleich in der Luft, dann verschwanden die beiden Schicksalsgefährten genauso im Rachen des gigantischen außerirdischen Staubsaugers wie ganz Kuching und die kläglichen Überreste von Sarawaks Urwald.

• • • •

Wieder schossen kilometerlange Feuerzungen ins All ...

Ein heftiger Stoß von unten, und das Shuttle verlor die Oberflächenhaftung an den Giganten. Etwa eine Minute lang waren nur die Alarmsignale zu hören, dann sank die Raumfähre zurück auf die Oberfläche des Giganten, und schon ging die lärmende Rüttelei von Neuem los.

»Sie lassen keinen Flecken aus«, heulte Sally. »Was sind das nur für Ungeheuer?«

»Nomaden!«, rief Gunther ihr durch den Lärm zu.

»Ein Generationenraumschiff ist das!«, meldete sich Tom. »So einen Kasten baut man nicht, um damit lediglich von einem Planeten zum andern zu kommen!«

»Sie sind vor Tausenden von Jahren irgendwo losgeflogen, zwischenzeitlich zu einem gewaltigen Volk herangewachsen und haben ihr Schiff dabei stetig mitwachsen lassen ...!«

»Und um sich und ihre Wahnsinnsmaschine am Leben zu erhalten, machen sie sich über alles her, was ihnen in die Quere kommt!«, fügte Tom Gunthers Ausführungen hinzu.
»Aber all das Leben, das sie dabei vernichten!« rief Sally voller Verzweiflung. »Eine Spezies, die so ein Schiff zu bauen imstande ist, kann doch nicht nur aus Barbaren bestehen!«
»Vielleicht erkennen sie das irdische Leben gar nicht als solches!« Sally forschte lange in Gunthers gläsernen Augen, bevor sie ihm entgegnete: »Sie rotten Abermilliarden Leben aus und merken es nicht einmal? Das glaube ich nicht!«
»Dann ist es ihnen egal!«, schrie Tom gegen das Dröhnen an. Erneut waren heftige Stöße von unten zu spüren, worauf die Raumfähre ein zweites Mal von der Oberfläche des Giganten abgeschüttelt wurde, als wäre sie ein lästiger Moskito.
»Seht mal da vorn!«
Tom und Gunthers Blicke folgten Sallys Zeigefinger. Zeitweise von wirbelndem Dreck verhüllt, war etwa fünfhundert Meter voraus ein mächtiger schwarzer Fleck zu erkennen. Dahinter gab es einen weiteren und dann nochmals einen und so fort, so weit das Auge reichte ... Tom dachte nicht lange nach, sondern feuerte die zehn nach unten gerichteten Steuerdüsen. Damit schaffte er es, die Anziehungskräfte des Alienschiffs für einige Minuten auszugleichen. Mit hektischen, aber gezielten Griffen schwenkte er das noch funktionierende OMS nach oben, programmierte eine Brenndauer von sechzig Sekunden und leitete die Zündung ein.
Während die Atlantis in Bewegung kam, ging gleichzeitig ihre Nase nach oben. Tom justierte den Schubvektor des Motors wieder zurück auf den Schwerpunkt der Fähre, worauf diese in einem flachen Winkel von sieben Grad nach oben stieg.
In einem weiten Bogen zogen sie etwa zweihundert Meter über der Oberfläche des Giganten dahin. Der Deutsche nutzte den Moment zum Unterbrechen einiger Stromkreise, wonach das

vom Caution and Warning System ausgehende Piepen und Tuten endlich verstummte.

Tom manövrierte das Shuttle sicher durch das vibrierende stahlgraue Labyrinth. Als sie eine der blau leuchtenden Luken überflogen, pressten alle drei ihre Nasen an die Scheiben in der Hoffnung, einen Blick ins Innere des Giganten erhaschen zu können, doch sie wurden enttäuscht. Die riesigen Sichtluken waren keine Fenster, sondern in Wabenform gestanzte, sargdeckelartige Kuppeln mit einer blau schimmernden milchigen Platte darunter.

Sie erreichten den ersten schwarzen Fleck. Wie Sally richtig vermutet hatte, handelte es sich um eine Öffnung im Rumpf des Giganten. Als sie sich direkt darüber befanden, drehte der Pilot die Fähre neunzig Grad um die Querachse, sodass Nase und Cockpit frontal auf die Öffnung zeigten. Die Sonne stand schräg hinter ihnen und warf ihre Strahlen scharf wie ein Suchscheinwerfer. Da es im Weltraum der fehlenden Atmosphäre wegen keine Lichtdämpfung gab, hatten die Astronauten das Gefühl, ein Bild mit stark übersteuertem Kontrast vor sich zu haben.

»Die Löcher sind riesig!«, konstatierte Tom, als sie darüber hinwegflogen.

»Zwei- bis dreihundert Meter«, schätzte Gunther.

Die nächste Öffnung kam in Sicht, danach eine weitere und noch eine ... Aus der sechsten Öffnung ragte ihnen etwas Mächtiges, Kugelförmiges entgegen.

»Sieht das nicht so aus wie das Ding, was uns nach dem Start fast gerammt hätte?« fragte Sally.

»Das Eis fehlt«, bemerkte Gunther lakonisch.

»Die Sonden werden in diesen Garagen hier zusammengebaut?!«, wunderte sich Tom.

»Wohl kaum!«, widersprach der Deutsche. »Ich sehe nirgendwo ein Tor, das sich schließen ließe, damit unter atmosphärischem Druck und geschützt vor Strahlung daran gearbeitet werden könnte. Ebenso verhält es sich mit der Eisummantelung. Der Sonne ausgesetzt, verdampft der Hitzeschild in wenigen Tagen.«
»Vielleicht sind es Abschussrampen«, dachte Tom laut nach.
Gunther wiegte den Kopf. »Das könnte sein.«
»Und wieso steckt diese Kugel noch da drin?«, fragte Sally.
»Ich vermute ein Startproblem.«
Ein Zucken durchlief Toms Gesicht und schon begann er an der Steuerung der Fähre zu hantieren. Minutenlang verharrte die Atlantis scheinbar reglos über der Öffnung, dann trieb sie, von der Gravitation des Giganten erfasst, langsam darauf zu.
»Was hast du vor?«, fragte Gunther.
Tom schwieg.
»Du willst da rein, nicht wahr?!«, flüsterte Sally.
Tom schwieg noch immer.
»Und was willst du da drin?«
Toms Augen blitzten. »Bevor mir die Luft ausgeht, will ich versuchen, den Scheißkerlen das Handwerk zu legen!«
»Du willst was?«
»Ihnen eins auf die Fresse hauen!« Tom sagte das so einfältig, als ginge es darum, sich im Suff mit ein paar Idioten zu prügeln. »Und ich habe vor, ihnen die Kabel ihrer Wassersauger, Staubsauger, Bohrmaschinen und Presslufthämmer durchzuschneiden!« Tom hieb seine Faust auf die Konsole. »Wer immer die sind, sie sollen ihre Einkaufstour bitter bereuen!«
Sally stieß einen tiefen Seufzer aus. »Das hier ist nicht ›Independence Day‹ und du bist nicht Will Smith, Tom.«
»Aber wir können doch nicht tatenlos dabei zusehen, wie sie alles kaputt machen!«, begehrte er auf. »Es reicht doch schon, dass wir Menschen mit der Erde umgehen, als hätten wir eine zweite in Reserve.«

Sally sagte nichts dazu, sondern deutete in die Öffnung. »Du glaubst, dort drin einen Weg zu finden, der uns zu ihnen führt?« Tom sah in ihre glänzenden Augen, die mit flüssigem Honig gefüllt schienen, dann auf die Luftqualitätsanzeigen über den Cockpitfenstern und zum Schluss hinüber zu dem Deutschen, der ihm mit ausdruckslosem Gesicht begegnete. »Es ist unsere einzige Chance«, murmelte er, sich hilflos fühlend wie noch nie zuvor in seinem Leben. Doch was konnte er anderes tun, außer dieser durchgeknallten Idee zu folgen? Sterben würden sie so oder so. Entweder sie erstickten wie Eileen draußen im All, oder sie entschlossen sich reinzugehen und erstickten dort, oder sie würden von den Aliens getötet. Er zog eindeutig die letztere Variante vor, denn vielleicht bot sie ihm die Möglichkeit, den Barbaren auf irgendeine Weise ans Bein zu pinkeln – eine letzte Genugtuung sozusagen ...

Verstohlen schielte Tom hinüber zu Sally, die in diesem Moment so zart und zerbrechlich wirkte. Er kannte sie nun schon seit etlichen Monaten. Sie hatten zusammen trainiert, gegessen, geblödelt ... Natürlich hätte er gern mehr von der intelligenten Schönen gewollt, doch Affären waren bei der NASA tabu, also hatte er sich professionell zurückgehalten. In Toms Gedärmen begann es zu wühlen. Sollte er Sally im Angesicht des herannahenden Endes eingestehen, was alles in ihm außer Kontrolle geraten war, seit er sie in seinen Armen gehalten hatte? Mit jeder Sekunde, die er Sally beobachtete, zerriss es ihn innerlich umso mehr. Sie hatten keine Zukunft. Niemand hier hatte eine Zukunft – also brauchte er keine unnötigen Tränen heraufbeschwören ...

Kapitel 33

Sally blickte schluchzend auf die zahllosen, aus dem Inneren der aufgebohrten Erdkruste nach oben steigenden Rauch- und Feuersäulen, die ein Leichentuch aus Asche und Staub über der zunehmend von Ödnis beherrschten Welt ausbreiteten. Tom tat es ihr gleich, doch in seinem Gesicht spiegelte sich eine beinah fanatische Entschlossenheit. Nur Gunther brachte es fertig, nicht noch einmal auf die Erde hinabzusehen.
Im diesem Moment verschwand die Atlantis kopfüber fliegend im Leib des Giganten ... Zwischen der dreihundert Meter großen, wabenförmigen Öffnung und der sich darin befindenden Zweihundertvierzig-Meter-Kugel gab es genügend Spielraum. Doch im Gegensatz zu Flugzeugen verfügten Space Shuttles nicht über Scheinwerfer am Fahrwerk und in den Tragflächen, sodass ihnen bereits nach hundert Metern die Finsternis wie eine Wand gegenüberstand. Tom stoppte den Orbiter und Sally fragte sich, ob ihre eben erst begonnene Odyssee an dieser Stelle bereits zu Ende war. Es dauerte einige Minuten, bis sich ihre Augen an das Dunkel gewöhnt hatten und sie die Schemen erkannten, welche sich im Restlicht der entschwindenden Sonne von der übrigen Schwärze abhoben. Ein Blick aus den oberen Fenstern ließ Sally erschrocken zurückweichen. Das Ende einer mächtigen Klaue reckte sich ihr entgegen, als wolle sie das Raumschiff packen und zermalmen. Ängstlich zupfte sie am Ärmel des Piloten und zeigte nach oben. Tom bekam große Augen und legte reflexartig einen Schalter um.
Das Licht der Halogenscheinwerfer in der Payload Bay, mehrfach reflektiert von den chromglänzenden Radiatorenflächen

der aufgeklappten Torhälften und den in Kaptonfolie gepackten Zusatztanks, tauchte die Klaue und alles um sie herum in gespenstisches Licht. Direkt unter ihnen befand sich die Kugelsonde. Auf der hinteren Seite wurde sie von einer gewaltigen Krallenhand festgehalten. Drei der sechs stählernen Klauen waren geöffnet und eine davon zeigte direkt auf die Atlantis. Die Krallenhand selbst war auf einem wabenförmigen Zylinder befestigt, der von sechs runden Führungsschienen in der Mitte gehalten wurde. Die außen mit einem Wirrwarr von Stützen versehenen, mehrere Meter dicken Schienen kamen aus dem Innern des Giganten und endeten bei der Öffnung.
»Puh, hat mir das Ding einen Schrecken eingejagt!«, stöhnte Sally.
Gunther fuhr sich wortlos durchs graue Haar.
»Dieses Krallending ist ein Katapultschlitten!«, vermeldete Tom. »Und das Ganze hier ist keine Abschussrampe, sondern ein Abschussschacht!«
Sally sah den Piloten fragend an.
Tom zeigte durch die Cockpitfenster nach vorn ins Dunkel. »Irgendwo da drin wird die Kugel auf den Schlitten gepackt. Die Klauen halten sie zunächst fest. Der Schlitten wird auf eine hohe Geschwindigkeit gebracht, kurz vor dem Ausgang öffnen sich die Klauen und die Sonde schleudert ins All ...«
Gunther hatte hinten an der Kugel etwas entdeckt. »Und dieses Raketenpaket da steuert die Sonde ins Ziel.«
Tom löste seinen Blick vom Fenster und sah Sally und Gunther eindringlich an. »Euch ist klar, welchen Weg wir nehmen müssen, oder?!«

Mit routinierten Handgriffen manövrierte Tom die Atlantis vorsichtig über Sonde, Krallenhand und Katapultschlitten hinweg. Dahinter ließ er sie so weit absinken, bis sie exakt zwischen den sechs Führungsschienen zum Stillstand kam. Danach drehte er sie so, dass ihnen das Licht aus der Payload Bay den Weg weisen sollte. Doch außer den sich nach wenigen Metern in der Finsternis verlierenden Schemen der Führungsschienen war nichts zu erkennen. Mit einem ähnlich verbissenen Gesicht, wie es Gunther schon immer mit sich herumtrug, machte sich Tom am Radar zu schaffen. Auf dem Schirm tauchten aber nur wirre, nicht zu deutende Reflektionen auf.

»Das sind all die Verstrebungen hier drin«, murmelte der Deutsche, verschwand nach unten ins Mid Deck und kehrte kurz darauf mit einem Laserdistanzmessgerät unter dem Arm zurück. Wortlos kontrollierte er den Ladezustand, schob sich dann neben den Piloten, hielt das schuhkartongroße, mit einem Pistolengriff ausgestattete Gerät an eines der beiden oberen Fenster und drückte den Auslöser. Das Zahlendisplay auf der Rückseite zeigte lediglich Nullen an. Gunther ließ den Suchstrahl wandern und drückte erneut den Auslöser. Weiterhin Nullen. Er hangelte sich nach vorn zu den Cockpitfenstern und richtete den Laserstrahl, mit dem sich Distanzen bis etwa fünfhundert Meter bestimmen ließen, nun von dort aus ins Dunkel. »Geradeaus, also den Führungsschienen entlang, erhalte ich keine Werte – somit dürfte der Weg innerhalb des Messbereichs frei sein.«

Der Pilot nickte, startete die Stoppuhr an seinem Handgelenk, setzte die Raumfähre in Bewegung und brummte: »Achtung, ihr Drecksäcke, wir kommen!«

Sally schenkte Tom ein trauriges Lächeln und wechselte auf Gunthers Anweisung hin nach vorn auf den Kommandantensitz. Der Deutsche klemmte dafür die Rückenlehne des hinteren Sitzes zwischen seine Beine und ließ von diesem Moment an das Anzeigefeld des Messgeräts nicht mehr aus den Augen.

Toms Stoppuhr zeigte ganze siebenundzwanzig verstrichene Minuten an, als sich Gunther zum ersten Mal meldete: »Da ist etwas bei fünf – null – neun Metern!«

Tom gab in kleinen Stößen Gegenschub und bremste das Space Shuttle langsam ab.

»Drei – null – zwei Meter ... Zwei – eins – zwei ... Eins – vier – acht ...«

Erneut feuerte Tom die neun oberen, in ihrer gegenwärtigen Fluglage damit nach vorn ausgerichteten kleinen Raketenmotoren des Reaction Control System.

»Null – neun – zwei ... Null – sieben – null ... Null – sechs – fünf ...«

Tom stoppte die Atlantis. Im spärlichen Licht der Ladebuchtscheinwerfer konnten sie undeutlich eine Wand ausmachen, die weder oben noch unten, weder links noch rechts ein Ende zu haben schien. Gunther richtete den dünnen Strahl des Lasermessgeräts in allen möglichen Winkeln darauf und erklärte dann weitab jeglicher Emotion: »No way.«

Ganz anders Tom. Nervös pochte er auf die Treibstoffanzeigen, wie man das bei Oldtimern in der Annahme auf eine hängen gebliebene Benzinuhr machte. »Verdammter Mist!«

»Trocken?«, fragte ihn Gunther.

»Bald!« Toms Puls ging schneller. Die ausweglose Situation setzte Adrenalin frei.

Auch Sallys Hormonhaushalt geriet zunehmend aus dem Gleichgewicht. Beim Versuch sich zusammenzureißen scherzte sie mit zitternder Stimme: »Wird wohl nichts damit, ihnen in die Fresse hauen ...«

»Setz die Fähre zurück!«, verlangte der Deutsche plötzlich.

Tom sah ihm komisch an. »Wozu? Willst du die Sterne sehen? So romantisch bist du doch nicht.«

Gunther überging Toms von innerem Frust geleitete Bemerkung. »Ich will einen besseren Überblick.«

»Der Raketenmann will einen besseren Überblick über das Scheißloch hier«, schimpfte Tom vor sich hin, hantierte aber bereits an der Steuerung.

»Setz dreihundert Meter zurück«, präzisierte Gunther seine Anweisung an Tom.

Dreihundert Meter zurückgesetzt sowie eine Längs- und Querachsenumdrehung später, wollte Gunther noch eine Vertikalrotation ausgeführt haben. Tom folgte den Anweisungen des Deutschen ohne weitere Widerrede, denn schließlich hatte der Mann das Kommando über die Raumfähre und ihm selber kam gerade auch nichts Besseres in den Sinn ...
Ein Warnsignal piepte los und im mittleren Segment des Armaturenbretts blinkte die dazugehörige rote Leuchte. Der Partialdruck des Sauerstoffs in der Kabine war deutlich abgesunken. Anstatt wie normal eine ›3‹ zeigte das Instrument gerade noch eine ›2‹ an.
»Auch das noch!«, krächzte Tom. »Irgendwo haben wir ein Leck!«
So sicher wie das Amen in der Kirche läutete dieser Alarm den Countdown zu ihrem Tod ein, wobei er sich kein beschisseneres Sterben vorstellen konnte als das ihnen bevorstehende.
Sally starrte derweil mit feuchten Augen auf ihre schlanken zimtfarbenen Hände und fragte sich, was sie noch alles hätte tun können, wenn sie nicht mitgeflogen wäre. Sie schloss die Augen und sah die halbwegs zerstörte Erde vor sich ... Nichts hätte sie mehr tun können. Sich weiteren Tränen verweigernd, atmete sie einige Male tief durch. Wie viele solche Atemzüge ihr wohl noch blieben, bevor es mit Gunther, Tom und ihr zu Ende ging? Kopfschmerzen, Übelkeit, Erbrechen, Atemnot ...
Die dünne Linie in Gunthers unterer Gesichtshälfte zuckte.
»Ich sehe etwas ...«
»Er sieht etwas«, brummte Tom in einer Weise, als ginge es ihn nichts an.
»Halt!«
Tom drückte – gleichzeitig die Lagekontrollanzeigen überwachend – den RHC-Stick so lange nach links, bis die Drehung

der Raumfähre aufhörte, die bis dahin langsam rechtsherum um ihre Vertikalachse rotiert hatte.

»Zwanzig Grad nach rechts«, verlangte der Deutsche.

»Zwanzig Grad rechts«, echote Tom und drückte den Stick kurz nach rechts, dann wieder nach links, um die Drehung zu stoppen. Gunther zeigte aus dem Fenster. »Ich denke, Schlitten und Sonde kommen aus dem Schacht dort unten.«

Tatsächlich hörten die Führungsschienen nicht erst an der Wand auf, sondern etwa dreihundert Meter davor. An jedem der sechs Enden war eine mächtige Apparatur angebracht, die sich offensichtlich zur Seite klappen ließ, damit der Katapultschlitten aus dem Schacht heraufbefördert und in die Schienen eingeklinkt werden konnte. Gleichzeitig schienen die Apparaturen etwas mit der Beschleunigung des Schlittens zu tun zu haben, besaßen sie doch trichterförmige Auslässe, dahinter einen Behälter für Treibsätze und ein kranartiges Instrument, mit dem sich die Treibsätze offenbar einsetzen und scharfmachen ließen.

All das war Tom vollkommen egal. Ihn interessierte einzig und allein der Schacht, an den er die Raumfähre nun heranmanövrierte.

»Habt ihr es auch bemerkt?«, fragte Sally in diesem Moment.

Die beiden Männer sahen sie ratlos an.

»Das Schiff rüttelt nicht mehr.«

»Dann stehen ihre Maschinen still«, schlussfolgerte Tom.

»Das heißt, sie haben, was sie wollen, und du brauchst keine Kabel mehr durchzuschneiden«, flüsterte Sally.

Gunthers gläsern schimmernde Augen fixierten die junge Frau. »Vielleicht verarbeiten sie auch nur das eingegangene Material, bevor sie weitermachen.«

Sally schnappte nach Luft. »Meine Familie und Freunde sind kein eingegangenes, zu verarbeitendes Material, du Scheusal!«

Der Deutsche wandte sich wortlos ab, wohingegen Tom lauthals schimpfte: »Hoffentlich verrecken sie daran!«

»Wie meinst du das?«, rief Sally aufgebracht.

»Ich meine«, rief Tom zurück, »sie sollen am Giftmüll, an den chemischen und biologischen Kampfstoffen, den Viren aus den Versuchslabors und dem ganzen radioaktiven Zeug krepieren, das sie zusammen mit all dem anderen nach oben gebracht haben!«

Sally kam Orson Welles' ›Krieg der Welten‹ in den Sinn, worin eine der Menschheit weit überlegene Alienrasse von einfachen Bakterien vernichtet wurde.

»Du hast recht, Tom! Sollen sie daran zugrunde gehen!«

Blassblaue Flammen schossen ins Dunkel und schoben die Raumfähre abwärts oder auch vorwärts oder aufwärts – auf jeden Fall hinein in den stockfinsteren Schlund.

In der Schwerelosigkeit existierte kein ›Oben‹ und kein ›Unten‹. Oben war, was die Astronauten dafür hielten. Suggerierte ihnen ihr inneres Auge, dass ihr Raumschiff horizontal flog, dann tat es das auch. Jedes Manöver innerhalb dieser eingebildeten Horizontalen veränderte damit lediglich die Umgebung, nicht aber die Fluglage des Raumschiffs selbst, sodass man den Kopf stets oben behielt.

Die Scheinwerfer der Payload Bay nutzten im Moment kaum etwas. Die Wände des Schachtes lagen viel zu weit auseinander und in der Flugrichtung gab es nur undurchdringliche Schwärze. Um nicht unnötig Energie zu verbrauchen, schaltete Tom sowohl die Lichter in der Bay als auch im Mid und Flight Deck aus. Was ihnen blieb, war das spärliche Glimmen der Bildschirme, Anzeigen und Schalter im Cockpit.

Tom starrte vom oberen Doppelfenster aus ins Nichts, daneben hantierte Gunther mit dem Laser und Sally drückte ihre Nase am seitlichen Cockpitfenster platt. Hin und wieder ordnete der Deutsche eine Bahnkorrektur an, damit die Raumfähre weiterhin in der Mitte des dreihundert Meter großen Schachts flog. Das war nötig, weil die Atlantis alle paar hundert Meter seitlich

aus ihrer Bahn gelenkt wurde, obwohl das extraterrestrische Schiff die Gravitationskräfte der Erde in seinem Innern weitestgehend aufzuheben vermochte.
Immer tiefer steuerte die Atlantis in die Eingeweide des Giganten. Tom wollte, um keine kostbare Zeit zu verlieren, gerade die Geschwindigkeit erhöhen, da vermeldete Gunther: »Vier – acht – zwei Meter voraus etwas im Weg!«
Tom reagierte sofort und zündete die Steuerdüsen.
Gunthers Ansagen kamen schnell und präzise: »Drei – sieben – null … Zwei – neun – vier.«
Tom drosselte die Geschwindigkeit weiter.
»Wir driften nach links! Eins – drei – fünf zur Wand.«
Tom korrigierte.
»Zwei – vier – sechs voraus. Eins – drei – neun zur Wand rechts.«
Die Raumfähre wurde immer langsamer.
»Eins – sieben – drei voraus. Null – null – null zur Wand rechts!«
»Null – null – null zur Wand rechts?«, wiederholte der Pilot ungläubig und brachte die Atlantis zum Stillstand.
Gunther schaltete die Scheinwerfer der Payload Bay wieder ein. Ziemlich genau einhundert Meter vor den oberen Fenstern ragte ihnen eine massige wabenförmige Plattform entgegen.
»Das wird die Hebebühne sein, die den Schlitten mit der Sonde darauf nach oben in den Abschussschacht bringt«, analysierte der Deutsche und schob sich nach vorn zu den Cockpitfenstern. »Und von dort wird die Fracht herangeschafft.«
Tom und Sally hangelten sich ebenfalls nach vorn. Rechterhand tat sich ein weiterer gleichartiger Schacht auf. Ein Blick auf die Anzeige der Sauerstoffsättigung warnte den Piloten davor, auch nur eine Minute zu verschenken. Bald schon würde die nächste Warnstufe ausgelöst, dann fing es definitiv an, ungemütlich zu werden. »Wir müssen es darauf ankommen lassen!«, gab Tom den beiden anderen zu verstehen, drehte die Raumfähre in der Querachse um fünfundvierzig Grad und steuerte sie in den Schlund …

Als Tom nach einer halben Stunde ein weiteres Mal die Instrumente konsultierte, bildeten sich tiefe Sorgenfalten auf seiner Stirn. Nicht nur, dass ihnen die Luft ausging, auch die Treibstofftanks für das Lageregelungssystem leerten sich bei jeder noch so geringfügigen Kurskorrektur. Bald schon würden sie manövrierunfähig durch die Eingeweide des Giganten treiben, irgendwo aufschlagen und dann ... Tom schüttelte energisch den Kopf. Noch war es nicht so weit. Noch versuchten sie, einen schier unmöglichen Spagat zwischen Restluft, Resttreibstoffmenge und den Stunden zu meistern, die ihnen blieben, um hier drin einen Ort ausfindig zu machen, an dem sie überleben konnten ...

Zuerst blinkte die gelbe Warnleuchte, dann folgte der schrille Alarmton, der den erhöhten CO_2-Gehalt in der Kabine vermeldete. Tom stellte den Alarm zurück. Wenn er das nächste Mal losging, würden sie bereits unter den ersten Symptomen von Sauerstoffmangel leiden.
»Wir werden es nicht schaffen«, wisperte Sally.
Tom konzentrierte sich aufs Navigieren.
»Wie lange haben wir noch?«
Tom starrte angestrengt aus dem Fenster. Er wusste, dass Sally durchaus selber in der Lage war zu berechnen, wieviel Zeit ihnen noch blieb.
»Bitte ignorier mich nicht, Tom.«
»Das tu ich nicht«, stieß er hervor. »Es ist nur ...« Seufzend presste er Daumen und Zeigefinger gegen seine Augenlider. »Wir haben noch etwa zwei Stunden.«
Sally sackte in sich zusammen.

Die Minuten zerrannen, als wären sie Sekunden, und noch immer führte der nicht enden wollende Schacht schnurgerade weiter ins Innere des fremden Schiffs.

Wollten sie die Strecke bestimmen, die sie bereits im Tunnelsystem des Giganten zurückgelegt hatten, würden sie eine komplizierte Rechnung aufmachen müssen, in der sowohl das Gewicht der Raumfähre als auch die Triebwerkleistungen, die Brenndauer der Triebwerke, die Relativgeschwindigkeit, der Vektor der Geschwindigkeitsänderung, die absolute Geschwindigkeit im Verhältnis zum Bezugssystem und einiges andere mehr berücksichtigt wurde. Doch was nutzte es ihnen, das zu wissen ...
Erneut dröhnte der Masteralarm durchs Flight Deck. Diesmal fuhren nicht nur Sally und Tom vor Schreck zusammen, auch Gunther erwischte es kalt.
»Wir müssen in die Anzüge!«, presste er zwischen den Zähnen hervor, die Augen weiterhin auf die Nullen am Messgerät gerichtet.
»Dazu müsste ich die Fähre stoppen«, murrte Tom. »Gleichzeitig navigieren und steuern geht nicht. Allein in die EMUs steigen geht auch nicht. Und ob wir mit dem, was wir noch in den Tanks haben, nochmals vom Fleck kommen werden, ist mehr als fraglich.«
»Wir stecken also bis zum Hals im Morast«, stöhnte Sally, einen unangenehmen Druck hinter ihrer Stirn verspürend.
»Wenn's nur bis zum Hals wäre!«, schimpfte Tom. »Entweder wir fliegen weiter, bis wir die Besinnung verlieren, oder wir halten an, steigen in die Anzüge, hängen für die nächsten Stunden wie fette Maden im Mid Deck und warten dort, bis wir in Ohnmacht fallen.«
Sally musste an Eileen denken. Sie hatte richtig entschieden. Beim Sterben die noch unversehrte Pracht der Erde und Milliarden glitzernder Sterne vor Augen zu haben, war etwas anderes, als in dieser trostlosen engen grauen Kabine unten kümmerlich vor sich hin ...
»Vier – neun – neun Meter!«, tönte es plötzlich hinter dem Messgerät hervor.

Sally wurde aus ihren morbiden Gedanken gerissen und Tom warf einen raschen Blick auf seinen ums Handgelenk geschnallten Chronometer. »Eine neue Distanz, Gunther! In drei, zwei, eins, jetzt!«
»Vier – acht – zwei.«
Tom zündete die neun kleinen Raketenmotoren mit einer Schubkraft von je 3,9 Kilonewton.
»Vier – null – sechs.«
Sie hatten in nur fünf Sekunden hundert Meter zurückgelegt.
»Drei – drei – neun.«
Und nun musste er in weniger als zwanzig Sekunden einen neunzig Tonnen schweren Klotz zum Stillstand bringen.
»Zwei – fünf – sieben.«
Tom tätschelte die Instrumentenkonsole. »Lass mich jetzt nicht hängen, Pferdchen!«
»Eins – eins – null ... Null – sieben – zwei ... Null – sechs – null.«
»Fuck, Fuck, Fuck!«
»Null – fünf – sechs ... Null – fünf – fünf ... Null – fünf – fünf ...«
Tom presste seine Lippen auf die Konsole. »Danke!«

Vor den Fenstern der Raumfähre ragte erneut eine gewaltige Wand auf, die nun aber mit zahlreichen Konstruktionsaufbauten versehen war.
Gunther ließ den Piloten mit den letzten Tropfen Treibstoffen noch einige Gier-, Nick- und Rollbewegungen ausführen, studierte im Scheinwerferlicht der Payload Bay die Umgebung und verkündete danach emotionsfrei wie immer: »So wie das Ding hier aussieht, muss es sich um ein Schleusentor handeln. Im Sektor dahinter befindet sich vermutlich all das, wonach wir bis jetzt suchten. Das Problem ist nur, die Schleuse lässt sich von dieser Seite her nicht öffnen.«
»Verfluchter Mist!«, schimpfte Tom, sich die Stirn massierend.

»Dann heißt es jetzt wohl: Endstation, alles aussteigen!«
Auch Sally rieb mit den Fingern heftig über ihre feuchte Stirn, hinter welcher sich der drückende Schmerz immer stärker bemerkbar machte. »Weshalb muss ich überhaupt die Fähre verlassen?«, fragte sie mit unüberhörbarer Bitterkeit in der Stimme. »Soll ich euch vielleicht dabei zur Hand gehen, nach einer Klingel zu suchen?«
»Wenn du hier bleibst, verschenkst du sieben Stunden«, sagte Gunther nur.
Sally heulte auf: »Nach denen ich genauso weit bin wie jetzt?«
Tom schaute betroffen, wusste aber nichts zu sagen.
»Nein, Jungs! Geht ruhig spielen draußen. Mami mixt sich inzwischen einen Medikamentencocktail, legt sich in die Koje und bringt die Scheiße auf diese Weise hinter sich!«
»Wenn das deine Entscheidung ist«, brummte der Deutsche und verschwand, ohne ein weiteres Wort zu verlieren, nach unten ins Mid Deck, um mit den Vorbereitungen für den Ausstieg zu beginnen.
»Du bist so ein gefühlloses Arschloch!«, heulte Sally ihm hinterher. Glitzernde Perlen lösten sich von ihren Augen und schwebten winzigen Seifenblasen gleich vor ihrem Gesicht. Mit zitternden Fingern ergriff sie die Hände des Piloten. »Halt mich fest, Tom ... Nur für eine Minute ... Bitte!«
Wortlos legte er die Arme um sie, sodass Sally ihren Kopf an seine Brust lehnen und sich ausweinen konnte.
Sie hörten, wie Gunther sich an den Raumanzügen zu schaffen machte. Bevor man mit ihnen nach draußen gehen konnte, mussten sie aufgeladen werden. Zudem galt es das primäre und sekundäre Sauerstoffsystem, das Luftzirkulationssystem, die Flüssigkeitspumpen, die Trinkwasserversorgung, die verschiedenen elektrischen Schnittstellen, das Kommunikationssystem, das Anzeige- und Steuermodul, die Warnsysteme und noch einiges andere zu überprüfen.

Tom schloss die Augen, sog den feinen Geruch von Sallys samtweicher Haut in sich auf und fuhr ihr sanft durchs Haar. Doch durch seine Berührung flossen ihre Tränen nur umso stärker.
Zärtlich begann er sie wegzuküssen. Zuerst von den Wangen, dann von den Augen und zuletzt vom Mund. Sie küssten sich langsam und scheu, und ihre Zungen berührten sich nur zart. Eng umschlungen hingen sie da, schwebten frei in der Kabine und sahen dabei aus wie ungeborene Zwillinge im Leib ihrer Mutter.
»Tom.«
»Ja, Sally?«
»Glaubst du an ein Leben nach dem Tod?«
»Ich weiß nicht ...«
»Tom.«
»Ja?«
»Du hast mich gern, nicht wahr?«
»Ich ... ich liebe dich ...«

Kapitel 34

Kaum dass die drei Raumfahrer das Airlock verlassen hatten, manövrierte sich Tom auf Sallys Schultern, damit sie sich an seinen Unterschenkeln festhalten konnte. Diese Huckepackvariante stellte die einzige Möglichkeit dar, sich fortzubewegen, ohne dass Sally ihre EMU selber steuern musste. Zwar hatte man die junge Wissenschaftsjournalistin in die Funktionsweise der Außenbordraumanzüge eingewiesen, es aber unterlassen, ihr beizubringen, wie man sich im Vakuum bewegte und den Raketenrucksack – die sogenannte SAFER Unit – korrekt bediente. Wie bei Sally, war auch für Tom und Eileen keine Extra Vehicular Activity vorgesehen gewesen, trotzdem hatte man die beiden auf den EMUs trainiert, damit sie Carlos oder Gunther im Notfall zu Hilfe eilen konnten. Da schon ein kleiner Bedienungsfehler des Raketenrucksacks den Space Walker in ernsthafte Schwierigkeiten bringen konnte, hatten Gunther und Tom beschlossen, dass nur sie beide die SAFER Unit benutzen würden.

Die Atlantis lag über ihnen auf dem Rücken wie ein sterbender Wal. Angestrengt starrten die drei im Alienschiff gestrandeten Astronauten aus ihren Helmen und versuchten etwas zu erkennen. Die Scheinwerfer in der Ladebucht des Space Shuttles hatten sie brennen lassen, um die Akkus ihrer Raumanzüge, die vier Helmlampen mit Strom zu versorgen hatten, vorerst zu schonen.
Erst hier draußen erkannten sie, wie enorm die Schäden an Rumpf und Heck der Raumfähre tatsächlich waren. Von den Hitzeschutzkacheln an der Unterseite war nichts mehr übrig.

An einigen Stellen war die Aluminiumhaut der Länge nach so weit aufgeschlitzt, dass die darunterliegenden Einbauten und Leitungen zum Vorschein kamen. Im hinteren Sektor der Fähre fehlten neben dem Seitenleitwerk und den Gondeln der OMS-Triebwerke auch große Teile an den Auslassdüsen der drei Hauptaggregate. Und das Ruderpaddel darunter sowie die Hinterkanten der Deltaflügel erweckten den Eindruck, als hätte Godzilla seine Zähne hineingeschlagen. Das Pferdchen, wie der Pilot die bald dreißigjährige, nach dem ersten amerikanischen ozeanografischen Forschungsschiff Atlantis betitelte Raumfähre liebevoll nannte, hatte wirklich alles gegeben, und das bis zum allerletzten Moment.

Tom steuerte sich und Sally im Licht der Ladebuchtscheinwerfer nach unten, wo die Schleuse endete. Gunther hingegen entschloss sich, den zentralen Bereich zu erkunden, der entfernt an einen gewaltigen Banktresor erinnerte.
Keiner der drei sprach ein Wort, und so hörten sie nur das leise Surren der Ventilatoren, das Rauschen der Luft, die durch den Anzug strömte, und ihre eigenen Atemgeräusche.
Das schreckliche Gefühl, hilflos in den Eingeweiden dieses Giganten zu hängen wie eine Marionette, deren Fäden allein Mr. Black in Händen hielt, ließ Sally schaudern. So fest sie konnte, umklammerte sie Toms Wadenbeine, und ging in Gedanken nochmals die Handgriffe durch, die ihr Gunther trotz ihrer Beschimpfung vor dem Ausstieg gezeigt hatte. Drei Handgriffe, die alles beendeten, wenn sie dazu bereit war ...
Aber würde sie selbst Hand an sich legen können, wenn die drückenden Kopfschmerzen in einigen Stunden zurückkehrten? Oder würde sie zuwarten, bis aus den drückenden Schmerzen hämmernde wurden? Wäre sie erst in der Lage, es zu tun, wenn sie sich vor Übelkeit den Helm vollkotzte und dabei an ihrem eigenen Erbrochenen zu ersticken drohte?

Sally schloss die Augen und dachte an Tom. Er würde es für sie tun, wenn sie es selbst nicht fertigbrächte – das hatte er ihr versprochen.

Wie Mücken beim Paarungsakt hingen die beiden aneinander, torkelten – als hätten sie im Flug eine heiße Lampe gestreift – abwärts und fort aus dem Scheinwerferlicht der Atlantis ...

Als Tom seine Helmlampen einschaltete, glaubte Sally, Schatten vorbeihuschen zu sehen. Mit klopfendem Herzen schaltete sie ihre eigenen Leuchten dazu und stellte fest, es war nur Einbildung gewesen. Vor zwei Jahren hatte sie für die Recherche eines Artikels in der ›National Geographic‹ mit einem Tiefseetauchboot mitfahren dürfen. Dabei waren sie bis auf viertausend Meter vorgestoßen. Es war stockfinster gewesen da unten, unheimlich und kalt. Genauso fühlte es sich jetzt an. Es fehlten nur noch die bizarren Ungeheuer, wie sie damals vor den Bullaugen an ihr vorbeigeschwommen waren ...

»Schau!«, schnarrte es plötzlich in den Kopfhörern von Sallys Snoopy Cap. Über ihr Toms ausgestreckter Arm. Jetzt löschte er die Lampen am Helm, und sie stierte weiter in die angezeigte Richtung. Kaum wahrnehmbar schälte sich am unteren Rand der Schleuse ein blau leuchtender Umriss aus der Finsternis. Sallys Pulsfrequenz verdoppelte sich.

Tom schaltete die Lampen wieder ein und rief ins Helmmikrofon: »Gunther! Kannst du mich sehen?«

Es dauerte einen Moment, bis die Antwort kam: »Ja, was gibt's?«

»Komm her, das musst du dir selber anschauen!«

Während sich der Raketeningenieur von der Mitte der Schleuse aus hundertfünfzig Meter abwärts sinken ließ, steuerte Tom mit Sally von unten her auf den blauen Umriss zu.

Das Licht ging von den indirekt beleuchteten Kanten eines etwa acht Meter großen, wabenförmigen Schotts aus. »Ein Durchgang«, bemerkte Gunther und relativierte sogleich: »aber verschlossen!«

Für einige Atemzüge verharrte der Deutsche reglos vor dem stahlgrauen Schott, danach manövrierte er sich, ohne die Helmlampen zu benutzen, an der Kante entlang und entschwand aus Toms und Sallys Blickfeld.
»Ein Königreich für eine Kiste Dynamit!«, fluchte der Pilot.
Sally seufzte: »Wir haben nichts mehr einzutauschen ...«
»Sieht aus wie ein elektronisches Schloss«, plärrte mit einem Mal Gunthers heisere Stimme in den Snoopy Caps.
»Wo steckst du?«, rief Tom.
»Etwa vier Meter tiefer, rechts von euch.«

Im Schein ihrer Helmleuchten schimmerten zwei nebeneinander angeordnete wabenförmige Vertiefungen von je einem halben Meter Durchmesser. Sally löste die Umarmung mit Toms Beinen, griff vorsichtig in die handbreite Rille entlang der rechten Kante des Schotts und hielt sich darin fest.
»Wenn ich mir die Größe dieses Tors vergegenwärtige und das hier so etwas wie Finger- oder Handtasten sein sollen, dann muss dieser Kasten mit Riesen bevölkert sein«, murmelte Tom.
»Die Größe einer Tür sagt noch lange nichts über ihre Bewohner aus«, hielt Sally dagegen. »Sakralen oder behördlichen Zwecken dienende Gebäude wurden auch auf der Erde schon immer übergroß gebaut oder mit übergroßen Eingängen versehen, um die einfachen Leute damit zu beeindrucken.«
Tom stieß einen kurzen Lacher aus. »Ich glaube nicht, dass hier irgendjemand durch die Größe einer Tür Demut erlernen soll.«
»Wenn wir schon von Riesen sprechen«, mischte Gunther sich ins Gespräch, »im Flussbett des Paluxy River nahe Glen Rose in Texas hatte man fossile menschliche Fußabdrücke mit einer Länge von über einem halben Meter gefunden.«
»Das waren Fälschungen!«, widersprach Sally, die einst in der Sache recherchiert hatte. »Die Spuren angeblicher Riesenmenschen waren direkt neben solchen von Sauriern gefunden worden,

was von Kreationisten dahingehend gedeutet wurde, dass der moderne Mensch schon zu Zeiten der Dinosaurier existiert habe, also eine Schöpfung sei und kein evolutionäres Wesen. Dabei stammten die vermeintlichen menschlichen Spuren von erodierten Abdrücken des Mittelfußknochens eines Theropoden und waren von Glen Rose's Einwohnern nachbearbeitet worden, um Touristen in ihr abgelegenes Kaff zu locken.«
»Vielleicht hast du in diesem Fall recht«, brummte Gunther. »Allerdings ist der Direktor des naturhistorischen Museums von Mount York auf ähnlich große Spuren einer humanoiden Rasse gestoßen. Zudem fand er eine mächtige Wirbelsäule, einen Backenzahn von fast sechs Zentimetern Länge sowie überdimensionale Werkzeuge wie Handbeile, Keulen und Messer. Dann gab es auch den sogenannten Riesen von Java und den Riesen von Südchina. In Syrien entdeckten Archäologen prähistorisches Handwerkszeug mit einem Gewicht von über vier Kilo. Bei Carnac, dem neolithischen Kulturzentrum der Bretagne, wurden Abertausende von gigantischen Monolithen aufgerichtet, deren Erbauer der Legende nach Riesen gewesen sein sollen. In Marokko fand ein französischer Hauptmann Doppeläxte mit so dicken Griffen, dass deren Benutzer um die vier Meter groß gewesen sein mussten ...«
»Es hat immer mal wieder sehr großwüchsige Menschen gegeben«, begegnete Sally Gunthers ungewohntem Wortschwall.
»Vier Meter und mehr?«
Sally verzog ihr Gesicht hinter der dicken Polycarbonat-Scheibe. »In einer Felsenkammer dreißig Meter unter der Cheops-Pyramide wurden zwei Gesteinsblöcke als unvollendete, über fünf Meter lange Riesensarkophage identifiziert. In Sakkara hat man Katakomben mit zwei Dutzend bis zu vier Meter langen und sechzig Tonnen schweren Granitsärgen gefunden ...«
»Darin wurden heilige Apis-Stiere bestattet!«, ärgerte sich Sally über Gunthers pseudowissenschaftliche Behauptungen.

»Es wurde dort nie eine Stierleiche gefunden!«, widersprach ihr der Deutsche und machte mit seiner Aufzählung weiter: »In Tunesien gab es einen Friedhof mit Gräbern für Riesen und im Libanon den sogenannten Stein des Südens, einen behauenen Monolithen mit einem Gewicht von eintausendzweihundert Tonnen. Das ist mehr, als unsere Raumfähre wiegt. Rund um den Globus wimmelte es von frühgeschichtlichen megalithischen Bauten, die sich kaum einem Wesen von normaler Statur zuordnen ließen ...«

»Du bist doch sonst nicht so gesprächig. Warum also erzählst du uns jetzt diesen ganzen Humbug?«

Gunther reagierte nicht auf Sallys Worte, sondern setzte seinen Monolog unbeirrt fort: »In der Bibel, 1. Buch Mose, Numeri, Kapitel 13, heißt es: ›Alle, die wir gesehen haben, sind riesengroß, besonders die Nachkommen Anaks. Wir kamen uns ihnen gegenüber wie Heuschrecken vor, und genauso winzig müssen wir ihnen vorgekommen sein.‹ Flavius Josephus, Militärkommandeur in Galiläa, schrieb 79 n. Chr. in seinem Werk ›Geschichte des jüdischen Krieges‹: ›Da waren Riesen. Viel größer und anders gestaltet als normale Menschen. Schrecklich anzusehen. Wer sie nicht mit eigenen Augen gesehen hat, der kann nicht glauben, dass sie so ungeheuer groß gewesen sind.‹ Weiter gibt es einen Bericht über ...«

»Macht eure Lichter aus!«, unterbrach Tom den Deutschen mitten im Satz.

Es dauerte einen geraumen Moment, bis sich ihre Augen an die Dunkelheit gewöhnt hatten, doch dann konnten sie erkennen, dass die linke wabenförmige Vertiefung von einer kaum sichtbaren senkrechten blauen Linie in zwei Hälften geteilt war, die rechte hingegen von einer waagerechten Linie.

Tom geriet völlig aus dem Häuschen: »Ich glaub', ich spinne!«, rief er aus. »Das sind scheißnormale Piktogramme!«

Sally und Gunther, sich noch immer an der Kante des Schotts festkrallend, schoben sich so nah an die beiden Vertiefungen heran, wie es ihnen ihre sperrigen Anzüge erlaubten.

»Scheint wie die Beleuchtung des ganzen Schotts auf Sparmodus geschaltet zu sein, so schwach, wie das glimmt«, mutmaßte Gunther.

Tom war das egal. »Es ist ganz einfach!«, ereiferte er sich. »Die senkrechte Linie bedeutet: Schott öffnen, und die waagerechte Linie: Schott schließen!«

»Wir haben nichts zu verlieren, also probier's«, forderte Sally den Piloten auf.

Tom ließ sich nicht zweimal bitten. Zuerst legte er einen Daumen, danach eine Handschuhfläche und zum Schluss beide in die Wabe mit der senkrechten Linie. Nichts geschah. Mit zunehmender Ungeduld fuhr er mit beiden Händen kreuz und quer über die Vertiefung, doch das Schott bewegte sich keinen Millimeter.

»Vielleicht reagieren die Schaltflächen nur auf einen bestimmten elektrischen Widerstand«, versuchte der Ingenieur Toms Misserfolg zu erklären.

»Im Vakuum? Glaubst du, die Aliens gehen ohne Handschuhe aus dem Haus?«, knurrte Tom und begann mit beiden Fäusten auf die Wabe einzuschlagen, was ihn gemäß dem physikalischen Gesetz von Aktion gleich Reaktion sogleich rückwärts Salto schlagend vom Schott wegschleuderte.

»Es gibt völlig unterschiedliche Systeme«, belehrte Gunther Tom. »Zudem ist das keine irdische Technik.«

»Extrem fremdartig sieht es aber auch nicht aus!«, meckerte der, sich den kreisenden Helmlampen nach noch immer überschlagend. »Vielleicht muss man auf die Dinger pissen oder sowas ...«

»Du kannst es ja versuchen«, kam es bitterböse zurück.

»Bist du auch sicher, die richtige Fläche ausgewählt zu haben?«, fragte Sally.

»Das werden wir gleich wissen!« Tom steuerte zum Schott zurück und probierte es bei der anderen Wabe. Doch schon nach wenigen Versuchen verschwand er wiederum Salto schlagend hinter Gunther und Sally in der Dunkelheit ...

»Gottverdammt!«, hörten sie ihn fluchen. »Wir müssen diese Scheißtür irgendwie aufkriegen! Ich habe keinen Bock darauf, hier draußen zu krepieren!«

Einige Minuten lang herrschte betretene Stille, dann meldete sich Tom zurück. »Okay, Leute, ich zeig' euch jetzt, wie man dieses Mistding knackt!« Dass er sich dabei selber Zuversicht einredete, war unüberhörbar.

»Bewegt eure Hintern ein paar Meter nach links.«

»Was hast du vor?«, fragte Sally besorgt.

»Wir machen das jetzt wie im Mittelalter. Ich spiele Rammbock und knacke das Tor zur Trutzburg.«

»Mach keine Dummheiten, Tom!«

»Und wenn, was spielt das noch für eine Rolle?«, kam es trotzig zurück.

Sally wollte Einwand erheben, doch Gunther fasste sie am Arm und zog sie beiseite. »Er hat recht, also lass ihn machen.«

»Könnt ihr eure Scheinwerfer auf die Wabe mit der senkrechten Linie richten!«, hörten sie Toms Anweisung, der sich irgendwo hinter ihnen befand. Die beiden zogen und schoben sich daraufhin so lange in Position, bis die Wabe im Lichtkegel ihrer Helmlampen deutlich zu sehen war.

»Achtung!« Tom schob den Griff an der Bedienkonsole seines Raketenrucksacks bis zum Anschlag nach vorn, worauf ihn der aus den Steuerdüsen ausströmende Stickstoff auf eine Geschwindigkeit von drei Metern pro Sekunde beschleunigte ...

»Sesam, öffne dich!«

Aus dem Dunkeln tauchten ein Paar klobige weiße Stiefel auf, knallten lautlos, aber zielgenau auf die Wabe und verschwanden sofort wieder aus dem Scheinwerferlicht.

Vierzig Meter entfernt hing Tom in der Finsternis. Trotzdem erschienen ihm die auf dem Schott hin- und herwandernden Lichtfinger aus Sallys und Gunthers Helmlampen unendlich weit weg. Wie ein Bohrer schraubte sich aufkeimende Furcht durch seine Eingeweide, ließ ihn kurzzeitig die Beherrschung über einen Teil seines Körpers verlieren. Diese beschissene Angst! Jetzt kam sie angekrochen und versuchte ihn in den Würgegriff zu zwingen. Obsiegte sie, wäre die Folge Panik und dann ...
Du warst schon als Knirps ein cooler Typ. Hast nie geweint, wenn du vom Fahrrad gefallen bist, dir beim Holzschnitzen die Finger zerschnitten hast, oder wenn dich ein größerer Junge verhauen hat. Wie oft in deinem Leben hast du überhaupt richtig Schiss gehabt, he? Für einen kurzen Moment, als du glaubtest, von diesem ›Kometen‹ zerschmettert zu werden. Für einen längeren Moment, als du mit deiner Hornet vom Flugzeugträger aus ins Meer stürztest, weil dieser Trottel am Dampfkatapult das falsche Gewicht eingestellt hatte!
Noch während die Maschine unter ihm weggesackt war und er mit dem Schleudersitz in einem Vierzig-Grad-Winkel durch die Luft jagte, hatten sich seine Gedärme so wie jetzt selbstständig gemacht. Auch ›Top Gun‹-Piloten schissen sich hin und wieder vor Angst in die Hose ...
Kaum kroch etwas von dem, was die Aktivkohlefilter im Luftumwälzungssystem des Anzugs nicht zu neutralisieren vermochten, in Toms Nase, bekam er auch schon einen tomatenroten Kopf und seine Angst verwandelte sich in blanke Wut ...
»Himmelherrgott!«
Es war nicht der Pilot, der gerufen hatte, sondern Sally. »Tom! Sieh nur!«
Die senkrechte Linie in der Wabenplatte war gerade heller geworden, flackerte ... Sekunden später ging das Flackern über in ein langsames Blinken. Die Gehirne der drei Raumfahrer begannen Tonmeister zu spielen und fabrizierten imaginäre Knirsch- und

Rumpellaute zu den ruckartig sich teilenden, nach oben und unten in der Wand verschwindenden beiden Torhälften.

Kaum dass das Schott offen war, begann es auch in seinem schwarzen Innern zu flackern und Momente später tat sich vor ihnen ein Tunnel auf, der im selben Blau schimmerte wie das noch immer blinkende Piktogramm.

Mit zitternden Fingern steuerte Tom zurück zu den beiden anderen, die den Rahmen des Schotts inzwischen losgelassen hatten und nun reglos inmitten des fahlen Blaus trieben. Stumm überprüfte er die Anzeigen an den Kontrolleinheiten ihrer Anzüge, dann las er mit dem umgeschnallten Spiegel am Handgelenk seine eigenen Werte ab. Sally und Gunther verbrauchten in etwa gleich viel Atemgas und lagen bei einer Restzeit von knapp sechs Stunden. Ihm blieben momentan zehn Minuten weniger.

Tom räusperte sich: »Was ist? Nehmen wir die Einladung an?«

Bevor ihm Gunther oder Sally eine Antwort geben konnten, fügte er in einem Anflug von Galgenhumor hinzu: »Sollte es da drin eine Bar geben, geht die erste Runde auf mich. Ich weiß nicht, wie euch zumute ist, aber ich brauche einen Drink – die Sache hier macht mich langsam fertig!«

»Wolltest du nicht die Welt retten?«, fragte der Deutsche voller Sarkasmus und steuerte als Erster in den blau schimmernden Tunnel.

Die SAFER Units waren in der Grundausstattung mit einer Treibmittelpatrone geladen, die für dreizehn Minuten reichte. Weil die Missionsplaner aber für die Bergung des Ufo-Satelliten kompliziertere und damit längere Außenbordeinsätze voraussahen, hatten Ingenieure die Raketenrucksäcke vorsorglich mit zusätzlichen Druckgasbehältern aufgerüstet, was den Treibmittelausstoß auf fünfundzwanzig Minuten erhöhte.

Nach etwa fünfhundert Metern machte der sechskantige Tunnel einen scharfen Knick nach unten, wobei die Knickstelle einem beweglichen Balg ähnelte. Was allerdings hinter dem Knick in ihr Blickfeld rückte, raubte ihnen jede Zuversicht. Der Tunnel führte nun schnurgerade weiter und schien dabei so endlos lang, dass seine Kantenlinien erst weit in der Ferne zu einem winzigen Punkt verschmolzen.

Tom war hin- und hergerissen zwischen Verzweiflung und Wut. Wertvolle Minuten verstrichen, bis er sich wieder gefasst und ihr Gespann ins Zentrum des acht Meter großen Schachts manövriert hatte. »Halt dich gut fest, Sally!«, knurrte er und drückte, begleitet von Flüchen, wie man sie sonst nur in der Bronx zu hören bekam, den Steuerhebel seines Raketenrucksacks bis zum Anschlag nach vorn ...

Während sie sich zügig durch den Tunnel bewegten, stellte Tom mit einem regelmäßigen Blick auf die Kontrollanzeigen seines Anzugs fest, dass sich trotz aller Anstrengungen, ruhig und flach zu atmen, seine Restlebenszeit um einiges schneller verringerte, als der kleine schwarze Punkt am Ende des Tunnels an Größe hinzugewann. Mit ihren SAFER Units allerdings noch schneller zu fliegen, als sie es bereits taten, hatte auch Gunther als zu gefährlich erachtet. Denn wann der Schacht endete und wie lang ihr Bremsweg dann sein würde, vermochte niemand zu sagen.

Seitdem sie das Schott passiert hatten, war weder von Gunther noch von Sally ein Wort zu hören gewesen. Wie er selbst versuchten die beiden durch ruhiges Verhalten Zeit zu gewinnen. Doch Zeit wofür? Um die Welt zu retten und den Aliens in den Arsch zu treten, wie er großmäulig hinausposaunt hatte? Mit jeder Minute rückte die Möglichkeit dazu in weitere Ferne. Und obwohl ihre Anzüge eng aneinander rieben, war auch Sally inzwischen unerreichbar weit weg. Ihre duftende Haut, ihr süß schmeckender Mund, ihre Sinnlichkeit – für immer verloren ...

Zärtlichkeiten – wie wenig hatte er in seinem kurzen wilden Leben gegeben und bekommen. Während der High School war Liebe machen zum Wettkampf unter Superfuckers verkommen.

Was zählte, waren der dickste und längste Schwanz und die meisten beglückten Muschis. Also klaute er seinem alten Herrn die Penispumpe und stürzte sich mit geschwollenem Monster in die Schlacht. Schmusen war etwas für Mumien, die ihre schrumpligen Würstchen nicht mehr hochbekamen. Nach der High School war er zur Navy gegangen und wurde wie schon sein Vater ein Flieger mit Leib und Seele. Weil es so etwas wie richtige Mädchen auf einem Flugzeugträger nicht gab, musste sich der kleine große Kumpel zumeist mit Handarbeit begnügen. Verirrte sich trotzdem mal eine Soldatin in seine Koje, hieß es stoßen, stoßen, stoßen, bis das Kanonenrohr glühte, denn die Mannweiber hatten mit Kuscheln nichts an der Mütze.

Zwei Stunden später war der schwarze Punkt zwar merklich größer geworden, dennoch war es unmöglich, die Distanz bis zum Ende des Tunnels, oder was auch immer der Punkt markierte, abzuschätzen.
Ungefähr alle fünfzig Meter gab es einen flachen Rahmen, der die einzelnen Tunnelsegmente miteinander verband, seitlich aber auch das bläuliche Licht ausstrahlte, welches die Röhre abschnittweise erhellte. Die in lautlosem Takt vorüberhuschenden Rahmen erlaubten Tom zumindest, ein grobes Geschwindigkeitsgefühl zu entwickeln. Ganz anders die numerischen Anzeigen der Kontrolleinheit auf seiner Brust. Viel zu genau zeigten sie, wie viel Leben ihm noch blieb – 03:23:15.
»Sie machen weiter!«, plärrte Gunthers heisere Stimme in Toms Ohren. Er löste den Blick von dem um seinen Arm geschnallten Spiegel. Die Wände des Tunnels waren nur noch verschwommene Schlieren und der Punkt am Ende ein hüpfender Fleck.
Der Deutsche, der die ganze Zeit über vorausgeflogen war, ließ sich zurückfallen. Tom überlegte gerade, ob er ebenfalls abbremsen sollte, da stieß Sally einen erstickten Schrei aus. Zu keiner Reaktion mehr fähig, prallten sie Augenblicke später gegen die

Tunnelwand, wurden von der bebenden Oberfläche zurückgeschleudert, knallten zu ihrem Erstaunen aber nicht auf die gegenüberliegende, sondern zurück auf die gleiche Wandseite, an der sie nun holpernd entlangschabten wie ein umgestürzter Bob in der Eisbahn ...

Kapitel 35

Von fern drang eine weinerliche Stimme an seine Ohren: »Bitte sag' was!«
Er schmeckte Blut in seinem Mund.
»Tom!«
Die weinerliche Stimme bekam einen klagenden Unterton: »Du darfst mich jetzt nicht allein lassen!«
Tom schlug die Augen auf. Dicht vor seinem Gesicht erblickte er Sallys Antlitz. Sie hatte Tränen in den Augen und breite Blutstriemen über der Stirn. »Sally, was ist mit deiner ...?«
Das Blut wanderte nach unten, klebte plötzlich an ihrer rechten Wange.
»Sally, was ...?«
Jetzt war das Blut an ihrem Kinn. Tom drückte die Augen zu. Hinter seiner Stirn ein stechender Schmerz. Während er weiter mit sorgenvollen Blicken gemustert wurde, leckte er sich die Unterlippe. Es brannte höllisch. Er musste sich gebissen haben, spürte eine tiefe Kerbe, aus der Blut quoll. Trotz der Schmerzen begann er an der verletzten Lippe zu saugen, öffnete die Augen wieder und fuhr mit seinem Handschuh über die Sichtscheibe ...
Das Blut, das Sallys Gesicht verunstaltete, war sein eigenes – es haftete auf der Innenseite seines Helms.

Tom hatte neben der zerbissenen Lippe eine Prellung am Kopf zu beklagen. Sally taten Genick und Ellbogen weh, ansonsten schien sie unverletzt. Gunther hatte weniger Glück. Sein Fuß musste sich an einem der Verbindungsrahmen verhakt haben und war gebrochen. Seinem käseweißen Gesicht, aus dem die letzten Reste eines erkennbaren Mundes verschwunden waren, konnte man deutlich ansehen, wie er unter den Schmerzen litt.

Die drei versuchen das Geschehene zu analysieren. Offenbar hatte das Alienschiff seine Position verändert. Während sie weiter geradeaus geflogen waren, hatten sich die Räume im Schiff und damit auch die Tunnelröhre um sie herum gedreht.

Gunthers schmerzhaften Verletzungen zum Trotz durften sie sich nicht allzu sehr beklagen. Zum einen hatten ihre EMUs keinen Schaden genommen und zum anderen befanden sie sich keine fünfzig Meter entfernt vom Ende des Tunnels. Und dort stellte sich ihnen auch keine Wand in den Weg, sondern ein Schott gleich dem am Anfang der Röhre.

Tom warf einen weiteren Blick auf die Anzeige seiner Kontrolleinheit – 02:10.43. Inklusive der zuschaltbaren Reserve blieben ihm also noch hundertsechzig Minuten. Er wollte keine davon vergeuden, also brachte er sich in Position und knallte seine Stiefelsohlen auf die wabenförmige Schalterplatte ... Auch dieses Mal dauerte es zermürbend lange, bis die senkrechte Linie flackerte, blinkte und sich die beiden Torhälften schwerfällig nach oben und unten schoben.

Als sie erkannten, was sich auf der anderen Seite des Schotts befand, schmolzen ihre letzten Hoffnungen dahin.

Eine gewaltige stockfinstere Halle, von der aus gesehen das einstreuende Blau des Tunnels nicht mehr war als ein winziges Lichtpünktchen, ließ die drei so verloren wirken, als hätte man sie irgendwo im Weltall ausgesetzt. Da im Vakuum keine Schallwellen übertragen wurden, war es ihnen auch nicht möglich, sich nach Geräuschen zu orientieren oder solchen zu folgen. Nur die im Licht ihrer Helmlampen auftauchenden verschwommenen Schemen mächtiger, senkrecht nach oben ragender Streben ließen sie wissen, dass sich die Werkzeuge des Giganten noch immer über die Erde hermachten.

Gunther drehte sich mit seiner EMU mehrmals um alle möglichen Achsen, dann stieß er zwischen den vor Schmerzen zusammengebissenen Zähnen hervor: »Das war's!«
Tom und Sally blieben stumm. Ihnen waren die Worte ausgegangen. So umständlich es in den schweren Raumanzügen auch war, sie versuchten sich zu umklammern und dabei ihre Körper durch die vielen Schichten aus Stoff, Gummi, Velours und Drahtgeflecht hindurch ein wenig zu spüren ...

Während sich die Zahlenwerte auf den Displayfeldern ihrer Anzugkontrollen erbarmungslos verringerten, ließen sie sich in einer lang gezogenen Spirale nach oben treiben. Dabei glitten sie – von ihren Helmlampen gespenstisch beleuchtet – an gewaltigen Plattformen vorüber, auf denen vorgefertigte Sonden ruhten. Von unten mit stählernen Klammern gehalten, standen sie zu Hunderten, wenn nicht zu Tausenden in Reih und Glied. Über den Kolossen kranartige Greifer, bereit, sie bei Bedarf zu den Katapultschlitten zu befördern. Auf den Etagen darüber gab es Plattformen mit Abertausenden Einzelteilen von Geräten und Maschinen, wie sie kein Mensch je zuvor erblickt hatte ...
Ein Piepton in Toms Kopfhörer ließ ihn auf seinen Armspiegel blicken – 00:59:40. Schwer seufzend drückte er die Bestätigungstaste, was den Warnton verstummen ließ. Er legte den Kopf in den Nacken ...
Weit in der Ferne ein schwacher bläulicher Lichtschein. Stand dort oben womöglich ein weiteres Schott offen? Lag dahinter erneut ein kilometerlanger Tunnel, der wieder vor einem Schott endete, und dahinter wiederum ein Tunnel ...? Etwas an dem Licht erschien ihm allerdings seltsam: Es pulsierte, als drehe jemand in schneller Abfolge einen Lichtregler auf und zu. Tom machte die beiden anderen darauf aufmerksam. Während sich Gunther mit einem Stöhnen äußerte, setzte Sallys Atem mehrere Sekunden lang aus.

Tom und Sally schwebten, sich an den Händen haltend, zügig auf das Licht zu. Gunther folgte ihnen in wenigen Metern Abstand.

Den Sinn all der Gerätschaften auf Dutzenden von Plattformen zu erraten, die ihren Weg nach oben kreuzten, wäre ein sinnloses Unterfangen gewesen. Zwar gab es durchaus Apparate und Konstruktionen, die vom Äußeren her vertraut auf sie wirkten, aber ebenso viele Dinge, die ihnen unheimlich und fremdartig erschienen.

Das pulsierende Licht wurde immer heller. Meter um Meter näherten sich die drei der obersten und gleichermaßen letzten Ebene ... Und dann, als sie die Kante der Plattform passierten, sackten ihre Kiefer nach unten.

Etwa zehn Meter zurückgesetzt von der Kante verlief eine stahlgraue Wand, die sich nach oben hin in der Dunkelheit verlor. Doch es waren nicht die gewohnt gewaltigen Ausmaße, die sie mit offenen Mündern an der Plattformkante verharren ließen, sondern die unzähligen, wabenförmigen Durchlässe in der riesigen Wand.

Im Abstand von etwa zweihundert Metern reihte sich eine Öffnung an die andere, und aus jeder pulsierte es in schimmerndem Blau. Einer monströsen Lichterkette gleich, verlor sich das wabernde Leuchten erst nach vielen Kilometern links und rechts in der Dunkelheit ...

Sally hörte Tom einen unartikulierten Laut ausstoßen. Vorsichtig beugte sie sich nach vorn und schielte auf das Kontrollgerät vor seiner Brust – 00:14:53.

Nun konsultierte sie ihre eigene Anzeige – 00:44:26.

Zögerlich schob sie ihren Helm an den von Tom heran. Seine Kiefermuskeln mahlten, in den schwarzen Pupillen ein verzweifeltes Glühen ... Im spiegelnden Glas ihr eigenes Gesicht, das sich mit dem seinen deckte und aus den beiden Abbildern für kurze Zeit ein neues Wesen schuf.

Die Nerven zum Zerreißen gespannt, strebten sie wie Motten zum Licht. Doch noch bevor sie den nächstgelegenen, etwa zehn Meter breiten und ebenso tiefen Durchlass durchquerten, wurde ihnen klar, dass es nicht das Licht war, welches pulsierte, sondern etwas sich Bewegendes hinter der Wand.

Direkt hinter dem Durchlass befand sich eine kugellagerähnliche Konstruktion. Sehen konnten sie davon nur einen winzigen Ausschnitt, der ganze unermesslich große Rest lag wie alles andere in der Finsternis verborgen. Etwa zwanzig Meter von ihnen entfernt zogen verglaste Sichtluken an ihnen vorüber. Sie waren so groß wie die Durchlässe und besaßen wie fast alles an diesem Schiff die Form eines Hexagons.

Mit der unumstößlichen Tatsache konfrontiert, am Ende ihrer Reise angekommen zu sein, manövrierten sich Tom, Sally und Gunther langsam an die meterdicken, bläulich schimmernden Scheiben heran ...

Sally glaubte sich vor einem riesigen Aquarium, fühlte sich zurückversetzt in ihre frühe Kindheit. An ihrem fünften Geburtstag hatten ihre Eltern sie das erste Mal nach Orlando in den Seaworld Park mitgenommen. Sie hatte sich hinter der Mutter versteckt, vorsichtig zwischen ihren Beinen hervorgelugt und aus sicherer Entfernung den riesigen Killerwal bestaunt, der im Becken seine Runden zog. Erst nach geduldigem Zureden ihres Vaters hatte sie sich bis ganz nach vorn an die Scheibe gewagt. So als würde es gerade geschehen, durchlebte sie nochmals den Moment, als der Orca nur wenige Zentimeter hinter dem Panzerglas auf sie zugeschwommen kam und sie mit seinem hühnereigroßen Auge mordlustig anglotzte, worauf sie kreischend davongerannt war.

Gunther hatte begriffen, dass sie sich am Übergang von einem Gelenk- zu einem rotierenden und damit unter Schwerkraft gesetzten Trommelsegment befanden. Die beiden anderen interessierte das herzlich wenig. Vor allem Tom nicht, der gerade auf seinen Spiegel starrte – 00:00:00. Widerwillig schaltete er um auf die Notreserve und murmelte in einem Anflug von Sarkasmus: »Das wird wohl nichts mehr mit dem Drink!«

Surreale Momentaufnahmen fraßen sich Bild für Bild in ihre Gehirne, wobei sich ihnen jedes Mal die Nackenhaare sträubten, wenn eine vorüberziehende Sichtluke Einblick in das abgeschottete Dahinter gewährte.

Eine mindestens vierzig Meter hohe Halle breitete sich vor ihnen aus. Die massiven Scheiben zitterten, als wären sie nur wenige Zentimeter dick. Fast konnte man das Rumoren, Stampfen, Pumpen und Surren der riesigen, an die Frühzeit der irdischen Industrialisierung erinnernden Maschinen hören, die sich zwischen deckentragenden Stützen reihten, so weit das Auge reichte. Die zehn Meter große Sichtluke verschwand nach links, und von rechts schob sich bereits eine neue heran.

Im bläulichen Streulicht, dessen Quellen sich irgendwo hinter der wabenförmigen Gitterrostdecke befinden mussten, schimmerten riesige kugelförmige Tanks. Mattsilberne, bestimmt zwanzig Meter dicke Rohre gingen davon ab, führten allein oder in Bündeln kreuz und quer durch die Halle, durchstießen sowohl die Gitterrostdecke als auch den gleichartigen Boden oder endeten in pumpenartigen Apparaten.

Die nächste Sichtluke zeigte weitere Kugeltanks. In einer langen Reihe standen sie nebeneinander. Vorn an den Tanks waren gewaltige Wannen angebracht. Und in diese Wannen hinein fiel Klumpen um Klumpen, was einmal dem Planeten Erde gehört hatte: Erdreich, erkaltetes Magma, Steintrümmer ...

Ein weiteres Fenster mit noch mehr Tanks und noch mehr Wannen folgte. Darin zerteilte Autos, Züge, Schiffe, Flugzeuge, der Unterarm der amerikanischen Freiheitsstatue ...

Wieder eine Sichtluke. Dahinter Berge von zersplittertem Holz, zerhackte Bäume, Laubwerk, Bambusrohre ...

Neue Tanks, neue Wannen. Darin ein zerfetzter Pottwal, große wie kleine Landtiere und dazwischen – Menschen. Die meisten von ihnen verstümmelt und gestapelt wie in den Massengräbern nationalsozialistischer Konzentrationslager.

Vor den Wannen vier bis fünf Meter große gedrungene Gestalten mit länglichen, nach hinten gezogenen Köpfen. Nackt. Ihre lederne, grau-braun gescheckte Haut an zahlreichen Stellen vernarbt oder von eitrigen Ausschlägen übersät. Arme und Beine ähnlich den von Menschen, aber mit vier oder gar sechs Gliedern an Händen und Füssen.

Eine Sichtluke um die andere wanderte vor den aufgerissenen Augen der drei Schicksalsgefährten vorbei.

Die Aliens standen nicht auf ihren Fußsohlen, sondern krallten sich mit überlangen Zehen in den Zwischenräumen des Gitterrostbodens fest. Viele von ihnen trugen fleckig-graue metallene Prothesen: Finger, Hände, halbe oder ganze Arme, Bein- und Fußteile, Platten und Stangen im Rücken ... Die von breiten Wangenknochen geprägten Fratzen, deren Atemorgane sich weit über ihrer Stirn wölbten wie Geschwüre, wurden dominiert von einem Maul, in dem zwei massige, sich übereinanderschiebende Zahnplatten steckten. Unter dicken Stirnwülsten eingebettet die tennisballgroßen, mit milchigen Pupillen versehenen Augen, die irgendwie ins Leere zu starren schienen ...

Auch diese Sichtluke entschwand ihren Blicken, wurde ersetzt von einer nächsten und übernächsten.

Klauen griffen in die Wannen, zerrten zumeist leblose, ab und an aber noch im Todeskampf zuckende Leiber auf endlose Reihen metallener Tische. An Unterarmen befestigte Messerklingen klappten auf wie bei einem übergroßen Schweizer Taschenmesser und dann wurde – ungeachtet, ob noch Leben in den Körpern steckte – drauflos geschnitten und gehackt. Hinter den Tischen Trichter, die sich den Aliens wie hungrige Rachen entgegenreckten und gierig alles schluckten, was diese hineinwarfen ...

Der dumpfe Schmerz, der sich jetzt in Toms Kopf ausbreitete, drängte den von der geprellten Stirn herrührenden helleren Schmerz mehr und mehr zurück. Er hatte den Alarm ausgeschaltet und vermied es, noch einmal auf das Display zu schauen. Schon bald würde er Lufthunger bekommen. Doch sein Herz hämmerte jetzt schon wie ein Rammbock von innen gegen den Brustkorb, als wolle es raus aus der Enge ...
Er hatte sich inzwischen damit abgefunden, dass es mehr als naiv gewesen war zu glauben, an diesem feindseligen Ort irgendwie weiterleben zu können. Dass es völlig idiotisch gewesen war anzunehmen, etwas gegen Barbaren ausrichten zu können, die mit einem einzigen Hammerschlag ganze Städte in Schutt und Asche zu legen vermochten. Für diese Monster, von Gammastrahlung, Kunstlicht und sicherlich nicht immer zuträglicher Nahrung degeneriert und abgehärtet zugleich, waren sie nichts anderes als willkommene Proteinlieferanten. Wie Krill für die Wale und Hühnerschenkel für die Menschen. Und trotz seiner und Sallys inniger Verwünschung, sie mögen an den aufgesammelten Hinterlassenschaften der menschlichen Zivilisation krepieren, war ihm klar: Der ganze verfluchte Dreck würde ihnen nicht das Geringste anhaben können.
Wovon hatten Sally und er nicht alles geplaudert und geträumt während ihres gemeinsamen Trainings: Von einer friedlichen, global regierten Welt, in der die immer knapper werdenden Ressourcen gerecht verwaltet und verteilt wurden, anstatt der Spekulationssucht zu dienen. Von umweltfreundlicher Energiegewinnung aus Sonnenspiegeln. Von Städten, die inmitten riesiger Naturparks lagen und ihre Rohstoffe allein aus dem Recycling der Abfälle gewannen, von Reisen zum Mars und anderen Himmelskörpern ... Seifenblasen. Alles nur Seifenblasen. Ihr Leben endete hier drin genauso erbärmlich wie das Leben Milliarden anderer geendet hatte. Vielleicht waren sie sogar die Letzten ihrer Art.

Dem Datenabgleich zufolge hatte Gunther für zwanzig, Sally sogar für dreißig Minuten länger Luft als er. Obwohl er wusste, dass der Mehrverbrauch von seinen Anstrengungen herrührte, die beiden Schotts zu öffnen, quälte ihn die Erkenntnis, vor ihr zu sterben, bis tief in sein Innerstes. Er würde das Versprechen, das er ihr gegeben hatte, nicht einhalten können – außer ... Tom sah hinunter auf seine dick behandschuhten Hände, öffnete und schloss sie, als wären es Zangen.

Sally schwebte keinen Meter von ihm entfernt. Hypnotisiert und geschockt zugleich stierte sie noch immer hinüber in die fremdartige Welt. Plötzlich wurde sie von hinten gepackt. Ihr Schrei war kurz und spitz wie der einer Maus, wenn sie von der Schlange den tödlichen Biss erhielt.

Kapitel 36

»Nachdem die Menschenkinder sich auf der Erde vermehrt hatten, wurden ihnen in jenen Tagen schöne und liebliche Töchter geboren. Als aber die Engel, allen voran ihr Anführer Semjasa, sie sahen, gelüstete es sie nach ihnen und sie sprachen zueinander: ›Wir wollen uns Weiber unter den Menschentöchtern auswählen und uns Nachkommen zeugen.‹«
Der Deutsche musste nach jedem Satz Luft holen, redete aber trotz seiner peinigenden Schmerzen weiter: »Semjasa sprach zu ihnen: ›Ich fürchte, ihr werdet diese Tat nicht ausführen wollen, sodass ich allein eine große Sünde zu büßen haben werde.‹ Da antworteten ihm die anderen Himmelssöhne: ›Wir wollen einen Eid darauf schwören, dieses beabsichtigte Werk gemeinsam auszuführen.‹ Da schworen sie und verpflichteten sich untereinander.«
Gunther Wolf legte eine Pause ein, stöhnte ... »Es waren zweihundert, die in den Tagen Jareds auf den Gipfel des Berges Hermon vom Himmel auf die Erde herabstiegen: Semjasa, ihr Oberster, Urakib, Arameel, Sammael, Akibeel, Tamiel, Ramuel, Danel, Ezeqeel, Saraqujal, Asael, Armers, Batraal, Anani, Zaqebe, Samsaveel, Sartael, Tumael, Turel, Jomjael, Arasjal ... Diese und alle übrigen Engel nahmen sich Frauen, jeder von ihnen wählte sich eine aus, und sie begannen sich an ihnen zu verunreinigen. Die Frauen aber wurden schwanger und gebaren ihnen Riesen.«
»Wovon redest du?«, stieß Tom hervor, seine Hände noch immer erstarrt an den Verschlüssen von Sallys Helm.
Gunther sprach unbeirrt weiter: »Die Riesen fingen an, den Erwerb der Menschen aufzuzehren. Als aber die Menschen ihnen

nichts mehr gewähren konnten, wandten sich die Riesen gegen sie und fraßen sie auf. Da blickten die Erzengel Michael, Uriel, Raphael und Gabriel vom Himmel herab und sahen das viele Blut, das auf Erden vergossen wurde. Und so wandten sie sich an den Höchsten und baten ihn, dem Elend auf Erden ein Ende zu bereiten. Darauf sprach Gott zu Michael: ›Geh und binde Semjasa, den Oberen, und die anderen Abtrünnigen, bis zum Tag ihres Gerichts. Ich werde sie nimmermehr in den Himmel aufsteigen lassen und ihre Söhne vernichten.‹«

»Von was für einer gottverfluchten Scheiße redest du da?«, stieß Tom abermals hervor.

Gunther drehte sich um. »Vom Zeugnis des Propheten Henoch. Ein Nachkomme Sets, des dritten Sohns von Adam und Eva.«

»Ich verstehe nicht!« Tom schüttelte den Kopf und der pochende Schmerz darin explodierte.

»Das äthiopische Henochbuch. Eine apokryphe Schrift, die nur als Bruchteil in den Kanon der Bibel aufgenommen wurde.«

Toms Gesicht war ein einziges von Schmerzen verzerrtes Fragezeichen.

»Sie waren schon einmal hier!«, sagte Gunther.

»Die?«, stöhnte Tom, Luft holend.

»Ihre Ahnen ... Vor sehr langer Zeit.«

»Das sind nicht Gottes Abkömmlinge!«, flüsterte Sally.

»Engel sind keine Abkömmlinge Gottes. Auch die abtrünnigen zweihundert um Semjasa nicht. Sie sind ihm untergeordnete Wesen, gehören zu seiner Gefolgs- und Dienerschaft. Es gibt drei Hierarchiestufen von Engeln. In der ersten Stufe stehen die Seraphim, Cherubim und die Throne. In der zweiten die sogenannten Herrscher, Mächte und Gewalten, und in der untersten Stufe die Erzengel und Engel ...«

»Du behauptest allen Ernstes, diese Monster wären sowas wie Engel?«, krächzte Sally.

»Nein!«

»Was dann?«
»Ihre Untertanen, Sklaven ...«
Sally schüttelte den Kopf, empfand dabei Schwindel. »Und dieses Schiff?«
»Es ist das, was die Menschen zeitlebens den Himmel nannten.«
Sally äugte auf Gunthers Display, wo die letzen Minuten sich jagten. Ob er bereits unter Wahnvorstellungen litt?
»Es gibt zahlreiche religiöse Schriften, in denen von Menschen berichtet wird, die von Engeln hinaufgeführt worden sind in das Haus Gottes.«
Sally wollte protestieren, doch dazu fehlte ihr die Kraft. Und so stellte sie nur eine Frage: »Wieso behauptest du, die Ahnen dieser Ungeheuer hätten schon einmal die Erde besucht?«
»Wegen ihres Rassezugehörigkeitszeichens.«
»Was für ein Zeichen?«
»Das Brandmal auf ihren Schulterblättern.«
Tom und Sally warfen nochmals einen Blick durch die vorüberziehenden Luken. Es dauerte einen Moment, bis ihnen eines der Ungetüme seinen Rücken zudrehte.
»Das ist doch ...!« Sally riss sich etwas mit Klettband Befestigtes von der Brust und hielt es voller Unglauben vor die Sichtscheibe ihres Helms. Eine Sichel. Mit dem Missionsemblem trugen sie das Zeichen ihrer Mörder auf Brust und Oberarm – welche Ironie.
»Ihr müsst wissen«, erklärte Gunther mit angestrengter Stimme, »mein Großvater gehörte in der Zeit des Nationalsozialismus dem Reichsforschungsrat an. Heinrich Himmler, Gründungsmitglied und erster Kurator der Forschungsgemeinschaft Deutsches Ahnenerbe, glaubte an eine arische Urreligion und wollte diese im Dritten Reich in überarbeiteter Form anstelle des Christentums einführen.«
Gunther atmete zunehmend schwerer und musste immer wieder pausieren.

»Himmler dürstete nach mythologischen Symbolen ... und so beauftragte er meinen Großvater und andere ... sie sollten nach der Bundeslade, dem Heiligen Gral und weiteren Dingen suchen. Seine zukünftige Religion war durchdrungen von Philosophien, Mythologien ... und sakralen Praktiken des traditionellen östlichen Glaubens ... wozu auch das Hakenkreuz gehörte. Nach dem Endsieg sollte Adolf Hitler verehrt werden wie die indische Gottheit Krishna ...«

Gunther verbrauchte viel Sauerstoff beim Reden. »Doch anstelle des erhofften ... Heiligen Grals stieß mein Großvater 1942 beim Besuch des Afrikakorps in Ägypten auf etwas ganz anderes – auf eine Mumie. Eine mächtige ... Gestalt. Auf einem ihrer Schulterblätter ein Brandzeichen ... die Sichel. Der Körper war ... bis auf eine fehlende Hand ... vollständig erhalten.«

»Und das war auch so ein Monster?«, presste Tom hervor, während der Druck in seiner Stirn zunahm wie ein sich aufblähender Ballon.

Gunther schnappte nun immer öfter nach Luft. »Sehr ähnlich. Mein Großvater ... hat mir kurz vor seinem Tod ... die Fotos von 1942 übergeben. Ich begann mich damit ... zu beschäftigen. Habe recherchiert ... alte Schriften studiert. Ein Unfall veränderte mein Leben ... die Sache geriet in Vergessenheit. 1988 kam ein Schweizer ... in Ägypten der Mumie ... auf die Spur. Das Relikt von Bir Hooker.« Gunther begann zu keuchen. »Dann tauchte dieser ... Satellit im Erdorbit auf. Darauf dasselbe ... Zeichen ... die Sichel.«

»Du wusstest also, was uns erwartet?«, stieß Sally ungläubig hervor.

Gunther hob abwehrend die Arme. »Nein, nein! Alles, was ich wusste, war ... dieser Satellit ... hatte etwas mit ... Großvaters Mumie ... zu tun. Also ging ich ... mit den Fotos ... und meinen Forschungsunterlagen ... zu den Behörden ... worauf ... diese ... mir ... anboten ...« Gunther brach nach Luft ringend ab.

»Ich habe noch nie etwas von diesem ägyptischen Riesen gehört«, flüsterte Sally.

Der Deutsche begann zu würgen, zwang aber den ätzenden Mageninhalt nochmals zurück in seine Eingeweide. »Man hat die Mumie ... 1942 nach Deutschland geholt ... und sie bei Kriegsende ... verschwinden lassen. So wie das ... Bernsteinzimmer und vieles ... andere ...« Gunther brach ab, würgte erneut, dann spuckte er Galle ans Visier.

Voller Entsetzen mussten Tom und Sally dabei zusehen, wie er mit zittrigen Fingern an seinem Helm manipulierte und ihn sich dann mit einem Ruck vom Kopf riss.

KAPITEL 37

Sally hält Tom umschlungen, und Tom hängt seit Minuten bewusstlos in seinem Raumanzug. In ihren Kopfhörern dröhnt schrill der Alarm. Sie unterlässt es, ihn auszuschalten. Irgendwann füllt er ihr Hirn aus, kriecht in die letzte Synapse. Im Takt jedes dritten Pieptons wiegt sie ihr Haupt hin und her ...
Da legt sich ein mächtiger Schatten über sie. »Der Tod ist gekommen, mich zu holen«, haucht Sally schlotternd vor Angst und fängt an zu singen:« »Zehn kleine Negerlein, die schlachten ihre Schweine, eines sticht sich dabei tot, da sind es nur noch neune ...«

• • • •

Das tonnenschwere stählerne Tor im Berg, in dem zu früheren Zeiten die US-Militärbasis Cheyenne Mountain Air Force Station, die North American Aerospace Defense Command und die Weltraumsatelliten-Überwachung Space Detection and Tracking System untergebracht waren, schwingt – von einer generatorbetriebenen Hydraulik bewegt – zischend auf. Heraus stolpern sechzehn in schwere gelbe Schutzanzüge gepackte Personen mit Pressluftanks auf ihren Rücken.
Keuchend schauen sie sich um. Die einstige Umzäunung der Anlage, die Zufahrtsstraße, die geparkten Fahrzeuge und Hubschrauber – nichts davon ist mehr da. Nicht einmal mehr ein Baum, ein Strauch oder auch nur ein Grashalm. Was sich vor ihnen ausbreitet, ist eine einzige stumpfgraue Wüste. Die sechzehn drehen sich um. Vom Cheyenne Mountain, wie auch von

den anderen Bergen der Rocky Mountains, sind nur noch hässliche Stümpfe übrig. Ihre sich weitenden Augen wandern nach oben in den schwarzen atmosphärelosen Himmel. Der Mond, die Sterne und jede Einzelheit des Giganten zeichnen sich in einer Schärfe und Deutlichkeit ab, dass ihnen die Augen brennen.

In diesem Moment durchzucken zwei Dutzend sonnenhelle Lichtblitze das Firmament, gehen über in ein dauerhaftes Leuchten. Der Gigant erzittert unter dem Schub seiner Motoren und schiebt sich nun Meter um Meter fort von der geschundenen Erde. Die Menschen, deren Blut ob des fehlenden Luftdrucks gerade zu kochen beginnt, sinken nebeneinander auf die Knie. Bis zum letzten Moment, als ihre Augäpfel aus den Höhlen quellen und blasenwerfendes Blut von innen gegen ihre Masken spritzt, glotzen sie dem Giganten nach. Vier von ihnen halten sich noch an den Händen, bevor einer nach dem anderen nach hinten oder zur Seite kippt, sodass sie zum Schluss daliegen wie fallengelassene Marionetten.

Einige Stunden vergehen, dann haben Vakuum und Sonne die Körper in den Anzügen so weit gegart, dass ihnen das Fleisch von den Knochen fällt. Bis die mit Filzschreiber aufgemalten Namen Barack, Michelle, Sasha, Malia, Joseph, Jill, Ashley, Martin, James ... ausgebrannt und für immer verschwunden sind, dauert es etwas länger.

• • • •

Baumstümpfe, die aus zerfurchtem schlammigem Erdreich ragen. Darum herum zerfetztes Ast- und Blattwerk. Im Vordergrund ein trächtiges Orang-Utan-Weibchen, aus dessen aufgeschlitztem Unterleib ein pelziges Ärmchen ragt. Auf den Baumstümpfen stehen kleine dunkelhäutige Männer. Sie tragen zerschlissene Shorts, sonst nichts. Ihre Hände – vergeblich nach einer Stellung suchend, die den ausgemergelten Körpern etwas Würde verleihen könnte – hängen verloren nach unten. Ihre großen dunklen Augen blicken hoffnungslos, leer ...

»Wie gefällt es dir?«, hallt es in Sallys Ohren. »Ein echter Lindner! Hat mich ein anständiges Sümmchen gekostet ...«

Sie steht im Besprechungszimmer der Rohstoffhandelsfirma ihres Vaters und starrt fassungslos auf das riesige Foto an der Wand.

»Mit diesem Bild demonstriert unsere Firma auf gewollt herausfordernde Weise ihre Verbundenheit zur Natur und ihre Solidarität zu ethnischen Minderheiten wie den Ureinwohnern auf Borneo – den Penan«, erklärt ihr Vater stolz.

Sally wird übel ... Der ausgewürgte Schwall zähen Schleims trieft aber nicht auf den langflorigen Teppich in der Chefetage, sondern auf schlammigen Boden. Verwundert sieht sie auf. Die Erinnerungen an das Treffen mit ihrem Vater sowie an das schreckliche Bild in seiner New Yorker Firma sind zerstoben. Trotzdem sieht sie weiterhin Äste und welkes Blattwerk vor sich und kniet über ihre Kotze gebeugt im Dreck. Um sich zu vergewissern, dass sie nicht träumt, reißt sie an einem der Äste ...

Ein Geräusch lässt sie den Kopf drehen – Tom! Wenige Meter entfernt torkelt er durch den Matsch. Er trägt seinen Raumanzug, doch der Helm fehlt. *Wie kann er ohne Helm ...?*

Verwirrt greift sie sich an den Kopf. Ihr Helm fehlt ebenfalls, zusammen mit Halsring und Kragen. Der obere Teil ihres Anzugs sieht aus, als hätte man einer Stoffpuppe den Kopf weggerissen.

Sally will nach Tom rufen, doch ihr Kehlkopf bringt nur ein Krächzen zustande. Die Luft ist dick und schwer und lässt sich kaum atmen. Sie versucht auf die Füße zu kommen, rutscht aber immer wieder aus. Erst beim vierten Anlauf schafft sie es. Breitbeinig stakst sie Tom hinterher, der inzwischen stehen geblieben ist. Als sie ihn erreicht, sinkt er gerade mit leisem Stöhnen auf die Knie. Der Boden vor ihnen führt nicht weiter, er hört einfach auf.

Sally starrt ins Leere und dann plötzlich auf sich selbst. Verwirrt streckt sie ihre Hände nach ihrem Ebenbild aus – Glas. Sie macht ein paar unsichere Schritte nach rechts – wieder Glas. Sally verliert den Halt und fällt in den Dreck. Auf allen vieren kriecht sie ein paar Meter auf die andere Seite. Auch hier eine Wand aus spiegelndem Glas ...
Ein Geräusch über ihrem Kopf lässt Sally zusammenfahren. Sie blickt nach oben. Eine fleckigbraune Fratze glotzt auf sie herab. Geräuschvoll schaben zwei Zahnplatten aneinander. An der oberen Lippe eine nässende Wunde, zusammengeheftet mit groben Metallklammern ... Eine zweite Fratze schiebt sich neben die erste. Unter den Augenwülsten milchige Pupillen, die auf ihr haften bleiben. Das schnaufende Atemorgan über der Stirn zuckt, als wolle es Laute hervorbringen. Eine Pranke mit Fingern so lang wie ein Fleischmesser lässt blutige Dinge fallen – einen Fisch, das zerfetzte Hinterteil eines ihr unbekannten Tieres und der ausgekugelte Arm eines ... Sallys Magen dreht sich erneut um. *Sie füttern uns!*
Sally will zu Tom zurückkriechen, da taucht über den Fratzen ein blendend helles, zugleich fremdartig wie vertraut wirkendes Antlitz auf. Es ist größer als ein menschliches Gesicht, aber nicht so riesig und grob wie das der Monster. Durchscheinende Augen mit winzigen tiefschwarzen Pupillen darin studieren sie, als sei sie eine Laborratte. Momente später wird ein Gitter über ihr Behältnis geschoben, dann verschwinden das helle Antlitz und die beiden Fratzen ...
Sie kommt neben Tom auf die Knie, presst Gesicht und Hände ans kalte Glas und keucht: »Das hier ist nicht ... das Haus Gottes, es ist ... das Haus ... Satans!«
Tom dreht sein Gesicht zu Sally. In seinen Augen flackert der Irrsinn. »Das ist ...«, krächzt er, »ein und dasselbe!«

GLOSSAR A-Z

•••• Örtlich getrenntes, zeitnahes oder zeitgleiches Geschehen.
2.1b: Russische Sojus-Rakete zum Transport von Satelliten.
AFFTC Detachment 3: Air Force Flight Test Center, Abteilung drei.
Airlock: Luftschleuse des Space Shuttles.
Apogäum: Bei einer elliptischen Flugbahn der erdfernste Punkt.
Bajingan: Indonesisch: Gauner.
Bajingan tengik: Indonesisch: Arschloch.
Batting-Cage-Anlage: Baseball-Trainingsanlage.
Blöde Siech: Schweizerisch: Dummkopf, Idiot.
Bir Hooker: Ein Gebiet etwa 100 Kilometer nordwestlich von Kairo.
Brunzkopf: Österreichisch: Einer, dem ins Hirn gepinkelt wurde.
Capsule Communicator: Verbindungssprecher Raumschiff - Bodenstation.
Chikusho: Japanisch: Scheiße.
Crawler-Transporter: Raupenfahrzeug zum Transport von Startplattformen.
Deorbit Burn: Triebwerkszündung zum Verlassen des Orbits.
Dunnig-Kruger-Effekt: Selbstüberschätzung inkompetenter Personen.
Durak: Russisch: Dummkopf.
EMU Extravehicular Mobility Unit: Außenbordraumanzug.
EVA Extravehicular Activity: Einsatz außerhalb eines Raumschiffs.
Exegese: Auslegung von Texten zum besseren inhaltlichen Verständnis.
Foo Fighter: Bezeichnung für unbekanntes Flugobjekt im Zweiten Weltkrieg.
Gieren: Flugbewegung um die Hochachse.
Glocke: Glockenförmiges Flugobjekt der Nationalsozialisten.
Godspeed: Raumfahrerglückwunsch ähnlich Hals- und Beinbruch.
Gopfriedstutz: Schweizerisch: Ausruf der Verblüffung.
Gschissana Grintsau: Österreichisch: Beschissene Drecksau.
Human-rated: Eine Rakete ist sicher genug für den Flug mit Menschen.
Iblis / Schaitan: Im Islam der höchste Teufel oder höchste böse Dämon.
Inklination: Bahnneigung: Winkel zwischen Bahn- und Referenzebene.
Jaga mulut: Indonesisch: Halten Sie den Mund.

Kaptonfolie, auch Polyimidfolie: Hochleistungs-Kunststoff-Folie.
Klick: Militärjargon: Kilometer.
Kufiya: Weißes oder kariertes Kopftuch arabischer Männer.
Krill: Garnelenähnliche Kleinkrebse.
LCC: Startkontrollzentrum im Kennedy Space Center, Florida.
MCC: Missionskontrollzentrum in Houston, Texas.
MIB-Brille: Coole Sonnenbrille aus dem Film: ›Men in Black‹.
Movie Props: Filmrequisiten.
Nicken: Flugbewegung um die Querachse.
NORAD: Amerikanisches Luft- und Weltraumverteidigungskommando.
OMS-Pod: Verkleidung um die Orbitaltriebwerke der Space Shuttles.
OMS-Triebwerk: Orbitaltriebwerk des Space Shuttles.
OPS / Almaz: Früher geplante militärische Raumstation der UdSSR.
Orang bodoh: Indonesisch: Idiot.
Otak udang: Indonesisch: Garnelenhirn.
OTC: Leiter der Testserien vor einem Raumschiffstart.
Payload Bay: Ladebucht, Frachtraum des Space Shuttles.
Pidaras: Russisch: Wichser.
Pikelets: Kleine australische Pfannkuchen.
Pileolus: Vom Papst getragenes weißes Käppchen.
RCS-Triebwerke: Manövriertriebwerke des Space Shuttles.
RHC: Rotational Hand Controller.
RAAF: Royal Australian Air Force.
Relikt von Bir Hooker: Siehe Innenseite des Schutzumschlags.
Rollen: Flugbewegung um die Längsachse.
Rotational Hand Controller: Steuerung für Gieren, Nicken, Rollen.
Ruach: Österreichisch: Halsabschneider.
SAFER Unit: Raketenrucksack für die EMU.
Sakrament: Österreichisch: Ausdruck der Wut.
Sapperlot: Österreichisch: Ausdruck der Verwünschung, Entrüstung.
Schubvektorsteuerung: Lenkung durch gezieltes Richten des Abgasstrahls.
SciFi: Abkürzung für Science Fiction.
Shar-Pei: Chinesischer Faltenhund.

Snoopy Cap: Kopfhaube mit eingebauter Kommunikationseinrichtung.
Stonehenge: 5000 Jahre alte megalithische Kultstätte im Süden Englands.
Stubby Holder: Isolierender Flaschenüberzug aus geschäumtem Gummi.
Takla buk: Arabisch: Friss deinen Vater.
Tahi: Indonesisch: Mist.
THC: Translation Hand Controller.
Translation Hand Controller: Steuerung für auf, ab, vor, zurück, links, rechts.
V7: Vergeltungswaffe 7: Flugobjekt der Nationalsozialisten.
Wild el Kelb: Arabisch: Hundesohn.
Zemmel: Arabisch: Schwuchtel.

**Ein erweitertes Glossar sowie ein Quellenverzeichnis
mit zahlreichen Verlinkungen finden Sie
auf der Webseite zum Buch:**
www.thelostgod.com

DANKSAGUNG

An dieser Stelle will ich allen, die mich bei meinen Recherchen tatkräftig unterstützt oder anderweitig zum Gelingen dieses Buches beigetragen haben, meinen herzlichen Dank aussprechen. Die Aufzählung erfolgt in alphabetischer Reihenfolge.

Andreas Biker
Barbara Schmid
Bernd Gährken
Bernd Hoffmann – Physiker
Birgit Freudemann & Karl-Heinz Düvel – Lektoren
Daniel Schillrich – Qualitätsmanager im Raumfahrtmanagement des Deutschen Zentrums für Luft- und Raumfahrt
Foristen von Raumfahrer.net
Hermann Gamper
Illobrand von Ludwiger – Astrophysiker
Jürgen Mai – Regisseur, Schauspieler, Autor
Klaus Donath
Luc Bürgin – Journalist, Publizist
Marco Longhitano – Astronom
Markus Reithofer
Michael Bruttel – Physiker und Mitwirkender der Endeavour Space Shuttle-Mission STS-88
Pascal Brun – Visual Designer
Sascha Haupt
Simone Götert

RIESEN

Riesen kommen weltweit in Märchen und Mythen vor. Auch die Bibel berichtet davon, beispielsweise im 1. Mose 6, 1 - 4 oder 4. Mose 13, 33 oder 5. Mose 2, 10. Ebenso tauchen sie in apokryphen Schriften auf wie im Buch Henoch ab Kapitel 7.

Die fantastisch anmutenden Geschichten scheinen jedoch einen durchaus realen Hintergrund zu besitzen.

So soll es auf den Granitwänden im Havasupai Canyon des Grand Canyon eine rätselhafte Scharrzeichnung geben, die einen Riesen im Kampf mit einem Mammut zeigt. Die Darstellung ist von einer Eisenschicht bedeckt, was auf ein hohes Alter schließen lässt.

In Lampock, im US-Bundesstaat Kalifornien, sollen im Jahr 1833 Soldaten beim Buddeln eines Lochs für ein Pulvermagazin auf das Skelett eines Riesen gestoßen sein, der zu Lebzeiten vier Meter groß war. Neben dem sonderbaren Wesen, das angeblich mit doppelten Zahnreihen ausgestattet war, lagen eine riesenhafte Steinaxt sowie Steine und Muschelschalen, auf denen nicht zu entziffernde Zeichen eingeritzt waren.

In Crittenden, im US-Bundesstaat Arizona, sollen 1891 Bauarbeiter beim Ausheben der Grube für das Fundament eines Bürohauses auf einen riesigen Steinsarg gestoßen sein. In dem Sarg befanden sich mumifizierte Überreste eines humanoiden Riesen mit einer Körpergröße von mindestens vier Metern. Die Gebeine waren zwar zerfallen, doch Zeichnungen am Sarg zeigten den Riesen.

In Iztapalapa, Mexico, soll 1909 ein prähistorisches Skelett eines Humanoiden ausgegraben worden sein, welches über viereinhalb Meter groß war.

In der Eagle Kohlenmine in Bay Creek, im US-Bundesstaat Montana, sollen 1926 Minenarbeiter in einem Stollen riesenhafte humanoide Backenzähne gefunden haben. Zur großen Überraschung der Archäologen und Anthropologen steckten die Zähne in einer Gesteinsschicht, die mindestens dreißig Millionen Jahre alt war.

Im Humboldt-Seebett bei Lovelock im US-Bundesstaat Nevada, sollen im Jahre 1931 humanoide Skelette von Riesen gefunden worden sein.

In Italien soll 1958 das komplette humanoide Skelett eines Riesen gefunden worden sein, das von einer elf Millionen Jahre alten Kohleschicht umschlossen war.

In Bir Hooker, Ägypten, zeigte 1988 der Nachkomme einer Grabräuberfamilie dem Autor dieses Buchs den mumifizierten Finger eines humanoiden Riesenwesens und machte eine Andeutung zur unvollendeten Felsenkammer unter der Cheops-Pyramide. Der Autor war selbst mehrere Male in der besagten Kammer, in der es zwei markante Felsblöcke gibt, die den Anschein erwecken, unfertige Sarkophage für Riesenwesen zu sein.

Die obigen, aus verschiedenen Quellen zusammengetragenen Informationen konnten bis zur Veröffentlichung dieses Romans nur teilweise verifiziert werden. Der Autor lädt alle interessierten Leser dazu ein, sich auf der Webseite zum Buch weitergehend zu informieren.

Gregor Spörri (2011) vermisst Details der unvollendeten Felsenkammer unter der Cheops-Pyramide

Die Felsenkammer misst 8,36 Meter in nordsüdlicher Richtung und 14,08 Meter in ostwestlicher Richtung. Sie ist bis zu 5,03 Meter hoch. Der Untergrund im östlichen Bereich der Kammer ist bis zu 1,30 Mieter tiefer als das Niveau beim Zugang, was darauf hinweist, dass ein Bodenbelag geplant war. Ebenfalls im östlichen Bereich, führt ein Schacht 11 Meter in die Tiefe. Die Seitenwände stehen nicht parallel zu den Wänden der Kammer, sondern in etwa diagonal.

Nagib, der Spörri im Frühjahr 1988 in Bir Hooker das mysteriöse Relikt zeigt, macht ihn auch auf die besondere Bedeutung der beiden Felsblöcke in der Felsenkammer der Cheops-Pyramide aufmerksam.

Während seiner Recherchen für ›THE LOST GOD‹ steigt Gregor Spörri sowohl 2009 als auch 2011 in die für die Öffentlichkeit gesperrte Kammer hinab, welche sich 30 Meter unter der Großen Pyramide befindet und nur durch einen 1,09 Meter breiten und 1,20 Meter hohen, 114 Meter langen Stollen zu erreichen ist. Nach eingehenden Studien kommt Spörri zum Schluss, dass ihm Nagib mit seinen einstigen Andeutungen klar machen wollte, dass aus den Felsblöcken zwei riesenhafte Sarkophagwannen hätten gefertigt werden sollen, wären die Arbeiten in der Kammer nicht aus einem bislang unbekannten Grund gestoppt worden.

Weitere Informationen und Bilder auf der Webseite zum Buch

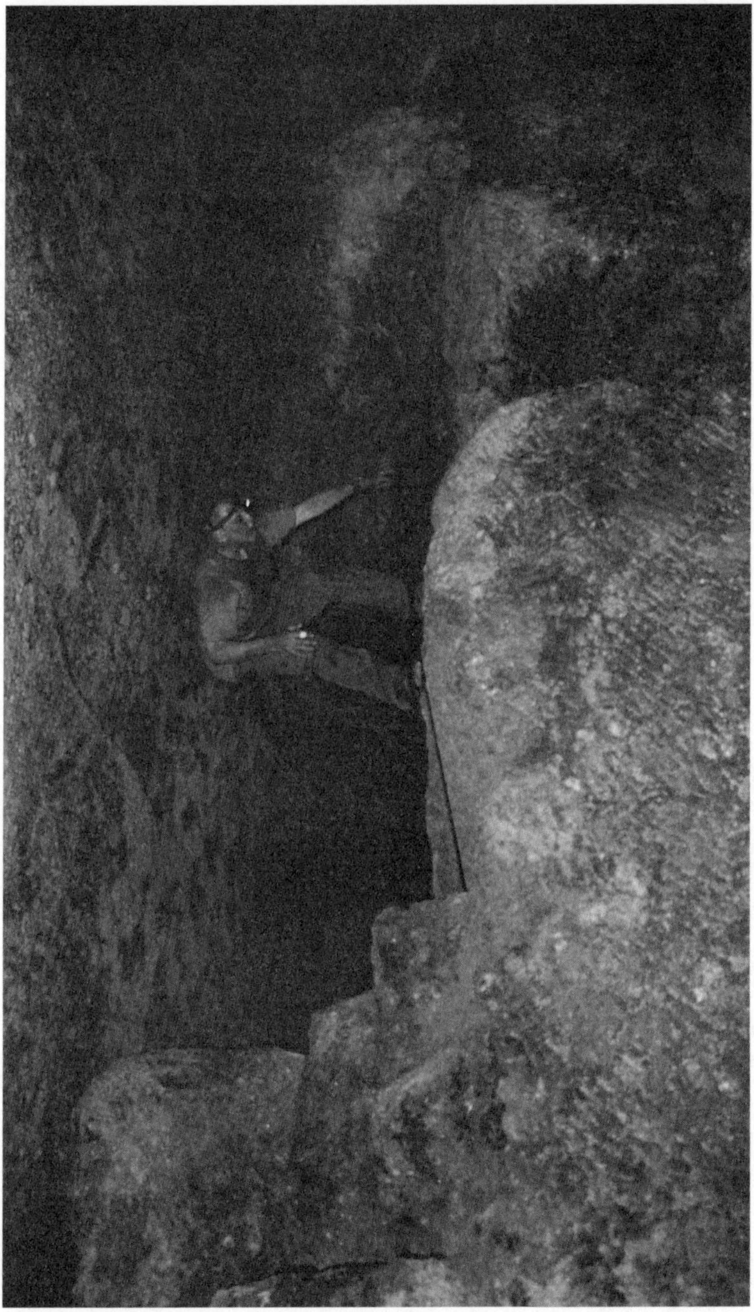

Gregor Spörri (2009) und Erich von Däniken diskutieren bei der Cheops-Pyramide

Gregor Spörri diskutiert seine These der beiden Sarkophage in der unvollendeten Felsenkammer der Cheops-Pyramide nicht nur mit einem Ägyptologen vor Ort, sondern auch mit Prä-Astronautik-Forscher Erich von Däniken.

In einem beinahe rechten Winkel zwischen Cheops-Pyramide und Sphinx, existiert 32 Meter unter der Erde eine ähnlich geheimnisvolle Kammer – der Osiris Schacht, bzw. das Osiris-Grab. Auch dort findet sich ein direkt aus dem Fels geschlagener Sarkophag.

Weitere Informationen und Bilder auf der Webseite zum Buch

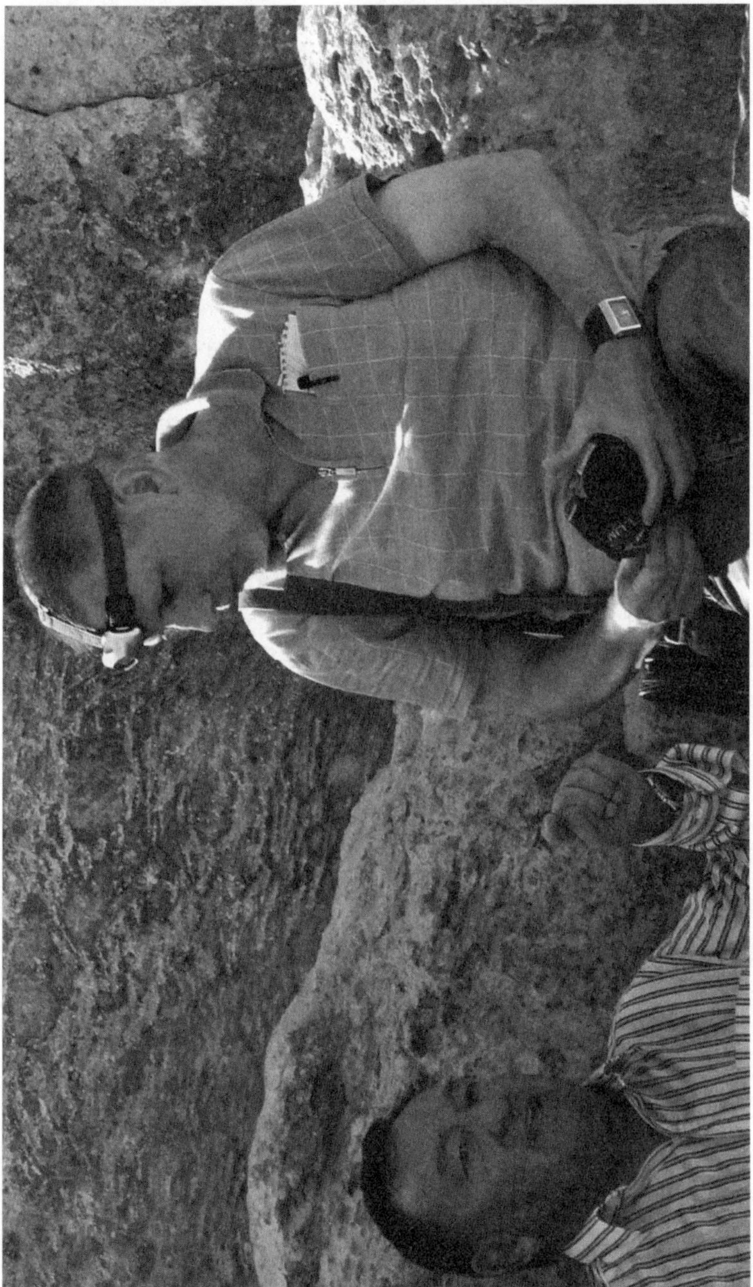

Gregor Spörri (2011) vermisst die Riesen-Sarkophage im Serapeum von Sakkara

Das Serapeum von Sakkara befindet sich unweit der Stufenpyramide des Pharao Djoser, etwa 20 Kilometer südlich von Kairo. Es ist bekannt, dass die Ägypter nicht nur Menschen mumifizierten. Der Lehrmeinung nach diente das Serapeum den Ägyptern einst als Verehrungs- und Bestattungsstätte des Apis-Stiers.

Doch es gibt Widersprüche in der Geschichte des Serapeums: Als Auguste Mariette im Jahre 1851 die Anlage ausgraben ließ, und die ersten, bis zu vier Meter langen und 60 Tonnen schweren Sarkophage - deren Material aus dem eintausend Kilometer entfernten Assuan herbeigeschafft wurde - das erste Mal öffnete, befanden sich darin keine Stiermumien. Die Särge waren leer.

Andere Berichte widersprechen dem. Einmal liest man, dass in den Särgen einst doch Stiermumien gelegen hätten. Koptische Mönche des heiligen Jeremias hätten die Sarkophage und die darin befindlichen Mumien zerstört um heidnische Pilgerfahrten zu unterbinden. Weiteren Berichten zufolge sollen noch im achtzehnten Jahrhundert Stiermumien aus dem Serapeum geraubt und von Einheimischen auf den Märkten Kairos zum Kauf angeboten worden sein.

Spörri stellt bei seinen Recherchen 2009 und 2011 fest, dass von den 24 Sarkophagen jedoch nur ein einziger beschädigt ist, was Auguste Mariette mit einer Sprenglandung selber vollbracht haben soll. Die tonnenschweren Deckel sind nur gerade soweit verschoben, dass ein Blick in die Sargwannen geworfen werden kann. Sperrige Stiermumien aus den engen Schlitzen zu heben, scheint unrealistisch. Dazu hätte man die Deckel weiter verschieben, oder ganz von den Wannen nehmen müssen.

Weitere Informationen und Bilder auf der Webseite zum Buch

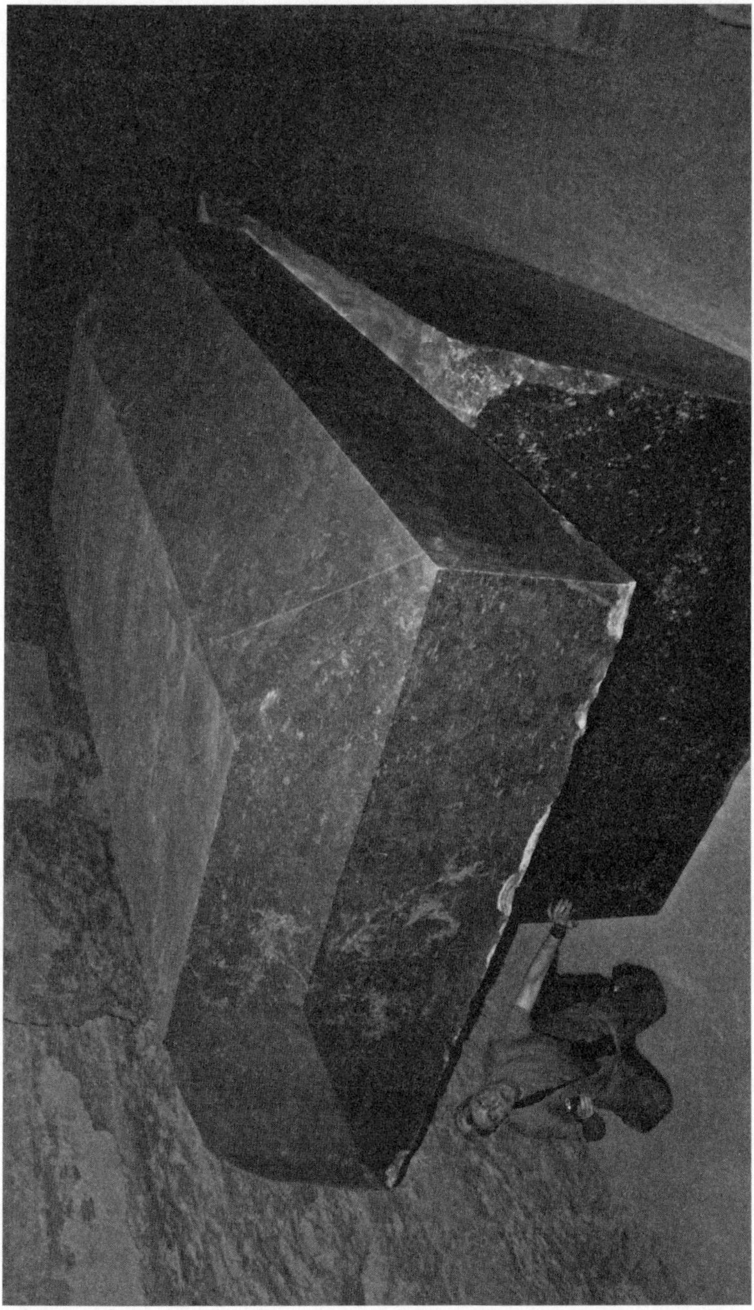

Gregor Spörri (2011) im Mission Status Center des Kennedy Space Centers

Während der Startvorbereitungen zum letzten Flug des Space Shuttles Discovery Ende Februar 2011, bekommt Gregor Spörri die Möglichkeit, im Mission Status Center des Kennedy Space Centers einer Gruppe deutscher Raumfahrtfans sein Projekt ›THE LOST GOD‹ vorzustellen. Er erklärt den Zuschauern anhand eines Modells, wie das Space Shuttle Atlantis aus seiner Geschichte während des Aufstiegs von absplitternden Teilen einer Alien-Sonde getroffen und beschädigt wird.

Weitere Informationen und Bilder auf der Webseite zum Buch

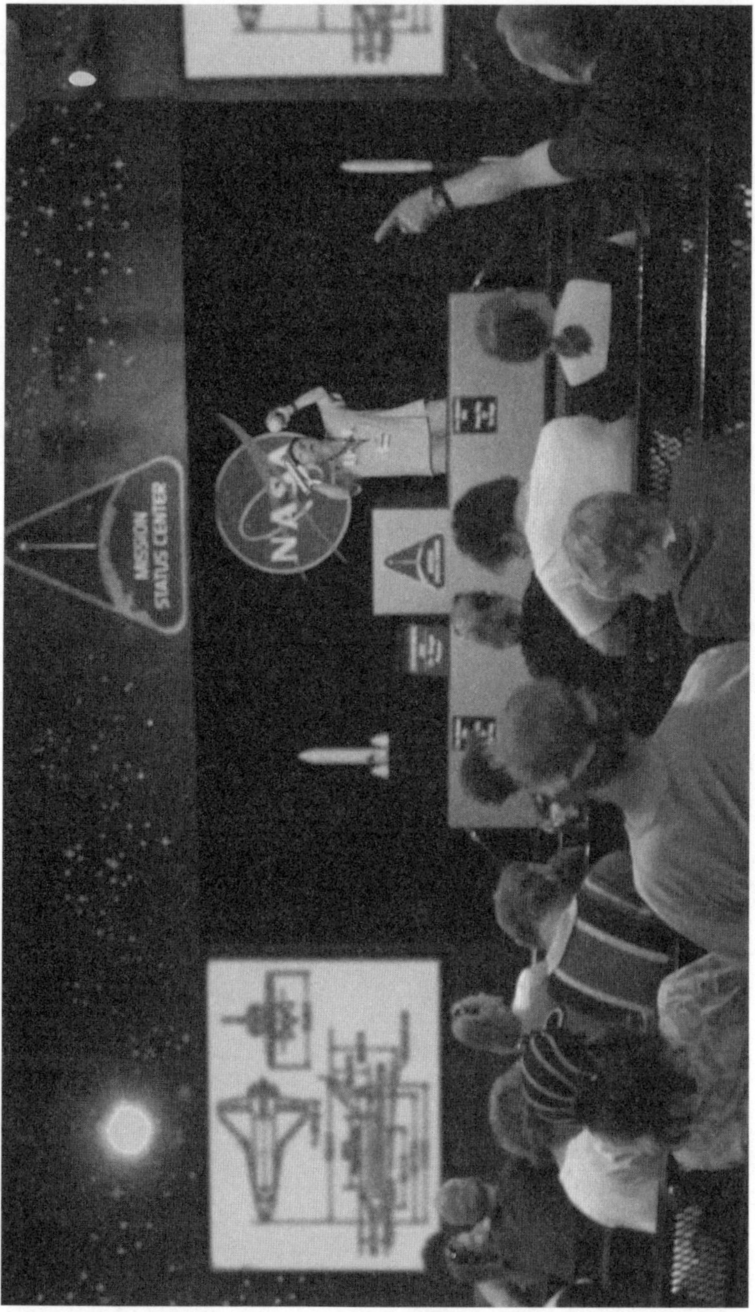
MISSION
STATUS CENTER
NASA